河出文庫

エドウィン・マルハウス

スティーヴン・ミルハウザー
岸本佐知子 訳

河出書房新社

エドウィン・マルハウス

母、父、そして妹に

エドウィン・マルハウス
あるアメリカ作家の生と死（1943－1954）
ジェフリー・カートライト著

復刻版によせて

　私がジェフリー・カートライトと出会ったのは六年生の時だった。彼のことはほとんど何も覚えていない。真面目な目立たない少年で、成績がオールAであるという以外にはこれといった特徴もなかった。眼鏡をかけて教室の一番前に座っている、そんなタイプの生徒だった。中央アメリカの国名と首都をすべて諳《そら》んじていて、各国の主要生産物を書き込んだ南アメリカの地図を作るのが得意だった。始業ベルが鳴る前はいつも校庭に独りきりでいて、自分の足元を見つめているか、金網のフェンスの菱形の隙間越しに通りの向こうを眺めていた。休み時間にも、担任のシンブル先生がみんなで遊ぶようにと言わないかぎり、遊びの輪に加わろうとはしなかった。学校が終わると、女の子のように本を胸に抱きかかえて独りで歩いて帰って行った。彼の容貌について覚えていることといえば、瞳を覆い隠すような異様に分厚い眼鏡をかけていたということぐらいだ。ただ、一つだけ私の記憶の暗い屋根裏部屋に残っている映像がある――ふと彼がふり向いた時に、二つの丸いレンズがぎらりと光って瞳を隠し、それがまるで洞窟か井戸の底に棲んでいる、この世のものとは思えない生き物のように見えたのだ。私は彼とは一度も口をきいたことがなかった。彼が存在していることすらほとんど忘れていた。六年生が終わると、私はニューフィールドから別の土地へ引っ越し、彼のこともすぐに忘れ去ってしまった。

それから十年経ったある暗い雨の午後、それはニューヨークではそう珍しくない、世界中の色がすべて洗い流されてしまったような日だったが、コロンビア大学の近くの陰気な古本屋の棚を物色していた私は、『エドウィン・マルハウス——あるアメリカ作家の生と死(一九四三—一九五四)』と題された本に目をとめた。著者はジェフリー・カートライトとなっている。かすかな記憶が蘇った。まさかあの……? 著者のまえがきを見て、疑いは確信に変わった。そこにはこうあった——〝ニューフィールド、一九五五年〟。私は向こう二日間をジンジャーエールとポテトチップスで過ごす覚悟を決め、ただちにその本を買い求め、急いで大学の寮の狭いけれども居心地のいい自室に戻った。ドアに鍵をかけ、隠しもっていたアルミのコイル式電熱器で熱いブラックコーヒーを沸かし、どこかからくすねてきたカップにそれを注ぎ、革の椅子に深々と身を沈め、二灯式の蛍光灯のスイッチを入れ、窓ガラスを叩く優しい雨音と六階下のアムステルダム街の車の音を友として、ここに序文を寄せる光栄に浴した驚嘆すべき本を隅から隅まで貪るように読んだ。最後のほうになって初めて、ちょうど私と彼が同じ学校に通っていた時期(一九五四—一九五五年)に彼がこの本を執筆していたらしいことを知った。私は彼と親しくしておかなかったことを心底悔やんだ。しかし、分厚い眼鏡をかけて教室の一番前に座っていたあのおとなしい少年が、東西の伝記史上に残る一大傑作をひそかに書き綴っていたなどと誰が想像できただろうか？

以上が、かの真面目で目立たない少年、めくるめく熱狂をその裡《うち》に秘めていた少年ジェフリー・カートライトと私との糸のように細いつながりであり、彼の作品と私との出会いである。ためらうことなく宣言できるが、これは現代の古典である。この作品に関する私の論文として『アメリカ文学会報』二十二号　二十二～二十四ページ（一九六六年）掲載の、ジェフリーの描くエドウィンのアメリカ的人生とボズウェルの描くサミュエル・ジョンソンのイギリス的人生の比較論、それに同誌二十七号　一～十七ページ（一九七一年）に掲載された、ジェフリーの澄明な作品への一部の甚だしい誤解に対する反論があるので、興味を持たれた向きは是非参照していただきたい。しかしながら、ここは学術上の論争について述べたり、学者面をして講釈を垂れたりするべき場所ではない。ことわざにもある通り、プディングの良し悪しは食べればわかる。それに、このプディングは熱々の湯気を立てながらあなたを待ち受けているのだ。この復刻版は――遅きに失したの感はあるものの――一人の驚くべき少年によって書かれ、長らく絶版になっていたアメリカ伝記文学を代表する傑作を、オリジナル版（一九五六年刊）に忠実に、一字一句削らずに再現したものである。美しい装丁と良心的な価格のこの本によって、今まで日の目を見なかったジェフリーの比類なき作品が本来それにふさわしい多数の読者を獲得することを、私は切に願ってやまない。

いっぽう、ジェフリー・カートライトの捜索は依然として続けられている。私としては彼がこのまま見つからないことを祈るばかりである。エドウィンの小説が一九六九年、ハーヴァード大学のチャールズ・ウィリアム・ソーンダイク教授の令嬢によって発見されたことをご記憶の方も多いだろう。こともあろうに子供図書館で！　エリザベス朝の子供に関して優れた著作のあるソーンダイク教授が、ピンクのスモックに黄色いお下げ髪の小さな女の子たちに混じってエドウィンの本に読みふけっている姿は、何ともほほえましい光景だったに違いない。『まんが』は実に数奇な運命をたどってきた。ある不可解な思い違いから子供向け（八歳―十二歳）の本として出版されてしまったため、子供には読むことができず、大人からは読まれなかったのだ。ソーンダイク教授は『まんが』を〝非凡な才能の手になる作品〟と評しており、彼の人柄からしてそれが決して誇張ではないことを信じてはいる。けれども私は、エドウィンの作品を読みたいという誘惑を固く退けている。なぜなら、仮にそれがいかに非凡な才能の手になる作品であったとしても、ジェフリーの伝記を読むことによって膨れ上がった私の期待を、実物の本が上回るとは思えないからだ――ちょうどジェフリーがたとえ姿を現したとしても、実物の彼が私の期待を上回ることが決してあり得ないのと同じように。いつかは誘惑に負ける悲しい日が来るかもしれない。だがその日まではこの伝記の輝かしいページの中で、エドウィンの天才は翳《かげ》ることなくきらめき続けるのだ。心残りなのは、エドウィンの作品が彼の人生ほどの名声を勝ち得なかったことだけである。

ニューヨーク、一九七二年

ウォルター・ローガン・ホワイト

ふう！　伝記作家って、悪魔だな。

——E・M（談）

初版へのまえがき

エドウィン・マルハウスは死んだ。僕はエドウィンの思い出という名詞を、生半可な賛美の、傲慢な形容詞で飾り立てたりはしない。エドウィン・マルハウスは死んだ。彼は、ドアの飾り釘が死んでいるのと同じくらい、完璧に死んでいるのだ。

僕は大人たちの書いた、欺瞞《ぎまん》に満ちたまえがきというものを子細に検討してみた。著者に寄せられた奉仕と親切に対して、甘ったるい笑みとともにもっともらしい感謝が捧げられている。それに、著者の素晴らしい人脈と愛すべき人格を見せつけるための長い人名のリスト。はっきり言わせてもらおう。現時点で、僕は僕以外に感謝を捧げるべき人物を知らない。僕はエドウィンの遺稿も何もかも持ち去ってしまったマルハウス夫妻に感謝していない。十一章ぶんをどこかにやってしまったグラディス伯母さんにも感謝していない。僕は自分の原稿をすべて自分の二本の人差し指でタイプしたし、いかなる点についていかなる他人からも助言を受けなかった。したがって、僕は多大なる感謝を僕自身に捧げようと思う。僕自身の励ましと絶え間のない関心がなければ、僕はこの本を完成させることができなかった。僕は数多くの有益な助言を与えてくれた僕に感謝し、いやな汚れ仕事をすべて引き受けてくれた僕に感謝する。そして何よりも、決して正当に評価されることはあり得ない僕の忍耐と、理解と、目撃証人としての数々の貴重な証言に対して——そして、上記の遺稿《リメインズ》とはむろん遺体《リメインズ》のことではないのだと指摘せずにはおかない僕の几帳面さに対して、心から感謝を捧げたい。

ニューフィールド、一九五五年

J・C

エドウィン・マルハウス年譜

幼年期
（1943年8月1日－1949年8月1日）

1943年8月1日（0歳）

1944年8月1日（1歳）

1945年8月1日（2歳）

1946年8月1日（3歳）

1947年8月1日（4歳）
（10月保育園に入園。14日間しか続かず）

1948年8月1日（5歳）
（9月幼稚園に入園）

壮年期
（1949年8月2日－1952年8月1日）

1949年8月1日（6歳）
（9月より小学校1年生）

1950年8月1日（7歳）
（小学校2年生）

1951年8月1日（8歳）
（小学校3年生）

晩年期
（1952年8月2日－1954年8月1日）

1952年8月1日（9歳）
（小学校4年生）

1953年8月1日（10歳）
（小学校5年生）

1954年8月1日（11歳）

第 1 部

幼 年 期

（1943年8月1日－1949年8月1日）

1

一九五四年八月一日の午前一時〇六分に、その悲劇的な死によってアメリカ合衆国が失った最も才能豊かな小説家エドウィン・エイブラハム・マルハウスは、コネティカット州ののどかな郊外の町ニューフィールドで、一九四三年八月一日午前一時〇六分に生まれた。彼の父親エイブラハム・マルハウス教授は、ニューヨーク市立大学で長年にわたり英語の講師を務めたあと、一九四二年九月、ニューフィールド大学に助教授として赴任した。彼はそれに先立って同年七月に、妻のヘレン（旧姓ロソフ）と共に質素な二階建ての家に移り住んでいた。一九四七年三月に第二子カレンが生まれ——云々。

エドウィンならここらで本を投げ出しているか、少しばかり機嫌のいい時なら、ページから顔を上げ、眉のあたりに皺《しわ》を寄せてこう言うだろう。「僕にとって一番興味のないこと、それは事実なんだ。記録しておきたまえ、ジェフリー君」僕の名前は、ジェフリー・カートライトという。

〝子供の頃を振り返ってみると〟と、彼は手紙（日付はないが、僕の記憶では一九五四年四月二十六日となっている）の中で書いている。〝思い出すのはまんが、アニメ映画《コミックス カトゥーンズ》、クレヨン、綿菓子《コットン・キャンディ》、ピエロ《クラウン》、そして万華鏡《カレイドスコープ》だ〟。サーカスは常に彼を退屈させていたので、ピエロというのは明らかに嘘である。万華鏡にしても、パズルやコーンフレークのおまけや風船ガムの自動販売機に比べれば、エドウィンにとっては取るに足りないものだった。そうは言うものの、この手紙に散りばめられた言葉遊びからもわかるように、彼がこのコメントをした気持ちのほうは、かなり信用していいだろう。つまり、エドウィンは常に遊んでいたのだ。彼は何やかやと口実を作っては、大人たちにゲームを買ってもらっていた。マルハウス家では、一年中がクリスマスのようなものだった。しかし、どんなゲームも長続きすることはなかった。エドウィンは一つのゲームに何日間、何週間、あるいは何か月かのあいだ熱狂的に身を投じ、ある日突然興味を失って、二度とかえりみなかった。それでいて、どのゲームも決して捨てられなかったので、彼の愛した子供部屋はしだいに博物館の様相を帯びていった。ある意味で、彼はモノポリーのコマをペンに持ち替えたというだけで、死ぬまで遊び続けたのだ。

今でもはっきりと思い出す。両開きの窓の横、ストライプのカバーがかかったベッドの上に、エドウィンがあぐらをかいて座りこみ、背中を丸め、唇の端から舌の先をのぞかせながら、お気に入りの漫画本をトレーシングペーパーの上からなぞっている。そこから三メートルほど離れた、窓のない壁添いに予備のベッドがあって、その上で、赤いコーデュロイのズボンと黄色いTシャツの幼いカレン・マルハウスが座って、ビューマスターを*目に当てて天井の電灯を覗《のぞ》いている。その二人の中間で、がたがたする緑色の折り畳み式テーブルに向かい、パズルの枠と複雑な形のピースの山に取り組んでいるのが、この僕だ。突然、目のくらむような閃光が走る。カレンが叫び声を上げてビューマスターを取り落とす。僕が驚いて目を上げると、銀色のフラッシュ付きの二眼レフを構えたマルハウス氏が戸口のところに立っていて、笑いながらウィンクしている。エドウィンだけは前と同じ姿勢のまま、一種狂気にも似た静かさで手元の作業に集中している。彼はちゃんと知っている。もう少ししてフラッシュの熱が冷めたら、父親が熱で溶けたブルーの電球をくれることを。そして、柔らかくなったガラスを指で押して遊べることを。

　変わって一九五三年の夏。エドウィンは眼鏡をかけ、ストライプのベッドにあぐらをかき、ブルーのノートに鼻を埋めている。部屋の反対側の予備のベッドには、エドウィンのお下がりの、荒馬が飛び跳ねている柄のカウボーイシャツにジーンズをはいたカレン・マルハウスが腰かけ、がたがたする緑色の折り畳み式テーブルの上に拡げた、穴のたくさん空いたボードの上で白のコマをジグザグに動かしている。僕は古い折り畳み式の椅子に座り、カレンのダイヤモンドゲームに付き合いながら、内心では彼女がチェスのやり方を知っていればいいのに、と考えている。そしてまたフラッシュ。「パパ！」カレンが叫ぶ。僕は声を立てて笑い出す。「しーっ」エドウィンが言う。僕の後ろに灰色の本棚が二つ、片開きの窓をはさむように置いてあり、その一方の上の段には、モノポリーやクルー・ゲーム、キャメロット、ソーリー、ポリアンナ、パーチージ**が積み重ねてある。

2

それでも、もちろん彼は常に書いていた。マルハウス夫人はエドウィンの書いたものを彼の最初の字の練習（“A IS FOR APPLE”）から、最後のなぐり書きの手紙にいたるまで、可能な限りすべて、夫の論文の写しを入れるはずだった三冊の黒のバインダーに保存していた。エドウィンにその方面の才能があることがわかるずっと前、彼が赤ん坊の時から、彼女はそのコレクションを続けてきた。マルハウス夫人はまた、息子のクレヨン画や水彩のスケッチ、成績表、赤ん坊の頃の靴、そしてぼろぼろになったシャウムのピアノ教則本のようなものまで保管していた。なかでも、一年生の時の、黄色い紙に青い罫の入った書き取りの答案用紙は興味深い。そこに見られる言葉の羅列（tip, top, tap, pit, pot, pat, spit, spot, spat）に、あの不朽の名作『まんが』の作者の萌芽を見ようとするのは、おそらく行き過ぎというものだろう。しかし、エドウィンの研究家であれば、のちの彼の作品における言葉遊びとそれらとの関連性に驚かずにはいられないは

＊　双眼鏡のような形をした玩具で、目を当てて覗くと立体映像を見ることができる。
＊＊　すべて盤上でコマを動かして遊ぶボード・ゲーム。

ずだ。じっさい、エドウィンは自分の書いたものに非常な愛着を持っていた。黒いバインダーの中のたどたどしい鉛筆書きの『家族新聞』（これには彼の最も初期の作品が収録されている）や、注意深くタイプした詩を大判の本の形に綴じたもの（九歳の時の作品）などを見ることによって、エドウィンは自分が選ばれた才能の持ち主であるという認識を深めていったに違いない。言うまでもなく、まさにマルハウス夫人の狙いもそこにあった。彼女は神童を息子に持ったのであり、エドウィンにその自覚をいっときも失ってほしくなかったのだ。エドウィンは、自分の姿をカメラで写真に収め始めるずっと以前に、自分の幼いころの習作を熟読するようになっていた。三年生にしてすでに彼は、初期作品集を出版した作家の自覚をはっきりとそなえていた。四年生になって間もない頃、マルハウス家の知人の一人が、エドウィンがローズ・ドーンに捧げた詩を出版社に送った。しかし、そのもくろみがうまくいかなかったのは、エドウィンにとっては幸運なことだった。

3

一九五三年の夏、僕はエドウィンを乗せてホワイト・ビーチまで遠出した。美しく晴れた日だった。僕らの行く手には背の高いハイウェイが、暗い日陰の中から大きなコンクリートの柱で明るい光の中に差し上げられ、長く延びていた。遠くから見ると柱は細く頼りなげで、石を投げればぽきんと折れてしまいそうに見えた。どこまでも広がる青の中では、工場の黒く煤《すす》けた高い煙突さえが何かかけがえのないもののように思えた。ちかちか点滅するストップランプ、ハイウェイの庇《ひさし》の涼しい影、一点の黄色い染みのような〈合流注意〉の標識、車の窓からのぞく日に焼けた肘《ひじ》、遠いヘリコプターの音、近くの騒音とクロームのきらめき——エドウィンの五感がそれらをすみずみまで吸収しているのを、僕は知っていた。しかし僕が振り返ると、かつてマルハウス氏が〝アメリカ作家特有の露悪趣味〟と名付けた彼一流の尊大さと意地の悪さから、エドウィンはこう言った。「まだ着かないのかい？　頭が割れそうに痛いんだ。ちゃんと前を見てろよ、ジェフリー」

　ハイウェイの下をくぐり、陽炎のゆらめくアスファルトの上に出ると、押さえようのない興奮がわきあがってくるのを僕は感じた。一九五二年秋にあの傑作の執筆にとりかかって以来、エドウィンは外界との接触をいっさい絶っていた。おそらく、創作が現実によって歪められるのを恐れていたのだろう。だから、彼が突然外へ出る気になったのは、何か大きな意味を持つことのように思われた。しかし僕は、彼にそれを直接尋ねたりして、自分の観察の純度を落とすようなことはしたくなかった。一九五三年の夏には、僕はまだエドウィンの伝記を書く意思を彼に打ち明けていなかったから、彼のこの変化を僕がどれだけ重要視しているかを説明することはできなかった。彼はちょうど、テレビカメラに隠し撮りされているのを知らずにいる人のようなものだった。時機が来て、僕がすべてを明らかにすれば、彼は眉を上げ、口をあんぐり開け、見えない視聴者に向かってしどろもどろの笑みを浮かべ、とまどいと喜びで緩む顔をあわててそむけることだろう。僕はそんなことを考えながらそっとエドウィンの顔を盗み見たが、彼は空とぼけた道化の仮面の下にすべてを隠してしまっていた。

見慣れた大きな看板の手前を右折し、陸地とホワイト・ビーチの島を結ぶ木の橋を目指して、僕らは走り続けた。まるで町が海にたどり着く手前で力尽きてしまったかのように、壊れかかった外階段のついた二階建ての家並みがしだいにまばらになり、空き地や、長屋のような工場の金網のフェンスが目立ちはじめた。道がアスファルトから、ごとごとと音を立てる木に変わると、潮風とからみあうようにして、橋桁に打ちつける波の懐かしい音が聞こえてきた。橋の両側には幅の狭い歩道があって、大きな子供たちや小さな年寄りたちが立ったり座ったり、思い思いに釣り糸を垂れていた。沖合には、誰かが何かを作りかけて急に気が変わりでもしたかのように、一本だけ木の杭が突き出ていて、その上に灰色のカモメが一羽、絵はがきのようにポーズを取っていた。「見ろよ！」僕は言った。「四九年に君がスケッチしたのと同じやつだよ！」「ほんと？」エドウィンは急に目を輝かせて訊いた。わがエドウィンの特筆すべき点の一つは、不思議なほどに他人のユーモアを解さないということだった。最も単純で陳腐なジョークでさえ、しばしば彼をとまどわせ、不安に陥れた。彼は誰かがありきたりな冗談を言うのを死ぬほど恐れていた。どこで笑ったらいいのか、さっぱりわからなかったのだ。しかし、彼は彼で最も素朴な悪ふざけのたぐいを愛していて、微妙で痛烈なウィットの持ち主だった。彼は、自分を除いた人類はすべて真面目であると考えているようだった。それは根深い自己卑下と、想像力の乏しい同胞たちに対するかすかな侮蔑のいりまじった感情だった。僕らは橋を渡り切って、砂地にまばらに雑草の生えた駐車場に出た。「さっきのは冗談だよ」と僕は言った。「なんだ」エドウィンはがっかりして言った。しかし少しすると、僕の肩をとんとんと叩いて、意気込んだように言った。「でも、どうして違うってわかるのさ？　もしかしたら同じじゃやつかもしれないじゃないか」遠くに木立が見えてきた。が、驚いたことに、その向こうにぎらぎら輝いているはずの、銀色の大観覧車は見えなかった。

僕はデソートとステュードベーカーの間に自転車を停めた。エドウィンと並んで、まだ姿の見えない、しかし僕らを待ち受けているはずの遊園地の乗り物に向かって歩きながら、僕の胸は高鳴り、思い出ではち切れそうになった。駐車場の右手には、木蔭の多いピクニック場があり、黄色い二本線が中央に走った黒いアスファルトの通りの向こう側には、ビーチが弧を描いて横たわっていた。いつも遊園地で遊ぶだけで日が暮れてしまったので、ここのビーチで泳いだことはなかったが、ピクニックをしたことはあった。木の下に座っていると、見えない遊園地のわくわくするような音と、それを掻き乱すビーチのけだるい歓声が聞こえてきた。〝ホワイト・ビーチ〟と聞いて思い出すのは、白い色でも砂でもなく、鮮やかな黄や赤であり、疾走するジェットコースターであり、ばたんと開くお化け屋敷の扉だった。エドウィンと僕は歩き続けた。ところで、こういう漠然とした表現に出会うと、エドウィンは大笑いするか、あるいは歯がみして怒るかしたものだ。〝時は流れた〟、〝彼女は言った〟、〝彼はインディアンを殺した〟、〝彼らは歩き続けた〟——。凡庸な伝記作家が芸術の高みに手が届くわけはないのだ。しかし、どう背伸びしたところで、エドウィンと僕は、歩き続けた。ぎらぎら輝く車の列を抜けてささやかな木立に入り、木立を抜けたところで、僕は茫然として足を止めた。

僕らの目の前には、見捨てられた駐車場のような、がらんとした埃っぽい空き地が広がっていた。そこかしこに、奇妙な形をした建物が散在している。僕らの左手には、どんよりとした赤に塗られた、平たく細長く窓のない建物があって、細長く幅の狭い庇《ひさし》が黒い柱の列で支えられていた。右手にはガレージのシャッターをいくつもつなげて作ったような多角形の白い建物があった。高い所に窓が一列にあいていて、偏平な円錐形の屋根がついている。他にも五、六個、だいたいどれも白っぽい建物が遠くの木立のほうまで点々と散っていた。夏の日差しの中をまばらな人影がゆっくりと動いている。腕を組んだ夫婦や、中には小さな子供連れもいて、みんな砂ぼこりを巻き上げながら、窓やドアの下から建物の中を覗き込み、指さしていた。まるでこの場所の亡霊みたいだ、そう僕は思わずにいられなかった。そして一瞬、これは夢なのだ、僕はどこか遠くの白い砂浜で眠っていて、悲しい、悲しい夢を見ているのだ、という思いにとらわれた。「遊園地はどこへ行っちゃったんだ?」僕は声を張り上げた。エドウィンはアレルギーで鼻をぐすぐすいわせながら、のろのろと指を上げ、言った。「あれ、メリーゴーランドじゃないか？」そう言われて、僕にもやっと白い多角形の建物の正体がわかった。そして、突然気がついた――あの柱のたくさんある、鈍い赤の建物は、僕らが大きな乗り物に乗る前に必ず通り抜けた、あの大きくてきらきらしていたアーケードだったのだ。鎖でつながれたライフルの向こうで標的のカモが浮かんだり潜ったりする射的場や、ぴかぴかのラジオや大きなぬいぐるみが棚に並んだ風船割りダーツ場（しかし僕らが手にする賞品は、いつもカウンターの下の見えない棚から出てくるガラスの灰皿や、絵のついた扇子や、指を入れると抜けなくなるストローの玩具だった）、ピンクの砂糖を丸い囲いの中に入れて紙の芯を回すと、魔法のようにみるみる綿菓子ができあがる屋台、そして一番奥に――僕の記憶の中では何百メートルものかなたに――観音開きの扉があって、その向こう側にはペンキで描いた幽霊たちの棲むお化け屋敷が控えていた、あのアーケードだ。ホワイト・ビーチが比較的小さい遊園地であることは、僕だって八歳のころから知っていた。それでも一九五三年の夏、幼い日には長く果てしなかったアーケードが、年老いて醜く縮んだ姿を前にして、僕は愕然とした。誇張でなく、本当に愕然としたのだ。僕はエドウィンを振り返った。彼はちょうどくしゃみをするところで、ぎゅっと目をつぶり、口を半開きにしていた。僕は内心の失望を押し隠し、固い地面を踏みしめて、かつてメリーゴーランドであったもののほうへ向かった。ぎらぎらと太陽が照りつけ、僕の磨きあげた靴の先が足元に小さな砂のキノコ雲を作った。僕の背はまだ埃だらけのガラス窓にやっと届くぐらいの高さだった。ぼんやりとした闇の中、静止した円形の回転台の上でペンキの顔の馬たちがひづめを宙に蹴上げ、首をまっすぐ立てたり片方にかしげたりしたまま凍りついていた。窓から目を離して振り返ると、まぶしさで目がくらんだ。エドウィンが僕の横に来て窓の中を覗いたが、ふいに横を向いた。目が糸のように細まり、またくしゃみをした。「もう行こう」彼は言った。「ハンカチがぐしょぐしょだよ。アレルギーで死にそうなんだ。頭だってすごく痛いし」明るい日の下で見るエドウィンの血の気のない顔と首は、濃い色の髪と、喉元までジッパーを上げた黒っぽいジャンパーとにはさまれて、真っ白に見えた。エドウィンはまるでモノクロームの、わずかに露出オーバーぎみの写真のようだった。片方の手には湿ったハンカチが握られ、ぎらぎら光るレンズの奥で目が病的にうるんでいた。何から何まで、彼はアメリカの生んだ若き作家のイメージとはかけ離れていた。「わかったよ」僕は言った。「あとちょっとだけ」そして、小さなアーケードのほうへ足を早めた。エドウィンが後からついてきた。建物の一番端の、以前お化け屋敷があった場所に男の子が二人腹ばいになり、錠のおりた大きな扉の隙間から中を覗いていた。灰色の制服を着た年寄りが、二人を追い払った。「僕らみたいだ」僕はつぶやいた。「え?」エドウィンが言った。「いや、何でもないよ」僕は、かつてエドウィンと二人で、この悲鳴がこだまする暗い密室に忍び込んで突然強力な室内灯をつけたら、きっとだだっ広い部屋の中にレールやゴンドラが乱雑にひしめき、それに乗った人々はぽかんと口を開けて、壁に並んだ檻や穴、人形、骸骨、レバー、歯車、海賊の宝箱などを見つめるだろうと想像したことを思い出していた。錠の下りた、背の低い扉の前を通り過ぎる時――それにしても、あの観音開きのドアや、外側のレールや、運転ブースはいったいどこへ行ってしまったのだろう――エドウィンが言った。「何が何でもないのさ？　言えよ」それから制服の老人のほうを向き、「このへんにジェットコースターってなかったっけ？」老人はエドウィンをうさん臭げにじろじろ眺めてから、僕のほうを向いて言った。「もうモーターしか残っちゃいねえよ、坊。ほれ、あっちの、木の向こう側さね」彼はエドウィンが〝生きた漫画〟と呼ぶようなタイプの人間だった。僕は相手にならって漫画の流儀で礼を言うと（〝恩に着らあ〟）、建物の角を小走りに曲がった。エドウィンが鼻をすすり上げながらついてきた。このあたりに来ると、固い砂地にはまばらに雑草が伸び、ところどころに低い茂みや木が固まって生えていた。三十メートルほど先には海に流れ込む細い入江があり、それに沿って背の高い草が帯状に生い茂っていた。川向こうには平らな草地が広がっていて、白い球形の石油タンクが並び、高い送信塔が二本、十字架のように紺碧の空を突いていた。そしてぼんやり霞む地平線の彼方、空の青がほの白く変わるあたりでは、遠くの工場の煙突がその茎の上に白い煙の花を咲かせていた。「エドウィン！」僕は叫んだ。「ほら、覚えてる？」僕の記憶の中では、その小さな入江はジェットコースターがクライマックスで死のダイヴをする大きな湖だった。ひょろ長い木立ちの向こうに、轟音と悲鳴に縁取られた恐怖の塔のなれの果てがあった。ペンキが剝げ落ち、窓が割れたその小屋の中には、一メートルほどの高さの黒い発電機が不吉に金属板を波打たせてうずくまっていた。〈高圧電流　危険〉と書かれた小さな看板が下がっていた。「僕、思うん――」僕はエドウィンのほうを振り返って言った。「――だけど」しかし彼は数メートル先を、白いハンカチをぶら下げたまま歩いていた。僕は、エドウィンが芸術家特有の冷淡で孤独な魂の持ち主であることを思い起こし、彼のことはそっとしておいて、自分の探検を続けることに決めた。僕はかつてアーケードだった建物のほうに引き返した。正面の庇は見えず、ざらざらのコンクリートの壁がむき出しになった建物の裏側がこちらを向いていた。高い所に並んでいる窓はみんな割れていて、窓枠にパズルのピースのような形のガラスの破片が残っていた。窓は僕の背より高かった。コンクリートの窓枠に手をかけ、懸垂の要領で体を引っぱり上げて中を覗きこんだ。何が見えたのか？　木の仕切り板に、ハンドルの錆《さ》びついた自転車が立てかけてあるのが見えた。僕は地面に下りて別の側の窓に回り、また体を引っ張り上げて中を覗きこんだ。今度は、光と影で縞模様になった木の仕切り板が見えただけだった。僕は地面に下りた。手のひらがひりひり痛んだ。皮があちこち擦りむけていた。開いた手の下には僕自身の歪んだ影があり、地面の上を伝い、直角に折れ曲がってコンクリートの壁の上を這い登っていた。僕はメランコリーの強烈な発作に襲われて、お化け屋敷の窓を後にし、強い日差しに軽いめまいを覚えながら、建物の正面に回って、エドウィンの姿を探した。僕たち二人は、まるでお化け屋敷の暗闇の中からふいに光の中にさまよい出た二つの骸骨のようだった。庇のついた通路のずっと向こう、小さな多角形に切り取られた光の中に、彼はいた。こちらに背を向け、コンクリートの池の縁に腰を下ろしていた。僕は再び日陰になった通路を歩き、多角形を抜けて光の中に踏み出した。空っぽの池は深さが六十センチ、さしわたし十五メートルぐらいで、ネバダ州のような形をしていた。雑草がコンクリートを割って勢いよく伸び、隅のほうには小さな木さえ生えていた。しわくちゃの煙草の箱や、アイスキャンディの包み紙、アイスクリームの木のスプーン、瓶の王冠、ソーダ水の瓶の破片などが転がっていた。エドウィンは右の脚を池の縁から垂らし、左の膝を立ててその上に左の肘を乗せ、左のこぶしで頭を支えていた。僕は彼の後ろから近づき、声をかけようとした――と、その時、鮮やかな緑色の水が、雑草だらけのコンクリートの上にみるみる拡がって池を満たし、長い木の仕切りが現れて迷路を形づくり、白いハンドルのついた赤いモーターボートが数隻、黄色の斑点が揺れる緑色の水路を遠くの日なたのほうに向かって滑るように遠ざかっていった。舟着き場の木の屋根の日陰に立って見ているエドウィンと僕の足元には、無人のボートが浮かんで僕らが乗るのを待っている。近くで見るそれはとても大きく、日陰になった深緑色の水に揺られて、ごつんごつんと桟橋に横腹をこすりつけている。Tシャツを着た男の人が棒の上に片手を乗せ、僕らがボートに乗り込むのを待っていた。もう引き返すことはできない、僕らの後ろにはおおぜい人が並んでいたし、手すりの向こうではマルハウス夫妻と小さなカレンが僕らのことを見守っていた。このちゃぽちゃぽ揺れる舟底に降りると、床板に細い水の筋が動いているのが見えた。

舟は穴があいているんだ、僕らは深さ十メートルの緑色の濁った水に溺れて死ぬんだ、でも、舟はすでに押し出され、水の上を滑り出している、僕らはすでに暗いトンネルをくぐり高く高く登っていく、シートに背中を押しつけ、関節が白くなるほどバーを握りしめ、暗闇の中をどこまでも登りつめていく、そしてついに、ついに、遠くにグレーの光が見えてくる、さあしっかりつかまって、左に大きく旋回したかと思うとまぶしい空が僕らの目を射る、それでもああ信じられないまだ登っていく、歯を食いしばって白と赤のまだらになって今にもはち切れそうなこぶしを見る、ここは高いところなんかじゃない、地上千メートルなんかじゃない、下を見るな見たら死ぬぞ、でも結局は目を開けて見てしまう、恐ろしいレールの谷底を、小さな点のような赤いモーターボートを、澄んだ水際の野原を、そしてレールの角度が水平になると、前のシートで悲鳴が上がり、女の子の長い髪が風にたなびく、空の頂上で、待ち受ける落下の前に一瞬の静止があり、ついでシャツの背中がパラシュートのように脹《ふく》らみ、僕らは歯をくいしばる、耳をつんざくような轟音とともに空を切って疾走し、どんどんどん地面が近づいてきて、ついには一番底のレールの間から生えている雑草の、長い三枚の葉までが静止画像を見るようにくっきりと見えたかと思うと僕らは地面に激突する、その瞬間観音開きの扉がばたんと開き、そこはもう悲鳴で一杯の暗闇だ、僕らは曲がりくねったレールの上を揺られ、ピアノ線が顔に触れるほど近くでぼうっと光る骸骨たちが檻の中で起き上がる、と思う間もなく再び扉がばたんと開いて僕らは空に飛び出す、横から下を見ると、僕らの乗った飛行機の影が、はるか下の地面の上でゆっくり旋回している、影は平らな草地を撫で、ベンチの上でさざ波のように揺れ、ピンクの綿菓子や黄や赤の風船で花が咲いたようなモールの人波を黒い幽霊のように縫い、チケット売場にぶつかって垂直に起き上がり、そしてまた平らな草地を撫で、ベンチの上でさざ波のように揺れ、幽霊のように人波を縫い、その時ふいに子供の泣き声がして、いくつもの顔が仰向いて空に上がっていく赤い風船を見上げる、風船はお化け屋敷の屋根を越えて真っ青な空にのんびりと昇っていき、ゆらゆら揺れる白いひもをぶら下げたままだんだん小さくなって、ついには鮮やかな一点の赤となる、そして僕らの乗った観覧車のゴンドラが一番てっぺんで止まり、下を見ると、人がみんなマネキンみたいだ、おもちゃの屋根、箱庭の林、鏡みたいなのはモーターボートの池、あの青い線が入江で、遠くに草地が、白い石油タンクが、送信塔の十字架が、工場の煙突の白い煙の花が見える、そしてゆっくりと下に降りていくと、マスタードと、ザウアークラウトの匂いと、シュガーコーンに入ったピスタチオ・アイスクリームの味と、メリーゴーランドの音楽と、ライフルから鉛の弾が飛び出すぽんという音が混ざり合い、赤いチケットが風に舞って、夏の午後の色という色が、つややかな絵はがきのようにきらめき、暗闇でまばゆい純白のスクリーンに映写されたカラースライドのように思い出の中で明滅する。そして部屋のライトがつくと、エドウィンがそこにいた。雑草が伸び放題で小さく萎縮したコンクリートの池の縁に腰を下ろし、髪を乱し、ジャンパーの袖口から細い手首をのぞかせたエドウィンが。僕は思い出に胸をつまらせ、明るい昼の光を呪った――ちょうどこれを書いている今、蒸し暑い部屋に閉じ籠もり、ランプの明かりに向かいながら、いつまでも明けない夜を呪っているように。「エドウィン！」僕は叫んだ。「何を考えてるんだい？」まるで僕がそこに立っているのに気づかなかったかのように、エドウィンは、素早く振り返った。それから埃で曇ったレンズ越しに顔をしかめて僕を見上げ、アレルギーで真っ赤になった鼻をぬぐうと、不機嫌そうに言った。「まだ帰らないのかい？　頭が割れそうに痛いんだ」エドウィン、君はずるいよ。いつだってそうなんだ。

4

僕がエドウィンに初めて会ったのは、一九四三年の八月九日だった。僕は一九四三年二月六日生まれで、正確に言うとその日生後六か月と三日だった。こうして僕個人に関する記述をさしはさむのは別に自分が目立ちたいためではなく、本題を細部まで的確に伝えたいからなのだ。その目的のためにさらに付け加えるならば、僕の家とマルハウス家は隣同士で（僕の家はベンジャミン通り二九三番地、彼の家は二九五番地だった）、よく晴れたその夏の日、僕の母はマルハウス夫人が退院してくるのを朝からずっと心待ちにしていた。そして、僕のずば抜けた神がかり的なまでの記憶力のよさは、多くの人が認めているところである。

僕はがたごとと歩道を移動していった。乳母車の庇が僕の上に濃いブルーの影を落としていたが、足だけは温かい光の帯の中にあって、僕は心地よげに両のくるぶしをくねらせた。通り過ぎる木々の影が僕の明るい足の上をさざ波のように滑った。乳母車の一角には絹糸のように細くつややかなクモの巣があって、それが日を受けて、宝石でできた迷路のようにきらめいていた。乳母車の縁ごしに、黒い電信柱の帆柱《マスト》が、澄んだ青空の海をゆっくりと渡っていくのが見えた。そしてその空に、僕がお風呂の中でいつも遊んでいたゴムの鯨とまさしく同じ形の小さな白い雲*が浮いていたことまではっきりと思い出される。僕の母は、僕にも、そしてたぶん誰にも意味のわからないおかしな赤ん坊言葉で、しきりに何か話しかけていた。僕はそれがうっとうしくて、ピンク色のガラガラ――トゥィードルダムとトゥィードルディー**が肩を組んでいるデザインのもの――を振って母を撃退しようとした。しかし母はそんなことにはお構いなしに、これから起こる心躍る出来事について僕に話し続けた。彼女は朝からずっとそんな風にそわそわして、僕の柔らかい髪を撫でつけながら、同じことを繰り返していた。したがって、アメリカ文学史にとって幸運なことに、その八月の晴れた朝、僕の五感は、これから起こる出来

＊『ハムレット』第三幕第二場のパロディ。（ハムレット「あの雲が見えるか、ほら、あのらくだのような形をした?」ポローニアス「なるほど、まことにらくだにそっくりで」ハムレット「いや待てよ、いたちかも知れぬ」ポローニアス「なるほど、背のあたりなどいたちそのものですな」ハムレット「いやいや、鯨に似てはいないか?」ポローニアス「おお、まさしく鯨にそっくりですぞ」）

＊＊『鏡の国のアリス』に出てくる双子。

事の重大さを痛いほどに感じ取っていた。

乳母車が突然止まった。左へ曲がる。激しい揺れが二度——がたん、ごとん——そしてふたたび僕は快適に進んでいった。しかし、濃いブルーの影はすでにくるぶしのところまで進出し、クモの巣は母の親指に破られてだらりと灰色に垂れ下がっていた。乳母車の縁越しに、見慣れた白いドアの最上部が見えた。その上には三角形の白い板壁と小さな赤い屋根があり、そのさらに上には、どこまでも規則的に連なる白い板壁と一枚の窓が見えた。再び方向転換。地面がやかましい音をたてるコンクリートから静かな芝生に変わり、乳母車が停まった。上から二本の腕が伸びてきて僕を抱き上げ……しかし、そんなところは飛ばして肝心の部分に進もう、エドウィンが昔よく言っていたように。

母がふいに押し黙って、カーペットを敷いた階段をマルハウス夫人の後について忍び足で登っていくにつれて、僕の生後六か月の心臓は激しく高鳴った。息苦しいほどの期待に、僕は母の腕の中で親指をしゃぶった。エドウィンは眠っていた——彼はいつだって眠っていた——母はドアをくぐり、見知らぬ薄暗い部屋、しかし後には隅々まで知ることになるあの子供部屋に入っていった。二人の母親たちの押し殺したような興奮と突然の闇が僕をおびえさせたが、見知らぬ薄暗い叱責を招くのが恐ろしくて泣くこともはばかられた。エドウィンはといえば、両開きの窓の横に置かれた木のベビーベッドの中ですやすやと眠っていた。窓にはまだそれほど日が当たっていなかったが、緑色のシェード（その頃はまだブラインドではなかった）が下ろされていた。母が何かあやすような声を立てながらベビーベッドの上にかがみこんだ時、僕は初めて未来の『まんが』の作者の姿を見た。彼は、空色の地に赤いリンゴと黄色の洋梨の模様がついたブランケットにくるまって眠っていた。彼の足元には、表紙に金文字の書かれた、赤く分厚い本が置かれていて、それが半ばブランケットに埋もれて、まるでミニチュアの山のように盛り上がっていた。後年、エドウィンと二人でマルハウス家の階段の下にあるマホガニーの大きな本棚を眺めていた時、僕はその時と同じ本を見つけて驚きに打たれた。表紙の金文字は〝デイヴィッド・コパフィールド〟となっていた。僕としてはここで、エドウィンが生後八日目にして早くもディケンズの名作に親しんでいたと書きたいところだし、事実そうだったのかもしれないが、より現実的な解釈をするならば、マルハウス氏はその年の秋、大学でヴィクトリア朝文学を教えていて（エドウィンはかつて、ヴィクトリア朝という言葉を聞くと、剣での決闘シーンや切り裂かれた赤いカーテンのいっぱい出てくる映画を思い出すと語った）、何かの拍子でうっかり本をベビーベッドの中に置き忘れたのだろう。そしてたぶん、僕がエドウィンと初めて対面しているその同じ時、父親のマルハウス氏は階下でその本を必死に探し回っていたかもしれない。エドウィンはぴくりとも動かなかった。彼は老衰で死んだ人のように見えた。むっちりとした両腕をブランケットの上に出し、肘を外に向けて胸の上に置き、顎の下あたりで祈るように両のこぶしを合わせていた。ふわふわとした前髪の下の老成した顔には、瞑想的な表情が浮かんでいた。まだ睫毛《まつげ》の生えていないまぶたに覆われた目は、大理石の彫像の、瞳のない白い目に似ていた。僕が見ていると、小さなこぶしがゆっくりと回り、内側に並んだ皺だらけの指が見えた。頭がかすかに動いてこちらを向いた。そして、ゆっくりと、夢見がちにまぶたが開いて、大きな灰色の瞳が現れた（大きくなるとその瞳は深い茶色に変わった）。エドウィンはまっすぐに僕の目を見つめた。十年後、伝記の材料を集めるためにエドウィンと夜遅くまで語りあった時、僕は彼に、僕らが最初に会った時のことを覚えているかと（半ば冗談めかして）訊いてみた。すると彼はもちろんはっきり覚えていると（半ば冗談めかして）答えた。「誰かがいやに近くから覗き込んでいるなと思ったら、それが君だったんだ」彼はそう言って笑い、僕ははっとなって身を引いた。彼が本当に覚えていたのかどうか、今となってはわからない。ただ、エドウィンの生涯最初の記憶が他ならぬこの僕であるかもしれないということの一つの証として、その夜の会話の断片をここに記すことにして、先を続けよう。エドウィンはまぶたを開け、まっすぐ僕の目を見つめた。もしかしたら、あまりにも突然のことだったからかもしれず、目を覚ますと見知らぬ家にいたことに驚いたのかもしれず、あるいは単に冗談好きな彼の人生最初のジョークだったのかもしれない。とにかく、まず皺だらけの小さな手が前後にくねりはじめ、ついで滑らかだった顔に無数の皺が走り、そしてついに、まるで今はじめてこの世に生まれ落ちたかのように、激しく、火がついたように、この伝記の主人公となるべく運命づけられた彼は泣き声を上げ始めた。

5

「あらあら」僕の母が言った。「かわいそうに、エドワード」

「エドウィンよ」マルハウス夫人が言った。

「ああ、そうだったわね、あたしったら。エドワードじゃなくて、エドウィンね」

「いいのよ。みんな間違うんだから。あたしたち、この子になにか特別な名前をつけてあげたかったの。もちろん変な名前じゃなくね。エドウィンなら、お友達はみんなエドって呼ぶだろうし、ありふれたエドワードなんかじゃないというわけ。よしよしよし、泣かないの、よしよし」

「まあ、ずるい子だこと」母もあやすように言った。偶然口をついて出た言葉とはいえ、母は母なりに真実を突いていた。

6

初対面は幸先の悪い、不吉なオーラに包まれたものだったとはいえ、僕らはすぐに離れがたい存在になっていった。いかにもエドウィンらしいやり方だった。彼はいかなる変化をも荒々しく拒絶するが、いったんその変化が日常の一部になってしまうと、今度は荒々しくそれにしがみつき、いかなる変化をも拒むのだ。僕らは無言の友情を育んでいった。こうして何年も経ってから振り返ると、この時期はまるで、緑したたる静寂の島のようだった。僕はその島から、荒れ狂う大海原に漕ぎ出し、二度と戻ることがなかった。グリーンとブルーの八月、僕らはニスで光る彼のベビーベッドの柵ごしに見つめあった。オレンジとブルーの十月、僕らは並んで、ベンジャミン通りを乳母車で揺られた。黄色い葉が一枚空から落ちてきて、エドウィンのブランケットの上に舞い降りた。白とブルーの十二月、僕はエドウィンに雪の玉をあげ、彼はそれを食べようとした。彼は父親にさかさまにだっこされ、足の裏に息を吹きかけてもらうのが好きだった。僕の一歳の誕生日に(二月は灰色の月だ)、僕はエドウィンにケーキを一切れあげた。彼はそれを宙に向かっていきおいよく投げ上げ……後は言わない方がいいだろう。四月に雨が降り、五月の花を運んできた。時は――エドウィンなら決してこんな言い方はしないだろうが――時は、流れた。

無言の友情、と書いたが、僕らが文字通り無言だったわけではない。言葉という名の侵略者は、まだ僕らの静かなる蜜月に押し入ってはこなかったが、あたかもその前ぶれのように、僕らの家のドアを叩き、ドアノブをがちゃがちゃ回し、窓に雪玉を投げつけ、騒々しくその存在を主張した。つまりどういうことかと言えば、僕らはさまざまな音を使って意思の疎通を図っていたのだ――ぜいぜい、ごろごろ、くすくす、ぶくぶく、むしゃむしゃ、もぐもぐ、ごくん、げっぷ、どしん、ばたん、ごつん、ごくごく、ぴちゃぴちゃ、ふうふう、ふんふん、ぶんぶん、くんくん、ちゅうちゅう、ぶーぶー、きーきー、きゃあきゃあ、ぶつぶつ、がりがり、ごろごろ、がらがら、ごほごほ、げらげら。もちろん、上記以外にも無数の分類不能の音、ほんの一例を挙げるならば、がっしゅ、じゅぶるじゅぶる、ふぃっふ、こっほ、ひゅんひゅん、みっしゅ、うぐうぐ、けはけは、ぬるずる、にりにり、ぷふ、しゅしゅしゅのようなものもあったし、時には、ずるべちゃごくん、くしゃんひっくげっぷ、げらごほげほのような複雑なものすらあった。エドウィンの前言語期の語彙は実に多彩であり、彼の最も初期の言語的実験を記録する能力が当時の僕になかったことが、今となっては悔やまれてならない。それでも、そのうちのかなりの数を僕は記憶している。なぜなら、僕はその頃から兄のような愛情と、すでに芽生え始めていた伝記作家としての好奇心とをもって、エドウィンを見守っていたからだ。以下に記すのは、生後三か月以前のエドウィンの口から発せられたと、僕が自信を持って断言できる音声の数々である。

あぁぁぁぁ（泣いている）
んんんんん（不満の表明）
くくくくく（笑っている）
ぐぐぐぐぐ（笑っている）
ちぃぃぃうぅぅ（くしゃみ）
ふっぷ　ふっぷ　ふっぷ（しゃっくり）

はぁぁおぉぉ（あくび）
たたた（歌っている）
ふす――（よだれを垂らしている）
いぃぃいぃぃ（叫んでいる／歌っている）
ぶ・ぶ・ぶ・ぶ・ぶ（不明）

生後六か月になると（僕はすでに一歳になっていて、歩き始めていた）、エドウィンの語彙はさらに複雑なものになっていった。

かくーか
ぶしゅ――――
だむ　だむ　だむ
しゅふ――（〝ジェフリー〟の原形か？）
きぃいぃい（笑って両手をぱたぱたさせながら）
くふーく（カフカへの言及か？）
どうくん――ず（同ディケンズ）
しゅくすぷ・ぷ・ぷ（同シェイクスピア）
かるー

かれい（『鏡の国のアリス』よりの引用*？）
あぁぁぁいぃぃぃぃ（歌っている）

後年、音声の領域におけるエドウィンの大胆な試みのいくつかは、より洗練された、上品な音の出現とともに鳴りをひそめてしまった。そうしたものの中で、巧妙なげっぷと絶妙なおならもさることながら、唾液を使った技巧は、まさに驚異的の一言に尽きた。ああ、彼がよだれを使って奏でた、ずるずる、ぴちゃぴちゃ、ぶくぶく、ごぼごぼ、がらがらなどの音が複雑にからみ合った妙なる調べの美しさを、どうしたら大人の読者たちに伝えることができるだろう！　それは、湧き上がるクレッシェンドと怒濤《どとう》のフォルティッシモ、奔流《ほんりゆう》のグリッサンドとせせらぎのピアニッシモ、たゆたうプレスティッシモと噴き上げるアルペジオに彩られた無上のソナタ——垂れ、したたり、流れ、ぬめり、泡立ち、撥《は》ね、飛び散り、あふれる唾液の一大シンフォニーだった。大人たちの話す言葉はあまりにも遊びがなさすぎる、とエドウィンもよく言っていた。

　伝記作家は今、少々水気の多い赤ん坊のエドウィンが目を輝かせて音の世界に遊ぶ姿を、ほのぼのとした愛情とともに思い出す。イルカが無心に水と戯れるように、スクルージ・マクダック**がうっとりとコインのプールに飛び込むように、エドウィンは嬉々として言葉の海に身を投じた。のちのエドウィンの高度に洗練された言葉との戯れは、音

＊『鏡の国のアリス』中の有名なナンセンス詩「ジャバウォッキー」に出てくる、意味のないフレーズ。

声が物を表すものではなく、物そのものであり、彼にとって最上の玩具であった生後間もないこのころにまで遡ることができるかもしれない。彼はその玩具をこね、弾ませ、舐《な》め、呑み込み、何千通りもの愉快な形に変形させて戯れた。言わば、幼いエドウィンにとっての言語とは、ゴムの犬であり、ガラガラであり、母親の乳房だった。後年エドウィンは、初期における〝言葉の物性〟とでも言うべきものを、さまざまの方法で取り戻そうと試みた。たとえば、彼は家のマホガニーの本棚から分厚い本を一冊引っぱり出し、今からヘブライ語の本を読んで見せると言って最初のページを開けると、ゆっくりと、できるだけ低い、威厳をこめた声で朗読を始めるのだった――。

ティウルフ・エフト・ドゥナ・エクネイデボシド・ツリフ・スナム・フォウ。
エツァト・ラトロム・エソウ・イールト・ネディブロフ・ター卜・フォウ。
イオウ――

＊

彼は〝ネディブロフ〟であやうく吹き出しそうになり、〝タート・フォウ〟で持ち直したものの、〝イオウ〟のところで戦争映画のロケットの音を真似て――いぃいぃいぃおううううう――ついに腹を抱えて笑い出した。それからエドウィンは、当時一歳半だった妹のカレンに、何時間にもわたって無意味な言葉をこんこんと説いて聞かせ、娘の知能の発育に神経を尖らせるマルハウス夫人を悩ませた。それらの言葉に、カレンはまるで秘密の暗号をやりとりするかのように、ある時は真面目に、ある時は笑って、同じくらい無意味な単語で応えるのだった。

静かに幕を開けて騒々しく終わるこの時期の思い出を、僕はある一つの情景、前言語期のまったただ中にあった生後六か月のエドウィンのある日のスケッチで締めくくろうと思う。彼は赤いTシャツにおむつで膨らんだパンツをはき、ベビーサークルの真ん中に暖炉を背にして、居間のドアのほうを向いて座っている。そのドアは内側にブラインドを取りつけたガラス戸で、そこを開けると、靴や傘が乱雑に置いてある狭い玄関に出るようになっている。彼の右手にはピアノがそびえ、左手にはソファと小さな楕円形のテーブルがある。誰もいないソファの向こうにはマホガニーの本棚の上部と、天井の上に斜めになって消えていく階段の手すりが見えている。ソファの後ろと本棚の間の、絨毯《じゆうたん》のない狭い通路は、ここからは見えない広大なキッチンのドアへ続いている。キッチンはちょうどエドウィンが背にしている壁の裏側にあり、そこからマルハウス夫人のたてるカチャカチャ、ザーザーという音が聞こえてくる。僕はベビーサークルとピアノの中間の、焦げ茶の地に濃いグリーンの木の葉が散った柄の絨毯の上に座って、エドウィン

＊＊　（43ページ）ドナルドダックのスコットランド生まれの叔父。〝世界一金持ちのアヒル〟で、地下の貯蔵庫にある金貨の池の中にダイビングするのが趣味。

＊　ミルトン『失楽園』の冒頭〝Of Man's first disobedience, and the fruit / Of that forbidden tree, whose mortal taste /....woe〟を逆から読んだもの。

の右の横顔を見ている。ブラインドの隙間から切れ切れに輝く窓の向こうには、雪の吹き溜まりが陽光を受けてきらめき、粉雪が風に巻き上げられて青空に舞っている。しかし、壁一つ隔てた室内は、真夏の暖かさだ。部屋に四つある窓のブラインドは上向きに調節され、そこから明るい光が降り注いでいる。光はブラインドのエッジの一つ一つに降り注ぎ、キッチンに通じる戸口からあふれ、家の外壁をぐいぐいと押し、氷のように冷たいガラスを通って急に居間の暖い空気に触れ、固いいましめを解かれて輝き、砕け、伸び、膨張し、部屋に充満し、ついにもろい壁は朝の光の圧力に耐えきれず、今にも破裂しそうになっている。光はマホガニーの本棚の角を磨き、ピアノランプの真鍮《しんちゆう》の脚にワックスをかけ、写真立てのガラスをいっぱいに満たして中の写真を見えなくする。暖炉の上では大きな牡蠣殻《かきがら》が虹を作っている。透明なガラスの花瓶に入った水の反射が天井に映り、表を車がチェーンを鳴らしながら通り過ぎるたびに、淡いグリーンやブルーがゆらゆらと揺れる。部屋の空気には、そこはかとなく煙草の匂いが漂い、それを辿っていくと、ドアの向かって右手にあるランプテーブルの上の深い灰皿に載ったパイプがその元であると知れる。テーブルの隣には、つややかなアームに白いレースを掛けた茶色の肘かけ椅子があり、真ん中のへこんだクッションの窪みが、見えないマルハウス氏を支えているように見える。ドアの左手には背の高い、模様を彫った箱のようなものがある。一番上は上げ蓋になっていて、大人たちはよくそこを開け、黒くてつやつやした円盤を載せている。僕がそこに座り、自分がいつか大きくなって、そのたんすの一番上を覗き込める日のことを夢見ていると──伝記作家だって夢を見るのだ──ふいにその魔法の箱から音が聞こえてきたような気がする。虫の羽音のような低くうなる音は、イナゴの大群が近づいてくるようにだんだん大きくなってくる。エドウィンが突然ニッと笑ったので、僕は彼のほうを向く。そして音の主が箱ではなく彼であることに気づく。彼の笑いは、んんんんんから、いいいいいいに変わり、いいいいいいはさらに大きくなって、急に、くくくくくくになる。よだれがひとしずくエドウィンの口の端に現れ、小さな両手が握ったり開いたりし始める。来たるべき音の祭典に備えて、チューニングをしているのだ。みなさん──エドウィンはよく言ったものだ──ごっせぇいしゅくに！ふたたび低いうなるような音が始まる。今度は、ぷるんぷるん、あるいはぶるんぶるんという音が混じっている。これは下唇を指でつまんで出す音で、彼が僕から学んだ技法だ。それを主旋律にバックは、んんんんんん、から、ああああああ、そして、いいいいいいと変化していき、やがて旋律は唇の間から舌を突き出す、ペッペッという破裂音になる。ペッペッはけたたましいコッコッに変わり、すぐに湿ったPの連続音に移行する。唾液が大量に口からあふれ、彼の顎を光らせ、赤いTシャツを暗く染める。音は次第に水気を増し、ごぼごぼ、ずるずるという低い音に変わる──と思いきや、再び上機嫌のいいいいいいが始まり、早いピッチでいいいいいいいえええええええいいいいいいいが繰り返される。と、長くぷしゅぅぅぅぅぅぅと尾を引いて、彼はしばし考え込む。小さなこぶしを握ったり開いたりし、Tシャツをよだれでぐっしょり濡らしたまま、エドウィンは決然と天井に目を上げ、ついに高らかに歌い始める。

きいいいいいいいいいいいい
あああああああああああ
きいいいいいいいいいいいい
あああああああああああ
くううううううううううううう
きいいいいいいいいいいいいいいいいいいいいいいいいいい
あああああああああああ
くううううううううううううう
あああああああああああ
くうううううううううううううううううううううううううううう

賢明な読者なら、これがエドウィンの最初の詩であることはすぐに察しがつくだろう(後年、彼は奔放な即興《インプロヴィゼーション》を控え、より地道で温厚な表現方法に頼るようになる)。彼の声はますます大きくなっていく。次に唇を丸め、濃厚なフランス語のyの発音でいいいいいいいいいいいと歌い上げ、その深い響きがさらに素晴らしく澄んだ、えええええええええええええに移った時、マルハウス夫人がキッチンの戸口のところに現れる。

濡れた手に白い布巾を握りしめ、小鼻を膨らませ、唇を固く結び、目は恐怖で見開かれている。そんな彼女に見向きもせず、エドウィンは歌い続ける。朗々と、歓喜にあふれ、唾液に輝き、無心に、奔放に、野放図に。

ぼくの手

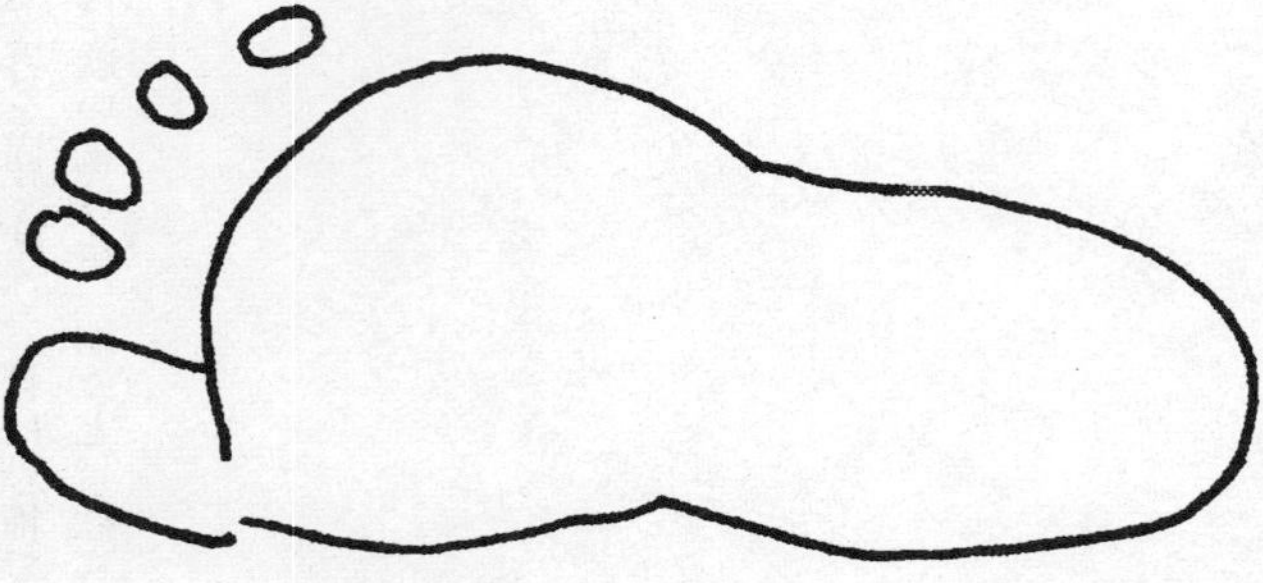

ぼくの足

(1949年2月18日、生後6ヶ月半。アルバムの手形、足形より転写)

7

前頁の興味深い図は、一冊の色褪せた薄い資料から写したものである。詰め物をした表紙に『ぼくの生い立ち・赤ちゃんの記録』というタイトルが付されたこの冊子の中で、エイブラハム・マルハウス氏は彼の第一子にして一人息子の成長の記録を、愛情をこめて克明につづっている。のちにエドウィンが繰り返し読むことになるこのアルバムはいくつもの項目に分かれていて、それぞれ〝ぼく、生まれたよ〟〝たいじゅう、しんちょう〟〝さいしょの　あんよ〟〝はじめての　りょこう〟〝おたんじょうび〟〝ぼくのしたこと　言ったこと〟〝おもいでの日〟などのタイトルが付けられていた。エドウィンが特に気に入っていたのは〝ぼくのかみの毛〟というページで、そこには彼の六か月の時の本物の髪の毛が、セロテープで丁寧に貼りつけられていた。しかし、伝記作家である僕がこのアルバムを見る目はもっと冷静である。マルハウス氏は盲目的なまでの情熱をこめて、一つの生命の成長の過程を細部まで記しており、その新米の父親の熱意には、たしかに頭が下がる思いではある。が、真の伝記作家の目で見た場合、この文献は価値の低いものだと言わざるを得ない。自らもまた芸術家である伝記作家には、一人の人間の生涯の中に運命の隠された意図を読み取る以外のことは、一切興味がないのだ。僕がこうした図をわざわざここに掲げたのは、真の伝記というものの意義と性格について、読者諸兄に考えていただきたかったからだ。なぜなら、この伝記の目的は一人の人間の人生の表面だけをなぞるのではなく、内なるシナリオを読むことであり、上っ面の特徴を描写するのではなく、目に見えぬ魂を描き出すことにあるのだから。

この時期になると、いくつもの、ありふれた身体的な変化が——非凡なエドウィンにさえ——起こり始めた。しかし、この伝記作家は、そんなものには何の興味もない。『ぼくの生い立ち・赤ちゃんの記録』を元に、それらの変化をごく客観的に、機械的に記しておくことにする。

十二月三十一日　後ろ向きにハイハイをする
一九四四年一月二十二日　前向きにハイハイする（ただし、すぐに転ぶ）
同　二月二十二日　自力で座る
同　二月二十九日　ハイハイする（今度は本当に）
同　三月二日　素早く、かつ広範囲にハイハイする
同　三月三日　ベビーサークルの中で直立
同　三月十一日　ベビーサークルの柵につかまって、横に歩く
同　三月三十一日　テーブルにつかまって、前に二歩歩く
同　四月三十日　自力でひざまずく
同　四月三十日　自力で立つ
同　五月二十六日　ハイハイの姿勢から何にもつかまらずに立ち上がる

同　六月四日　一歩だけ歩く
同　六月十一日　歩いた！（一度に十歩前後）
同　八月一日（一歳の誕生日）　自力でソファに登る

四月三十日の項に関して、僕自身のささやかな記憶も付け加えさせてもらうと、エドウィンは立ち上がる時に僕のズボンのポケットにつかまって、それから手を離したのだ（おかげで僕のポケットは少しだが破れた）。その春の彼はよく、乳母車の前に大船長のようないかめしいポーズで立ちはだかるようになった。アイスクリーム・コーンを食べたり、ボタンを噛んだり、一時期はテーブルの角をかじるのも好きだった。僕は思い出す。母親の赤いスカートから、どうにかして黄色い花を取ろうとするエドウィン。頭を片方にかしげ、茶目っ気たっぷりに、はにかむような笑みを浮かべるエドウィン。カスタードクリームを見て、うっとりと唇をうごめかすエドウィン。大好きな動物のぬいぐるみたちの頭を撫で、好きな大人の脚に顔をうずめ、優雅に折り曲げた親指をしゃぶるエドウィン。七月四日の独立記念日、遠くの花火の音におびえた彼は、一人で勝手口の階段を登った。初めての誕生日、彼はちょっとしたダンスを披露した（ソファの上で）。僕は八本入りのきれいなクレヨンをプレゼントしたが、彼はそれをキャンディと勘違いした。

さて、エドウィンの最初の一年を締めくくるにあたって、当時から始まって最後まで続く僕とエドウィンとの特別な関係について、ここで少し触れておこうと思う。最初の対面の瞬間から、彼が観られる側であり、僕は観る側だった。確かに、僕は彼より六か月年長だった。六か月といえば、赤ん坊にとっては大変な歳月だ。エドウィンは僕に敬意を払い、僕から学び、時には僕を模倣さえした。そしてさらに、僕がずば抜けて知能が発達しており、同じ年の子供の知的水準をはるかに上回っていたことを付け加えたならば、読者が僕は僕なりにエドウィンの芸術の魂とスタイルの形成にささやかではあるにせよ影響を与えただろう、と結論づけたとしても性急のそしりを受けることはないだろう。それでも、特別だったのはあくまでエドウィンのほうであり、僕ではなかった。むろん彼も、最初から特別なところがあったわけではない。彼の両親がその息吹を吹き込んだのだ。マルハウス夫人は、母親なら誰もが自分の子供に本能的に抱く優越意識と、自分の血筋の後継者への誇りとに加えて、夫エイブの息子が特別でないわけがないという確固たる信念を持っていた。そして、常に素直な良い子だったエドウィンは、母親の期待を裏切らなかった。マルハウス夫人は大学教授や画家、外科医、弁護士、オペラ歌手、著名なヴァイオリニスト、ピアニストを尊敬していたが、同時に――西洋文学史にとって幸運なことに――文学や偉大な作家にも敬意を表していた。もしも彼女が文学嫌いで飛行機を愛していたら、エドウィンは間違いなくパイロットになり、虹の彼方に露と消えていたであろうと、僕は信じて疑わない。それもこれも、彼が素直な良い子だったからだ。そうさ、エドウィン。違ったなんて言わせない。君は全世界を夢やマンガにたとえて嘲笑したかもしれないが、それでも素直な良い子だったんだ。彼はまるで、現世を信じていないくせにカースト制度は頑なに守るインドの人々のようだった。マルハウス氏（〝教授〟の敬称が付くのは一九四九年以降だ）のほうはといえば、エドウィンの将来に関しては全く無頓着のようだった。彼は、自分の息子の将来が自分にとって承認しがたいものになろうはずがないという、非常に明快な論理を持っていたのだ。僕の知らない最初の産声の瞬間から、コウノトリの最初の羽ばたきから、エドウィンは両親の愛と期待に包まれ、輝いていた。だから、最初から彼が観られる側の人間であって、僕は観る側だった。僕が自分のその役割を悔やんだことは一度もない。むしろ反対だ。観る側にも、観られる側と同じくらいの歓びがあるのだ。それに、観られる側の払う代償は、いかに大きいことだろう？　観られることがエドウィンにとって苦痛でなかったと、誰に言えるだろうか？　彼はどれほどそっとしておいて欲しいと願ったことだろう？　一条のスポットライトが陰から陰へ逃げ回り、自分の姿を隠そうとしてもしょせんは無駄なのと同じことだ。エドウィンは、王子が忠実な家来に敬意を払うように、僕に敬意を払ったにすぎない。両者の立場が入れ替わるなどということは、決してあり得ない。孤独をもてあました王子が手なぐさみに家来を呼び、ささいな国事についての意見を求める。すると影のような家来は、束の間、王子の政務の一端を担う栄光に浴す。そして王子は、それきり家来のことを何日も、何週間も、あるいは何か月も、ふたたび家来の助けが必要になる日まで忘れてしまう。しかし家来のほうでは、王子を一時たりとも忘れはしない。王子が決して足を踏み入れることのない召使部屋で、夜毎独りきり彼の頭の中を駆け巡る奇怪な想いの数々を、いったい誰が知っているだろう?

8

美しく晴れ上がった夏の朝だった。空はイースターの卵のブルーの染料に何時間も漬けこまれ、庭の芝生はグリーンのセロハン紙の色で輝いていた。マルハウス家に面したキッチンの窓から僕の母が眺めていると、ヘレン・マルハウスがエドウィンを抱いて裏の勝手口に現れ、灰色の階段を四段下り、庭の芝生を僕の家のほうに向かって歩き、家の角に沿って曲がり、マルハウス家のガレージの陰に消えるのが見えた。それを見ると、僕の母もすぐに僕の手を引いて勝手口に出ていった。僕と母は階段を下り、庭とも家の脇ともつかない曖昧な部分の芝を横切ってマルハウス家の庭との境をなす小さな斜面を下りていった。マルハウス家のガレージは家と同じ白い壁と赤い屋根で、マルハウス家のミニチュア版のようだった。僕と母はそのガレージの裏の壊れかかった鶏小屋と家庭菜園の間を抜け、右に曲がって小さな楽園のようなスペースに出た。ピンクのバラが咲き乱れる白い格子垣が、家の横から通りに沿ってガレージの前まで延びていた。芝生の真ん中には、白い丸テーブルがあり、それを半円形に囲むように、鮮やかな色に塗り分けられた背もたれのゆったりとした木の椅子が三つ置かれていた。テーブルの中央には白いフリンジのついた赤いパラソルがそびえ、その影がテーブルに落ち、芝生にこぼれ、僕と母の足元にまで延びていた。マルハウス夫人は、グリーンのサングラスに白のタンクトップ、赤いショートパンツというでたちで、向かって一番左の黄色い椅子に座り、本を読んでいた。彼女は椅子を少しテーブルから離し、日に焼けていない白い脚を激しく照りつける日の光にさらしていた。足元の芝生の上には白いサンダルが脱いであり、椅子のアームの上には、青い眼鏡ケースが載っていた。サンダルの横に、首に赤いリボンのついた小さなシマウマのぬいぐるみが転がっていた。問題――エドウィンはどこにいるのでしょう？

「あら」マルハウス夫人は、本から目を上げて僕と母を見ると、サングラスをはずし、まぶしさに顔をしかめながらほほえんだ。

彼女の背後には、家の横に沿って細長い花壇があり、オレンジや黄色の百日草が、紫と黒のパンジーに混じって咲き乱れていた。黄色と黒の縞模様の大きなマルハナバチが、家の白い板壁の上に縞のない等身大の影を落としていた。花壇と格子垣がぶつかる角には房飾りのついた薄いグリーンのクッションが置いてあり、その上に柄の赤い、銀色の先の部分が三つに分かれた熊手が載っていた。クッションの隣には園芸用のごつい手袋が落ちていて、その片方は手のひらを上に向け、軽く曲げた指が、落ちてくるオレンジを受け止めようとしているように見えた。テーブルの向こうには、マルハウス夫人の座っている黄色い椅子の隣に白い椅子が日を受けてまぶしく照り映えていた。その隣には、グリーンの椅子がまるで濡れているように輝いていた。

「すぐおいとましなくちゃ」僕の母は言った。「でも、ジェフィにも話してたんだけど、こんないいお天気でしょ。家の中でお皿を洗ってるなんてもったいなくて。こないだ素敵な皿洗い機を見つけたんだけど、聞くと便利どころかかえってやっかいだって言うじゃない？ それにしてもこの庭、ずいぶん頑張って素敵にしたわねえ。ほんとにきれい、信じられないわ。あのバラもきれいだこと。ウ——ゥ、ほらジェフィ、こわいハチさんねえ。エドワードは？」

「エドウィンよ」マルハウス夫人が言った。

「あら、あたしエドワードって言った？ 不思議ねえ！ 忘れた頃に時々出ちゃうのよ。頭ではエドウィンって思ってるのに、口ではエドワードって言っちゃうの。なにか心理的なものかしらね？」

「なんだったら、ふつうにエドって呼んでくれてもいいのよ。でも、そうねえ。エド、エド——なんだか、それじゃエドウィンじゃないみたい。あら、座ってゆっくりしていって。ハーイ、ジェフ。今日はとっても——あ、あなた、その椅子はだめよ！」

僕の母はグリーンの椅子のほうへ行き、濡れたように光る背もたれに手をかけてテーブルから引こうとしているところだったが、マルハウス夫人が叫んだので、あわてて手を引っ込め、指を見た。マルハウス夫人は笑った。「ううん、濡れてるんじゃないの。そうじゃなくて——エドウィン、出てらっしゃい。エドウィン」それから口の横に手を当てて、僕の母に小声で言った。「この椅子はね、エドウィンの汽車ポッポなの」僕ら三人は彼の汽車ポッポである椅子に目をやった。椅子の横の脚の部分には、地面から五センチほどの高さのところに幅広の横木が渡してあった。その木と地面の隙間の椅子の後ろ側に近いところに、小さなピンク色の手がちらりとのぞいたような気がした。僕の立っている場所からは椅子の前の部分がどうなっているのかは見えなかったが、マルハウス夫人の椅子を見ると前には横木はなかった。「エドウィン」彼女は言った。「ジェフが来たわよ。さあ出てらっしゃい。エドウィン。エドウィン！」マルハウス夫人は立ち上がり、シートの上に本を置き、しかし相変わらずサングラスは手に持ったままでテーブルを回り、バラの垣根の前を通って汽車ポッポ椅子の横に立った。そして中腰になって膝に手を置き、シートの木の隙間から呼びかけた。「エドウィン、ママの言うことを聞きなさい。出てらっしゃい、エドウィン」しかし中からは、まるでヘビの返事のような、しゅっしゅっという音しか返ってこなかった。白い小さな靴がちらりと動くのが見えた。マルハウス夫人はしゃがみこみ、アームにつかまって体を支え、椅子の前の部分から下を覗きこんだ。「エドウィン、さあ、いい子だから出てきてちょうだい。エドウィン。エドウィンったら！　わるい子ね。ほんとに、わるーい子！」マルハウス夫人は体を起こした。頰が紅潮し、眉根を寄せて不機嫌な顔をしている。「ちょっと手伝ってくれる？　なんとしてもここから出すわ」そう言うと、彼女は手にしていたサングラスをかけ直した。「椅子を持ち上げるのよ。いい？　でも、そうっとね」僕の母とマルハウス夫人はそれぞれ椅子の背とアームに手をかけ、大きく息を吸い込むと重い椅子を柔らかい芝から持ち上げ始めた。椅子の脚が上がるにつれ、白い靴の片方、赤いコーデュロイに包まれた小さな膝、裸の肘、手、そして髪の毛の一部が左から右へ徐々に姿を現し始めた。椅子がさらに高く上がると白い靴が完全にあらわになった。芝に爪先をつけた靴が、斜めに上がってかかとに続き、赤いコーデュロイが水平から垂直に立ち上がって小さなお尻のところでカーブを描き、白い腹を少しのぞかせつつ青と赤の縞のTシャツにつながり、その先に柔らかく輝く茶色の髪と、草に埋もれ、半分手で隠された白い顔があった。手で庇をつくりながら地面の穴を覗いているようなポーズだった。もしかしたら、地球の反対側の中国でも覗こうとしていたのかもしれない。「もっと上げて!」マルハウス夫人が息を弾ませて言った。「こっちよ! よっこらしょ! 気をつけて!」二人はよろよろと小刻みな歩幅で、椅子をガレージのほうへ移動させた。尖った椅子の影がそれに引きずられて後退すると、後にはむき出しの芝生と、うずくまったままのエドウィンが残された。彼の頭が完全に現れると、マルハウス夫人は僕の母に合図をしてゆっくりと椅子を地面に下ろした。「エドウィン!」マルハウス夫人は呼んだが、エドウィンは動かなかった。彼女はつかつかと歩みより、腰に手を当てて彼の前に立った。僕の母がそれに続き、僕もおぼつかない足取りで後を追った。「ちょっと人見知りしてるだけよ」母がなだめるように言った。「わるーい子!」エドウィンは答えなかった。「わどぅいこ、わどぅいこ」僕が言った。エドウィンの頭がかすかに動き、片方の目が手の間からちらっとのぞいたが、すぐにまた隠れた。「いったいどうしちゃったのかしら」マルハウス夫人が言った。「まあ、かわいらしいお洋服ね」母が言った。「わどぅいこ」僕は言った。「そう。そんなら力ずくよ。よっこらしょ！」マルハウス夫人はそう言うと、かがんでエドウィンのほうに手を伸ばした。彼はさっとそれをかわし、突然頭を上げるると、狂ったように椅子の方へ這っていって、椅子の下へもぐり込んだ。「エドウィンったら！」マルハウス夫人は声を張り上げ、怒って足を踏みならした。僕の母は彼女をなだめようとした。「気にしなくていいわよ。ジェフィだってあんな風だったんだから」「でも、いつもはこんな風じゃないのよ！」マルハウス夫人はなおも言った。「まったく、どういうことなのかしら。このところ、ずっとあんな風に引き籠もってるんだから。今まではずっと順調に育ってきたのよ。なのに、ここ二週間ほど、うんともすんとも言わないの。あたし、ほんとにどうしたらいいのか」その間に、僕は椅子のほうに近づいていき、下を覗き込んだ。「わどぅいこ」僕は言った。「これ、ジェフ。いけません」母は言い、それから一段高い声で言った。「ジェフは言葉をしゃべり始めたの。すごく面白いわよ」「エドウィンだって〝ポッポ〟って言えるわ」マルハウス夫人は言った。「汽車ポッポのことなの。でも」彼女は悲しげに付け加えた。「エイブはそんなのしゃべったうちに入らないって」「ジェフは『おおスザンナ』を歌うのよ」「エドウィンだってハミングできるわ」二人は話に夢中になり、エドウィンのことをすっかり忘れていた。そのあいだに彼は汽車ポッポ椅子の下でもぞもぞと向きを変え始めていた。マルハウス夫人が「エイブは、まだ歩き始めたばかりなのに言葉のことで騒ぐのは馬鹿げてるって言うけど、でも、今までずっと順調だったのよ」と言った時、エドウィンが椅子の下からひょっこり顔を出した。僕はいつものように、彼の大きな黒い瞳と凄いまでの肌の白さに胸を打たれる思いだった——ただ、後年のような不健康な蒼白ではなく、頬にはバラ色の赤味がさしていた。エドウィンは僕らのほうを見上げて、はっきりとした声で言った。「わどぅこ」マルハウス夫人の声が、言葉の途中で途切れた。彼女はサングラスをはずした。「わどぅこ」エドウィンはもう一度言った。「聞いて！」マルハウス夫人が叫んだ。「エドウィンがしゃべったわ！」「わどぅこ」エドウィンが言った。「ああ、ありがとう！」マルハウス夫人は、神にとも僕にともつかず言った。目には涙が光っていた。「わどぅこ！」エドウィンは叫んだ。「わどぅこ！　わどぅこ！　わどぅこ！」

9

この世の初めには、沈黙があった。沈黙——あらゆる言葉の生みの母、あらゆる言葉が回帰を目指す母胎。わが人生の糧。最初の言葉がいつ、いかにして、また何故生まれたのか僕には知りようもない。しかし、それを知って何になろう？　もしかしたら、言語は沈黙の狂気の一形態なのかもしれない。広大な〝無〟が、自身の沈黙の重みに耐えかねて発狂し、わけのわからぬ音を吐き散らしているだけなのかもしれない。だとすると、僕らはみんな狂人ということになる。あるいは沈黙が眠りの中でつぶやく寝言――沈黙が柔らかな褥《しとね》の中で輾転とし、うなされる悪夢なのかもしれない。そしていつか沈黙が目覚めたら？　十一歳の魂は十一歳の魂なりに、行く末来し方に思いを馳せることがある。この意見にはエドウィンも賛成してくれたのだが、僕はこう考えている。理想的に配列された理想的な言葉は、理想的な読者に完全な沈黙をもたらす。そのとき言葉は失われた母をふたたび獲得するのだ。そして、作家に捧げられるかまびすしい賛美の言葉は、単にその作家の無能をさらけ出しているに過ぎないのだ、と。

マルハウス夫人の感謝の言葉は時期尚早だった。エドウィンは音と戯れることにのみ満足し、その音に意味を結びつけるという別種のゲームには何の関心も示さなかったのだ。小春日和が裾のほころびた秋の終わりを運んでくる頃になると、マルハウス夫人もどことなく、ほころびた疲れを見せ始めていた。「スプーンよ」彼女は言った。「スプーン。スプ――――ン」「ぷ――――」エドウィンは顔いっぱいに笑みを浮かべ、ぱたぱたと手を振りながら、そう答えた。そして銀色に光るスプーンを取ると、それを口にくわえこんで目を閉じ、食器棚の引き出しの真似をした。僕がいちじるしい進歩をとげていたことが、マルハウス夫人の失望にさらに拍車をかけた。一歳半で僕の語彙は五百語に達し、二歳の誕生日には（一九四五年二月。僕はエドウィンからゴムの雪だるまをもらった）それがさらに千語にまで増え、十の単語から成るセンテンスを話すようになっていた。同じ一九四五年二月、エドウィンは一歳半で、自由に操れる語彙はたったの三つだった——ママ、ダダ、死んだ《デッド》（〝エド〟の変形）。彼は長い沈黙の合間に、意味不明の上機嫌な独り言を散発的にさしはさむだけだった。マルハウス夫人にとっては、そのどちらもが不吉でならなかった。意味不明のつぶやきは、ペンキの剝げ落ちた部屋に住む歯のない老婆たちを連想させ、沈黙は狂気を思わせた。彼女は、まだ一歳半の我が息子の中に、残酷な老いの兆しを見るような思いがした。以後、エドウィンの短い生涯を通じて、マルハウス夫人は息子の沈黙を好む性質に絶えず悩まされることになる。彼女には、エドウィンの沈黙が音への愛着の裏返しであるということが、最後まで理解できなかったのだ。なぜなら、音にとっての沈黙とは、文字の黒さを浮き立たせるページの白さと同じなのだから。音も沈黙も、二つながらに人を惑わし、誘惑する。天国へかそれとも地獄へか、それは誰にもわからないが。

そして、エドウィンは遊び続けた——ある時は音と、ある時は沈黙と、そしてある時は他の玩具と。その年の冬、つまりエドウィンにとって二度目の冬で、最も強く印象に残っているのは夜の記憶だ。僕は二歳の頃からすでに毎晩のように彼の家に遊びにいくようになっていた。おそらく僕の母にすれば、夜の数時間を育児から解放されてほっと一息つけるという利点があっただろうし、マルハウス夫人も、僕と一緒にいればエドウィンが言葉をしゃべるようになるのではないかと期待したのにちがいない。僕は夕食が済むと毎晩、スノースーツと手袋と長靴と帽子で丸々と着ぶくれて、母に手を引かれて家を出ると、両側に雪が積み上げられた暗い歩道を歩いていった。こんもりと雪をかぶった刺のある生け垣を左に見、それがマルハウス家のガレージの前でいったん切れ、ふたたび雪をかぶった生け垣になり、また玄関の階段のところで切れる。僕は母の手をしっかり握りしめ、遠い昔に乳母車で越えた同じ階段を二段下り、シャベルで曲がりくねって雪かきされた小道を歩き、明かりの灯った玄関のポーチにたどり着く。玄関の両脇には、円錐形に刈り込んだ低い木が、黄色く光る窓の下に沿って一列に植えられている。茶色の厚いマットの向こうには白くて背の高いドアがそびえ、その上に、295という三つの赤い数字がネジで留められている。母が二度続けてドアのチャイムを鳴らすあいだ、僕はけばだったマットに長靴をこすりつけ、ついてもいない雪をこそぎ落としながら家の中の物音に耳を澄ます。ブラインドをがちゃがちゃ鳴らして居間のドアが開く音がし、玄関の電気をつける音、ついで玄関を横切る足音が三歩聞こえ、ノブに手がかけられる。じっとうつむいているとドアが内側に開き、マルハウス夫人のスリッパをはいた足が目の前に現れる。大きくてふわふわした、白い子猫のようなスリッパだ。目を上げるとマルハウス夫人が白い息を吐き、にこにこしながらそこに立っている。母はたいてい玄関口で帰ってしまうので、ひんやりとした玄関で僕のスノースーツと長靴を脱がせるのはマルハウス夫人の仕事だ。彼女は僕を連れて居間のドアを開け、玄関の電気を消し、ランプと暖炉の火だけに照らされた居間に入っていく。昼間は広く見えたその部屋も、夜になるとしぼんで、肘かけ椅子とソファと暖炉に囲まれた小さくて暖かな穴ぐらに変わっていたが、そのいっぽうで別種の広さが感じられもした。手すりの柵が斜めに連なる黒々とした階段は、大きな影を背負って不気味に息づき、音の出る例の箱には無数の目が潜んでいた。エドウィンは暖炉の前の炎にゆらめく絨毯の上に座り、色とりどりの玩具に囲まれて、重々しく木の糸巻きを床に転がしたり、紫の輪投げの輪をオレンジのポールにかけたりしている。マルハウス氏はいつも、ドアの左手の茶色い肘かけ椅子に座っている。片方の脚をアームにかけ、白い縁飾りのある大きな黒いモカシンを爪先からぶら下げ、パイプをふかしながら本を読む、というのがお定まりのスタイルだ。マルハウス氏は僕が入ってくると本から顔を上げ、重々しい声で「今晩は、ジェフリー」とか「やあ、元気かね、ジェフリー」などと言う。彼は小さな子供にも大人と同じように話すべきだという考えの持ち主だった。僕は答える。「こんばんば、マーハウのおいたん」ときおりマルハウス氏の眼鏡の中に、燃えさかる暖炉の火が映っていることもある。エドウィンはこうしたやりとりの一部始終を目の端でこっそり盗み見ているのだが、僕を歓迎もしなければ、気づいた素振りを見せることすらしない。マルハウス夫人が言う。「ジェフにハローはどうしたの、エドウィン。ほら、ハオー、デフィ。ハオー!」「そんな赤ん坊言葉は糞くらえだよ、おまえ」マルハウス氏が言うと、僕はおどけてそれを真似る。「くとくらえだよ、おま」「やめてちょうだいな、あなた。ジェフが変な言葉を覚えたらお隣に申し訳ないじゃないの」マルハウス夫人は言うが、マルハウス氏はすでに本に戻ってしまっている。僕は静かにエドウィンの横に座り、静かに二人は遊び始める。マルハウス夫人は暖炉近くのソファの端に座り、壁の本棚の上に置いたランプの明かりで本を読んだり編み物をしたりしながら、ときどき顔を上げては、物静かな息子を悲しげな目で見つめる。ランプを消し、ソファの反対側に移動して両足を尻の下にたくしこみ、黙って暖炉の火を見つめていることもあった。時には歌も歌った。しばらく経つと――僕にはそれがあまりにも短く思えた――彼女は言う。「さ、ジェフ。そろそろバイバイのお時間よ」そして長い時間かかってやっと僕らを引き離すと、彼女は玄関のほうへ行き、大きなボアのコートと毛皮の縁取りのついたブーツを持って戻ってきて、ソファに腰を下ろし、大儀そうにブーツを履く。そして「エドウィン、ママは遠いところに行っちゃうからね。バイバイ」と言うが、もちろんエドウィンは母親が二分で戻ってくることを充分承知している。僕がマルハウス夫人にスノースーツを着せてもらい、彼女自身もボアのコートにくるまって熊のような姿になると、僕はマルハウス氏のところへ行き「しゃおーなら」とか「よやしゅみなさい」とか言う。マルハウス氏は本から顔を上げ、重々しく答える。「おやすみ、ジェフリー」一度など、分厚い本を下に置き、重厚なシェイクスピア英語で「されば今宵もよき夢を」と言ったこともある。そしてマルハウス夫人はエドウィンに言う。「ジェフにおやすみはどうしたの、エドウィン」しかし、エドウィンは赤い木のトンカチで積木の穴に棒を打ち込んでいるか、脚の部分が銀色の車輪になった小さな木の馬を暖炉の縁のレンガの上で転がしているか、何もせずにただそこに座っているかで、見向きもしない。

ある晩、僕はいつものようにエドウィンの横に来て座った。部屋はぬくぬくとほの暗く、暖炉の衝立の後ろでぱちぱちとはぜる火と、マルハウス氏の肘かけ椅子の横のランプだけで照らされていた。エドウィンは絨毯の上に座り、大きな画用紙に折れたクレヨンで何か描いていた。それは僕がプレゼントした八本入りのクレヨンのなれの果てで、今は彼の横にある靴箱の中にしまわれていた。大きくて真新しい画用紙に、好きなだけ落書きができることに気をよくして、エドウィンは紙一杯に大胆な波状の線をいくつもなぐり書きしていた（マルハウス夫人は、そうした奔放な線の中に、犬や家の形が見えると主張した）。エドウィンの手にしていた赤いクレヨンは、巻いてあった紙もはがれて、ちびた塊になっていた。彼はそれを横にして紙の上を滑らせるという新しい手法を編み出した。エドウィンが、ブルーやオレンジの線がのたくる上に曲がりくねった赤いおぼろな川を作っていると、マルハウス夫人が歌い始めた。

「このお爺さん　一《ワン》番目
ニック・ナック　叩いた　僕の太鼓《ドラム》
ニック・ナック・パディワック　犬にゃ骨
とっとこ帰っていったとさ
このお爺さん　二《ツー》番目で
ニック・ナック　叩いた　僕の靴《シュー》

ニック・ナック・パディワック　犬にゃ骨
とっとこ帰っていったとさ

このお爺さん　三《スリー》番目
ニック・ナック　叩いた僕の木《ツリー》を、さあベイビーママといっしょに歌いましょ、
ニック・ナック・パディワック　犬にゃ骨、さあエドウィン、
とっとこ帰っていったとさ

このお爺さん　四《フォア》番目
ニック・ナック　叩いた　僕のドア
ニック・ナック・パディワック　犬にゃ骨、

ああエイブ、この子どうして歌わないのかしら」
マルハウス氏は本から目を上げ、炎のゆらめくレンズの奥から重々しくマルハウス夫人を見つめた。読んでいた本を片方の脚の上に置き、パイプを口からはずすと、彼は言った。

「コロンブスが女王に言うことにゃ

わたしに下さい船と荷《カーゴ》を
駄目ならおいらは糞ったれ
着いてみせましょう　シカーゴへと」

「まあ、エイブったら、お願いよ」マルハウス夫人が言った。マルハウス氏はなおも続けた。

「四十の夜と四十の昼
船は行く行く　探すは宝《ブーティ》
すると遠くの浜の上　商売女《ビューティ》が立っていた
それがまあなんと　大した別嬪
水兵たちは我先に　水の中へ飛び込んだ
後に残ったシャツとカラー
十五分と経たぬうち
女は稼いだ九千ダラー」

「エイブったら」マルハウス夫人が言った。「お願いよ」

マルハウス氏はパイプを口に戻し、本を取り上げ、読書に戻った。しばらくするとふたたびパイプを取り、言った。「〝スニップ・スナップ・キャンドルワックス〟だって糞くらえさ」

「〝ニック・ナック・パディワック〟よ」マルハウス夫人が言った。「エイブ、子供たちの前では言葉に気をつけてちょうだい。それに――ああ、何を言おうとしてたんだかわかんなくなっちゃったわ」彼女は口をつぐみ、またじっと火を見つめた。エドウィンはそのあいだじゅう僕に背を向けていたが、まるで息をひそめて二人のやりとりに聞き耳を立てるかのように微動だにしなかった。しばらくするとマルハウス夫人が小さくハミングを始め、やがて声に出して歌い始めた。

「このお爺さん　五《ファイブ》番目で
ニック・ナック　叩いた　僕の蜂箱《ハイブ》
ニック・ナック・パディワック　犬にゃ骨
とっとこ帰っていったとさ

このお爺さん　六《シックス》番目
ニック・ナック　叩いた　僕の　杖《スティックス》
ニック・ナック・パディワック　犬にゃ骨

とっとこ帰っていったとさ
このお爺さん　七番目
ニック・ナック　叩いた」
「〝また、あいつだ！〟」マルハウス氏が素っ頓狂な大声を上げた。
「いやだ、あなた、どうしちゃったの？」マルハウス夫人が、片方の頬に手を当ててさ
さやいた。
「〝あたかも落雷に打たれたかのように〟」マルハウス氏は声に出して読んだ。「〝彼は平
衡を失い、欄干から下に転げ落ちた。首には縄が輪になって掛かっていた。それは彼の
体に引っ張られ、弓弦のごとく固く、その放つ矢のごとく速く彼の体に巻きついた。彼
は三十五フィートをまっ逆さまに落ちた。ふいに強い衝撃があり、四肢がちぎれんばか
りに引っ張られ、落下が止まった。彼のこわばった手には、開いたナイフがしっかと握
られていた。古びた煙突は――〟」
「ああ、エイブったら。やめて、びっくりしちゃったじゃないの」
「うむ、結構。非常に結構。〝古びた煙突は彼の体の重みに震えたが、果敢にも持ちこ
たえた。人殺しはすでに息絶えて壁の近くにぶら下がっていた。オリヴァは視界を遮る
その死体を押しのけると、下の人々に、お願いだから自分を引き上げてくれと助けをも

とめた。それまで身を伏せて隠れていた犬は、恐ろしい声で吠え立てながら欄干の上を走り回っていたが、やがて決心したように死体の肩めがけて宙に身を踊らせた。しかし狙いは外れ、堀に向かって落ちていきながら完全に仰向けになり、石に頭を打ちつけて脳味噌をあたりに飛び散らせた〟」

「エイブ、お願い」マルハウス夫人が言った。「それ、いったい何なの？」

「ディケンズさ」マルハウス氏は言うと、また本に戻っていった。

エドウィンは父親のいつもと違う上ずった声に興味を引かれ、画用紙から目を上げて父親の顔を見つめていた。終わった後も彼はじっと動かず、瞬きもせずにそこに座っていた。目は父親のほうに向けられていたが、その目は何も見ていないように見えた。ふと見ると、エドウィンの二つの目の中のきらきら光る大きな黒曜石の瞳孔と、それを縁取る磨きこんだマホガニーの瞳の上に、そばにあったランプが、象牙色のシェードとその下の陶製のふっくらとした胴、そしてそれを支える真鍮の台までも、くっきりと像を結んでいた。

次の日の晩も、僕は同じようにエドウィンの横に来て座った。彼はぬいぐるみのシマウマに、古いスプーンで糸巻を食べさせようとしていた。しばらくすると、彼は糸巻を靴箱に入れ、スプーンの背でシマウマの頭を叩き始めた。マルハウス氏はランプの横に座って片方の脚を肘かけ椅子のアームにかけ、大きなモカシンを爪先からぶら下げてパイプをふかしていた。ときおりページから目を上げ、難しい顔でパイプの火皿を見た。マルハウス夫人はソファの定位置でいつものように脚をたくしこみ、編み物をしていた。赤い毛糸玉が二つのクッションの間の溝に収まっていた。ふわふわの子猫のスリッパは絨毯の上にうずくまり、その横には麦わらの籠があって、中には色とりどりの毛糸玉や、先に銀色の玉のついたピンクや緑の長い編み棒が入っていた。エドウィンの赤いミトンをせっせと編みながら、マルハウス夫人は歌い出した。

「ラヴェンダーは青い、ディリ　ディリ
ラヴェンダーはグリーン
僕が王様なら、ディリ　ディリ
君はお妃様《クイーン》

ほんとはこの歌、あたしが歌ったんじゃ意味がないんだけど、あらやだ編み目を一つ落としちゃったわ」

彼女は黙り、しばらくのあいだ、毛糸を編む音とパイプをふかす音と火がはぜる音だけが続いた。少しして、彼女はまた歌い出した。

「メエメエ　羊さん、羊毛《ウール》はあるかい？

はいはい　あります　袋にいっぱい《フル》
一つは旦那様、一つはおかみさん《デーム》
そして一つは　向こうのこみち《レーン》の
かわいいエドウィンに
メエメエ　羊さん、羊毛《ウール》はあるかい？
はいはい　あります　袋にいっぱい《フル》」

マルハウス夫人は溜め息をつき、部屋にはふたたび静かな物音がゆっくりと戻ってきた。エドウィンはあたりを這い回り、シマウマのしっぽをつかんで暖炉のレンガの上を引きずり、マホガニーのテーブルの脚や絨毯に打ちつけ、絨毯の暗い葉っぱの渦巻き模様や房飾りの上を引き回し、子猫のスリッパのところまで来た。そしてスリッパの片方にシマウマを頭から詰めこんだが後ろ脚と尻尾は入り切らず、急に愛想を尽かしてしまった。それから母親の膝につかまると、スカートを引っぱって、彼女の前に立ち上がった。

「なあに、エドウィン」マルハウス夫人は、編み物から目を上げて、ほほえんだ。「ママのお顔が見たいの？」

エドウィンはよちよちとソファの横に回った。マルハウス夫人は息子を目で追った。僕は暖炉の前に座って一部始終を観察しながら、とまどいと喜びが奇妙に混ざり合った彼女の視線を追った。しばらくのあいだエドウィンは、そうやって壁ぎわの本棚に背を向け、ソファのアームに掛かった白いレースのカバーの上に両手を置いて立っていた。彼は母親の編み棒をじっと見つめていた。「ママが編み物するのが見たいの？」マルハウス夫人はそう言うと、わざとしかつめらしい顔を作り、編み棒を大げさに動かし、ときどき毛糸を荒っぽく引っぱり、そのたびに赤い毛糸玉はソファの上で飛び跳ねた。彼女が息子に編み物を見せてやっていると、エドウィンは次第に前かがみになり、しまいにはマルハウス夫人の肩に顔がつきそうになった。彼はふいに頭を上げると、彼女の耳元で叫んだ。「**また、あいすだ！**」

マルハウス夫人は驚いて頭をのけぞらせ、パンチから身を守るように両手を顔にかざした。毛糸玉が跳ね上がってクッションの上を転がり、音もなく床に落ちた。それは曲がりくねりながら黒光りするマホガニーのテーブルの脚の間を抜け、狂ったように僕の前まで転がってきた——暗色の絨毯の上に一筋の赤い鮮やかな裂け目を引きながら。

10

マルハウス夫人は毛糸玉を取り戻し、心の平静も取り戻した。その日を境に、マルハウス氏は毎晩のように、エドウィンのために大人の本を朗読するようになった。エドウィンは内容をまったく理解しないまま、父親の声に一心に聞き入った。エドウィンの心をとらえたのは、意味によって汚されない純粋な音と、そしておそらくは朗読のもつ、神聖な儀式が俗世の聴衆のうちに敬虔な沈黙を呼び覚ますのにも似た、ある種独特の厳粛な雰囲気だったのにちがいない。マルハウス氏が本を読む時の声は、ふだんの声とはまるで違っていた。おごそかで、演劇的で、朗読をするには理想の声、言ってみれば、日常的な言葉の塵から文学を精製し、生命を吹き込む力を持つ声だった。それからの数か月、エドウィンはイギリス文学の名文の数々を、意味なき音の饗宴として次から次へ贅沢にむさぼった。マルハウス氏は大学で通常の英作文の授業の他に「イギリス文学概論――ベーオウルフからジョイスまで」と、「ヴィクトリア朝文学」という二つの講義を受け持っていた。この時期にエドウィンが愛した詩人は、チョーサー、スペンサー、シェイクスピア、そしてミルトンだった。彼は中世の頭韻体の詩を特に好んだ。散文に関しては、お気に入りのディケンズの他に『アーサー王の死』、ボズウェルの『ジョンソン伝』、ジョイスの『フィネガンズ・ウェイク』などにうっとりと聞き惚れた。しかしその数か月後、言葉が少しずつ物と結びつくようになり始めると、彼は大人の文学に一切の興味を失ってしまった。皮肉なことに、言葉それ自体が意味を帯びるにしたがって、それらの文学はエドウィンにとって意味を持たなくなってしまったのだ。

エドウィンの二歳の誕生日に、僕はつやつやした表紙の、大きな子供用の辞書を贈った。「ありがとうは？」マルハウス夫人が言うと、彼は「どいたぴまして」と言った。エドウィンはめざましい進歩をとげていた。ディケンズや〝概論〟の作品群を毎晩のように聴いていた彼は、耳で覚えた美しい音の数々を自ら模倣するようになっていた。したがって、彼の真の関心は、話すことというよりも、むしろ朗読することにあった。二歳の誕生日までにエドウィンは数多くの文章を諳んじていて、それらをまるで小さな俳優のように生き生きと熱演してみせた。

いくうべっか　しるべっか　そいがもんらいら！（シェイクスピア『ハムレット』より）

そいは　おそよそき　じだいでもあいば、おそよそあっきじだいれもあた。（ディケンズ『二都物語』より）

しあつの　あめは　かんののごくく　ふじそそげい。（チョーサー『カンタベリー物語』より）

しかしいっぽうで、どんなに彼が抵抗しようとも、音にはすべて意味があるのだという認識は避けがたく訪れた。エドウィンは最初いやいやながら、次第に半ば諦めつつ、最後には貪欲に語彙を増やしていった。どんな物にも名前があるという考えは、エドウィンをとりこにした。もしかしたら彼は、この世界には限られた数の物しかなく、それらの名前をすべて知り尽くせば宇宙全体を理解できると考えていたのかもしれない。あるいは、それまで自分が存在を知らなかった物が、名前を覚えることで初めてこの世に存在し始めるとでも考えていて、物の名前を一つ覚えるたびに発見の悦び、いや創造の悦びさえ感じていたのかもしれない。じっさいエドウィンは晩年、『まんが』の執筆を終えた後の連日にわたる月明かりの下の長い対話の中で、物に名前を与えることは宇宙を創造する行為である、と語っている。名前が多ければ、それだけ宇宙も広がるとか、そんな類のナンセンスだ。彼が初期には言語を拒絶していたことを僕が指摘すると、彼は当惑の表情を浮かべて言った。「でも、僕はいつも他の子供より進歩が早かったんだ。君が間違ってるんだよ、ジェフリー」もちろん、彼はすべてを忘れてしまっていたのだ。

二歳から三歳にかけて、エドウィンの得意の台詞は〝こいなに？〟だった。これには、人差し指で何かを指すという動作がともなった。彼は名前のない物を探し出すゲームが好きだった。「こいなに？」かがみこんで自分の足を指差しながらエドウィンは叫ぶ。「靴よ」マルハウス夫人が答える。「それとも、あんよのことを言ってるのかしら。それとも指のこと？」「こいなに？」エドウィンはふたたびかがみこみ、指差しながら言う。「それは靴のひも」マルハウス夫人は答える。「お靴が脱げないように結ぶひもよ」「こいなに？」「これは、そうね、あれよ。ええとほら、何とかいうやつ。ああ何だったかしら、このベロみたいなもの。そうよ、ベロだわ。でも、ほんとのベロじゃないのよ。これはお靴のベロなの」「こいなに？」「ああエドウィン、困ったわ――それには別に名前なんかないのよ。お靴のひもを通す穴よ。パパにきいてごらんなさい」パパはもっと手強かった。パパは何でも知っていた。いや、何でもとまではいかなかったが、知らないものがあっても調べる術を心得ていた。「こいなに?」「窓だよ」「こいなに?」「窓台さ」「こいなに?」「窓枠。この周りは全部窓枠と言うんだよ。この木の部分は、さん。ガラスを支える役割をしているんだ。それからこれが横枠。見てごらん、二人とも。これが下の横枠、こっちが上の横枠。それからこれは框《かまち》。ほら、上にもある。下のレール、上のレール、框、框」「こいなに?」「参った、こいつはわからない」それからマホガニーの本棚の中が探され――「おーいヘレン、日曜大工の本を知らないか? ほら、赤と青の表紙のやつ」――やがて本を持ってくると、マルハウス氏は本棚の前の床にあぐらをかいて座り込み、忙しくページを繰って窓の絵のところを開ける。「わかったぞ!」彼は声を上げ、人差し指をぴんと立てる。「正しい名前は、いいかね――〝脇柱〟」彼は溜め息をついて、首を振る。「意外とつまらない名前だったね」

この時期のエドウィンを写した写真がある。彼は肘かけ椅子に座り、前かがみになって、真面目くさった顔つきでカメラに向かって人差し指を突きつけている。写真の下には、マルハウス氏の小さく几帳面な筆跡でたった一言、謎めいた単語が書き込まれている――〝三脚〟。

僕がプレゼントした子供用の辞書は、絵が小さく、本格的な発音記号のついたもので、残念ながら当時のエドウィンにはまだ高度すぎた。しかし、マルハウス夫人が彼の沈黙期に買い与えた二冊の簡単なアルファベットの絵本のほうは、彼にも理解することができた。エドウィンはその二つを、日に何時間も飽かず眺めるようになった。一冊は、左側のページに大きなアルファベットが一つあり、反対側に他愛もない詩らしきものが並んでいるものだった。未来の大作家の心を捉えたのは、詩ではなくアルファベットの絵のほうだった。アルファベットは地面に影を落として立体的に描かれており、靴をはき、鼻のない顔をにこにこさせた平面的な小人たちが、それに戯れ、まとわりついていた。例えばＡでは横の棒に一人がぶら下がり、もう一人が横の斜面を滑り降りていた。Ｂでは一人がてっぺんに腹ばいになり、もう一人が垂直の棒を登山するようによじ登り、三人目が横の棒越しにこちらを覗いていた。Ｃではカーブの底に一人が脚を組み、頭の後ろで両手を組んで寝そべり、上から膝でぶら下がっているもう一人を見上げていた。早い時期に植えつけられたこの〝場所としての文字〟という観念が、エドウィンの想像力に後々まで影響を与えたことは否定できない。何年も後になって〝言葉の世界を構築する〟ことについて語った時、エドウィンは心のどこかで、文字通り言葉と戯れることのできる場所――アルファベットによじ登り、穴から顔を出し、棒からぶら下がり、斜面を滑り下りることのできる場所――のことを考えていたのにちがいないのだ。

　マルハウス夫人が与えたもう一冊の本は、文字に人格があることをエドウィンに教えた。Ａは三角の部分に目があり、カイゼルひげを生やした紳士であり、Ｂは黒いシルクハットをかぶった雪だるま、そしてＣはカウボーイ・ハットをかぶって横を向いたカウボーイだった。文字にはそれぞれ性格があり、単語には物理的な特徴があるとするエドウィンの理論のルーツを、我々はこの本の中に見ることができる。彼はよく、この手のナンセンスを滔々《とうとう》と語ったものだった——とんがり頭のA、太鼓腹のBとその息子のb、Cは三日月で、Dはテントウムシ、などなど。またエドウィンは、すべての単語は物に似ていると主張した。yellowは梯子と二本の煙突のある船、badはテーブルに向かい合わせに置かれた二脚の椅子、didは一列に並んだ三人の人間、といった具合だ。彼のこうした考えは、当時も、そして今振り返ってみても、あまりの幼稚さに僕を唖然とさせずにおかない。強いて何かの意味をそこに見ようとするならば、エドウィンが言葉に対してかぎりない愛着を抱いていたことの表れである、ということくらいだろう。それでいて、これらの絵本は——この、文字が文字以上の何かである本は——いつまでも僕の心に苦いものを残すのだ。エドウィンがこの二冊の本と出会ってさえいなければ……。

エドウィンの大人の文学への興味は、二歳の誕生日を迎える頃にはあらかた消え失せていた。その年の夏、マルハウス家は種々雑多な子供向けの本であふれかえった。一ページに大きな活字で一行だけ字が書かれ、その上に、まるで字が夢を見ているように大きなイラストが描かれているものもあれば、一ページに十行ほどの字がイラストの合間に散りばめられているものもあり、ページがまるまる字で埋まり、木の枝に小鳥がとまるように、そこかしこに小さなカラーのイラストが配されているものもあった。これらの絵本は驚異的なスピードで増殖を続けていき、ついにエドウィンは三歳の誕生日には専用の本棚を持つ身分となった。それは父親のマルハウス氏がオレンジの入っていた木箱を二つ重ねて手作りしたもので、光沢のある紺色のペンキが塗られていた。その次の年の終わりまでに、予備のベッドと、のちに二つ目が来ることになる大きな灰色の本棚（第一章参照）の片方が入って彼の部屋の原形がほぼできあがると、木箱製の小さな本棚にはパズルや、小さなぬいぐるみや、玩具のピストルや、ビー玉と折れたクレヨンの入った靴箱などが乱雑に詰め込まれることになった。二番目の灰色の本棚が来ると木箱の本棚はカレンの部屋に貰われて、しばらく人形やぬり絵がしまわれていたが、ある日とうとう湿った地下室行きとなり、マルハウス氏のマホガニーの折り畳み式机の隣でその生涯を終えた。本棚の中には古いノート、湿った白紙の束、インデックスカードの箱、マニラ封筒、横に細い温度計がついた銀色のプラスチック製のジョージ・ワシントンの銅像のミニチュアなどがどこからともなく集まってきて、ひっそりと身を寄せた。さらば本箱よ、安らかに眠れ。君の辿った生涯は僕の心を深く揺さぶらずにはおかない。君がこの年代記《クロノロジー》から早々と抜け出したのは、忘却の彼方に葬り去られる前の誇り高き最後の低抗だったのだから。

クロノロジーということでついでに言っておくと、記憶とクロノロジーとは互いに相いれないものだ。事実、僕はときどき強い衝動にかられる。いっそのこと起こったことを起こった順に愚直に書き並べることをやめてしまい、本能の命ずるままに、ひとっ飛びにエドウィンの凄惨な死に触れ、次に、昔からマルハウス家に出入りしているのにまだ一度もここに出てきていない彼の二人の祖母の話に移り、そこからそう、たとえばアーノルド・ハセルストロームの死について書いてしまおうか、と。しかし、結局は思い止まるのだ。なぜなら僕の仕事はジグソーパズルのように、靴の片方や半ズボンの裾や青空に溶けかかっている雲の切れ端をばらばらにはめこんでいって、最後にエドウィンの姿を完成させることではなく、言うなれば、点を番号順に結んでいって一つの絵を完成させるパズル——最初は無秩序な番号の寄せ集めと見えたものが、こつこつと点を結んでいくうちにふいに何かの形となり、最後に六十三と一をつなげると、花や、子猫や、泣き顔のピエロが現れる、あの絵解きに似た作業だからだ（エドウィンはそうしたなかでも絵の一部があらかじめ描いてあり、羽虫のような数字の群れの中に、水の入ったバケツを持った手だけがぽっかり浮いているようなのが好きだった）。別のたとえ方をしてみるなら、クロノロジーは僕の伝記のメトロノームであり、記憶はそのリズムだ。二つは、ある時は分かちがたく同調し、ある時は互いに反発し合い、ある時はあまりにも離れすぎて読者の首をひねらせ、かと思うと、また唐突にぶつかって一つになるのだ。だいぶ話が逸れてしまった。

エドウィンの初期の蔵書にはどれも、表紙の裏側に自分の名前を書き込む欄が作ってあった。たいていは〝なまえ〟とあって、その下の空白に記入するようになっていた。素直な良い子のエドウィンはその一つ一つに、のたうつような判読不能の文字で一生懸命に自分の名前をサインした。しかしこの習慣も彼の三歳の誕生日、あるいはそれ以前に失われてしまった。というのも、三歳の誕生日に僕がプレゼントした『子供のための名作詩集』には彼のサインはなく、その他のボキャブラリーや内容の程度から見て明らかに幼年期に属していると思われる本の多くにも、同様にサインが見られないからだ。次に現れるエドウィンのサインは、大きな、一方にかしいだ大文字で、EDWINとなっている。彼が自分の名前の書き方をマスターしたのは、四歳の誕生日に両側にアルファベットが並んだイーゼル付きの背の高い黒板をプレゼントされてからなので、彼が最も初期に愛した本の書名はかなり正確に推し量ることができる。以下は、二歳から三歳にかけての多感な時期にエドウィンが所有していたことがわかっている本の全リストである。

『おやゆびひめ』『アリババと四十人のとうぞく』『ラプンツェル』『ピノキオのぼうけん』『アラジンとまほうのランプ』『ランペルスティルツキン』『三びきのやぎのがらがらどん』『イギリス文学概論・ベーオウルフからジョイスまで』『いさましい　ちびの仕立て屋』『塩をつけてもらえなかった　ちびのプレッツェル』『うっかりものの　まほうつかい』『ふとっちょ　はかせ』『アーチボルトとちびころのすけ』『ブッテ＝ケッテ＝ツネッテ＝ハズンデ＝ナゲテ・オーのものがたり』『キリンデレラ』『ランバンボロ』『ロバのヒーホーとにゃんこのムームー』『タンポポのポン太とよいしょこら草《そう》』『赤雪姫』『ぺこぺこ王ピピントップ』『くるりんぱ国のアズール王』『きんいろの鼻』『ナックス星のイムロ王子』『こまったタヌキとひっくりカエル』『ビリー・ビンボー』『ラッ子さ

んとラッ太くん』『フワフワあくびと汗かきフウフウ』『目のわるい　きょじん』『かしこいブドウのジェラルド』『ひとりぼっちの　しま』『こどもとはぐれた　小さなかげ』『とけてしまった　ゆきむすめ』『おくびょうトロル』『サンゴひめ』『はくちょうひめ』『せむしの　こおに』『むしゃむしゃ王』『もぐもぐモグラ』『おおしかのセオドア』『おとなに　ならなかった　男の子』『ちっちゃな　ちっちゃな　ジェニー』『チリのウィリー』『目でみる　ゆきのけっしょう』『アメーバのアンディと　ゆかいななかまたち』『どうして　そらは　あおいの？』『へんとうせんを取った　キリンのジェリー』『つかれたしゃっくり』『趣味百科・愛煙家のためのパイプの正しい楽しみ方』『草のなかのほうせき』『みずうみのなかの　女王さま』『木のなかの　ドア』

一歳のエドウィンの肖像が、顎をよだれで濡らしてベビーサークルに座っている赤ん坊であり、二歳のそれが、暖炉の前で色とりどりの玩具に囲まれている幼児だったとすれば、三歳の彼の肖像は、台所のテーブルに肘をついて顎を支え、父親の肩に顔をすりつけるようにして、テーブルの上に広げられた絵本を真剣に覗き込む少年だった。マルハウス氏は本の中の登場人物のセリフの部分で声を変えるのが得意だった。ある時は甲高い声を出し、ある時は低く唸り、ある時はわざと舌足らずにしゃべり、ある時はどもり、またある時は胸をこぶしで叩いて声を震わせた。一度、火を吐く竜のセリフの途中で、マルハウス氏は声を出す代わりに口だけをぱくぱく動かした。エドウィンが抗議の声を上げると、マルハウス氏は、火を吐いたから喉が焼けてしまったのさ、と説明した。ときどき疲れている時など、マルハウス氏は単語や文章を適当に読み飛ばしてページをめくろうとした。しかしエドウィンはページを――いや、場合によっては本を丸ごと暗記していたので、父親の腕をつかんで悲痛な顔で訴えた。「だめ、だめ、とばしちゃだめ」するとマルハウス氏は少しきまり悪そうに、そのページを最初から特別心をこめて読み直し、ときおり誇らしげな目をそっとエドウィンに向けるのだった。

二歳半ごろから、エドウィンは物語を作り始めた。この頃の創作は、彼が非常な情熱でもってそれらを語ったという以外には、何ら見るべきところのないものである。彼は思いつくままにどんどん話を変えていったので、物語は唐突で、奇怪で、恐ろしくつまらないものになった。それらには脈絡も終わりもなく、最近父親に読んでもらった絵本の断片と、その時エドウィンの頭を漠然と占めている日常の出来事をでたらめに合成したものだった――壊れたカンガルーの人形、怒ったドア、なくなった頭、など。この時期、日の当たる庭の涼しい日陰や、居間の窓が絨毯の上に落とす縞模様の四角い光の中にエドウィンと僕が向かい合って座り、エドウィンがどこか取り憑かれたような目をして退屈な物語を延々と話し続け、黙ってうつむいている僕の忍耐力を試している光景がしばしば見られた。その物語というのは、たとえば、コップの王様が金色の鍵を探してキッチンに入ったらママがいけませんいけませんと言って、お湯が沸いてみんなコーヒーとアイスクリームとカップとスプーンとシマウマをもらいました、というようなものだった。この時期、物語はエネルギーの暴発だった。夢想の翼を力強く羽ばたかせるエドウィン、言葉をあやつり、ストーリーを巧みに構築するエドウィン、執筆に疲れ果て、昼間は死んだように眠り続けるエドウィン、彼のそうした姿は、創作への意欲を別にすれば、この時はまだ片鱗すら見せていなかった。晩年、創作の壁に突き当たって苦しんでいた時期、エドウィンはぼそぼそと口ごもりながら――彼の会話の能力は、筆力に比べると数段劣っていた――自分が幼い頃の天衣無縫な才能を失ってしまったことを何度も僕に嘆いた。そして、その言葉足らずのつぶやきの端々から、自分の幼年期の天衣無縫な傑作こそが理想であり、その色褪せた模造品を作るために狡猾な知恵をふりしぼり、全体主義的な過酷な苦役を自らに課し、恥と苦痛をしのんで、弱々しい言葉を一つまた一つと積み重ねている、というエドウィンの不思議な考え方がしだいに浮かび上がってくるのだった。もし誰かが、彼の幼年期の〝天衣無縫な傑作〟について意見しようものなら、彼は軽蔑したようにせせら笑うか、何のことかわからないとでもいうように目をしばたたいて見せたことだろう。エドウィンは、最後まで幼年期の自由で闊達な表現力に固執し続けた。おそらく、そうした内省は創作の技術をさらに研ぎ澄ませるための原動力として、エドウィンには必要不可欠なものだったのだろう。しかし彼の幼年期の一連の作品は、自由闊達ではあったかもしれないが、断じて傑作ではあり得なかった。もちろん、これがエドウィンの意に染まぬ意見であることは重々承知している。しかし彼はもうこの世にいないのだし、僕はこれらの下らない物語を我慢して聴いたのだから、これくらいのことは言わせてもらいたい。

エドウィンの持っていた本は、どれもある一定期間、彼の寵愛を受けたものばかりだ。しかし、彼が常に愛した愛読書中の愛読書、文字が読めないのにもかかわらず一字一句を暗記し、一年間にもわたって日に二回は読んでもらわないと気が済まなかった本、それは『ひとりぼっちの　しま』だった。このシンプルな絵本は、我が偉大な友の精神史上に多大な影響を与えた作品なので、全四十四ページのテキストを、ここにそっくり書き写すことにする。各ページの言葉の上には、緑とブルーと濃紺で描かれた大きな暗色のイラストがついていたのであるが、これについては読者諸兄の想像力に委ねる以外にない。

1　むかしむかし　あるところに　しまがひとつ　あった。
2　ひろいうみのなかで　しまは　ひとりぼっちだった。
3　なつになると　おひさまが　きらきら　かがやいた。
4　ふゆになると　ゆきが　ふった。
5　しまには　だれも　すんでいなかった。
6　よるになると　しまは　まっくらになった。
7　ときどき　しまに　あめがふったけれど……
8　……すぐに　いってしまった。

ときどき　しまに　かぜがふいたけれど……
……やっぱり　すぐに　いってしまった。
あるひ　しまに　いちわの　とりが　やってきた。
とりは　しまの　いちばん　たかいきに　すをつくった。
しまは　とても　よろこんだ。
とりは　しまに　うたを　うたってあげた。
あるひ　とりは　どこかへ　とんでいってしまった。
しまは　とても　かなしんだ。
しまの　なみだが　うみに　おちた。
そのよる　しまは　ゆめをみた。
うみに　たくさんの　しまがある　ゆめだった。
しまは　みんなと　うまとびをした。
それから　しまとりごっこもした。
それから　みんなで　いちにちじゅう　うみを　およいだ。
しまも　みんなも　とても　たのしかった。
しまは　めをさました。しまは　やっぱり　ひとりぼっちだった。
そらが　くらくなり　ゆきが　ふってきた。
ゆきは　いくにちも　いくにちも　ふりつづいた。

おおきな　なみが　しまに　うちよせた。
あるひ　おひさまが　かおをだした。
うみは　みわたすかぎり　うみだった。
しまは　とても　さびしかった。
そのよる　しまは　またゆめをみた。
うみに　たくさんの　しまがある　ゆめだった。
しまたちが　ゆめのなかから　でてきて……
……うみに　うかんだ。
しまは　めをさました。すると……
となりに　しまが　うかんでいた。こっちにも……
そっちにも……
あっちにも！
うみは　みわたすかぎり　しまでいっぱいだった。
ひとりぼっちの　しまに　ともだちが　たくさんできた。
しまは　みんなと　うまとびをした。
それから　しまとりごっこもした。
それから　みんなで　いちにちじゅう　うみを　およいだ。
ひとりぼっちの　しまは　もう　ひとりぼっちじゃない。

11

エドウィンの二人の祖母は、決して顔を合わせることがなかった。カレンが生まれる前までは、マルハウス家を訪れた祖母たちは空き部屋の予備のベッドに寝ていたが、カレンが生まれてからは、予備のベッドはエドウィンの部屋に移され、祖母たちはそこで寝るようになった。そのベッドは、以後ずっとエドウィンの部屋に置かれることになった。カレンが自分用のベッドを持つようになると、祖母たちはカレンのベッドで寝て、カレンがエドウィンの部屋で寝た。

エドウィンは、マルハウスおばあちゃんが好きだった。豊かな白髪を首のあたりでふわふわとカールさせ、〝,〟の形のカールが一房だけ片方の眉にかかっていた。歩くと揺れる、つばの大きな帽子をかぶっていた。そうでなければ、つば無しの帽子に黒い短いベールを赤や青や黄の飾り玉のついたハットピンで留めていた。派手なシルクのネッカチーフを、海賊のように首の横で結んでいた。肩パッドの入った真っ赤なワンピースが好きで、マルハウス氏が〝おばあちゃんのブリーフケース〟と名づけた大きなハンドバッグをいつも提げていた。ワンピースの左胸には、彼女が〝襟飾り〟と呼んでいた大きなブローチが光っていた。エドウィンのお気に入りは、曲がった枝に木の葉が三枚ついているデザインのものと、銀色の帆船が銀色の波に浮かんでいるものだった。大きな輪っかのブレスレットを両腕に二本ずつしていて、動くたびにそれがカチャカチャと鳴った。マルハウスおばあちゃんの指はずんぐりとしていて、第二関節から先がてんでに勝手な方向に曲がっていたが、爪には燃えるように赤いマニキュアを塗っていた。煙草が好きで、吸い差しには赤い口紅がついた。そしてよく咳をしたが、そのたびに「今のは咳じゃないよ。信じとくれ、エイブ」と言った。彼女には、煙草の火を指でもみ消すという特技があったが、これは指先に感覚がないからだった。マルハウスおばあちゃんはエドウィンへのお土産に、白い袋入りの、両端をねじったセロハンに包んだ、真ん中にジャムが入っているラズベリーのキャンディだとか、青や赤や白のポーカーチップだとか、マックスという名前の男友達からもらったという、ぴかぴかのトランプなどを持ってきた。一度など、丸い鏡のついた金色のコンパクトと、お手玉のような形のオレンジ色の化粧パフをくれたこともあった。マルハウスおばあちゃんは着いた日にまず、関節炎やリウマチや最近の物価高について息子夫婦を相手にひとしきり愚痴をこぼしてから、後はずっとエドウィンと僕と一緒に過ごした。僕らと〝ゴー・フィッシュ〟や〝オールド・メイド〟*をして遊んだり、大きなボウルに何杯もカスタードを作ったり、中が黄色で外側がオレンジ色の馬鹿でかいケーキを焼いたり、いろいろな話――彼女のことを三十八歳だと信じている男の話、三十五歳だと信じている男の話、指が曲がる前はピアノの先生をしていた話、メリーゴーランドから振り落とされて公園の端まで飛ばされ、

＊〝ゴー・フィッシュ〟はトランプ遊びの一種、〝オールド・メイド〟は絵合わせゲーム。

背中から地面に落ちたが、普通の人なら死ぬところなのに奇跡的にかすり傷ひとつ負わなかった話など——をしてくれるのだった。マルハウスおばあちゃんは一週間そんなふうに過ごし、最後にまた息子夫婦を相手に関節炎やリウマチや物価高について愚痴ってから、帰っていった。

母方のロソフおばあちゃんは、灰色の髪をまっすぐに垂らし、口紅は塗っていなかった。頬骨の張った、いかつい顔をしていて、言葉に外国訛りがあった。エドウィンはこの祖母のことを好きになろうとしたが、恐いという気持ちのほうが強かった。彼女がかがんでキスしようとすると、エドウィンは叱られるのではないかと身を固くした。血の気のない、ひんやりとした頬には細かい皺が無数に寄っていたが、触れると意外にすべすべとしていてエドウィンを不思議がらせた。それでも、彼はピンク色の白粉をぼってりと塗ったマルハウスおばあちゃんの頬のほうが好きだった。ロソフおばあちゃんは、小さな帽子に何の飾りもない小さなハットピンをつけていた。踵の太い、がっちりとした黒い靴をはき、その上に太い足首が乗っていた。スカーフのことを〝バブーシュカ〟と呼んだ。いつも黒っぽい服を着ていて、マルハウスおばあちゃんよりずっと老けて見えた。のちにエドウィンは、彼女が実はマルハウスおばあちゃんより五つ若いことを知って、ひどく驚かされることになる。ロソフおばあちゃんが来るということは、エドウィンにとっては、夕食に赤い色をした野菜スープを飲まされるということを意味した。エドウそれから、鼻を拭く時は下向きにではなく上向きに拭きなさい、とうるさく言われた。

ときどき孫のために長いプレッツェルとか、茶色い紙袋に入ったピーナッツを持ってくることもあったが、たいていの場合、彼女のお土産は、白いヒモで結んだ白い箱に入ったチョコレートケーキのような、家族全員へのものだった。それにまったくの手ぶらのこともあった。ロソフおばあちゃんは夕食の準備を手伝ったりして、ほとんどの時間を娘のマルハウス夫人と過ごし、することがない時は膝に手を置き、背をまっすぐに伸ばして椅子に腰かけていた。ロソフおばあちゃんが来ると家の中はそれなりに浮き立ったが、エドウィンは彼女が帰るとほっとした。

エドウィンの祖母たちのことで一番重要なのは、彼女たちが来ると駅に行けるという点だった。どちらかが来るたびに二度ずつ、エドウィンと僕はマルハウス氏に連れられてバスかタクシーに乗り、大きくて茶色い駅の待合室へ行った。待合室には黒い木のベンチが何列も並び、買物袋やスーツケースを抱えた人たちが疲れた顔をして腰をおろし、その横を元気な人たちが歩き回り、〝危険な線路〟のほうに出るドアを出たり入ったりしていた。ピスタチオのいっぱい入ったガラスの機械があり、木の仕切り台にきちんと積まれた赤や青や緑の時刻表があり（それは自由に取っていいもので、エドウィンは来るたびに二枚ずつ取った）、それに銀色の支柱の赤いスツールがあって、その上に乗ってぐるぐる回ると、黒光りするカウンター、切符の窓口、ドア、黒光りするカウンター、切符の窓口、ドア、黒光りするカウンター、切符の窓口、ドア――が順々に現れては消えた。それにもちろん、列車があった。車掌が大声で何か告げると人々が一斉に立ち上がり、我先にドアを抜け、郵便袋を満載したカートが並んでいる板張りのプラットホームに出ていく。右の林の中には〝安全な線路〟があり、ホームのすぐ脇には、黒々とした鉄橋やワイヤが空にそびえる〝死んだ線路〟もある。やがて列車の姿が遠くに現れ、だんだん音が大きくなりながら近づいてきて、僕らの前を通り過ぎる時にものすごい突風が起こり、僕らはあやうくなぎ倒されそうになる。目の前で大きな鉄の車輪がゆっくりと止まり、白い蒸気がしゅうっと吐き出される。しかし、時刻表よりも、回る椅子よりも、大きな音の列車よりも楽しみなのは、待合室のスピード写真の横にある一角だった。そこには、一番上にカラー写真をはめこんだ茶色の背の高い機械が二列に並んでいて、その前にスツールが置いてあった。僕らはスツールを使うには小さすぎたので、かわりばんこにマルハウス氏に抱き上げてもらわなければならなかった。エドウィンが銀の受け皿の上に五セント玉を乗せると僕は急いで身を乗り出して、ひんやりと冷たい金属の覗き穴に顔を押し当て、眼の横に手でひさしを作る。僕の用意ができるとエドウィンが受け皿を押し込み、また引き出す。受け皿の上のコインがなくなっていることが見なくても僕にはわかっている。機械が低くうなり始める。覗き穴の奥に突然明るい画面が現れ、まず文字が出て、ついで白や黒の馬にまたがったカウボーイの一団が、もうもうと砂ぼこりを舞い上げながら音もなくこちらに向かって近づいてくる。文字の部分になると僕は素早く体を引き、マルハウス氏にその文字を読み上げてもらう。そしてまた急いで顔をくっつけるが、もし絵がすでに始まっていたりしたら、ひどく失望する。僕はホパロング・キャシディの西部劇が好きだったが、エドウィンが好きなのはアニメ映画だった。

ゴーグルをつけた黒い猫が小さな白い飛行機のコクピットに乗り込み、前に身を乗り出してプロペラを手で回す。飛行機は白い煙を後ろに吐き出し、ぶるぶると身を震わせてから前に動き始める。しかし、飛行機は飛び上がれない。滑走路が切れてでこぼこの原っぱになっても飛行機はまだ飛べず、積んである干し草の中に突っ込み、干し草を乗せたまま走り続ける。走ってくる干し草を見て熊手を持った農夫が驚き、帽子が飛び上がる。牛も驚いて地面に伏せ、ひづめで目を覆う。他の干し草が目を覚まし、スカートを持ち上げてすたこら逃げ出す。干し草はでこぼこの地面で大きく跳ね上がり、草が宙に散ってふたたび猫と飛行機が現れる。舞い上がった干し草はパンになって、バラバラと空から降ってくる。飛行機は野原を走り続け、牛や鶏を追い散らしながら大きな納屋に向かっていく。一方の扉から勢いよく突っ込んで反対側から出てくると、後に飛行機の形の穴が残っている。農夫が怒って家から飛び出してくると、飛行機は両翼に鶏を一羽ずつ乗せたまま空に舞い上がる。飛行機が左に傾き、鶏が一羽落ちる。次に右に傾き、もう一羽も落ちる。今度はさかさまになるが、猫は落ちない。飛行機は鷲にぶつかり、鷲の頭はプロペラに毛を刈られ、まるで毛がまばらに生えた卵のようになる。やがて飛行機は右翼を上にし、カーブを描きながらまっさかさまに降下していき、地面すれすれのところで農夫とぶつかり、再び空に舞い上がる。農夫は家に駆け込み、鉄砲を持って戻ってくる。農夫は一発ずつ反動で尻もちをつきながら、空に向かって二発鉄砲を撃つ。二羽の鳥が彼の足元に落ちる。とうとう一発が片方の翼を吹き飛ばす。飛行機はでたらめに飛び回り、やがてコマのように激しく錐もみ旋回しながら、一直線に落ち始める。猫は水に飛び込む時のように鼻をつまみ、飛行機から飛び下りる。猫が干し草の山に着地するのと同時に、飛行機が農夫の家の屋根に突っ込む。農夫は干し草を鉄砲で撃ちまくる。怒った牛が現れる。そして、しだいに小さくなる円の中を、農夫がジグザグに走りながらどんどん小さくなり、その後ろを牛が追いかけていく。

一台だけ、他のとは全然ちがう機械が置いてあった。古ぼけて黒ずんだその機械はぽつんと離れたところにあり、上にはめこまれている広告の絵はすっかり色褪せて、いつ来ても同じだった。この台は横に手回し式のハンドルがついていた。五セント玉を入れるとハンドルが動くようになり、回し方次第で絵の進み方を早くしたり遅くしたりすることができた。ハンドルを早く回すと絵の動きも早回しになり、セピア色の女の人がセピア色の男の人をセピア色のベッドの上に突き飛ばして男の人はバウンドし、また女の人が突き飛ばし、男の人がバウンドし、また突き飛ばし、バウンドし、女の人が両手を振り回して天井を仰ぎ、椅子に手をかける。中くらいのスピードで回すと、動きはもっとぎくしゃくしたものになり、女の人は断続的に何度も椅子を振りかざしているように見えた。そして、ハンドルを回す手を完全に止めてしまうと、女の人は男の人の頭に椅子を振り下ろしたポーズのまま止まり、男の人の顔は、かすかに歪みかけたまま凍りついた。画面の上の余白の部分には、絵の描かれたカードが束になって積み重なり、下に落ちるのを待っているのが見えた。ゆっくり慎重にハンドルを回せば、その次のカードを一枚だけ落とすことができた。新しいカードは、前のカードとほとんど同じで、ただ女の人の肘が壁にかかった写真の額にかかり、砕けた椅子の破片が、前よりもほんの少しだけ遠くに飛び散っている。

12

時は流れた。要するに、そういうことだ。もしもこれが映画で僕が監督なら、次々と変わっていくシーンを背景にカレンダーが一枚一枚破られていくという、例の手法を用いるところだ。九月、十月、十一月、十二月（シャンパンの栓を抜く音、〃新年おめでとう！〃の声）、一九四七年に入って一月、二月、三月、四月、五月、六月、七月、そして八月（一日が丸で囲んである）。それに重ねるように新聞見出しの手法を使う。ごうごうと音をたててまわる印刷機を背景に、小さな点が回りながらどんどん大きくなる。やがてそれが新聞紙とわかり、シンバルの音とともに止まると、見出しにでかでかとこう書かれているのが読める――〃誕生日おめでとう、エドウィン！〃もしこれが小説で僕が作家なら……しかし、こうしているあいだにも時は流れ、読者はどんどん年老いていく。そして僕らはある朝目を覚ますと、緑したたる夢の島から暗い海の中にまっさかさまに突き落とされるのだ。照明！

八月の、よく晴れた昼下がりのことだった。芝生は青すぎるほど青く、屋根は赤すぎるほど赤く、窓と窓の間で規則的な線を繰り返す白い壁板はまぶしい輝きを放ち、それは白く不透明な表面が光を反射しているというより、ちょうどマルハウス氏がガラスに嵌《は》め込んで白熱電球の前にかざすカラースライドの中の明るい被写体のように、色に染まった透明な物質が内側から何かの光で照らされているように見えた。そんな八月の、エドウィンの四歳の誕生日から間もないある午後、マルハウス家の庭の真ん中に置かれた大きな四人乗りの白い木のブランコに、四人の人々が向かい合わせに乗っている姿があった。向かって右側にはマルハウス夫人と生後五か月のカレンが家庭菜園を背に、ロビン・ヒル通りのほうを向いて座っていた。左側にはマルハウス氏とエドウィンがいた。エドウィンはだらしなく沈み込み、むき出しの脚を向かい側のシートのカレンのすぐ横に乗せていた。ブランコは、ベンチのような二つの座席の上に屋根がついている構造で、座席の間に渡された木の床を揺らすか反対側のシートを押すかすると動く仕組みになっていた。家の横のロビン・ヒル通りに面したあたりに背の低いシャクナゲの木があり、その横に一羽の真紅のカージナルがいて地面をついばんでいたが、四人からは死角になって見えなかった。「すると王様は――」マルハウス氏は話を続けた。「エドウィン、そんなに乱暴にこがないでちょうだい」マルハウス夫人はかすかに眉をひそめてそう言い、カレンを自分のほうに引き寄せたが、傍目にはブランコはやわらかにキィキィ鳴りながらのんびりと揺れているようにしか見えなかった。「赤ちゃんがいるんだから、気をつけてくれなくちゃ」そう言ってマルハウス夫人はカレンの柔らかな髪をそっとなでた。エドウィンはさらに激しくこいだ。「エドウィン、やめて。エイブ、なんとか言って」「エドウィン！」マルハウス氏が鋭く一喝した。エドウィンは、両脚をぱたりと床の上に落とした。「しゃきっと座りなさい、しゃきっと」マルハウス夫人が言った。「姿勢が悪くなるわ」ゆっくりと、きわめて慎重にエドウィンは一センチだけ体をずり上げた。「すると――」マルハウス氏が先を続けた。「すると王様は、チキン・リトルの頭から小石を取り上げて言いました。『これはただの石ころであるぞよ、セニョリータ・チキン。これのどこが空だと申すのか？』すると、七面鳥のターキー・ラーキーが言いました。『べらぼうめ、こいつがただの石だってのかい！』めんどりのヘニー・ペニーも言いました。『あんれまあ驚れえただ、ほんにこれはただの石ころだと言いなさるかね？』するとガチョウのグージー・プージーが言いました。『空が落ちてくるっていう時に、石だかハシだかの話をしてる場合じゃございませんわ』そこにアヒルのダッキィ・ダドリー・パンダーが言いました。『一難去ってまた一難とはこのことじゃわい』雄のガチョウのガンダが言いました。『この際みんなでずらかっちまうってのはどうかね。おいら、それがいいと思うね』ニワトリのコッキィ・ロッキィが言いました。『コケコッコウ！　コケコッコウ！』すると、チキン・リトルは……エドウィン、もし聞きたくないんなら、聞かなくてもかまわない。しかし、そんなしかめ面をするのはやめてくれ。まったく、この子はいったいどういうつもりなんだ」

「別に悪気はないのよ。でも、少し疲れてるんだわ。そうでしょ、エドウィン？　さあ、次は誰の番？　ママかしら？」マルハウス夫人は、頰に人差し指を当て、唇をぎゅっと結び、難しい顔をして考え込んだ。エドウィンは腕を組み、みんなに聞こえるように大きなあくびをして、右肩に顎をつけて眠ったふりをした。

「むかしむかしあるところに」とマルハウス夫人が言った。「エドワードという名前の小さな男の子が、パパとママと三人で大きなおうちに住んでいました。エドワードはとっても無口な子供でした。ある日、ママがパパに言いました。『あたしはエドワードが心配だわ。だって、一日中むっつりふさぎ込んでいるんですもの』『ふむ』とエドワードのパパは言いました。『わたしはそんなに心配しないがね。そのままにしておけば、きっとすべてうまくいくようになるさ』」

「実に賢い、分別のある父親だね」マルハウス氏が口をはさんだ。

「あら、じゃましないでちょうだいな。あなただって、あたしがじゃましたら怒るくせに――ある日、お父さんはエドワードに大きな消防車を買ってきました。でも、エドワードは色が気に入らなかったので、消防車で遊ばないで、むっつりふさぎ込んだままでした。次の日、お父さんはサイロのついた牧場の模型を買ってきました。それから、たくさんのチョークと本物の黒板消しがついた大きな大きな黒板も買ってきました。それでもエドワードは、むっつりふさぎ込んだままでした。やがてエドワードは、ご近所の人たちから〝むっつり屋さんのエドワード〟と呼ばれるようになりました。ある日のこと、エドワードのお母さんがいいことを思いつきました。お母さんは、コートを着て帽子をかぶり、コウノトリのデパートに行きました。『こんにちは、コウノトリさん。そこのピンク色のもこもこしたのをちょうだいな』『はいはい』とコウノトリは言いました。『これですね。毎度あり』するとエドワードのお母さんは言いました。『ありがとう、でもこのことは誰にも内緒にしといてちょうだいね』」

マルハウス氏がいぶかしげに眉を上げた。

「お母さんは家に帰ってくるとエドワードのところに行って、そのピンク色のもこもこしたものをあげました。中になにが入ってたと思う？」マルハウス夫人は急に横を向き、隣にいたカレンを抱き上げてエドウィンの膝の上に乗せた。「カレンでした！」カレンは嬉しそうに笑った。エドウィンは不機嫌に押し黙ったままカレンを押し返した。赤ん坊は激しく泣き出した。「まあ、せっかく喜んでるのになんて興ざめなことするの」マルハウス夫人は言って、カレンを自分の膝に引き寄せた。「泣かないで、いい子いい子、ばあ。そ――う、よしよし。あんな意地悪なお兄ちゃんのことなんか、気にしちゃだめよ。エドウィン、あなたって子には、ママときどきほんっとに腹が立つわ」

「エドウィンは、もしかしてベッドに入りたいんじゃないのかな」マルハウス氏が言った。

マルハウス夫人は夫にそれ以上は言うなと、こっそり顔で合図した。マルハウス氏はパイプを取り上げた。カレンの泣き声がすすり泣きに変わり、やがて収まった頃、真紅のカージナルが家の陰から姿を現した。「さてと！」マルハウス夫人が言った。「もう泣き止んだわね。次は誰の番？　エドウィン？」

「むかしむかしあるところに」エドウィンは言った。「牛が一匹いました。その牛には頭が二つ、目が三つ、口が四つ、しっぽが五本、前足が六本、後ろ足が七本、ひづめが八つ、靴が九つ、靴ひもが――」

「ちょっとエドウィン」マルハウス夫人が言った。

「もしお話ししたくないんなら、しなくったっていいんだぞ」マルハウス氏が言った。

「だから今してるじゃないか」エドウィンは不満げに口をとがらせた。

マルハウス夫人は夫の顔をちらりと見た。それから人差し指を立て、それを左右に振ってみせた。「ねえ、エドウィン！」彼女は明るい声で言った。「その牛さんの名前はなんていうのかしら？」

「ジェフリーだよ」エドウィンは言った。

「あら」マルハウス夫人はそう言って、一瞬黙った。「牛にしては、ちょっと珍しい名前ねえ」彼女はまた言葉を切った。「それで、その牛はどうなったの？」

「死んだよ」

沈黙。

「それでお話は終わりなの、エドウィン？」

「ちがうよ」

その当時、マルハウス家の庭の裏手は雑草の生えた空き地になっていて、境目には背の高い、こんもりした生け垣が植わっていた。

「見て！」マルハウス夫人は叫んで、勝手口の横の物干し台を指差した。カージナルは洗濯物を干す紐の上にとまり、洗濯ばさみを揺らしていた。カレン以外の全員が振り向いた。「なんてきれいなのかしら。あなた、カメラを持っていればよかったのに」

「この距離じゃ望遠レンズがないと無理だ」マルハウス氏が言った。「いずれ買わなければならないな」

「望遠レンズって？」鳥のほうを向いたまま、エドウィンが訊いた。鳥はぴんと胸を反らし、見えない敵に四方を囲まれているかのように鋭く小刻みに頭を動かした。

「小さな物を大きく見えるようにするレンズのことだよ。カメラの前に虫めがねを置くようなものさ。望遠レンズを使うと、ここに座ったままで、あそこにいる鳥をすぐ近くから撮ったように撮れるんだ。うん、ぜひ望遠レンズを一つ買おう」

「ぼーえんれんず」エドウィンは言った。「ぼーえんれんず、ぼーえんれんず、おーべんれんず、おーべんべんぶ」

「エドウィン、やめて」マルハウス夫人が言った。

「牛は地獄へ行きました」エドウィンは言った。「地獄には鳥が一羽いました。その鳥には、尾っぽが三つ、頭が四つ、ニックが五つ、望遠レンズが六つ――」

「エドウィン、シーッ！　鳥が逃げちゃうじゃないの」カージナルは洗濯ばさみの列を揺らして飛び上がり、赤い矢のようにブランコを越え、生け垣の上にとまった。三つの頭が鳥の動きにつれて回り、完全にこちらを向いて、髪の毛の色からピンクがかった肌色に変わった。他の二人が生け垣の上のほうを見ようと首を伸ばしている時、エドウィンだけは何気なく生け垣の根元の、葉の空いた部分に目を落とし、そのままぎょっとして凍りついた。口があんぐりと開き、目が大きく見開かれた。「ああ、行っちゃった」マルハウス夫人が空を指差して言った。「エドウィン、どうしたの――あら、驚いた！ジェフ、見ぃつけた！」

13

神よ、小説家を憐れみたまえ。小説家は全知全能の崖の高みに立ちながら、ありとあらゆる工夫を凝らしてプロットという名の奔流に大切な情報のかけらを一つ一つ落とし込まなければならない。そうやって流れに落とされたかけらは、急流に飲まれてアイスキャンディの棒のようにひらひらと舞っていく。一秒も、いや一秒の十分の一もタイミングを逸してはならない。でないと、多忙でこらえ性のない読者たちはあくびをして彼の本を脇に押しやり、手近な新聞を手に取って、コーンフレークの箱の説明書きと変わりばえのしない貧相なコラムを読み始めるのだから。さいわい、凡庸な伝記作家は、そのような苦労とは無縁だ。伝記作家は、一度に百もの事を同時にしようとして苦しむ小説家を尻目に、冷静に、事務的に言うべきことを言い、指折り数えるように一つ一つの事柄を述べていくだけだ。

彼が憶えている最初のはっきりとした記憶は、彼女がまだ産院にいる時にエレクター・セット*で遊んだということであり、それからそっと足音を忍ばせてベビーベッドの中を覗き込んでみると、彼女の頭にほとんど毛がなかったことだった。彼は、彼女がベビーサークルの柵の間から放り投げた玩具を一つ一つ手渡してやり、ベビーベッドにかがみこんで〝いないいないばあ〟をした。高い子供用の椅子に座らせた彼女にスプーンでカスタードを食べさせてやり、二口に一口は自分で食べた。彼女の柔らかな髪をなで、自分の指に小さな手を握らせて遊んでやった。鼻を指で押し上げ、舌を出して彼女を笑わせた。両手の指を組み合わせて〝これは教会、これはお屋根、ドアを開けると、人がいっぱい！〟をやった。〝この子豚さん　市場で買い物、この子豚さんはおるすばん、この子豚さん　ステーキ食べて、この子豚さんはなにもない、この子豚さん　おうちまで　いちもくさぁぁんにかけてった〟や〝一つ、二つ、くつはいて　三つ、四つ、ドアしめて　五つ、六つ、つえひろい　七つ、八つ、ならべてさ　九つ、十でとうとうメンドリ　十一、十二、庭じゅうつつく　十三、十四、娘がおじぎ　十五、十六、娘はだいどこ　十七、十八、娘は給仕　十九、二十でお皿はからっぽ〟や〝一、二、三　ア・ホ

＊　金属のピースをボルトやナットでつなげて家などの形を作る玩具。

イ、きれいでかわいいメアリが、椅子から落ちてすってんころり、出てきてびっくり鉢合わせ〟や〝粉こねて粉こねて　ケーキやさん、オーブンで焼いてよ、大急ぎ〟や〝フン、ヘン、ホン、ハン　イギリス人の血のにおい〟を歌ってみせた。彼は『谷間の農夫』『ア・ティスケット、ア・タスケット』『きらきらお星さま』『ねぼすけメアリー起きとくれ』『砲兵隊のマーチ』『草競馬』『ジングル・ベル』『マイ・ポニー』『アルマンチエールの娘さん』『いとしのクレメンタイン』『おおスザンナ』などを歌った。

彼はまた、それらの替え歌も作って歌った――『谷間のカレン』『ねぼすけカレン起きとくれ』『マイ・カレン』『おおカレナンナ』。彼は歌った。「ピーター・ラビットやってきた、しっぽをふりふり飛んできた」彼はまた歌った――

おお　マイダーリン
おお　マイダーリン
おお　マイダァァァァリン
クレメンタイン

彼は歌った。

将軍はもらった　クンセイを

パァァァァレイ・ヴー
将軍はもらった　クンセイを
パァァァァレイ・ヴー
将軍はもらった　クンセイを
なのに　取りにも来なかった
ツッタカタッタ　パーレイ・ヴー

彼はティッシュペーパーをまん中でねじり、それを鼻の下に当て、低い声で言った。「貸した金をかえせかえせかえせ」それからティッシュを頭の上にやり、高い声で言った。「お金なんて、ないわないわないわ」また鼻の下にティッシュをやり、低い声で「貸した金をかえせかえせかえせ」そしてまた頭の上にやり、高い声で「お金なんて、ないわないわないわ」今度はティッシュを襟元にやり、普通の声で、誇らしげに言った。「わたしが払ってあげましょう」またティッシュを頭にやり、高い声で「すてきな方」そして最後にティッシュを鼻の下に当て、低い声で言った。「ちくしょうめ！」彼は彼女にいろいろな物の名前を教えた。〝ぷ――〟としか言えない彼女に〝スプーン〟の言い方を教え、自分の幼い頃の〝オレンジジュース〟の言い方である〝アーニー・グース〟を教えた。彼は〝ブーブー〟や〝ニャーニャー〟や〝メエメエ〟や〝オッエオッオウ〟や〝コッコッコッコケーッ〟を教えた。紙に大きな字で彼女の名前を書き、「これは君だよ」と言った。猫や、犬や、象や、花を持った母親や、口から煙を吐いている父親や、ロバの耳をしたジェフリーや、逆さまの口で笑った自分の顔や、くるくるの髪をしていっぱいに微笑んでいるカレンの顔の絵を描いた。彼女の手を引いて歩き、キッチンの床にいる彼女に向かって積木の車を走らせ、彼女に階段の下にいるように言っておいて、上からスリンキー*を歩かせた。コーンフレークの箱を開けてやり、彼女に中のおまけを探させた。腕を水平に突き出してコマのように回り、ベッドに倒れ込んで目を閉じると世界中が回っているように感じられることを教えた。一つの言葉を何度も何度も繰り返して言っていると、しまいには無意味な音のような気がしてくることを教えた。菜園の土を掘って、赤い電球のようなラディッシュを掘り出すやり方を教えた。雪玉を作ることや、タンポポの薄灰色の綿毛を吹くことや、震えながら飛ぶシャボン玉を針金の輪っかの先で捕まえることを教えた。彼は、つららや、風船や、クモの巣や、ロリポップや、雨上がりの黒い水溜まりの中にいるピンク色のミミズを彼女に見せた。曇った冷たいガラス窓に指で字を書くことを教えた。夜、彼女のふとんを掛け直してやり、部屋の暗い壁の上を、車のライトの四角い光が動いていくのを一緒に眺めた。背の高い旧式のレコードプレーヤーの蓋を椅子に乗って開け、フンパーディンクの『ヘンゼルとグレーテル』をかけ、悪い魔女がお菓子の家でカラカラと高笑いするシーンの怖さを、彼女と分かち合おうとした。夜になると、彼は震える声で「今のは、ただのかぁぜぇだぁよぉぉぉ」と言って彼女を怖がらせ、自分も怖くなった。『ピーターと狼』の表紙の、黒い狼の腹の中に緑色の小さなアヒルが入っている恐ろしい絵を彼女に見せた。彼は彼女に字や、数字や、曜日や、月の数え方や、『ジングル・ベル』の繰り返しの部分を覚えこませようとした。彼は彼女に〝神様わたしは眠ります、今夜もわたしをお守り下さい〟を教えようとした。ときどき、彼女がなかなか覚えないと、彼はかっとなって、彼女の肩をつかんで揺さぶり、「このばか、まぬけ、おたんこなす」と言った。すると、彼女の大きくて澄んだ、ブルーの中に銅色の点がほんの少し散った瞳がみるみる悲しみで曇り、わあっと火のついたように泣き出すのだった。

エドウィンの幼年期にカレンのお気に入りだった玩具は、白い柄のついた真っ赤なパラソルだった。よく晴れた日にそのパラソルを肩に乗せて立つと、日の光が透けて、カレンの髪や、頬や、小さくてぽっちゃりとした二の腕を真紅に染め、彼女の姿はまるで赤いセロハン越しに見ているように見えた。

エドウィンが、自分とカレンの一緒に写っている写真で一番好きだったのは、技術的には稚拙な失敗作の一つだった。二人は写真の中央でカメラに背を向けて手をつなぎ、日の当たる並木道を歩いている。エドウィンはひょろ長い脚に丈の長いショートパンツをはき、半袖のカウボーイシャツの上にズボン吊りが×印に交差している。カレンは吊りひものついた長ズボンをはき、短いTシャツを着ている。二人の後ろには二つの短い影ができている。カレンの影はエドウィンの影の半分の長さしかなく、ほとんど円に近

＊　金属の極細のバネでできた玩具。階段の上から生き物のように〝歩かせる〟ことができる。

い。確かにほのぼのとした構図ではあるが、それだけなら他の写真と比べて別段どうということもない。この写真が見る者の胸をひときわ切なくさせるのは、極端に露出がオーバーである点だ。その頃すでに茶色に変わり始めていたカレンのブロンドの巻き毛は、この写真の中では白い炎のように燃え立って、エドウィンが描く太陽の絵のように、放射状に光を放っている。二人の立っている白い道は、アスファルトというよりも砂のような質感を見せ、白い幹のカエデ並木の葉は、限りなく白に近い灰色に見える。二人の子供の前には、真っすぐな道が揺らめきながら遠くまで延び、向こうに行くに従って明るくなり、ついには何もかもが真っ白になり、二人はまるで、何か光り輝くものに呑み込まれようとしているかのように見える。

14

四歳の誕生日の二か月後、エドウィンはハーシー先生の保育園に入園した。そこでの彼の生活は十四日間しか続かなかった。その年のクリスマスを迎える頃には、ハーシー先生の保育園のことでエドウィンが覚えているのは、昼寝の時間に寝た二段ベッドの木のはしごのことだけだった。ハーシー先生の保育園は、幼稚園前の幼児が、その準備として入る場所だった。ハーシー先生の保育園については、これ以上書くことは何もない。

そのいっぽうで、エドウィンは文盲者の涙ぐましい情熱で、文学への探究を続けていた。彼はあらゆるサイズと形の、真新しい、ぴかぴかの蔵書を増やし続け、それらの本を新しい灰色の本棚に、一見無秩序とも見える、彼にしかわからないある厳密な配列の仕方でもって並べていた。幼年期の本はどれも似たり寄ったりで、いちいち題名を列挙することにあまり意味はない。十章で僕が掲げたリストを見てもらえば、未来の小説家がこの時期に接した文学の幅広さは充分わかっていただけるはずである。先にエドウィンのことを文盲と書いたが、それは必ずしも正しい表現とは言えない。彼はいくつかの単語（〝エドウィン〟〝カレン〟〝ピノキオ〟〝しま〟など）を判読することができたし、ほとんどのアルファベットを読むことができた。しかし、文章を読むという実質的な能力においては、彼はネズミと何ら変わるところがなかった。

灰色の本棚の右下の隅に、今までのものと種類の違う本が一冊あった。その本は、その秋のある夕暮れにマルハウス家にやってきて、のちにエドウィンのイマジネーションに多大な影響を与えることになった。その夕方のことは、今でもはっきりと覚えている。エドウィンと僕は彼の家の前の階段に座り――エドウィンは買ってもらったばかりのインディアンの長い羽根飾りをかぶり、手には赤い木の柄と黒いゴムの刃のオノを握っていた――隣の村に奇襲攻撃をかける相談をしていた。すると、遠くのバス停のほうから、マルハウス氏が僕の家の前を通って、ゆっくりこちらへ歩いてくるのが見えた。マルハウス氏は片手に提げたブリーフケースを大きく振り、もう片方の手を頭の上で振った。僕は持っていた銃で彼に狙いをつけたが、突然横からオノが飛んできて、僕の銃をはじき飛ばした。僕は少なからずむっとして、湿った草の上から銃を拾い上げた。「ひどいよ、ねらっただけじゃないか」「う」エドウィンは答えた。インディアンになり切っている時の彼に何を言っても無駄だということはよくわかっていたので、僕は黙って自分のカウボーイパンツで銃を拭くだけにとどめておいた。マルハウス氏は歩道から階段を二段下り、セメントの小径を、軽快な足取りでこちらに向かって近づいてきた。エドウィンの目は父親のトレンチコートの大きなポケットにじっと注がれていた。幼年期には、そのポケットは次から次へと玩具が湧き出る魔法の泉だった。「やあ、ジェフリー。ハウ、酋長。ちょっと失礼して通してくれないかな。なにしろくたくたに疲れているのでね」僕らが右と左に分かれると、マルハウス氏はその間を通り抜けて階段を上った。エドウィンは急に不機嫌な顔つきになり、まるで人間の頭の皮でも剝ぐように、足元の草をオノでむしりはじめた。「さてと、鍵はどこへ行ったかな」僕らの背後の靴ふきマットの上に立つと、マルハウス氏は言った。「ここじゃないぞ」彼はわざと聞こえるように大きな声で言い、片方のポケットから丸まったハンカチを、ばらばらと埃を落としながら引っ張り出した。「ここでもないな」彼はさらに大きな声で言い、ブリーフケースを右手に持ち替え、左側のポケットに手を突っ込んで、じゃらじゃら音をたてた。エドウィンが振り返って父親を見上げた。マルハウス氏は、片手いっぱいに小銭、パイプ、黄色くて薄いパイプクリーナーの箱、煙草の袋、マッチ三箱をつかみ出し、またしまってから、溜め息を一つついた。「ひょっとすると、こっちかな」彼はそう言って、ブリーフケースの止め金を開けた。「はてな、これはいったい何だろう」マルハウス氏は困ったような表情で、薄べったい茶色の紙袋をつまみ上げた。「エドウィン、これが何だかちょっと調べてみてくれないか」エドウィンは顔を輝かせて父親の手から袋を奪うと、それを膝の上に置いて、中から光沢のある表紙の雑誌を出した。「ああ、そうだった！」マルハウス氏は叫んだ。「何という、うっかり者の教授だ！」彼はそう言うと、もともと鍵のかかっていなかったドアを開けた。「ああ、そうそう、ジェフリー」僕は振り向いた。「バン！」マルハウス氏は人差し指のピストルで僕の頭を撃ち抜くと、僕が銃を拾い上げるよりも早く、ドアの向こうに消えてしまった。エドウィンはがっかりした顔で父親の土産を見下ろしていた。「なんだった？」僕は訊いた。「なんか、絵の本だよ」エドウィンは、ぱらぱらとページをめくりながら答えた。「なんの絵？」僕は訊いた。しかしエドウィンはすでに興味を失い、左の腕を前に突き出して左目をつぶり、右の手で弦をいっぱいに引き絞り、遠くの家の屋根に向かって見えない矢を放った。

それがエドウィンと漫画本との出会いだった。夕食が済むと、マルハウス氏は居間の椅子に座り、期待に声を弾ませながら、その漫画本をエドウィンのために朗読し始めた。エドウィンは最初の一、二ページはおとなしく聴いていたが、しまいには、あからさまに退屈そうな顔をした。マルハウス氏は溜め息をつき、エドウィンの目下のお気に入りである『ちっちゃな　ちびの　インディアン』――バッファローを乗りこなすインディアンの子供の話――を手に取った。

それから半年経った雨のそぼふるある春の日のことだった。ひどい風邪と発熱から回復したばかりで、気怠く落ち着きのない気分の続いていたエドウィンは、物憂げな動作で、部屋の片方に黒い帽子をかぶったイギリス軍の赤い兵隊を、反対側に白い帽子と青い軍服のアメリカ軍を一列に並べ、戦争に使うビー玉を出すために、本棚の右隅に置いてあった箱を持ち上げた。彼はその下に漫画本があるのを見つけた。ベッドの上に座っていた僕の目に、光沢のある表紙が光を受けて輝くのが見えた。真っ赤な空をバックに、アヒルの顔と黄色いスキー板が突き出た大きな雪玉が山の斜面を転がり落ちている絵が描かれていた。部屋の空気が一瞬静まりかえり、僕はエドウィンの中でふたたび何かが起こったことを知った。そして瞬時にして悟った――半年前に彼に何の感動も呼び起こさなかったこの赤い空と雪玉とアヒルが、突然、彼にとってこの世で最も重要なものとなったことを。そして、今日も、明日も、そしてたぶん永遠に、僕らが玩具の兵隊で遊ぶことはないだろうということを。灰色の雨が窓を叩く音がどんどん遠くなっていき、電球が柔らかな黄色い光を投げかけるなか、エドウィンはベッドに腹ばいになったまま、さまざまな色が目もあやに氾濫する冒険の世界に飛び込んでいって――そしてある意味では、そこから二度と帰ってこなかった。この瞬間から、エドウィンは四角い枠組みと鮮やかな色彩の世界の住人となったのだ。大人は自分たちの好みを子供に押しつけるべきではないと考えていたマルハウス氏は、エドウィンが漫画を読むことを奨励したが、マルハウス夫人はこの傾向をあまり歓迎しなかった。マルハウス氏は毎晩漫画本を繰り返し朗読し、エドウィンはソファの彼の横に座り、父親の大きな肩に頭を預けて熱心にそれに聞き入った。しかし、僕は肘かけ椅子に座り、片方の脚をアームにかけ、眉間にしわを寄せたマルハウス氏がエドウィンの漫画本を一心に読みふける姿もたびたび目撃した。読みかけの分厚い本は脇に押しやられて、彼の横の磨きこまれたサイドテーブルの上でパイプ用灰皿の台として使われていた。

一足飛びに春の雨の日に触れてしまったが、僕はここでもう一度、半年前の秋に立ち帰らなければならない。前段のことは、いわば枯れ葉色の秋に突然何日か暖かい日があって、遠い春の訪れを予感させる小春日和のようなものだ。なぜ秋に戻るかというと、この時期にエドウィンはカメラに興味を持ち始めたからだ。僕の目からすれば、それは彼の駅の待合室の機械への興味や、のちの漫画本への耽溺と決して無関係ではなく、言い換えれば彼のイマジネーションの成長過程とも無関係ではなく、ということはつまり、彼の人生および芸術のたどった軌跡とも結びついているからだ。マルハウス氏の旧《ふる》いグラフレックスは、大きな黒い箱型で、ボタンを押すと、まるで先に人形のついていないバネだけのびっくり箱のように、蛇腹が音を立てて飛び出す仕組みになっていた。エドウィンはキッチンテーブルの横の椅子の上に膝をつき、上に付いている擦りガラスの覗き窓から、ぼんやりとした色の塊を魅せられたように覗き込んだ。父親がつまみを調節するとしだいに画像が鮮明になっていき、流し台や黄色の水切り台が鮮やかな色でくっきりと、四角いフレームの中に姿を現す。「さあ、何が飛び出すかお楽しみ」マルハウス氏はそう言いながら、ゆっくりとカメラの向きを変えた。そして黒いレンズが僕のほうを向いたところで「ほら！」と声を上げた。僕はといえば、とまどいに顔をしかめ、エドウィンの目に映っているはずの、とまどいに顔をしかめて彼を見上げている自分の姿を想像していた。マルハウス氏はカメラの仕組みを説明するのが好きだった。エドウィンも、その話を聞くのが大好きだった。エドウィンは父親の話を何一つ理解しないまま熱心にうなずき、父親がボタンを押して、あのパシャ、カタカタ、ガシャンという、何とも言えず小気味のいい音を聞かせてくれる場所にくるまで、辛抱強く待ち続けるのだった。彼はまた、父親にカメラの蓋を開けて絞りの穴がだんだん大きくなるところを見せてもらうのも好きだった。

カメラよりさらに楽しみなのが、何週間かに一度、白い紐で結んだ茶色の吸湿紙の筒に入って、どこからか魔法のように現れるモノクロームの写真だった。エドウィンが紐を引っぱると、固く丸まっていたボール紙の筒は、それまで止めていた息を吐き出すように少しだけ緩んだ。マルハウス氏はその紐を引き抜くと、エドウィンに端を抑えさせてキッチンテーブルの上でゆっくりと筒を広げた。僕が少しでも手を貸そうとすると、ボキャブラリーの豊富なエドウィンは「ん――！」と抗議の声を上げた。茶色の紙筒の白い内側がまず見えてくる。父親がゆっくりと筒を広げる手元をじっと見つめながら、エドウィンは最初の写真の白く輝く枠が現れるのを待った。アルバムに貼る写真を選ぶと（残りはエドウィンのものになり、時刻表や、花の種の入っていた袋などのコレクシヨンに加えられた）、マルハウス氏はモスグリーンの台に銀色の刃のついたカッターを出してきて、二枚綴りになった写真を切り離す作業に取りかかった。彼は慎重に写真の端を合わせ、僕らのほうを怖い顔で睨み——そうやって脅かしでもしないと僕らが刃の下に手を出しかねないと思っているらしかった——そして最後に刃を下ろすと、ハサミの音と雪を踏みしめる音が混じったような素敵な音がした。

それが終わると、エドウィンは写真をアルバムに貼る仕事も手伝った。新聞紙を広げた上に、写真を白い裏面を上にして置き、その上に素早く刷毛を走らせる。次にその写真を、黒いページの中心にくるように注意して置き、こぶしでぎゅっと押さえ、余分なゴム糊をはみ出させる。湿ってべとつく糊を指の腹で上下にこすって小さなゴムの玉にして、ページから払い落とす。

エドウィンがビューマスターを買ってもらったのも、この頃だった。正直なところ、僕はこうした安っぽい、作り物じみた立体映像は好きになれなかった。しかし、エドウィンは日に何時間もこの機械を覗き込み、〝コロラドの風の洞窟〟や〝モンタナのグレーシャー国立公園〟や〝アリゾナの砂漠〟や〝ウッドペッカーの郵便配達〟などの色鮮やかな画像に見入るのだった。しかし彼の本当の楽しみは、片方ずつ目をつぶって、左右の写真の微妙な違いを見つけることにあった。それはマルハウス氏が立体写真の原理について根気強く説明したことの唯一の成果で、残りのことについては、エドウィンはいつものごとく、何一つ理解しないまま熱っぽくうなずいて見せるだけだった。エドウィンはまた、ぎざぎざのついた丸いリールを機械から取り出し、それを部屋の明かりや窓にかざして、平面的に見るのも好きだった。

漫画本、カメラ、写真、ビューマスターのリール――エドウィンにとっては単なる遊びに過ぎなかったこれらのものが、全知なる伝記作家の目には、彼の運命をまざまざと暗示しているように思えてならない。

その年の冬、エドウィンは、つららと遭遇した。つららはマルハウス氏の写真にたびたび収められていたし、そこらじゅうに下がっていた。エドウィンは新しいブルーのスノースーツを着、毛皮の耳当てがついて顎ひもを顎の下でぱちんと留めるようになった新しいブルーの帽子をかぶり、つららを求めて庭じゅうを探索した。排水口からは、大きなぎざぎざのつららが下がっていた。はるか頭上の屋根からは、中くらいの大きさのつららが下がっていた。生け垣の枝や桃の木の小枝には、ミニチュアのようなつららが見つかった。つららはキッチンの窓枠から下がり、白いブランコから下がり、鶏小屋の屋根から下がっていた。そして洗濯ロープには、透明な洗濯バサミをいくつも並べたように小さなつららが連なっていた。家の正面の植え込みの一つには、つららが満開の花を咲かせ、枝先からみっしりと下がり、透明な輝きを放っていた。エドウィンは、そのつららの花をつけた植え込みを掘り起こし、永遠に溶けないように、冷凍庫に角氷と一緒にとっておくのだと言い張った。しかしマルハウス氏は、ジンの中につららを入れるのはどうもいただけない、それよりも写真を撮っておけば永遠に残るのと同じではないか、と言った。そしてその言葉どおり、エドウィンが花の匂いをかぐように、つららの植え込みにかがみ込んでいる写真が残された（左端に見えている長靴の先は、僕のものだ）。それでもエドウィンは、つららそのものを欲しがった——まるで墓石に刻む文句のような言い方だが。

つららがはかないものであることを、エドウィンは痛いほどに知っていた。冬の深い青空に真夏のような太陽が照り輝くと、エドウィンはキッチンの窓枠のつららが白く輝く板壁にきらきらしたジグザグの水の跡をつけながら溶けていくのを見た。彼は洗濯ロープのつららが溶けるのを見、ブランコの冷たい棒から下がったつららが溶けるのを見、勝手口の灰色の階段やガレージの雨どいや鶏小屋の屋根のつららが溶けて、ぽたぽたとしずくを垂らすのを見た。そして耳を澄ませば、何百何千ものつららのしずくがキッチンの窓の下に積んだ薪の上に落ち、物干し台のセメントの台の上に落ち、雪の上に柔らかく落ちて黒い小さな穴をあける音が聞こえた。エドウィンは、つららのオーボエが、つららのヴァイオリンが、つららのファゴットが、『ピーターと狼』の調べを奏でるのを聞いた。もろく、まばゆく、透明なつららの世界は、溶け、こわれ、落ち、しずくとなって消えていった。家の日陰になった場所では、つららは固く凍っていつまでも残っていたが、溶けながら輝く日なたのつららのほうが、はるかに美しかった。

つららのはかなさに小さな胸を痛めたエドウィンは、そのうちの一本を救い出し、永遠に保存する決心をした。彼は階段や、ブランコや、物干し台、鶏小屋、植え込み、窓枠、桃の木の枝まで丹念に探し、ついに理想的なつららを一本見つけた。それは完璧な円錐形で、透明で、先がきれいに尖っていた。エドウィンはそれを根元からそっと折ると急いで家に駆け戻り、冷凍庫の製氷皿と製氷皿の間に置いた。そして両親に、絶対それに触らないでと言い、指切りまでさせた。その日から毎日、エドウィンは日に二回、冷凍庫の扉を開けて、つららの無事を確かめた。つららは完全な形を保ったまま、そこにあった。ある日、彼はつららが冷凍庫の底にくっついていることに気づいて、パニックに陥った。そして、なるべく傷を付けないように、恐ろしく慎重につららをはがし、素早くパラフィン紙の上に置いた。それ以後は、すべてが完璧だった。

しかし、ある日再び雪が降った。三日三晩のあいだ、空ははためく雪のカーテンと化し、突風が吹き荒れて屋根裏部屋を軋ませた。暖炉の火は風にあおられて、ときおり狂ったように躍り上がった。四日目にやっと太陽が顔を出した。エドウィンの家の庭は白く滑らかに輝いていた。前庭のほうは犬の足跡であばたのようになり、ところどころに黄色い染みがついていた。除雪車がベンジャミン通りを通った後では、雪が道の両側にエドウィンの背よりも高く積み上がった。世界は雪とつららでできあがっていた。雪は地面よりも多く、空気よりも多かった。マルハウス氏は一通りつららを撮り終えると、今度は雪をかぶった消火栓や車に熱中し始めた。特に、こんもりと雪の積もった銀色のバンパーの下にナンバープレートの一角が顔を出している光景がお気に入りだった。エドウィンと僕は雪の砦を作り、斜めの歯を剝き出して笑う除雪車に向かって叫び声を上げた。来る日も来る日も、どちらを向いても雪ばかりだった。そして来る日も来る日も、白っぽい太陽は弱々しい光を力なく白一色の世界に投げかけた。ある日、マルハウス夫人が言った。「エドウィン、あの古いつらら、まだとっとくの？」エドウィンは言った。「ううん、もっといいのを見つけるから、もういらない」「やれやれ、助かったわ」マルハウス夫人はそう言って、湯の栓をひねった。「こわくて息もできなかったわよ」その日の午後、僕らは雪の山に登り、雪に埋もれた消火栓を発掘して遊んだ。それから何日か、曇った寒い日が続いた。僕らは家の中で、ソファの横の楕円形のテーブルの上でパズルをしたり、エドウィンの部屋でエレクターセットで遊んだりした。そうするうちに雨が降って、雪をぬかるみに変え、春と見まがうような暖かい日が続き、雪は完全に溶けてしまった。それからまた雪が降り、日が照った。

ある日、僕らはマルハウス氏に連れられて長いあいだバスに乗り、灰色の石の建物に入っていった。大きな茶色の部屋は、どこか駅の待合室に似ていたが、ここでは音を立てることは禁じられていて、何列も並んだ茶色の本棚には本が天井までぎっしり詰まっていた。子供のための部屋が別にあり、長い茶色のテーブルの上に、大きな白い本が何冊も開いたり立てたりして置いてあった。エドウィンは最初、どれでも好きな本を自由に取っていいのだということがわからなかった。玩具屋のように、それらの本を買わなければならないと思っていたのだ。しかし、そうでないとわかると急に本を搔き集め、テーブルの端に高々と積み上げた。マルハウス氏は、取っていいのは六冊までで、もっと読みたければ来週また来ればいいと教えた。結局エドウィンは七冊選び、帰りのバスの中では、勝手にでっち上げた話を声を出して読んだ。

冷たい雨が降り、春を運んできた。雨上がりの水たまりの中に真っ青な空が映り、日中は暖かな風が吹いていたが、夜になると冷え込んだ。家の脇の植え込みの蔭になった場所には雪が何週間も消えずに残っていたが、家の正面の歩道と道路の間ではカエデの枝が赤黒いつぼみをつけ、遠くの柳の枝には黄緑色の新芽が霞のように風に揺れていた。ある日エドウィンは、家の横のレンギョウが薄緑のつぼみをつけているのを見つけた。マルハウス夫人がその枝を三本切り、ピアノの上の細長い花瓶に挿すと、三日後に黄色い花がいっせいに咲いた。最後まで残っていた雪も昼間の暖かさで全部溶けてしまったが、日が落ちると気温は急激に下がった。

ある晴れた日の午後、エドウィンと僕はインディアンとカウボーイごっこをして遊んでいた。僕は彼を追って家の前に回り、植え込みの前まで追い詰めた。エドウィンの頭をピストルで吹っ飛ばそうと僕が構えると、彼は逃げ道を探して必死であたりを見回し、ふいに、まるで僕のことをすっかり忘れてしまったかのように後ろを振り返ってじっと見つめた。そんな古い手にひっかかるものか。「バン、バン！」僕は言った。「殺したぞ！」しかし、エドウィンは僕の言うことを聞いていなかった。彼はくるりと背を向けると、家の壁と植え込みの間に入り、突然しゃがみこんだ。インディアンの羽根飾りの先の赤と黄と青だけが植え込みから突き出て見えた。エドウィンがゴムのオノを振りかざしていきなり飛び出してくることを警戒しつつ、僕はホルスターについた白い木の銃弾を指で神経質にまさぐりながら、じりじりと近づいていった。しかし、すぐ後ろまで来てみると、エドウィンはそこにじっとうずくまったまま地面を見つめていた。彼の足元の土の上には、古い雪が一筋、モミの木の蔭になって、奇跡のように溶け残っていた。「バン、バン！」僕はもう一度言った。しかし、まるで僕の銃弾が彼を殺す代わりに生き返らせでもしたように、エドウィンはがばと立ち上がって植え込みから飛び出し、家の横を駆け抜けた。僕は全速力で後を追った。エドウィンは勝手口の階段を駆け上がり、ドアを勢いよく開け、冷蔵庫まで走っていって冷凍庫の扉を開けた。「エドウィン」マルハウス夫人が言った。「静かにしてちょうだい」「つらら！」彼は叫んだ。「僕のつららは？」「つらら？　もしかして、あの古いつららのこと？　あらやだ、あれはとっくの昔に捨てちゃったわよ。ママ訊いたでしょ、捨ててもいいかって。そしたらあなた――」しかしエドウィンは母親の言葉の途中で、わあっと激しく泣き出していた。

15

おかしな天気はさらに続いた。黄色い水仙がほころび、カエデは暗赤色の花をつけ始めていたが、日が沈むと気温が急激に下がり、ある朝目を覚ますと地面には霜が一面に降りていた。「やれやれ、ニューイングランドときたら」マルハウス氏は言った。「出かける時には、手袋をはめて水着を着なくちゃな」いっぽうで花が咲き、他方で北風が吹くような、そんな気まぐれな天気の続くある日、エドウィンの家の庭で遊んでいると、突然一陣の冷たい風が僕らの汗で光る額を冷まし、エドウィンがくしゃみを一つした。次の日の朝、僕が走って彼の家に遊びにいくと、マルハウス夫人が出てきて、エドウィンは病気で寝ていると言った。

　普通の人間にとっては、風邪とは目と鼻にあらわれる一連の不快な症状に過ぎない。しかしエドウィンにとっては、風邪はアマゾンの河下りであり、魔法の絨毯に乗って空を飛び回ることであり、ひげ面の小人たちが樽から酒をあおり、九柱倒《ナインピン》しをして雷鳴をとどろかせる不思議な山*に登ることだった。そしてエドウィンにとって熱は、真鍮の指輪で大きな岩を持ち上げることであり、**地面にあいた階段を地中深く降りていくことだった。その階段の突き当たりには扉があり、エドウィンはその扉を開けて、大きな広間を三つ抜けていく。どの広間も、壁の両脇に大きな真鍮のかめが四つずつ並び、中には金銀財宝がぎっしり詰まっている。彼は決して壁に手を触れないように、着ているものさえ触れないように注意して進む。触れればたちどころに命を落とすのだ。三つ目の広間の突き当たりに扉があり、それを開けると庭に出る。木々には、見たこともない極彩色の果実がたわわに実っている。庭を抜けるとテラスがあり、テラスには壁をくり抜いた穴があり、穴の中に火のともったランプが置いてある。彼はそのランプを取ると、元来た道を引き返す。途中、庭園で足を止め、木になっている果実を一つずつもぐ。その時はまだわからないが、じつは白い果実は真珠で、透明の果実はダイヤモンド、赤いのはルビー、緑色のはエメラルド、青はトルコ石、紫色はアメジスト、そして黄色はオパールなのだ。金銀財宝の入ったかめの並ぶ広間を通り抜け、階段を登ると、彼は叫ぶ。「おじさん、早く呪文を言って。ここから出してよ」「ランプが先だ」魔法使いは言う。彼がいやだと言うと、魔法使いは烈火のごとく怒り、秘密の呪文を唱える。岩の扉が頭上で閉まり、すべては闇に包まれる。

　風邪はいつもエドウィンに不意打ちをくらわせた。他の無数のくしゃみと変わらないたった一回のくしゃみ。それが、熱と、唇のひび割れと、ひりひりする鼻と、湿ったハンカチと、関節の痛みの一大シンフォニーの幕開けを告げるファンファーレだ。風邪の訪れには、どこかお伽話めいた唐突さがあった。ある時、暖かい日なたでくしゃみをする。すると次の瞬間にはもう彼は部屋の中でベッドに寝ていて、両開き窓のブラインドは閉め切られ、枕元には濡れそぼったハンカチが、穴から這い出してきた青白い生き物のようにうずくまっているのだ。何週間ものあいだ、エドウィンはじっとベッドに伏せり、子供部屋を出たところにある洗面所との間を往復するだけの日々が続く。僕は輝くばかりの健康をもてあまし、一人取り残される。朝は両手をポケットに突っ込み、家の

＊『リップ・ヴァン・ウィンクル』に出てくる山。
＊＊『アラジンと魔法のランプ』に出てくる挿話。

影になった芝生の上に立って、ときおり白い雲を映す暗い窓を見上げる。昼にはエメラルドに輝く芝を踏みしめ、太陽につやつやかに磨き立てられた遠い窓を見上げる。その窓の向こうにはエドウィンが、白いガラスの柩に横たわる白雪姫か、塔の中に閉じこもって出てこない偏屈なラプンツェルのように眠っているはずだった。ほんのときたま、僕の呼びかけに応じて窓ががたがたと揺れ、ブラインドが上がってエドウィンの白い顔が一瞬だけのぞくことがあったが、まるで悪い魔女に窓から引き剝がされるように、すぐに引っ込んでしまった。そんな時、僕は走って彼の家の勝手口へ行き、網戸のドアを叩いた。そうしてキッチンに入れてもらうと、カレンやマルハウス夫人を相手に寂しさを紛らわそうとした。カレンが新しい白い靴をはいてよちよち歩き回るのを眺めたり、一緒に床に座って〝粉こねて、粉こねて、ケーキ屋さん〟をやっている僕に、マルハウス夫人はエドウィンの病状をこと細かに報告し続けた。「熱は三十九度二分あるんだけれど、ブルーメンタール先生は小児麻痺じゃないから心配ないって。かわいそうにあの子、お尻が痛いから、うつ伏せに寝てるのよ」ブルーメンタール先生の姿は一度だけ目撃したことがある。背の高い白髪の老人で、歩くと黒い靴と黒い鞄がキュウキュウと鳴った。マルハウス夫人と話す時の彼の声は、とてつもなく大きかった。「〝熱が出たら食べさせるな〟というのは奥さん、まったくの俗信ですぞ。一にも二にも、とにかく食べさせること。それとも息子さんに痩せっぽちコンクールで一等賞になってもらいたいかね？そこの少年！」彼は突然僕のほうを振り返って言った。「五たす六は？」「十一」僕はとっさに答えた。医者は再びマルハウス夫人のほうに向き直ると、背を丸め、秘密めかした声でひそひそとささやいた。「賢い友達を持ったようですな」

そして、ついにエドウィンとの面会を許される日がやってきた。熱は下がり、風邪も峠を越していたが、まだ体が衰弱していて、安静にしていなければならない状態だった。それでもマルハウス夫人の話では、食事をしに階下に降りて来られるようにはなったということだった。僕は期待に胸を弾ませながら絨毯を敷いた階段を駆け上がり、写真の額がいくつも飾られた暗い踊り場に出ると、そこからさらに階段を五段上がり、エドウィンの部屋のドアへ向かった。突然不安に襲われて、僕は足を止めた。エドウィンとはもう三週間近く会っていなかった。彼は変わってしまっただろうか？　三週間前の彼だって、三年前とは別人のように変わっていたではないか。時計の短針の動きは、しばらく目を離してこそわかるものだ。もしかしたら、ドアの向こうで僕を待っているのは、新しいエドウィン――青白い、見知らぬ少年かもしれない。僕の左手にはカレンの部屋があって、わずかにドアが開いていた。その隙間から太陽の光が、狂ったように動き回る埃の筋を浮かび上がらせて僕の足元まで延びていた。僕は息をつめ、高鳴る胸を抑えながら、エドウィンの部屋のドアを開けた。

暗い部屋はしんと静まり返って、僕の前に横たわっていた。まるで部屋そのものが長い病から回復しきっていないかのようだった。僕は目をしばたたき、周囲の闇を散らした。両開き窓の、閉め切ったブラインドの前のベッドに、エドウィンがぐっすりと眠っていた。シーツが折り返されてブランケットの上に白い帯を作り、顎の下まで引き寄せられていた。その上に、淡いブルーのパジャマの袖に包まれた腕が片方だけ出ていて、僕のいるところからだと、蒼白な手がシーツの中に溶け込んでいるように見えた。エドウィンの体は、何冊ものゴールデン・ブックス*で一面に覆われ、それが彼の呼吸に合わせてゆっくりと上下していた。僕の正面には、部屋の三つ目の窓があった。もしもブラインドが開いていれば、そこから僕の家の黒い屋根が見えるはずだった。その窓にゆっくりと近づいていくと、僕の家がしだいにせり上がってきて、屋根のスレートが一枚一枚現れ、やがてキッチンの窓が見え、最後にマルハウス家のガレージの赤い屋根が現れる、というのが、当時僕がよくやった遊びだった。エドウィンの晩年、彼がかの傑作の執筆に取り組んでいる頃には、僕が夜中に牛乳とグラハムクラッカーをつまみにキッチンに忍んでいくと、マルハウス家のガレージ越しに、エドウィンの部屋のこの窓が、そこだけ四角く黄色く浮かび上がっているのが見えたものだ。その窓の右側には大きな灰色の本棚があって、玩具や本（その中には、あの忘れ去られた漫画本もあった）があふれ返っていた。本棚は、右側を部屋の右の壁につけるようにして置かれていたが、窓よりも数センチ背が高かったので、左側の角が少しだけ窓枠にかかり、ガラスの一角をさえぎっていた。窓の左側には、もう一つ同じ灰色の本棚が来ることになっていたが、その時はまだ届いていなかった。もしそのことを知らずにいたなら、僕はきっとそのアンバランスに我慢ができずに、勝手に灰色の本棚をでっち上げていたところだ。本棚の来るべきその場所には、イーゼルに載った黒板、車のついた大きな犬の人形、パズルやぬいぐるみがぎっしり詰まった、オレンジの木箱で作った紺色の本棚（ハロー、本棚！）があった。傍らの木の玩具箱の中には、ホルスター、カウボーイブーツ、カウボーイのオーバーズボン、拍車、ピンクのゴムの吸盤がついた緑のプラスチックの矢、テンガロンハット、ゴムのオノ、赤いプラスチックの弓、そして目玉の取れたシマウマが入っていた。壁紙は、つや消しの銀ねず色の地に、えび茶色の線が縦に六本と横に四本、繰り返し交差した格子模様で、ざらざらした手触りの素材だった。左側の壁には予備のベッドが置いてあり、長方形の枕が二つ、背もたれのように置かれていた。ベッドの上の壁には合衆国のカラー地図が貼ってあった。暗いブルーの海に蒸気船と魚が泳ぎ、フロリダ州にはヤシの木が、ニューヨークには摩天楼が、アイオワ州にはとうもろこしの穂、アリゾナ州にはインディアン、オレゴン州には材木がそれぞれ描かれていたが、コネチカット州には何もなかった。僕は五歳で四十八の州をすべて覚えた。しかしその頃のエドウィンにとって、地図は単なるパズルでしかなかった。僕がこんな風にエドウィンの部屋をくどくどと描写することをどうか許してほしい。なぜなら、エドウィンはいくつもの幸福な時間を――そして最後の瞬間を――この舞台で過ごしたのだから。

僕はそっとドアを閉めると、白い木の葉の模様の青いリノリウムの床を足音を忍ばせて横切り、エドウィンのベッドの前に敷いてある、明るい赤の敷物の上で立ち止まった。

＊子供向けの本のシリーズ。

柔らかい革底のついた紺色のスリッパ・ソックスが足元に転がり、白いインディアンと白い馬の模様の一部が見えていた。ベッドのヘッドボードの向こうには茶色い椅子があり、その上にぽつんとコップが置いてあったが、中の水にはうっすらと埃の膜が張っていた。胸の上に置かれたエドウィンの白い腕が、本の鎧と一緒に、彼の呼吸に合わせてかすかに上下していた。そこに立って彼を見下ろしていると、遠い昔の静かな光景が――僕らの最初の出会いの記憶が、僕の胸の内に蘇ってきた。こうして見ると、あの頃に比べてエドウィンの容貌がずいぶんと変わったことを、つくづくと実感せずにはいられなかった。かつてのぽっちゃりとした肉付きは、長く引き延ばされて、薄く体に張りついていた。まるで彼が決まった量の粘土か何かで、見えない手で少しずつ少しずつ引っぱられているかのようだった。しかし顔つきにはまだ赤ん坊時代を彷彿とさせる円みが残っていた。事実、エドウィンは小さくて円い鼻や、ふっくらとした小さな唇を、最後まで失わなかった。それらは細い首や先細りの指とは奇妙に不釣り合いで、創造の女神が決心をつけかねてそのまま放り出したといったふうだった。そんな具合に彼を見下ろしながら過ぎし日の思い出に浸っていると、ふいにある考えがひらめいた。僕はそっとエドウィンの顔の上にかがみこみ、口を思い切り横に広げ、鼻の頭に皺を寄せ、両手をかぎ爪の形にして彼を睨みつけ、すでにかすかに震え始めているその白いまぶたが開き、その下から黒く輝く二つの瞳が現れるのを、息を殺して待ち構えた。

16

その春、エドウィンは新しいゲームを発明した。これからそのことについて書こうと思う。そのゲーム自体が重要なのではない。ただ僕の目には、それが後年の彼の、テクニックそのものを楽しむ態度と結びついているように思えるからであり、何よりも、彼の五歳の誕生日に僕の目の前で起こった、あるささやかではあるが非常に重大な事件と深く関連しているからである。

エドウィンの壮年期に黒いステュードベーカーがマルハウス家に来るまでは、マルハウス夫人はロビン・ヒル通りを上がり切ったところにある、赤ペンキの食料品店で買い物をしていた。しかし週に一度は僕の母の運転する車に乗って、街の中心部にあるガラス張りのスーパーマーケットに出かけた。エドウィンと僕もそれについていった。エドウィンは週に一度のスーパー行きを、それこそ気も狂わんばかりに楽しみにしていた。スーパーにはピーナッツの自動販売機があった。銀色のカートがあった。おまけやお面が中に入っていることを広告したシリアルの箱の列が、通路の両脇に色の洪水となってそそり立ち、どこまでも遠くに延びていた。しかしそれだけではなかった。エドウィンがスーパーを心待ちにしていたのは、そこに数字があるからだった。

最初に来た時から、エドウィンはその数字の存在に気づいていた。棚には金属のレールが端から端までついていて、おのおのの商品の下に数字が嵌め込まれていた。しかし、その数字が指で動かせることを発見したのは二度目に来た時だった。マルハウス夫人はエドウィンに、棚の上の物を勝手に取ってはいけませんと注意したが、数字は棚の上にはなかったし、取るわけでもなかった。光沢のある赤い数字が書かれた、光沢のある白くて四角いブロックを指で押す。すると、ブロックはレールの中を滑らかに滑っていって、次のブロックにぶつかり、ひとかたまりになって、さらに滑っていく。一度に六つも数字を動かして、そのまま一番端のストッパーまで持っていけることもあった。エドウィンの目的は、全部の数字を一番端に寄せ、長い一連なりの美しい数字を作り上げることだった。しかしある日、クッキーのところから出発してフルーツの缶詰まで来たところで、白いエプロンを着けた男の人に腕をつかまれた。それ以後、マルハウス夫人は数字を動かすことを固く禁止したが、一見それとわからぬように動かすのも駄目だとまでは言わなかった。エドウィンは白いエプロンを着た男の人の影に脅え、めまいのするようなスリルを感じつつ、こっそりと、用心深く、27の7を31の左につけて731にし、731の1を29の左につけて129にし、元の31の位置に73を残し、さらに129の9を23の左につけて923にし、元の29を同じように12に変え——とそんなふうにして、ある時はアスパラガスや大豆の陰気な缶の棚を、ある時は洗剤の陽気な箱の棚を巡り歩いては工作していった。数字を動かす前に必ず左右を確認し、時には僕を見張りとして通路の端に立たせることもあった。最初のうち、エドウィンは最も劇的な効果を生み出すことを楽しんでいた。当時の彼は29までしか数が数えられず、足し算、引き算となると12ぐらいまでの範囲でしかできなかった。にもかかわらず、73が31よりずっと多く、93となるとさらに大きな数だということを、ちゃんと心得ていた。彼は大人たちが「あらやだ、どうしてグレアム・クラッカーが73セントもするのかしら」とか「ちょっと、どうなってるんだ。こんなはずはないぞ」などと言うのを聞いては悦に入っていた。しかし、エドウィンはじきにそうした極端なやり方には飽き、二、三セントしか違わないように数字を変えることに専念し始めた。これに気がつく人はほとんどいなかった。エドウィンは最後まで捕まらなかった。ところがある日突然興味を失い、二度と再び数字を顧みることはなかった。

エドウィンは、かの有名なブルブルの首長アブドゥル*が最後にどうなったのか、ついに最後まで知らずじまいだった。マルハウス氏が詩の最後の部分を忘れてしまったからだ。マルハウス氏はいつも同じ箇所まで来ると、残りの部分を言う代わりに、大きくほほえんでみせた。彼は詩の主人公の運命については頓着していないようだった。それでもマルハウス氏はこの詩を、〝人類の知性がかつて生み出した最高の傑作〟と評していた。エドウィンはその春、雨の降る午後など、父親によくその詩を聞かせてくれとせがんだ。ソファの端にエドウィンが座って本を読んでいる。反対側の端には僕がいて、暖炉の前ではカレンが人形遊びをしている。すると、エドウィンがふいに本から顔を上げ、

＊作者不明の同名のコミカルな長詩の主人公。

興奮を抑えきれない声でこう言うのだ――「パパ、ブルブルの酋長アブドゥルをやってよ」

マルハウス氏は、たまに不機嫌そうに首を振ったり、疲れているから勘弁してくれと言うこともあって、そんな時、エドウィンは深いふさぎの穴に落ち込んでなかなか出てこなかった。しかし、たいていの場合、マルハウス氏はパイプを口からはずし、読んでいた本を膝の上に置き、体をもぞもぞと動かしてエドウィンのほうを向き、人差し指を立てて静聴をうながすと、おもむろに語り始めた。

「マホメットの息子たちは　強者《ボールド》揃い
いずれ劣らぬ　恐れ《フィア》知らず
わけても一番と　教えられた《トールド》のが
この男、ブルブルの首長《アミア》アブドゥル。

敵の陣地に攻め込んで　先陣《ヴァン》切って剣振るい
鉄の砦《リダウト》もなんのその
ばっさばっさとなぎ倒す　そんな男《マン》が欲しければ
ブルブルの首長アブドゥルと叫べ《シャウト》ばいい。

さて、名だたる豪傑《フェイム》　数いれど
軍の長なる皇帝《ツアー》よりも
その 名《ネイム》も轟く　剛の者
それが　イヴァン・スキヴィツキィ・スキヴァー。

カルーソも裸足で逃げ出す　テノールにバス
天下一品　ギターの腕
ロシアの 軍《ティーム》 の　花形《クリーム》よ
その名も　イヴァン・スキヴィツキィ・スキヴァー。

ある日イヴァンが鉄砲《ガン》かつぎ
不敵な顔を　にやつかせ《スニア》
退屈しのぎを探して《ファン》いたら　ぶつかった《ラン》のが
ブルブルの首長《アミア》アブドゥル。

ブルブル曰く、『それほど退屈ならば、この手で俺が
終わらせてやろう　お前の人生《キャリア》
身のほど知らず《ノウ》の　ロシア人め　俺の足《トウ》を踏むとはな

このブルブルの首長《アミア》アブドゥルの』
恐れ知らずのマムルーク人は、命と頼むキセル《チェブーク》抜き
大音声で『アラーの神よ《アラー・アクバー》！』
叫ぶが早いか　飛びかかる
イヴァン・スキヴィツキィ・スキヴァーに。

満月の下　一晩中
切り結ぶ音は　千里《アファー》を走る
　噂《フェイム》は広まり　人は集《ケイム》まる
アブドゥルとイヴァン・スキヴァーの勝敗やいかに？

マルハウス氏はそこでやめると、にっこり笑ってこう言った。「詩人はここの最後がとても自慢だったんだ。二人を一つの行に入れたからね」最初のうちエドウィンは、先を続けてくれと父親にせがんだ。しかし、そのたびにマルハウス氏は眉を上げ、手のひらを上に向け、「覚えていれば続けるさ」と言った。じきにエドウィンも、せがむのはやめてしまった。マルハウス氏はそれが終わるとパイプを口に戻し、火が勢いよく出る新しい銀のライターで火をつけると、ふたたび本を取り上げた。

エドウィンの五歳の誕生日は、いろいろな意味で忘れがたい日となった。まずもちろん、プレゼントの洪水があった。その中には、たとえば、イーゼルと水彩絵の具のセットや、尖った杭をぐるりに巡らせた砦の模型（カラフルな服を着たカウボーイとインディアンのゴムの人形がついていて、プラスチックのつやつやした馬に乗せられるようになっていた）、『ウォルト・ディズニー漫画劇場』の年間購読（一年分）、ゼンマイ仕掛けのミニ射撃場（標的のカモが浮いたり沈んだりして、黒いプラスチックのピストルでそれを撃つと、ゴムの吸盤のついた弾が飛び出すもの）などがあった。僕のプレゼントは、素晴らしく立派な『子供のための世界史』全二巻だった。エドウィンはそれをさかさまに開き、二秒間ほど熱心に読むふりをした。マルハウスおばあちゃんは、大きくていびつなオレンジ色のケーキをエドウィンのために焼いた。おばあちゃんがケーキにナイフを入れると、ガリッという音がした。何度かナイフで切っていくと、中からケーキの生地まみれのスプーンが出てきた。エドウィンは大喜びだった。パーティーが終わると、洗い物をするマルハウス夫人とマルハウスおばあちゃんをキッチンに残し、残りは居間のほうへ移動した。マルハウス氏は肘かけ椅子に座り、片方の脚をアームにかけ、エドウィンがもらった漫画本に読みふけり始めた。エドウィンは床に座ってミニ射撃場のネジを巻き、ブリキの黄色いカモたちが浮かんだり消えたりするのを眺めていた。しばらくすると、エドウィンは父親に〝ブルブルの酋長アブドゥル〟をやってと言った。

マルハウス氏はそれに応えて熱演した。イヴァンのくだりでは本当に不敵な顔をにやつかせ、アブドゥルのところでは猛々しく「アラーの神よ！」と雄叫びを上げたので、マルハウス夫人が何の騒ぎかとキッチンから見に来たほどだった。それが済み、マルハウス氏が漫画に戻ると、エドウィンはひどく物静かになり、絨毯の上に暗く渦巻く木の葉の模様にじっと目を落とした。その横でカレンがリボンと包装紙の山に囲まれて手を叩き、僕は『子供のための世界史』第二巻の地図を指でたどっていた。僕には、カレンのたてる小さな騒音よりも、エドウィンの不気味な沈黙のほうが気がかりだった。一見穏やかなその表情の下に、狂気にも似た興奮が逆巻いているのを僕は嗅ぎ取っていた。僕はエドウィンの目を見ようとしたが、彼は故意に僕を避けたのか、あるいは濃い霧に包まれてこちらが見えなかったのか、いずれにせよ僕と視線を合わせようとしなかった。しばらくして彼がやっと立ち上がると、僕は安堵とともに、何か得体の知れない予感のようなものが体の中を駆け抜けるのを感じた。エドウィンは、マルハウス氏の横に立つと、袖を引いた。「うん？」マルハウス氏は漫画から目を離さずに言った。エドウィンがもう一度袖を引っぱると、マルハウス氏は顔を上げて、もう一度「うん？」と言った。すると、エドウィンは言った。

「イヴァンは倒れて《ダウン》　頭《クラウン》が割れて《ヘッド》
アブドゥルは切ったよ　その首を

これで話は　ぜんぶおしまい
アブドゥルとイヴァンとエドのおはなし」

「エド！」マルハウスが声を上げた。「エドって誰だ？」
「エドウィンだよ」エドウィンは言った。「僕は一行に三人入れたんだ」

17

この伝記の一番主なテーマを読者の皆さんに充分わかっていただけたかどうか、僕はいささか不安である。つまり、エドウィンは実にノーマルな子供であり、いわゆる天賦の才と呼ばれるものが決定的に欠けていた、ということを僕は言いたいのだ。エドウィンは生後二か月で言葉を話したわけでも、二歳で読み書きを覚えたわけでも、三歳で素晴らしい創作をものしたわけでもなかった。いや、三歳どころか、四歳、五歳になっても、彼は何も書かなかった。なぜなら、小学校に上がるまで、彼は自分の名前以外には字が書けなかったからだ。それにエドウィンには、ある方面での未発達、それがあるために、突出した才能が、ちょうど暗雲のたちこめる空に稲妻が光るようにかえって際立つような、そうした愛すべき欠点があるわけでもなかった。エドウィンはノーマルで、健康で、利発で、玩具と雪に夢中な、二十世紀半ばのアメリカのごく普通の子供だった。

もちろん、本と言葉に対して並み以上の関心を抱いてはいたが、それは多分にこの伝記の性質上増幅されているのであって、それを言うならこの僕だって、彼と同じくらい強い関心を抱いていた。それに、僕らは他のいろいろなこと、例えば空気の抜けたピンク色のゴムボールや先の尖った白墨のかけら、西部劇の歌が入った赤いソノシートなどにも関心を持っていた。この時期の僕らのお気に入りの玩具は、赤く尖ったペン状の棒と、透明のビニールシートがついたマジックボードだった。シートの上からその棒で表面をこすると、鉛色の線や字が書けた。そしてシートを灰色の下敷きからはがすと、べりべりと紙を破るような音がして鉛色の線は消えるのだった。このことは是非とも心に留めておいていただきたいのだが、僕ら一人一人がみんなエドウィンだったのだ。彼が持っていた才能とは、要するに、夢想する力の一途さ、そして何ひとつ手放すまいとする執拗さだった。晩年、同年代の子供たちが退屈な責任と、さらに退屈な快楽とで徐々に希釈されていくなかで、一人エドウィンだけは水で薄められることを拒み、一人彼だけは遊び続けた。もちろん、天賦の才も少しはあっただろう。しかし、今言ったことこそが、最も重要な点なのだ。なぜなら——僕は読者に問いたい——何かに執着できる能力を天才と呼ばずして、いったい何を天才と呼ぶのだろう？　普通の子供なら誰だってその能力を持っているのだ。君も、僕も、誰もがかつては天才だった。しかし、じきにその才能は擦り切れて失われ、栄光は色褪せていく。そして七歳にもなれば、僕らはもうひねこびた大人のミニチュアになってしまっている。したがって、もっと正確に言うなら、天才とは何かに執着する能力を維持する才能である。ある時、おそらく二年生になるかならないかのうちに、エドウィンは周りの子供たちが皆その能力を失いつつあることに早くも気がついた。そして、ちょうどある種の人々が筋肉を鍛えるように、その能力にしがみつき、それを育み、それが衰えないように常に監視の目を光らせたのだ。おそらくエドウィンは、その能力を失うか失わないかで今後の人生のありようが決まってくることを、本能的に知っていたのだろう。僕はたびたび考える。その能力が失われるのを防ぐ手立てはないものだろうか？　執着する力も、肉体の力のように時とともに衰えていく運命にあるのだろうか？　今からさほど遠くない、エドウィンの死の数か月前にも、僕はそれと同じ思いを抱いていた。それは、彼が小説を完成させ、目標を失って不安定な精神状態にあった時期、僕らが自殺の効用について議論している時だった。僕が〝成熟することの醜怪さ〟――その言葉は奇妙に僕の記憶に残っている――についていつになく熱弁をふるった時、エドウィンの顔に浮かんでいた苦い笑いを、僕は忘れることができない。

18

エドウィンの五歳の誕生日を過ぎたある日のことだった。日光がすみずみまで染みこんだ朝、僕はいつものようにマルハウス家の庭をゆっくりと横切っていった。家の大きな影は庭を覆い、中央のブランコのところまで暗くなっていた。僕は勝手口の階段をそっと登って、そこにしばし立ち止まり、日陰になってひんやりと暗いポーチと、その上に広がる澄んだ青空の焼けつくような明るさとの鮮やかなコントラストに心を奪われていた。勝手口の内側のドアは開いていた。網戸越しに中を覗くと、マルハウス夫人がこちらに背を向けて立ち、テーブルの上に広げた本の上にかがみこんで、後ろ手にエプロンのひもを結ぶかほどくかしようとしているのが見えた。僕は網戸の中央を横切る木のさんをコツコツとノックした。彼女がくるりと振り返ると、首からぶら下がったエプロンがふわりと脹らみ、垂れ下がったひもがはためいた。マルハウス夫人は片方の手を頰に当てて言った。「ああ、ジェフ。いらっしゃい。カレン、いけません」カレンはリノリウムの床に座って、ポットの蓋をシンバルのように、がちゃがちゃと打ち鳴らしていた。「あら、エドウィンは？」

「え、家にいないの？」僕は叫んだ。

「あらやだ。十五分ほど前に、あなたのお家に行ったんだけど。別にあなたのお家とは言ってなかったけれど、てっきりそうだと思ったのよ。まあ、どこに行っちゃったのかしら。カレン、やめなさい！」

カレンは驚いて、声を上げて泣き始めた。その瞬間、電話のベルが鳴り、カレンの泣き声とデュエットしはじめた。余談だが、エドウィンは、漫画に出てくる怒ったように身を震わせたり、せっかちに飛び跳ねたりする電話が好きだった（そして隣の部屋では、男の人が驚いて、かつらが宙に飛び上がる）。

「……わざわざありがとうございます。いえいえ。はいはい。では、ごめん下さい」それから電話を置き、「ビーチ通りのなんとかさんって人からよ。その人が窓を拭いてたら、誰かさんが歩いてくのが見えたんですって」そう言いながら、マルハウス夫人はもうエプロンを首からはずしていた。五分後、マルハウス夫人はエドウィンの古い乳母車を押し、カレンはその中でがたごとと飛び跳ね、僕は二人に遅れないよう軽くスキップして、そうして三人は日の当たるビーチ通りを小走りに急ぎ、エドウィンの後を追っていた。

不思議なことに、ベンジャミン通りはロビン・ヒル通りを越えるとビーチ通りと名前を変えた。しかしエドウィンと僕にとってはちっとも不思議ではなかった。なぜなら、僕らにとってビーチ通りから向こうは、慣れ親しんできたベンジャミン通りの世界とは全然ちがう、未知の世界だったからだ。ベンジャミン通りでは、僕らは木々や電信柱の影の形を見ただけで時間を知ることができた。壮年期になると僕らはビーチ通りを自由に歩けるようになったが、それでも決してそこでは遊ばなかったし、目をつぶってでも歩けるほど熟知するということもなかったので、ビーチ通りの影は僕らにとっていつまでも馴染みのないままだった。当時は、ビーチ通りをしばらく行くと両側の歩道が突然切れ、そこから先は空き地が並んでいた。傾いた〝売地〟の立て札がところどころに立ち、雑草に半ば埋もれていた。道の一番突き当たりには、赤くて丸い反射板のついた茶色い杭が今でも二本立っていて、その向こうには雑草が伸び放題になった原っぱがゆるやかに盛り上がり、頂上には低い木や茂みがまばらに生えている。道に立って見上げると、そこから先には空があるだけだ。僕らは数え切れないほどその小さな丘を登った。何年ものあいだに無数に繰り返されたその動作が、記憶の中で溶け合い、一つのパターンになってしまっているので、今ではもうどれが一番最初に登った時の記憶なのか、はっきりしない。とにかく覚えているのは、その日二本の杭のところまで来た僕らは、ちょうど自殺を決意した人が、自分の死後に人々が嘆き悲しむ姿を想像せずにいられないように、丘の向こうの空に登る誘惑に抗しきれなくなったということだ。頂上まで登りつめるのに、ものの数秒とかからなかった。僕らはいったい、どんな景色を期待していたのだろう？　絵本に出てくるような、風車小屋や運河がどこまでも続き、青い絵の具を溶いたような彼方に霞んでゆく風景？　それとも、迷路のようなミニチュアの家並みが、遠近法の魔術にかけられて整然と並んでいる風景だろうか？　が、しかし——。僕らの見たものは黄色い、背の高い雑草が一面に生えた、だだっ広い空き地のような空間だった。空き地は一ブロックほど先で切れ、僕らのいる丘より一段高い地面に生えているると一目でわかる木立に続いていた。僕らの左手、ちょうど一ブロック先にはビーチ通りと平行して道が一本走り、それに沿って家が立ち並んでいるのが、いやというほどはっきり見えた。右手は地面がだらだらと登っていき、それが唐突に切れて林になっていた。林の中には家々が背を見せていて、そちらにも道があることを示していた。要するに僕らの聖なる山は、正面と右に向かって高くなっている地面の単なる中間地点であり、そこに立って見えたものは、ほんの一ブロックかそこらの何の変哲もない野原だったのだ。しかし僕らの中では、胸をしめつけるような失望と、意外な発見をした喜びとが混ざり合っていた。「人生ってそんなもんさ」エドウィンが墓の中から、真面目くさったポーカーフェイスで言う。でも、本当にそうだったんだ。頼むからおとなしく死んでいてくれ、エドウィン。僕らの意外な発見とは、その丘が頂上の低い木立まで登りつめたところからふいにがくんと落ち込んでいて、その底に細い川が流れていることだった。茶色い流れは、ところどころに突き出した石にぶつかって白く泡立っていた。壮年期になると、エドウィンと僕はこの茶色い流れに木の船をいくつも浮かべて遊んだ。僕らは船を追いかけながら、流れに沿って黄色い雑草の生い茂る原っぱを左に進み、道路の下の小さなセメントのトンネルを越えていった。そこを過ぎると、流れは次第に低くなり、両側の土手は逆に高くなって、家々の庭が崖のようにそそり立っていた。パン屋の手前まで来ると、それまで土だった土手がセメントに変わって、川は暗く巨大なトンネルに飲み込まれ、ロビン・ヒル通りの下をくぐり抜けて、反対側の、じめじめとぬかるんだ湿地帯に出ていた。そこには背の高いまっすぐな草が水際までびっしり生え、その下に隠れて見えないスポンジのような地面には、まだら模様の水ヘビがうじゃうじゃいた。暑い夏の日には、そよともなびかずに槍のように直立する草の上を、羽根の透明な、胴体が針のように細い虫の群れが、まるで草たちの見る悪夢のように飛び惑っていた。しかし、エドウィンはハックルベリー・フィンのような冒険家ではなかった。彼は決してパン屋から先には行こうとせず、いつも長いトンネルの手前で船を流れから拾い上げた。それでも、ときおり彼はロビン・ヒル通りをはさんだパン屋の向かいに立って、セメントの高い土手に肘をつき、重ねた手の上に顎を乗せて、茶色い川が曲がりくねりながら黄色い草の間を縫ってどこまでも続き、遠くの野球場の角を曲がって見えなくなるあたりをぼんやり眺めていることもあった。しかし、僕の記憶はここでふたたびコントロールを失い、この伝記は暴れて枠からはみ出ようとする。そして僕は思い出す、エドウィンの愛したある漫画本にあった、馬の鼻先がコマの枠を突き破ってページの余白にはみ出したり、登場人物が剣を振りかざしながら下の枠を乗り越え、今にも読んでいる人間の膝に降りて来ようとしている絵を。僕はクロノロジーを憎む。何度でも言う、僕はクロノロジーを憎んでいる！　僕はなにも、一つの原因から一つの結果が導き出されるなどと考える、クロノロジーのあの我慢のならない偽善——土曜日にある男が首を吊ったのは、金曜日に気分が滅入ったからであると決めつけ、もしかしたらその二つは何の関係もなく、彼は溢れんばかりの喜びから首をくくったのかもしれないという可能性は抹殺する、そんな単純で馬鹿げた因果応報論のことをここで言っているのではない。また、ひとっ飛びにすべてをうっちゃって、クライマックスであるエドウィンの血塗られた凄絶な死について書きたいという、うずくような願望のことを言っているのでもない。そうじゃない。僕が言いたいのは、物事を起こった順に書きとめることの難しさ、すべての出来事をきちんと収めるべき所に収めることの不可能さのことなのだ。ああ、本能のおもむくままに筆を進めることができたら！　馬を完全に枠の外に出してしまうことが許されるなら！　もし今急にそれを思い出したからというだけの理由で、キッチンの窓の前、黄色いゴムマットの上に置いたコップの縁で、表面張力で膨れて震える水の表面のことを書くことができたら、どんなにいいだろう！　エドウィンがその上にスポイトをかざし、慎重に、慎重に、一滴だけ水を垂らす。しずくは震え、伸び、スポイトから離れる。水の表面が乱れ、水の膜がガラスを伝い、そして馬はコマから飛び出して、あっという間に三次元世界の溶液に溶けて消えてしまう。後には漫画の主人公が残されて小暗い森の中に立ち尽くし、馬の形にぽっかり開いた二次元世界の空白を茫然と見つめている。

僕ら三人は歩道が突然終わっているあたりを過ぎ、空き地の並ぶ区域に入った。マルハウス夫人は歩きながらエドウィンの名前を呼んだ。エドウィンがビーチ通りに探検に出かけたというのは、彼女にとってはゆゆしき事態だった。エドウィンは一人でロビン・ヒル通りの向こう側に行くことを厳しく禁じられていたのだ。しかし、彼はこの丘も小川も熟知していた。僕らは、カメラをぶら下げたマルハウス氏と一緒に何度もここに来ていたし、現にその頃すでに、エドウィンが大きな胸当てと肩ひものついたオーヴァーオールを着て流れの前に立っている写真も存在していた。マルハウス夫人も僕と同じように、エドウィンは丘の向こうにいるにちがいないと確信しているらしく、彼の名を呼び、心配そうにあたりを見回してはいたが、でこぼこの激しいアスファルトの上をカレンの乳母車をぐんぐん押しながら、足はまっすぐに丘のほうへ向かっていた。しかし木の杭のところまで来ると、マルハウス夫人は乳母車をたたむために立ち止まらなければならなかった。僕は一人で先を急いだ。マルハウス夫人の漠然とした不安が僕にも伝染したのか、茶色い川床を流れる澄んだ水の中にエドウィンが仰向けに浮かび、見開かれた目が虚空を見つめ、髪はゆらゆらと水藻のように揺れて両手は泡立つ流れに揉まれて力なく浮き沈みしている、という不吉な映像が頭をよぎった。僕は数秒で頂上にたどりついた。大きく枝を広げた樫の木の木陰に立つと、目に見えない風が、黄色い雑草の間に暗い線を刻みつけていくのが見えた。僕の真下、三メートルぐらい離れたところに、エドウィンがいた。こちらに背を向け、流れのすぐそばの土手に立ち、向こう岸の原っぱを見つめていた。両手を大きな茶色のショートパンツのポケットに突っ込んで、背中でクロスしたサスペンダーがそのショートパンツを吊り上げていた。今まで見たことのない白と黄色の縞のTシャツを着ていて、その窮屈なシャツに締めつけられた彼の肩幅はひどく狭く見えた。左右に膨らんだズボンの下には、ひょろ長くて真っ白な脚があった。彼は両膝をつけて、まっすぐに立っていた。痩せた腿の間には、辞書の図解で見るような凸レンズ形の隙間があいていて、その向こうに茶色く逆巻く川の流れが見えた。僕はしばらくのあいだ、空と原っぱをバックにじっと動かない彼の後ろ姿を黙って見つめていた。僕の後ろに来て立ったマルハウス夫人も、やはり不気味なほど静かだった。そうして見ているうちに、僕は急にエドウィンがひどく遠いところにいるような錯覚にとらわれた。エドウィンと僕とはまるでお互いに全然知らない者同士であるような気がしてきた。彼は、ちょうど今僕の体を支えていて、僕の体に固く食い込んでくる樫の木の幹のように、僕の知力の貫き通せない硬質のもののように思えた。あるいはまた、彼は透明な写真のネガで、裏返して見ても、そこには左右が逆になった後ろ姿があるばかりで、永遠に顔を見ることができないようにも思えた。一瞬、僕は彼のそばに駆け寄ってこちらを振り向かせ、ちゃんと彼がそこにいることを確かめたいという衝動にかられた。野原に燃える太陽と、僕の頭上で燃える大きな空っぽの空は、永遠に解くことのできない底意地の悪いパズルのように思えた。もしずっとそこに立ち尽くしていたら、どんなことが起こっていたか僕にはわからない。しかしその時、僕の足元の小石が崩れ、狂った昆虫のように斜面をころがり落ちて彼の踵に当たった。彼は体を動かさず、頭だけをゆっくりと巡らせ、青白い顔をけげんそうにしかめて、肩ごしに僕のほうを見上げた。エドウィンではなかった。

19

彼の名前はエドワード・ペンといい、年は七歳だった。彼は完璧で緻密な架空の世界の住人であったため、こうしてときおり空と草でできている現実世界に這い出してくるということは、彼にとってはお伽の世界の冒険に等しく、たとえばそれは三月ウサギや気狂い帽子屋がウサギの穴から迷い出て、川辺で姉の膝枕で眠っている女の子と出くわすようなものであった。パン屋の先の蒸し暑い地下室が、ペンの棲みかだった。何かよくわからない神経の病気を患っていて、それは学校に行けない程度には重かったが、自分の好きなことを好きなだけやるのに支障が出るほど重くはなかった。ペンは魂の完全な自由を勝ち取るために仮病を使っていたのだとエドウィンは主張したが、僕は、彼の魂の法外な要求が物理的な症状となって肉体に現れていたのだと信じている。僕は、ペンは一九五〇年代を見ずして死んだと確信しているが、エドウィンは、ペンは七歳のまま永遠に生き続けているのだと信じてやまなかった。ついでに言っておくと、あの日、エドウィンはロビン・ヒル通りを越えてはおらず——なにしろ彼は、親の言いつけを守る子供だった——自分の家の裏にある空き地をうろうろしていただけだということが判明した。エドウィンの言い分を信じるならば、彼は僕ら三人がロビン・ヒル通りを渡っていくのを見かけ、僕らに向かって叫んだのだが聞こえなかったのだという。エドウィンとペンが驚くほど似ていたのは、後ろ姿だけだった。エドウィンの場合、細いのは手足と首だけで、顔つきには赤ん坊時代のふくよかさが残っていた。しかしペンの顔の造りは、体の二次元に限りなく近づこうとする意志に歩調を合わせていた。横から見ると、ペンの鼻は先で風船が割れそうなぐらい尖っていて、鼻の穴はこれで本当に呼吸ができるのかと訝《いぶか》しみたくなるほどに、縦に細かった。眉毛は、辞書の horn や north の上についている、イントネーションの強調を示す〝^〟のマークそっくりの形をしていた。小さく尖った耳、細く尖った指、薄く尖った唇とその中に並ぶ小さく尖った歯——それらのせいで、ペンにはどことなく小動物の雰囲気が漂っていたが、動作にはリスのような敏捷さはまったくなかった。彼はいつも物憂い、気のなさそうな素振りでポケットに両手を突っ込んで立ち、首を片方にかしげて半分閉じたまぶたの下からこちらを見るのだった。彼は真にエドウィンの友達と言えただろうか？　確かにペンはエドウィンを、自分の世界の熱心で鋭敏な理解者として、ある程度評価してはいたと思う。しかし、彼は真の友人を作る能力に欠けていたのではないかと僕は思う。なぜならペンは、しょせんはエドウィンやジェフリーや、その他のこの世の生き物たちの持つリアリティというものを信じていなかったからだ。かつてエドウィンは、彼の人生に大きな影響を与えた三人の同世代人の中でも、エドワード・ペンだけは彼の心にいつまでも消えない跡を残した、と語った——もっとも彼は、それがどんな跡なのかという僕の問いには答えられなかったし、実際にはペンのこともあらかた忘れてしまっていたのだが。「あとの二人って？」僕は期待をこめて、そう訊いた。彼は即座に答えた。「ローズ・ドーンとアーノルド・ハセルストローム」一瞬、気まずい沈黙が流れた。「ああ」エドウィンは急に顔を赤らめて付け加えた。「あと、君もだよ、ジェフリー」そして手を上げると、そっと僕の肩の上に置いた。「君は昔から算数が苦手だったからね」僕は皮肉っぽく言った。しかし、彼はきょとんとした顔で僕を見返しただけだった。何度も言うように、エドウインは決して他人のジョークを理解しない人間だったのだ。

ペンの蒸し暑い地下室を初めて訪ねた日のことは、鮮明に記憶に焼きついている。彼の家は僕らだけで行くには遠すぎたので、マルハウス夫人が仕方なく一緒についてきた。僕らがペンと会っているあいだ、マルハウス夫人は居間で、小柄なペン夫妻の悲しげな四つの目と向き合っていなければならなかった。「こっちだよ」ペン氏は溜め息をついて首を振ると、キッチンの扉を開け、中に手を入れて薄暗い黄色い電球をつけた。「階段に気をつけて」ペン夫人が悲しげな顔をこちらに向けて言った。僕らは、がたが来て今にも壊れそうな手すりにつかまり、ぼんやりと明かりの灯った木の階段をそろそろと降りていった。足の下で、木の板が軋《きし》んだ音を立てた。階段を降りていくと、黴臭い、酸っぱい臭いが僕らの鼻をつんと打った。三年後、僕は三年生に上がった時に同じ臭いを再び嗅ぐことになる。それは、新しい教室の机に初めて座った時のことだった。ナイフの傷とインクの染みだらけの机の蓋を開けると、その黴臭い、酸っぱい臭いがむっと立ちのぼり、僕は一瞬のうちにエドワード・ペンの地下室に引き戻された。こうして書いている今、その地下室と僕の古い机、そしてその机が悪夢のように抱えていた鉛筆の削りかす、黒いペン先、歯形のついたロリポップの棒、べとついたセロハンの包み紙が、僕の中で混ざり合って一つになっているように感じられる。階段を下まで降りると、僕らは暗がりの中を右に曲がり、たがの錆びついた樽が両脇に陰気にそそり立つ狭い通路を進んでいった。もう一度右に曲がると、やや明るく広い場所に出た。長方形の二つの高窓から差し込む遅い午後の光を頼りに、僕らはさまざまな物の前を通って、突き当たりの壁を目指して突き進んだ――ひもで縛った湿った新聞紙の束、金具の錆びた暗緑色のスーツケース、赤い染みのついたペンキの空き缶、埃をかぶった臙脂色のボクシングのグローブと黄色いジョー・パルーカ*のパンチング人形、鉛筆の削りかす、黒いペン先、歯形のついたロリポップの棒、べとついたセロハンの包み紙。三度目に右に曲がると、目の前いっぱいにブルーの大きな色褪せたカーテンが立ちはだかっていた。カーテンは、高い天井の一メートルほど下に渡された棒から埃の積もった床まで垂れ下がり、左手のセメントの壁と、右手の木の仕切り板との間を横切っていた。仕切り板の端からは、ごちゃごちゃと入り組んだ銅色の配管の迷路がのぞいていた。これ以上進んでいいものかどうか決めかねて、僕らは立ち止まった。「もしかしたら道を間違えたのかもしれないよ」と僕が言った時、カーテンの向こうでベッドのスプリングが軋む音が聞こえ、次いでカーテンの一部がもぞもぞと動き、僕らの気がつかなかった分け目のところに小さな白い手が現れた。エドワード・ペンは、王侯貴族のような鷹揚な手つきでカーテンを押し開けると、一歩前へ出て言った。「やあ。母さんったら、僕の言うこと何も聞いちゃいないんだ。君たちが来たら、足で合図しろって言っといたのに」それからちょっと脇にどくと、自分の巣に僕らを招き入れた。

五、六メートル向こうに三つの布をはぎ合わせて作った、さらにみすぼらしいカーテ

＊　一九三〇年代から新聞に長期連載された漫画の主人公で、ボクシングのチャンピオン。

ンがかかっていた。後でわかったのだが、ここにあるカーテンは、すべてよその家の廃品で、ペンはそれらをペン家に好意的な近所の家の屋根裏から拾い集めてきたのだ。彼の巣には窓がなく、裸電球が一個、長い鎖で天井から吊り下げられている他には、コードのよじれたスタンドが三つあるきりだった。向かって右の、木の仕切り板に面して、マットレスの中央がへこんだ小さなベッドが一つ置いてあり、からし色のベッドカバーがかけてあった。その向こうには、金属製の白いキッチンテーブルが一つと、白い木の椅子が一脚あった。それを見下ろすようにスタンドが立ち、漫画本とトレーシングペーパーの散乱するテーブルの表面に、ランプシェードの赤い色がぼんやりと映っていた。その奥には、把手の代わりに真鍮の輪がついた傷だらけのたんすがあり、そのさらに奥には、向こう側のカーテンに背中をつけるようにして、漫画本がぎっしり詰まった茶色の本棚が置かれていた。しかし、ペンの巣を王国たらしめているのは、左側の壁面だった。そこには、背の高い二つのスタンドに照らされて、壁いっぱいに彼の作品が炸裂していた。長いセメントの壁は、いったん床から天井まで白い漆喰が塗られ、その上に、鮮やかな極彩色と黒い線の縁取りで描かれた何百、何千という数の漫画のキャラクターがひしめき合っていた。あるものは大きく、あるものは小さく、でたらめなアングルに傾き、互いに重なり合い、一つのキャラクターの目や鼻の中にさらに別のものが描きこまれ、巨大な玩具箱からぶちまけられたようにもつれ合い絡まり合いながら、それでいて遠くから見ると、ある一つの大きなデザインに組み込まれていた。そこにあるのは、漫画の織りなす暴力的なまでの幻想であり、ペンの熱狂的で粘り強い脳の内部の細密な地図だった。オレンジ色の鼻面と黒くて丸い鼻と縦に長い目をしたプルートの巨大な頭が、片方の耳をぴんと立て、片方の耳を折り曲げている。近づいて見ると、その目の中にバッグス・バニーがいて、ちゃんとオレンジと緑色のニンジンまで持っているのが見える。ウッドペッカーとマイティ・マウスとヒューイとルーイとヘッケルとジャッケルとポパイとウィンピーとドーピーとスニージーが輪になって踊る上を、スクルージ・マクダックを背中に乗せたダンボが飛び回り、デューイが傘にぶら下がって舞い降りてくる。*そこには何百何千の、いや、何千何万のキャラクターたちがせめぎ合っていた。ある所では赤いサーカスリングの真ん中にうず高く重なり合い、ある所では虚空に吊られた空中ブランコから墜落し、互いの背中や帽子の上に乗り、ポケットからあふれ、舟を漕ぎ、はしごを登り、炎を吹き上げる窓から飛び降りている。ある者はペンの貸してくれた虫眼鏡でやっと発見できるほどに小さく、ある者は一つの目だけでも床から天井まであり、巨大な曲線を注意してたどっていってやっと全体が見えるほど大きかった。さらに、実在の漫画のキャラクターたちに混じって、ペンが創作したものもあった――胴体がプルートで頭がクレイジー・キャットの生き物、持ち上げた脚の一本がキリンの首

＊すべて漫画のキャラクター。ヘッケルとジャッケルはカラス、ヒューイとルーイとデューイはドナルドダックの甥、ウィンピーはハンバーガーばかり食べているポパイの友人、ドーピーとスニージーはディズニーの『白雪姫』の七人の小人のうちの〝おとぼけ〟と〝くしゃみ〟。

になっている象、笑った口の中からダチョウがのぞいている目覚まし時計、＊ステッキに片眼鏡をかけたハエの紳士。エドウィンと僕が、二年を費やしてなお完成を見ないペンの大作をつぶさに眺めている横で、ペンは僕らを物憂げに見つめたまま、黙って立っているだけだった。そして、ときおり僕らが見落としている細部があると、見下したようなその姿勢をわずかに崩し、平板な声で注意を促した。その細部というのは、たとえば二十人の小さなドナルドダックが一列に並んでいて、しかもそのうちの一人だけが残りと違っている、といったものだった（エドウィンが、新聞の日曜版の間違い探しのクイズに凝るようになったのは、ペンの影響である）。しかしそんなペンも、巨大な目玉の瞳の中に浮いているクジラを示す時だけは、内心の得意を隠し切れなかったようだった。虫眼鏡で見ると、そのクジラの吹き上げる潮の一番上に、縞のTシャツと茶色のズボンをはいた、本物そっくりのペン自身が座っていた。

めくるめく宝物殿のようなペンの巣の中でも、とりわけ傷だらけのたんすは驚きのいっぱい詰まった宝の箱だった。六つの引き出しには全部で十二のライオンの顔が付いていて、その鼻先から真鍮の輪がぶら下がっていた。引き出しのうち五つまでは、ペンの多彩な芸術を助けるさまざまな不思議な道具類でぎっしり埋まっていた——美しいブリキの容器に入った水彩絵の具、先が髪の毛一本分ほどの厚さしかない極細の筆、一番下から丹念に絞り出された油彩絵の具の真っ白なチューブ、パステルやクレヨンの箱、大判のトレーシングペーパー、小さなピンク色のメモ帳、木炭のかけら、黒い表紙のルーズリーフノート、ばらになったルーズリーフのページの山、銀色のクリップがついた茶色のクリップボード、色鉛筆の箱、数え切れないほどたくさんの小さなプラスチックの鉛筆削り器、タイプ用紙の分厚い束、赤や緑のプラスチックの定規、エッジが金属の木の定規、いろいろな色のインクが入った瓶、黄色い鉛筆が取りつけられた銀色のコンパス、金属製の分度器、黒い木製のペン軸、ペン先の入った箱、そして、父親がひげを剃るのに使うのとそっくりなのでエドウィンが思わず吹き出した、変わった形のブラシ。エドウィンが特に興味を持ったのは、ちょうどタイプ用紙ほどの大きさの、でたらめな形をした透明のプラスチックの定規だった。内側には、スイスチーズのように奇妙な形の穴がたくさんあいており、外側は不思議な形の曲線をいくつもつなげたように波打っていた。ペンによると、それは四歳のときに買ってもらった初心者用〝漫画家セット〟に入っていたもので、難しい曲線を描くのに使う道具だった。たとえば、口笛を吹いている太った警官の尻と頬を描くにはこの曲線、指や鼻の先にはこの曲線、鳥かごや遠くの干し草はこっちの曲線、といった具合だった。ペンは僕らの見ている前で、猫や警官の絵が描き散らされた白い紙の隅の余白に、その定規をくるくると素早く回しながら、電球のような鼻をして、もじゃもじゃのひげを生やし、真ん中で折れた背の高い帽子をかぶり、ぶかぶかのズボンを一本だけのひもで吊り、熊手を持った農夫の絵を描いてみ

＊アメリカ漫画には、目覚まし時計を飲み込んで首が時計の形に出っぱっているダチョウがしばしば登場するが、これはそれを逆転させたジョーク。

せた。エドウィンはその絵をくれとせがんだが、ペンは返事をする代わりに、その紙をていねいに十六枚に破り、金属のテーブルの下の赤いくずかごに捨てた。

たんすの一番下の重い引き出しには、黒い表紙の本が二列に並べて入れてあった。エドウィンは最初がっかりしたが、ペンがそのうちの一冊をそっと抜き取ってテーブルまで運び、いつくしむような手付きで中を開くと、そこにはお馴染みの原色の洪水があった。それは、ペンの最も古い、そして最も大切な漫画本を二十四冊で一綴りに綴じたものだった。そのうちの一冊は最も初期のもので、いろいろな種類の四コマ漫画が寄せ集まったものだった。ペンは、それを手に入れるために、大切にしていた手品セット――黒いボールが赤いコップの中に消えるもの――を手放したのだった。その他の黒表紙の本には、新聞の白黒の四コマ漫画を切り抜いたものが、続きもののように順番に紙に貼りつけてあった。その他の大量な、そしてそれほど貴重でない本は、奥のカーテンと仕切り板の角にある木の本棚にしまわれ、年代順にきちんと分類されていた。一番古いのは一九四一年、つまりペンの生まれた年のものだった。四一年から四四年までが最上段を占め、各年の間は、台の部分にゴムを張った緑色の仕切り板で仕切られていた。その下の四段は、一段が一年分になっていた。その他の漫画本は、部屋のあちこちの空いた場所に積み上げられ、へこんだベッドの下には棚の中の雑誌の予備が積んであった。ペンがいくつかの漫画本を定期購読し始めたのは四歳の時だった。五歳になると、ウォルト・ディズニーの漫画が載っている雑誌は月刊誌も、隔月刊も、季刊誌も、年間誌も、一つ残らず買うというのがペンの使命になった。彼は、切手マニアが買い漁らしたコレクションを必死に探すように、生まれて間もない頃のギャップを埋めることに執着していた。そして可能な限り他の雑誌も集めるようにしていた。ペンはエドウィンに、どんなコレクションを持っているか問い詰め、エドウィンが下を向いて〝あまり持っていない〟と答えると（じっさいこの時はまだ十冊にも満たなかった）、尖った鼻から馬鹿にしたような笑いをかすかに洩らした。ただし、ペンの漫画への情熱も、すべての分野を網羅するものではなかった。ペンは――そして後のエドウィンも彼の影響を受けて――探偵もの、冒険もの、ホラーものなどの、いわゆる〝大人の漫画〟には一切興味を持たなかった。ペンにとって、スーパーマンやディック・トレイシーや毛むくじゃらの怪物たちは、現実世界のリアルな生き物であり、彼が三歳で聞くのをやめてしまったラジオのニュースと同じくらいつまらないものだったのだ（父親が一晩じゅう聞いていた第二次世界大戦のニュースは、ペンにとっては、果てしなく長い連続冒険ドラマだった。そしてペンはラジオの連続ドラマが吐き気を催すほど嫌いだった）。漫画の動物たちの世界でだけ、彼はかろうじて自由に呼吸することができた。しかし彼の愛する動物たちでさえ、カリカチュアという名のもとに、現実に汚染されていた。ペンの夢見るのは、現実世界と何の関わりもない、完全に架空の生き物たちだった。ペンはスケッチブックを広げ、海の底や虹のふもとに住む、名もない生き物たちのラフスケッチを僕らに見せてくれた。彼はまた、木々の内部にあるという王国の詳密な地図を見せてくれた。そこには川を示す波状の線と、山岳地帯を示す小さな三角形の連なりがびっしり書き込まれていた。ペンは、石や、炎や、雪片や、稲妻や、キノコの中にある国について語った。氷や、糊や、太陽や、芝生でできた生き物について語った。それから、コマの中にセリフを書いた吹き出しだけがぽっかり浮いた、絵のない漫画のアイデアについても語った。登場人物は出てこず、背景だけがどんどん変わっていく。漫画の書き手は、セリフと、吹き出しの方向だけで、見えない登場人物とストーリーを表現する。そして読み手は、それぞれ勝手に好きな人物なり動物なりを想像するのだ。そしてペンは、初期のころに自分が作った漫画本を、切ない愛着と露骨な侮蔑の混ざった顔つきで、僕らに見せた。鮮やかな色彩の表紙を開けると、中には緑色の空と、黒い月と、赤い海と、黄色い島がいっぱいにひしめき合っていた。玩具の広告や懸賞のページもあって、下のほうには、切り取り線のついたクーポン券までがていねいに書き込まれていた。

少し前から、ペンはアニメーションの実験に着手し始めていた。彼はたんすの引き出しの一つに手を入れると、ページの色がブルー、白、グリーン、ピンクに分かれた、小さな分厚いメモ帳を出して見せた。一番最初のページには、小さな車に乗ったネズミの絵があり、その周りを文字がぐるりと取り囲んでいた。ペンは単語を一つ一つ指差し、メモ帳を回転させながら、その字を読み上げた――〝エドワード・ペン漫画劇場〟。そしてメモ帳を片手で持つと、もう片方の親指でぱらぱらとページをめくり始めた。スカーフを首に巻いたネズミが小さな車に乗り、左に向かって走っていく。木や家や電信柱が後ろへ過ぎ去っていく。車の後ろからもくもくと煙が吐き出され、スカーフがネズミの後ろにたなびく。しばらくすると、空中にEEEEEEという文字が現れ、右手から警官の帽子をかぶった猫がオートバイに乗って登場する。オートバイは車に追いつき、二台は完全に並ぶ。二人がスピードを落とすと、車の後ろの煙が消え、ネズミのスカーフが下に垂れ下がる。猫がバイクから降り、手帳に何か書き込む。猫は再びバイクにまたがると、反対方向に向かって走っていって右手に消え、ネズミは左に向かって走り、スカーフをたなびかせながら左手に消えていく。そこでアニメーションは終わっていた。

エドウィンは目を輝かせ、どういう仕組みなのか教えてくれと熱心に頼み込んだ。するとペンは、意外にも気前よく僕らに種明かしをしてくれた。彼は最初のページを開けて見せた。中央にネズミの乗った車があり、スカーフが後ろにぴんと突っ張ったまま静止していた。その後ろに木と家が一つずつあった。次のページを開くと、ネズミの車はまったく動かずに、木と家だけが右のほうへずれていた。十ページ後を見ると、やはりネズミはページの中央にあったが、木は完全に消え、家も半分がた見えなくなり、電信柱が左のほうに現れかけていた。ネズミは、一番最後に左手に消えるまで、ずっとページ中央の同じ位置にいて、背景のほうが動いたり止まったりしていたのだ。オートバイは、最初ページの右側にタイヤの前の部分だけが見え、次いでタイヤが半分になり、次いでタイヤの全部と猫の足先が現れた。絵の一つ一つは驚くほどシンプルで、大ざっぱだった。ペンは、大切なのは、背景を一定の速度で動かすことと、一つ一つの物を前後と同じに描くことなのだと説明した。それからペンは、そのことを考えずにやった初期の失敗作も見せてくれた。車は遅くなったり早くなったりしながらぎくしゃくと進み、大きさも縮んだり大きくなったりした。しかし、その失敗のおかげで別のアイデアを思いついた。そして見せてくれたのが〝不思議の国のペン〟と題された最新作で、小さなネズミが瓶の薬を飲み、どんどん大きくなって天井に頭をぶつけるというものだった。

エドウィンはその日、熱にうかされたようになって家に戻った。それから三日のあいだ、彼は部屋じゅうの壁に古いシーツを張りめぐらし、トレーシングペーパーとメモ帳をかき集めた。そしてマルハウス夫人に、地下室の壁や、子供部屋の壁や、クローゼットの中の壁や、クローゼットの天井や、クローゼットの扉の内側に絵を描かせてほしいと頼み込んだが、どれも断られ、結局トレーシングペーパーに写した絵をクローゼットの扉の内側に画鋲でとめることを、しぶしぶ承諾させたにとどまった。エドウィンは毎日のように母親に、もう一度ペンの家に連れていってくれとせがんだが、マルハウス夫人は、知り合いでもない人の家をそうちょくちょく訪ねるわけにはいかない、だいいちあの年寄り夫婦はひどい変わり者で、息子の病気のことばかりくどくどと話して聞かせるし、それにどっちみち今度はあの人たちがこっちに来る番なのだから、と言った。もしもエドウィンがペンの家の行き方さえ知っていたならば、ロビン・ヒル通りを越えてはいけないという固い言いつけを破ってでも、彼はそこへ行っていただろうと思う。しかしあのころ、世界は一ブロック先で終わっていた。〝パン屋の向こう〟の家々は、地球の反対側か、さもなければ漫画の世界にあるのも同然だった。一週間後、マルハウス夫人はついに根負けしてペンの家に電話をかけ、ペンを夕食に招待した。しかしペン夫人は、うちの息子は非常に複雑な特別の食餌療法をしているのでよその家の物は食べさせられない、それに種々の内臓疾患があるので特殊なトイレが必要なのだ、と返事をした。マルハウス夫人が受話器に向かって顔をしかめ、手を口のように開いたり閉じたりしているのから察して、ペン夫人は息子の内臓疾患について、微に入り細をうがって説明しているのにちがいなかった。「まったく、あの人」マルハウス夫人は、やっとのことで電話を切ると言った。「いったんしゃべり出すとやめるってことを知らないんだから。それにあの変てこな息子。ねえエドウィン、お友達なら他にたくさんいるでしょう?」友達を呼ぶのにもいちいち息子にお伺いを立てる必要があると見えて、ペン夫人はしばらくしたらこちらからかけ直す、と答えたのだそうだ。やがて電話が鳴ると、マルハウス夫人は「ほうら、おいでなすった」と言いながら受話器を上げ、目玉をぐるんと天井に向けた。そして相手の話を聞きながら片方の眉を上げ、長い爪で受話器をこつこつ叩き、黒ボールペンで白いメモ帳に四角をいくつも書き、その中を斜めの平行線で埋め、間を一つおきにていねいに塗りつぶしていった。そして受話器を置くと、シャムの王様が明日の一時に謁見をお許し下さるそうよ、と僕らに告げた。

そんなわけで、僕らは次の日の昼の一時、ふたたびペンの地下の巣に舞い戻った。エドウィンはキッチンテーブルの前の白い木の椅子に横向きに座り、僕はからし色のベッドカバーの端に腰かけていた。頭上からは、鋭い足音に混じって、床の上を椅子を引きずる音が響いてきた。「うるさいったらないよ」ペンはそう言ったきり、一言もしゃべらなかった。彼はベッドのもう一方の端に身を固くしたままじっと座り、陰気に押し黙っていた。僕らに帰ってくれと言いたいのを我慢している様子が、ありありと見て取れた。部屋も、前来た時と様子が異なっていた。地下室の天窓から差し込む直射日光はカーテンによって遮られていたが、それでも太陽の存在は、夕方来た時に比べて強烈に感じられた。極彩色の壁画は色褪せて見え、鎖の先で燃える裸電球は、自分の周囲だけを照らしているように見えた。空気は熱く澱んで、まるで蒸し暑い屋根裏部屋の巨大なトランクに閉じ込められているようだった。ペン自身、前よりも萎《しお》れているように見えた。ペンは、あたかも夜開いて昼前にしぼむ夕顔のように、夜に近づくにつれてしだいに生気を帯びてくるのだということに初めて気がついたのは、三度目に夜訪れた時だった。おそらく彼は、昼間は思うように創作がはかどらず、それで気晴らしに僕らを招いたのではないかと、そのとき僕は疑い、今でもそう思っている。長く息苦しい沈黙の続く中で、エドウィンと僕は何度かペンを会話にひきずりこもうと試みて失敗した。それから、エドウィンの部屋でいつもしているように、二人の間で自然に会話を交わそうとしたが、やはり失敗に終わった。と、ペンは突然立ち上がり、何も言わずに歩いていって、重く垂れ下がるカーテンを押し分けて、向こう側に消えた。足音はどんどん遠くなってついにかき消え、しばらくすると上の階の床が軋む音がした。エドウィンと僕は無言のまま、それぞれの爪先を見つめていた。僕が彼のほうを見ようとすると、彼は怒ったように顔をそむけた。しばらくするとエドウィンは立ち上がって壁画のほうへ行き、それを熱心に眺めるふりをした。僕は手持ち無沙汰で、口許にこぶしを当てて咳をし、えへんと咳払いをし、鼻をすすり、唾を呑み込み、歯を舌でまさぐった。そして後ろに倒れこんで目を閉じようとした時、エドウィンがさっと振り返って叫んだ。「べちゃべちゃ音を立てるなよ！」僕は力なく笑い、マルハウス夫人を真似て眉を上げ、手のひらを上に向けた。エドウィンはふたたび壁のほうを向いた。しかし、首の後ろの筋肉のこわばりから、僕がまたべちゃべちゃ音を立てやしないかと聞き耳を立てているのがわかった。舌の裏側にだんだん唾液が溜まってくるのがわかる。僕は、歯医者がよく口の中に入れる、あのごぼごぼと水を吸い込む機械があればいいのに、と思いながら、唾を飲み込む音をさせてエドウィンを怒らせることのないよう、歯を食いしばり、唇を固く結んで必死に耐えた。もしも頭上でトイレの水を流す大きな音がしなかったら、僕は消火栓のように唾液を勢いよく噴き出していたにちがいない。水音にまぎれて、僕は恍惚となって唾を飲み込んだ。やがてペンの足音が階段を降りてくるのが聞こえ、僕らはカーテンが例によってもぞもぞと動くのを待った。しかし、ペンは今度は分け目を探すのに手間取った。僕はふと、タオルをかぶせられてもがく子猫を連想した。中に入ってくると、ペンは僕らの視線を避けるようにしてベッドまで歩き、一番端のほうに居心地悪そうに腰を下ろすと、むっつりと床の中ほどに目を落とした。僕は言った。「さっきトイレの水を流したの、君？」僕はおどけた感じで彼をからかったつもりなのだが、かえって重苦しい雰囲気を増す結果となってしまった。エドウィンは両手をポケットに入れて肩をすぼめ、自分の体を手紙のように二つに折り畳もうとした。ペンは相変わらずぐったりと動かなかった。ペン夫人が床を三回踏み鳴らす音がして、僕らはやっと救われた。ペンは即座に立ち上がり、もう行く時間だと僕らに告げた。そして、理由は言うまでもないとでも言うように、それきり口をつぐんだ。僕らは三人とも大きな安堵感に包まれ、ひどく陽気な気分になった。とりわけペンがそうだった。彼はまったく皮肉抜きで、君たちがもう帰ってしまうなんて残念だ、本当は見せたいものがいっぱいあったのに、と言い、来週また来いよと心をこめて言った。僕らが帰るということが、明らかにペンを活気づけているようだった。彼はまるで僕たちをそこに永遠に引き留めようとするように、ぺらぺらと矢継ぎ早にまくし立てた。じっさい、その時のペンは——それが、僕らが帰るということの喜びを一秒でも長く引き延ばすためだったとはいえ——確かに心から僕らを引き留めようとしていたのにちがいない。しかし、もう一度三回床を踏み鳴らす音がして、エドウィンと僕は急いでカーテンの外に出た。もちろんペンは僕らを見送りに出たりはしなかった。角を曲がる時にちらりと振り返ると、彼は開いたカーテンの隙間に立ち、見るからに悲しげな表情を浮かべて、僕らのほうをじっと見つめていた。

三度目の訪問は、それに比べるとはるかに上首尾に終わった。それがペンと会う最後になろうとは、その時の僕らは想像すらしなかった。二度目の訪問の翌週、ペン夫人が電話をかけてきて、ペンは〝気分がすぐれない〟と言った。僕はそれを、〝人と会うのは気分がすぐれない〟という意味だと受け取った。しかしその次の日、ペン夫人からふたたび電話があり、夜家に来てもいいと言った。マルハウス夫人はぶつぶつ言ったり顔をしかめてみせたりしたが、エドウィンの哀願に根負けして、とうとう行くことになった。それは八月の終わりで、僕らは幼稚園の入園日をあと十日に控えていた。たぶんマルハウス夫人は、幼稚園が始まればこの馬鹿げたペン熱も自然に冷めると考えたのだろう。ある意味で、彼女は正しかった。しかしその晩、ペンは素晴らしくいい状態だった。エドウィンと僕がよくペンのことで言った冗談は、彼は夜が更けるにしたがってどんどん上り調子になり、夜中の三時頃になると、きっと地球上で一番立派な人物になるのにちがいない、というものだった。その日夜の七時、ペンは確かにその道を着実に歩みつつあった。壁の漫画は、太陽光線の紗を取り除かれ、スタンドの照明を浴びて毒々しい輝きを放っていた。そしてペン自身も、白いボタンが一列に並んだ鮮やかな赤いシャツを着て、さかんに光り輝いているように見えた。知り合ってから初めて、彼は僕らのことについて尋ねた。エドウィンは、僕は作家になるんだと宣言した。それは僕にとっても初耳だった。僕はエドウィンがその場の思いつきからそれを言ったのだろうと判断したのだが、もしそうでなかったとしたら、ちょっぴり傷ついていたことだろう。あんなに満開に咲き誇る壁を前にしたら、他に何が言えるだろう？　僕は笑いながら、じゃあ僕はエドウィンのことを本に書くよ、と言った。運命ってやつは……かつてエドウィンはそう言いかけて、そのまま口をつぐんだことがあった。僕にはその気持ちがよくわかる。まったく、運命ってやつは……。やがてペンは、何か見たいものはあるかと僕らに訊いた。エドウィンが顔を輝かせて〝エドワード・ペン漫画劇場〟が見たいと言うと、ペンは引き出し一杯分のメモ帳を出してきて、一つ一つ解説を加えながらぱらぱらとページをめくり、そのうちのいくつかでは、クジラの大笑いや、ウナギのか細いくしゃみなどの音響効果まで巧妙に演じてみせた。それが済むと、ペンは自分の幼い頃の話を始めた。次から次と果てしなく続く病院の白いベッド、死ぬほど退屈な長い時間、スケッチに興味を持ち始めた頃のこと、そして、病院の神経外科医が、病院を題材にした愉快な漫画を全国誌に連載している人で、彼の優れた指導のもとに、自分の特殊な才能が花開いたこと。やがて頭上で三回床を踏み鳴らす音がすると、信じられないことが起こった。ペンはたんすの裏側を探ると、先に真鍮の輪がついた赤いほうきの柄を引っぱり出し、金属のテーブルの上に乗って天井を三回突いたのだ。そして勢いよくテーブルから飛び下りると——そう、本当に飛び下りたのだ——ほうきの柄をフルートのように構え、フルートそっくりの音を出しながら壁画の前を行ったり来たりし、足を高々と上げて行進した。こうした突然の子供っぽい仕草のせいで、ペンは永遠に親しい存在として僕らの心に残ることとなった。エドウィンと僕が、その後のペンの心変わりを許す気になったのも、彼のこんな姿を見ていたからだった。あの晩以来二度とペンに会えなくなったのは、彼が人と会う気分ではなかったからなのだ。要するにペンは、気分の移り変わりが激しい人間で、あの日以来、まるでドアが閉ざされるように、永遠に僕らの前から閉ざされたというだけのことなのだ。しかし、ときどき僕は考える。もしかするとペンは他人と活発に交流することによってエネルギーが流出するのを恐れたのではないだろうか？　そして、自らを芸術に引き戻すために、僕らと会うのをやめるという荒っぽい手段を選んだのではないだろうか？　本当は友人を作る能力はあったのだが、それをもっと崇高な目的のために、あえて犠牲にしたのではないだろうか？　エドウィンはその後一か月のあいだ、毎日ペンの家に電話をかけた。しかしペン夫人の答えはいつも同じだった——息子は気分がすぐれない。そのうちに、エドウィンはハロウィンの準備で忙しくなり、ペンと会おうとするのをぱったりやめてしまった。エドウィンは二度と母親に電話をかけるよう頼まなかったし、ペン夫人のほうからもかけて来なかった。僕はといえば、活発な交流はペンとエドウィンの間で行われるべきだと、最初の瞬間から感じていた。僕はただついていって、顔では微笑みながら、目は何一つ見逃すまいとして光らせている傍観者にすぎなかった。クリスマスを迎える頃には、ペンは夏の夜の夢のように遠い思い出になっていた。壮年期のある日、エドウィンと僕は長い散歩に出かけ、件《くだん》の家を見つけたが、そこにはもうペンの一家は住んでいなかった。汚れた地下室の窓から中を覗くと、あのカーテンは取り去られ、壁はすべてレンガ色に塗られていた。かつてペンの巣があった場所の中央にはぴかぴかのグリーンの卓球台が置かれ、たんすのあった所にはブルーの三段の脚立があり、一番上にはオレンジのラケットが一つ、真っ白なピンポン玉の上に乗っていた。

その晩、僕らが帰る時、ペンは階段の下まで見送りに出てくれた。彼は明らかに疲れているようだった。鋭く尖った両の眉の縁には粟粒のような汗が浮かび、首の横には血管が浮いて脈打つのが見えた。目の下には青アザのような隈がうっすらと浮かんでいた。彼は今度は僕らを引き留めなかった。また来いよと言うこともしなかった。僕らが二度と会うことがないのを、彼は知っていたのだろうか？　そうかもしれない。いや、たぶんペンは自分の創作のことを考えていたのだろう――すでに貴重な二時間を奪われて、じりじりと擦り減っている夜のことを。創作をさまたげ、眠りを奪う疲労と興奮のことを。埋めつくされるのを待っている白いページのことを。新たなる地図、新たなる世界のことを。エドウィンと僕の悪夢の後で彼を蝕もうと待ち構えている、現実世界のことを。僕らが階段の上までのぼると、ペン夫人がドアを開け、台所の明かりのまぶしさに一瞬目がくらんだ。最後にもう一度さよならを言おうと暗闇の中を振り返った時に僕が見た奇妙な光景も、きっとそのせいだったのに違いない。ペンは、まるでチェシャ猫のように、ほとんど消えかかっているように見えたのだ。暗闇の中には、縦に並んだ白いボタンの列がミニチュアの月のように浮かび、袖のところに一つだけ離れてついたボタンが、見えない腕が振られるのに合わせて、闇の中で揺れていた。

ああ、エドワード・ペンよ、君は今どんな空の下にいるのだろう？

20

世界は人の数だけあるが、悪い夢は誰のも似通っている、そう言ったのはエドウィンだ。最近僕が見た悪夢にしたがってフランクリン・ピアス小学校を描写すると、こんな具合になる。延々とどこまでも、高い天井と茶色の廊下が続いていた。床には水が数センチも溜まっていて、僕のソックスやズボンの裾をしきりに濡らした。廊下の両側には、子供たちが壁に顔をおしつけて一列に並んでいた。僕は必死に進もうとするのだが、まるで波にさからって歩いているように、ひどく足が重い。やがて僕の右手で子供の列が切れ、ドアが一つ見えた。中を覗くと、遠くに見える窓の高さまで、広い教室いっぱいに、茶色の机が乱雑に積み上げられていた。机は複雑な形に鬱蒼と絡まり合い、僕が苦労してその上によじ登り、遠くに見えている窓のほうへ行こうとすると、手や膝には得体の知れない黒いべとべとしたものがこびりついた。さかさまに積み上げられている机もあり、黒い金属の脚や、鋭く尖ったネジの先端が突き出している。僕は何とか向こうの窓にたどり着こうとするのだが、机の山は僕の行く手に高々とそびえ、それを乗り越えようとすると、まるで映画の崖崩れのシーンで大きな岩が転げ落ちるように、上のほうの机が次々に崩れてくる。僕は頭と肩を暗い隙間に押し込んで、頭上をかすめて崩れ落ちてくる机を避けた。その時まで気がつかなかったが、教室の横のあたりには空間があり、白髪で背の高い女の人が黒板の前を歩きながら、先が五本に分かれたチョークホルダーで波のように曲がった五線譜を書いていた。金属のホルダーの先で白墨がぐらつき、軋んだ音を立てながら白い粉煙を上げていた。僕は山の頂上の傾いた机に着席しようとしたが、片方の脚がひっかかって抜けない。ティンカートイ*の車輪から車軸をそっと抜くように、慎重に脚を前後によじった。やっと脚が自由になると、僕は机の下に体を押し込んだ。机は前のめりになっているうえに左右に傾いでいたので、落ちないように上板にしがみつかなければならなかった。黒ずんだ机の表面には小さな穴がぽつぽつとあき、インクか埃のようなものが詰まっていた。鉛筆用の溝の端のところにインク壺がはめこまれていて、机の表面すれすれのところまでインクが入っていた。僕は机の上げ蓋を開けようとしたが、蓋はびくともしない。体の平衡を失って、鋭いネジや尖った角の上に落ちそうになりながらも、僕は蓋を懸命にこじ開けようとした。背の高い白髪の女の人は腕組みをし、足をこつこつ鳴らしながら僕のほうを見ていた。僕はなおも蓋をこじ開けようとしながら、自分が別に蓋を開けたいわけでも中を見たいわけでもないことに気づいていたが、女の人がこちらを見ている以上やめるわけにもいかなかった。なおもそうしていると、蓋の隙間から、灰色の、ゴム糊のようなねばねばしたものが、じわりと滲み出してきた。白髪の女の人は、僕のほうを見ながらこつこつと床を踏み鳴らし、その音がどんどん速くなっていき、ついにこちらに向かって歩いてきた。と、僕はいつの間にか窓のない、大きな部屋に整然と並べられた机に独りで座っていた。遠くでか細い電車の警笛が聞こえ、白髪の男の人が僕に顔を近づけると、ふいに机の蓋がゴム糊の糸を長く引きながら開いた。中を覗くと、緑の黄色い鉛筆の削りかすや鼻汁にまみれたティッシュに混じって、首から下をブランケットでくるまれた小さな赤ん坊が横たわっていた。その顔は、血のような泥のような、ぬらぬらと光るもので一面におおわれていた。

21

エドウィンは幼稚園で何を学んだのか？　何もかもである。彼は〝お歌〟や〝てびょうし〟や〝お口にチャック〟を習った。〝前へならえ〟や〝合衆国の忠誠の誓い〟を習った。〝クロークルームで笑いころげること〟や〝牛乳の蓋を開けること〟や〝ご不浄に行きたくなったら手を上げること〟も習った。ティップ先生は〝ご不浄〟と言うよう僕らをしつけた。それは、みんなの見ている前で〝トイレに行きたい〟と言うのでは都合が悪いという論法だったのにちがいないが、エドウィンにとってその耳新しい言葉は、従来のトイレとは違うものを意味していた。銀色に光るハンドルのついた、白くて背の高い陶器の機械の列は、エドウィンを虜にした。彼は何度も何度も水を流し、水が上のほうの見えない口から勢いよく流れるのを、飽きもせずに眺めた。その機械の本当の用途を知った時、彼はひどいショックを受けた。それを縦型のバスタブか何かだと信じて

＊ 積木の一種。車輪の穴に棒を入れて組み立てる。

いたのだ。それ以来、エドウィンの愛情は半パイント入り牛乳容器にかぶさっているロウの蓋に振り向けられた。十時の〝おやつの時間〟に牛乳が配られると、エドウィンは熱心にロウと容器の隙間に一セント玉を差し込み、爪の間にロウを詰まらせながら、ロウの蓋をはがした。何度か牛乳のしぶきをまともに浴びるという失敗を経験したのち、彼はゆっくりと、確実に、危険なその蓋を開ける方法を考案した。まず折り返しの部分をはがしてから、何か所かを少しずつ引っぱっていくようにすれば、暴発の惨事を招くことなく蓋を取ることができた。中身の牛乳はエドウィンにとってはどうでもよかった。彼は牛乳にストローを突っ込み、飲み口に指を当て、ストローを引き上げ、指を離して、白い液体がストローの先から流れ落ちるのを楽しんだ。牛乳を飲んでしまうと、ストローを指でしごいて平たくし、くるくると円筒形に巻き、空になった容器の中に落としこんだ。それから、紙ナプキンと、昼食のピーナッツバターとジェリーのサンドイッチを包んでいたパラフィン紙と、茶色の紙袋も穴から次々と詰め込むと、蓋を平らにならし、はち切れそうに膨らんだその容器を新品に見せかけようとした。

しかし、エドウィンが学んだ最も重要なことといえば、祝祭日のことだった。幼稚園に入る前から、彼は年に二度の特別な日、すなわち自分の誕生日とクリスマスの他にも、いくつかの〝半分特別な日〟があることは、うすうす感づいていた。たとえば、大きな茶色のボウルに、クルミが一杯と銀色のクルミ割り二つが入って出てくる日だとか、彼とカレンがチョコレートでできたウサギをもらう日などがそうだったが、特別楽しみというわけではなかった。その他に、特にいつと決まっていない特別な日、たとえばマルハウスおばあちゃんが来る日、図書館に行く日、ピクニックに出かける日などがあった。しかし幼稚園に入って、エドウィンは、一年はさまざまな祝日や祭日で埋めつくされており、その一つ一つを迎えるために周到な準備をしなければならないことを知った。僕らが入園してから二週間も経たないうちに、ティップ先生はコロンブスの率いた三隻の船、ニーニャ号とピンタ号とサンタ・マリア号の話を始めた。先生はニーニャ号とピンタ号とサンタ・マリア号の詩を読んで聞かせ、僕らはニーニャ号とピンタ号とサンタ・マリア号の歌を歌った。僕らは片側が平たい極太の八色入りクレヨンを配られ、ニーニャ号とピンタ号とサンタ・マリア号の絵を描いた。ティップ先生が太陽の描き方のお手本を示したので、僕らはみんなニーニャ号とピンタ号とサンタ・マリア号の上に、長い放射状の光を放つ真っ黄色の太陽を描いた。しかし、エドウィンだけは画用紙の上のほうに夜であることを示す黒い帯を描き、その下に、白い紙の上でほとんど見えないような小さな丸い月を描いた。しかしニーニャ号とピンタ号とサンタ・マリア号はじきに海の彼方に去り、ティップ先生はカボチャと魔女と黒猫とハロウィンの月の話を始めた。先生は黒とオレンジの模造紙と、先が丸くなったハサミを配り、僕らは大きなオレンジの月と、耳の尖った大きな黒猫を切り抜いた。白い糊の入った大きな容器が登場し、エドウィンはそれで猫にオレンジの目を貼りつけ、よくできたので作品が掲示板に貼り出された。ある日、ティップ先生は教室に大きな口を開けて笑っているカボチャを持ってきた。エドウィンは蓋の部分を取って中を覗き込んだが、すぐに閉じ、切り口がぴったり合うように慎重に蓋を回した。彼はカボチャに対しては常に逃げ腰だった。僕らはホウキにまたがった魔女の歌を歌い、ティップ先生はデンマークのハロウィンについての退屈な本を読んだ。奇妙なお化けの仮面をかぶって近所を練り歩く、あの恐ろしくも楽しい夜を、エドウィンは生まれて初めて心待ちにした。ハロウィンが終わったと思う間もなく、彼はもう首を長くして感謝祭を待っていた。ティップ先生は色を塗ったトウモロコシの穂を三本と、ピルグリム・ファーザーズの小さな人形と、羽根のちぎれたよれよれのインディアンの羽根飾りを教室に持ってきた。僕らは紙を切り抜いて作ったピルグリム風のバックルを靴につけ、自分が何に感謝しているかを一人一人発表した。エドウィンは感謝祭に感謝していると言った。僕らは悲しげな神様の歌と、楽しげなインディアンの歌を歌い、ティップ先生はマイルズ・スタンディッシュ*という名前の少年についての退屈な本を読んだ。先生がページをめくると、突然マイルズ・スタンディッシュの上に雪が降り積もり、僕らはもう赤い帽子ともじゃもじゃの綿のひげのサンタクロースの顔を作っていた。ティップ先生のクリスマスの道具立ての前には、彼女の今までの小道具も色を失った。先生はすでに最初の週だけで、かいば桶と、橇を引くトナカイたちの人形と、頭の上に芯が突き出したサンタクロースのロウソクと、赤い実のついたトゲだらけのヒイラギのリースと、黒いプラスチックの帽子をかぶったプラスチックの雪だるまと、白いトナカイのアップリケのついた赤い長靴下を教室に持ってきた。先生は僕らを指揮して、緑色の紙のクリスマスツリーや赤い紙のサンタを窓に飾らせ、家族あての絵入りのクリスマス・カードを作らせ、家のツリーに吊るすための紙の飾りを切り抜かせた――緑色の小さなツリー、白い小さな天使、大きな赤いベル、そして何と言っても赤と白のキャンディ・ケイン。赤いクレヨンで縞模様を書いた白い紙を一方の端から巻いていき、筒状になったらセロテープで留め、片方の端を平たくつぶし、それをステッキの柄のように曲げれば、キャンディ・ケインのできあがりだ。こうしたさまざまの作業と、もうすぐその日を迎えるという緊張感のせいで、僕らの期待は加速度的にあおり立てられていき、しまいには待つことの耐えられないプレッシャーから解放されたいばかりに、逆に準備の作業に熱中するありさまだった。僕らはまるで、線路に縛りつけられ、次第に近づいてくるクリスマスという名の列車の汽笛を聞いているようなものだった。本物の木のクリスマスツリーに電球が飾られ、他の二クラスと合同でクリスマスパーティが催された。僕らは星やツリーの形のクッキーを食べた。クッキーには赤や緑の砂糖がかかっていて、なかには銀色の粒が散りばめられたものもあった。しかし僕らは、そんなものは単なる時間つぶしに過ぎないということを知っていた。その次の週、すなわちクリスマスの前の週は、物狂おしい興奮のうちに過ぎていった。興奮は病気のように、熱のように、どこまでも落ちていく夢のように、エドウィンを蝕《むしば》んだ。彼はひどく傷つきやすくなり、父親にたった一言叱責されただけで激しく泣き出し、肩を震わ

＊ピルグリム・ファーザーズの一人で、入植地プリマスの軍事的指導者。

せてヒステリックにしゃくり上げた。カレンはそんな兄を恐れをなして見守り、人形の柔らかい腹に固く指をくいこませていた。マルハウス夫人は、自分の肩に顔を押しつけて泣きじゃくる彼の髪を優しく撫でてなぐさめた。やがて嵐が過ぎ去り、エドウィンは目をこすりながら顔を上げ、母親の差し出すティッシュで鼻をかむ。その間、マルハウス氏は自らを流刑に処したようにじっと黙って座っているが、やがて決まり悪そうに顔を上げ、何とか罪を償おうとする。彼は優しく、巧みに、クリスマスには雪が降るといいねとか、そういった害のないことを言いながら、その声の中に、夜、ランプのそばで語られるインディアンの話の始まりを予感させる深い響きを織り混ぜる。しかし、つい先ほど自分を傷つけた父親の声の響きにエドウィンはおののき、まるでその声に今年はクリスマスは来ないと宣告されでもしたように、ふたたび切なく、悲しげな泣き声を上げ始める。二度目の発作が収まると、やっと彼は落ち着きを取り戻し、鼻がつまっているので口で息をし、ずきずき痛むこめかみをさすりながら赤く充血した目を上げる。十分後には、僕らはまるで何事もなかったかのように笑い、冗談を交わし合っているが、部屋の中には、見えないクモが張りめぐらした糸のような、デリケートな空気が漂っている。そうして待ちに待った輝かしいクリスマス当日は、エドウィンにとっては、どこか物足りない不完全なものに思われた。美しい包装紙を息をはずませて破り、中から玩具を一つ取り出すたびに、彼は決してたどりつくことのできない終着点から一歩また一歩と遠ざかっていくような気分になった。

クリスマスが済むと、まるで誰かが次の祭日を考えているかのように、しばらくブランクがあった。しかし、そうこうするうちに僕らはバレンタインのハートを作るのに忙しくなった。僕らは赤い模造紙を大きなハートの形に切り抜き、筋のある細長いゴムの絞り口がついた、ハチミツ色の糊でべたつく容器を手に手に持って、ハートの周りに白い紙のレースを貼りつけた。女の子の一人が、一つ一つことわざが書いてあるハート型のキャンディを一袋、家から持ってきた。律儀なティップ先生はそれを全員に配り、ハチの巣をつついたような騒ぎの中を、各テーブルを練り歩き、キャンディに書かれたことわざを大きな声で読み上げた。すると、子供二人がすっぽり入れるぐらいに大きな木の小屋が忽然と現れ、僕らはハートとレースの気分の抜けないまま『正直者のエイブ』を歌い、ティップ先生がエイブラハム・リンカーンはとても正直だったので、借りた本を十キロ歩いて返しにいったという話を聞かせた。リンカーンの絵のついた切手を家から一枚持ってくるという宿題が出され、一人の女の子が間違えてジョージ・ワシントンのを持ってくると、ティップ先生はほくそ笑んだ。なぜなら次はワシントンだったからだ。僕らは桜の木の歌を歌い、ティップ先生はジョージ・ワシントンは嘘をつかなかったという話をした。エドウィンは、リンカーンとワシントンとどちらがより正直だったのかと質問した。ティップ先生は、たぶん同じぐらいだと思う、と答えた。その一週間後、先生は生きたウサギの入った籠を持ってきた。イースターは年間最後の大きな祭日だった。ティップ先生は余力をふりしぼって、僕らの士気を盛り立てた。卵に対する先生の熱の入れようは、ただごとではなかった。彼女は籐のバスケットに草に見立てたグリーンの紙を敷き、その上に大きなチョコレートの卵を一つ、赤と黄と青に染めた本物の卵を三つ、それに金や銀のホイルで包んだ小さな卵を数え切れないほどたくさん入れたものを持ってきた。加えて先生は、紙の襟をつけて顔を描いた本物の卵も持ってきた。一つは、黒い口ひげがあり、頭にも小さな口ひげの形の髪の毛がついているやつで、もう一つは長い耳を糊で貼ったウサギだった。それから、小さな穴をあけて中身を出した卵の殻に派手な縞模様を塗ってつなげた、今にも割れそうな首飾りも持ってきた。最後には大きな卵型の上のほうに覗き窓のついた玩具があった。窓から覗くと、中には小さな羊や赤い小さな家が点々としている緑色の草原が広がっていて、遠くにはブルーの丘が連なっていた。僕らは模造紙を大きな卵形に切り抜き、金や銀の星を貼りつけたり、糊を波型に塗った上に銀粉をふりかけたりした。エドウィンは謎めいた笑いを浮かべながら、黒い卵を作るのだと言い張った。そして、僕がその冗談の真意を尋ねても、答えようとしなかった。晩年のインタビューの中で、僕は彼にその黒い卵について尋ねてみたが、彼は完璧にそのことを忘れ去っており、同じように謎めいた笑みを浮かべながら、きっと腐った卵だろうと答えただけだった。イースターが終わるともう祭日は残っていなかったが、ティップ先生はくじけなかった。彼女は独立戦争の劇の稽古で間を持たせ（エドウィンはポール・リヴィアの役だった）、さらに戦没兵記念パレードで僕らの興味をつなぎとめた。戦没兵記念日が終わると、あとはもう七月四日の独立記念日を待つばかりだった。ティップ先生は、大きな太鼓と、玩具のフルートと、赤と白のストライプに青の顎ひもがついていてスパンコールできらきらした帽子を持ってきて、僕らは足踏みをしながら『イギリス軍が攻めてくる』を歌った。こうして一年が、色とりどりの模造紙の嵐の中を白い糊の糸を引きながら過ぎ去り、気がつくと独立記念日はあと五日に迫っていた。エドウィンは、赤い小ぶりの爆竹に生まれて初めて自分で火を点けながら、そして初めて買ってもらった花火で夜空に美しい輪を描きながら、一か月足らずに迫った自分の六回目の誕生日のことを、そして、五か月足らず先のクリスマスのことを、もう指折り数えて待っていた。子供は時のない〝今〟を生きているなどと言わないでほしい。狂おしいまでの未来への切望、永遠に繰り返される熱狂的な期待、それこそが子供時代なのだから。エドウィンは、まだ包みを解かれないプレゼントの山できらきらと輝く未来に向かって、貪欲に両手をさしのべた。六歳の誕生日を迎えようとしていた彼は、自分の人生がすでに半分以上終わってしまっていることを、まだ知らなかった。

22

伝記を攻撃する人々によれば、伝記の致命的な欠点は、しょせんはフィクションの枠を出ることができないという点である。どんな日付も、どんな出来事も、どんなに些細な一言も意図されたプロットの一部であり、それらが徐々に、そして巧妙に、あらかじめ予定されたクライマックス——すなわち、主人公の輝かしい偉業——へ向かっていくのである、と。主人公の人生の他のあらゆる部分は、必然的にその中心的イメージに結びつけられ、ちょうど暖炉の火の魔法が見慣れた部屋を魅力的に見せるように、中心的イメージが人生のディテールにありもしない意味を与え、輝かせる。さらに言うなら、その意味は、未来の伝記という名の檻の外でのびのびと遊ぶ生前の主人公自身にとって、おそらくまるで無関係なものなのだ。中心的イメージからニセの意味を与えられた伝記のディテールたちは、中心に向かって吸い寄せられ、一語一語が同じ方向を指差しているかのように見える。「伝記なんて簡単さ」今からそう遠くないある蒸し暑い晩、エドウィンはそう言った。「起こったことを全部書けばいいんだろ」芸術家の気質というものが、昔から公正な判断を欠くものであり、エドウィンの場合、それがほとんど愚鈍と思えるほどに甚だしいことについては、今さら言う必要もないだろう。しかし、彼はそれだけにとどまらず、(彼の舌足らずな意見を正しく翻訳するならば)こうも言った。そもそも伝記という観念がすでに救いがたくフィクションである。なぜなら、現実の人生はクエスチョンマークや、伏せ字、空白《ブランク》、延々と続く脚注の行列、抜け落ちたパラグラフ、どこにもつながらない〝……〟の繰り返し、そんなもので満ち満ちているというのに、伝記が差し出すのは見せかけの予定調和であり、神のごとき全知の伝記作家によって整然と並びかえられたディテールの集積にすぎない。そして伝記作家がときおり装ってみせる無知や不確実も、たとえば手の込んだフルコースのディナーを出した女主人が、こんなものは別に大した手間ではありませんでしたわ、と謙遜してみせるのと同じくらい空々しい欺瞞に満ちているのだ、と。エドウィンは、自分にとって優れた小説はすべて真実として映るのだと主張した。そのため、気狂い帽子屋やウミガメモドキの存在は完璧に信じることができても、マルハウス氏が愛すべきエピソードを語って聞かせたルイス・キャロルその人は荒唐無稽な想像の産物としか思えないという、奇妙な事態が彼の中で起こっていたのだ。

エドウィンの意見はこのくらいにしておこう。僕はこれを伝記の正確を期すためにここに記したにすぎない。彼の意見は、典型的な頑迷と狡猾の産物である。多くの芸術家がそうであるように、エドウィンもまた思想家としては凡庸であった。彼の頭の中身は、照明の故障でときおり思い出したように明るくなる、薄暗い水族館の水槽に似ていた。エドウィンは僕との議論に行き詰まると、宇宙の大いなる神秘の前には人間の理性は無力であるとか、そんなような下らない理論によく逃げ込んだ。またある時は、自分の言っていることのひどい矛盾に気がついて、芸術家の特権を持ち出してその矛盾を正当化した。別の時には、議論の最中に不用意に放り出した発言について突っ込んだ説明を求められると、肩をすくめて「何となくさ」とか「別に言うほどのことじゃないよ」とか「“EDWIN”の並べ替えでいくつ単語を作れる?」などと言うのだった。そのうえ、彼はその短い、あまりにも短い生涯を通じて、相手を怒りと苛立ちで歯嚙みさせるような痛烈な言葉を、それと知りつつわざと言わずにいられない欠点を直すことができなかった。したがって、伝記がフィクションであるなどという彼の馬鹿げた意見にこれ以上耳を傾けるのは、時間の無駄というものだろう。しかし、僕はこの機会にエドウィンに——彼が今どこにいるのであれ——こう問いたい。伝記作家の果たす役割は、芸術家のそれとほとんど同じくらい、あるいはまったく同じくらい、ことによると比べ物にならないくらい大きいのではないだろうか？　なぜなら、芸術家は芸術を生み出すが、伝記作家は、言ってみれば、芸術家そのものを生み出すのだから。つまり、こういうことだ——僕がいなければ、エドウィン、君は果たして存在していただろうか？

　しかし、あれこれ考えるのはこれくらいにしておこう。一つだけ確かなことがある。僕がエドウィンに彼の伝記を書きたいと打ち明けて以来——そして、そのアイデアが彼の中に根づき、浸透して以来——彼は僕のプランに夢中になり、いやほとんど虜になり、積極的に僕に情報を提供さえしてくれたのだ——ただし、残念なことに、彼の提供した情報は僕の詳細かつ的確な記憶としばしば矛盾していたが。それでも重要なのは、あれほど伝記作家の芸術を茶化し、嘲笑していたエドウィンが、いざという段になると非常に真摯に伝記というものを捉えたという点だ。おそらく彼にとっては、美の王国での恐るべき自由よりも、真実の王国の静かな束縛のほうが、はるかに心安かったのにちがいない。晩年の会話の中でエドウィンは、僕は彼の魂を救った——彼はいつもその手のことを言った——なぜなら、彼の人生が一つの伝記であることを、言い換えれば、始まりがあり、中間があり、終わりがある一つのプロットであることを彼に気付かせたからだ、と語ったことがある。僕は黙って笑い、シェードの中に蛾が閉じ込められて狂ったように羽を打ちつけている熱いランプを手で押しやりながら、厳密に言うなら、君の人生が終わらないかぎり、それを始まりがあり、中間があり、終わりがある一つのプロットと言うことはできない、と答えた。エドウィンは何も言わずに目を逸らした。明るいランプシェードが映りこんだ眼鏡の奥で、彼の顔がかすかに歪んだ。人間の感覚というのは、時に奇妙ないたずらをしてみせる。暗示的な沈黙に包まれたその刹那、彼の目の中で狂おしくはばたき続けるかすかな羽の音を、僕はたしかにこの耳で聞いたように思ったのだ。

第 2 部

壮 年 期

（1949年8月2日－1952年8月1日）

1

群青色に輝くカーテンが波打ち、その奥のスクリーンで、空色に輝く文字が揺れ動いている。リコリスとブラック・クロウの漆黒の闇の中、コバルト色に輝くメロディが塩とボール紙の匂いとからみ合い、ジュジフルーツ・キャンディと混ざり合い、ジュジュブ・ジェリーとたわむれている。＊文字がライトに捕まり、立ちすくみ、静止する。いくつもの色が、舐めかけのロリポップよりもつややかに、日なたのソーダ水よりも涼やかに、日を受けて輝くセロハン紙よりも鮮やかに輝く。アイスキャンディのオレンジ、レモンシャーベットの白、綿菓子のピンク、ミントジェリーのグリーン、チェリーソーダの赤にラズベリージェロの赤。グリーンと赤に浸された暗がりの中で、セロハン紙が乾いた音を立てる。紫色の濃い影に包まれた薄暗い部屋が、徐々に現れる。中央に垂直のはしごがあり、その上のほうから細い光の棒が斜めに射し込んでいる。光はベッドの端にかかり、ブルーのブランケットからはみ出した丸くて白い二つの足を照らし出している。ベッドの上には、白いウサギが赤いナイトキャップを左右の長い耳に一つずつかぶせて眠っている。ウサギが口笛のような音を立てて息を吐くと、かぶっていたブランケットが足の先までくるくると丸まる。いびきの音と共に吸い込むと、ブランケットはまたくるくると元に戻る。ウサギの頭の上に夢が現れる。ウサギはのこぎりで丸太を半分に切っている。丸太の一片が夢からこぼれ、ウサギの頭に落ちる。ウサギは起き上がって頭をさする。赤いコブが脈打ちながらぐんぐん大きくなって手を押し上げ、再び小さくなって消える。ウサギはあくびと共に大きく伸びをし、ナイトキャップを耳からはずす。それから大きな丸い黒縁の眼鏡をかけ、小さなこんろの前に立って目玉焼きを焼き始める。目玉焼きを空中高く放り上げ、フライパンで受け止める。手を持ち替え、放り上げ、フライパンを構えて落ちてくるのを待つ。目玉焼きはいつまでたっても落ちてこない。ウサギは溜め息をつき、歩いていってはしごを登り始める。穴から頭だけ出し、森の中の明るい野原を見回す。穴の近くには、三、四枚ずつ葉をつけた細い黒い木が数本生えている。目玉焼きは穴のすぐそばに落ちている。ウサギはそれを拾うと、穴の中に姿を消す。一本の木の陰から、黒い鼻、オレンジ色の鼻面、ついで眉間にＶの字のしわを寄せた凶悪な顔がにゅっと現れる。大きな縦長の白目の中で、小さな黒い瞳が右、左と動く。キツネは忍び足で素早く隣の木の陰に移動する。その木はキツネの眉毛ほどの幅しかないが、彼の体は完全に隠れてしまう。木の陰から片方の足だけが現れ、ちょこちょこと草の上を横切り、隣の木の陰に行く。足に引っ張られ、脚が二倍の長さにな

＊いずれも映画館でよく売られている菓子の名前。

る。キツネの体の残りの部分が、伸びたゴムが元に戻るように、オレンジ色の風となって勢いよく木の後ろに消える。眉間にしわを寄せた顔が再び木からのぞき、右、左とあたりを窺う。キツネは背中を丸め、忍び足でウサギの穴のところまで行く。キツネの体はオレンジ色で、手と足の先、それに胸から腹にかけてが白い。キツネは後ろに手を回すと、大きな赤い爆竹を取り出す。それに火をつけ、さかさまに穴の中に押し込むと、忍び足で二、三歩退く。穴の中ではウサギが目玉焼きを放り上げ、目をぎゅっとつぶり、耳の穴に指を突っ込んで待つ。目玉焼きは落ちてこない。ウサギは眉をひそめて天井を見上げ、フライパンを差し出している。目玉焼きは、ぱちぱち火花を散らす導火線に突き刺さっている。ウサギははしごを登り、目玉焼きをはずし、爆竹を穴の外に押し出す。爆竹は草の上を転がり、耳に栓をして立っているキツネのすぐ後ろで止まる。しばらくしてキツネは目を開け、耳から指を抜き、後ろを振り向く。足元にぱちぱちいう爆竹が転がっているのを見ると、バネの先についた目玉が飛び出す。キツネは草むらにどしんと音を立てて頭から飛び込み、両手で頭を覆う。導火線の火が消える。キツネは頭を上げる。そして立ち上がり、爆竹のところまで歩き、それを拾い上げ、にやりと笑う。爆竹が破裂する。煙が消えると、キツネはまだ立っている。全身真っ黒で、目と、笑った口の形だけが白い。ウサギはこんろのそばのロッキングチェアに座り、新聞を読んでいる。ロッキングチェアの脚の片方にフライパンがくくりつけてある。ロッキングチェアが後ろに揺れると、目玉焼きが宙に舞い上がる。前に揺れると、フライパンの上に落ちる。キツネが、黒いぴかぴかの大砲をロープで引っぱって穴の前まで来る。キツネは黒いぴかぴかの大砲に黒いぴかぴかの弾をこめ、砲身を穴の入口につけ、大砲の後ろに出ている導火線に火をつける。キツネは背を向け、目を閉じ、耳をふさぐ。穴の中から飛び出した目玉焼きが大砲を押し上げ、砲身は半回転してキツネのほうを向く。目玉焼きはまた穴の中に落ちる。キツネは振り返り、大砲を見、それから観客のほうを見る。大砲が発射される。煙が消えると、キツネはまだそこに立っていて、腹の真ん中に開いた穴の向こうに木が見えている。キツネは腹のジッパーを上げて穴を閉じる。それから草の上に倒れる。次のシーンが左側から始まり、カーテンを引くように古いシーンを右に押しやる。キツネが細い木の先にロープを結びつけ、それを引っぱっている。木は弓のようにしなる。キツネは地面に杭を打ち、杭に取りつけた引き金にロープを結びつける。それからロープの一番先を輪にしてウサギの穴の近くに置き、輪の真ん中に、オレンジ色のニンジンを引き金に立てかけるようにして置く。キツネは近くの木の根元に腰を下ろし、脚を組み、手を頭の下で組んで、目を閉じて、いびきをかきはじめる。頭の上に夢が現れる。テーブルの前に、ナプキンを首に結んだキツネが座り、皿の上には手足を縛られたウサギがのっている。ウサギが穴から顔を出し、くんくんと鼻を動かし、眼鏡をかけ直し、ニンジンを見つける。ウサギは穴の外に出て、ロープの輪の中に入り、ニンジンを拾う。それから体のポケットに手を突っ込み、中からチキンのモモ肉のローストを出して、引き金の上に置く。ウサギはニンジンをぽりぽりとかじりながら輪をまたいで外に出、木の根元で眠っているキツネとその上の夢を見る。ウサギはキツネのそばまで行き、夢の中の自分の縄をほどいて逃がし、代わりに大きな赤い爆竹を載せると、穴の中に戻る。夢の中のキツネが爆竹を口に放り込むと、爆竹は破裂する。本物のキツネが目を覚まし、口の中から折れた歯を山のように吐き出す。キツネはロープの輪の中にチキンローストがあるのを見つける。彼は輪の縁まで近づき、眉間にしわを寄せ、足を踏み鳴らしながらチキンを見下ろす。すると、チキンから匂いの帯がゆらゆらと立ちのぼり、キツネの黒い鼻をかすめる。鼻がぴくぴくと動く。キツネはかがみこみ、チキンに手を伸ばしかけて、ふいに起き上がる。彼は観客のほうを振り返り、ずるがしこく笑って首を振る。キツネは体のポケットに手を入れ、ステッキを出す。そして、そのステッキでチキンローストをそっと引き金から落とす。キツネはびくりとして身構えるが、何も起こらない。キツネは肩をすくめ、チキンを喉の奥まで突っ込み、白い骨を指でつまみ出す。舌で口の周りを舐め回し、腹をさすると、骨をぽいと投げ捨てる。骨は引き金の上に落ちる。キツネの髪が逆立つが、何も起こらない。キツネは眉間にしわを寄せ、ステッキで引き金をつつく。何も起こらない。大きなハンマーを出してきて、引き金を思い切り叩く。何も起こらない。輪の中に入りこみ、引き金を蹴飛ばす。何も起こらない。引き金の上に乗って飛び跳ねる。まだ何も起こらない。キツネが赤いハンカチで額の汗を拭いていると、青い小鳥が頭の上を飛び過ぎる。小さな青い羽根が一枚落ちてくる。キツネは、その羽根がふわふわ揺れながら、自分の顔、首、腹、膝と落ちていくのを目で追う。羽根が引き金の上に舞い落ちる。ロープが締まり、キツネはぴゅうっというロケットの音と共に画面の彼方に消え去る。遠くでどしんという大きな音が響き、森が揺れる。キツネが松葉杖をついて、左手から登場する。頭に白い包帯を巻き、片方の脚にギプスをしている。キツネはウサギの穴の前に座り、考える。頭の上に電球がつく。キツネは手を伸ばし、ひもを引いて電球を消す。彼は包帯をむしり取り、松葉杖を放り出すと、ポケットの中から、ハンマー、釘、木材を次々と出す。それからものすごいスピードで作業にとりかかり、白い雲に包まれて体が見えなくなる。雲が消えると、大きな青いといが姿を現す。といはウサギの穴の前から出発し、右に行くにしたがってしだいに支柱が高くなり、小さな鹿が驚いて見上げる森の中を突っ切り、年寄りのフクロウがけげんそうに頭を掻いている木の上を越え、虹の下をくぐって空に延び、雲を越え、けわしい山々を越えて、茶色い崖っぷちまで続いている。その先には、小さな石ころの上に載せた巨大な岩がある。岩の横には黄色いデッキチェアが置いてあり、緑色のサングラスをかけたキツネが寝そべってレモネードを飲んでいる。キツネはストローを手に取り、袋の端を破り、岩に向かってストローをふっと吹く。ストローの袋が岩に当たり、岩はゆっくりと動いてといの上を転がり始める。岩はけわしい山々を越え、雲を越え、ハゲワシを仰天させ、通りかかった飛行機をぺしゃんこに押しつぶし、虹を破り、木の上を通ってフクロウを驚かせ、雷のような大音響に脅えて鹿は物陰に隠れる。ウサギが穴からひょいと顔を出し、といの先を持って素早く上向きに曲げる。そしてまた穴の中に姿を消す。岩はといのカーブに沿って空高く上がり、遠くの木の枝の上に落ちる。木の枝がしなり、岩を元来た方向にはね返す。キツネは崖の上に立ち、頭を傾け、片方の耳に手を当てている。ポケットから時計を出し、難しい顔でにらむ。そして崖の下を見ようと振り向いた時、岩が上がってきてキツネの上に転がり、彼をパイ生地のように平たく押しつぶす。しばらくのあいだ、キツネは色のついた影のように地面に貼りついている。やがて、一方の端がめくれて筒のように丸くなる。筒の中で二つの目が左右に動く。まず片脚が現れ、ついで腕、ぼさぼさの尻尾が現れる。キツネは立ち上がる。体じゅうにひびが走り、ガラスの割れるような音を立てて、彼は粉々に砕ける。ウサギは床の上に仰向けに寝て、腹筋運動をしている。次に立ち上がり、屈伸運動を始める。ついでダンベルを持ち上げる。ウサギがなわとびをしていると、どしんと音がして家が揺れる。ウサギがけげんそうに上を見上げると、目を皿のようにし、歯をむいたキツネが腰のところで穴につかえている。腕は体の脇にぴったりはさまっている。ウサギはにっこり笑い、黄色いスツールをキツネの下まで押してきて、ボクシングのグローブを手にはめると、キツネの頭でパンチングの練習を始め、画面の丸がゆっくりと閉じていく。

2

幼年期が文字以前の時代であり、晩年が文学の時代であるならば、壮年期は文字の時代と呼ぶのがふさわしいだろう。エドウィンは一年生で、やっと読み書きを習得した。学校生活において、彼がこの時ほど熱心に何かを学んだことは、その後二度となかった。彼と僕はじきに、ブロッカウェイ先生のクラスで最もできる生徒ということになった。学期が始まって間もない頃、ブロッカウェイ先生は、クラスをリーディングの能力に応じて三つのグループに分け、日に二回、別々に教室の前に集まらせた。もちろんエドウィンと僕はトップのグループだった。教室には六人がけのテーブルが六つあったが、リーディング以外の時は、僕らは同じテーブルの斜め向かいに座っていた。エドウィンの観察者である僕にとっては幸運なことに、ブロッカウェイ先生は生徒の席順をアルファベット順ではなく、およそ均質化とか多様化とかいう言葉でしか説明のつかないような、何か計り知れない法則にしたがって決めていた。僕らのテーブルには、他におとなしいスーザン・トンプソンと口だけは達者なビリー・デューダ、そして僕の隣には、早くもおしゃべりとして有名になっていたトゥルーディ・キャシディが座っていた。そして僕の正面、エドウィンの隣には、かのドナ・リッチオがいた。ドナはクラスで一番人気のある女の子で、バレンタインには三十九枚もカードをもらったが、うち三枚はエドウィンからのものだった。三年生になると、ドナはマリオ・アントニオやその仲間たちと校庭の薄暗い隅にとぐろを巻くようになった。間もなく彼女は真ん中のリーディング・グループに落ち、最後には一番下のグループにまで転落して、二度とそこから浮上しなかった。エドウィンは、おそらくあの黒い髪に眩惑されたのに違いない。彼が、目を覆いたくなるようなやり方でドナの気を引こうとしたことは言うまでもない。しかし結局のところ、それはほんの戯れに過ぎず、のちに彼を熱病のような激しさで苦しめることになるローズ・ドーン（よりにもよって！）への想いに比べれば、物の数にも入らなかった。この時期、エドウィンが本当に恋していたのは文字だった。ドナ・リッチオの赤い唇よりも、そのカラスの濡れ羽色の髪よりも、彼はアルファベットを愛していたのにちがいない。

何度僕は目撃したことだろう。エドウィンが授業中こっそりとドナ・リッチオのほうを盗み見る。彼の視線は、ドナの肘からブルーの半袖に、ブルーの半袖から長くて黒い睫毛に、長くて黒い睫毛からブルーのリボンのついたつややかな黒髪へ、そしてつややかな黒髪から、その向こうの黒板の上部へ移っていく。その視線の先には、まるで長いタイトルのように、大文字と小文字が交互に並べられた、グリーンの地に白抜きの、アルファベットのカードの列があるのだ。

僕の意見では、リーディングの授業は拷問に近いスローテンポで進んでいた。しかし、意見というものを持たないエドウィンにとって、授業は最高に面白いゲームだった。僕はそんな彼を見て、どんなつまらぬものからも喜びを生み出す芸術家の想像力の偉大さというものについて、改めて考えさせられることとなった。僕らに最初に手渡された本は――本と呼べればの話だが――縦よりも横に長く、グリーンのソフトカバーのついた代物だった。各ページは水平の段に分かれていて、左端にアルファベットがあり、それに続いて色つきの絵が横一列に並んでいた。ブロッカウェイ先生が絵の表す物の名前を一つ一つ読み上げると、僕らは左端のアルファベットで始まるものの上に×印をつけていった。こんなものは、三歳児か二歳児、あるいは少しばかりＩＱの高い猫にでもやらせるのがちょうど良かった。僕は、自分の貴重な時間がなぜこんな下らないことで費やされなければならないのかと、理解に苦しんだ。しかしエドウィンは飽きもせずに、楽しそうに絵に×をつけていた。それどころか、彼はしょっちゅう問題を取り違えてややこしい間違え方をした。たとえば、bで始まる段には熊《ベア》、ドア、本《ブック》、バット、月《ムーン》の絵があった。エドウィンはブロッカウェイ先生を追い越してさっさと次のページに進み、熊とドアとバットに×印をつけて、本と月を残した。そしてブロッカウェイ先生がその絵を読み上げると、エドウィンは愕然とした。彼は手を挙げ、このドアは洗面所《バスルーム》のドアで、本は辞書《ディクショナリー》だと主張した。ブロッカウェイ先生は、先生が読むまで先に進んではいけませんと言った。エドウィンは、どうしてこの本が辞書じゃないとわかるのかと質問した。するとブロッカウェイ先生は、辞書も本のうちだし、あれこれ質問するのをやめて先生の言うことをちゃんと聞いていないと、もう何も教えてあげませんよと言った。エドウィンは質問をやめたが、先生より先に進むのはやめなかった。彼は、繰り返し何度も現れる小さな絵をこよなく愛した。やがて、ヤギや、子猫や、熊や、本や、キツネや、郵便配達夫や、ガチョウや、門の絵は、エドウィンの持っていた絵合わせゲームのカードに出てくる〝おっちょこちょいのキャリー〟や〝田舎者のハック〟の絵と同じくらい、彼にとって親しみ深いものとなった。

エドウィンはまた、ブロッカウェイ先生が時々僕らに掲げて見せる、白くて長いカードも好きだった。そこには黒々とした太字で、bit, fit, sit, pit, hit とか、dot, not, hot, lot, pot とか、bat, cat, rat, mat, fat などと書かれていた。しばらくすると flat, brat, chat, that, spat のような、やや高度な単語も現れた。しかし、一年後にエドウィンと僕が辞書の後ろに付録でついている「押韻用語集」で発見した、gnat（蚊）や、ましてや cravat（ネクタイ）のようなやんごとなき言葉には、ついぞお目にかかれなかった。

絵が一列に並んだ本が終わると、紙の表紙の薄っぺらな本が配られた。ブロッカウェイ先生によれば、それは〝初級の前に　その一〟と呼ばれるものだった。たぶん、あまりにも初歩的すぎるので、無に等しいという意味だったのだろう。最初のページには、黒い猫が赤い円い敷物の上に寝ている絵が描かれており、その下に〝フラッフィ〟という文字が書いてあった。次のページでは、フラッフィは草の上に仰向けになり、赤い毛糸玉にじゃれついていた。その横に、金髪に赤いリボンをつけた女の子が立って猫を指差しており、反対側には、空色のシャツに茶色のズボンをはいた男の子が立っていた。絵の下には、こう書かれていた。

ボビィ、みて。

フラッフィをみて。
フラッフィがあそぶのをみて。

あまりの馬鹿馬鹿しさに、僕は気が遠くなった。しかしエドウィンは、一ページごとに夢中になった。彼がこんな下らないお話に、いや、お話とも呼べない代物に関心を払ったということが、僕には今もって信じられない。彼を魅了したのは、きっと未知の世界を知る喜びだったのにちがいない。それは、お化け屋敷の室内灯をつけることであり、何年も小さなドア越しにしか覗けなかった庭に足を踏み入れることだった。言い換えれば、エドウィンを魅了したのは読むという行為そのものだった。彼の中では、読むという行為が言葉を離れ、一人歩きを始めていたのだ。さらに不思議なことには、あの味もそっけもない挿絵にも、エドウィンは深く感動した。ちょうど、針金の輪の中にできた緑色のセッケン水の膜を吹くと、息の圧力で虹色の美しいシャボン玉が生まれるのと同じように、それらの下らないイラストも、彼のイマジネーションの圧力で形を変え、美しく生まれ変わったのだろう。教科書の絵に描かれているのは何とものどかな世界、白い柵や緑色の芝生や枝から縄ブランコの下がった古くて大きな樹があり、牛乳配達の青いトラックが曲がりくねった丘の道を走り、道で白ヤギと出会ったり、お祖父ちゃんの農場に遊びに行ったりということが普通に起こる世界だった。それはエドウィンの住む世界とおぼろげにつながってはいたが、もっと古く、もっと緑の濃い世界だった。もしかしたら、彼を魅了したものの正体は、何か名付けようのないものを失ったという、その感覚だったのかもしれない。そう、それにエドウィンは、それらのページのたたずまいにも愛着を抱いていたように思う。ページを埋めつくす大きなイラストと、その下に添えられた短い文章という構図は、彼に幼い頃の絵本を思い起こさせた。エドウィンはページをめくるごとに、まるで曇りガラス越しに見るように、島や竜のおぼろな輪郭を、遠い昔に図書館で借りた本の中のメンドリを灰色の袋に入れてかつぐキツネを、蝶の舞う野原でヒナギクの首飾りをかけた機関車のトゥートルを、そして、キッチンの椅子の上に膝をつき、父親が絵本を読み上げるのを真剣な面もちで聞き入っている彼自身の姿を、そこに見ていたのだ。

〝初級の前に　その一〟が終わると、あたかも無にも段階があるかのように、〝初級の前に　その二〟、さらに〝初級の前に　その三〟が続いた。そして、僕がとうにすべての希望を放棄した頃、やっとハードカバーの〝初級〟と最初のリーダーがやってきた。しかし不幸なことに、それらの教科書は今までのものと大して変わらない内容だった。僕は、もうその存在すら信じることをやめてしまったはるか彼方の部屋に向かって、長い長い階段をどこまでも登っているような虚しさにとらわれた。それらの本は、すべて練習帳とセットになっており、エドウィンはその単純なゲームにも夢中になった。あるアルファベットで始まる物の絵に色を塗ったり、四角の中に正しい文字を書き込んだり、左の単語と同じ単語を右から選んでその下に線を引っぱっている時の彼は、まさに至福の極みだった。ある時、絵と単語を線で結ぶという問題で、エドウィンは“bell”という単語を、大きなストライプのボールと結び、僕の練習帳を覗きこんでから急いで消した。また、ある問題は、エドワード・ペンの壁に描かれたドナルドダックの列を思い起こさせた。

れつのなかで、ひとつだけちがうことばをえらびなさい。

look	look	book	look
run	can	run	run
ball	ball	baby	ball
go	go	go	do

読み方と並行して、書き方の練習も始まった。エドウィンは四歳になって間もない頃に、自分の名前を大文字で書くことを覚えていたにもかかわらず、書き方の練習に恍惚となった。幼い頃、無数のぬりえ帳の点と点を結んだように、エドウィンは点線で書かれた文字の上をなぞる作業にいそしんだ。彼は自分の名前を点線で書くのも好きだった。

＊アメリカで多くの子供たちに親しまれている絵本の主人公。線路を離れて野原で遊ぶのが好きな機関車。

Edwin

しばらくすると、エドウィンの情熱は濃いブルーと薄いブルーの線が交互に引かれた、黄色い用紙に向けられるようになった。彼は熱心に文字の書き方を練習し、じきに文字の一つ一つに異なった印象を抱くようになった。エドウィンは、eやoのような文字よりも、bやhのように、上の濃いブルーの線に届くような背の高い字や、gやyのように、下の薄いブルーの線に届く字を特に好んだ。そして真ん中の薄いブルーよりは高いけれども上の濃いブルーには届いてはいけないtにとまどい、頭の上に夢のような点をつけているiやjに魅了された。形の似たもの同士を集めるのも好きだった。たとえばbとd、qとgはそれぞれoにしっぽのついたものだが、後の二つは同じ側からしっぽが生えている。mはnが二つ、wはvが二つ、それぞれ合わさったものであり、大文字のGは大文字のCにおまけのついたものだった。大文字と小文字の形の上での関連性も、大きな問題だった。Cはcの大きくなったもの、Sはsの、Zはzの大きくなったもの。しかしDとdにはどんなつながりがあるのだろう？　Gとgは？　Qとqは？　そして

Ｅとｅは？　ＦとＥは明らかに似ているのに、ｆとｅの間には何の関連も見られない。ｆとｔは、小文字の中で唯一横に棒があるという点で、仲間である。そしてｅとｃも。エドウィンはブロッカウェイ先生に、まるで彼女がアルファベットを発明した張本人でもあるかのように、これらのことについて執拗に説明を求めた。そのたびにブロッカウェイ先生は、まるで自分がアルファベットを発明したけれども、その秘密は明かせないとでもいうように、そんなにいろいろと質問してはいけませんとエドウィンに言うのだった。初期の書き方の授業は、僕らに、文字は具象であるという観念を植えつけたが、エドウィンにとってはとりわけそうだった。文字の具象性――それは、彼が三歳の時に、アルファベットの絵本から学んだ観念に他ならないことを、読者は思い起こすべきだろう。

一年生においては、読み書きの比重が非常に大きかったので、他の活動について必要以上に強調すれば、誤解を招くことになるだろう。理科とは、教室に石や落ち葉を持ってくることだった。美術はペン立てを作り、粉絵の具の混ぜ方を習得することだった。馬鹿げた歌を大声でがなれば、それが音楽だった。算数は最初のうち、エドウィンにとって読み方と同じくらい面白いものだった。数字にもアルファベットと同じようにそれぞれ人格があったからだが、数字の組み合せによって得られる数は、アルファベットの組み合せから成る単語に比べて面白味に乏しかった。数を使ったゲームは、エドウィンを楽しませはしたが、長く興奮をつなぎとめるには至らなかった。ただ一度だけ、数字のことで彼はひどく感動したことがあった。ある日、数字は100まで来ると、また1から繰り返されるという秘密を知ったのだ。エドウィンは、目の前に新たな世界が開けたような気がした。が、やがてそうしたからくりも、姑息なトリックのように思えてきた。それは四年生になってからビリー・デューダがみんなの前で話した話に似ていた――「十人のボーイスカウトがキャンプファイヤーをしていて、一人ずつお話をすることになりました。最初のボーイスカウトが言いました。『十人のボーイスカウトがキャンプファイヤーをしていて、一人ずつお話をすることになりました。最初のボーイスカウトが言いました。〝十人のボーイスカウトがキャンプファイヤーをしていて……〟』」――ツェルニック先生は、彼にもう座っていいと言った。

一年目の科目で、言葉とは無関係だがどうしても書いておかなくてはならないことが一つある。というのも、そのせいでエドウィンは小学校に入って初めて、罰を受けたからだ。〝保健〟の時間は、たいてい素晴らしく退屈な三十分だった。しかし、クリスマスの近いある日、学校付きの看護婦のミセス・ホチキスが教室にやって来ることになったと、ブロッカウェイ先生が発表した。口は閉じて静かにしていること、いいですね。ドアが開き、白い帽子、白いボタンのついた白衣、白いストッキングに白い靴をはいたミセス・ホチキスが、ゆっくりと大股に入ってきた。大きな白いボール紙を脇に抱え、もう片方の手にはちょうどチアリーダーのバトンと同じ長さの、黒くて細長い布の手提げを持っていた。ミセス・ホチキスはブロッカウェイ先生の机のところまで来ると、手提げを下に置き、ボール紙の両側に折りこんであった翼を、まるで天使でも組み立てるように引き出した。そしてその厚紙を、僕らのほうを向けて机の上に立てた。そこには、黒い線で大きな歯の絵が描いてあった。エドウィンとドナ・リッチオは、ふだんは机に背を向けて座っていたが、この時は椅子の向きを変えて、巨大な歯の絵を見上げていた。最初に押し殺した笑いを洩らしたのは、ドナ・リッチオのほうだった。しかし、エドウィンのうなじの筋肉の引きつり具合から、彼がこみ上げてくる笑いと懸命に戦っているのが僕にもわかった。もしそこまでだったら、エドウィンも我慢できただろう。しかしミセス・ホチキスは、さらに細長い黒い手提げを取り上げ、ゆっくりと、おごそかに、見たこともないほど巨大な歯ブラシを中から出したのだ。ブラシ部分はゆうに五センチの高さがあり、柄の先には、ハーシーのキスチョコぐらいの大きさと形の、赤いゴムがついていた。エドウィンはひとたまりもなかった。彼がぷーっと吹き出すと、ドナ・リッチオやトゥルーディ・キャシディや、クラス全員までが、それにつられて一斉に笑い出した。しかし、この時点だったらまだ間に合ったのだ。というのも、ブロッカウェイ先生は鬼のような顔で僕らを睨んでいたが、ミセス・ホチキスはにっこりと微笑んで見せたからだ。しかし、笑いが収まると、ミセス・ホチキスは真面目な顔に戻り、ピンクの眼鏡の縁ごしに、しかつめらしく僕らを見渡し、歯の正しい磨き方について講義を始めた。エドウィンは悶え苦しんだ。体じゅうがひきつれた筋肉のかたまりだった。その姿はさながら、固く巻かれてコブのようによじれた模型飛行機のゴムひものようだった。

それでも、そこで終わっていれば、エドウィンはまだなんとか耐え抜いただろう。しかしミセス・ホチキスは荘厳な面持ちで、巨大な歯ブラシを巨大な歯に当ててこすり始めたのだ。エドウィンにとどめを刺したのは、その眺めよりもむしろ音だった。柔らかなゴシュゴシュゴシュゴシュという音が始まるか始まらないかのうちに、エドウィンは絶望的な笑い声を上げた。そこから先はあっという間だった。ブロッカウェイ先生が猛烈な勢いで突進してきて彼の襟首をつかみ、椅子から引きずり出した。エドウィンの目は恐怖に見開かれていた。何が何だかわからぬまま、彼はクロークルームのほうへ引きずられていき、残りの時間をそこで過ごした。その後、ミセス・ホチキスの講義はとどこおりなく進んだ。クロークルームから出てきたエドウィンは終始目を伏せ、ノートに顔をうずめたままだった。目は赤くうるんでいた。かわいそうなエドウィン。彼は、他人のジョークが理解できないのと同様、他人の真摯についても理解できなかったのだ。

エドウィンは、学校で習った読み方を、家の本を読むことでさらに補った。本棚の本を全部読み直し、知っている単語を探し、まだ知らない単語を解読しようとした。十月に習ったboneという言葉をヒントに、彼はただちに『ひとりぼっちの　しま（Lonely Island）』のlonelyの読み方を知った。しかし、いっぽうでislandのisは彼を困惑させた。彼にはなぜislandを〝イズランド〟と読まないのか、理解できなかった。じっさい、字のつづりと発音の関係という問題は、エドウィンを最後まで苦しめた。doを〝ドゥ〟

と読ませ、goを〝ゴー〟と読ませる言葉の創造主の気まぐれを、彼は決して許すことができなかった。エドウィンはまた、知らない単語は飛ばしたり適当にでっちあげたりしながら、カレンに本を読んでやるようになった。発音のできない見知らぬ言葉にぶつかると、彼は深く苦悩した。時には癇癪を起こして本を投げ出し、自分を不愉快に陥れた本のほうから詫びを入れてくるのを待つかのように、不機嫌に黙りこくった。

土曜日になると、マルハウス教授はエドウィンとカレンと僕を車で図書館へ連れていった。僕らはそこで一時間ほど、字が大きく、カラフルな絵のついた薄い本を読んで過ごした。エドウィンにも単語や、ある場合には文章全部がわかる本も多かった。近くの茶色くて背の低い本棚の中には、もっと小さくて厚い本がぎっしり並んでいた。その色とりどりの本の列は、まるでエドウィンのスタンドアップ・ボックスのクレヨンのように見えた。黄色、浅葱色、萌葱色、鶯色、鳶色、柿色、代赭色、海老茶色。エドウィンは、年が上になるほど本の字が小さくなり、絵も少なくなるという法則を発見した。背の低い、茶色の本棚にある本には、ところどころページの上のほうに小さな白黒の絵がついているだけだったし、マルハウス氏の本となると絵はまったくなかった。エドウィンは一年生の終わり頃、まったく絵のない本を読めるようになると、カレンのために絵が大きくて字が少ししかない本を注意深く選んでやった。しかし、時には自分の本をカレンに読んでやることもあり、また彼女の本をこっそり読むこともあった。

学期が進むにつれ、エドウィンは世界が言葉であふれていることに気づいた。朝食のテーブル一つ取っても、言葉はコーンフレークの箱に、ビタミン剤の壜に、サッカリンのボトルに氾濫していた。学校へ行く道の途中でも、彼はさまざまな言葉にぶつかった。〝ベンジャミン通り〟〝ジョーダン街〟〝売地〟〝止まれ〟〝ヴィンセント・カポビアンコ〟〝バジィとスーはアツアツ〟〝聖母マリア〟〝オールズモビル〟〝モービル石油〟そしてもちろんエドウィンの大のお気に入りの〝SLOW CHILDREN（通学路スピード落とせ）〟──彼はこれを見るたびに、車椅子でのろのろ進む小児麻痺や智恵遅れの子供を連想した。言葉はエドウィンのパズルの箱に、ビューマスターのスライドに、玩具のピストルに、絵の具の箱に、ぬり絵帳に、ピンクのゴムボールに、テニスボールに、チェッカーの箱に、子供部屋の電球に、電灯のスイッチに、枕カバーに、見つかった。たった一枚の一セント玉にも、マルハウス教授に読んでもらうと、〝LIBERTY〟〝IN GOD WE TRUST〟〝ONE CENT〟〝UNITED STATES OF AMERICA〟と、これだけの言葉が見つかった。そして〝E PLURIBUS UNUM〟という謎めいた文字は、マルハウス夫人に訊いても意味がわからなかった。たった一本のクレヨンの巻紙にも、〝ちゃいろ〟〝ビニー&スミス㈱〟〝ニューヨーク〟〝アメリカ製〟の文字があった。言葉はキッチンの戸棚に、救急箱に、クローゼットに、すべての引き出しという引き出しにあふれていた。鉛筆に、ランプに、時計に、紙袋に、段ボール箱に、じゅうたん掃除機に、コンセントの真鍮のプラグに、皿の裏に、スプーンの裏にはびこっていた。エドウィンのスニーカーに、パンツに、シャツの首の内側に繁茂していた。言葉は庭にまで進出していた。白いブランコ、ゴミバケツの蓋、玄関先の草の中から突き出した石油の注入口。春のある日、エドウィンが見上げると、空にまで飛行機が文字を書いていた。そして世界が冬から春へ移り変わるのと一緒に、エドウィンも〝初級〟から最初のリーダーへ移った。まるで言葉そのものが季節と共に芽吹き、花開くかのように。

3

夏、エドウィンと僕は芝生の水と本物の水で遊んだ。芝生の水とは、マルハウス家の庭のスプリンクラーのことだった。スプリンクラーの作り出す大きな水の扇は、濡れて輝く芝生の上で、ゆったりと半円を描いて回転していた。エドウィンは、半円形の一番下で、水が来るのを待ち構えているのが好きだった。それからまた反対側へ回り、つやつやと濡れて光る芝から、水滴をしたたらせた巨大な鳥の翼のように、水がゆっくりと立ち上がるのを眺めた。ホースを通ってきた水流が水滴としぶきに変わる噴出口のあたりには、小さな虹が編まれていた。そして、黄色いパイプがゆっくりと回り、先端の穴がこちらを向いて、しゅうっと音を立てる水の翼から運ばれてきた水滴が顔にかかると、エドウィンは濡れてすべる芝生の上を必死で走って逃げた。ときおり風に乗ったしぶきをもろに浴びると、彼は冷たさに悲鳴を上げた。しかしスプリンクラーは、あくまでも本物の水にありつけない時の代用品に過ぎなかった。まだ学校が休みにならない六月のうちから、マルハウス夫人は週末の午後になると、エドウィンとカレンと僕を、車でサウンドビュー・ビーチまで連れていった。水着の上にTシャツを着て、蒸しぶろのようなステュードベーカーに乗り込むと、熱せられたシートの革が腿の裏に熱かった。エドウィンはいつも助手席に白いタオルを敷いて座った。細い腿を組み、光で縞もようになった体をシートに沈めると、彼はおもむろに本を読み出した。たいていは漫画か、青い表紙の〝偉大なアメリカ人の子供時代〟シリーズのうちの一冊だった（『海の少年――オリヴァー・ハザード・ペリー』『少年兵――アンディ・ジャクソン』『荒野の少年――バッファロー・ビル』『木靴をはいた少年――ピーター・ストイフェサント』）。一介の伝記作家がわびしい穴倉から、イマジネーションの黄金の翼を羨望するのは、こういう時である。なぜなら、窓の外を飛び去るいつもの風景――家並みが途絶え、空き地や、長く平べったい工場や、沼地や、空港や、果物やトウモロコシを山積みにした道路脇の屋台などが目につき始める――を僕とカレンが眺めているあいだに、エドウィンは鯨を追って七つの海に漕ぎ出し、金の鉱脈を求めてエスキモー犬のソリでユーコン川をさかのぼっていたのだから。ときおり、本を膝の上に置いて窓の外に目をやる瞬間、移り行く景色は、もうろうとした彼の目に夢の続きか遠い記憶と見えたであろう。時にはエドウィンは本を閉じて外の景色に集中しようとしたが、よく見るとその目はまったくまばたきしていなかった。バックミラーに映った彼の目は何も見ておらず、その二つのきらきら輝くレンズの焦点は、はるかな永遠に合っていた。エドウィンは白日夢を見る能力とでもいうものを、最後まで失わなかった――ただし彼自身はそれを、たっぷり感傷をこめて〝死ぬ才能〟と呼んでいたが。

車を降りてから先は、ちょっとした冒険だった。砂でざらつく駐車場のアスファルトが切れると、ちくちくする草が生えている場所があり、僕らはそこで海岸通りの熱いアスファルトに備えて足の裏を冷やした。道路を渡ってしまうと、そこはもう草のまばらに生えた砂地だった。僕らは覚悟を決め、炎のように焼けつく長い砂漠を一気に駆け抜けた。ひりひりと焼けた白い砂の波が足の上に襲いかかり、足の裏よりも、むしろ皮膚の薄い足の甲のほうが熱かった。マルハウス夫人は、海に行く時のユニフォームである、つば広の麦わら帽子、緑色のサングラス、黒い水着、麦わらのサンダルといういでたちで、肩から麦わらのショルダーバッグを提げ、片方の腕にはビーチマットを抱え、まだ小さなカレンの手を引いて歩いた。首にタオルをかけたエドウィンと僕は二人をおいて走り出し、砂丘を越え、砂が濡れて冷たい茶色の波打ち際まで一目散に駆けていった。しかし、水に入る前にもう一度熱い砂の上を引き返して、マルハウス夫人がマットを敷く作業を手伝わなければならなかった。彼女はいつも、水辺から遠く離れた場所を選んだ（「まさかお魚みたいに水の中に座るわけにいかないでしょ」）。そしてまた、他の海水浴客で混み合って、砂の上に敷いた色とりどりのマットが巨大な一枚の破れたキルトのように見えるあたりからも、なるべく遠い場所を選んだ（「まさか誰かの膝の上に座るわけにはいかないでしょ」）。マルハウス夫人の指揮のもと、四人でマットの隅を一つずつ持って行われるマット敷きの儀式は、いつもどこかおごそかな雰囲気に包まれていた。これには三つの鉄則があった。マットがしわにならないこと、下の砂がでこぼこでないこと、そしてマットの上に砂がかぶらないこと。その儀式が済むと、マットの上に砂を蹴散らさないこと、自分の背より深い場所に行かないこと、そしてあまり長い時間泳ぎ続けないこと、という指示が与えられたのち——泳いでいる時のほうがひどい日焼けになりやすいというのがマルハウス夫人の持論だった——僕らはやっと解放された。僕らがまっしぐらに波打ち際に向かって走っていくと、マルハウス夫人は全部のタオルを注意深くたたみ、それをマットの隅にきちんと積み上げた。僕は満潮の時にどぼんと波に飛び込むのが好きだった。しかし、エドウィンは違った。とんでもない。エドウィンの厳格な儀式は、すでにここから始まっていたのだ。彼は波打ち際を歩いて、人の少ない離れた場所に行くと、極めて慎重に冷たい水に体を一センチまた一センチと浸していった。彼は見えない線で体をいくつもの部分に分け、一部分ずつ徐々に体を水に慣らしていこうとした。この儀式が行われるあいだ、僕らは彼をそっとしておかなければならなかった。ずっと遠くから、僕らは——その頃にはすでにマルハウス夫人とカレンも僕のそばまで来ていた——彼の様子を見守った。かわいそうなエドウィン。海水パンツの部分が最大のヤマ場であり、この時点で挫折することも多かった。彼は腰に手を当てて立ち、水着の濡れて色の濃くなった部分を、まるで一張羅をうっかり濡らして台無しにしてしまったような深刻な顔で見下ろした。しかしそうこうするうちに必ず、思いもかけず高い波がやってきて、設置したラインより数センチ高いところまで濡らしてしまう。エドウィンはやむを得ぬといった表情で、意を決して新しいラインまで進み、次の冷たい波が襲ってきてウェストのラインまで進まざるを得なくなるまでじっと待つ。しかし、いざウェストのところまで来ると、今までよりもさらに激しい冷たさに出会って歯をくいしばることになる。というのも、濡れた海水着が肌に触れる冷たさに気を取られすぎて、むき出しの肌に水がじかに触れる冷たさというものをすっかり忘れていたからだ。最初の波が腹を濡らすと、腕に鳥肌が立ち、サメの背ビレでも見たように全身の筋肉が硬直する。これ以上先に進むことは、もはや水の中で呼吸をするのと同じくらい非現実的なことに思えてくる。頭のどこかでは、体の下のほうはもう水に漬かっているのだし、冷たい水だって結構いい気持ちじゃないかという声がするのだが、体のほうでは、それがとうてい信じることのできない詭弁としか思えない。そこで彼は、引き返してマットに寝転がって日光浴をしようと決心する。しかし、浜に向かって歩き出すと、こんどは別の冷たさが彼を襲う。なぜなら、今まで水に守られていた部分に、それまで吹いていることすら気がつかなかった風が吹きつけ、それが肌を濡らす水の冷たさとあいまって恐ろしく冷たく感じられるからだ。エドウィンは急いでウェストのラインまで引き返し、この状況を打開する名案が浮かぶまで、じっとそこに立ち尽くすことに決める。そしてその間、波が近づいてくるたびに爪先立ちをしたり飛び上がったりして境界線を保つことに余念がない。彼は絶えずあたりを窺い、誰かが泳いできて近くに来るたびに右や左に移動した。遠い波打ち際に目をやると、水しぶきを上げる僕の横で、カレンの手を引いたマルハウス夫人がくるぶしまで水に入っているのが見える。水の中にぽつねんと立ち尽くすエドウィンは臆病でか弱く敏感な、人知を超えた海鳥のように見えた。今こうして目を閉じると、彼がまるでスプリンクラーのように水滴のしたたる翼をゆっくりともたげて、水の上に舞い上がる幻影が見える。しかしついに、そして唐突に、すべてに決着をつける時が来る。自分の勇気への誇りと、肉体的苦痛への恐怖と、困難が解決することの喜びと、そしてどこか驚いたような表情をいちどきに浮かべ、エドウィンはしゃがんで、首まで水に漬かったのだ。

4

一九五三年の夏、僕はエドウィンを乗せてサウンドビュー・ビーチまで遠出した。美しく晴れた日だった。背の高い雑草が生えた野原は緑色の水彩絵の具を溶かしたように見え、それがどこまでも延びて、はるか彼方でブルーの水彩絵の具の空と溶け合っていた。前についているワイヤーのかごの中で、臙脂色のマットとその上に載せたランチバッグががたごとと飛び跳ね、それに合わせて、後ろの赤い鉄製の荷台に敷いた二枚の白いタオルとその上のエドウィンもがたごとと飛び跳ねた。ときどきアレルギー性鼻炎に鼻をぐすぐすいわせる音が聞こえてきた。「もう引き返そうよ」エドウィンは言い、派手にくしゃみをして、あやうく僕はバランスを崩しそうになった。彼はさっきからずっと不機嫌なままだった。ホワイト・ビーチの遊園地に二人で行ってから、およそ一か月が経とうとしていたが、僕はまだ彼に肝心なことを打ち明けていなかった。僕は、執筆中の著作について彼に執拗に質問を繰り返したが、〝ひと段落した〟という謎めいた言葉以外には何も聞き出すことができずにいた。僕は、エドウィンが僕にその傑作を見せてくれ次第、すぐに自分の意思を告白しようと何度も心に誓っていた。それまでは、何も知らずに目の前にいる僕の伝記の対象についての観察を書きとめたいという欲望を抑えるので精一杯だった。

灰色の木製の自転車スタンドに自転車を置くと、エドウィンと僕は並んで道路を渡り、明るく輝く砂の丘を登っていった。彼の足は、赤と青のストライプの靴下とほとんど同じ高さまである黒と白のハイカットのスニーカーによって、熱い砂から守られていた。海水着の上に、袖が淡いブルーの折り返しになった濃いブルーのダンガリーシャツをはおり、その上から濃い茶色のサマージャケットを着込んで、ジッパーを喉元まで上げていた。透明なフレームの、埃だらけの眼鏡をかけ、手には湿ったハンカチが握られていた。「太陽が」エドウィンはそうつぶやいた。汗と、暑さと、アレルギーと、明るい太陽にふらふらになりながら、彼は強情に、強情に、クリップ式のサングラスをかけることもジャケットを脱ぐことも拒んだ。彼に言わせれば、サングラスは鼻に食い込んで痛いし、ジャケットは、アレルギー性のくしゃみと風邪のくしゃみの区別がつかないので万一に備えて着ておかなければならないのだった。「もうすぐ海に入れるじゃないか」僕は言って、最初の波が僕らを迎えようと立ち上がっている海のほうに腕を広げた。エドウィンは鼻をかんだ。なだらかなビーチの斜面は鮮やかな色のマットと、まぶしい砂と、油で光る人々の体とで燃え立つようだった。そこここにビーチパラソルが斜めに立って砂の上にレンズ形の影を落とし、その影の中に半分入ったデッキチェアのアルミの脚が太陽の光を反射してぎらりと輝いていた。混み合ったビーチの中心部には、まったく偶然にいくつかのマットが規則正しく三列に並んでいて、エドウィンが昔持っていた水彩セットの、白いブリキの上に並んだ四角い固形絵の具の列を思い出させた。エドウィンがどうしてもと言って聞かないので、僕らは水辺から遠くはなれた、人気のない丘の上に陣取ることにした。マットを敷く作業のあいだ、彼は片手にハンカチを固く握りしめ、余ったほうの手でマットの端を力なく持った。結局、僕がほとんど一人で敷くことになった。マットの隅にランチバッグとタオルを置くと、僕はスニーカーを脱ぎ捨て、シャツとズボンを素早く脱いで水着になり、まだのろのろと靴下を脱いでいるエドウィンを待った。「一人で行けよ」彼は言った。「僕はここで待ってるから」彼はタオルの横に、脱いだ靴下をきちんと並べて置いた。そしてダンガリーのシャツと濃い茶色のジャケットを着たまま、ぎらぎらと照りつける太陽の下で腹ばいになると、ランチバッグの中から赤紫色の表紙の本を出し、栞がわりにハーシーのチョコレートバーの包み紙をはさんだページを開いた。そして髪の生え際にいく筋もの汗を光らせ、アレルギーでひりつく両目に涙をいっぱいに溜めながら、強情に、強情に、強情に、読書を始めた。

5

二年生になって間もない九月の終わり頃、エドウィンの身に不可思議な変化が起こり始めた。席順は非情にもアルファベット順に変わり、僕は来る日も来る日もテーブル1（アントニオ、ボプコ、カートライト、キャシディ、ディ・アンジェロ、ドーン）から、はるか遠くのテーブル5（リトヴィンスキー、マルハウス、プルーヴチク、リッチオ、ロビンズ、ロービンズ）の島でぼんやりしているエドウィンを観察した。来る日も来る日も、僕はエドウィンの目が『ボビーとベッツィ』ののどかなページから離れ、壁の時計や、星条旗や、ジョージ・ワシントンの肖像や、ラジエーターの上の窓枠に並んだ赤いプラスチックの鉢と、そこに植わった濃いグリーンの観葉植物に向けられるのを見た。彼は顎を手にのせて宙を見つめ、そうやって何分もぼんやりと視線をさまよわせていた。彼は依然としてトップのリーディング・グループにいたが、文章を読む時しばしばつっかえるようになった。青い罫線の入った黄色い紙に彼が書き並べる綴り方の文字は、線を離れて夢見がちにふわふわと浮かび上がった。日に二度のおやつの時間には、無意識のうちに濡れたストローを指にぐるぐる巻きつけてしまい、残りのミルクをカートンからじかに飲む羽目になり、カートンの口についていたミルクのせいで鼻の頭が白くなった。一度、キックボールをやっていた時、ツーアウト満塁で、ショートを守っていたエドウィンのところに高いイージーフライが落ちてきた。彼は上を見ながら前進し、青空の中を赤い模様のついた黒い大きなゴムボールがぐるぐる回りながら落ちてくるのを待ち構えた。外野はすでにベンチに戻りかけ、打者は形ばかりにだらだらと一塁を回り、敵チームの何人かはすでに守備につこうと歩き始めていた。しかし、ボールがエドウィンに向かって急降下していくうち、どうも様子が変だということがはっきりしてきた。彼は両手をだらりと垂らしたまま、空とボールを、まるで何か見物でもするように、ぼんやりと見上げて立ちすくんでいた。そして突然ボールが彼の爪先を打って高くバウンドした。彼ははっと我に帰り、恥ずかしさと痛さで顔を歪めながら、再び落ちてくるボールを受け止めようと両手を差し出した。しかしその頃にはすでに、二人目の走者である女の子がホームベースを踏み、敵サイドからはやんやの歓声が上がっていた。

学校から家に帰る時の歩き方までが、エドウィンの内部に起こりつつある重大な異変を物語っていた。彼はもうジャンプして低く垂れ下がった枝の葉をむしることも、歩道のひび割れを注意深く避けて歩くこともしなくなった。その代わり、片方の手に青い罫線の入った黄色い紙をいっぱいはさんだ綴り方の本を力なく下げ、もう片方の手の指を道端の柵のぎざぎざの上に走らせながら、足を引きずるようにして歩いた。「どうかしたのかい?」なるべくさりげない風を装って、僕は尋ねた。「え?」彼は答える。「ああ、ううん、何でもないよ」そう言った後に、深い溜め息をつくこともあった。僕は道端で見つかるさまざまの宝物（ミニチュアの車かトラックのものらしい、白いプラスチックの小さな車輪と車軸、歩道の縁石の上にいるカマキリ、ストライプが色褪せて見分けがつかなくなった湿った古い爆竹、半分に割れて中に雨水が溜まったピンポン玉）でエドウィンの気を引こうとしたが、見向きもされなかった。それに、高いところにある珍しいもの、たとえば電線にひっかかって白い脚をなびかせている赤い凧や、電柱の一番上に立っている人の姿にさえ反応しなかった。

家に帰ると僕は遊び着に着替え、いつものように走って彼の家に行った。しかし子供部屋に入ってみると、エドウィンは着替えもせずに両開き窓の下のベッドに腹ばいになり、顎をベッドカバーの上に載せて片方の腕をだらりと垂らしているか、窓を背にして横向きになり、片方の手で頭を支え、もう一方の手を膝の間にはさんでいた。「エドウィン」僕は言う。「具合でも悪いの？」――すると、彼は無理に目の焦点を僕に合わせ、悲しげにこう言うのだ。「何でもないよ」それからその目はまた宙をさまよい、まるで僕がセロハン紙でできているように、僕をつき抜けて遠くを見るのだった。エドウィンは、まるで重い肉体を引きずって階下に下りるのが繊細な魂には荷が勝ちすぎるとでもいうように、外に出て遊ぶことを拒んだ。いや、〝拒んだ〟というのは適切な表現ではない。僕が外で遊ぼうと誘うと、彼のまぶたは、ゆっくりと、ぞっとするような確かさで閉じられてしまうのだ。しかし、そんな彼も家の中で遊ぶことには、かすかに興味を示した。彼は物憂げな沈黙をたたえて横たわり、僕がたんすの後ろから緑色の折り畳み式テーブルを出す音を、聞こえぬ耳で聞いた。無限の哀しみをたたえて、僕がテーブルの四つの白い脚を引き出すのを、見えぬ目で見つめた。厳然たる無表情をたたえて、僕がダイヤモンドゲームのボードの向かい合った三角形の上にコマを並べてテーブルごと彼のベッドの前に押しやるあいだ、もはや考えることのできぬ心で考えた。彼は倦み疲れた忍従と、うつろな忘我と、怠惰な情熱あるいはエネルギッシュな無関心とでも言うべきものをたたえて、ゆっくりとコマをジグザグに動かし――そしてある時は、さらにゆっくりとした物憂い動作ですべてのコマを飛び越えて、いきなり僕の陣地の一番下に白いコマを移動させて――僕を打ち負かす作業に取りかかるのだった。

マルハウス夫人はすぐに異変に気づいた。以前のエドウィンなら帰ってくるなり着替えをするために二階に駆け上がっていたのに、今では足を引きずるようにして階段に向かい、手すりにつかまって、ゆっくりと、ゆっくりと、ゆっくりと、二階に上がっていくようになっていた。僕が入っていくとマルハウス夫人は居間で待ち構えていて、不安げな面持ちで僕にあれこれ尋問した。しばらくすると、必ず彼女は子供部屋まで上がってきて、小さく二度ノックした。「エドウィン、どうかしたの？」戸口に立ってそう言うマルハウス夫人の顔は、心配のあまり怒ったように見える。「具合でも悪いの？　熱があるの？」そしてベッドに近寄り、エドウィンの額に手の甲を当て、頬を当て、もう片方の頬も当て、そして起き上がって腰に両手を当てがい、まるで彼がガラスを割りでもしたかのように険しい顔で彼を見下ろす。彼女が出ていってしばらくすると、マルハウス教授がドアのブラインドをがちゃがちゃ鳴らして階下の居間に入ってくる音がする。くぐもった話し声がし、ついでマルハウス教授が階段を上がってくる重い足音が聞こえてくる。小さく三度ノックする音がする。「どうぞ」エドウィンが寝床の中から弱々しく言う。マルハウス教授の登場の仕方には二通りあった――勢いよくドアを開け放ち、おどけた感じで元気よく入ってくるか、ゆっくりとノブを回し、病室に入るように顔だけをそっと覗かせるかのどちらかである。いずれにせよエドウィンは父親を無視し、何を聞かれても、ひと呼吸おいてから、重い口を開いて抑揚のない返事をするだけだった。

夕食時のエドウィンは、マルハウス夫人の話では、一口ふた口皿に手をつけるだけだった。そして食事が済むとおやすみなさいを言い、ゆっくりと、ゆっくりと、ゆっくりと体を引きずって、部屋に上がっていった。朝、僕が学校に誘いに行くと、エドウィンはまるで睡眠が恐るべき重労働でもあったかのように、青ざめ、やつれ果てていた。そしてついにある朝、彼は寝床から起き上がれなくなった。マルハウス夫人は彼を起こしに行き、三度目でやっと彼は目を覚ました。四度目に見に行くと、エドウィンは窓のブラインドにもたれかかったまま、ぐっすり眠っていた。僕が迎えに行くと、マルハウス夫人が出てきて事の次第を細々と報告し、ブルーメンタール先生に来てもらうよう電話をしたと付け加えた。「ああジェフ」彼女は言った。「あの子、小児麻痺じゃないかしら？」僕は違うと思うと答えたものの、学校に急ぎ足で向かうあいだ、奇怪な形に曲がって萎えた脚がしきりに脳裏をちらついた。その日は、一日が耐えがたいほどゆっくりと進んだ。壁にかかった大きな丸い時計の赤い秒針は、まるでハチミツの中を進むように不自然なほどゆっくりと動いていき、それに業を煮やした長針は、傷ついた鳥が死の間際に小さく羽ばたくように、かすかな痙攣を繰り返しながら進んでいった。僕はその朝初めて、ジョージ・ワシントンの肖像が浮かべている忍耐の表情の意味を理解した。十一時半に昼食のベルが鳴ると、僕は脱兎のごとく校門を走り出て、大きな警官が僕を胸に抱き寄せるような仕草で制止するのを振り切って大通りを渡り、自分の家にも寄らずにエドウィンの家に駆け込んだ。しかし、ブルーメンタール先生はまだ来ていなかった。午後は長く寝つかれぬ夜のように過ぎていった。車椅子と病院の白いベッドの列が、教科書のボビーとベッツィと犬のスコットの緑豊かな物語の上にオーバーラップした。三時十五分のベルが鳴ると、僕は着替えもせずにまっすぐエドウィンの家に行った。マルハウス夫人の顔は暗く沈んでいた。彼女の宣告を待つあいだ、僕の心は高い階段からまっさかさまに落ちていくようだった。しかしブルーメンタール先生の診察では、エドウィンには、過労と衰弱以外には、どこも異常は見つからなかったのだ。日光浴をさせ、オレンジジュースを飲ませるようにと医師は言った。「日光浴とオレンジジュースですって」マルハウス夫人が言った。「まったく、そんな処方箋ってあるかしら?」しかし、そう言いながらも彼女はキッチンへ行き、大きなコップにオレンジジュースを注ぎ始めた。「伝染病とか、そういうのじゃないそうよ」マルハウス夫人は続けた。「でも先生は、もう二、三日したら電話をしなさいって言ったわ。病気じゃないんだったら、どうして

二、三日してもう一度電話しなくちゃいけないのかしら？　ジェフ、お願いだから、これあの子のところへ持ってってちょうだい、ね？　で、一口でいいから飲むように言ってほしいの。それからね、ジェフ。もしもあたしたちが言ったりしたりしたことでエドウィンが悩んでるんだったら、それが何か訊いて欲しいの。きっと何か悩んでるのにちがいないわ、あの子。ね、いいこと、ジェフ？」コップにジュースを注ぎすぎたので、彼女は自分で一口飲んでから僕に渡した。僕は今にもこぼれそうな危険なそれを両手でささげ持ち、ゆっくりと階段を上がっていった。エドウィンの部屋のドアは閉まっていたが、完全に閉まり切ってはいなかった。僕はドアを足で押して開け、馴染み深い薄暗がりの中へ入っていった。エドウィンは仰向けに横たわり、片方の手を目の上にかざして熟睡していた。僕は彼の名を低く呼んでみたが、返事はなかった。僕はドアを足で静かに閉めて部屋を横切り、二つある灰色の本棚の一つにコップを置いた。それから、合衆国のカラー地図の下にある予備のベッドに腰を下ろした。「エドウィン」僕はそっと呼んだ。「エドウィン、エドウィン、エドウィン、エド……」片方の膝が動いた。ついで体全体がもぞもぞと動き始め、壁のほうに寝返りをうちかけた。「エドウィン」僕はなおも呼んだ。「僕だよ、ジェフリーだよ」すると彼が「ドーア」とつぶやくのが聞こえた。「ドア？」僕は言い、今閉めたばかりのドアのほうを見た。心臓が激しく鳴り始めた。僕は立ち上がり、低くささやいた。「どのドアだい、エドウィン？」「ドーズ」彼は口の中で言った。足音を忍ばせて部屋を横切る僕の頭の中に、いく通りもの可能性を秘めた、短い謎めいた言葉が鳴り響いた。ドーア……ドーズ……ドーズ……ドーア……。エドウィンは何を言おうとしているのだろう？　ベッドの前まで来ると、僕はもう一度尋ねた。「どのドアだい、エドウィン？　どのドアなの？」——それからふと思いついて、こう付け加えた。「閉める《クローズ》のかい？　どのドアだい？」エドウィンのつぶやきは聞き取れなくなり、ふっと途切れ、再び始まった。僕があきらめて彼を揺り起こそうとしたその時、相変わらずもうろうとした意識のまま、しかし発音だけは非常にはっきりと、エドウィンがその火のように熱い言葉を、信じがたい言葉を、僕がそれまで愚かにも聞き違えていた言葉を、つぶやくのを聞いた。その時コップを手に持っていなかったのは幸いだった。もし持っていたら、僕は驚きのあまりそれを取り落としていただろう。そして赤い敷物の上に尖った破片が飛び散り、僕の足元には暗い染みがゆっくりと広がっていっただろう。

6

彼女の名前はローズ・ドーン、孤独《フオローン》と同じ韻を持つ名前だった。そのローズ・ドーンに、エドウィンは死ぬほどの恋をした。僕自身は、彼女に対して嫌悪以外の感情を抱いたことはなかった。小柄な金髪の娘で、いつも黒い子猫を連れていた。友達は一人もいなかった。母親は魔女だった。顎を手で支え、うっとりと夢見がちに窓の外や壁の向こうを見ているかと思えば、突如暴力を振るい、冷淡で残酷な振る舞いに出た。要するに彼女は、常に人目を惹いていなければ気が済まなかったのだ。背が低く、がっちりした体つきで、鼻が上を向き、大きな色の薄い目をしていた。量の多い金色の髪をきつくお下げに結い、先に赤いリボンをつけていた。うなじから額まできっちりと分け目が走り、その分け目から左右に放射状に放たれる光のように、櫛目が通っていた。丹念に、注意深く編み上げられたその髪は、強情であると同時に獰猛だった。櫛から漏れた細い髪の筋が、うなじや分け目からこぼれていた。夕方近くなると結び目がゆるくなり、頭の後ろから長い毛の束がひらひらと垂れ下がった。真っ赤な短いワンピースが好きで、その半袖のパフスリーブから出ているむっちりした腕は、常に誰かのクレヨンを奪ってやろうと隙を狙っているように、抜け目なく垂れていた。姿勢の悪さはきわめつきだった。授業中、椅子をどんどんずり下がっていき、カドウォルダー先生に注意されると、さも驚いたように金色の眉を上げ、自分を指差してみせた。まったく大したペテン師だった。〝主の祈り〟を唱える時は口の中ででたらめの言葉をつぶやいた。〝忠誠の誓い〟の時には左手を胸の上に置いて立ち、口だけをぱくぱくさせた。ある時はまったくの馬鹿のふりをして、簡単な単語を読むのにもいちいちつっかえ、質問にも答えないかと思えば、次の日には、人を小馬鹿にしたような流暢さですらすらと読み通してみせた。いや、彼女のペテンはもっとたちが悪かった。綴り方がまったくだめで、綴り方競争でも早々に姿を消すくちだったが、そんな時、彼女は馬鹿のふりをして間違えているのだと人に思い込ませるために、馬鹿のふりをするふりをするのだ。たとえば、〝caterpillar（芋虫）〟のような難しい単語に当たったとする。c、a、tまではすらすらと言えるが、そこから先に自信がない。するとローズ・ドーンは、それらしい答えを考える代わりに、ゆっくりと、さも考えとというふうに、こう続ける――x、q、z、h、w。そしてカドウォルダー先生に座るように言われると、意外だと言わんばかりに、大きく見開いた目をぱちくりさせるのだ。静かに自習するのが大の苦手だったので、彼女はあっと言う間に一番下のリーディング・グループに落ちていった。そしてグループの他のメンバーへの侮蔑と、トップのグループに入れない自分自身への軽蔑とから、見下したような態度でそこに座っていた。クラスの誰もが、ローズ・ドーンにはどこか普通でないところがあると感じていた。彼女はちょうど、水が一滴落ちて乾いたあとの、かすかにでこぼこになった紙のような感じだった。キャロル・ステンペルの一件は、もちろん僕らを震撼させた。しかし、そうでなくともローズ・ドーンには、どこか不穏なオーラが、近寄らないほうが身のためだと思わせるような何かが――エドウィンにはそれは通用しなかったわけだが――あった。それは、あたかも人間の中にコウモリか小鬼が一匹まぎれこんでいるような、そんな不気味な違和感だった。あの大きくて色の薄い目、不自然なほど黄色い髪、黒くてつやつやした子猫……すべてがそうだった。ビリー・デューダは、ローズ・ドーンは夜になると猫を連れてさまよい歩くのだと言った。母親は魔女で、森の中の一軒家に閉じ籠もって暮らしていて、もし見つかると捕らえられて八つ裂きにされるとも言われた。その他、ありとあらゆる噂がささやかれたが、僕はその半分にも耳を貸さなかった。ただここで大切なのは、ローズ・ドーンには、そういう噂をかき立てる何かがあったということだ。哀れなエドウィンをあんなにも強く魅きつけたのは、彼女の凶暴性だったのかもしれない。あるいは沈黙であったかもしれず、ただ単に髪の毛であったかもしれない。それが何であれ、ローズ・ドーンは六か月ものあいだ、エドウィンを強い魔力でがんじがらめにし、冷酷に苦しめ、翻弄したのだ。むろん、最後には彼女もエドウィンを失った。声を大にして言う、僕はローズ・ドーンが死ぬほど嫌いだった。一度は彼女を憐れみすらした。ローズ・ドーンの魂よ、安らかに眠れ。彼女はおぞましい、しかしドラマチックなやり方で死んだ。最後の最後まで、他人の注意を引かずにはおかなかったというわけだ。そして、彼女は死んでからもエドウィンを伝染病のようにじわじわと蝕んだ。

翌朝、僕は校庭で彼女の姿を発見した。高い窓の下にぽつんと立って、灰色のゴムひものついた小さな赤いボールを、木製のラケットで打って遊んでいた。その横には毛のつやつやした黒猫が寝そべり、十月の温かい日差しをぬくぬくと浴びて前足の毛づくろいをしていた。子猫といっても、いつも人の背後に音もなく忍び寄り、突然脚に飛びかかるという恐るべき習性を持ったけだものだった。ふざけたことに、この猫は〝グレイ〟という名前だった。ローズ・ドーンは一人遊びに熱中していて、僕が横に立ってその様子を眺め、どう切り出すべきか思い悩んでいるのにも全然気づいていないようだった。僕はある非常に困難な使命を負わされていた。前の日、エドウィンの心の秘密を知ってしまった僕は、すぐに彼を揺り起こし、その旨を伝えた。エドウィンは顔をピンク色に染め、荒々しくすべてを否定したが、最後にはしどろもどろの言葉で本当のことを白状したのだった。そのあたりのディテールは退屈なので、割愛することにしよう。とにかく、エドウィンがそんなに活力のあるところを見せたのは、およそ一か月ぶりのことだった。その告白を境に、彼は目に見えて元気を回復した。階下でマルハウス教授が帰宅する音がしたので僕らの会話は打ち切られたが、僕はその時になってオレンジジュースのことを思い出した。そしてごく控え目に、一口ぐらい飲んでみてはどうかと勧めてみた。すると驚いたことに、エドウィンはそのグラスを一息に飲み干してしまったのだ。空のコップをたずさえて階段を下り、新たなオレンジジュースのコップを持って上がってくるマルハウス教授とすれ違った時、そして階段の下のところで僕の手からグラスを受け取ったマルハウス夫人に、あなたきっと名医になれるわよと言われた時、僕は内心勝ち誇ったような気分だった。

しかし、そこに突っ立って、ローズ・ドーンがぱこん、ぱこんとボールを打つのを見ている僕は、名医というにはほど遠い気分だった。僕は不安だった。怖かった。僕は、何と言ったらいいのだろう、まるで阿呆のような気分だった。さんさんと降り注ぐ朝の光の中に立っていると、突然、こんな使命など果たせるはずがないという気がしてきた。僕はエドウィンの馬鹿げた計画に同意した自分の愚かさを呪った。いっそこの件からはいっさい手を引こうかとも考えた。じっさい、ただちにその場を去らなかったことを今もって僕は後悔している。ある意味で、すべては僕の責任だった。僕という人間がいなければ、エドウィンもあの黄色い髪の魔女と関わり合いになることはなかったのではあるまいか？　しかし、猫は冷たい緑色の目でじっと僕を見上げていたし、約束は約束だったし、早くしないと始業のベルが鳴りそうだった。僕は大きく息を吸い込むと、一歩前へ出て、言った。「エドウィンが病気なんだ」ローズ・ドーンが顔を上げた。赤いボールがラケットを素通りし、ゴムに引っぱられ、またラケットを素通りして反対側に戻り、宙に跳ね上がり、何度もそれを繰り返して、ラケットの柄とそれに添えられた彼女の人差し指の回りに、ゴムひもが幾重にも巻きついた。ローズ・ドーンは何も言わずに僕を見上げていた。僕は、遠回しに、ひどく悪意のあるやり方で馬鹿にされているような気がした。彼女はゴムひもに縛られた人差し指を抜こうともしなかった。「指を見ろよ」僕は言った。ローズ・ドーンは何のことかわからないという風にかすかに顔をしかめ、ついで手元を見下ろした。ラケットの下には、十センチほどの短さになったゴムひもの先で、赤いボールが揺れていた。彼女は無表情に戻って目を上げ、僕が何か言うのを待った。五メートルほど先には、トゥルーディ・キャシディやドナ・リッチオや、その他大勢の女の子が列を作って、野蛮人のような声を上げて歌いながら、二本の縄が織りなす混沌の中に躍り込む順番を待っていた。僕はさらにローズ・ドーンに近づき、言った。「エドウィンだよ。エドウィンが病気なんだ。エドウィンは……」その瞬間、おぞましい感触がふくらはぎに走った。見るとグレイが、黒くて巨大なイノコヅチの実のようにぶら下がっていた。僕は狂ったように脚をばたつかせ、最後には手を使って猫をはぎ取った。猫はひょこひょこと向こうに行き、黄色いチューインガムの包み紙を見つけ、それを前足で転がして追いかけ始めた。ローズ・ドーンは相変わらず無言のまま、色の薄い射るような目で僕を見つめ続けた。見れば見るほど不思議な目だった。ある日突然虹彩が消えてなくなって、中心の真っ黒な瞳孔だけが残ったような目だった。もう一度何か言おうとした時、最初のベルが鳴った。運動場の遠い隅のほうから、大勢の人間が校舎に向かって走って来はじめた。僕らのすぐそばの、緑色の二枚のドアに通じるコンクリートの階段の上に、子供たちがわやがやと二列に並び始めた。校舎の反対側の端には、一枚扉に通じる一段だけの階段があり、そちらにも列が一本できてきた。僕は混乱したまま、その場に釘付けになったように立ち尽くしていた。僕はいらいらとそのへんの小石を蹴った。グレイが僕の靴と靴下で爪を研いでいた。近くの列が階段を上り始めた。遠いほうの列は、すでにドアの向こうに呑み込まれていくところだった。向こうの校門のほうからは、遅刻しそうな生徒が何人か舗道を走り、柳の木の前を通って小さな芝の斜面を下り、校庭に駆け込んできていた。僕は校庭じゅうの人間に一人残らず消えてほしかった。そして誰にも邪魔されずに自分の使命を果たしたかった。彼女の目は灰色がかった青だろうか? 緑がかった灰色? それとも茶色? わからない。後ろを振り向くと、ほとんど人のいなくなった校庭が奇妙に静まり返っていた。僕の中に突然、青空の下の混み合ったビーチの情景が蘇った。遠い雷の音、空を振り仰ぐいくつもの顔、あわててたたまれるビーチパラソル、急速に暗くなる空。小走りに急ぎながら、駐車場に下りて行く手前の砂丘のてっぺんで振り返ると、すでに雨粒を落とし始めている暗い空の下に、がらんとした茶色い砂が果てしなく広がり、その向こうには、さっきとはまるで表情の違う灰色の危険な海が横たわっている――。僕はローズ・ドーンのほうを素早く振り向いた。「これ」僕はそう言って、小さな茶色の紙袋をぶっきらぼうに差し出した。そして、低い重々しい声で付け加えた。「エドウィンから」ローズ・ドーンはなおもじっと僕を見つめていた。「受け取れよ！」僕はほとんど叫び出しそうに言った。彼女は空いているほうの手で袋を受け取り、もう片方の手のゴムに縛られていない四本の指で袋を持つと、ゆっくりと中に手を入れた。「早く」僕はかすれた声で言い、あたりを見回した。灰色の、空っぽの校庭が広がっていた。ローズ・ドーンは袋から手を出し、指を開いて中を見た。それは大きなピンク色の指輪だった。透明なプラスチックのドームがついていて、中には黒い針がゆらゆらと揺れながら、銀盤の上に書かれた黒い〝N〟の上を指していた。エドウィンのコーンフレークのおまけのコレクションの中でも、彼が特別大事にしていたものだった。「磁石の指輪だよ」僕は言ってから、我ながら馬鹿らしい気分になった。彼女は指輪を指にはめ――それはずいぶん大きすぎた――こぶしを作り、首を片方に傾けて眺めた。「行かないと遅れるよ」僕はそう言って、もう一度あたりを見回した。ローズ・ドーンは突然走り出し、遠いほうのドアに向かった。黄色いお下げが背中で弾み、グレイが飛び跳ねるように後を追った。壁のそばの地面に、彼女の真っ赤な筆箱が忘れ去られていた。僕はそれを拾い上げ、彼女の後を追いながら、うまく使命は果たせただろうか、エドウィンに何と報告しようかと考えた。ずっと向こうのほうで、ローズ・ドーンが重いドアを満身の力をこめて押し開け、中に消えるのが見えた。グレイは階段のところに取り残された。僕がドアを開け、暗い廊下に出た時には、すでに二番目のベルが鳴り始めていた。角を曲がると、陰からローズ・ドーンがばあ！と奇声を発して飛び出した。僕は下品な冗談を言ったり、動物を虐待したり、物陰から飛び出して罪のない人々を驚かすような人間に対して、いまだかつていい感情を抱いたことがない。彼女は黄色いお下げを背中で弾ませ、指をラケットにはさんだまま廊下のずっと先を走っていった。その後を追い、通りかかったクラスが忠誠の誓いを唱和し始めているのに気を揉みながら、僕はエドウィンの恋の悲惨な結末の予感が胸の内に冬の雨のように暗く冷たくのしかかるのを感じていた。

「ありがとうって言ってたよ」僕はその日帰ってから、そうエドウィンに報告した。彼の健康は、ものすごい早さで回復しつつあった。まだ完全にとはいかなかったが、とにかくそれはものすごい早さだった。その日の夕食、彼は盛大な食欲を見せ、次の日（土曜日）には、もうベッドから起きられるようになった。その週の週末、エドウィンと僕は、身の毛のよだつローズ・ドーンのおぞましい魅力について、いつ果てるともなくしみじみと語り合った。僕は内心の不快感を押し殺し、ここは我慢して相手の言うことを聞いておくほうが得策だと――僕はいつも人と話す時はそうしているのだが――判断し、黙ってうなずき、心の中で密かにローズ・ドーンを一刀両断のもとに切り捨てていた。エドウィンは恋に疲れ、憔悴し、傷ついていた。その傷口に塩をすり込むような真似が、この僕にどうしてできようか？　それに、今のエドウィンには僕だけが頼りだった。彼自身はまだローズ・ドーンと一言も言葉を交わしたことがなかったが、僕と彼女の間には、すでにある関係が成立していたのだから。しかし、週末が終わり、月曜が近づくにつれ、僕の心には不安が広がっていった。それというのも、あの哀れなキャロル・ステンペルの身に起こった事件の記憶が、まだ鮮明すぎるほど鮮明に残っていたからだ。

7

キャロル・ステンペルは、一番上のリーディング・グループにいた。それ以外には何の特徴もなかった。背が高く骨太で、輪郭がぼやけたような娘だった。ぱさぱさとした藁の色の髪を背中の中ほどまで伸ばしていた。色褪せてぞろりと長い、輪郭のぼやけた服を着て、肘の赤い、棒のような腕が袖からにゅっと突き出していた。青いフレームの眼鏡をかけていて、いつ見てもそれを顔からはずし、濃い赤の眼鏡ケースから出した色褪せた黄色の布で拭いていた。用紙を配ったり、ハサミを集めたり、鉢植えに水をやったりするのが好きだった。おとなしく従順な生徒で、背が高いという以外には何一つ目立つところがなかった。彼女の人生の目標は、黒板消しのように目立たず役に立つ存在になることだった。わずか七歳にして、彼女はすでにオールドミスの雰囲気を漂わせていた。

金色のお下げの奇妙な転入生が目の前に現れた当初、キャロル・ステンペルは彼女のことを気にも留めなかった。ローズ・ドーンの発作的な暴力やペテン、常に人の注意を引こうとする煩わしさ、他人の描いた絵に落書きをしたり鉛筆をかすめ取ったりの悪意あるいたずら——僕にはこうしたことがいちいち勘にさわったが、キャロル・ステンペルは何をされても、ただじっと耐えるだけだった。しかし半月が経ち、ローズ・ドーンがそのエキセントリックさゆえにクラスから孤立すると、キャロル・ステンペルの目は彼女の一挙一動に吸い寄せられるようになった。もしかしたら、同胞意識のようなものを感じていたのかもしれない。キャロルにもやはり友達が——少なくとも親しい友達は——一人もいなかった。もちろんローズ・ドーンとは違い、縄跳びにも入れてもらえたし、女の子同士の立ち話の輪にも加わっていた。それでも、キャロルは何かが他の女の子と違っていた。背の高さ一つを取ってみても、じゅうぶん異質だった。どんなに背中を丸くしても、彼女はクラスの他の女子よりも、ゆうに頭一つぶんは背が高かった。

ただ単にローズ・ドーンに注目し始めたというだけではなかった。それだけなら、僕らだってやっていた。問題は、彼女が異様なほど熱心にローズ・ドーンを観察するようになったということだった。テーブル6のキャロル・ステンペルが口を薄く開け、目を大きく見開き、鉛筆を持った手を練習帳の上で止め、教室の反対側の小柄なローズ・ドーンを凍りついたように凝視する姿がしばしば見られた。そんな時、隣の男の子がふざけてキャロルの顔の前で手を上下に動かすと、彼女は驚きうろたえて、かすかに頰を赤らめ、練習帳の上に顔を伏せて狂ったように筆を走らせた。ある日、僕は校庭でキャロル・ステンペルが片方の手に眼鏡ケースを持ち、縄跳びの縄を跳んでいるのを見た。長い髪を揺すって跳びながら、彼女の目はずっと右のほうに向けられていた。三メートルほど先の右手には、黒猫を連れたローズ・ドーンが立っていて、縄跳びのほうを見つめていた。ローズ・ドーンが縄跳びのグループをぐるりと遠巻きにして移動し始めると、キャロル・ステンペルの顔もそれにつれて回っていき、しまいにはほとんど肩越しに真後ろを向く恰好になった。そのまま放っておいたら、彼女の首はワインの栓抜きのようにねじれて一回転してしまっただろう。しかし、周りの女の子が口々に何かわめいたので、彼女ははっと我に帰った。そして、漫画の中の登場人物が、崖が終わっているのに空中をすたすた歩いていき、下を見て地面がないのに気づいた瞬間落ちるように、それまで平然と縄を跳んでいたキャロル・ステンペルは、初めて自分の首がねじ曲がっていることに気づき、うろたえて足を縄に引っかけ、アスファルトの上に転びそうになった。

しかし、キャロル・ステンペルに起こった変化はそれだけにとどまらなかった。彼女は次第に、ローズ・ドーンの精神と深い部分で同調するようになっていったのだ。彼女はローズ・ドーンのその時々の気分に敏感に反応し始めた。ローズ・ドーンがそわそわすれば彼女もそわそわした。ローズ・ドーンが遠い目になれば、彼女も落ち着きを取り戻した。ローズ・ドーンが叱られれば彼女も苦しんだ。ローズ・ドーンが何か悪さをして怒ったカドウォルダー先生に思い切り肩をつかんで揺さぶられると、キャロル・ステンペルも固くこぶしを握りしめ、苦痛に顔を歪めた。彼女はまるで、ローズ・ドーンという名の渦巻きに巻き込まれていくようだった。それはまるで――敢えてこういう表現をさせてもらえば――ローズ・ドーンに魔法をかけられたかのようだった。

ある朝、キャロル・ステンペルが鉢植えに水をやっていた時のことは忘れられない。キャロルはいつも教室の後ろにある流しから水を汲んできて、青いプラスチックの小さなじょうろを注意深く傾けて、一つ一つ丹念に水をやっていった。彼女は奥から二番目の窓の前に立ち、窓枠に並んだ鉢植えから鉢植えへ、ゆっくりと移動していた。僕は着席し、背後の教室の前のほうで丸く輪になっている二番目のリーディング・グループの耳障りな朗読の声を聞くまいとしていた。僕の座っている場所からは、教室の奥のほうに立っているキャロル・ステンペルの顔が四分の三だけ見えた。テーブルをはさんだ僕の向かいには、ローズ・ドーンがむっつりと練習帳と向き合っていた。ローズ・ドーンはしばらくのあいだ、いつものように落ち着きなくページを繰っていたが、やがてそれに飽きて、何か面白いことはないかとあたりを見回し始めた。彼女は、窓の前に立っているキャロル・ステンペルに目を止めた。そして、その色の薄い瞳で彼女のことをじっと凝視し始めた。キャロル・ステンペルは爪先で伸び上がり、濃いグリーンの観葉植物が植わった赤いプラスチックの鉢の上に、じょうろの注ぎ口を傾けていた。僕の背後では、二番目のリーディング・グループの誰かが甲高い震えるような声で、単語を一つおきに間違って発音しながら教科書を読んでいた。ページをめくる音が聞こえた。僕は星条旗の横にある壁時計を見ようと振り向いた。と、突然大きな物音と悲鳴が上がった。カドウォルダー先生が、さっと顔を上げた。僕は素早く音のしたほうを見た。キャロル・ステンペルが恐怖に目を見開き、頬を両手でおおい、足元を見つめていた。床にはじょうろが転がり、流れ出した水が黒い水溜まりを作っていた。僕の向かいでは、ローズ・ドーンがそ知らぬ顔で練習帳に何か書き込んでいた。

クライマックスは、十月の始めの嵐の午後にやってきた。午前中はよく晴れていたが、午後になって間もなく空に雲が湧き始めた。一時半ごろ、黒々とした入道雲が、急速に広がっていく染みのように空の半分を覆いつくしていった。エドウィンはこんな天気が大好きだった。室内では電灯がともされ、高い天井から吊られた電球が、こっくりとした暖かな黄色の光を一人一人の上に投げかけ、窓の外では、晴れた空が、現像液に浸された印画紙のように、みるみる暗くなっていった。紙袋やパラフィン紙の切れ端が、人気のない校庭を風に吹かれて転がっていくのが見えた。脱色されたように白っぽくなった柳の木が、カーテンのようにはためいていた。クラスじゅうが、雨の予感に落ち着きを失っていた。あちこちのテーブルで頭が練習帳からもたげられ、窓の外の空を見上げた。カドウォルダー先生も、教室の前に集まったトップのリーディング・グループを監視するので手一杯だった。エドウィンが何度も先生から睨まれたので、リーディングが終わってグループが解散になった時、僕は心底ほっとした。教室の奥の自分の席に戻ると、エドウィンはもう勉強するふりすらやめてしまい、一心不乱に窓の外を見つめた。誰かが小さくあっと叫び、大きな金属的な音が響いた。全員が立ち上がり、窓の外を見た。ごみバケツの蓋が狂ったように転がり、僕らの教室の前を過ぎ、よろめきながら長いカーブを描いて校舎から離れ、裏返しに倒れてしばらくがらんがらんと震え、最後に巨大なコインのようにぺたんと静止した。それでもまだ雨は落ちてこなかった。かすかな雷鳴が暗い空にとどろくと、クラスじゅうの昂《たかぶ》った神経はさらに煽り立てられた。エドウィンの興奮は極限に達していた。彼は雷の恐ろしい音が大好きだった。ぬくぬくとした黄色い光に包まれて、暗黒のこちら側の明るみの中に、寒さのこちら側のぬくもりの中に、嵐のこちら側の静寂の中に身を置いて恐怖に身を晒すのは、彼にとってたまらない快感だった。しかし、ローズ・ドーンは他のみんなと様子が違っていた。彼女も確かに落ち着きを失ってはいたが、もっと何か張りつめたような、苦しげな感じだった。最初の雷が鳴った時、彼女は脅えたように顔を上げた。それからまた絵を描く作業に戻ったが、クレヨンをこぶしで握りしめ、画用紙いっぱいに狂ったような螺旋を描き始めた。

　セロハン紙を揉みしだくような音とともに、突然、雨が降り出した。途方もなく大きな雨粒が落ち始め、一分と経たないうちに、校庭は鬱蒼とした闇に覆われた。吹きすさぶ風がガラスに爪を立てるような音を立てて教室の窓に雨を叩きつけ、濡れて光るごみバケツの蓋をさらに少しずつ遠くに吹き飛ばした。ジグザグの稲妻が空を真っ二つに割り、続いて漫画に出てくるＣＲＡＳＨ！　とかＢＯＯＭ！　といった音が鳴り響いた。エドウィンの小鼻が膨らむのが見えた。彼は、こんなに大きな音なら目に見えてもいいはずだとでもいうように瞳を異様に輝かせ、頬を紅潮させて、空を隈なく見回した。しかし、ローズ・ドーンは両手で耳を固くふさいだまま座っていた。その時、僕はふとキャロル・ステンペルのほうを見たのを覚えている。彼女は教室の後ろのほうの席に座り、自習していた。本の上に肘をつき、手で額を支え、その手の指が鷲の爪のように頭をぎゅっと摑んでいた。二股に分かれた光が空に走った。僕は心の中で数を数えた。五つまで数えた時、テクニカラーの映画の中で、肌をてらてらに光らせて黄金の腕輪をした巨人が大きな黄金の銅羅めがけてゆっくりと槌を振り下ろしたような音が鳴り響いた。雨が激しく窓に叩きつけた。芝の斜面は小川のようになり、その上の柳の木は闇に包まれてほとんど見えなくなっていた。前の雷鳴が終わらないうちに、すぐ次の稲光が光った。一瞬、無数に枝分かれした稲妻がくっきりと空に浮かび上がり、空全体を巨大な神経系統の迷路に変えた。目の眩むような白い光の中に、化け物じみた電信柱がはがね色の空を背にそそり立ち、遠くのほうでは家並みが白く光り、雨の垂れ幕の彼方で家々の庭先の白いフェンスが燐光を放った。それは、道端の草むらの中で銀色のコインがきらりと光る魔法の一瞬だった。しかし、近づいて見ると魔法は解けてコインは王冠のコルクの裏の丸い銀紙に変わり、空は再び悲しみに似た暗闇に覆われる。僕は五つ数えたが、何も起こらなかった。ドナ・リッチオが席を立ち、カドウォルダー先生の机まで行った。先生がドナに、それはruler（定規）ではなくrural（田舎の）だと教えている時、また雷が鳴った。それは、最初遠くの列車のようなかすかな音で、まるで僕らが線路に体を縛りつけられていて、列車がどんどん近づいてきて、音もどんどん大きくなってきて、縄をほどこうと必死にもがくけれどどうにもならなくて、その間にも音はどんどん大きくなるけれど列車の姿は一向に見えず、音が耳をつんざくほどに大きくなった頃に遠くにやっと豆粒のような列車が現れ、どうしてあんなに小さなものがこんな大きな音を立てるのだろうと訝しむうちにも、豆粒はどんどん大きくなり、音もどんどん大きくなって、ついには雪崩のように巨大にのしかかってくるばかりになり、僕らは観念して目を閉じ、列車が世界の終末のように自分の上を通り過ぎていくのを待つ——というような、そんな感じの音だった。瞬間、窓がびりびりと震えたような気がした。その衝撃が過ぎ去った時はじめて、ローズ・ドーンが叫んでいるのに気づいた。両のこぶしを耳に押し当て、ふり絞るような悲鳴を上げていた。目を固く閉じ、顔は醜く歪んでいた。カドウォルダー先生が荒々しく立ち上がった。しかし、先生がローズ・ドーンの席に向かいかけると、別の場所でもう一つの悲鳴が上がった。教室の後ろで、キャロル・ステンペルが耳を両手でふさぎ、顔を大きく歪めて恐ろしい金切り声を上げていた。隣の男の子は体を後ろに引いて、放心したように彼女を見つめていた。

一週間後、キャロル・ステンペルは別の二年生のクラスへ移っていった。おそらく彼女はそれで救われたのだろう。その後、僕は何度か彼女の姿を校庭で見かけた。キャロルは新しい女の子たちの輪の中で背を丸くして、それでもやっぱり頭一つぶん飛び出ていた。

8

学校の敷地の脇に細くて薄暗い小路が通っていて、そこから見ると高い金網のフェンスの向こうが崖のように切り立って、その上が校庭になっている。その小路の角、校庭の向かい側に、ラポルスキー商店は今でも建っている。二つの窓にはさまれた角のドアを押して中に入ると、右手には、赤い文字が裏返しになった縦長の出窓があり、風船ガムの自動販売機のガラスの球が黒い台の上で輝いている。左手の、緑色の文字が裏返しになった窓の前には、茶色の木の蓋のついた低いガラスケースがいくつも並んでいて、中には筆箱や、消しゴム、色つきのメモ帳、真鍮のペーパーファスナー、藍色のインクの壜などが入っている。その隣には、もう少し背の高い、前の部分が斜めになったガラスケースがあって、そちらには黒いリコリスのパイプや、赤いリコリスのシューストリングや、肉桂や、バブルガム・カード*に黒い付け髭、白いカボチャの種、黒いヒマワリの種、赤ん坊の形のチョコレート、樽型の容器に入ったルートビア、ピーナツバター・

キャンディなどが並んでいる。その背の高い、前が斜めになったガラスケースは、緑色の文字が裏返しになった窓の前を突っ切り、折れ曲がって向こうの壁の前まで続いている。その壁にはゴムの刀や、プラスチックの水鉄砲、中に白い玉の入った笛、うつし絵の入れ墨、付け鼻、レンズの表が鏡になったサングラス、カイゼルひげ、黒いお面、銀色のお面、ゴムのカメラ、青いハーモニカなどが天井までびっしり下がっている。そしてガラスケースの上には、オレンジと緑の模様のヨーヨー、小さな青い箱に入ったピストル用の赤い火薬、甘い匂いのするバブルガム・カードの箱、パラフィン紙の袋入りのポテトチップスやセロハンの包みに入った小さなゲームがぶら下がった回転台、それにボール紙の札を立てた透明なプラスチックの箱の中に、茶色い一セント玉や五セント玉が詰まっている〝小児麻痺救済募金箱〟などが並べてある。ガラスケースの奥には年取った店主のラポルスキーが立っていて、歯の欠けた口を開けて愛想笑いを浮かべつつ、小さな黒い目だけは用心深く光らせている。彼の左手の、クッキーの箱や缶詰の棚で覆われた窓のない暗い壁の前には上級生たちがたむろしていて、カード飛ばしをしたり、櫛で髪をなでつけたり、ソーダ水をらっぱ飲みしたり、〝紙、石、ハサミ〟*のような乱暴な遊びをしたりして騒いでいる。

月曜の明るい灰色の朝、エドウィンは学校に復帰した。学校の前の車の多い大通りを渡り、腕をせわしなく動かして交通整理をしている大きな警官の前を通るあたりから、エドウィンはもうそわそわして校舎の右手にある裏門のほうに目を向けていた。その裏門を出て金網のフェンスに挟まれた細い石の階段を下りていくと、例の薄暗い裏道に出るようになっていた。僕らは、両側の斜面に木の並んだ、正門の広い階段をゆっくりと上っていった。そしてさらにゆっくりと、裏門のほうへ続く高くなった舗道を右に向かって歩いていった。それから校舎とフェンスの間を抜け、左に曲がって校舎の脇の中庭に出ようという時、エドウィンは足を止めて、人込みの中をおずおずと見回した。彼の視線が右手のフェンスに沿って動き、フェンスと一緒に折れ曲がって薄暗い裏道沿いを走り、もう一度、フェンスの角のセメントから生えた樫の巨木のところまで用心深く引き返した。木の後ろから知らない女の子が飛び出してきた。エドウィンはフェンスから目を離し、きょろきょろとあたりを窺い、誰にともなく薄笑いを浮かべながら校舎の脇を抜けて、ゆっくりと裏の校庭へ向かった。校舎の角まで来ると、エドウィンはふたたび立ち止まった。僕らは二人並んで、混雑した校庭を見渡した。数秒と経たぬうちに、黄色いお下げ髪が目に飛び込んできた。校庭の反対側、芝の斜面に生えている柳の木のあたりだった。エドウィンは素早く校舎の陰に身を隠し、ときどきそっと顔を出しては、突然彼女が目の前に現れないことを確認した。

教室では、エドウィンはずっとうつむいて練習帳の問題を解いていた。一度だけ、彼

＊（243ページ）風船ガムなどのおまけについているカードで、野球選手や飛行機などの絵が描かれている。このカードを飛ばして裏表で勝敗を決める遊びが少年たちのあいだで流行っていた。
＊二人でジャンケンをして、勝ったほうが負けたほうの手の甲を二本指で思い切り叩く遊び。

の目が本から上がり、僕のテーブルのほうへ向けられたが、僕の厳しい視線に会うと、すごすごと退散した。ローズ・ドーンはというと、その日は珍しく上機嫌で、誰にもちょっかいを出さずにおとなしくしていた。二度ほど後ろを振り返ったが、幸いなことにエドウィンは下を向いていて気がつかなかった。僕は彼女があの指輪をしていないことをとっさに見て取り、安堵と不安を同時に覚えた。むろんエドウィンもそのことに気づいていた。しかし、正午のベルが鳴っても、エドウィンが僕を疑わしげに問い詰めるというような、恐れていた事態は起こらなかった。その代わり、彼は僕の目を見ずに、ラポルスキー商店に行かなくちゃと言った。「でも、昼ごはんに遅れるよ」僕は言ったが、彼は僕の言うことなどまったく耳に入っていない様子だった。店に入ると、エドウィンは真剣にガラスケースの中を覗き込み、上に載っている金属の回転台に手を伸ばし、五年生がやるような手付きで、ゆっくりとそれを回すことまでした。

僕らの帰りが遅かったので、マルハウス夫人はけげんそうな顔をした。そして、僕らがあわただしくまた出ていったので、もっとけげんそうな顔をした。しかしエドウィンは、どうしても早く学校に戻るのだと言って聞かなかった。店に入ってからの彼の決断は素早かった。彼の選んだものは、僕には意外だった。せめてゴムでできたクモぐらいのものはあげるだろうと予想していたのだ。しかし、もしかしたらやり過ぎということを恐れたのかもしれないし、ローズ・ドーンが自分と同じ趣味の持ち主か試したかったのかもしれず、あるいは単に五セントしか持ち合わせがなかったのかもしれない（彼の小遣いは、週に十五セントと決められていた）。何にせよ、エドウィンが振り返り、まっすぐ僕の鼻を見つめる前から僕にはわかっていた――このプレゼントを届けるのは、僕の役目であることを。

校庭には、ほとんど人影がなかった。エドウィンは高い金網のフェンスの前を行ったり来たりして、いつもローズ・ドーンが通って来る細い脇道をときおり見下ろした。通い慣れたその道も、ラポルスキー商店の一ブロック先からは急に見慣れぬ顔を見せ、陰気な背の高い家や、鬱蒼としてねじ曲がった木々が立ち並んでいた。三方向からゆっくりと校庭に人が集まり始めた。一つは正門前の広くて車の多い通り、もう一つは学校の反対側の脇を通る道、そして三つ目がラポルスキー商店のちょうど向かい側の、薄暗い裏道から上がってくる細い石の階段だった。「もしかしたら、病気かもしれないよ」僕は思い切ってそう言ってみた。しかし、エドウィンがぞっとするほど悲しげな目をこちらに向けたので、すぐにそんなことを言った自分が恥ずかしくなってしまった。その時、三人並んで腕を組み、足並を揃えて笑いさざめきながら下の歩道を歩いてくる女の子たちの後ろから、ローズ・ドーンがやって来るのが見えた。後ろにフードのついた真っ赤なコートを着て、両手を水平に大きく広げて体の正面でぱんと打ち、また大きく広げる動作を繰り返しながら歩いてきた。その横を猫のグレイが飛び跳ねながらついて歩き、ときどき立ち止まっては道端のセロハン紙にじゃれついていた。エドウィンは、しばらくのあいだ、金網の菱形に指をかけてフェンスにかじりついていたが、ふいに僕のところに駆け寄り、意味不明の言葉を口走ると、一目散に校庭の反対側の、柳の木のさらに向こうの、アスファルトが切れて雑草の生えた地面に変わるあたりまで走って行ってしまった。

僕はフェンスの角の樫の木の前に、ラポルスキー商店を背に、細い石の階段を左手に見て立ち、待った。ローズ・ドーンの頭がフェンスの向こうの階段をだんだん上ってきて、校庭の地面の上に出るのが見えた。階段を上り切り、フェンスと校舎の間の場所に出た時、グソーパズルのように見えた。そうやって金網越しに見ると、彼女はまるでジ彼女は木に寄りかかっている僕の姿を見つけたが、気がつかないふりをした。彼女は、目は階段のほうに向けたまま、アイスキャンディの棒を金網に当ててカタカタ鳴らしながら、フェンスの内側に沿って歩いてきた。そして僕のすぐ脇をすり抜けて木の後ろ側に消えた。アイスキャンディの棒のカタカタいう音が止んだ。僕は待ったが、ローズ・ドーンは一向に木の向こう側に姿を現さなかった。僕は溜め息をつき、体を起こすと左に向きを変え、木の反対側に回った。しかし驚いたことに、フェンスの角に立っていると思われたローズ・ドーンの姿は、なかった。彼女はどこにもいなかった。忽然と消えてしまったのだ。キツネにつままれたような気分のまま、僕は木の幹のまわりをぐるりと一周した。両腕を翼のように広げて空に舞い上がったか、フェンスの金網の隙間から下の道にころげ落ちたのか、はたまた煙のように消滅してしまったのか。そんなことを考えていると、ふいにおぞましい感触がふくらはぎに走った。僕は何度もひっかかれながらその忌まわしい生き物を足から引き剝がすと、急いで木の向こう側に回り込んだ。お下げ髪の端が、ちらりと目の端をかすめた。しかし、二度も同じ手にひっかかるほど僕も馬鹿ではなかった。僕は立ち止まり、向きを変え、そっと逆の方向に歩き出した。ローズ・ドーンは僕に背中を向け、体をかがめて反対の方向を覗き込んでいた。片方のお下げが背中に垂れ、もう片方は前に回って見えなかった。僕は彼女の背中を鋭くつついた。彼女はさっと振り返った。恐怖に見開かれた目が、次の瞬間には怒りに細められた。今にも一発お見舞いしかねない勢いだった。これ以上ぐずぐずしているのは時間の無駄だと僕は判断した。「これ、エドウィンから」僕はそう言うと、細長い白い紙に砂糖を固めた粒がきちんと並んで貼りつけられたものを五枚差し出した。砂糖の色は二つがピンク、二つがラベンダー、あとの一つがレモン色だった。これはエドウィンがそのころ気に入っていた菓子だった。彼はそれを左上の端から始めて、一つずつていねいに歯で紙からはがしながら、右に向かって順番に食べていくのが好きだった。ローズ・ドーンはまるで自分のほうが親切を施してやっているのだと言わんばかりに、仏頂面でそれを受け取った。と、そのうちの一枚を突然口にくわえ、舌のようにだらりと垂らし、にっと歯を剝き出してみせた。僕は馬鹿馬鹿しさのあまり、顔をしかめた。彼女は同じように顔をしかめた。僕は面食らって、腕組みをした。彼女も腕組みをした。僕は両手をポケットに突っ込んだ。彼女も両手をポケットに突っ込んだ。僕は耐えられなくなり、「やめろよ」と言った。「やめろよ」彼女が僕の口真似をして言い、くわえていた紙が下に落ちた。僕がこの馬鹿げた堂々巡りをどうやって抜け出そうかと思案していると、ふいに彼女の顔がうつろになり、目は僕をすり抜けて背後の校庭を見つめ始めた。僕は、これも何かのトリックではないかと思った。つられて後ろを振り向いた瞬間に彼女は姿を消すのではあるまいか？　遠くをじっと見つめているローズ・ドーンには、こうしてつくづく見ると、やはりどこか奇妙な違和感があった。ほんの束の間、彼女が誰かに魔法をかけているのではないかという思いがよぎった。その時、始業のベルが鳴り、この前とは逆に僕はほっとした。しかしローズ・ドーンはじっと見つめ続けていた。とうとう誘惑に負けて後ろを振り返った時、僕は正直言ってぞっと身震いした。彼女の視線の先には、芝の斜面の柳の木の下に立ち、柳の枝で草を叩いているエドウィンの姿があったのだ。

9

思うにエドウィンも、僕という人間を火の粉よけとして使いながら危険な炎との間に距離を置いてつきあうだけで、充分満足だったにちがいない。不幸にも、彼はローズ・ドーンの性格を見誤っていた。今だから言うが、ローズ・ドーンはどうしようもないすれっからしだった。彼女は決してエドウィンのことを好いていなかった。むしろ、最初から嫌っていたのではないかと思う。しかし、彼女は好かれることが好きだった。愛されることを愛していた。何度も言うように、ローズ・ドーンは常に人の注目を要求してやまなかった。彼女はエドウィンの恋に恋したのだ。彼女がこのことを、どうして宣伝しないわけがあるだろうか？

翌朝、最初のターゲットに選ばれたのは、僕を含む同じテーブルのメンバーだった。ローズ・ドーンは席に座り、教科書のボールの絵に耳を描き込んでいたが、そんなのは毎度のことだった。僕を驚かせたのは、彼女の左手だった。固くこぶしを握ってテーブルの上に置かれたその手の中指には、巨大なピンク色の磁石の指輪が鎮座していたのだ。指輪と指の間には、ストローが一本差し込めるほどの隙間が空いていた。

週の終わりには、エドウィンがローズ・ドーンを好きだということは、クラスじゅうに知れ渡っていた。もちろん、彼女が言いふらしたのだ。校庭で彼女はみんなに指輪を見せびらかし、こう言った。「ほら、エドウィンがくれたんだから」授業中、彼女はふいに振り向いて、自分のほうを見ているエドウィンの目を捕らえた。彼は頰を真っ赤に染め、消え入りそうなほど小さく縮こまった。クロークルームでは、わざとエドウィンの前まで行き、彼が赤くなるまでじっと顔を見つめた。そして指を指して、大声でこう言った。「ほうら、赤くなった！　赤くなった！」木曜日には、建物の裏の、レンガの下の細いコンクリートの部分に、チョークでこんな落書きがしてあるのが見つかった。

胸の内の密かな恋心を、こんなふうに乱暴に暴露されて、純なエドウィンはいたく傷ついた。彼にとってそれはまるで、みんなの見ている前で裸で校庭を歩かされ、笑い者にされるのにも等しかった。しかしいっぽうで、彼がこの事態をどこかで歓迎していたのではないかという疑いも拭いきれない。それまで何週間も、エドウィンは秘めた熱情に身を焼かれていたのだ。それが公になることで、ローズ・ドーンとの間にある種のつながりが生まれたという思いが――ちょうど、二人のイニシャルがチョークの落書きで結び付けられたように、二人の間の結びつきがこれで公式に認められたという思いが、彼の中になかっただろうか？　とはいうものの、金曜日の午後に初めて襲いかかってきた言葉の暴力は、やはり彼にはショックが強すぎた。エドウィンと僕は、いつものように中庭を抜け、校庭へ向かって歩いていた。校舎の角のあたりに何人かの女の子が――その中にはトゥルーディ・キャシディやドナ・リッチオやダイアナ・ウォルシュの顔もあった――固まって立っていた。彼女らは、僕らが歩いて来るのをじっと目で追っていたが、前を通りすぎる時に、いきなり声をそろえて大声で歌い始めた。

E.M.
♡
R.D.

見ぃちゃった、見ぃちゃった

エドウィンとロージィが　木の下で
キスしてるとこ
見ぃちゃった

彼女らは残酷な喜びに声を張り上げて、石つぶてのように一言一言を投げつけながら繰り返しそれを歌った。エドウィンは、傷つき、血を流し、よろめきながらその場を立ち去った。

次の週の月曜日、ついにエドウィンはローズ・ドーンにアプローチを試みた。それまでは彼女と距離を置き、遠くから眺めては顔を赤らめるだけだった。いっぽう彼女のほうは、彼の行く先々でこれ見よがしにポーズをつけて立ち、あるいはゴムひものついたボールをラケットで打ち、あるいは猫と遊び、あるいはただじっと彼を見つめていた。エドウィンが小遣いをもらうのは日曜日と決まっていた。月曜の朝、彼は学校が始まる前にラポルスキー商店に走っていき、ガラスケースの前で真剣に悩んだ末、気味の悪い、ロウでできた真っ赤な付け唇を二セントで買い求めた。驚いたことに、そして同時にほっとしたのだが、エドウィンはそれを僕にことづけず、自分のコートのポケットに突っ込むと、急いで校庭に向かった。ベルはすでに鳴っていて、ドアの前にできた行列が動き始めていた。ローズ・ドーンは列の脇に一人で佇み――彼女は、どんな時もなるべく列に並ばないで済ませようとした――ひもつきのボールをラケットで打っていた。グレイが飛び跳ね、ボールにまとわりついた。僕が猫の動きを用心深く見守っているあいだ、エドウィンはポケットに手を入れ、空に浮かんだ小さな白い雲を見上げていた。僕らがローズ・ドーンの前を通り過ぎる時、エドウィンがポケットから手を出すのが見えた。彼は振り返った――が、ふいに顔を赤らめて地面に目を落とすと、そのまま前に歩き続けた。僕らがドアを抜けて中に入っても、ローズ・ドーンはまだそこに立って、猫をボールにじゃれつかせていた。

エドウィンはクロークルームでいつまでもぐずぐずし、熱にうかされたような目を黒っぽいコートの列や、その先の廊下のほうへさまよわせていた。そのうちやっとローズ・ドーンが入ってきて、すぐに僕らを見つけると、まっすぐこちらに目を据え、片方の腕を水平に伸ばして並んだコートを撫でながら歩いてきた。エドウィンは、ハンガーにかけた自分のコートのポケットに手を入れると、僕に向かって消えろという目をした。僕は分別を発揮し、足早に教室に入っていった。

次の瞬間、エドウィンが飛び出してきて僕に追いついた。まるで幽霊を見たような顔つきだった。彼はシーツの下にもぐりこむように自分の席に体を滑りこませると、肩をこわばらせて荒い呼吸を整えようとした。固く握りしめた右手の隙間から、赤いロウの端がのぞいていた。

昼食を済ませて校庭に戻ってくると、ローズ・ドーンが待ち構えたようにフェンスの角の樫の木のところに立っているのが見えた。正門から入り、校舎とフェンスの間を通って校庭に向かう途中で、エドウィンは一瞬躊躇して足を止めた。やがて何か重大な決意をしたかのように、まっすぐ前方に顔を向けると、彼は決然と地面を踏みしめ、校舎の脇を早足で歩いて角を曲がり、彼女を視界から追い払った。

細長いクロークルームは、四つのクラスの共用だった。各クラスごとに列と、使う時間が決められていた。僕らのクラスは、三時十分の予鈴が鳴ると教室の後ろのドアから列を作ってクロークルームに入っていき、めいめいのコートを取ると速やかに教室に戻って本鈴を待つことになっていた。その日、エドウィンとローズ・ドーンだけが教室に戻ってこなかった。僕はその時たまたま、落とした手袋を取りに戻り、コートの列の反対側にしゃがんで床の手袋を拾おうとしているところだった。ハンガーにかかったコートの列の向こうに、四本の脚がのぞいていた。彼女の右の膝小僧の少し下には白い小さなバンドエイドが貼ってあり、左の膝には、赤いマーキュロの中に、黒いひっかき傷が二筋くっきりと見えた。「馬鹿みたいなもんなんだけど」エドウィンの声がした。「それが、彼がローズ・ドーンに言った最初の言葉だった。「どこにいっちゃったんだろう、あの馬鹿みたいなもん。ほんとに馬鹿みたいなクロークだな。おかしいな、あの馬鹿みたいなもん、ここに入れといたんだけどな。どうしてこんなもん買っちゃったんだか、自分でもわかんないんだ。きっと君だって気に入らないよ。あった、ほら。こんな下らないもん、捨てたきゃ捨てたってかまわないよ。ほんと、下らない学校だよな。中国へでも行ったほうがましだよ」

かわいそうなエドウィン。彼はお世辞にも愛の語らいがうまいとは言えなかった。

10

そして、プレゼントの嵐が始まった。彼はローズ・ドーンに、火皿の部分に赤砂糖が詰まった黒いリコリスのパイプや、赤いリコリスのシューストリングや、黒いリコリスのねじりん棒や、チョコレート・ベイビーや、樽形の容器に入ったルートビアや、丸い形の肉桂や、オレンジの砂糖漬けや、舌にヒリヒリする赤いハート形の飴や、三角形をした白やオレンジや黄色のキャンディや、セロハンに包んだ四角いバタースカッチや、アルミの缶に入ってアルミのスプーンがついたストロベリーキャンディや、白いヒモに連なったロックキャンディを贈った。彼は彼女に金色のホイルに包んだコイン型のチョコが五枚緑色のネットの袋に入っていて、口を金色のヒモで結んだものを贈った。青い包み紙にカラーの小さな四コマ漫画が印刷してある、ピンク色の大きな風船ガムを贈った。甘いシロップの入った小さなロウ引きのボトルを贈った——彼女は蓋の部分のロウを歯で嚙みちぎり、中に入ったオレンジや、ラズベリーや、ライムのシロップを吸った。エドウィンは彼女のために、憑かれたように風船ガムの自動販売機にコインを注ぎ込んだ。そして、手に入れた白や黒や赤や黄や緑やオレンジのガムと、それについているおまけをすべて彼女に贈った。クエーカー印のオートミールの箱のミニチュア。茶色いパンに赤いソーセージがはさまったミニチュアのホットドッグ。ピンクの歯茎に白い歯が生えた入れ歯。黒い縫い目のある白い小さな野球ボール。暗い所で青白く光るクリーム色の電球。赤や黄色や緑の半球がついた銀色の指輪。小さな透明の瓶に入った青い船。そして、鎖を通す小さな輪がついた色とりどりのペンダント・ヘッド——赤い犬、緑のニワトリ、白いインディアン、緑のインディアン、青いハート、黒いピストル、緑の手、緑の首。

彼はローズ・ドーンに、コーンフレークの箱に入っているおまけも贈った。透明なプラスチックの柄がついた丸い小さな虫眼鏡。鷲の紋章のついた青いプラスチックのコイン。裏に銅色のピンがついた、銀色の星の形の陸軍元帥の記章。上に突き出たぽっちを折り曲げてシャツのポケットに引っかける、ブリキの小さなカウボーイのバッジ。赤いプラスチックの貨物列車。黒いプラスチックの機関車。セロハンの袋に入った緑色のゴムの兵隊。ブリキでできた鉄道の標識（〝イリノイ・セントラル鉄道〟〝南太平洋線〟〝ラッカワナ鉄道〟）。白いフレームの中にカラーの紙のポスターがはさんであるビルボード。〝こいつは大金〟という字が印刷してある五百ドル札。緑色の粘土が入った細長い箱。そして数々の指輪——黒い針がいつまでも三時を指している赤いウォッチ・リング、透明な覆いの中でピエロの顔が泣いたり笑ったりする白い指輪、青い望遠鏡がついている青い指輪、上の蓋を開けて秘密のメッセージを入れるようになっているオリーブ色の指輪、透明なドームの中にカウボーイの顔と銀色の玉が二つ入っている黄色い指輪、楕円形の鏡がついたオレンジ色の指輪、金色の焼き印がついた黒いカウボーイの指輪。

　彼はローズ・ドーンに黒いロウの付け髭とロウの付け歯を贈った。彼女はその歯を教室につけて行って、カドウォルダー先生に取り上げられた。

　彼はローズ・ドーンに手品セットを贈った。それは、黒いボールが一つと、卵そっくりの形で細い脚のついた青いプラスチックの容器、それから容器のちょうど真ん中にはめこむようになった、青い円盤の上に偽のボールの上半分が山高帽のように載ったものが三つセットになったものだった。

　彼はローズ・ドーンにプラスチックでできた濃紺のインクの染みと、黒いゴムのクモと、赤いゴムのフランクフルトと、真ん中に盛り上がった黄身が一つあるゴムの目玉焼きと、黄色いゴムの軸の先に黒いゴムの芯がついた鉛筆を贈った。彼は彼女にゴムでできた茶色い犬の糞を贈ったが、カドウォルダー先生はそれを取り上げた。

　彼はローズ・ドーンに黒いゴムの柄と銀のゴムの刃の刀を贈った。それから灰色のプラスチックの刃の部分が引っ込むようになった刀を贈った。彼女はそれを自分の心臓に突き立て、お下げを振り乱して校庭の地面にばたりと倒れて死ぬのが好きだった。

　彼はローズ・ドーンに、ゴムのチューブの先にピンクのゴムのボールがついた深緑色のゴムの蛙を贈った。ゴムのボールを握ると、蛙がぴょんと飛び跳ねるやつだ。彼は彼女に、黄色いプラスチックで脚が緑色のニワトリを贈った。背中を押すと、白い卵がころがり出た。

彼はローズ・ドーンに、マルハウス夫人のアレルギーの錠剤のような形をした、つややかな跳ね豆*を片手一杯ぶん贈った。彼女がそれをテーブルの上に置くと、豆たちは、悶え苦しむ虫のようにころげまわった。

彼はローズ・ドーンに青い入れ墨を贈った。手洗いから帰ってくると、彼女の右腕はぼやけた青い錨、矢のささったぼやけた青いハート、ぼやけた青い鷲、ぼやけた青い天使、ぼやけた青い帽子をかぶり、ぼやけた青いパイプをくわえたぼやけた青い水兵の絵で、肘までびっしり覆われていた。

彼はローズ・ドーンに、バルサ材でできた十セントもする飛行機を贈った。それには厚紙の台紙に貼られた光沢のあるうつし絵がついていた。エドウィンは水道の水を細く出し、その下で日焼けした肩から半透明の皮膚をはがすように、薄い透明な膜を台紙からはがした。シールの模様は、青い円の中に白い星があり、左右にストライプの翼が突き出たエンブレムなどだった。彼は濡れてべたつくシールを指でつまみ、翼の上に持っていって、正しい位置に慎重に貼りつけた。しかし、ローズ・ドーンは飛行機のほうは猫にやってしまい、二つの青い星と〝U・S・A〟の文字、それに〝47〟という数字を自分のテーブルの白い板の上に貼りつけ、カドウォルダー先生に見つかった。

彼はローズ・ドーンに日本の扇子を二つ贈った。一つは青い山並みと黄色い小舟の絵で、もう一つは白い顔の日本の女性が描かれていた。それから、面白い形に開く変わり

＊ メキシコ産の植物の種子で、中にいる虫が動くために、ひとりでに転がる。

種の扇子も贈った。二本の竹の棒の下のほうを持ち、ウィッシュボーン*を引くようにして左右に開き、ぐるりと一周させて背中合わせにくっつける。すると派手な色に染められた薄い紙が広がり、花のように開いた。

11

ある朝、エドウィンはいつものように中庭に入り、校舎の脇を抜け、角を曲がったところで、ふいに足を止めた。彼の数メートル先で、真っ赤なコートを着たローズ・ドーンが、ブロンドの髪をリーゼントにした二人の上級生の前に立っていた。一人は両手をズボンのポケットに突っ込み、もう一人は逆さに立てたバットの上に手をかけていた。彼女は銀色のサングラスをかけていた。サングラスは彼女の顔を鏡のように覆い隠し、その中に上級生の一人の顔が映っていた。彼女の黄色い髪の毛には、紙でできた大きなバラの造花が一輪挿してあった。指という指に色とりどりの指輪をはめ、両の腕にはペンダント・ヘッドを満艦飾につけたブレスレットをしていた。左手に日本の扇子を持ち、右手の指先には煙草の形の、先が火のように赤いキャンディをはさんでいた。彼女は煙草のキャンディを口のところに持っていき、また離して、顎を上げ、晴れた冬の冷たい大気の中に、白い息の煙を吐き出して見せていた。

ローズ・ドーンはエドウィンの貢《みつ》ぎ物は気に入っていたが、肝心のエドウィンを好きになる気配は一向に見せなかった。ただ、彼を苦しめることは好きだった。エドウィンが校庭に姿を見せると彼女は走って逃げ出し、ときどき肩越しに振り返っては、彼が追いかけてくることを確かめた。エドウィンは持っていた本を僕に押しつけると、すぐに彼女の後を追って走り出した。二人はどこまでも走った。鬼ごっこや手つなぎ鬼の間を縫い、縄跳びの女の子たちや、カード飛ばしの男の子たちを迂回し、建物の壁に当たって空高く跳ね上がったピンク色のゴムボールを見上げるいくつもの顔を過ぎ、向かい合ってげんこつを三回振り、〝偶数奇数＊＊〟をしようとしている二人の男の子の間を走り抜け、芝の斜面を駆け上がり、柳の木を一周し、また斜面を駆け下り、バスケットのコートを過ぎ、校庭のはるか反対側、アスファルトが切れて草地になるあたりまでたどり着くと、再び引き返してきた。ローズ・ドーンは短い、たくましい脚をものすごい早さで交互に動かし――それはちょうど、全速力で走る漫画の登場人物の脚が、ぐるぐるの渦巻きになる様子にそっくりだった――エドウィンのはるか先を走っていたが、それでも少しずつ追い詰められていった。いっぽうエドウィンは、長い脚をぎこちなく、奇妙に

＊　鳥の胸のY字形の骨。二人でそれぞれの先を持って引っぱり、長いほうを得た人の願いがかなえられるという言い伝えがある。

＊＊　ゲームの順番などを決める際に、一本あるいは二本の指を同時に出し、指の本数の和が偶数か奇数かを当てるやり方。

しとやかに動かして、まるで図書館の中を足音を忍ばせて走るように、爪先だけでそっと地面を踏みながら、じりじりと差を詰めていった。そしてとうとう、彼女が何度目かに向きを変えるのに先回りして一気に追いつくと、エドウィンは彼女の肩をつかんで止まらせた。エドウィンはその肩を片方の手でつかんだままかすかに前屈みになり、もう片方の手を自分の薄い胸に当てて、ただぜいぜいと何も言えずに荒い息をつきながら、紅潮した顔を喜びにほころばせた。しかしローズ・ドーンは金切り声を上げ、身をくねらせ、腕をでたらめに振り回し、しまいにはエドウィンの向こう脛を蹴って彼の手から逃れると、再び走り出して肩ごしに彼のほうを振り返った。すると彼はへとへとになりながらも、長い脚をぎこちなく、奇妙にしとやかに動かして、ふたたび彼女の後を追うのだった。

もう一つローズ・ドーンが好んだのは、エドウィンと僕を引き離すというゲームだった。僕らが校庭にいると、彼女が近づいてきて、エドウィンに秘密の話があると言う。僕が一人で向こうへ行くのを、エドウィンは悲しそうな、済まなそうな目で見送る。するとローズ・ドーンは彼に耳を近づけさせ、口に両手をあてがって、ひそひそ声を真似た音を立てる――ぷしゅぷしゅぷしゅぷしゅぷしゅ。

ローズ・ドーンは人前でエドウィンに恥をかかせることも好きだった。一度、彼女はマリオ・アントニオのそばに行き、いきなり脚を蹴ると、ぽかんとしているエドウィンの後ろに隠れた。マリオの兄の四年生になるトニーは、少年裁判所の常連だった。マリオはエドウィンを脇に押しやると、ローズ・ドーンを地面に押し倒し、腹の上に馬乗りになって、両腕を押さえつけた。彼女は悲鳴を上げ、脚をばたつかせた。腕っぷしにまるで自信のない哀れなエドウィンは、せいぜいマリオの袖をそっと引き、「おい、やめろよ」と言うぐらいのことしかできなかった。マリオは彼のことを完璧に無視した。ついにエドウィンは助けを求めるために、あるいは消えてしまうために、いっそ死んでしまうために、走り出した。しかしそう遠くまで行かないうちに、マリオはもう仲間のところへ戻ってしまっていた。以後、ローズ・ドーンは二度とマリオのそばに近寄らなかった。しかしエドウィンは、その日家に帰ってから大泣きに泣いた。それから一週間、彼は何度も枕をマリオに見立ててさんざんに打ちのめし、ベッドに仰向けになって宙に蹴上げ、マリオが床に落ちると、またすかさず飛びかかった。彼はボクシングのグローブを買うとも言ったが、ついにそれは実行されなかった。

　僕にとって気がかりだったのは、エドウィンがキャロル・ステンペルと同じ道を辿り始めていたことだった。むろん、叫んだり物を落としたりといった、目に見える形ではなかった。しかし、エドウィンはキャロル・ステンペルがそうだったように、ローズ・ドーンの精神と奇妙に同調し始めたのだ。彼女の怒りは彼を鬱屈させ、彼女の不安は彼に感染し、彼女の習慣は彼に憑衣した。無意識のうちに――と僕の目には映った――エドウィンはローズ・ドーンを模倣し始めたのだ。たとえば、彼は思い切り広げた腕をぱんと打ち鳴らし、また開くというローズ・ドーンの癖を真似するようになっていたし、木や壁に寄りかかって、片脚を後ろに曲げてかかとだけつける彼女の立ち方で立つようになった。彼女には、下くちびるをべろりと裏返し、上くちびるがなくて異様に大きい下くちびるだけがあるように見せかける癖があったが、ある日授業中にエドウィンのほうを見ると、彼は下くちびるを裏返し、自分の顔が白痴そのものであるのにまったく気づかずに、ローズ・ドーン風にぼんやりとうつろな目をさまよわせていた。彼女は綴り方競争で自分の番がくると、しかめ面をして頰をふくらませ、人差し指を下くちびるに当てた。エドウィンが最初にそれをやった時、僕は彼に、まるでローズ・ドーンにそっくりだったと教えてやった。彼は顔を真っ赤にして、以後二度とその仕草をしなかった。代わりに彼は、椅子の背の太い横木と細い横木の間から両方の肘を突き出して座るローズ・ドーンの座り方を身につけた。一時期は、それまで笑っていたのを突然やめ、表情の完全に抜け落ちた顔でまじまじと人の顔を見つめるという、何とも不愉快な彼女の癖まで真似るようになった。ローズ・ドーンはそういう不快な態度が面白いとでも考えているらしかった。また、彼女には人に向かってべろりと舌を出して見せるという癖もあったが、ありがたいことにエドウィンもそこまでは堕落しなかった。

ローズ・ドーンの顔は文字通り百面相だった。僕はそのうちの三つをエドウィンがカレンに演じてみせているところを目撃している。一つは中国人の顔（人差し指で目尻を吊り上げる）、もう一つは馬鹿の顔（目を寄り目にして、口の両端に小指を引っかけて横に引き伸ばす）、三つ目は病人の顔（目の下の皮膚を指で下げ、下顎をがくんと落として舌を垂らす）。

さらに憂慮すべきことに、エドウィンは彼女の言葉遣いまで真似るようになった。彼女は〝ありがとう〟を〝あんがと〟と言う癖があった。エドウィンはそれを連発するようになり、周囲の人間をいらいらさせた。「あんがと」彼はマルハウス夫人が昼食の皿を一つ一つ食卓に運んでくるたびにそう言った。「ありがとう、ママ。あんがとよ」彼はローズ・ドーンの間違った発音にも感染した。〝しゃごむ〟（しゃがむ）、〝あすぶ〟（あそぶ）、〝こちょぼったい〟（くすぐったい）、〝チョックレット〟（チョコレート）、〝かおーび〟（火曜日）、〝クレオン〟（クレヨン）、などなど。ドーン症候群は、さらに深く彼を蝕んだ――（〝いま何時〟と訊かれて）〝おや時だよ〟、〝やったぜベイビー〟、〝馬っ鹿じゃなかろか〟、〝弱虫毛虫、つまんで捨てろ〟、〝エッチ切った、かぎのんだ〟、〝うんこたれ〟（じつに下品だ）。ローズ・ドーンはよく授業中汚らしい音を立てたが、なげかわしいことに、エドウィンは学校からの帰り途、くちびるで舌をはさみ、力いっぱい唾を吐き散らしながらその音を練習した。

それでも、エドウィンの魂が痛ましいほどにローズ・ドーンの魂に寄り添うわりには、彼女との距離は、遠くで恋こがれていた頃と比べて少しも縮まっていなかった。もちろん、贈り物は毎日渡され、その後で毎日のようにいたちごっこが繰り広げられた。しかし、エドウィンはめったに彼女に口をきかなかったし、そもそもめったに彼女と二人きりになることもなかった。いや、実を言えば、そばに近寄ることすらめったになかったのだ。彼女に近づく唯一のチャンスは、朝と昼食後の始業ベルの前だけだったが、だんだん寒くなるにつれて、ローズ・ドーンは他の生徒と同様できるだけ遅く登校してくるようになった。たまに雨がひどく降ったりして早めに教室に入ることができても、着席して静かにベルが鳴るのを待っていなければならなかった。あとの時間は、二人は一緒にいると言っても、同じ教室にいるというだけにすぎなかった。これは誰にでも経験があると思うのだが、小学校低学年の頃は、自分のテーブルというものは、教室という名の公の多島海の中で、たった一つの自分だけの島なのだ。自分の島と他の島とは、同じ家の自分の部屋と他人の部屋のような関係にあったと言える。泣こうがわめこうが（というのはマルハウス夫人の口癖だが）、学校での一日はそのテーブルを中心に回っていくのだ。この、テーブルが作り出す小宇宙が崩れるのは、日に二度グループごとに順番に教室の前に集められるリーディングの時だけだった。この時ばかりは、テーブル制民主主義は崩壊し、学力によるヒエラルキーが出現した。エドウィンと僕が日に二度、二十分ずつ顔を合わせるのもこの時だった。もちろんローズ・ドーンは同じグループではなかった。しかし、エドウィンはトップのリーディング・グループが教室の前に集められる時間を毎日心待ちにしていた。というのも、その時ローズ・ドーンのすぐ横を通れるからだった。エドウィンは椅子の両脇を抱えて不器用に腿の上に載せ——椅子を引きずることは禁止されていた——後ろに反り返りながら、よたよたと前に進んだ。力仕事のために顔が紅潮し、首には筋が浮き立っていたが、彼は必死で無表情を装い、さりげない、退屈でたまらないという顔をして、自分の運んでいる椅子が鉛筆ほどの重さしかないふりをしようとした。教室のテーブルは左側に1、3、6が、右側に2、4、5が（僕にはこういういい加減なナンバリングの仕方が我慢できなかった）でこぼこに並んでその間が通路になっていたが、ローズ・ドーンはその通路に面したところに、彼に背を向けて座っていた。エドウィンが椅子を抱えて教室の前に進むにつれ、彼の内なる興奮がしだいに高まっていくのがわかった。彼女はたいてい石のように静かに座っていたので、エドウィンから見ると、まず彼女の右の耳が見え始め、次に右の頰、まつ毛、そして鼻筋が見えるはずだった。真横まで来ると、エドウィンは彼女の頭のてっぺんの分け目を見下ろす形になった。と、彼女がいきなり顔を上げた。彼はぎくりとして赤面し、残りの道を猛烈に突進して、教室の前に集まりつつある半円形に加わり、大きな音を立てて椅子を下ろした。すると、まるで彼が椅子を野球グローブのように地面に叩きつけでもしたかのように、判で押したような小言が飛んできた——「何度言ったらわかるの、椅子を乱暴に置いちゃいけませんよ」

遊戯の時間になると接近のチャンスはさらに高まったが、実際にエドウィンが彼女と近づくことはめったになかった。天気がいいと僕らは日に二度、二十分ずつ校庭に出てリレーゲームやドッジボール、キックボール、ハンカチ落とし、〝ネズミと猫〟、〝始めの一歩〟などをして遊んだ。エドウィンは輪になってやるゲームを楽しみにしていた。ローズ・ドーンと手をつなぐチャンスだからだ。しかし、いざ実際にハンカチ落としで彼女の手を握ってみると、彼は舞い上がって訳がわからなくなり、彼女の後ろにハンカチが落とされても手を離すどころかかえって強く握りしめ、彼女が手を引っぱってわめき散らすのを脅えたように見つめるばかりだった。一度、脚を広げて一列に並び、ドッジボールを足の間をくぐらせて列の一番後ろまで送り、一番最後の人間がボールを持って一番前に行き、また同じ事を繰り返すというリレーゲームの時、エドウィンはローズ・ドーンのすぐ後ろになった。何回か目にボールが回ってきて上体をかがめた時、エドウィンは彼女の尻に頭をぶつけてしまい、パニックに陥って棒立ちになってしまった。たまたまその時は彼女の手が滑り、ボールがエドウィンの足の間を転がっていったから良かったものの、そうでなかったら彼はどうしていいか全くわからなかっただろう。ローズ・ドーンはと言えば、起き上がって彼の頭が当たったあたりを両手でさすりながら、振り返って臆面もなくにたりと笑ってみせた。

天気が悪くなるにつれ、室内で遊ぶことが多くなった。そんな時にやるのは〝レッド・フォックス〟や〝一、二、三で赤信号〟、〝犬と骨〟、ジェスチャーゲーム、〝おはよう判事さん〟、〝キングとクィーン〟などだった。その中で、エドウィンとローズ・ドーンが、運命の女神の企みにより、みんなの目の前でちょっとしたドラマを演じた場面が二度あったので、それを記しておこうと思う。最初は〝おはよう判事さん〟の時だった。エドウィンは黒板の前に出て目を閉じ、みんなに背を向けて座っていた。彼はすでに、たてつづけに五人の声を当て、向かうところ敵なしだった。カドウォルダー先生はじっくりと教室を見渡してから、ローズ・ドーンを指差した。ローズ・ドーンは音もなく席からすべり出て、足音を忍ばせて反対側の窓のところまで行き、エドウィンを欺くためにテーブル2のあたりから足音をさせて前へ出た。エドウィンの後ろに立つと、彼女は甲高いキンキン声で言った。「おはよう、判事さん」その瞬間、エドウィンのうなじが、プラスチックの白い容器の中にチェリー味のクールエイドを注いだように、みるみる赤味を増していった。「え――――っと」彼はわざとらしくわからない風を装って言った。「ドナ?」「はずれ!」キンキン声が言った。「えっ――――……う――――……ビリー?」「はずれ!」キンキン声が言った。「う――――……えと、あと、誰かなあ……ん――――……ロロ、ロ、ローズ?」「あっ、いま目を開けた!」エドウィンがこっそり振り返ると、彼女は憤慨したようにカドウォルダー先生のほうを振り返った。エドウィンの首は、いまや白い容器の中にクランベリージュースを入れたような色になっていた。

しかし、〝キングとクィーン〟の一件は、エドウィンを一週間近くも苦しめることになった。ローズ・ドーンは髪の量が多かったので、頭の上の部分が平らで、黒板消しを乗せて歩くにはもってこいだった。これで隙さえあればすぐずるをしようとする性質さえなければ〝キングとクィーン〟では間違いなくクラスで一番になっていたはずだった。エドウィンの頭は幅が狭くて、どちらかと言えばとんがり頭だったので、黒板消しを載せるのには不向きだったが、歩くのが速いことではクラスでも指折りだった。この二人の対決はみものだった。窓と反対側の壁がスタート地点だった。エドウィンは教室の前のドア、ローズ・ドーンは後ろのドアのところに、それぞれ頭の上に黒板消しを載せて立った。カドウォルダー先生が「ゴー!」の声をかけると――それはまるで、ただちに教室から出て、二度と帰ってくるなと命令しているような言い方だった――二人は壁に沿って歩き始めた。ローズ・ドーンは狭い歩幅でちょこまかと歩き、いっぽうのエドウィンは、ぎくしゃくとした長い歩幅で、体が波のように上下するのに合わせて頭が浮いたり沈んだりした。教室の後ろの壁の真ん中あたりで黒板消しが落ち、女子が一斉に悲鳴を上げた。ローズ・ドーンは急いでそれを拾って頭に載せた。しかし、一歩進まないうちにまた滑り落ち始め、頭を傾けてバランスを保とうとしたが、三歩目でふたたび落ちた。ローズ・ドーンが後ろの壁を回り、窓際に沿って歩き始めた頃、エドウィンは長い脚の上で浮いたり沈んだりしながら、すでに後ろの壁の半分あたりまでさしかかっていた。窓際の半ばあたりでローズ・ドーンの黒板消しがふたたび傾き始めたが、彼女はルール違反をして、手でそれを押さえた。男子たちが抗議の声を上げ、女子がだんまりを決めこむ中、エドウィンは黙々と彼女を追って角を回った。ずる賢いローズ・ドーンは角を斜めに横切り、前の壁に向かって足を早めた。しかし、これもまたルール違反なのだが、軽く走り出そうとしたら、黒板消しはふたたび落ち、肩に当たり、白いチョークの粉を巻き上げながら床に落ちて転がった。それを追いかけてしゃがんだ時、彼女はエドウィンが無表情な顔に目だけを狂人のようにぎらぎらと輝かせ、ほんの十歩ほど後ろを歩いてくるのを見た。ローズ・ドーンは彼に激しい憎悪のこもった視線を投げつけた。エドウィンが角を曲がり、正面の壁を着々と進み、ローズ・ドーンにあと五歩というところまで迫ると、クラス中が熱狂の渦に包まれた。目に見えて焦り出したローズ・ドーンは、最後のコーナーでふたたび黒板消しを落とし、今度はそれを手で受け止め、歩きながらそれを頭の上に載せ直すという違反をした。そして角を曲がると黒板消しはまた滑り始めたが、彼女はそれを手で押さえた。男子側から一斉に非難の叫び声が上がり、カドウォルダー先生に警告を促した。しかし、その間にもエドウィンは角を曲がって彼女のほんの数歩後ろにまで迫り、両腕を突き出し、指先をぴんと伸ばして、じりじりと差を詰めていった。ローズ・ドーンが前のドアを過ぎて黒板にさしかかり、スタート地点まであと二十歩というところで、エドウィンの指先が彼女の肩にかすかに触れた。彼女は前につんのめり、痛そうに顔を歪めて肩をつかみ、「エドウィンが突き飛ばした！エドウィンが突き飛ばした！」と甲高く叫んだ。そして黒板消しが粉煙を上げて床に落ちるのもそのままに、激しく泣き始めた。教室の中ほどから、わあっと歓声が上がった。驚いたエドウィンは、まるでマントルピースから落として割ってしまった陶器の人形でも見るように、青ざめて口を開け、呆然と彼女を見下ろした。

そんな具合に、学校にいるあいだは彼女に近づくチャンスは限りなくゼロに近かったが、学校が終わってからの長い時間となると、チャンスはまったくのゼロだった。なぜなら、ローズ・ドーンは学校が終わるとまっすぐ家に帰ってしまうからだった。エドウィン自身、まっすぐ家に帰るよう厳しく親から言われていたが、もしもちょっとでも可能性があったなら寄り道でも何でもしたにちがいない。しかし実際は、ローズ・ドーンの後ろ姿を黙って目で追うのが精一杯だった。下校の時間になるとクラスは二列に分かれ、前のドアから並んで出て階段を下り、校舎の外の歩道に出た。彼女のいるほうの列はそこで左に曲がり、脇道に下りる細い石の階段のほうへ向かっていった。エドウィンと僕の列はそのまままっすぐ進み、広いほうの階段を下り、車の通りが多くて青い警官が立っている大通りの広い歩道へ出た。警官が僕らを渡らせてくれるまで長いこと待たされることもあり、そんな時エドウィンは気が気でなかった。道路を渡り、左に曲がり、白い腕章と銀色の記章をつけたミニチュアの警官のようなパトロールボーイが立っている最初の交差点のところまで走っていくと、エドウィンは通りの向こうのローズ・ドーンの歩いていく方角を見つめた。うまくいけば校庭の崖の向こう、石垣と黒くて高い並木が遠近法に従って収束していくその中に、真っ赤なコートとその上の黄色い点が小さく揺れているのを見ることができた。

12

エドウィンが彼女を尾行するという事態は、遅かれ早かれ起こっていたと思う。それは十二月のある薄曇りの日の放課後のことだった。空は巨大な凍った湖で、太陽はその底に閉じ込められた黄色の冷たいコインだった。その日、エドウィンがひどく不自然な用事を頼んで僕を追い払おうとしたので、僕にはすぐにぴんときた。もし屋根の上からこっそり見ている人がいたら、僕ら三人の姿はさぞや滑稽に映ったことだろう。ローズ・ドーンは子猫を従えてスキップし、ときおり立ち止まっては壁にチョークで何かいたずら書きしていた。その一ブロック後ろからエドウィンがこそこそと後をつけ、ときどき木やゴミバケツの後ろから顔を出して覗いていた。そして、そのまた後ろから、僕がこそこそとエドウィンの後をつけていた。僕らはラポルスキー商店を一ブロック過ぎ、それまで金網のフェンス越しに垣間見るだけだった未知の領域に入っていった。ねじくれた黒い木があちこちに生え、細長くて窓の黒い白い家々を陰気な巨人のように包み込んでいた。家と家の間は黒い私道や細い芝生の帯で仕切られ、大きな茶色の垣根と白い門が狭い前庭の前に立ちはだかっていた。僕は子供のころ読んだ、大きな絵のついた絵本の世界に引きずり込まれていくような感覚を味わった。振り返ると、現実世界は小さな光の帯になって、校庭の崖とラポルスキー商店の間に横たわっていた。最初のうち、道の両側の歩道にあふれていた学校帰りの子供たちも、先へ進むにつれ一人減り二人減りしていった。とうとう最後の一人が角を曲がっていった。ローズ・ドーンは独り歩き続けた。彼女がチョークで書いていたものは、既に書かれていた誰かのイニシャルをぐちゃぐちゃに消したり、でたらめで見苦しい線や模様のなぐり書きだった——閉じていない輪、裏返しのS、不規則なジグザグ、できそこないの星。やがて彼女は右に曲がり、ふいに後ろを振り向いた。エドウィンはとっさに私道に飛び込み、僕は木の後ろに身を隠した。僕はエドウィンが右に曲がるのを待ってから、小走りに二人の後を追った。角に立つと、爪先上がりの細い坂道が空まで続き、両側にペンキの剝げかかった灰色の二階建ての家が並んでいた。家と家の間には空っぽの洗濯ロープが渡され、まるでロープが家々を支えているように見えた。どの屋根の上にもかしいだアンテナが立ち、脇の壁を外階段がジグザグに這い上っていた。歩道にはゴミバケツがあふれていた。ローズ・ドーンは坂の頂上にいて、白い空を背景に黒いシルエットとなって浮かび上がっていた。彼女が黒い雑貨屋の先を左に折れると、エドウィンが三つ並んだゴミバケツの後ろから姿を現した。僕は雑貨屋を目指して急いで坂を登っていった。近づいて見ると、黒だと思っていたその店は深緑色だった。板を打ちつけた窓の下を通り、店の角のセメントの階段のところまで来ると、僕はおそるおそる左側を覗き込んだ。ローズ・ドーンとエドウィンは消えていた。嘘ではない。二人の姿は、家並みもろとも、跡形もなく消滅してしまったのだ。その道は急な下り坂になっていて、左右には錆びた廃棄物や紙袋が散乱する草ぼうぼうの空き地が白い空の下に果てしなく広がり、霧の彼方に消えていた。坂を下りきったところに、細い黒い道が左右に一本延びていた。その道に沿って、木炭でぞんざいに描いたような黒いぎざぎざの森が白い空を突いていた。森は右手で一度切れ、ゆるやかに盛り上がった地面からにょっきり生えた小高い岩山が覗いていた。その岩山の頂上には、小さな尖った塔が、銀色の長い脚を広げて巨大なクモのように貼りついていた。二人は消えてしまった。まるで夢の場面転換のようだった——自分の家のポーチに出て階段を駆け下り、家の角を曲がると、もうそこは人気のない茶色い砂浜で、その先には冷たい鋼色の海がどこまでも広がっている。頭上で白い鳥が一羽鳴いていて、後ろを振り返ると、いま出てきた自分の家が頂上に茶色や緑のガラスの破片を植えつけた白くて高い壁に変わっている。僕は後ろを振り返りたかった。しかし、いま振り返れば自分が登ってきた細い坂道が消えていて、代わりに暗い松の木が両側に並び、切れ切れの白い線が中央に走る悪夢の中の見知らぬ通りがあるような気がして、恐ろしかった。エドウィンの僕は夢から醒めたかった。夢のない深い眠りの底に沈んでいきたかった。エドウィンの部屋で、合衆国の地図の下のベッドに座っていたかった。と、突然エドウィンが、空き地に裏返しに転がされた錆だらけの車の屋根の陰から、ひょっこり現れた。僕は間一髪で物陰に隠れた。彼は坂の一番下の道を右に折れた。黒く連なる森の上で、空はほとんど真っ白だった。エドウィンを追って森に向かいながら、僕は、あらゆる色が抜け落ち、黒と灰色の濃淡だけで構成された世界、景色がそれ自体のモノクロ写真と化したような世界に吸い込まれていくような気がした。坂を下りきると、ローズ・ドーンが左に曲がって森の中に入っていき、エドウィンが道端の黒い刺だらけの茂みの後ろから這い出すのが見えた。僕の祈りも虚しく、彼は彼女の後を追って森の中へ入っていった。僕はエドウィンを見失うことの恐怖と、森へ入ることの恐怖ではち切れそうになりながら、二人の後に続いた。森の中に舗装されていない細い道が続いているのを見て、僕はいくぶん安心した。黒い木の幹に木の道路標識が打ちつけてあったが、雨にさらされて、字が黒い波形に滲《にじ》んでいた。道は穴ぼこだらけで、川面のように波打っていた。どんよりと曇った午後だったが、そこだけはすでに夜だった。遠くのほうで赤と黄色の点がちらついた。エドウィンの白い顔が木の後ろから覗いた。僕は後を追った。僕はどこまでも歩き続けた。何分も。何日も。唐突に、左側に家が現れた。木々の間に、さらに一段と古くて大きな木のように、それは建っていた。陰鬱に閉ざされ、黒い窓がさらに暗い陰を落とす灰色の切妻造りのその家は、不気味に目の前にそそり立っていた。身を縮めている巨人のように、巨大でありながら窮屈そうだった。エドウィンの身に危険が迫っているという切羽詰まった思いだけが僕を前へ進ませた。僕はスポンジのような感触の芝を踏み、苔に覆われた木の後ろに隠れた。ローズ・ドーンは雑草の伸びた敷石の道を歩いて森の中を進んでいった。僕の立っているところから、入り組んだ枝や幹を透かして、家の正面と横が見えた。屋根の角から六角形の小さな塔が突き出していて、尖った黒い屋根と窓が二つ見えた。家の正面には朽ちかけたポーチがあって、灰色の四角い柱と、灰色の長い手すりと、灰色の長い階段がついていた。黒い木々が家にかぶさるようにのしかかり、大部分の窓を覆い隠していた。太い木の一本から黒い枝が長く伸び、手すりの角を越えてポーチを横切り、ノックしようと構えるように、窓の手前で止まっていた。ローズ・ドーンは玄関の手前で左に折れ、枝分かれした道を伝って家の横に向かった。灰色の階段を三段上がり、灰色のドアを開けると、まず猫を入れてやってから、吸い込まれるように中に消えた。エドウィンが木の陰から現れ、遠くに見えるポーチに向かって歩き始めた。そのとき彼が何を考えていたのかはわからない。おそらく何も考えていなかったのだろう。魔法の糸にたぐり寄せられるように、彼はゆっくりと、一歩一歩、曲がりくねった黒い木々の間を抜け、曲がりくねった敷石の道を歩いていった。行くなという叫び声が喉元までこみ上げたが、僕はそれを押し殺し、助けが必要になるまでこのまま隠れていようと心に決めた。しかし、助けが必要になるとはどういうことだろう——？　そのとき、こちらがぎょっとするほど唐突にエドウィンが立ち止まった。それまで僕はエドウィンにばかり気を取られていて、家のほうを注意していなかった。彼の視線をたどって上のほうに並んだ窓を見上げると、そのうちの一枚が開いているのに気がついた。黒い服を着て、黒い髪を窓の下まで垂らして、その女は窓のそばに座ってじっとエドウィンを見下ろしていた。女は何も言わなかった。しかし、エドウィンはまるで魔女に呪いの言葉を投げつけられたように、くるりと向きを変えると石の道を走り出し、つまずいて転び、恐怖のあまり立ち上がることも忘れ、赤茶けた硬い石の上を狂ったように這っていった。僕は、女が窓からばさばさと飛び出してエドウィンの後を追ってくるのではないかと家のほうを振り返ったが、彼女は相変わらず窓辺に座って、じっと彼を見下ろしていた。すると、六角形の塔の窓の一つが開き、ローズ・ドーンが身を乗り出した。何も着ていなかった。三つ編みはほどかれて、黄色い髪がなだれを打って窓の下まで流れ落ちていた。彼女は窓枠をつかみ、腹のあたりまで身を乗り出して、物も言わずにエドウィンを見下ろしていた。彼はやっとのことで立ち上がると、舗装していない道を駆け出し、右に曲がって、木の後ろから姿を表した僕の前を通り過ぎていった。ローズ・ドーンはしばらくのあいだ、そうしてエドウィンの姿を見下ろしていたが、やがて奥へ引っ込んだ。

エドウィンは緑色の雑貨屋のところにいた。哀れなほど取り乱し、セメントの階段に座り込んでさめざめと泣いていた。彼は僕の姿を見ると、喜びのあまり、僕が後をつけてきたことを怒るのも忘れていた。僕らは帰る道すがら、かんかんに怒っているにちがいないマルハウス夫人に何と言い訳するか相談した。エドウィンは二度とローズ・ドーンの家に行こうとしなかったが、実はもう一度だけあの家を見る運命にあった。以後何か月かにわたる暗く呪われた月日のあいだ、僕らはこの日のことを互いに決して口に出さなかった。

13

二日後、エドウィンは再び寝込んだ。今回はいつもの風邪の症状に加えて、喉の激痛、嘔吐、それに筋肉痛がともなった。一週間以上も彼に会えない日が続いた代わり、僕は階下のキッチンに詰め、エドウィンの熱が三十八・〇、三十八・五、三十九・〇、三十九・五とじりじりと上がっていき、ついに恐るべき四十度に達し、それからまたゆっくりと下がっていくのを逐一見守った。マルハウス夫人はたびたび〝流感《グリップ》〟という言葉を使い、そのたびに僕は、エドウィンをがっちりとつかんで離さないワシの爪を連想した。僕は彼の身体よりも、むしろ孤独に置かれている彼の魂のほうが心配だった。部屋の中に一日中垂れ籠め、焼けつく喉を抱え、焼けつくまぶたの間から焼けつく世界を見つめているであろうエドウィン。焼けつく身体は病に疲れてすっかり感じやすくなり、暗い部屋で突然電気をつけられただけでも、目玉を指でえぐられたような衝撃が走る。そんな中でエドウィンは肉体の苦痛と同じくらいに流刑の身の辛さをひしひしと感じているのではあるまいか？　しかし、それは見当違いな心配だった。健康とイマジネーションとではち切れんばかりの僕は、肉体的な苦痛はイマジネーションを麻痺させ、世界をただの疼痛に圧縮してしまうということを見落としていたのだ。病勢が衰えだして初めて、荒々しく残酷で執拗なイマジネーションの攻撃が始まるのだ。

エドウィンが学校を休んだ最初の朝、ローズ・ドーンは校庭のあちこちから僕のほうを窺った。まるで僕の後ろから今にもエドウィンが飛び出してくるのを期待しているようだった。クロークルームを通って教室に入ってからも、彼女はエドウィンの空の椅子をじっと見つめていた。その日彼女は、おそらくエドウィンからの贈り物を期待してだろう、何度も僕のほうに目を向けたが、一度も話しかけてはこなかったし、僕もエドウィンについて何も教えなかった。二、三日すると、ローズ・ドーンはもうエドウィンのことなど忘れてしまったようだった。これで彼女と関わりがなくなると思うと、僕はやれやれという気持ちだった。ただ一つ気がかりなのは、そのうちエドウィンに彼女のことを訊かれた時、何と答えようかということだった。

エドウィンとの面会を許される日がやってきた。僕はふたたびオレンジジュースのコップを携え、絨毯を敷いた階段を登っていった。前と同じように彼の部屋のドアは閉まっていたが、完全には閉まっていなくて、僕は足でそれを押して中に入っていった。エドウィンは紫色のバスローブをはおってベッドの上にあぐらをかき、枕の上に紺色の本を置いてその上で紙に何か書いていたが、僕の姿を見ると、ぎょっとして顔を上げた。彼は素早く紙を後ろ手に隠した。「君のママが飲みなさいって」僕は言った。

「そんな馬鹿みたいなオレンジジュース、飲みたくないよ」エドウィンが言った。

僕は部屋を横切り、二つある灰色の本棚の片方に、以前にコップを置いた時のかすかな輪じみとぴったり重なるようにコップを置いた。それから振り向くと、静かに言った。

「オレンジジュースは馬鹿じゃないよ」

「利口なオレンジジュースも飲みたくないね」エドウィンは切り返した。

僕はアメリカの地図の下のベッドに腰を下ろし、黙って待った。エドウィンはいつもの不機嫌の虫に取りつかれていた。紙をあわてて隠すのを僕に見られた以上、僕が何か一言でも言えば、その言葉尻を捕らえて僕に噛みつき攻撃するのは目に見えていた。僕はブラインドの横線を下から順番に数え始めた。十四番目で目がちらついたので最初から数え直した。今度は九でわからなくなった。もう一度始めからやり直し、十五まで数えた時、エドウィンが言った。「学校はどうだった?」

僕は黙って数え続け、十九まで行ったが、うっかりまばたきした拍子に見失ってしまった。「普通だよ」僕は言った。

「ふうん」エドウィンは言った。僕は沈黙を守った。エドウィンが言った。「あの馬鹿みたいな子は、来てたかな?」「どの馬鹿みたいな子?」「さあね。トゥルーディかな」「トゥルーディは来てたよ」「あの馬鹿トゥルーディ、誰かが殺すべきだよ。ほんとに馬鹿な奴だよな」僕は何も言わなかった。エドウィンは言った。「あの馬鹿医者もほんとに馬鹿たれだよ。大馬鹿たれさ。この馬鹿みたいな紙、どこから出てきたんだろう。馬鹿みたいな家だよまったく」彼は紙をくしゃくしゃに丸め、バスローブのポケットに突っ込んだ。「この家の人間は一人残らず馬鹿たれさ。もう中国へでも行ったほうがマシだよ」「でも中国語しゃべれないじゃないか」「しゃべれるよ。チャー・クー・カ。カー・チー・チョウ」「そんなのでたらめだね」「でたらめじゃないよ。チー・クー・カ?ウー・カー・チー! チャー・クー・キーカ。もっと別の馬鹿娘は来てたのかな?」「別の馬鹿娘って、どの?」「ほら、ロ、ロ何とかいう馬鹿みたいな名前の奴さ。もう忘れちゃったよ」「ああ、ローズか。来てたよ。みんな来てたよ。ドナが君に――」「あっそう。来てたのか。その馬鹿ローズが僕に何か言ってたなんてことはない?」「君のことは言ってなかった」「もう誰もかれも馬鹿すぎて月にでも行っちゃいたいよ。どいつもこいつも馬鹿ばっかりでいやんなっちゃうよ。ジェフリー、頼みがあるんだけどな?」「聞いてみなくちゃわからないよ」「もういいよ、おやすみ」そう言うとエドウィンは、バスローブを着たままふとんに潜りこみ、枕から本をどけ、僕に背を向けて大きないびきの音を立て始めた。「わかったよ」僕は言った。「言ってみろよ」「いいんだ。何でもないんだから」「やるよ。約束する」エドウィンは振り向いた。「手紙を出さなきゃいけないんだ。秘密の手紙なんだ」「誰に?」「知らない」「知らない?」「知らないんだよ。きっとあの馬鹿娘が知ってるよ。だからあいつに渡せよ。そしたらあいつが誰かに渡すよ」「馬鹿娘って誰だい?」

しかしエドウィンはもうベッドの上に起き上がり、枕の上に本を置き直し、ポケットから丸めた紙を出し始めていた。そして僕の質問を無視したまま、新しい紙に書き移し始めた。書き終わると、彼はその紙を何度も何度も折り畳んで玉のようにし、僕に階下へ行ってセロテープを持ってくるよう言いつけた。僕が戻ってくると、紙の玉をテープで繭のようにぐるぐる巻きにし、別の紙を出して半分に折り、紙の玉を間にはさみ、両脇と上をテープで留めた。そして赤いクレヨンで、片面の中央にこう書いた。

ローズ・ドーン様

そしてその左上の隅には、こう書いた。

エドウィンより

エドウィンが黙々と作業を続けるあいだ、もちろん僕は全くの無関心を装っていなければならなかった。しばらくして彼は僕にいびつな封筒を渡しながら、決して中を見ないこと、なくしたりしないこと、汚さないこと、彼の手紙を待ちわびるうるわしのローズ・ドーンの手にこれを確かに届ける以外に余計な真似はしないこと、としつこく念を押した。僕は彼がそうまで自分を疑うことにいたく傷つき、部屋を出る時、ドアのところで振り返って辛辣に言い放った。「ちゃんとその馬鹿オレンジジュースを飲めよ」エドウィンが何か叫び返したが、僕は階段を走って下りたので、何を言ったかは聞き取れなかった。

人の心は海より深し。不可思議なるもの、汝の名は魂なり。人間の精神は秘境である。友情とは謎である。好奇心が猫を殺した。――それやこれやのフレーズが頭の中をかけめぐるなか、僕はその夜自分の部屋ではやる心を抑えつつ、紙が破れないよう用心しながら、べとつくセロテープをゆっくりとはがしていった。現存するこの手紙の写しは僕のものしかないわけだから、僕の良心が好奇心に負けたことが結果的に幸いしたわけだが、だからといって、おのが良心の敗北を正当化するつもりは、もちろん僕にはない。小さな紙の玉には一編の詩が書きつけてあった。題もなく、罫線のない無地の紙に極端に斜めにかしいで書かれていた。以下がその詩の全文である。

ローズ・ドーン、ローズ・ドーン、
僕は孤独《フォローン》。
わが心は傷つく《トーン》
おお　ローズ、ローズ・ドーン。

夜も朝《モーン》も、
ローズ・ドーン、ローズ・ドーン、
君を思い僕は泣く《モーン》
おおローズ、ローズ・ドーン。

なぜ僕は生まれ《ボーン》たのだろう、
ローズ・ドーン、ローズ・ドーン、
わが心は痛む《ウォーン》
おお　ローズ、ローズ・ドーン。

ローズ・ドーン、ローズ・ドーン、
僕は孤独《フォローン》。
わが心は傷つく《トーン》

おお　ローズ、ローズ・ドーン。

傑作とは言いがたい。エドウィンは詩人としては二流だった。それでも敢えてこの詩を紹介したのは、芸術的な側面からというより、当時のエドウィンの苦悩がここに如実に表れているからに他ならない。これを読んだ時、僕はすぐにあの時彼の枕の上にあった紺色の本が何であったかを理解した。それはマルハウス教授の辞書の一つで、表紙に〝エイブラハム・マルハウス〟と金箔が押してあり、巻末には「洗礼名一覧」や「綴り方便覧」と並んで「押韻用語集」が載っていた。エドウィンと僕は、その少し前に「押韻用語集」で遊んだばかりだった。エドウィンが僕に〝at〟と韻を踏む単語をいくつ言えるかと言い出したのがきっかけで、最後には二人でこの辞書を引っぱり出し、「押韻用語集」で〝cravat（ネクタイ）〟なる言葉を見つけ出した。出所があまりに見え透いているとはいえ、公平な読者ならこの詩の中で繰り返される〝orn〟の音に彼の悲しみ《モーン》がこめられており、嵐の夜の遠く物悲しい霧笛《フォグホーン》の音を彷彿とさせることは、おわかりいただけると思う。それに、他のことはともかくも、この詩はエドウィンの技巧が『ブルブルの首長アブドゥル』（一三五ページ参照）の頃に比べて格段の進歩を遂げたことを示す何よりの証拠なのだ。

　つけ加えておくならば、エドウィンはこれに続く二か月の辛い恋の期間、ローズ・ドーンに宛ててせっせと詩を書き綴った。しかし、彼女には一つも見せず、わずかにバレンタイン・カードに短い詩のようなものを書き添えただけだった。この時期のエドウィンの詩作活動は、それ自体よりも、その年の夏に劇的に花開くことになる創作意欲（彼はこの時実に三十一もの短編や寓話を発表した）の前兆として見ると非常に興味深い。後年、彼はローズ・ドーン関係の詩を軽蔑するようになるが、これは無理からぬことだろう。しかし奇妙なことに、エドウィンはバレンタイン・カードの詩のほうには愛着を持ち続けた。バレンタインデーにエドウィンは三十四枚、すなわち自分とローズ・ドーンを除くクラス全員からカードを贈られた。ローズ・ドーンのところには、たったの五枚しか来なかった。そのうちの三枚はエドウィンから、一枚は僕から――エドウィンに無理やり書かされたのだ――そして、あとの一枚には名前がなかった。この知られざる賛美者の存在は、エドウィンを最後まで苦しめ続けた。彼は三枚のカードのうちの一枚に、有名な『バラは赤い』を下敷きにした、五節から成る短い詩を書いている。興味を持たれる向きもあるかと思われるので、ここに全文を掲げておく。

1

バラは赤い、
すみれはブルー。
バラ《ローズ》を僕は知っている、
その名前は、君《ユー》。

2

すみれはブルー、
バラは赤《レッド》い。
君《ユー》を愛す、
心からエドは。

3

バラがブルーで
すみれが赤《レッド》なら、
僕が君《ユー》で
君はエドだ。

4

バラはバラ《ローズ》、
すみれはすみれ《ヴァイオレット》。
かわいい君の鼻《ノーズ》、
かわいい君のまぶた《アイリッド》。

5

バラは赤い《レッド》、
おお　すみれはブルー！
砂糖も甘く《スウィート》ない、
君《ユー》に比べれば。

最後の二節では、かなり苦しんだ様子がうかがえ、当初千番まで作る予定にしていたこの詩を彼が断念しなければならなかった理由も、そのあたりにあったようだ。むろん、千番というのはただの冗談だったのかもしれないが。
「気に入ったって言ってたよ」次の日、エドウィンの部屋に戻ると僕はそう報告した。灰色の本棚の上に置いたコップは、誰かがさげてしまったらしかった。「それだけ？」エドウィンはひどくがっかりして言った。幸い、彼はそれ以上僕を追及しようとしなかった。その日、ローズ・ドーンは大きな樫の木に寄りかかり、片方の足を後ろに曲げて木につけ、僕が開けたあとまたテープで留め直した封筒を破り始めた。小さな紙の玉を中から出してしまった後も、何かおまけは入っていないかと期待するように、彼女は何度も封筒の隅を覗きこんだ。僕はその前を行ったり来たりした。どこかへ行ってしまいたかったが、後でエドウィンに彼女の反応を尋ねられるのは、わかりきっていた。ふいに、この「押韻用語」の詩が、ひどく感動的なものに思えてきた。切なげに繰り返される。“orn”の韻が、僕の心を激しくしめつけた。頭の中で最初の一節が列車の響きのように何度も何度もこだましました――ローズ・ドーン、ローズ・ドーン、僕は、孤独《フォローン》、ローズ・ドーン、ローズ・ドーン、僕は、孤独《フォローン》。その間、彼女は苦心してテープをはがし終わり、ねばつくテープの玉をグレイの首の後ろになすりつけると、手紙を広げた。そして読み始めたと思ったとたんに止めてしまった。これは僕の憶測に過ぎないが、おそらく彼女は“孤独《フォローン》”という言葉を知らなかったのではないかと思う。ローズ・ドーンは皺くちゃの手紙を握りしめたまま、両手を腰に当て、能面のような無表情で僕の顔を見つめた。と、突然顔をくしゃくしゃに歪めて首を前に突き出し、舌をべろりと出した。その舌は舐めていたリコリスのせいで真っ黒に染まっていた。僕はきびすを返し、歩み去った。

その日の昼前、僕はテーブル5のほうでくすくす笑い声が起こるのを聞いた。ドナ・リッチオとマーシャ・ロビンズが顔を寄せあって一枚の紙を見ており、向かいのジミー・プルーヴチクが、それを覗きこもうと伸び上がっていた。なぜか僕はすぐには事態が呑み込めず、カドウォルダー先生がその紙を取り上げて初めて、何が起こったかを悟った。先生は、急に神妙な顔つきになってうなだれているドナ・リッチオの横に立ち、その紙を読んだ。ローズ・ドーンは無表情で、あらぬ方角を見つめていた。「どうしたんです、この紙は？」カドウォルダー先生がドナに言った。「ローズがあたしにくれたんです」ドナはローズ・ドーンのほうを指差して言った。「あげてないもん！」ローズ・ドーンが叫んだ。「くれたくせに！」ドナが叫び返した。そしてとうとう、僕が〝それ〟を渡したことをローズ・ドーンが暴露するに及んで、僕までが低劣ないさかいに巻き込まれてしまった。その後に起こった不愉快きわまりない騒動について、ここで詳しく書くつもりはない。幸いなことに、エドウィンはその後数日間学校を休み続け、その間にクリスマスの準備が忙しくなって、この一件はうやむやのうちに忘れ去られた。

14

二人の関係に転機が訪れたのは、二月下旬の、色の抜け落ちた寒い灰色の昼下がりの、正確に言うならば十二時〇六分のことだった。学校を出る時、エドウィンはクロークルームで、ローズ・ドーンと十二時十五分に校庭で会う約束をした（その前に彼女と約束をした時、エドウィンは昼食を大急ぎで詰め込んで学校に飛んで帰り、寒く人気のない校庭で、痛い腹をかかえて待ち続けた。彼女がやって来たのはベルの鳴る五分前で、しかもひどく機嫌が悪かった）。僕ら——エドウィン、カレン、僕——はマルハウス家のキッチンの鉄製のテーブルに並んで座っていた。テーブルには、縁に赤いリンゴの模様のある白いテーブルクロスがかかっていた。エドウィンは皿の右側に古い漫画本を広げ、ミッキーマウスのストーリー漫画に一心に読みふけっていた。皿の左側には、その続きの漫画本が何冊も積み上げてあった。カレンは椅子の上に膝で立ち、猫のように皿を舐めていた。そして僕はしきりに時計を気にしていた。十一時五十九分ちょうどに、マルハウス夫人が流しのところに立ち、赤と青の魚の絵がついたコップを三つ出し、最初の一つにミルクを注ぎ始めた。すばしこい赤い秒針が七のところを回って、ぴんと上を向いた二本の腕に向かうころ、マルハウス夫人は片手にミルクの入ったコップを、もう片方の手にざらざらと音のするM&M'sの大きな茶色の袋を持ち、テーブルのほうにやって来た。エドウィンはミルクにM&M'sを十粒入れ、それをコップの底から眺めるのが好きだった。彼はそれを飲みながら、真っ白なミルクの中に、アイスクリームのチョコレートファッジの筋のように茶や赤や黄色の筋が立ち昇るのを、次第に高まりゆく興奮とともに見つめた。そして最後にうっとりと目を閉じて底のほうの甘いミルクを飲み干すと、コップの底をとんとんと叩いて、冷えて硬くなったM&M'sを口の中にていねいに落とし込むのだった。わがエドウィンは才能には恵まれていたが、彼の物を食べる時の奇妙な癖には往々にして閉口させられた。夏になると、彼は冷やしたブドウを口の右側に五粒、左側にも五粒入れ、恍惚の表情を浮かべながら一度に十粒を同時に噛んだ。そして頬をいっぱいに膨らませ、口の両端からブドウの汁をしたたらせながら、もぐもぐと口を動かした。秒針が黒い針と重なった時、僕は言った。「エドウィン、十二時だよ」「ん」エドウィンは顔も上げずに言った。カレンはテーブルの上に色とりどりのM&M'sをざらざらとあけ、エドウィンの真似をして色別に並べ始めたが、白い〝M〟の字のついたほうを上に向けるのは忘れていた（エドウィンによれば、このMはマルハウスのMなのだそうだ）。「下に落としたらいやよ」マルハウス夫人がカレンに言った。「十二時過ぎたよ、エドウィン」僕は言った。「どうしてみんなそうガアガア言うのさ？」エドウィンが言った。学校までは普通に歩いて十五分、早足で教会の庭を通って近道をして十二分、走って十分かかる。カレンはコップを両手で持ってごくごくと音を立てて飲み、ことんと小さな音を立ててコップを下に置くと、口の上に白いひげをつけたまま僕のほうを向いてニッと笑った。「しぃっ」エドウィンが言った。「国王殿下のおじゃまをしちゃいけないんですって」マルハウス夫人が言った。「国王臀部」エドウィンが顔も上げずに、機械的な駄洒落をぼそりと吐いた。「こっこでんぶ！　こっこでんぶ！」カレンが言った。「そういうところ、パパそっくりね」マルハウス夫人が言った。「エドウィン、もう四分過ぎだよ」僕は言った。彼はまだミルクにM&M'sを入れてもいなかった。「あら、今日も急ぎなの？」マルハウス夫人が言った。「あなたいつも急いでるのね、エドウィン」「エドウィン！」僕は鋭くささやいて彼の読んでいる漫画を取り上げようとしたが、彼はそれを邪険に引っぱり返して、椅子に横向きになると膝の上で漫画を読み続けた。十二時六分になると、僕は学校を丸一日さぼるとか、何か取り返しのつかないことをしでかしてしまったようなスリルで胸がざわざわするのを感じた。十二時十七分、最後の漫画を読み終えると、エドウィンは時計を見上げて顔色を変えた。「どうして何も言ってくれなかったのさ！」彼は憤慨して言い、乱暴に椅子を引いた。「ミルクを飲んでしまいなさい」マルハウス夫人が声をかけたが、エドウィンはすでに玄関に向かって走り出していた。

なぜエドウィンは遅れたのか？　僕がうるさく時間のことを言い続けたから。外は寒く、中は暖かだったから。ローズ・ドーンと手に手を取って楽園に逃げ、そこで永遠に大人にならずに暮らすことを夢見ていながら、心のどこかでは彼女が消えてしまえばいいと願っていたから。彼女がいつも遅れて来たから。M&M'sの入ったミルクを飲み終えていなかったから。今こうしているのが幸せで、ローズ・ドーンと会えば必ずみじめな気持ちになったから。——そしてたぶん、本質的な部分においては、彼は少しも遅れなかったのだ。なぜなら、漫画を夢中で読みふけっていた何分かのあいだ、彼はローズ・ドーンなどまったく存在しない世界に生きていたのだから。その世界では、ローズ・ドーンがミッキーマウスとの約束に遅刻するなどということがあり得ないのと同じくらい、エドウィンが彼女との約束に遅刻することもあり得なかったのだ。

僕らが校舎の脇を通って混雑した校庭に入ったのは、ベルの鳴る十分前だった。約束の場所である金網のフェンスの角の太い樫の木のところに彼女がいないことは一目瞭然だった。エドウィンは木の裏にいるかもしれないと言ったが、もちろんそこにもいなかった。「病気なのかもしれない」彼は低く言った。が、その言葉が終わらないうちに、校庭の反対側の芝の斜面の柳の木のところに、赤い切れはしと明るい黄色、それに小さな黒い点が動くのが僕の目に入った。僕はエドウィンの袖を引き、その方角を指差した。

彼が駆け出し、僕がその後を追うと、彼女も走り出した——しかし、僕らのほうにではなく、向こう端の舗道を通って校舎のほうへ向かっていった。彼女の姿は、あっという間に校舎の脇に消えた。僕らが緑色の一枚扉に通じる一段だけの階段の前を通り、校舎の角を回り込むと、目の前には左側のドアのない壁と右側の通路にはさまれた、細長いがらんとした敷地があるだけだった。その向こうには、校舎の正面の木の植わった芝生が車通りの多い道路に向けてなだらかに下っていた。低い茂みの隙間から、危険な車がものすごいスピードで行き来するのが見えた。ふいに、彼女の赤いコートがクラクションを鳴らしながら走ってくる車の恐ろしい車輪の下に吸い込まれていくのが見えた。彼女は車の前輪、ついで後輪に轢かれた後、宙に舞い上がって一枚の赤いハンカチに変わった。

エドウィンは僕の先に立って校舎の脇を走り抜け、左に曲がって禁じられた区域である校舎の正面に入っていった。僕は懸命に後を追って角を曲がった。正面の高い階段の一番上にローズ・ドーンが立ち、大きな、禁断のドアを開けているのが見えた。彼女が中に消えてドアが閉まると、エドウィンは階段を一段抜かしで駆け上がった。彼が一番上まで上った時、僕はやっと階段の下にたどり着いた。僕は急に立ち止まった。この大きな、背の高いドアの怖さを、事情を知らない読者にどうやったら伝えることができるだろう？　この階段を上るということは、もう考えられない、とんでもないことなのだ。それはちょうど、初めての道を歩いていて、向こうのほうに知らない年上の少年たちが三人たむろしていて――一人は両手をポケットに突っ込んで電信柱に寄りかかり、一人は空き地に石を投げ込む手を止め、もう一人は波打つ金髪を櫛で梳《と》かしつけている――すでにこちらをじっと見つめているのを発見したにもかかわらず、引き返さずに歩き続けるようなものだった。僕はエドウィンの後を追いかねて、その場に立ちすくんだ。彼はすでに、ゆっくりと閉まり始めているドアの向こうに姿を消していた。下の大通りを渡るために並んでいた子供たちが、一斉に僕のことを見上げていた。誰かが指差した。青い警官がまるでピストルを抜くように腰に片手をやりながら、こちらを振り返った。階段の上でドアが静かに閉まった。僕の心に何の断りもなく、身体の方が勝手に決断を下した。階段を一息に駆け上がると、案の定、そこにグレイがいた。前足を身体の下にたくしこんでうずくまり、僕のほうを向いてニタニタ笑っている。ドアの中に入った瞬間、目の前は一面茶色い闇だった。闇に目が慣れると、それは広い廊下に通じる窓もドアもない茶色の壁だということがわかった。しんと静まり返る中で、ぱたぱたと走る足音が響いた。日に二度、僕はここを通って学校の外へ出たが、その時はいつも喧騒の中にいた。しかし今、無人の静寂の中では何もかもが違って見えた。まるで部屋の中心を占めていた大きな家具を運び去ってしまった後のような感じだった。僕は短い廊下を抜けて右に曲がり、足音のしたほうへ向かった。廊下のずっと向こうの端に、階段を下りていくエドウィンの姿がちらりと見えた。僕の後ろには、一年生と二年生の教室が並んでいる、かすかに見覚えのある区域があった。そして僕の前には、それと寸分違わぬ、しかし全く未知の茶色の廊下が延びていた。今でも僕は、その延々と並んだドアの列や、ぽっかりと開いた四角い穴のことを夢に見る。僕は廊下をひた走り、無限に続くかに見える教室の前を通り過ぎ、その一つ一つが、開け放ったドアから見知らぬ机や窓や黄色いシェードの一瞬の映像を僕に向かって投げつけては消えた。ある教室では、白髪の背の高い女の人が黒板に何か書いていて、僕が通り過ぎる時にこちらを振り返った。

階段は黒い鉄製だった。頭上の白い天井は、屋根裏部屋のように傾いていた。小さな埃っぽい窓が一つだけついていて、何度も折れ曲がった階段を下りていくごとに、その窓から金網のフェンスの根元が、木のてっぺんが、何もない空が、連続写真のように見えた。赤銅色の手すりが緑色の鉄の支柱の上をヘビのように這い、踊り場のところで急に折れ曲がり、また次の支柱の列の上を這い下り、そして最後にはくるりと下向きに丸まって唐突に終わっていた。階段を下りると、窓のない長い廊下が列車の線路のように先へいくに従って狭まっていき、一番向こうには黒い鉄製階段が小さく見えた。高い壁には床から天井まで光沢のある灰色のペンキが塗られ、ところどころに茶色い扉が穿たれていた。白い天井からは、ガラスの球が長い黒い鎖の先に吊り下がっていた。床はペンキも何も塗ってなく、まるで地下室のようだった。廊下はがらんとしていて、左側の壁の途中にアルミのシャベルが一つ、ぽつんと立てかけてあるきりだった。僕は半ば歩き、半ば走りながら、開いているドアがあると立ち止まって中を覗き込んだ。右側にある部屋の一つを覗くと、上のほうにある長方形の窓から射し込む光が薄暗い室内に埃の縞模様を浮かび上がらせていた。鉄格子が一本だけはまった窓の向こうには、校庭で遊ぶ子供たちの靴や足が見えていた。僕は耳を澄ましながら廊下を先へ進んだ。完璧な静寂を打ち破って大声で呼ぶ勇気はなかった。その時、すぐ近くの左側の教室で家具を動かすような音がした。僕は音のした教室まで走り、開いていたドアから中に踏み込んだ。その瞬間、僕の背後で、頭上で、まわりじゅうで、最初のベルが大音響で鳴り渡った。

部屋は真っ暗で窓もなかったが、廊下の明かりが開いたドアの隙間から床の上に細く延び、黒々と乱雑に積み上げられた古机の角に当たって粉々に砕け散っていた。部屋全体が古い机でぎっしりと埋め尽くされているらしかった。暗闇を透かして見ると、机は互いに折り重なるようにして僕の背よりも高く積まれていた。机の山と壁の間に細い通路があいていた。ふたたび、部屋の奥の暗がりの中から家具を動かすような音が聞こえてきた。僕は細い通路を伝って右に進んだ。目が急速に暗闇に慣れてくるにつれ、のっぺりとした闇が濃淡のある闇に変わり、壁に沿って左に曲がる頃には金属の脚を上に向けて林立する机の輪郭までがくっきり見分けられるようになった。エドウィンは壁に背中をぴったりつけ、伸び上がって机の山の向こうを覗き込もうとしていた。いったい何をしているのだろう。机が大きな音を立てて動き、すぐそばの重い机の蓋がゆっくりと滑り落ち始めた。その時はじめて、その音が何であるのか僕は理解した。僕らの頭上のどこか見えないところで、ローズ・ドーンが暗く尖った机のジャングルをかきわけ、動き回っているのだ。鋭い角やネジの上をむき出しの膝で這い回っている彼女の姿が、僕の脳裏にありありと浮かんだ。重い机の蓋が音を立てて僕の足元に崩れ落ちた。僕は後ろに飛びのいた。「ローズ！」エドウィンが叫んだ。「あんたなんか大嫌い！」彼女がキンキン声で叫んだ。その時、入口の方で太い声がした。「おい、誰だ、そこにいるのは！」その瞬間、耳をつんざくように、ほとんど無慈悲に、二番目のベルが鳴り響いた。

15

この事件に対するエドウィンの反応は、最初のうち僕を大いに困惑させた。彼は、何もかも自分が悪いと考えたのだ。つねづね小意地の悪い仕打ちを受けてきたエドウィンも、今度のローズ・ドーンの激しい怒りにはすっかり打ちしおれ、彼女を救いがたく傷つけてしまったと観念したようだった。彼が頭の中で、ある切ないシーンを繰り返し思い描いているらしいことは、時おり洩らす溜め息から察することができた。そのシーンとはこうだ。ローズ・ドーンが子猫を従えて樫の木の下に立ち、金網越しに下の大通りを見つめながら、エドウィンが現れるのを今か今かと待っている。彼女がそれまで時間通りに来たためしがないという事実は、この際問題にならない。それどころか、彼女が初めて遅刻せずにやって来たのに、自分は何というひどい仕打ちをしたのかと、ますます自分を責める材料になった。もしかしたら、彼女は何か言いたいことがあったのかもしれない。想像もつかないような、彼の人生をそっくり変えてしまうほど重大なことを打ち明けたかったのかもしれない。もしかしたら悩みごとを聞いてほしかったのかもしれない。彼に相談に乗ってほしかったのかもしれない。もしかしたら自分が見つけた面白いもの、たとえばマッチ箱とか、そんなものを彼に見せたかったのかもしれない。あるいは、よく女の子が金属の枠を使って編むような鍋つかみか何かを作って、それを彼に見せたかったのかもしれない。もしかしたら、彼のために素敵なプレゼントを持ってきてくれていたのかもしれない――リコリスのパイプとか、笛とか、花とか。もしかしたら彼をパーティに誘ったり、今度の週末に一緒にどこかに遊びにいく相談をしたがったのかもしれない。エドウィンに家に遊びにいっていいかと尋ね、彼の家で夕飯を食べ、彼の部屋の予備のベッドに寝て、電気を消した暗がりの中でおしゃべりしたかったのかもしれない。そんな具合にエドウィンは、蚕が糸を吐き出すように、馬鹿げたたわごとを次から次へと考え続けた。そして彼の想像の行き着く先は、いつも同じ映像だった――金網の奥に囚われたローズ・ドーンの顔がしだいに悲しげに歪み、大きな、色の薄い瞳の奥に涙がいっぱいに溜まってきらきら光り始める。やがて涙がゆっくりところがり落ち、二つの筋となって頬を伝い、小刻みに震える口の端に流れ込む。この最後の映像は、エドウィンの心の中に生々しく刻まれていて、あたかもこの犯罪が行われた現場に彼が居合わせ、金網の菱形に指をかけて通りを悲しげに見つめているローズ・ドーンの姿をなすすべもなく下から見あげていたかのようにリアルだった。僕が過去の事例を挙げてその映像を修正しようとしても、エドウィンは反論しようともせず、何もわかっていない僕の愚かさを憐れむように、静かな、悲しげな目を僕に向けるだけだった。彼にとっては、その映像こそが自分の犯した大罪の動かぬ証拠だった。あんなにひどい目に合わせておいて、どうして許してくれなどと言えるだろうか？　だめだ、自分は情状酌量の余地のない、完璧な罪人なのだ。償って償いきれる罪ではない。そして彼はうちひしがれて階段を上がり、七歳の子供とは思えぬ物静かな悲壮感をたたえて寝床に横たわるのだ。

学校でのエドウィンはうちしおれ、恥にまみれ、敢えて彼女から遠ざかっていた。朝、ベルが鳴るまでのあいだ、彼は壁の片隅の空いているところに行き、片方の脚を曲げてかかとだけを後ろの壁につけて寄りかかった。そして、遠くで明るい黄色がひらひらと動いて黒い人込みの中を編むように動いても、微動だにしなかった。教室に入る時はローズ・ドーンのいるそばには並ばないように注意し、長靴がずらりと並ぶ茶色く細長いクロークルームでも彼女のことを避け続けた。授業中は背を丸めて教科書のボビーとベッツィの物語に集中し、決して目を上げようとしなかった。これだけ努力しても、ゲームや綴り方競争の時に、どうかすると彼女と鉢合わせることがあったが、そんな時は細心の注意を払って、あたかも彼女が光の中に溶けてしまってそこに存在しないかのようにふるまった。しかし、ローズ・ドーンが彼を無視するやり方はもっとずっと激しかった。彼女はときどき、見られてもいないのに、エドウィンの視線を振り払うように邪険に顔をそむけ、彼が校庭に現れると反対方向に走って逃げ、トップのリーディング・グループが教室の前に集められ、彼が椅子を抱えて横を通る時は、練習帳に突っぷして顔を上げなかった。それでもエドウィンは目を伏せ、じっと屈辱を耐え忍んでその横を通り過ぎた。

しだいに僕にもわかってきた。エドウィンの中の潜在的な力が作用して、巧妙に、しかし力強く、彼をローズ・ドーンから解き放しにかかっていたのだ。彼女を忘れることもできず、かといって苦しみに耐え続けることもできず、無意味な煩悶に芯まで疲れ果てていたエドウィンの魂は、ついに自由への道を見出した。彼の魂は、ローズ・ドーンに同情すると見せかけて、実は彼女を巧みに排斥しようとしていたのだ。彼のたくましい想像力もまた、その企みに一役買っていた。彼女の心の傷を生々しく感じ取ることで、彼をとことんまで糾弾したのだ。お前のような唾棄すべき人間を彼女が二度と顧みるはずがない。お前のような忌まわしい人間を彼女が二度と構うはずがない。お前は汚れの王、愚者の長だ。軽蔑にすら値しない。見下げ果てた人間のクズだ。いっそ生まれて来なければよかったのだ。エドウィンはマッド・サイエンティストよろしく、ごぼごぼと泡立つ実験室で、ついに秘密の薬を調合することに成功した。彼はそれをあおり、ゆっくりと、狡猾に、得心の笑みすら浮かべながら、徐々に姿を消していった。

16

エドウィンの遅刻事件から三日後、外では霧雨が降り、スチーム暖房がしゅんしゅんと湯気を立てる午後、僕はたまたま、うっかり見落としてしまいそうなほど些細なある事件を目撃した。僕はテーブル1の、ローズ・ドーンの向かいに座っていた。練習帳の単調な問題を続けて解いたせいで目が疲れていたので、目を休めるつもりで教室の後ろのほうで静かに座っているエドウィンのほうを見た。彼は両肘をテーブルの上につき、恥じ入るように頭を垂れて一心に練習帳と取り組んでいた。僕が見るともなく見ていると、ぼんやりとした前景でローズ・ドーンが素早く振り返ってエドウィンを見、また向き直るのが見えた。彼女は僕に見られたことに気がついた。すると、まったく予期せぬことに——そして恐ろしいことに——彼女は顔を赤らめたのだ。僕は突然、後にも先にもこの時だけ、ローズ・ドーンへの憐憫で胸がいっぱいになった。彼女は永遠にエドウィンを失ってしまったのだ。しかしその憐憫も、彼女が練習帳の絵の人物の一人一人に無茶苦茶なひげを描き加え始めたので、霧のように消え失せてしまった。遠くでは、相変わらずエドウィンが本の中の何かの石像のように、うなだれて座っていた。

その夜、僕はマルハウス家のキッチンの鉄製のテーブルに座っている夢を見た。テーブルには、縁に赤いリンゴの模様のある白いテーブルクロスがかかっていた。マルハウス夫人が僕の向かいに座り、濡れたコップをティッシュで拭こうとしていたが、ティッシュはちぎれてコップにへばりついた。ローズ・ドーンが僕らの横に座り、本を読んでいた。勝手口のドアが開き、エドウィンが、先が尖ってカーブした、爪の甘皮を切るハサミを右手に持って入ってきた。彼はローズ・ドーンのそばに近づき、ハサミで首を何度も突き刺した。傷口から血が太い筋になって流れ落ちた。マルハウス夫人はいつの間にか青いゴム手袋をはめ、コップの底に黄色いスポンジを詰め込んでいた。ローズ・ドーンが右の頰を下にしてテーブルの上に倒れこんだ。顔を苦痛で歪ませ、両手をかざして顔の左半分をハサミからかばおうとしていた。「やめろ！」僕は言い、テーブルを激しく叩いた。エドウィンは素早く彼女の手の周りや指の間に尖ったハサミを突き立て、べりべりと音を立てて頰の肉を裂き、柔らかな上唇の肉片を削ぎ落とし、閉じたまぶたの上から眼球を何度も何度も突き刺した。僕は体を伸ばしてローズ・ドーンを助けようとしたが、あと少しというところで手が届かなかった。僕は悲鳴を上げ始めた。するとエドウィンは、初めて僕の存在に気がついたというように僕のほうを振り返り、血まみれのハサミを振りかざした。そこで目が醒めた。部屋の暗闇が、巨大な岩のように重く僕の上にのしかかってきた。

17

それから後の二週間の出来事は、今こうして書いているあいだにも奔流のように僕の脳裏に甦ってきて、それらを正しい順番に並べ直すのはひどく困難な作業だ。僕の頭を占めるローズ・ドーンのイメージは、錆びた釘の突き出た棒を振り回しながら狂人の目をして校庭を走り回るというものだ――だがもちろん、その棒は僕の記憶が勝手にアーノルド・ハセルストロームから拝借したものにすぎない。しかし、合成された記憶は、時には時計に忠実な記録よりも的確に真実を言い当てる。そして、過去へのあくなき探求者たる大胆な伝記作家は、時計によって否定された記憶にも目を向けることをいとわない。しかしそれはむろん、機知に富むわが友の言っていたように、記憶もイマジネーションの一形態なのだという意味ではない。純然たる真実と混乱し合成された記憶とは、常に厳密に区別されていなければならない。そうでなければ、伝記はたちどころにフィクションに堕してしまうからだ。したがって、ローズ・ドーンにアーノルド・ハセルストロームの棒を持たせた僕は、うやうやしく非礼を詫びながら、それを元の持ち主に返すことにする。それに、彼女には彼女で別の凶器があった。

さて、ローズ・ドーンはエドウィンが消え去るのを黙って許しておくほどお人好しではなかった。前章で述べた些細な出来事があった次の日の朝、彼女はリーディングのグループに加わるために椅子を抱えて通路を歩いていたエドウィンの前に足を出して、彼を転ばそうとした。カドウォルダー先生は何も気がつかなかった。リーディングのグループが解散するとエドウィンは椅子を抱え、教壇の後ろを回り、窓際の通路を通って自分のテーブルに戻った。その日の午後、エドウィンと僕が、まだらに雪の溶け残った校庭に入ろうとすると、ローズ・ドーンが校舎の脇で、片方の脚を曲げて後ろの壁にかかとだけつけて寄りかかっているのが見えた。片手にピンクのゴムボールを持っていた。エドウィンは突然、今日は雪が降るかもしれないなどと言い出し、彼女を遠巻きにするように大きなカーブを描き、足早に校庭に向かい始めた。彼は話しながら僕の顔をまじまじと凝視した。まるで、僕の正直な気持ちが顔の筋肉の不用意な引き攣れとなって表れるのを恐れているかのようだった。僕が、今日は雪なんか降りっこない、空だってあんなに晴れて雲一つないじゃないか、と反論していると、ふいに空から何かが降ってきて、僕らの足元に落ち、また空高く跳ね上がった。それは次第にゆるやかになりながら何度もバウンドを繰り返し、金網のフェンスのほうへ跳ねていった。グレイがその後を、同じように跳ねながら追いかけていった。エドウィンが言った。「いや、そんなことないよ。ほら、あそこに小っちゃな雲が見えるだろう。いやだなあ、雪が降ったら。見えないかな、あそこの小っちゃな雲」

その日の午後は何事もなく過ぎていった。トップのリーディング・グループが教室の前に集まり始めるとすぐ、ローズ・ドーンは手を上げて手洗いに立った。彼女が教室から出ていくと、椅子を持って窓際の通路に向かいかけていたエドウィンは、戻ってきていつものように中央の通路を通った。二十分後、グループが解散になると、エドウィンは窓際を通って席に戻った。ローズ・ドーンは完璧に彼を無視した。その日の残り、彼女は誰を煩わせるでもなく、机を指で叩いたり、下品な音を立てたり、落ち着きなく身動きしたり、練習帳のページを騒々しくめくったりするだけだった。三時十分のベルが鳴り、僕らは一列に並んでクロークルームに入っていった。僕のコートは襟首のところについていたゴムひもが伸びてしまったので、つい最近母親がそれを銀の鎖に付け替えたばかりだった。それを壊さないように重いコートをフックから外すのに気を取られていたせいで、少し離れたところでエドウィンが空のフックを深刻な顔で見下ろしているのに、しばらくのあいだ気がつかなかった。「僕のコートがない」彼が言った。「そんな、もう一度よく確かめ――」僕は言ったが、彼はすでに通路を歩きながら左右のコートを念入りに見て回り始めていた。みんなが逆の方向に歩いてくるのをかきわけつつ進み、やっと人波が切れると、そこはすでに別のクラスのエリアだった。僕はエドウィンの後を歩き、見落としのないよう二重にチェックしていった。廊下に続く入口に近い中央のコートラックを調べ終えると、エドウィンは左に曲がり、向こう側の列を来た方向に戻りながら、さらに別のクラスを調べ始めた。僕がこちら側の列の最後のコートまでたどり着いた時、通路からはみ出していた長靴に蹴つまずいた。僕はその長靴の脛を蹴飛ばして、向こう側に回った。自然にコートの下の長靴の列へ目が行った。エドウィンのコートは、そこに死体のようにうずくまっていた。紺色の布地は泥にまみれ、片方の袖には泥だらけで輪郭のぶれた、しかし紛れもない靴の跡が一つ、刻印のようにしるされていた。

それはほんの序の口だった。校庭で、ローズ・ドーンはエドウィンを声高になじり、罵詈雑言を浴びせかけた。ドッジボールの時は彼の頭を狙った。ある日、彼女はエドウィンの脚を蹴ってから猫と一緒に逃げ出す途中、転んで膝をすりむいた。彼女は泣きわめき、びっこをひきながら校舎に駆け込むと、通りがかりの見知らぬ先生に、エドウィンが自分を突き飛ばしたと言いつけた。エドウィンはただちに校長室に呼ばれ、やがて僕も証人として呼ばれた。同じクラスの生徒が三人、ローズ・ドーンが転ぶのを目撃していたため、彼女の訴えは却下された。またある朝、エドウィンが練習帳を開くと、そのうちの何ページかが黒いクレヨンで乱暴に塗りつぶされていた。彼女はトゥルーディ・キャシディに、エドウィンはあんたに気があると言った。マリオ・アントニオに、エドウィンがあんたをユダヤ人だと言っていたと言った。そして、エドウィンがおもらしをしたとクラスの誰かれなくに言って回った。彼の横を通ってクロークルームに行く時、わざと手で教科書やクレヨンを払い落とした。彼がはらはらして見ている前で、自分の猫の尻尾をつかんでさかさまに持ち、猫がうなり、叫び、宙を掻きむしるのを見せつけた。あるいは、猫を両手でつかんでブランコのように揺すり、高々と放り上げ、宙で手足をばたつかせるのを見せた。

やがて、エドウィンの忍耐強さが火に油を注いだのか、それとも、この怒りをぶつけるのにエドウィンという器では小さすぎると考えたのか、ローズ・ドーンは攻撃の矛先を他にも向け始めた。彼女の復讐の本能が、ある種のしたたかさを見せ始めたのは、この時からだった。その本能は、彼女の本当の敵が、どうせ最初から好きでも何でもなかったエドウィンなどではなく、もっと別のところにいることを見抜いていたのだ。最初の標的はトゥルーディ・キャシディだった。ローズ・ドーンは校庭で彼女の後ろから近づき、髪を力まかせに引っぱった。同じ日に、マーシャ・ロビンズの足を引っかけて転ばせ、泣かせた。ローズ・ドーンは校長室に呼ばれた。しかし、もう誰も彼女を止めることはできなかった。彼女はダイアナ・ウォルシュの脚を蹴り、アンナ・リトヴィンスキーのみぞおちに頭突きをくらわせ、太ったマーシャ・ロビンズの前に立って「でーぶ、でーぶ、百貫でーぶ」を何度も繰り返し、とうとう泣かせた。ある日はバーバラ・ディ・アンジェロの腕をハサミで突き刺した。ハサミの先は丸かったしバーバラ・ディ・アンジェロも泣き虫で有名だったとはいえ、他人をハサミで傷つけるということ自体が衝撃的だった。しかし、やがてたちまち校庭じゅうの話題をかっさらうことになる、一連の激しい攻撃の最初の犠牲者になったのは、ドナ・リッチオだった。

それが起こった時のことは鮮明に覚えている。ドナは縄跳びの列の中ほどに並び、丸めたこぶしを振りながら、みんなと一緒に声を張り上げて歌っていた。僕はそれを三メートルほど離れたところからエドウィンと一緒に眺め、どうやったらあんな風に、びゅんびゅん回る二本の縄の中に入っていけるのだろうと考えていた。しばらく見ているうちに、どうやら片方の縄が地面についた直後に入っていくらしいと気づき、それが正しいかどうかさらに観察を続けていると、いつの間にか僕の横にローズ・ドーンが来て立っていた。彼女は僕のことなど見向きもせず、一心に縄跳びの様子を見つめていた。ドナが縄の間をかいくぐり、真剣な面持ちで敏捷に何度か小さく跳ぶと縄の外に飛び出し、ゆっくり歩いて列の一番後ろにつき、またこぶしを丸めて歌い出した。その時、ローズ・ドーンがすっと彼女の後ろについた。そこで一瞬、決意を固めるように、ひと呼吸おいた。それからいきなり手を伸ばし、ドナのコートとスカートの裾をつかみ、思い切り上にまくり上げた。薄いブルーのパンツが丸見えになった。ドナは悲鳴を上げ、近くにいた男子たちがどっと笑い、ローズ・ドーンは素早く走って逃げた。彼女は同じことをマーシャ・ロビンズとスーザン・トンプソンにもした。マーシャのパンツは黄色、スーザンのは白だった。マーシャは泣き出し、被害にあった女の子三人は連れ立ってカドウォルダー先生のところに言いつけにいった。もちろんローズ・ドーンは校長室送りになった。しかし、彼女の攻撃は止まなかった。じきに彼女の後に上級生の男子の一団がついて歩くようになり、彼女が誰かのスカートをまくるたびに、横で口笛を吹き、歓声を上げた。

ある日、ローズ・ドーンは学校にマッチ箱を持ってきた。片手にマッチを、片手に箱を持ってジミー・プルーヴチクに近づくと、マッチを擦り、火がついたまま彼に投げつけた。ジミーが逃げると、彼女はけたけたと笑い声を立てた。

教室での彼女は、次第に手がつけられなくなっていった。バーバラ・ディ・アンジェロほどではないにしても、何人ものクラスメートが怪我を負わされた。ローズ・ドーンはそのたびに校長室にやられた。彼女の存在に脅えきっている女子も少なくなかった。

マーシャ・ロビンズは、彼女がいないとここぞとばかりに陰口を叩いたが、近くに来ると脅えてあたりを見回した。僕自身は、彼女の暴力よりも落書きのほうに悩まされていた。彼女の振る舞いがエスカレートするのに比例して、クレヨンの落書きもひどくなっていった。最初のうちは赤や青の矢が刺さった単純な人間の絵だったのが、やがて猛り狂ったような黒や赤や紫の炎に変わった。そのうちに彼女は、自分の描いた絵まで破壊するようになり、ついには一枚残らず地獄絵図に変えてしまった。そのうちの一枚は、特別はっきり心に残っている。ローズ・ドーンは最初、黒いクレヨンで丸い頭を描き、その下にロリポップの柄のような線を引き、その下に三角形のスカートを描き、二本の棒状の脚と丸い足を付けた。次に黄色いクレヨンを出して、頭の左右から三本ずつ、長い髪の毛を生やした。頭のてっぺんには毛がなく、顔ものっぺらぼうだった。次に赤いクレヨンで、三角形の中を塗り始めた。塗る順番はいつも決まっていて、まず三角形の左の斜面の内側を塗り、次に底辺、右の斜面の順に塗り、真ん中に残った白い部分は、最後に好きなところから塗り潰していった。ところが、右側の斜面の内側を塗っている時、突然クレヨンが線をはみ出し、でたらめに渦巻きながら絵全体に広がり始めた。それはまるでスカートの糸がほどけ、目の粗い赤い網となって首や顔や脚を覆いつくすような眺めだった。ローズ・ドーンはそこでふいにその絵を僕のほうへ押しやった。僕はそれを見、うなずき、押し戻した。しかし、絵はまだ完成されたわけではなかった。彼女は赤いクレヨンを狂ったように左右に動かし続け、とうとう絵全体にてかてか光る赤黒い膜がかぶさったようになった。できあがった絵は、血のような一面の赤の向こうに黒い人の形が見え、その周囲を画用紙の白が取り囲んでいた。もっと注意して見ると、消え入りそうなほどかすかに髪の毛のなごりが見えたが、それはもう黄色ではなく、赤に近いオレンジ色だった。

僕は一度たりともローズ・ドーンに好意を抱いたことがない。しかし、だからといって彼女の肖像に実際以上に暗い影をつけ加えたのでは、せっかくのこの伝記の信憑性を傷つけることになる。ローズ・ドーンは、いつもいつも僕らを悩ませていたわけではなかった。では他の時は何をしていたのかというと、僕にもよくはわからない。たぶん、ただ僕らを放っておいてくれたのだろう。最後のほうでは、それだけでも僕らには充分ありがたかった。そしてまた、ぼんやりと物思いの淵に沈み、深い白日夢の底で異形の神々と交信している時もあった。そんな時の彼女は穏やかで、愛くるしくさえあった。無邪気、純真と言ってもよかった。かつてローズ・ドーンのそういう面は、エドウィンにとって非常に大きな意味を持っていた。エドウィンは彼女の中に、あらゆる虚偽の悪魔を焼き払う真実の天使の姿を見ていたのだ（僕は僕で、彼女は瞳の白い悪鬼たちと通じていると信じて疑わなかったが）。しかし、もちろん最後には、彼女は何もかもぶち壊しにしてしまった――ちょうどエドウィンの純情をぶち壊しにしてしまったように。なぜなら彼女の瞳は白く、母親は魔女で、どうあがいても地獄に堕ちるよう運命づけられていたのだから。

しかし、僕がローズ・ドーンのことを本気で怖いと感じ始めたのは、あの朝のことがあってからだった。その日は、いつもほどではないにしろ、やはり寒い朝だった。ローズ・ドーンは、なぜか赤いフードを頭にすっぽりかぶって校庭に現れた。そしていつまで経ってもクロークルームから出てこなかった。カドウォルダー先生は苦い顔で、一つだけ空の席と、壁の時計と、クロークルームのドアを順番に見比べていた。そしてついに堪忍袋の緒を切らして立ち上がった時、何人かが息を呑む気配がして、トゥルーディ・キャシディが僕の肘をつついた。ローズ・ドーンは淡々とした表情で、テーブルの間を抜けて自分の席についた。それだけのことだった。しかし全員が立ち上がり、主の祈りを唱和する時、僕は動揺のあまり声も出ないほどだった。しばらくしてから、やっと勇気をふりしぼり、ローズ・ドーンをまともに見据えた。おぞましく、グロテスクな変わりようだった。まるでかつらを脱いだようだった。二本あったお下げはばっさり切り落とされ、耳まで届かないほど短い薄い黄色の髪を、左で分けて横になでつけていた。彼女はまるで男の子のようだった。以前の面影はどこにもなかった。僕は、マルハウス夫人が浜辺で白い海水帽の中に髪の毛を全部たくしこむと、まるで別人のようになってしまい、笑ったその口許も、本物のマルハウス夫人をグロテスクに真似た別人の口のように見えたことを思い出した。しかし、白い海水帽をかぶったマルハウス夫人は、顔全体がぎゅっと縮んだように小さく幅狭に見えたが、ローズ・ドーンの顔は前より幅が広く、ほとんど真四角に見えた。その上、何の表情も読み取れない大きな色の薄い目は、それまで髪に隠れていた危険なものが覆いを外されてむき出しになったような印象を与えた。ビリー・デューダは、母親がローズ・ドーンの髪を切ったのだと言い、ドナ・リッチオは、彼女が自分で切ったのだと言った。

その日の彼女は特別凶暴で、一日の大半を校長室で過ごした。

次の日の朝、僕はローズ・ドーンの席が本鈴を過ぎても空いたままなのを見て、安堵の溜め息を漏らした。美しく晴れた朝で、空気にはすでに春の気配がそこはかとなく混じっていた。そして彼女の姿がないということが、日差しをさらにうららかにしているように感じられた。全員が立ち上がり、頭を垂れ、その空席に感謝を捧げるような気持ちで、主の祈りを唱え始めた。〝み心の天になるごとく〟のところで、足音が廊下を近づいてくるのに気づいた。その七語あと、〝日々の糧を〟のあたりでドアのノブをがちゃがちゃと回す音がした。〝我らを〟で閉じていた目をこわごわ開けると、正面のドアのところに、ぜいぜいと息をはずませ、前に進みかけた姿勢のまま凍りついているローズ・ドーンの姿が見えた。クラスのほとんどが祈りをやめ、何か恐ろしい物でも見るように彼女に目を向けた。何人かの女の子は、それでもぎゅっと目を閉じたまま、頑なに祈りの言葉を唱え続けていた。その間にも先生の祈りの声は次第に大きくなっていき、まるで呪いの言葉かムチの一振りでも投げつけるように、怒りに燃えた目でローズ・ドーンをねめつけた。主の祈りを途中でさまたげるのは、言語道断でセンセーショナルな重罪であり、カドウォルダー先生が何らかの処置をするのは確実だった。案の定、最後の言葉を言い終わると、先生はローズ・ドーンの前につかつかと歩いていき、祈りが済むまでドアの外で待っていなかったことをさんざんに叱り、やがて彼女の肩をつかんで激しく揺さぶると、二の腕をつかんで廊下に引っぱっていき、忠誠の誓いが済むまでそこに立っているよう命じた。しかし、そんなことよりも僕をぞっとさせたのは、ローズ・ドーンの表情だった。最初のうち、彼女の顔に一瞬浮かんだ不安ととまどいの表情は、次第に確信犯のふてぶてしいそれに変わり、最後には反省の色どころか、歪んだ喜びさえ漂わせていた。彼女の目が教室をさまよい、薄く口を開けて見守っているエドウィンの上で止まった。怒り狂ったカドウォルダー先生がやってくるのを待つあいだ、ローズ・ドーンは唇こそ動かさなかったが、笑っているように見えた。授業が始まると、彼女は席に戻ってきたが、その日はぼんやりと夢見がちで、妙にきらきらした目で遠くを見つめていた。

次の日の朝、彼女は祈りの最中に、後ろのドアを勢いよく開けて入ってきた。カドウォルダー先生はすぐに祈りを中断して、彼女のほうに大股で歩いていった。ローズ・ドーンは教室の後ろに立って、穏やかに、ほとんど嬉しそうに、先生を待ち受けていた。

僕は自転車に乗るのが好きだ。先週の土曜日、自分の書いたものがすべてぶざまで馬鹿げていて何の意味もないように思え、エドウィンが死んだというのに僕の母親が子守歌を口ずさむので、僕はオレンジの並木の下の白い歩道を抜け、遠乗りに出かけることにした。短いジャケットを着こんだ大人たちが、落ち葉を掃き集めて焚き火を焚き、黒い煙の筋が澄みわたった青空に立ち登っていくのを熊手に寄りかかって眺めていた。僕は教会の前の信号を赤で渡り、フランクリン・ピアス小学校のほうへ向かった。ラポルスキー商店の角を右に曲がり、片側が校庭の崖になった細い脇道を進んだ。道の両脇には高い木が並び、茶色い落ち葉が波に打ち寄せられたようにどこまでも続いていた。僕は慎重に枯れ葉の上を選んで通り、タイヤがパリパリと乾いた音を立てるのを聴いた。のどかな通りだった。小さな子供が一人、落ち葉をかき集め、投げ上げては自分の周りにそれが落ちてくるのを楽しんでいた。ガレージの前で、男の人が黒いぴかぴかのフォードにホースで水をかけていた。何ブロックか過ぎたあたりで右に曲がり、両側に灰色の二階建ての家が並ぶ上り坂を、ペダルを力いっぱい踏んで登っていった。坂の頂上には、鮮やかな赤に塗られた雑貨店が建っていた。その先を左に曲がり、ハンドルの上に足を載せて、黄色や白の平屋建てが並ぶ下り坂を一気に下りていった。足の間に、坂の一番底を左右に通っている道が見えた。その道に沿って色とりどりの小さな家が建ち並び、それが一か所切れたあたりに岩山が突き出し、その上には銀色の給水塔が立っていた。素晴らしく効きのいいブレーキを数回に分けてかけ、下の道で止まると注意して向こう側に渡り、右に曲がり、青々とした芝生や植えたばかりの細いカエデの木の前を通り、歩道を走り続けた。サニーホーム通りと名付けられた道を左に曲がった。色も形も全く同じの小さい家々がいくつも並び、狭い庭では赤や青の服を着た子供たちが芝生の上で遊んでいた。道は突端が丸くなって終わっており、高い金網のフェンスの向こうには黒い森が立ちはだかっていた。僕はそこで向きを変え、もと来た道を引き返した。

ローズ・ドーンが死んだのは、彼女の髪が死んだ二日後のことだった。おそらく彼女にとって、残された最大の悪事といえばもう死ぬことぐらいしかなかったのだろう。その朝も彼女の姿はなかったが、カドウォルダー先生は主の祈りのあいだじゅう、かっと目を見開いていた。まるでローズ・ドーンとの闘いに力を貸してくれるよう、必死で主に祈っているようだった。遊戯の時間が終わった少し後、どこからか消防車のサイレンの音が聞こえてきた。最初のうち姿は見えず、ただサイレンだけが空の上げる呻き声のように、朝の空気を打ち破って近づいてきた。やがて校舎の脇の道に突然消防車が姿を現し、僕らの窓の下を通った。何台もの車が赤い風のように通りを疾走し、その後ろに、まるで猫のように、黒い消防士たちがびっしりとしがみついているのが見えた。カドウォルダー先生は、僕らが窓に駆け寄って見物するのを止めなかった。トラックが三台、赤い車が二台通った。少し間を置いてトラックがもう一台、猛スピードで走り抜けていった。十一時十五分、金網のフェンスのずっと向こう、地平線の近くに細い煙がたなびくのが見えた。十一時三十分のベルが鳴ると、エドウィンと僕は脇道を走り、右に曲がって灰色の二階建ての家が並ぶ坂道を駆け上がっていった。あちこちから人が駆けつけ始めていた。深緑色の雑貨店のところから坂の下を見ると、雑草の生えた空き地の向こうに長い炎の舌が上がり、三月の澄んだ空にさかんに黒煙を噴き上げているのが見えた。坂の底には警官が立っていて、それ以上先には行かせてくれなかった。僕らは岩山をよじ登り、巨大な金属のクモの脚のふもとに立って、炎上する家を眺めた。炎はある時は猛々しく立ち上がり、ある時はゆっくりと崩れて、ハチミツのように重たげに低く這った。岩山は見物人でいっぱいだった。燃え上がる木々の中に、舗装されていない、名前のない道に停まった赤い消防車の姿と、ホースの先から放たれる白い水のアーチが見えた。「見ろよ！」どこかの馬鹿が叫んだ瞬間、六角形の塔が炎に包まれた。エドウィンは地面に腰を下ろし、抱えた膝の上に顎を載せ、燃え上がる塔を言葉もなく見つめていた。やがて塔が屋根からはずれ、猛り狂った火の玉となって下の炎の海に沈んでも、エドウィンは身動き一つしなかった。しばらくすると彼は立ち上がり、僕らは一言もしゃべらずに家路についた。

マルハウス夫人は十一時からラジオにかじりついていて火事の情報を追っており、僕らが着いた時もニュースを聴いていた。エドウィンは、その火事なら見てきたというような意味のことを小さくつぶやき、矢のように浴びせかけられる質問に口の中でもぐもぐと答えた。彼がテーブルの前に座り、ナプキンを取り上げるあいだにも、ラジオは静かに叫び続けていた。親子は病院に運ばれたがすでに死亡していた。火の勢いはいまだに衰えていない。マルハウス夫人は僕らに背を向け、サンドイッチを作りながら首を振った。両手に一つずつサンドイッチの皿を持って振り返った時、彼女は煙草を強く吸い込むような、奇妙な音を発した。エドウィンは両手で耳を塞いでいた。その目は固く閉じられ、顔は苦悶に歪んでいた。

18

その年もまた、雨が冬を洗い流した。空気そのものがほころぶように暖かな風が吹き、遠い海の香りを運んできた。カエデの木々はふたたび赤黒い花をつけた。晩年に入ると、エドウィンはブラインドを閉めきった部屋に閉じ籠もり、春を甘い仮面をかぶった悪魔として忌み嫌うようになった。春は微熱のように彼から落ち着きを奪い、鋭利で冷徹な彼の筆を鈍らせるからだった。しかし、壮年期の彼はまだこの季節に——この季節の倦怠と、熱と、うららかな午後の日差しの猛威に——無防備に身を晒していた。春の訪れはいつもどこか唐突だった。エドウィンはかつてそれを、映画の『オズの魔法使い』が、最初はセピア色の画面なのが突然カラーに変わるのにたとえたことがあった。しかし僕としては、夏休みの土曜の昼の映画館で、エドウィンと二人でよくやった遊びになぞらえたい。僕らは何時間も暗闇の中に座って、アニメ映画や海賊映画を観る。映画が終わると明かりがつき、闇の中であんなに輝いていた非常口の赤いランプが色褪せて見える。人々がぞろぞろと出ていき、広い館内は次第にがらんとしてくる。頭上には黄色い照明がこうこうと光り、僕らは今がもう夜で、街には灯がともっているような錯覚を感じる。通路のゆるいスロープをのろのろと歩いて、寒いくらいに冷房の効いたロビーに向かうあいだ、僕らはその錯覚を大事に膨らませていく。外はうんと涼しいに違いない、とっくに日も暮れてしまっただろう、体だってこんなにくたくただ——。そして、ひんやりとした夜の闇や、車のヘッドライトの列や、通りの向かいに青く輝く〝バー&グリル〟のネオンサインや、街灯の加減で伸びたり縮んだりする人々の影や、黒いサテンを張った夜空の地平線すれすれに明るく輝くオレンジ色の月をありありと頭に思い描く。そして、ドアを抜けて真紅の絨毯の上に立つと、突然あたりは光の洪水で、ガラスの扉の向こうには青い空と白い歩道がまばゆく輝き、そこらじゅうにガラスと銀のぎらぎらする熱い光がせめぎあっている。そうだということはわかっていても、僕らのどこかには、まだわくわくするような夜の幻覚が息づいていて、午後のまぶしい光と熱の氾濫の中に立たされると、ほんの一瞬、奇妙な不安と混乱と、そして胸を締めつけるような失望が駆け抜ける。

そんな具合に、春はエドウィンを驚かせた。これほど凄まじい量の光を、彼は想像すらしていなかった。その年、春はめりめりと音を立ててそこらじゅうに炸裂した。それは緑色の熱病、木々の悩ましい悶えだった。エドウィンはとまどった。ローズ・ドーンの死は彼を悲しみのどん底に突き落としたというのに、季節はまるでちぐはぐな服を組み合わせるように、まったく彼の気持ちを反映していなかった。それでいて、春はせっかく眠りかけている悪夢のような記憶を、彼の中に呼び覚ましているようにも見えた。こうも考えられる。エドウィンの中で、ローズ・ドーンへの激しい恋は、秋そして冬という季節と分かちがたく結びついていた。だから、黒い裸の木々と黄色い落ち葉、白く曇ったガラス窓、スチーム暖房で暖められた部屋、キンと冷えた青空の下の白い息——それらのものがあとかたもなく失われてしまうのを見て、彼は失われた初恋のことを思い出さずにはいられなかった。あるいはただ単に、彼は冬という古い環境の下でローズ・ドーンに接することに慣れてきた。その寒くわびしい環境は、ある意味で彼女という人間と結びつき、少なくとも冬そのものであるような彼の失意と悲しみと結びついていた。しかし今、暖かな、緑色の、生命力あふれる新しい環境が始まった。それは休息と冒険を同時に語り、はるかなる緑の楽園への旅にエドウィンを誘い、そしてまた苦しめた。なぜならその楽園の鬱蒼と繁る木々の下を、緑色の木漏れ日の中を、彼とローズ・ドーンが歩くことは永遠にないのだから。

一か月間、エドウィンはほとんど僕と口をきかなかった。授業中は手に顎を載せ、ぼんやりと遠くを見つめていた。学校から戻ると、ゆっくりと、ゆっくりと、ゆっくりと、重い足取りで階段を上がっていった。「そんな気分じゃないんだ」何かにつけてそう言い、僕が何を話しかけても、それきり黙りこんでしまうことが多かった。そんな状態が一か月続いたのち、彼は水ぼうそうにかかり、三週間部屋に籠もりっきりになった。その間、僕はキッチンにも入れてもらえなかった。エドウィンが学校に復帰したのは五月の初めだった。前より痩せて顔色も悪く、左手首の内側にできた小さな丸い発疹の跡を勲章のようにちらつかせていた。以前より活発になったように見えたが、最初の一週間は勉強の遅れを取り戻すので精一杯だった。その後、エドウィンは目に見えて回復していった。ふたたびゲームに加わり、仲間と元気にやり合い、駄洒落を飛ばし、新しいルールを発明するようになった。ある土曜日、マルハウス教授が車を運転して、みんなで遠くのピクニック場まで出かけた。枝の先に針のような新芽が伸び始めた背の高い常緑樹の林の間に、焦げ茶色のテーブルが点々と散らばっていた。昼食の後、マルハウス教授は〝松ぼっくり《パインコーン》〟と〝常緑葉《エヴァグリーン・リーヴズ》〟をユダヤ人の名前に見立てたかなり苦しいジョークを披露*し、首から光度計と七つ道具の入った袋と二台のカメラをぶら下げ、カメラのストラップに革のフィルターケースをいくつもつけて、先頭に立って歩き始めた。曲がりくねった土の道をどんどん歩いていくと、白く細い滝があちこちの岩にぶつかりながら茶色いせせらぎの中に落ちていた。エドウィンははしゃいだ。せせらぎには石の橋がかかっていて、そこの欄干から身を乗り出し、右の肩越しに振り返ってウィンクしているエドウィンの写真が今でも残っている。

　五月晴れの、うららかな朝だった。エドウィンは太い木のでこぼこの根っこの上に、日光を避けて腰を下ろしていた。その木はビーチ通りの切れた先の小川に面して傾いて立っていて、流れの上に投げかける葉の影は、揺れ動き、泡立ち、今にも砕け散って流れていってしまいそうに見えた。彼の右足のそばには、ベニヤ板で作った十センチほどの船が転がっていた。船はとんがり屋根の家を横から見たような形をしていて、上の部分には船室か煙突か何かのように四角い材木がきれいに貼りつけられていた。僕は彼の

＊〝コーン〟と〝リーヴ〟にそれぞれユダヤ系の名前である〝コーヘン〟と〝リーヴィス〟を引っ掛けたジョーク。

隣の、木の根元の日の当たる部分に座って、彼の不機嫌の原因についてあれこれ考えていた。エドウィンはそこに座って、ピーナツバターとジェリーのサンドイッチを物憂げに頬張り、べとつく指を悲しげにしゃぶり、その指をべとつくパラフィン紙でわびしげにぬぐいつつ、でこぼこした対岸の入江のあたりを思い詰めたように見つめていた。入江のあたりでは流れが淀んでいて、ときおり目に見えない小さな虫たちが舞い降りるたびに、鏡のような水面に静かな波紋が広がった。最初、僕がビーチ通りの先までピクニックに出かけようと提案した時、エドウィンは非常に乗り気だったのだ。どうせなら一日そこで過ごすことにして、豪勢なランチと各種の非常食——ピスタチオナッツ、カシューナッツ、リコリスのシューストリング、ウエハース、赤い小さな箱に入ったレーズンなど——も持って行こうと言い出したのは、彼のほうだった。しかしいざ着いてみると、どうせ一日あるし、と口の中でつぶやき、目についた最初の日陰に物憂げに腰を下ろし、それきりむっつりと自分の殻に閉じ籠もってしまった。その様子があまりに陰気だったので、僕はそっとしておこうと心に決め、彼が昼食の時間まであと二時間もあるというのに上の空で弁当を広げ始めた時も、あえて何も言わなかった。このぶんでは流れに船を浮かべて遊ぶのはとても無理だと思うと、僕は味気ない気分だった。いや、それよりも、エドウィンの精神がよくない方向に向かっているのではないか、あの抑えがたい悲しみに再び逆戻りしているのではないかと、そちらのほうが気がかりだった。

木の影は、揺れ動き、泡立ちながら、流れの中ほどまで延びていた。向こう岸に沿って生えた背の高い黄色い草が流れに映って、日の光の中で黄色い無数の点に見えた。しかし淀んだ入江では、まるで黒い鏡に映したように葉の先までがくっきりと静止して見えた。まぶしい空を見上げると、真っ白な雲が青い影を刻まれて立体的に浮かんでいた。むくむくと太って重そうで、どうして空に浮かんでいられるのか不思議なほどだった。泡立つ流れの中に青と白の点が踊っていた。流れにかかる葉影は、揺れ動く明るい光の斑点に、そこここで破られていた。僕はふと、その斑点の一つが流れの底に横たわるオレンジと黒のオレンジジュースの缶の上にたわむれ、缶をある時は暗く、ある時は明るく見せていることに気がついた。エドウィンに目を向けると、彼はまだ放心したようにサンドイッチを頬張っていた。僕は立ち上がり、岸辺まで歩いていき、川底から両手一杯の小石をすくい上げ、濡れて輝く冷たい石を一つ一つ、ちらちら光る缶めがけて投げ始めた。最初の三つははずれたが、四つ目でカーンという気持ちのいい音が響いた。

「しぃーっ」エドウィンが言った。

「でも」僕は大声で言いかけた。

「ジェフリー」彼は言った。その熱のこもった言い方に、昔のエドウィンが帰って来たのを僕は感じた。「迷ってるんだ。『エドウィン・ウィークリー』がいいと思う？　『マルハウス新聞』かな？　『マルハウス・ポスト』？　それとも『日刊エドウィン』？」

19

家族新聞を発行するというアイデアは、エドウィンが独自に思いついたわけではなく、『よい子の遊び百科』四十六ページにその記載がある。この本は、彼が九か月以上も前、七歳の誕生日の時にもらったもので、前章のことがあった前の日に初めて開いて見たのだ。しかし、そんなことは問題ではない。真の芸術家の才能は発明することではなく、発掘し、応用することにあるのだ。そしてエドウィンの場合、それがたまたま子供の遊びの本だったというだけの話だ。新聞は一九五一年六月三日の日曜日に第一号が出て、以後七月一日の土曜日まで毎週一回定期的に発行された。その後長いブランクがあり（それはマルハウスおばあちゃんが来たためで、その間エドウィンは、憑かれたようにトランプのロットー遊びに熱中した）、七月十三日、金曜日に再開されることとなる。それ以降、新聞は日刊に変わり、七月三十一日の日付でぷっつりと——そして永遠に——終わっている（八月一日、八歳の誕生日に、エドウィンは山ほどのプレゼントをもらった。中でも、モノポリーや、黄色いフィルムが二本ついたブローニー・カメラ*や、迷路ゲームは彼のお気に入りだった。迷路ゲームは、小ぶりの机の引き出しぐらいの大きさの美しい木の箱で、上面は穴のたくさん開いた迷路になっており、四辺の脇についている赤い把手を引っぱったり押したりして迷路を動かしながら、ビー玉ほどの大きさの鉄の玉をゴールまで運ぶという遊びだった）。新聞は全部で二十四号にのぼった。エドウィンは結局新聞の名前を『家族新聞（THE FAMILY NEWSPAPER）』としたが、それは『よい子の遊び百科』に例として載っていた名前だった。

週刊時代の五号と日刊になってからの最初の三号は三ページ構成だったが、日刊ペースになって息切れしたため、残りの十六号はすべて二ページになっている。体裁はいたってシンプルで、『よい子の―』に見本として出ていた新聞の絵とほぼそっくりだった。第一面の一番上に大きくスペースが取ってあり、大文字で大きくタイトルが書いてあった。いつもとは限らないが、たいてい、“THE”が真ん中に配され、その下の段に“FAMILY NEWSPAPER”の文字が並んでいた。タイトルの下には三センチ間隔の平行線が二本、きっちり定規で引いてあり、その中に日付が入っていた。その日付の下から垂直に、定規で三本線を引いて、紙面をまちまちの太さの四つの段に分けていた。二枚目と三枚目の紙面にはタイトルはなかったが、一番上を少しあけて〝2〟〝3〟とページ数が書き込まれていた。ちょうどトランプで一人遊びをする時にカードをずらして並べるように、一枚目の上の方に二枚目が少しだけ顔を出し、二枚目の上に三枚目が少しだけ顔を出していた。そうやって並べた三枚のページを、セロテープで三か所か、時には四か所で留めてあった。セロテープは一枚目の日付の下あたりから出発し、上に向かって二枚目と三枚目を横切り、三枚目の裏を数センチ下がったところで終わっていた。全体の見てくれは、お世辞にも美しいとは言えなかった。セロテープが曲がって皺が寄

＊ イーストマン・コダック社のシンプルで廉価なカメラ。

っているうえに、見出しと本文を区切る横の線は、定規を使わず引いたために曲がっていた。それに、はっきり言ってエドウィンの字は恐ろしく下手だった。全部の字がちまちまとした大文字で書かれているうえ、ところどころ見出しの字と本文の字の大きさがほとんど同じで、どれが見出しでどれが本文なのか見分けがつかないこともあった。特に、本文が極端に短い場合などは、なおさらのことだった。

最後の七号を除く各号は大部分が家族に関するニュースで占められており、どの記事も長くてもせいぜい一段の半分といったところだった。代表的な見出しを挙げてみると、〝エドウィン、ピアノを弾く〟〝パパ、葉巻を吸う〟〝カレン保育園へ〟〝ロソフおばあちゃん、新しいコートを買う〟〝エドウィンの腕時計のバンドこわれる〟〝ママ、コップを割る〟などなど。家族のニュースの他に、たとえば天気予報とか、でたらめな野球のスコア（コネチカット10―ヤンキース7・5）や、架空のテレビ番組紹介とか、枠組みだけ丹念に作ってあって肝心の問題がないクロスワード・パズルや、棒のような人間が空の吹き出しをしゃべっている無意味な四コマ漫画や、〝ピクチャー社〟とキャプションの入った、写真のつもりの鉛筆画、そして「エドウィンのここだけの話」というコラムには、〝中国人には頭が三つある〟といった類《たぐい》の言い古されたナンセンスが書かれていた。エドウィンはクリスマスからこちら、少年向けの雑誌を定期購読していて、それがなぞなぞ（〝めだかの学校とサウナ風呂はなぜ似てる？　答えは2ページ〟）や、笑い話（人喰い人種の夫婦の会話・夫「何を読んでいるんだい、お前？」妻「『夫を骨まで愛する方法』よ」）や、絵解きクイズ（木に登るクマ、窓を横切るキリンの首、太った人がバスタブに入っているところ、電話ボックスの中でトロンボーンを吹いている人、二頭の象のしっぽを結んだところ、プールに飛び込む太った女の人、天井の低いエレベーターに乗ったのっぽの人、ボクシングの試合を上から見たところ、小人用のチェッカーのボード、暗闇の中の黒猫）の恰好のネタ本になった。これらは、確かに幼稚で馬鹿馬鹿しいたわごとであるが、エドウィンのイマジネーションが種々雑多な側面から影響を受けたことの証拠としてはそれなりに重要な存在であり、これらを完全に無視したりすれば、伝記作家にとって致命傷となりかねない。というのも、これらを背景にして彼の最初の創作群が、空き地に遊ぶ蝶の一群のように現れるからだ。

答え・どちらもむれているから。

週刊の五号と日刊の十二号目までは、創作は毎回一篇だけで、長さも一段から二段程度だった。しかし最後の七号には各二篇ずつが載り、長さもどんどん長くなっていって、最後の二号はついに紙面がすべて創作で占められた。エドウィンが書いた作品は総計三十一にのぼり、長さも八十二ワードから四百三十二ワードまでと、まちまちだった。このノンフィクションからフィクションへの移行は、わが友の精神史上の一大転機を物語るものとして、きわめて重要な意味を持っている。作品そのものは、あの傑作の執筆を始めるちょうど一年前のエドウィンのイマジネーションの内容と形態を知る手掛かりとなるという以外には、大して、あるいはまったく意味を持っていない。一つの長さが一番長いものでさえ非常に短いため、いきおい内容は極端に圧縮され、省略されたものにならざるをえなかった。そのせいで、出来の悪いものは単なるあらすじであり、一番出来のいいものでも、かろうじて、ほんのかすかに、ある種のおとぎ話を彷彿とさせるにとどまっている。文体はおしなべて凡庸で、子供向けの絵本の模倣の域を出ていない。そしてときおり、ただ単に使ってみたかったというだけの理由で意味もなく難しい単語が使われていたりする。典型的な作品を、さわりだけ紹介すると――

むかしむかしあるところに、とても醜い王女が住んでいました。王女の名前はグラッグでした。グラッグはみんなのきらわれ者でした。ある日グラッグは森で遊んでいて、とてもハンサムなカエルに出会いました。カエルの名前はトーマスでしたトーマスの目は茶色で、とてもきれいなみどり色のはだをしていました。とつぜん、(以下省略)

この文体とも言えぬ文体の性急で大味な単純さと、晩年に見られる計算され尽くした簡潔さとの間には、乱暴にたとえてしまうなら、不透明な色ガラスの塊と、その生まれ変わりである六角形に磨かれ万華鏡のようにあでやかに輝くガラス玉ほどの隔たりがある。とはいえ、これらの作品の主題は、当時の彼のイマジネーションのありようを伝えるものとして、それなりに興味深くもあるので、簡単に要約したものを、執筆された順にここに提示しようと思う。この混沌をもっと意味のある順番に並び替える作業――それがもし可能であるなら――は読者の手に委ねたい。以下が、エドウィン壮年期の三十一篇の作品である。願わくば、血のめぐりの悪いどこかの研究者が見当違いな情熱を発揮して、これらの原典を探し出し、その未熟さを衆目に晒したりしないことを、心から祈るばかりである。

1～5　ドナルドダックを主人公にした、オリジナリティに欠ける物語群（『ドナルドと魔女』『ドナルド月へ行く』『ドナルドと空飛ぶじゅうたん』『ドナルド、エドウィンと会う』『ドナルドとオズの魔法使い』）。このシリーズ中で一番面白い『ドナルド、エドウィンに会う』は、エドウィンがある夜漫画を読んでいると、本の中からドナルドが飛び出してくるというストーリー。本や壁、あるいは夢の中から登場人物が出てくるというのはエドウィンの好んで用いたモチーフであり、彼が『ひとりぼっちの　しま』

の結末に強く共鳴していたことがうかがわれる。

6　ガルルという名の犬が地底に落ちる話。ある日ガルルの足元で地面が崩れ、彼は深いトンネルを落ちて、底にあるドアにぶつかる。ドアが開き、ガルルは再び落下し、大きな手の上に落ちる。手は彼を乗せたまま閉じ（巨大な指が持ち上がるシーンの描写はよくできている）、気がつくと彼は暗いポケットの中に象と恐竜と一緒に入れられている。最後、ガルルは日の当たる棚の上にもう一匹の犬と一緒に寝そべっており、そこでいつまでも幸せに暮らす（エドウィンはハッピーエンドを好んだ）。

7　腹ぺこの男の子が船に乗って、人間がリコリスでできている島に行くというナンセンスもの。男の子は王様の指をかじってしまい、追われる身となる。レーズンでできた丘に隠れるが、丘をあらかた食べてしまって見つかる。甘いルートビアの湖に飛び込むが、飲み干してしまう。チョコレートの木の枝に登るが、M&M'sでできた葉っぱを残らず食べてしまう。彼は最後にチョコレートケーキの山にもぐり込み、スポンジを全部食べてしまい、殺される。教訓・おやつの食べ過ぎはいけません。

8　『ピローとサム』。夢を題材にした一連のシリーズの第一作。主人公は、サムという男の子と、ピローという名前の枕。ピローは昼間は独りで淋しく過ごし、サムと二人で夢の世界に旅する夜だけを楽しみにしている。第一回目では、ピローとサムは黒猫の後について森の中へ入っていき、とある家にたどり着く。家の中に入ったとたん、二人は魔女に捕まってしまう。魔女は二人を暖炉に縛りつけてマッチを擦る。炎がどんどん明るくなり、魔女の顔がだんだんブラインドに変わり、ピローとサムは目を覚ます。

9　Jという名前のロバが出てくる、大して面白くもない話。

10　波が海から逃げ出して街で暮らそうとする、という愉快な話。波は友達を作ろうとするが、みんなを濡らしてしまうので、誰も仲良くしてくれない。波は一軒の家に迷い込み、絨毯を濡らしてしまう。驚いた女の人が警察を呼ぶ。警官は波をつかまえようとするが、指からするりと抜けてしまう。波は流しに飛び込み、排水管を伝ってふたたび海に出て、そこでいつまでも幸せに暮らす。

11　ある日エドウィンが僕の金魚鉢を一時間も飽きずに眺めていて、そこから生まれた作品。ある男の子が、海辺で緑色の服を着た女の人と出会う。男の子は女の人に手を引かれて海に入っていく。しばらくすると石の家の前に来る。緑色の女の人は石に変わってしまう。男の子が自分の手を見ると、鱗が生え始めている。逃げようとするが、ガラスの壁にぶつかってしまう。この話は最後に〝つづく〟と書かれているが、ついに続きは書かれなかった。

12『ドナルドと見えない手』。初期のモチーフをふたたび取り上げているが、出来は平凡。

13〜15 ピローとサムの冒険譚の続き。毎回、危機一髪というところで目が覚めて救われる。

16 小文字のl（エル）を主人公にした話。lは自分がアルファベットの中で一番痩せっぽちなのが悲しくてならない。ある日、彼はoに学校の帰り追いかけられる。息子が泣いているのに気づいた父親のLが、文字は一つ一つが重要なのではなく、みんな単語の一部なのだと教え、その証拠に、lは象（elephant）やワシ（eagle）やクジラ（whale）の一部だし、oだって虫けら（worm）や豚（hog）やヒキガエル（toad）の中に入っているのだよ、と言ってなぐさめる。

17〜18 再びドナルド関係の話。このあたりからネタ切れが見え始める。

19 目の見えないアンという少女と、その兄のダンの、センチメンタルな話。二人で橋を渡っていると、アンが川に落ちて助けを求める。しかしダンはにこにこして歩き続ける。アンは溺れ死ぬ。最後の一行で、ダンは耳が聞こえなかったことが明らかになる。

20　『ハーメルンの笛吹き』の後日譚。山の中まで来ると、笛吹きは子供たちに、これからお前たちを食ってしまうぞと言う。子供たちは神に祈る。祈っているうちに、彼らの体は細長く緑色になり、背中に羽根が生え、丘を越えて飛んでいく。ハーメルンの子供たちの姿は今でも見ることができる――なぜなら、彼らはカマキリ（praying mantis）になったからだ。

21　ルイス・E・キャロル作『アリスのお姉さん』。アリスの夢の話を聞いた姉は、自分も白いウサギを追って兎の穴に入っていく。しかしウサギは本物のウサギで、穴の中は泥だらけだった。姉は助けを求め、アリスに救出される。結末で、アリスは姉に「あれはただの夢なのよ」と言う。現実的で辛辣な、エドウィンにしては珍しいタイプの作品。

22　『鏡の国のアリス』に影響を受けたと思われる作品。ある男の子がカメラのレンズの中に入っていき、フィルムの中に閉じ込められてしまう。ある日フィルムは現像され、現像室に吊るして乾かされる。男の子は助けを求めるが、彼の叫び声は誰にも聞こえない。やがてネガが焼き付けられ、彼は写真から外に抜け出る。しかしその日以来、色のついた世界の中で、彼だけが白黒になってしまう。僕はかつてエドウィンに、これは社会の無理解に苦しみつつ生きる芸術家のアレゴリーなのかと質問したことがある。「アレなんだって？」彼は訊き返した。僕が〝アレゴリー〟の意味を説明すると、彼はしばらく難しい顔をして考えたのち、いや、これはアレルギーじゃないと思う、と答えた。

23　ジャブという名の巨人が一人称で語る物語。彼が、人間は自分たち巨人を凶暴で血も涙もない生き物だと誤解している、と嘆く部分が面白い。実際の彼は、華奢《きゃしゃ》で、気が弱く、詩を書き、人間たちの凶暴で血も涙もない行いに胸を傷めている。

24　『鏡の国のアリス』を基にした話。ある男の子が鏡を抜けて向こう側に行く。鏡の世界は元の世界と変わらないが、あらゆることがさかさまになっている。したがって男の子は後ろ向きに歩き、目を開けて眠り、夕食の前に朝食を食べ、日が昇るとベッドに入り、手に靴を、足に手袋をはめ、嬉しい時に泣き、悲しい時に笑い、本を後ろから読み、悪いことをすると罰としてアイスクリームとリコリスをもらう。

25　男の子が夢の中で妖精の国に行くという話。今までとうってかわって、この中には『まんが』の原型を思わせる細やかな表現が、驚くほど多数見られる。結末は〝ピロ―とサム〟シリーズをさらに発展させた形。主人公は目を覚ますが、枕の上に小さな緑色のガラスのスリッパが載っているのを発見する。

26　醜い王女が、猟師から命を救ってやったカエルの王様に恋をする話。望みを一つだけかなえてやると言われた王女は、カエルとの結婚を望む。カエルは嘆き悲しむが、王女の望み通り結婚を承諾し、金銀ルビーで飾り立てた宮殿で結婚式を挙げる。最後に、醜い王女は、じつは美しいカエルの仮の姿だったことがわかる。

27　右と似たような話で、机がじつはカラスだったという話だが、あまり成功しているとは言えない＊。

28　ネドウィ（NEDWI）という名の少年が自分の頭をピストルで撃つというショッキングな話。最後にそのピストルが実は玩具だったことがわかるという笑い話だが、不吉な後味の残る作品。

＊ルイス・キャロルの有名ななぞなぞ〝カラスと机はなぜ似てる〟から来ている。ちなみにこのなぞなぞには答えはない。

29　エドワード・ペンを知っている者にしか面白くない話。壁に描かれた漫画が、部屋の主が寝ているあいだに壁から抜け出て輪になって踊る。ある日、部屋の主は目を覚まして彼らを見つけてしまう。そしてみんなで一緒に輪になって踊る。

30　『不思議の国のアリス』の最終章と銘打った作品。実はアリスの見た夢も含めて、この本全体が、あの眠ってばかりいるネムリネズミの夢だったという話。

31　グリーンという名のクレヨンの物語。彼はどんどん小さくなり、やがてなくなって死んでしまう。しかし最後には、グリーンは彼を死に追いやった持ち主の少年の絵の中で生き続けていることがわかり、例によってハッピー・エンドとなる。

20

エドウィンはドイツ人の祖父の顔も、ロシア人の祖父の顔も知らなかった。エドウィンにとっては、二人の残した形見の品物が、すなわち祖父たちだった。父方のドイツ人の祖父の形見は、桃の種を精巧に彫り抜いた猿の像だった。エドウィンの父親はそれをティッシュで大切にくるみ、自分の箪笥の一番上の引き出しの左隅にしまっていた。壮年期に入って間もない頃、マルハウス教授は初めて息子にそれを見せた。彼はていねいにティッシュを開き、大きな手のひらの上にそれをそっと置いた。そしてエドウィンにそれを触らせ、小さな手の上に載せてみることも許した。エドウィンは、その猿を扱う時は、最近父親が触らせてくれるようになったカメラのレンズやカラーフィルターと同じくらい慎重にしなければならないことを知っていた。桃の種で作った猿とレンズとに共通しているのは、とても壊れやすいこと、そしてそれらについて話す時の父親の声音が特別に生真面目であるということだった。その声で語られる時、それらは、すでにヴェールをはがれた神秘と、なお解き明かされない神秘の両方の輝きを帯びてくるように思えるのだった。しかし、桃の種の猿とレンズとは、ある点で決定的に違っていた。うっすらと青味を帯び、銀色の輪で縁取りされたレンズは、高価とはいえ替えがきく。しかし猿のほうは、世界に一つしかないもの、古いネガフィルムのようにかけがえのない、替えのきかないものだった。エドウィンにはわかっていた。もしもこの猿に万一のことがあったら、それは父親にとってレンズを失うよりも二眼レフのカメラを失うよりも悲しいこと――そう、エドウィン自身を失うのと同じくらい悲しいことなのだ、と。なぜなら、レンズの話をする時の父親の口調には、桃の種の猿について語る時のような誇りが感じられなかったからだ。それは、父親が居間の壁に額に入れて飾った写真を半ばおどけて人に自慢するのとはまったく別種の誇りだった。その誇りこそが、あの桃の種の

＊『不思議の国のアリス』の〝気狂いお茶会〟に登場するが、最初から最後まで眠っていて、気狂い帽子屋と三月ウサギにティーポットの中に押し込められる。

猿をかけがえのない存在にしているものの正体であり、また、のちにエドウィンが〝自分の人生で最大の謎〟と呼ぶことになる神秘、つまり、自分の父親にまた父親がいたことの不思議さを彼に気づかせてくれたものだった。そして、あたかも祖父と孫を一本に結ぶ絆のように、エドウィンはその同じ誇りを、父親が他の大人たちに息子の話をする声の中に聞いたのだった。『家族新聞』が発行されていた夏のある日、マルハウス教授は引き出しの中にしまってあった祖父の写真を出して、エドウィンに見せた。昔のものらしくセピア色に変色した写真の中に、がっしりとした肩幅で、立派な白い口ひげを生やした端正な顔立ちの紳士が写っていた。しかし、それはエドウィンにとっては、知らない大人の写真ほどの意味しか持たなかった。彼は最後まで、写真の中の見知らぬ実体のない人物と、愛着深い現実の桃の種の猿とを結びつけることができなかった。

地下室の古い机の上には梁が一本通っており、そこに打ちこんだ釘に、埃をかぶった天秤が一つ、永遠に傾いたまま吊り下げられていた。それはエドウィンのもう一人の祖父であるロシア人が遺したものだった。黄色いガラスの皿には金メッキをした鎖が三本取りつけてあり、それが上のほうで一つに束ねられ、真鍮の横棒の先端の小さなフックにかけてあった。真鍮の横棒のちょうど真ん中に真鍮の針と目盛りがついていて、皿が動くたびに針が左右に振れた。エドウィンは上につまみのついた円筒形の金属のおもりを皿の上に載せて、天秤を水平にするのが好きだった。おもりが見つからない時はビー玉を使った。しかし、彼はひそかにこの天秤に失望していた。天秤として役に立たないからではなかった。地下室の、誰でも自由に触れるところに吊ってあることが許せなかったのだ。エドウィンにしてみれば、それは母親の手でティッシュにくるまれ、机の一番上の引き出しにしまっておかれなければならないものだったのだ。しかし壮年期を経るにつれて、エドウィンは母親を許すようになった。天秤は彼女の父親の商売道具だった。祖父に使われはしたが、祖父の手で作られたものではなかった。桃の種の猿のほうは、父親の父親が自らの手で作り、ある意味で、常に大切にティッシュにくるまれてきたのだ。晩年、エドウィンが自分の中に脈々と流れている芸術家の血というものを強く意識しだしてからは、この猿は彼にとって恰好のシンボルとなった。いっぽう、母方の祖父がロシアの皇帝《ツァー》の圧政を逃れてアメリカに渡ってきた人物で、暇さえあればロシア語の本を読んでいたという話を母親から聞いてからは、彼の天秤も名誉を回復した。マルハウス夫人は、彼女の父親のことをしきりに知りたがるエドウィンに目を細めて、よく言った。「残念だこと。いいおじいちゃんになったでしょうに」あるいは、悲しげにほほえみながら言った。「おじいちゃんに、あなたのこと見せたかったわ」そしてエドウィンは、ロシアの皇帝から逃れてアメリカにやってきた、そして自分がまぎれもなく血を受け継いでいるその人物と、一度でいいから話がしてみたかったと心から残念に思うのだった。

21

三年生に入ると、大きな驚きの連続だった。一人一人に机をあてがわれるとは、予想もしていなかったのだ。無人の教室の中で、黒々とした机の列が、空虚そのもののように陰気に連なっていた。初めて見るその教室は前の教室より広く見え、同時に狭くも見えた。しかし、その時の僕はいちどきに襲ってきた数々の驚きのために、その謎について深く考えている余裕がなかった。黒板の上には深緑色のアルファベットのカードが並んでいたが、そこに書いてある奇妙な文字は、溶けかかったように形が崩れ、僕の知っているブロック体のアルファベットの原形をわずかにとどめているだけだった。しかし、数字のほうは前と変わらなかった。先生の机の上にはビーチボール大の色鮮やかな地球儀が、磨きこまれた木の台の上に載っていた。二年生の時のテーブルは白っぽくてつるつるできれいだったが、今度の机は古く黒ずみ、表面には無数の穴があいて、インクと埃が詰まっていた。恐る恐る自分の机の上げ蓋を開けてみると、酸っぱい、黴臭い匂いがつんと鼻を打って、僕は一瞬のうちにエドワード・ペンの地下室に引き戻された。僕はふたたび、薄暗い木の階段を手探りで下り、カーテンの向こうのあの素晴らしい王国へ向かっていた。机の隅には、ガラスのインク壺の黒い底が膨れ上がった芋虫の腹のように気味悪くぶら下がっているのが見え、その下に、鉛筆の削りかすと、黒いペン先と、歯形のついたロリポップの棒と、べとついたセロハンの包み紙がころがっていた。その晩、落ち着いて考えてみて、あの教室が広くも狭くも見えた理由がやっとわかった。狭く見えたのは、前の教室にはテーブルが六つだけで広いスペースがあったのに比べ、今度の教室はほとんどぎっしり机で埋まっていたからだ。そして広く見えたのは、それだけの数の机が一つ残らず無人であったということが、部屋そのものの空虚さを強調したからだ。三十六個の空の机は、六個の空のテーブルよりも、よけいにがらんとして見えるのにちがいない。あいにく哲学的な傾向を持ち合わせないエドウィンは、僕のこれらの考察にはまるで耳を傾けず、ただ新しい教室が、彼の言葉を借りれば〝裏返し〟であることにのみこだわった。ココ先生の教室とカドウォルダー先生の教室とは校舎の同じ側にあり、窓から校庭を見ると向こう側の舗道や柳の木は見えず、金網の一部が見えるところも同じだったが、先生の机だけは反対の位置にあった。どういうわけか、こんな単純な大して面白くもない事実が、わがエドウィンをまる二週間ものあいだ、ひどく困惑させた。教室の前が、窓とラジエーターに向かって左側ではなく右側にあるということに、エドウィンは最初のうちどうしても慣れることができなかった。ココ先生もまた彼をとまどわせた。彼は、学年が上がるにつれて先生も大きくなり、年をとっていくものだと信じていた。ティップ先生が大きくなってブロッカウェイ先生になり、ブロッカウェイ先生はさらに膨らんでカドウォルダー先生になった。なのにカドウォルダー先生はしぼんでココ先生になってしまったのだ。ココ先生は髪が茶色く短くて、先がほんの少し外側に反りかえっているせいで、頭がベルの形に見えた。小さな細長い顔の中で、

大きくて茶色のうるんだ目が、長くて先の赤らんだ鼻のてっぺんからこちらを窺ってい
た。先の赤らんだ細長い指に、いつもラヴェンダー色の凝った縁取りをした白いハンカ
チを握っていて、それを始終鼻のところへ持っていっては、さっとこすっていた。震え
るようなか細い声でしゃべり、怒ったり悲しんだり笑ったりしても、声だけはいつも変
わらなかった。エドウィンはココ先生にひどく失望した。ココ先生はひと睨みしただけ
で生徒を震え上がらせることもできなかったし、最大限に表明したつもりの怒りも、か
細く湿っぽかった。たぶんそのせいだろうが、三年生に入ると彼は急に授業中に私語を
するようになり、態度も少しだけ不真面目になった。席がアルファベット順で、彼の席
が四列目の真ん中という目立たない位置にあったことも、それを助長する結果となった
(僕は一列目の前から三番目、ドアのすぐ近くだった)。しかし、彼のこうした態度は、
新たなチャレンジがなかったことに起因していたと考えるほうが自然かもしれない。僕
らはあっけないほどの短期間で、さまざまのことに慣れてしまった。新しい机、黒い木
のペン軸に新しいペン先を差し込むこと、棚から大きな銀色の缶を取ってきてインク壺
にインクを注ぎ足すこと、インクで字を書く時に、あまり力を入れすぎるとペン先が割
れてしまうので加減すること。筆記体の基礎さえ、たちまちのうちにマスターしてしま
った。どれもこれも、すでに知っていることの応用に過ぎなかった。エドウィンはさっ
さと練習問題を片づけてしまうと、前に座っているアンナ・リトヴィンスキーや、横の
席のスーザン・トンプソンとひそひそおしゃべりし、ジミー・プルーヴチクに秘密のサ

インを送り、教室の隅に座っている転入生のジャネット・キューペックに手紙を回した。転入生と言えば、三年生になって新しい女の子が何人か入ってきたが、目移りの激しいエドウィンはどの子に対しても興味が長続きしなかった。男子も二人入ってきた。フランク・ピチリロは札付きのワルで、すぐにマリオ・アントニオとレン・ラスカの一派に取り込まれた。もう一人のケネス・サンターバノは、トップのリーディング・グループにいるおとなしい子で、いつもレン・ラスカのいじめの対象になっていた。学校の授業でエドウィンが唯一真剣になったのは、週に二度の綴り方のテストだけだった。テスト用紙は青い罫線の入った白い細長い紙で、満点の答案には三つの印がついて返ってきた――〝100〟、〝A〟、そしてその時々で赤だったり青だったり金だったりする、ぴかぴかの星のシールだ。星のついた答案用紙は、教室の後ろの〝綴り方ボード〟に、生徒ごとに横一列に貼り出された。じきにエドウィンの列は、一人を除いてクラスの誰よりも長くなった。その一人というのは、決して自慢するわけではなく、ただ事実を正確に伝えるために述べるのだが、じつを言うとこの僕だった。

ハロウィンを少し過ぎた頃、また一人新しい男の子が出現した。〝出現した〟と言ったのは、自分がいつ彼の存在に気がついたか覚えがないからだが、とにかく彼は出現し、僕らはいやでも彼に注目しないわけにいかなかった。足元に派手なブルーのランチボックスを置いて、窓際の一番後ろの席にむっつりと座っている彼の姿は、異様なほど目立っていた。十一月だというのに窓は赤い辞書をつっかえ棒がわりにして、一つおきに開けてあった。ラジエーターの上げる蒸気を揺らして吹き込む冷たい風が、彼の髪を乱すのが見えた。緑色のラジエーターの黒いハンドルは〝自然と文明のバランスを保つため〟というココ先生の意向によって、全開にされていた。彼は見るからに寒そうだったが、石のように不動の姿勢のまま机の上の鉛筆用の溝をじっと睨みつけていた。他の生徒たちは囁き声や無遠慮な視線やくすくす笑いで彼の固い殻を突き崩そうとしたが、彼は一向に応じる気配もなく、ときおり、自分に向かって放射される敵意の大きさを測ろうとでもするように、素早く教室に視線を走らせた。常にマリオ・アントニオやレン・ラスカやフランク・ピチリロのご機嫌を取りたがるビリー・デューダは、中でも一番露骨だった。彼ら四人はすでに始業のベルが鳴る数分前から、この新入りに敵意をむき出しにした視線を投げつけていた。確かに、彼はおよそ普通とはかけ離れた風体をしていた。おそらくフランクリン・ピアス小学校開校以来、誰もしなかったような服装を彼はしていた。深緑色の半袖シャツにネクタイ、それも海老茶色の蝶ネクタイをしていた。そして足元には、僕らの紙袋に真向から挑戦するように、銀色の持ち手のついた、あきれるほど派手なブルーのランチボックスが置かれていた。彼は小柄でずんぐりとして、真っ黒に日焼けしていた。頭は肩幅と不釣り合いなほど大きく、そのてっぺんに、日光に晒されて色素が抜けてしまったような、白茶けた、ぱさぱさの髪の毛が明るく灯っていた。鋭く尖った顎から広い茶色の額を結ぶ顔のラインは、ほとんど三角形に近かった。その輪郭と、異様に飛び出た頬骨のせいで、彼の顔はどことなく未完成の彫刻を思わせた。口は細く短い一本の線で、大きな子供らしからぬ鼻は、正面からでも鼻の穴が見えるような獅子鼻ではなく、先がわずかに垂れ下がったワシ鼻の系統だった。そして白茶けた眉の下の細い裂け目の奥に、ぎらぎらと輝く二つの光があった。のちに僕は、その裂け目が時にかっと見開かれ、中から驚くほど大きな緑色の眼が現れるのを知ることになるのだが、その眼は、輝きはあるが、まるでスプーンの背のように奥行きが全くなかった。彼は机を睨みつけたままじっと座り、茶色い腕を片方だけ上に出して、こぶしを固く握りしめていた。そうやっているところは、まるで盗んだ品物を手の中に隠しているように見えた。教室の中ほどにいたエドウィンは、彼に軽く一瞥をくれたが、すぐに興味を失って見るのをやめた。ビリー・デューダが聞こえよがしにランチボックスを揶揄する冗談を言い、ココ先生が黒板にセンテンスを書いている時にベルが鳴った。先生はチョークを置き、軽く手をはたき、教壇を回って、教室の前の主の祈りの時の定位置に向かった。しかし、手を組み合わせる代わりに、一番下のリーディング・グループの中でも一番厄介な連中の一番知りたがっていることにまず答えるために、こう言った。「今日から、みなさんに新しいお友達が一人増えました。お友達が増えるのはとってもうれしいことですし、みなさんも、そのお友達がどこから来たかとか、いろんなことを知りたいだろうと思います。アーノルド、こちらに来て、お名前とか、どこから来たかとか、お話ししてくれますね？　さあ立って、アーノルド」最初にその名前が先生の口から出た時、さざ波のような笑い声が後ろの列を駆け抜けた。二度目の時は、ビリー・

デューダが両の手のひらを擦り合わせて、思い切り下品な音を立てた。エドウィンもつられて笑ったが、すぐに嫌な顔をした。ココ先生が言った。「みんな、何がおかしいの。何がおかしいのか、誰か言ってごらんなさい」そして手にしたハンカチを鼻のところに持っていって素早くこする動作をしながら、うるんだ目で一人一人の顔を見回した。「ウィリアム、何がおかしいのか言ってごらんなさい。マリオ、何がおかしいのか言ってごらんなさい。おかしくなんかないでしょう。人の名前におかしいことなんてないんです。ウィリアムという名前の人だっているし、マリオという名前の人もいるし、ジェフリーという名前の人もいるし、アーノルドという名前の人もいるんです。そうでしょう?」先生はハンカチを下ろした。「新しい学校に初めて来るというだけでも、とても大変なことなのです。だからわたしたちは優しくしてあげなければいけません。自分が相手の立場だったらどんな気持ちがするか考えて行動しなさいって、いつも言っているでしょう。だから、わたしたちは、アーノ——アーニーに、心からごめんなさいを言わなければなりませんね。わたしたちがこんな態度を取ってしまった以上、かわいそうなアーニーがもうお話ししたくないと言っても、先生は驚きませんよ。もしそうでも、先生アーニーをちっとも悪いと思わない。でも、アーニーはきっと許してくれるわ、そうでしょ、アーニー? さ、じゃあ、お願いだから立ってあなたのことをお話ししてくれるわね?」全員の顔が一斉にアーニーに向けられた。彼は机を睨みつけたまま、じっと動かなかった。「一言でいいのよ」ココ先生が言った。僕のところから見ていると、彼の顔色が、ほんのわずかだが、さらに黒ずんだように見えた。もしかしたら彼はノルウエーの緑の谷を夢見ていたのかもしれないし、血まみれのナイフと泣き叫ぶ教師たちを夢見ていたのかもしれず、あるいは単に頭の中が空っぽだったのかもしれない。とにかく彼は机を睨みつけたまま、じっと動かなかった。ココ先生は慈愛に満ちた微笑みを浮かべて言った。「それとも、先生にお手伝いしてほしい、アーノルド？」教室はいまや水を打ったように静まり返っていた。ジョージ・ワシントンの横の時計の秒針が跳ねる音までがはっきりと聞こえた。ココ先生は少し悲しそうに笑って、言った。「わかったわ。じゃあ、先生が言うから聞いていてちょうだいね。とっても簡単なことなのよ。いいわね？　もし先生が間違っていたら、いつでもそう言っていいですからね。じゃあ、始めるわね。——僕の名前はアーノルド・ハス、ハス、ハセルストローム。ニューヨーク州バッファローから、はるばるニューフィールドまでやって来たんだ。その前は、ノルウエーのオスロから、はるばる大西洋を渡ってやって来たんだよ。ノルウエーは、大西洋の向こうのラップランドの近くにあって、とても寒い国なんだ。ノルウエーには本物のトナカイがいて、湖や、山や、フィヨルドがいっぱいあるよ。ノルウエーでは一年じゅう雪が降っていて、子供たちは一年じゅうスキーやスケートや橇遊びをしているんだよ。クリスマスになると、みんな木靴の中に藁を詰めて、家の外に置いておくんだ。すると聖ニコラス様がやってきて、藁の代わりにプレゼントを入れてくれるのさ。でも、悪い子供の靴には、プレゼントの代わりに石炭が入っているんだよ。ノルウエーには、雪や、山や、きれいな青い湖や、船がいっぱいあって、アーノルドあなた何を」

もしもその時の写真があったとしたら、そこには、窓に背を向けて自分の席の横に仁王立ちになり、大きく目を見開いているアーノルド・ハセルストロームの横顔が写っていただろう。足元のランチボックスの蓋は開いている。部屋の反対側には、顔に恐怖を貼りつかせ、開いた片手を顔にかざしてたビリー・デューダがいる。ビリーの背後の黒板には、稲妻のような亀裂が走っている。そして彼のそばの床には、野球のボールの大きさの石が転がっている。

22

彼の名前はアーノルド・ハセルストロームで、決して笑わず、学校の反対側の白い歩道をずっと行ったところに祖母と二人きりで住んでいた。それ以上のことは誰も何も知らなかった。エドウィンも僕も、あのあたりに友達はいなかったし、彼の祖母という人にもついに会わずじまいだった。新聞によれば、祖母の名前はジョセフィーヌだった。

それから一か月ののち、およそ似つかわしくない彼とエドウィンの間に奇妙な友情が芽生えることになった。アーノルド・ハセルストロームはその頃すでに数え切れないほどの問題を起こしており、あれほど完璧な一匹狼でなければ充分ヒーローになっていたはずだった。しかし、彼は来た最初の日から、自分に冗談はまったく通用しないということをはっきりさせた。その日の午後、マリオ・アントニオの取り巻きの二人が校庭で「アー――ニィ！　ヘイ、アー――ニィ！」とはやし立てると、彼は錆びた釘の突き出た棒を振りかざして、まっすぐ彼らのほうに突進していったのだ。それに続く数日のあいだ、始業のベルが鳴る前の校庭で、彼はフランクリン・ピアス小学校で最もタフな一派への仲間入りの儀式を受けた。図体の大きなワルたちが半円形に取り囲んで見守るなか（その中にはマリオ・アントニオの兄で五年生のトニーもいた）、アーノルド・ハセルストロームは校舎の裏の窓の下の壁に向かって立ち、握りこぶしを力まかせにレンガの壁に叩きつけた。彼はその時も、終わってトニー・アントニオに背中をぽんと叩かれた時も、終始表情を動かさなかった。しかし僕は、彼がそれから三日間、片方の手をかばうように動かし、一度うっかり椅子の背に打ちつけてしまい、苦痛で顔を歪めたのを見逃さなかった。櫛の試練のほうは、苦痛は少ないが、そのぶん派手だった。まずレン・ラスカが手本を見せた。レンは固くこぶしを握ると、歯先の尖った櫛で自分の関節を何度も突いた。次にこぶしを握ったまま、腕をぶんぶんと五十回振り回した。そうやってからこぶしを差し出すと、関節のところにうっすらと血がにじんでいた。レン・ラスカはアーノルド・ハセルストロームに櫛を差し出した。しかし彼は首を振り、自分の尻ポケットから金属の櫛を出した（〝おい！〟〝マジかよ！〟という声が飛んだ）。アーノルド・ハセルストロームは手を握り、関節を櫛で五回鋭く突き、腕を振り回し始めた。十五回目くらいで誰かがあっと叫んで飛びのき、頰についた血の飛沫をぬぐった。

アーノルド・ハセルストロームはそれでも血のしずくを飛び散らせながら腕を回し続けた。彼を取り巻いていた連中はしだいに後ずさり、彼が腕を回すのをやめると、ふたたび戻ってきた。大きなどよめきが上がった。輪が散り散りになった時、エドウィンと僕は一瞬、彼のこぶしが赤いペンキを塗りたくったようになっているのを見た。

ココ先生以外は誰も彼をアーノルドとかアーニーとかアーンとか呼ぼうとしなかった。彼は〝ハス〟で通っていた。ココ先生が彼をアーノルドとかアーニーとかアーンと呼んでも、もう誰も笑わなかった。あの最初の日以来、彼は二度とブルーのランチボックスも持ってこなかったし、蝶ネクタイもしてこなかった。いつも無地の、それもたいていは真っ赤かダークグリーンのシャツを着て、ぴっちりした黒のズボンにごつい黒の靴をはいていた。ズボンのポケットは、いつも石の形に膨らんでいた。シャツのポケットには常に煙草の吸い差しを入れていて、ときどきトイレでそれを吸った。真珠貝の握りのついた小刀で、三つあるトイレの便座の全部に卑猥な絵や字を彫りつけた。ある朝は目を真っ赤に充血させ、へべれけに酔って学校に現れた。席に座ると体を震わせ、いきなり床に吐いた。ある日、彼はついにココ先生に向かって中指を突き立て、校長室に送られた。別の日には校長のミス・メイドストーンに殴りかかり、校長も彼を殴り返した(以後二人はうまくいった)。授業中に指されても「知らねえ」としか言わなかった。リーディングの能力は一年生並みで、彼一人のために、最低のグループよりさらに下のグループが特別に設けられた。彼の席はじきに二列目の一番前、つまり僕の二つ前の左隣に移された。僕の知るかぎり、彼はまったく勉強をしなかった。ただ一つの例外は、彼が際限なく繰り返す悪事の罰として、放課後に五十回、百回、あるいは二百回も繰り返しノートに書かされる不毛な文章――〝アーノルド・ハセルストロームはわるい子です〟――だった。じっさい、この作業にいそしむ時の彼の態度は熱心と言ってもよく、そのことが長いあいだ僕には不思議だった。ある日授業中、ココ先生が彼の机を肩ごしに覗き込んで、叱りつけた。彼が何か書いているのを見つけたのだ。後で、先生が彼から没収した紙をちらりと見ると、そこにはこう書かれていた。

アーノルド・ハセルストロームはわるい子です。
アーノルド・ハセルストロームハわるい子です。
アーノルド・ハセルストロームわはるい子です。
アーノルド・ハセルストロームはわるイ子です。
アーノルド・ハセルストロームはわろい子でる。

彼はいつもそんなふうに事態をさらにこじらせ、与えられた罰からさらに別の罰の種を生み出す、ということを繰り返していた。しかし勘の鋭い読者なら〝悪い子〟アーノルド・ハセルストロームと清らかなエドウィンを後に結びつけることになる要因の微妙なハーモニーの第一音を僕がかき鳴らしたことに、すでに気づかれたことであろう。

アーノルド・ハセルストロームは、たいていマリオ・アントニオやレン・ラスカやフランク・ピチリロといった面々と、ラポルスキー商店の裏でカード飛ばしをしたり、コイン投げやナイフ投げをしたり、あるいは洗濯ばさみを改造して作ったパチンコで火のついたマッチを飛ばしたりして遊んでいたが、心から彼らと打ち解けていたわけではなかった。いつも他のメンバーと距離を取り、他にもっと面白いことが見つかるまでの暇つぶしに彼らと付き合っている、という態度を崩さなかった。おそらく内心では馬鹿にしていたのだろう。しかし、彼らのほうでは恐怖と尊敬のないまぜになった複雑な感情を彼に対して抱いていて、彼がいる前ではいつも緊張し、決してなれなれしくしなかった。ビリー・デューダに投げつけられた石の記憶は、誰の脳裏にも生々しく焼きついていた。あの一件は、アーノルド・ハセルストロームをどこか狂った奴、何かあれば人も殺しかねない奴として強く印象づけた。それにもう一つ、アーノルド・ハセルストロームには決定的に他の不良と違う点があった。彼は恐ろしく生真面目だったのだ。レン・ラスカやフランク・ピチリオと違って、彼は絶対にたわむれに喧嘩はしなかった。しかし、いったんするとなると決して後には引かなかった。僕はつねづね興味深く思っていたのだが、他の不良たちは――特殊な場合を除いて――決して明文化されない、ある暗黙の了解にのっとって喧嘩をしていた。たぶん、彼らは自分の破壊力を恐れ、相手の狂気に火をつけることを恐れていたのだろう。しかし、アーノルド・ハセルストロームは殺すために闘った。勝つためではない、殺すためなのだ。彼は一つ一つの闘いを、まるで崖っぷちでの死闘のような真剣さで闘った。ある時、彼は四年生と激しいとっくみあいを演じ、相手の喉を膝でぐりぐりと押し潰した。上級生たちがやっと二人を引き離した時、その四年生は半分死にかけていた。別の時には相手の頭めがけてバットを振り下ろし、バットは耳をかすめた。しかし、彼も無敵ではなかった。ある時、彼に恨みを持つ連中が見上げるような巨体の六年生を連れてきたことがあった。六年生が彼の肩を手で突き飛ばすと、アーノルド・ハセルストロームは相手の股間を狙って思いきり脚を蹴り上げた。しかし巨漢の六年生はその足を手でつかみ、彼をアスファルトの上に転がして、顔が血まみれになるまで容赦なく殴りつけた。アーノルドは腕を背中にねじ上げられ、痛みと悔しさで涙を流しながら、初めて降参した。巨漢が去ろうとすると、アーノルドは近くの石を拾い上げて頭めがけて投げつけた。石は頭をすれすれにかすめた。六年生は振り返り、また戻ってきて、ふたたび彼をさんざんに打ちのめした。彼は口から泡を吹き、血だらけになって地面にうずくまったまま動かなくなった。エドウィンと僕は、十二月のよく晴れた放課後に起こったこの事件をたまたま目撃していた。六年生は、このちびの三年坊主を殺してしまったのではないかと怖じ気づき、声もなく見守る仲間たちをかきわけて、そそくさとその場を立ち去った。アーノルド・ハセルストロームは一週間学校に来なかった。その間、巨漢の六年生はおびえ続け、二度と彼に因縁をつけなかった。要するに、彼を倒すつもりなら、殺すぐらいの覚悟で臨まなければならないということだった。

そして、長く暗いトンネルの向こうには、いつもエドウィンがお伽話の王子様のように輝いていた。クラスで一番頭のいい(ということになっていた)エドウィン。自分の言った冗談に自分で笑い、かわいいスーザン・トンプソンと授業中に手紙をやりとりし、他の生徒たちが社会科の教科書を読むのに甘んじている時に、ジミー・プルーヴチクやケネス・サンターバノやこの伝記の筆者と、教室の後ろで特別な課題研究のグループに加わっていたエドウィン。ココ先生が間違った発音や綴り方をするたびに得意げにそれを指摘することによって、先生のお気に入りになることを免れていたエドウィン。若くして人生の成功の秘訣を会得したエドウィン。そう、つまりアーノルド・ハセルストロームはエドウィンそのものよりも、自分の輝かしい対極にある存在としての彼に魅かれたのだと僕は思う。幼年期に、エドウィンが夢中になった小さな玩具があった。それは、カラーの絵の表面に微細な穴が無数にあけられたように見える透明なプラスチックのシートがかぶせてあるもので、それを親指と人差し指ではさんで少し傾けると、元の絵が一部分だけ変化してアニメーションのような効果を生み出した。目を開けた顔の絵を傾けると目を閉じた顔になり、続けて素早く動かすと、ぱちぱちとまばたきするように見えた。たとえばアーノルド・ハセルストロームにとっての世界が、裁判官のかぶる馬鹿げたかつらと、叱責と、後ろ指に満ちていたとしよう。しかし、それをほんのわずかエドウィンのほうに傾けると――どうだろう、叱責は温かい笑顔に変わり、後ろ指はぴかぴかに輝くコインの山を差し出す手のひらに変わるのだ。馬鹿げたかつらは、もちろん元のままだが。

アーノルド・ハセルストロームが死んだ後の夏の夕方、まだ明るい空に煌々と輝き始めた街灯の下をエドウィンと僕はぶらぶらと散歩していた。すると彼がふいに思い出したように言った。「でも、なんであいつ、僕を殴らなかったんだろう?」僕にはそれが誰のことかすぐにわかった。「ああ」僕は事もなげに答えた。「そりゃあ、あの魔法のせいさ」それはエドウィンと僕の間にだけ通じるジョークで、妖精のお婆さんが、精神的な苦悩と引き換えにエドウィンを肉体的な苦痛から永遠に守ってくれているというものだった。じっさい、エドウィンがこれほどまでに不安定な精神生活を送りながら、一度も喧嘩に巻き込まれたことがないというのは、考えてみれば驚くべきことだった。僕がずるくて臆病だからさ、とエドウィンは言った。しかし僕は、それだけではなかったと思う。もっと精神と肉体の両面に深くかかわる何かがあったのだ。エドウィンは痩せっぽちで青白かったため、たまに行きずりの悪ガキどもに狙われることはあったが、そのことが逆に、筋金入りのワルたちの攻撃から彼を守ることになった——あんな奴をいじめるのは沽券にかかわるというわけだ。むろん、エドウィンがいじめてくれと言わんばかりに振る舞えば、彼らも喜んで彼を叩きのめしただろう。しかし、彼はケネス・サンターバノとは違ってそんな真似はしなかった。授業中、彼はココ先生の間違いを指摘する以外には目立った行動は取らなかったし、いろいろなジョークを流行らせて低い層からも支持を得、またどんな運動もずば抜けてできはしなかったが、チーム分けをする際に必ず五、六番目に声がかかる程度には上手かった（ケネス・サンターバノはいつも最後の最後まで残った）。しかしそれ以上に、エドウィンには外敵を寄せつけない光のオーラのようなもの、特別な人間だけが発散しうる精神の素粒子のようなものがあったのではないか、と僕は思わずにいられない。彼を攻撃しようとすれば、繊細で高価な壺を壊しかねないだけでなく、聖所全体を冒瀆する危険すら冒すことになるのだ。むろん、アーノルド・ハセルストロームがまったくの無敵ではなかったのと同様、エドウィンとてまったく無事だったわけではない。一度など、血を見るような惨事になりかけたところを、危うくアーノルド・ハセルストロームに救われたこともあった。その他にも二、三度、喧嘩らしきもののとば口に立たされたことはあったが、あまりに些細なきっかけだったため、もうどんなことだったか忘れてしまった。いずれの場合も、エドウィンはじゅうぶんにほとぼりが冷めるまで待って、自分のほうから明るく謝って和解した。そのため、相手もすでに喧嘩を済ませたような気になった。しかし、そうした陰には、エドウィンのたゆまざる努力があった。危険な場所には決して近寄らず、強い者たちの中にも友達を作り、常に安全の確保に怠りなかった。たとえば、彼はマリオ・アントニオとの間に適度に距離を置いた友情を保っていて、時には冗談も言い合う仲だった。そして、マリオに認められたということは、とりもなおさず、青白い痩せっぽちをいじめたがるその他大勢の連中の攻撃の手から逃れられるということだった。

ある日の放課後、僕はいつものようにエドウィンと二人で家まで帰った。服を着替えてすぐに彼の家に行こうとしたが、母の言いつけで、手間ばかりかかって下らない不快な用事をいくつも済ませなければならなくなった。それらをやっとのことで終えると、僕はエドウィンの家の庭に走っていった。勝手口のドアを叩く。返事がない。僕はいつものように、ドアを開けて中に入った。キッチンを通ると、開いた地下室のドアから、マルハウス夫人がカレンに洗濯ばさみを取ってちょうだいと言っている声が聞こえてきた（冬のあいだ、マルハウス夫人は地下室にロープを張って、そこに洗濯物を干していた）。僕は居間を抜け、絨毯を敷いた階段を上り、エドウィンの部屋の前まで来ると、閉じたドアを高らかにノックした。長い間があってから、もそもそと身動きする気配がした。「どうぞ」エドウィンの気乗りしない声が聞こえ、僕はドアを開けた。

エドウィンはドアのそばのベッドに背を向けて座り、左の肩越しに僕を見つめていた。彼の前のベッドカバーの上には見覚えのあるジグソーパズル（〝海の女王〟、三百七十五ピース）の上半分が出来上がり、白い帆を風に孕ませて群青の海と明るいブルーの空の間を進む三本マストの帆船が姿を現しかけていた。彼の横には緑色の折り畳み式のテーブルが置かれ、中央にパーチージのボードが広げてあった。ボードの上には赤地に白い目のサイコロが二つ、青いダイスボックスが一つ、それに赤いコマが赤の振り出しに二つ、隣の白のところに一つ、反対側の白のところにも一つあり、黄色いコマが黄色の振り出しに一つと陣の外に三つ待機していた。パーチージのボードの右横には蓋を取った灰色のパズルの箱が置いてあり、中にパズルのピースがごちゃごちゃに入っていて、ところどころ明るいブルーの空の破片や群青の海の破片が見えていた。パーチージの左横には黒いプラスチックのビューマスターの本体と、白と青のホルダーのスライドが散乱していた。合衆国の地図の下のベッドの上には漫画本が何列か、ずらして並べてあった。二つある細長い枕の片方のへりに、ピンクのゴムの吸盤がついた黒いプラスチックのダーツの矢が一つ寄りかかっていた。ベッドの反対側には、ビー玉が入った靴の箱が置いてあった。そして、エドウィンのいるベッドの反対側にはアーノルド・ハセルストロームが座っていた。

「ああ」エドウィンはそう言って、ベッドの上にあったパズルの箱の蓋を拾い上げた。その下から、黒い波型の握りとぴかぴかの刃のついた狩猟用ナイフと、革の鞘が現れた。

「なんだ、ジェフリーか」

23

こうして〝悪い子〟アーノルド・ハセルストロームと〝良い子〟エドウィンとの、呪われた友情が始まった。両極は引き合う、と昔から言う。そう言って片づけてしまうのはたやすいが、二人の間にはもっと微妙な力学が働いていたのではないかと僕は推測する。アーノルド・ハセルストロームと違って、エドウィンは教師に向かって〝ノー〟と言うことが——つまり権威に対して白昼堂々と反逆することができなかった。できなかった、というのは正しい表現ではないかもしれない。エドウィンにはもともと、反抗しようという気がこれっぽっちもなかったのだ。彼は、自分の意思にかかわらず大人たちの命令には服従しなければならないという事実を、たとえば痩せているという事実と同様、仕方のないこととして受け入れていた。それに、痩せているのがそう悪いことばかりではないように（時にはたくましい肉体に憧れはしたが）、服従することにもそれなりの利点があった（時には夢のような完璧な自由に憧れもしたが）。しかし、実際は自由は服従することで初めて得られるのだ。アーノルド・ハセルストロームは、自分の意に染まぬ命令には従わなかったために、常に大人たちと衝突していた。僕は彼ほど束縛の多い人生を送った者を他に知らない。彼は絶えず放課後に居残りさせられ、校長室に送られ、権利を奪われ、そうでない時も猜疑心の強い大人たちに、よってたかって監視され、批判され、叱責され、迫害されていた。それにひきかえエドウィンは言いつけに素直に従うことによって、かなりのことを彼自身の裁量に任されていた。その意味では、エドウィンの服従は必ずしも純粋とは言い切れず、むしろ限りなく不服従に近かった。なぜなら、不服従の目指すところは自由だが、エドウィンの服従の目指すところも、同じように自由だったからだ。要するに、エドウィンはアーノルド・ハセルストロームとは正反対の従順な子供でありながら、その従順はどこかずる賢く、反抗的な従順だったのだ。

二人は急速に親しくなっていった。少なくともアーノルド・ハセルストロームは平日の放課後ばかりでなく、週末にまで、足しげくエドウィンの家に通うようになった。僕はエドウィンが悪い影響を受けるのではないかとそれだけが心配で、無理をして二人に同席したが、僕が加わると明らかに気まずい空気が流れるのがわかった。はっきり言ってしまおう。アーノルド・ハセルストロームは僕のことが嫌いだった。そして僕のほうこそ、それを百倍にしてお返ししたいほどだった。そうとも、僕はアーノルド・ハセルストロームを憎んでいた——その陰気な面立ちを、東洋人のような細い目を、げんこつを握る時以外はぶざまで醜い茶色のごつい手を、僕を見る時のあの表情の欠落した、それでいていかにも僕への嘲笑を押し殺しているように見える顔を憎んでいた。そして何よりも、そんな彼がエドウィンの家にのうのうと出入りしていることが憎くてならなかった。しかし、なげかわしいことに、マルハウス夫人はすぐに彼を気に入り、最初は〝あのおとなしい子〟と言い、のちには〝あのかわいそうな子〟と言った。〝かわいそう〟というのは、彼の母親がすでにこの世になく、父親が（新聞によれば、父親は旋盤工で、狩猟マニアだった）蒸発してしまったために、祖母と二人暮らしだということを知ったからだった。アーノルド・ハセルストロームのほうでもマルハウス夫人を気に入ったらしく、僕がキッチンに入っていくと、マルハウス夫人が濡れた洗濯物を洗濯機から籐の籠に移すのをテーブルに座って眺めながら、カレンのためにげんこつを握ってみせ、それを開かせて遊んでやっている彼の姿によく出くわした。だんだんエドウィンに構ってもらえなくなっていたカレンにとって、アーノルド・ハセルストロームは恰好の遊び相手だった。彼が指を開いて両手のひらを合わせ、両の中指を折り曲げて、そこを中心に手をぐるりと裏返し、絡みあった手の間から中指だけぴこぴこ動かして見せるというトリックをやって見せると、カレンは大喜びした。彼はそれを黙々と、にこりともせずにやってのけた。しかしそんな時、彼のいかにも無表情な顔は、あたかもこみ上げる笑みを抑えているかのように見えるのだった。しかし、マルハウス夫人やカレンとの団欒も、マルハウス教授が加わると途端に影をひそめた。マルハウス教授の真面目さと風変わりなユーモアは、彼をひどく落ちつきなくした。アーノルド・ハセルストロームにとって、大人の真面目さは懲罰の前触れであり、ユーモアは侮辱の一種だった。じっさい、彼は言葉というものをまったく信用していなかった。彼のそれまでの人生では、言葉とは命令と批判と拒絶と罰、叱責、挑発、侮蔑、呪咀から成る、攻撃の一形態だった。言い換えれば、アーノルド・ハセルストロームにとっての言葉とは、音に形を変えた殴打だったのだ。

そんなわけだから、エドウィンの部屋でも彼は滅多にしゃべらず、しゃべる時は、二言三言、ぼそりとつぶやくだけだった。彼の暗い沈黙は部屋の中に轟きわたり、あらゆる会話を窒息させた。僕らは、退屈のあまり涙が出るほど延々とパーチージをやり続けた。パーチージはアーノルド・ハセルストロームを虜にした。一度エドウィンがモノポリーのやり方を教えようとしたが、できないのか、聞く耳を持たないのか、とにかく話にならなかった。不愉快なことに、エドウィンはさっそくアーノルド・ハセルストロームのサイコロの振り方を真似し出した。以前のエドウィンは、口の中で祈ったり鼻唄を歌ったりしながら、サイコロを持った手やダイスボックスを大げさな身振りで長々とユーモラスに振ってから、ふいに高々と放り上げ、落ちたサイコロは勢いよく弾んで、時には床まで転がっていった。しかし、アーノルド・ハセルストロームは手の中でサイコロを二、三度そっけなく振った後、指先をボードにつけて開き、サイコロを大きな手のひらの斜面から転がり落とした。それからエドウィンは、以前なら頭の中で素早く足し算して直接その場所にコマを移動させていたのに、頭の良さをひけらかすまいとする配慮からか、アーノルド・ハセルストロームのやり方にならい、一つ一つ数を数えながらコマを進めるようになった。

二人はパーチージ以外のこともした。エドウィンがバブルガム・カード集めに熱中するようになったのはアーノルド・ハセルストロームの影響だった。ある日彼はエドウィンの家にやって来ると、ベッドの上に自分のお気に入りのカードを五列ずらりと並べて見せた。カードにはそれぞれ〝捕らわれの身〟〝部落襲撃〟〝爆撃命中〟〝パラシュート部隊〟〝敵戦車発見〟〝敵兵降伏〟〝釜山《プサン》侵攻〟〝夜間砲撃〟〝魚雷命中〟〝赤い狙撃者〟といったタイトルがついていた。いま僕の手元に〝迫り来る敵〟と題された一枚のカードがある。表には銃剣のついた長いライフルを抱えた兵隊たちが大挙して突撃してくる絵が描かれている。中央には上半身裸の男が、胸を白い三本の平行線で貫かれて宙に舞っている。上のほうでは、爆弾が茶や赤や黄に炸裂している。左手に三人の人間がうずくまり、腕を血まみれにして横たわる男を囲んでいる。裏面には（〝百五十二話完結・第二十八話〟）こんな文章が書いてある。

七月下旬《しちがつげじゅん》、クム川《くむがわ》を渡《わた》った直後《ちょくご》に、共産軍《きょうさんぐん》は我々《われわれ》の新拠点《しんきよてん》に再《ふたた》び全面攻撃《ぜんめんこうげき》を開始《かいし》した。我《わ》が軍《ぐん》の曳光弾《えいこうだん》が敵兵《てきへい》たちを枯《か》れ草《くさ》のようになぎ倒《たお》す！　しかし敵《てき》はひるまなかった。猛《たけ》り狂《くる》った共産軍《きょうさんぐん》は同志《どうし》たちの屍《しかばね》の山《やま》を越《こ》え、じりじりと我々《われわれ》の基地《きち》に迫《せま》って来《き》た！

エドウィンは〝戦う海軍〟というシリーズも好きだった。こちらはもっとカラフルで、絵の周りに赤と青の線で縁取りがしてあった。しかし、彼の本命は次第に〝翼〟シリーズに移っていった。彼は飛行機そのものよりも〝スカイ・レイ〟〝シーホーク〟〝ムスタング〟〝サンダージェット〟〝ヴァンパイア〟〝インベーダー〟といった機名のほうに興味を抱いた。そして、飛行機の背後や下方に見える鮮やかな風景にも心を引かれた——ＰＯ‐１Ｗロッキードの下に広がる紫の海と緑の島と白い海岸線、シーホークの背景の淡いオレンジの空と雪をいただいた山の頂上、Ｐ４Ｍマーケイターの遠方に見える暗緑色の椰子の樹と、濃密なオレンジと黄の空。エドウィンはそれでカード飛ばしをするのも好きだったが、アーノルド・ハセルストロームによって、もっと難度の高い遊びを仕込まれた。アーノルドは本箱の向かいの壁に背を向けて立ち、人差し指と中指の間にカ屋に滑るようにカードを投げた。カードは部屋を横切り、本棚の一番下に当たった。エドウィンは何時間も練習し、ついにアーノルド・ハセルストロームにひけを取らないほどに上達した。僕は誘われたが断った。僕の思いもよらず冷淡な態度に驚いたエドウィンは、何とか僕の興味をかき立てようと、斜めによりかかっているカードを倒す難しい技について熱っぽく解説した。「そんときゃ」彼は新しい友のしゃべり方を注意深く真似て言った。「下のほうを狙わなくちゃならねえんだ」上のほうに当てると自分のカードがはね返ってしまい、前のカードの勝ちになってしまう、というのだ。無邪気な子供の遊び？　そうかもしれない。それでも、肩を並べて黙々とカードを投げている彼らの姿は、僕を不安にさせずにおかなかった。アーノルド・ハセルストロームは、家に呼んでもらえることがいまだに信じられないとでも言うように、絶えずエドウィンに手土産を持ってきた。エドウィンが自分のカードを集め始めるに当たって、彼は自分のコレクションを十組二十枚分けてやったし、一度それでリスをしとめたことがあるというブーメラン型のすべすべの石をプレゼントしたこともあった。しかし、たいていは祖母の部屋のクローゼットから勝手に持ち出した品で、どこかに隠しておく必要のある物だった。そうしたものの最初は、大きな真鍮の銃弾だった。彼はそれを大きな手のひらに載せてエドウィンに差し出し、これはライフルの弾だ、下に落としちゃだめだ、と言った。まんじりともせずに一晩明かした後、エドウィンは丸めたソックスの中にそのぴかぴかの弾を入れ、クローゼットの一番上の棚の、ぬいぐるみの山の後ろに隠した。

ある日、エドウィンは不思議な形をした物体を僕に見せた。それはサイコロを振る筒か硬貨のロールのような形をしていて、五センチほどの長さの赤いボール紙の円筒の端に、真鍮の底がはめこんであった。中に砂でも詰まっているように、ずっしりとした手応えがあった。赤いボール紙には、黒い字でこう印刷してあった。

REMINGTON
6

エドウィンは、同じ物が欲しいかと僕に尋ねた。僕はこれは何なのかと訊いた。知らないと彼は答えた。新聞によれば、警察はジョセフィーヌ・ハセルストロームの寝室から20口径散弾銃一丁、22口径ライフル一丁、30-30ライフル一丁、20口径散弾一ダース、22口径ライフル弾六箱、30-30ライフル弾六箱、そして〝大量の〟としか数のわからない25口径と32口径のライフル弾を発見したという。

アーノルド・ハセルストロームはエドウィンに物を贈るだけでなく、物を借りるのも好きだった。そうすることで絆がより深まるからだった。彼のプレゼント攻勢にすっかり恐縮したエドウィンは、二つ返事で何でも貸し与えた。そしてエドウィンのほうからも、半ば押しつけるようにしてアーノルドに自分の取っておきの漫画本を貸した。そうすることによって、彼は秘密の花園の素晴らしい蜜の味を新しい友と分かち合おうとしたのだ。しかしエドウィンは忘れていた――アーノルド・ハセルストロームは銃や、飛行機や、戦車や、爆弾で完全武装した園にしか住むことができなかったのだ。その後の数週間のあいだに、アーノルド・ハセルストロームはエドウィンから五セント玉を何回か（彼はそれを借りっぱなしにした）、エドウィンには重すぎる焦げ茶のバット、マルハウス教授の緑色の大工道具入れの中にあった握りの赤いドライバー、先が金属で、羽根が赤いプラスチックの三本の木製の矢がついたベースボールダーツ、レバーを操作してピンポン玉を動かすドーム付きのバスケットゲーム（アーノルドはそれを祖母に見せるのだと言った）などを借りた。

二人はそんな具合に行き来していたにもかかわらず、校庭では本能的に互いを避けた。アーノルド・ハセルストロームはエドウィンの友達が嫌いだったし、アーノルドが付き合う五年生や六年生はエドウィンを脅えさせた。アーノルド・ハセルストロームは人前ではエドウィンを意識的に無視したが、それでも二人の関係は隠し切れなかった。ある朝のことは特に印象的だ。その日、エドウィンと僕は校庭を歩きながら、登場人物のまったく出てこない小説は成立しうるかということについて議論していた。僕は、それでは読者がすぐに退屈してしまうに違いないと主張した（今でもその意見は変わっていない）が、エドウィンの意見は違った。彼が僕に反論して、人間とは退屈な生き物なのだから、そういう作品こそが面白がられるのだ、と話していた時、ふいに誰かと肩がぶつかった。相手はよろめき、体勢を立て直すと、猛然とエドウィンにつかみかかり、彼を校舎の壁に叩きつけて、片手で喉元を押さえつけ、もう片方の手でげんこつを作って彼の鼻先に突きつけた。周りに人垣ができ始めた。どう見ても勝ち目のある相手ではなかった。そいつは紫色の短いジャケットの衿を立て、茶色いもじゃもじゃの髪が額にVの字に垂れ下がっていた。この不良に今のははずみだったんだと釈明するべきか、それとも校門まで走っていって警官を呼んで来るべきかと僕が考えあぐねていると、どこからともなくアーノルド・ハセルストロームが走ってきて、不良の首を後ろから両手でつかみ、エドウィンから引き離した。彼は不良を殴る代わりに、そのまま首をぐりぐりと押さえつけて締め殺しにかかった。その時、上級生が三人割って入り、手足をばたつかせて暴れまくるアーノルド・ハセルストロームの両腕と片脚を押さえつけた。そのすぐ横では、失神寸前の不良がかすかに前かがみになり、自分で自分の首を締めるように喉を手で押さえてゼイゼイ喘いでいた。無傷のまま助かったエドウィンは、茫然と目をしばたたいていた。

　ある日、僕が夕食を済ませてエドウィンの家に行くと、彼は自分の部屋をそわそわと歩き回っていて、僕の顔を見るとほっとしたような表情を浮かべた。ドアを閉める時、彼はしばらくじっと立って、階下の話し声に聞き耳を立てた。それから人差し指を口に当てると、僕を合衆国の地図の下のベッドのほうに手招きした。僕らはベッドをドアの前に動かしてバリケードを築いた。エドウィンはふたたび息をひそめ、耳を澄ました。それから折り畳み式の椅子を出し、それをクローゼットの中に運び、上に乗って一番上の棚から焦げ茶の蓋のついたベージュの靴箱を下ろした。彼はそれをベッドまで運んだ。それから唇に人差し指を当てると、そっと蓋を開いた。中には玩具のカウボーイ・ピストルが五、六丁と革のホルスターが一つ丸めて入っていた。エドウィンがそれを一つ一つ箱から出していくと、一番下から、僕が見たことのないピストルが一つ出てきた。それはカウボーイ・ピストルより小振りだった。他のピストルと違い、金属の部分はぴかぴかの銀色ではなく、鉛の色をしていた。撃鉄はなく、引き金は前の部分にだけ隙間があいている不思議な形をしていた。黒いグリップのところに、COLTという文字が入っており、黒い馬が後ろ脚で立ち上がり、槍か矢のようなものを前脚と口に一本ずつはさんでいる紋章がついていた。銃身には大文字で小さくこう刻まれていた。

COLT
AUTOMATIC
25

その横にはピストルのグリップに形が似ているが、それより一回り小さい黒い長方形の金属があった。穴がいくつかあいていて、奥のほうにぴかぴかの真鍮が光っているのが見えた。よく見ると、ピストルのグリップの底の部分にはちょうどそれが入るくらいの大きさの穴があいていて、中が空洞になっていた。僕が手を伸ばそうとすると、エドウィンがそれを払いのけた。彼は物も言わずにそのピストルを箱に戻し、その上に玩具のピストルを順々に積み重ね、一番上に古ぼけたホルスターを載せ、蓋をすると、その箱をクローゼットの一番上の隠し場所に戻した。椅子を畳み、クローゼットのドアを閉めてしまってからやっと、彼はかすれた声でささやいた。「あいつに預かってくれって頼まれたんだ。そのうち使うかもしれないからって」

24

人間の友情はなぜ崩壊するのかという問題は、有意義な、そして多分に魅力的な研究課題である。したがって、彼らの友情のもろい骨組みがぐらつき、ひび割れ、崩れ落ちるさまを、僕は少なからぬ興味をもって観察した。エドウィンの犯した第一の過ちは、新しい友人に喧嘩の仕方を教えてくれとせがんだことだった。エドウィンは気づいていなかったのだが、アーノルド・ハセルストロームが彼に惹かれたのは、二人がまるで違う種類の人間だったからなのだ。その限りでは、アーノルドは気前良く、ボクシングの基本の型をいくつか披露してみせた。そして、これもエドウィンは気づいていなかったのだが、自分をアーノルド・ハセルストロームに似せようとすることで、彼は逆にアーノルドを侮辱していたのだ。なぜなら、むろんのことエドウィンのボクシング姿は滑稽以外の何物でもなかったからだ。エドウィンは僕にうるさくつきまとい、拳闘ごっこを絶えず仕掛けてくるようになった。僕が彼の部屋のドアを開けると、彼はベッドから飛び下りてエドウィン流のボクシングの構えに入る。肩をすぼめ、背を丸め、両手で円を描くような不思議な動作をしながら、用心深い小刻みなステップで次第に僕のほうへ近づいてくる。絶えず膝を曲げ伸ばししながら体をひょこひょこと上下させ、奇妙に円を描き続ける手の後ろで頭をせわしなく動かし続ける。そして、僕に手が届くずっと手前から左腕を出したり引っ込めたりし始める。次第に距離がせばまるにつれて、知らず知らずのうちに丸めていた背が伸びて棒立ちになってしまい、僕の前まで来る頃には顎が上がってほとんどのけぞるほどになり、目は、まるで僕が殴りかかってくるのを恐れるように恐怖と決意で大きく見開かれている。むろん、僕はこんな馬鹿げた不愉快な遊びには加わらなかった。アーノルド・ハセルストロームも同様に面白くなかったにちがいない。彼にしてみれば、エドウィンが暴力にまるで無関心でいるか、いっそのこと軽蔑してくれたほうがまだましだっただろう。

エドウィンの第二の過ちは、アーノルド・ハセルストロームに読書の楽しみを教え込もうとしつこく努力したことだった。アーノルド・ハセルストロームはエドウィンが見当違いの発作的な親切心から無理やり貸した三冊の漫画本について何の感想も述べず、返しもしなかった。もしかしたら、小心者のエドウィンはそれを返してくれと言い出す代わりに、アーノルドの想像力を刺激することで記憶力のほうにも訴えかけようとしたのかもしれない。最初エドウィンは、アーノルド・ハセルストロームが部屋に入ってきた時に偶然何かを読んでいたふうを装うという姑息な作戦を取っていたが、そのうちもっと大胆に、自分の好きな本を彼に勧めるようになった。しかし、アーノルドはエドウィンの本には見向きもしなかった。彼が愛したのはパーチージだけだった。彼が本に対して無関心であったこと、そして何よりも自分の愛する物語に対して無関心であったということが、エドウィンの中にアーノルド・ハセルストロームに対するかすかな侮蔑の念を芽生えさせる最初のきっかけとなった。

破局の最初のはっきりとした兆候は、エドウィンが怒りに震えながら僕に見せてくれた一冊の漫画本だった。二月の終わり頃のある午後のことで、部屋にはエドウィンと僕しかいなかった。エドウィンは大切な漫画本のことを何週間も思い悩んだあげく、ついに返してくれないかとアーノルド・ハセルストロームに切り出した。すると、もうないかもしれないという衝撃的な返事が返ってきた。エドウィンの愕然とした表情に驚いた彼は、家を探してみると約束した。次の日、アーノルドは三冊のうちの一冊を返してきた。それがエドウィンの見せてくれた本だった。おそらく水溜まりに落とすか何かして、そのまま何週間も放置しておいたらしく、その本は水を吸って膨れ上がり、色が落ちてよれよれになっていた。表紙は何が描いてあるのかわからないほど泥にまみれ、本体からはずれていた。アーノルド・ハセルストロームはそれを返す時、一言の釈明も謝罪もせず、エドウィンのほうもあまりのことに追及するのをはばかってしまった。この分では、残りの二冊は絶望的だった。

それでも、もしアーノルド・ハセルストロームがもっと違った態度を取っていたら、エドウィンも彼のことを許していたのではないかと思う。彼が謝らなかったことを言っているのではない。エドウィンにとって許せなかったのは、彼が無礼だったことではなく、真面目そのものだったことだ。アーノルド・ハセルストロームはエドウィンを好いていたのだから、悪意があったはずはなく、思いやりに欠けていたわけでもなかった。ただ、彼にとってはたかが古い漫画本の一冊や二冊で大騒ぎするということが信じられなかったのだ。こうしてエドウィンは、アーノルド・ハセルストロームが自分の世界から果てしなく遠い人間であるということをはっきりと思い知らされた。それはほとんど、エドワード・ペンの世界とアイゼンハワー元帥の世界との隔たりに匹敵するほどの距離だった。変わり果てた姿になった漫画本へのエドウィンの怒りは、決して大げさでなく、魂の上げる憤怒の雄叫びだった。

これらのことに対するエドウィンの反応は、ローズ・ドーンの前から自分を消し去ろうとしたのと同様、風変わりなものだった。彼は突然、アーノルド・ハセルストロームに貸した自分の所有物をすべて取り返したいという激しい欲求にとらわれ出したのだ。それらの物すべてが今この瞬間にもアーノルド・ハセルストロームによって破壊の危機にさらされているように思え、そして何よりも、それらの物すべてが——重すぎて振れないから持っていても意味のないバットまでが――自分の幸せのために、そしてこれからの人生を続けていくために、どうしても必要であるように思えてきたのだ。アーノルド・ハセルストロームはマルハウス教授のドライバーはすぐに返したが、バットと、ベースボールダーツと、バスケットゲームがそのままだったし、六枚ほどの五セント玉はもちろんのこと戻って来なかった（エドウィンの当時の小遣いは週に二十セントだった）。エドウィンはとりわけバットにこだわった。彼はアーノルド・ハセルストロームが、あのバットはエドウィンには重すぎて振れないから持っていても意味がないと考えているのではないかと想像し、怒りで気が狂わんばかりになった。彼はアーノルド・ハセルストロームがあのバットをなくすか、壊すか、どこかの水溜まりに放置するか、誰かにやるかしているのではないかと心配した。しかし、エドウィンは一週間近くもそのことを言い出せずにいた。一つには最悪の結果を知ることを恐れていたからであり、一つには重すぎて振れないから持っていても意味がないとアーノルド・ハセルストロームが思っているかもしれないそのバットを、返してくれとはどうしても言えなかったからだ。ましてや季節は冬のまっただ中だった。しかし、アーノルド・ハセルストロームだって地下室で素振りをするのだと言って、冬のまっただ中にバットを借りて行ったのではなかったか？　そうだ、第一あんな重いバットを振れるようになるには、自分も地下室で素振りの練習をする以外に方法はないじゃないか？　その間にもアーノルド・ハセルストロームは、青白く穏やかな友の内心の葛藤に気づく素振りもなく、毎日のようにエドウィンの家にやって来た。そして僕は、エドウィンのバットのことなど聞いたこともないような顔で平然とサイコロを振っているアーノルド・ハセルストロームと向かい合うエドウィンの中に、怒りがふつふつと煮えたぎっているのを、あたかも窓を締め切った部屋の中でも外が暗くなるのがわかるように、感じとることができた。

ある日ついに、エドウィンはアーノルド・ハセルストロームの足元を見ながら、バットを返してくれないかと切り出した。驚いたことに、アーノルド・ハセルストロームは困ったような顔をした。彼はすぐに返すよとか、長いあいだ持っていて悪かったとか言う代わりに、どうして返してほしいのかとエドウィンに訊き返した。「どうして?」エドウィンは言った。「ああ、どうしてね。ええと、どうしてかな。別になくたっていいんだけどね」「ほんとか?」アーノルド・ハセルストロームがすかさず言った。「ほんとさ」エドウィンは言った。「まだ持ってていいよ。別になくたっていいんだ。どっちみち、僕には重すぎるし」そしてエドウィンは、別になくてもかまわない、重くて持ち上げることすらできないバットを返してくれなどと言った自分のことが急に恥ずかしくなった。しかしその夜エドウィンは自分の部屋で、僕の前を行ったり来たりしながら、両手を振り回して怒りを爆発させた。アーノルド・ハセルストロームに、あの馬鹿みたいなバットをなぜ返して欲しいかなんて訊く権利はないんだ。あの馬鹿バットは僕の馬鹿バットじゃないか。それに、あれがいるんだ。今すぐいるんだ。僕は、彼がこんな調子で延々とまくし立てるのを辛抱強く——そして白状すると、内心ほくほくしながら——

聞き、最後に、それならもう一度返してくれと頼めばいいじゃないか、と提案した。

それから二日が過ぎた。エドウィンが勇気を奮い立たせてバットのことをもう一度持ち出すと、アーノルド・ハセルストロームはすぐにやり返した。「いらねえって言ったろ」エドウィンはたじろいだ。明らかにアーノルド・ハセルストロームの言い分のほうが正しかった。しかしいっぽうでは、どうしてもバットを諦めきれず、エドウィンは苦しまぎれにこう言った。「あの時はいらなかったけど、今はいるんだ」彼は自分の言い草を我ながら無茶苦茶だと感じ、そのせいでよけいにアーノルド・ハセルストロームへの憎悪をつのらせた。

翌日の午後、僕がエドウィンの部屋にいると、アーノルド・ハセルストロームがどすどすと階段を上ってくる足音が聞こえた。エドウィンもその頃にはパーチージに心底うんざりしていて、アーノルド・ハセルストロームの足音を聞いただけで気が重くなるほどだった。アーノルド・ハセルストロームはノックをする代わりにドアを足で蹴った。エドウィンはびくっとして顔をしかめた。「どうぞ！」彼は怒ったように叫んだ。アーノルドは再びドアを蹴った。エドウィンはむっとした表情で立ち上がり、ドアのところまで歩いていった。彼がドアノブに手をかけた時、僕の脳裏にピストルを構えてドアの向こうに立っているアーノルド・ハセルストロームの姿がひらめいた。「エドウィン！」僕が叫ぶのと、彼がドアを開けるのが同時だった。

ドアの向こうに、右手を垂直に立てたバットの上に置き、左の脇にバスケットゲームを抱えたアーノルド・ハセルストロームが立っていた。「何？」エドウィンが僕に言った。「何だよ」アーノルド・ハセルストロームが言った。「何でもないよ」僕は言った。僕は、バスケットゲームのドームの角が二か所割れているのに気がついた。しかし、エドウィンの憎悪はたちまち影をひそめ、パーチージでひとしきり熱戦を繰り広げた後、アーノルド・ハセルストロームに無理に言って真新しいルーレットゲームを借りさせた。それは赤と黒のプラスチックでできた玩具で、レバーを押すとホイールがくるくると美しく回り続けるものだった。

しかし、夜になるとエドウィンは、なぜアーノルド・ハセルストロームはベースボールダーツを返さなかったのだろうと疑い始めた。確かにダーツを返してくれとは頼まなかったが、バスケットゲームだって返せと言ったわけではない。しかし、バットを返すように言ったすぐ後で、ダーツも返せとはとても言えなかった。しかも、さらに悪いことには、このあいだのクリスマスにもらったばかりでまだあまり遊んでいなかった新品のルーレットゲームまでが失われてしまったのだ。彼は次第に、来るたびに何かを奪っていくアーノルド・ハセルストロームの訪問に脅えるようになっていった。

しかも、こうしてバットが戻ってきてみると、いったんは諦めた漫画本のことがまたしても頭をもたげてくるのだった。エドウィンはどうしてもそれらが読みたかった。一目見たかった。何より、その二つが欠けてしまったことで、韻が二つ抜け落ちた詩のように不完全になってしまったコレクションを元通りにしたかった。問題の二冊はたまたま二年にまたがっていたため、被害は単に二冊にとどまらなかった。まるまる二年ぶん、二十四冊もの本が、この二冊が失われたために影響を被ってしまったのだ。それだけではない。巻末のストーリー漫画が続き物になっていたため、十四冊にわたる二シリーズが永久に傷物になってしまったのだ。エドウィンは悲しげに、本来二十四冊であるべき二十二冊の本をベッドの上にきちんと二列に並べ、一列目の五番目と七番目の間、それから二列目の二番目と四番目の間を空白にした。そして悲しげに、一列目の一番最後に置かれた醜い物体――膨れ上がり、色褪せ、泥だらけの汚い表紙がついた本――を見つめるのだった。

失われた二冊のうちの一冊は、彼が生まれて初めて手にした漫画本だった（その後、堅実に取り引きを重ねたせいで、コレクション最古のものではなくなったが）。赤い空の下で黄色いスキーの板が突き出た雪玉を、彼はまざまざと思い浮かべた。自宅の玄関の階段に座ってインディアンの羽根飾りをかぶった自分の姿を、まざまざと思い浮かべた。雨粒が窓を叩くあの春の午後、ビー玉の入った靴箱の下からその本を引っぱり出してベッドに寝ころぶ自分の姿を、まざまざと思い浮かべた。まるで彼はアーノルド・ハセルストロームに過去の一部を持ち去られてしまったかのようだった。エドウィンのこれからの人生は、ピースが一つだけ欠けてしまったジグソーパズルのように不完全なものになってしまった――そして、風を孕んだ真っ白い帆の真ん中にピースの形の穴があき、黒々とした緑色のテーブルが不気味に顔をのぞかせているのだ。

とうとう彼はアーノルド・ハセルストロームに、もう一度あの二冊を探してくれないかと頼み込んだ。一冊は出てきたんだ、残りも部屋の隅っことか、流しの下とか、バケツの中にあるかもしれないじゃないか。「ああ」アーノルド・ハセルストロームは答えた。エドウィンの部屋を出る時、彼はポケットに手を突っ込み、また出して、手のひらの上に一枚だけ載った黒ずんだ一セント玉を見下ろした。「五セント玉、ねえか?」彼は言って、エドウィンの顔を見た。エドウィンは顔をそむけ、言った。「何? おてんと様? さあ、ジェフリーが持ってるかも」しかし、そう言いながらも彼は灰色の本棚の上のレジスターを型どった青と金の貯金箱の横に、一セント玉が六枚置いてあるのに気づいていた。アーノルド・ハセルストロームはその方向にぐいと親指を傾けた。「四セント、いいか?」彼は言った。「いるんだ」「どうぞ、いいよ」エドウィンは言ってベッドに腰を下ろし、何も知らないアーノルド・ハセルストロームは本棚の天板の横に左手を出し、右の人差し指で一セント玉を四枚、手の中に滑り落とした。

翌日になっても、アーノルド・ハセルストロームは漫画本について何も言わなかった。彼が帰る時、エドウィンは探してくれたかと尋ねた。「ああ」アーノルド・ハセルストロームはそう言って、罪悪感と憎悪の混ざり合った目でエドウィンを見た。「でも、ほんとに隅々まで見てくれた?」〝はい〟を〝ああ〟などと言ってはならないと厳しく躾けられてきたエドウィンは、なおも食い下がった。「ああ」アーノルド・ハセルストロームは答えた。今度の〝ああ〟は少しばかりタイミングが早すぎ、少しばかり語気も鋭すぎた。エドウィンはひるんで、引き下がった。「ふうん。もう一度よく見てくれたらいいのにな。ジェフリー、カラスと机はなぜ似てるか?」「机は実はカラスが化けていたから」僕は笑って答えた。「はずれ。両方とも羽根がついてるからだよ*」彼はそう言って笑い出し、アーノルド・ハセルストロームはたぎるような無表情に覆われた顔をそむけた。

次の日、三人でパーチージの盤を囲んでいる時、エドウィンがサイコロを振りながら言った。「例の漫画は出てきた?」アーノルド・ハセルストロームはとっさに、ぴったりしたズボンのポケットに手を突っ込み、一方の肩をそびやかした。僕は瞬間、撃たれるのはエドウィンだけだろうかそれとも二人ともだろうか、と考えた。彼は手をポケットから抜くと、パーチージのボードの上にぴかぴかの十セント玉を二枚、一枚ずつ放り投げた。一枚は黄色のコマに当たって止まり、もう一枚はゆっくりと回りながら転がって、テーブルの下に落ちた。

エドウィンはしばらくボードの上の十セント玉をじっと見つめていた。「君の番じゃないよ」彼は言い、サイコロを投げた。「十二だ。ということは」

アーノルド・ハセルストロームの手が、ボードの上をなぎ払った。コマの大部分と十セント玉はベッドの横に当たったが、二枚のコマとサイコロ二個は壁に当たり、ベッドの向こう側に落ち、音を立てて床に落ちた。アーノルド・ハセルストロームは大きく目

＊〝羽根〟を意味するquillには〝羽根ペン〟の意味もある。

を見開いて勢いよく立ち上がった。エドウィンは恐怖と怒りで身を固くして、呆然とテーブルの上を見つめていた。僕は、アーノルドがエドウィンのほうを一度も見ようとしないのを興味深く観察していた。彼はテーブルを叩いた。テーブルはがたがたと揺れ、ひしゃげそうになった。彼はパーチージのボードを取り、顎の下まで持ち上げ、折り目に沿って二つに裂いた。そして半分になったボードを床に投げ捨て、右足で踏みにじった。それから部屋を出て行った。

「なんていうか」しばらくの沈黙ののち、エドウィンが言った。「ちょっとやり過ぎだよな」彼はそれきり沈黙の発作に襲われてしまった。僕は十二枚のコマと、二枚の十セント玉と、引き裂かれたパーチージのボードをせっせと拾い集めた。ボードは、その後マスキングテープで貼り合わされたが、ありがたいことに、二度と元通りにはならなかった。

25

アーノルド・ハセルストロームの衰退と滅亡は、本来この本にページを占めるにも値しない出来事なのだが、エドウィンのイマジネーションにおいて大きな位置を占めた事件なので、こうして書き記すことにする。前章のことがあった後、破局は坂を転がる石の勢いで進んでいった。しかしながら、二人の友情にピリオドを打ったのは実はこの一件ではなかった。決定打はそれから一週間後、アーノルド・ハセルストロームが家に訪ねて来た時、エドウィンが仮病を使ったことだった。アーノルド・ハセルストロームがドアのベルを押すと、マルハウス夫人が出てきてエドウィンは具合が悪いと言った。彼は帰り、そして——マルハウス夫人の言葉を借りれば——それっきりだった。それから二日間、エドウィンはすべては自分が悪かったと反省し、こんど彼が訪ねて来たら温かく迎えてやろうと心に決めた。しかしアーノルド・ハセルストロームは二度と訪ねてこなかった。エドウィンは和解を望んでいながら、自分のほうから歩み寄るつもりはないようだった。こうした強情さは、おそらく芸術家の資質の根幹をなすものであり、僕が我が友のそういう一面を目撃するのは、これが初めてではなかった。付け加えておくと、アーノルド・ハセルストロームはついにダーツボードもルーレットゲームも返さなかった。

エドウィンとの友情が終わったからなのか、あるいは単に春のせいなのか、とにかく気候が緩むにしたがって、アーノルド・ハセルストロームに著しい変化が起こり始めた。以前の彼は授業中も憮然とした表情で机を睨みつけ、裁判官のかぶる馬鹿げたかつらなのか何なのか、ともかく何かを暗く思いつめている様子だった。しかし、今の彼はあからさまに落ち着きを失い、目に見えない縄を体からほどこうとするように椅子の上で絶えずそわそわと身動きした。ある朝、彼は廊下で激しいとっくみ合いを演じ、ラジエーターの角であやうく頭の鉢を割りかけた。別の朝には、目の下に青黒いあざをこしらえて現れた。ある日はとうとう学校に来なかった。彼は次の日の午後登校し、ココ先生によれよれの紙切れを一枚渡した。ココ先生はかすかに顔をしかめてそれを読んだ後、もちろんのこと、一緒に校長室に来るよう彼に命じた。クラス中がアーノルド・ハセルストロームの度胸に舌を巻いた。欠席届けを捏造することは、誰でも考えはするが、今まで実行に移した者は一人もいなかったからだ。数日後、アーノルドはふたたび欠席し、今度は偽の届けすら持って来なかった。ココ先生が尋ねても、知らん顔をするだけだった。翌日、彼はふたたび学校を休んだ。次に出てきた時は、さらに派手な現れ方をした。その時僕は教室の後ろでケネス・サンターバノと一緒にコネチカット州の大きな地図を作っていた。僕がブリッジポートとストラトフォードを結ぶ南岸線の形を地図帳で確認しようと後ろを振り向いた時、小太りの男の人がにこにこしながら立っているのが目に止まった。新聞によれば、彼の名前はマッキスコ氏だった。黒っぽい服の上に白っぽい長いコートをはおり、額はてかてかに光り、薄く縮れた黒髪をぴったりと後ろになでつけていた。その隣にアーノルド・ハセルストロームが立っていた。マッキスコ氏はココ先生に二言三言何か言い、ココ先生はゆっくりとうなずいた。マッキスコ氏が帰ると、アーノルド・ハセルストロームはあからさまな嘲笑の色を浮かべつつ、自分の席に向かった。

次の週、アーノルド・ハセルストロームは毎日学校にやって来た。ココ先生に対しても、横柄な態度を別にすれば素直に従っていた。彼はもう誰とも口をきこうとしなかった。朝と昼の始業ベルが鳴る前の校庭でも、いつも独りだった。彼が遠くの新緑の柳のそばの芝の上に肩をそびやかすようにして膝を抱えて座っている姿や、誰もいない校庭の片隅にぽつんと立ち、浅黒い顔を決然と風に向けている姿を僕は遠くから眺めた。

ある暑いくらいの朝、エドウィンと僕が校舎の脇の中庭を抜けて校庭に入っていくと、遠くのほうで人だかりがして騒いでいるのが見えた。僕らはとっさに顔を見合せ、すぐに目をそらした。二人してその方角に足を早めながら、なぜか僕の頭の中には足の動きと合わせるように、あの古い詩の一節が繰り返し響き渡っていた。ローズ・ドーン、ローズ・ドーン、僕は、孤独、ローズ・ドーン、ローズ・ドーン、僕は、孤独――。校庭に散らばっている他の子供たちはそれぞれ自分の遊びに熱中していて、真ん中にできている人だかりと叫び声にはまるで無関心だった。喧嘩の場所から三メートルと離れていないところでは女子のグループが縄跳びをしていて、僕らが近づいていくと彼女たちのけたたましい歌声が喧嘩の輪の怒声を一瞬かき消した――

お嬢さん
お入んなさい
お天気なんか
気にしない
雨こんこん

雪しんしん
おてんと様は　ぴっかぴか

しかし、そこを通り過ぎるとすぐに大きな叫び声が耳に飛びこんできた。「後ろだ！後ろだ！　後ろだ！　後ろに回れ！」人垣は三重、四重になっていて、輪の内側の一番いい位置に上級生たちが陣取っているせいで最初はほとんど何も見えなかった。いくつもの腕や肩の隙間から、白いTシャツと、薄いブルーのシャツと、黒い腕と、赤いシャツと、顎を押し上げる手と、浅黒い腕に締め上げられて苦悶に歪むアーノルド・ハセルストロームの顔の断片がいっしょくたになって目に入ってきた。僕らは輪の外側をぐるりと回り、空いている場所を探した。瞬間的にできた隙間にエドウィンがするりとすべり込んで姿を消した。僕もその少し先に隙間を見つけてもぐり込み、人をかきわけて内側に進んだ。そしてちょうど二つの首の間から全部が見渡せる場所にありついた。

輪の中心の二つの人影はほとんど動かなかった。体の大きなのがアーノルド・ハセルストロームの首に後ろから腕をまわし、自分の胸に頭を押しつけるようにしてぐいぐい締め上げていた。アーノルド・ハセルストロームは苦しげな顔を僕のほうに向け、片方の腕を上に上げて見えない相手の顎を手で押し上げていた。アーノルドのもう一方の手は、首に巻きついている相手の腕をつかみ、相手の少年のもう一方の手は、自分の顎を押し上げて隙あらば喉を締めつけようとするアーノルドの手をつかんでいた。この奇妙な静止状態は、二人の戦いをどこか盛り上がりに欠ける、言ってみれば面白味のないものに見せていたが、一方では、そのぶんだけ事態の深刻さがひしひしと感じられ、見ているだけでも脂汗がにじんできそうだった。アーノルド・ハセルストロームの相手の顔には見覚えがあった。〝ウィーズル（いたち）〟という仇名の五年生のワルで、常に三人以上の子分を引き連れ、誰彼なしに因縁をつけ、唾を吐き散らしている奴だった。ウィーズルはアーノルド・ハセルストロームよりゆうに頭一つ分は背が高かった。長く茶色い腕と上腕にはごつごつと血管が浮き、短く刈り込んだ黒い髪の下に幅狭の硬そうな頭蓋が透けて見えていた。横のほうに、毛のない小さな三角形の部分があり、それがどことなく木の幹につけられた傷を思わせた。素足に白と黒のスニーカーを履き、ベルトなしのセミスィート・チョコレートの色のズボンと白いTシャツの上に、ズボンのポケットの下まで垂れる薄いブルーのシャツを前をはだけて着ていた。半袖の片方は肩の上までまくり上げていたが、片方はずり落ちていた。ウィーズルと小柄なアーノルド・ハセルストロームの取り合わせはひどく不公平な感じがした。実際、お話にならないくらい不公平になるところを、アーノルド・ハセルストロームのがっしりとした体格がかろうじて救っていて、そのために二人の闘いは、ずんぐりとした木の切り株とねじ曲がったブドウのつるがからみ合って格闘しているように見えた。二人は相変わらず動かなかったが、アーノルド・ハセルストロームはかなりの苦境に立たされているようだった。目は固く閉じられ、額には汗の玉が浮かび、食いしばった歯をむき出しにしている唇からは今にも苦悶の叫びが洩れてきそうだった。突然ウィーズルが反り身になり、くるりと半回転した。アーノルド・ハセルストロームの体が一瞬地面から浮き上がり、また落ちた。ウィーズルの仲間とおぼしき一団から、どっと歓声が上がった。ウィーズルはふたたび体をひねり、アーノルドを持ち上げた。回転が止まった時、アーノルド・ハセルストロームの手がウィーズルの顎からはずれた。ウィーズルはすぐさまアーノルドの顔にパンチを見舞った。誰かが「汚いぞ！」と叫んだ。アーノルド・ハセルストロームの手が、見えない相手の顔をつかもうと虚しく宙を掻きむしった。ウィーズルのげんこつがふたたび飛び、アーノルドの目を直撃した。見物の輪がどよめいた。アーノルド・ハセルストロームは苦痛に身をよじり、腕を下げて顔をかばったが、ウィーズルは残忍に勝ち誇った笑みを浮かべ、三たび容赦のないこぶしを握りしめ、アーノルド・ハセルストロームの頭にぐりぐりと硬い関節を押しつけ、顔と首を殴りつけるという作業を交互に繰り返した。誰かが「もうよせ！」と叫んだが、誰も後に続かなかった。アーノルド・ハセルストロームの敗色は濃厚になってきた。彼にはもはや、顔を内側に向けて、雨のように浴びせかけられるパンチや関節の攻撃から身を守ることしかできなかった。アーノルド・ハセルストロームはしばらくそうやって身悶えしていたが、不意に痛々しい叫び声を上げ始めた。それは今まで聞いたことのない、まるでこの世のものならぬ生き物が上げる苦痛の叫びのような、甲高い、ぞっとするような声だった。その声がアーノルド・ハセルストロームのものではなく、ウィーズルの口から発せられていることに僕が気づくのに、二、三秒かかった。ウィーズルは突然アーノルド・ハセルストロームの首を締めつけていた腕をほどき、低い唸り声を上げながら自分の腹に嚙みついているアーノルドの髪を引きむしり始めた。僕は彼が血まみれの肉片を嚙みちぎるのではないかと半ば本気で恐れた。彼はウィーズルの脚に自分の脚をひっかけて転ばせたが、そうでもしなければきっとそのまま相手を生きたまま喰い殺していたのにちがいなかった。ウィーズルは倒れたが、頭は打たなかった。アーノルド・ハセルストロームはウィーズルの上に馬乗りになり、彼の両の頰を両手でつかみ、何度も何度もアスファルトに頭を打ちつけた。突然、ウィーズルの頭の下に小さな血溜まりが広がり始めた。アーノルド・ハセルストロームは手を止め、立ち上がった。左の目は腫れ上がり、黒くあざになっていた。アスファルトの血溜まりの中で、ウィーズルがか細くすすり泣いていた。アーノルド・ハセルストロームは人垣をかき分けて走り去ったが、誰も彼を止めようとしなかった。

校庭のアスファルトが切れて雑草の生えた地面に変わるあたりまで来ると、アーノルド・ハセルストロームは石を拾い上げ、肩越しにこちらを振り返った。追って来る者はいなかった。彼は狭い芝の斜面を駆け上がり、高くなった舗道の上を一度も振り返らずに走り去った。彼の姿が高い生け垣の向こうに見えなくなってから、僕はエドウィンのほうを振り向いた。エドウィンはポケットに両手を突っ込み、遠くの生け垣のほうをじっと見つめていた。

新聞によれば、アーノルド・ハセルストロームの部屋の入口で見つかったマッキスコ氏の遺体には、五発の銃弾が撃ち込まれていた。ドアの横の壁から、さらに三発の弾痕が発見された。アーノルド・ハセルストロームはその後、32口径コルト・オートマチックにふたたび弾を装塡し、玩具のピストル一丁と一緒に持って家を出た。その時間、祖母は買い物に出かけていて不在だった。アーノルド・ハセルストロームは真夜中少し過ぎ、家から遠く離れた無人の小屋に籠城しているところを発見された。フラナガン巡査は、できれば少年を撃つことはしたくなかったと語っている。巡査によれば、少年はいったんは銃を捨て、両手を挙げて小屋から出てきたが、突然ふたたび銃を乱射し始めた。フラナガン巡査がその後どうなったかは忘れてしまった。一週間後、頭に白い絆創膏を当てたウィーズルが、再び校庭に姿を現した。新聞には「ジムはいつも子供たちを信じていました」というマッキスコ夫人の談話が載せられた。

26

壮年期にエドウィンと僕が観たアニメ映画の総数は、ゆうに二百本を上回った。かつてエドウィンはタイトルの面白さにひかれて、リストを作ろうとしたことがある。これがそのリストの全容である。

『からす騒ぎ』『ロ・ミャーオとオムレット』『クマベス』『お気に召すパパ』『アントニャオとクレオパンダ』『ミッドサマー・マウス・スクリーム』『二兎物語』『ワンニャン伯父さん』『二十日鼠世界一チュー』『カバと共に去りぬ』『ツェッツェ蠅かく語りき』『サムソンとゴリラ』『ガルガンチュウ物語』『アリブーブーと四十匹のブタ』『チャウチャウ夫人（作曲・プードルチーニ）』『ジキル博士とハイシードードー』『ドゥ・キャキャット・ユアセルフ』『ビリー・ザ・キャット』『華麗なるキャッツビー』『カラモーゾフの兄弟』『虎・虎・虎！』『シェルブールの雨蛙』『亀ルンの笛吹き』『ヤンキー・プードル・プー』『マッチ売りのショウジョウバエ』『ベン・カー』『フラダンスの犬』『青い鳥』『猿ものは追わず』『コリゴリ博士』『デイヴィッド・コッパミジン』『もっとチーズを！』『来た・見た・バッタ』『サイは投げられた』『パイ・ア・ラ・モー！』『ドクトル・バジリコ』『一切れのピザもし食べずば』『ジェーン・ベア』『レ・ミゼラ・ブルドッグ』『三牛士』『メエ探偵シャーロック・ウールズ』『ガッシャン家の崩壊』『偏屈王』『ブルーベリー・フィンの冒険』『ノートルダムの毛虫男』『失われたパイを求めて』『老人とウニ』『星の玉子さま』

　このリストには、エドウィン研究家にとって特別興味深い事実がいくつも発見できる。第一に、これらのタイトルが単純な語呂合わせのオンパレードであることからもわかるように、アニメ映画がエドウィンに与えた影響は、単に視覚面に止まらず言語面にも及んでいたということである。第二に、エドウィンは大人の文化のかなりの部分に、こうした歪んだ断片的な形で初めて触れたという点である。じっさい、これらのアニメ映画のタイトルは、大人文化を単なる言葉遊びやジョークの種としか見ないエドウィンの傾向をますます助長することとなった。壮年期には、雨の降る午後などによく僕らは居間にある彼の父親の三つの本棚の前に立ち、さまざまな書物のタイトルのアニメ映画バージョンを考え出して何時間も遊んだ。今でも覚えているのは『モビィ・ダック』や『チュウ約聖書』『アンナ、カレー煮な』のような単純なものから、もっと手の込んだ、たとえば『ローマ帝国の衰退と滅亡』をもじった『老婆帝国の衰弱と健忘』とか、『エッカーマン ゲーテとの対話』を基にした『鉄仮面 強盗との対決』、『誰がために鐘は鳴る』から作った『歯がために金が要る』など、数え上げればきりがない。エドウィンは、アニメ映画のタイトルの洒落の意味がわからずに――たとえば『からす騒ぎ』などがそうだった――父親に質問することもしばしばだった。マルハウス教授はそんな時、嫌な顔ひとつせず、新調した遠近両用メガネから重々しく目を上げ、首をぐっと起こし、いかにも教授らしい威厳のこもった声で、『からす騒ぎ』はウィリアム・カークスピアの戯曲であると講釈した。エドウィンは思い詰めたような顔で、その二つを結びつけようと懸命に思考をめぐらせた。やがて、その顔がみるみる緩んでぽかんとした虚ろな表情に変わり、その中で目だけが得意げに輝いたかと思うと、激しい笑いの発作で顔全体がくしゃくしゃになった。彼は父親にそれ以上冗談を言う隙を与えまいとしてそれを必死に抑えようとするが、そのたびにさらに激しい笑いの波に襲われた。結果としてエドウィンの顔は、まるで阿呆のようにしかめ面と笑いを目まぐるしく繰り返すこととなり、傍らで穏やかにほほえみながら見守る僕の目には、ひどく滑稽な眺めに映った。さて第三に、これが一番重要なことと思われるが、このリストにはある種気がかりな性質――考えた末、僕はそれを〝グロテスクな愛らしさ〟と呼ぶことに決めた――が見られるという点である。このことについては、第三部でエドウィンの作品を紹介する際に、もっと詳しく触れるつもりである。

映画のタイトルの話はこれくらいにしておこう。アニメ映画がエドウィンのあの傑作に与えた最大にして最高の影響は――それについても後ほど改めて論じることにする――何と言っても視覚的なイメージである。ここでは、エドウィンが初めてアニメーションのイメージを作品に導入したのは壮年期の終わり、アーノルド・ハセルストロームの死から約三か月後の、正確には七月十一日から十五日にかけて書かれた一篇の詩においてである、と言うにとどめておこう。この詩は、エドウィンの初期作品群の最後のものであるとも、文学的成熟期の最初の作品であるとも見ることができる。どちらであるにせよ、『まんが』へ向けての長い長い舞踏の最初のステップであることに変わりはない。エドウィンはこの中で初めて、深刻な主題を表現するのにアニメーションのコミカルな、ほとんどナンセンスなイメージをモチーフとして使用しており、のちの成熟した作品に見られる独創的で精緻な特質――その特質を、今は仮に〝しかめ面と笑顔の目まぐるしい交代〟と名付けておこう――をおぼろげながらに予感させている。じっさい、この詩はある草稿では『まんが』と題されていたのだが、エドウィンは最終稿をタイプで残す習慣があり、それによればタイトルは『A・Hに捧ぐ』となっている。ここに紹介するのは、そのタイプされた最終稿である。この詩は、（あえて挙げれば）最後から二つ目の一行を別にすれば、文学史的な価値としては無に等しい作品である。予備知識のない読者のために断っておくと、『まんが』とは違って、この詩の舞台は漫画の国ではなく、エドウィンが夏の午後、スライスしたライ麦パンやシュガークッキーを買いにパン屋まで歩き、夜、枕のそばの窓から何度も眺めたニューフィールドのロビン・ヒル通りである。僕はこの詩を、死んだ友への遅まきながらの追悼として――そして、この悲劇的な伝記の第二部のしめくくり（こちらは遅まきでないことを祈っている）として、ここに紹介するものである。

A・Hに捧ぐ

一列に並んだ街灯たち
いいアイデアが浮かんだみたいに頭を光らせてる
おいで、僕といっしょに歩こう　漫画の街を
場面が変わると、ほら、信号が照れて赤くなってる

大きな目の月がウィンクして
くしゃみをして星を吹き飛ばす
背の高いシルクハットをかぶったガイコツが
逃げる郵便箱を追いかけてる（ひざをカタカタ鳴らして）
届けられたのは〝死の手紙〟。さあ、ここでクローズ・アップ
僕の目の中で船が沈み
びっくりした涙が船から飛び下りる
丸がだんだん小さくなって、みんな、これで　おしまいだよ。*

* バッグス・バニーを始め、多くの人気キャラクターを生み出したテレビ漫画シリーズ『ルーニー・テューンズ』は、毎回必ずこのセリフで終わった。

第 3 部

晩 年 期

（1952年8月2日—1954年8月1日）

1

九月の終わり頃、エドウィンの身に見覚えのある変化が起こり始めた。僕は来る日も来る日も一列目の真ん中から、四列目の後ろでぼんやりしているエドウィンを観察した。来る日も来る日も、彼の目が真新しい『大地と空』や『たくさんの国、たくさんの人』の使い込んだページから上がり、壁時計や、星条旗や、赤い辞書の列や、巻き上げられた映画のスクリーンのように黒板の上に掛かった光沢のある青の地図ケースの上にさまようのを、僕は見た。彼は手に顎を乗せて宙を見つめ、そうやって何分もぼんやりと視線をさまよわせていた。学校が終わると、足を引きずるようにして家路につき、僕が何を話しかけても肩をすくめるか溜め息をつくばかりだった。そして家に入ると手すりにつかまり、ゆっくりと、ゆっくりと、ゆっくりと、自分の部屋に上がっていくのだった。

エドウィンがふたたびあの忌まわしい変化を繰り返しつつあるのは、見るに忍びなかった。僕が口出しするようなことではないのかもしれないし、どちらにせよ彼を救うことなどできないかもしれなかった。それでも僕は、どんな手段を使ってでも、今度こそエドウィンを恋の魔力から守ろうと密かに決意を固めた。眩惑の源泉をつきとめるのはそう難しいことではなかった。クラスには新しく四人の女の子が転入してきていた――マーガレット・ライリー、アンナ・マリア・デラドンナ、メイ・フラワーズ、そしてローズ・ブラックだ。現に、エドウィンはどの娘《こ》に関しても慎重に論評を避けていた。マーガレット・ライリーは痩せぎすで神経質な、病弱な感じの女の子で、糊のように白い小さな顔の中で目だけが異様に大きくぎらぎらと輝いていた。彼女はまるで栄養失調で死にかけている子供のようだった。首の後ろには骨がぼこぼこと飛び出し、白っぽい服の上にいつも着ている白いセーターの上からでも、肩甲骨が出っぱっているのがわかった。ときおり激しい咳の発作に見舞われ、そのたびに顔一面に赤い斑点が浮き上がった。アンナ・マリア・デラドンナは丸ぽちゃの陽性の娘で、黒いポニーテールと黒い前髪を揺らし、目は黒いビー玉のように輝いていた。何かにつけ、肩をすぼめ、口いっぱいに輝く歯列矯正をぽっちゃりとした手で覆い隠して、くすくすと笑い崩れた。さて、メイ・フラワーズだが、僕はこれほど人工的な女の子を今まで見たことがない。彼女は木製の着せ替え人形にそっくりだった。つるりとした頬の真ん中に丸い形に赤味がさし、バラのつぼみのようなおちょぼ口にはニスを塗ったような光沢があった。青みがかった黒のつややかな髪が頭のまわりに小さく固くカールしていた。黒々とした睫毛に縁取られた目は大きく、ガラス玉めいていて、あくどいほどのブルーだった。母親の巨大な手が伸びてきて彼女の体を後ろに倒せば、クリッと小さな音がしてまぶたが閉じるのではないかとさえ思えた。彼女の母親は娘に毎日とっかえひっかえ新しい洋服を着せていた。きっと、まず小さな白いパンツと小さな白いシャツを着せ、つややかなカールを崩さないように注意して赤と白のギンガムチェックのワンピースを頭からかぶせ、ぴかぴかの黒いベルトの銀のバックルを留め、つるりとした足に小さな白いソックスをはかせ、ぴかぴかのエナメルの黒靴のバックルを留め、グレイの毛皮の衿がついたかわいらしい紺のコートのボタンをとめてやり、彼女の両肘をそっと抱えて、居間の小さなソファと、小さな燭台の載った小さな暖炉と、その上にかかった小さな絵の前を過ぎ、屋根のない家から彼女をつまみ上げ、空高く運んでいき、学校の校庭の、金網の所にそっと立てかけるのだろう。じっさい、メイ・フラワーズは実によくできた人形だった。目を閉じたり、泣いたり、おもらしをしたりするだけでなく、笑ったり、言葉をしゃべったり、歌ったり、ずるをしたり、ぼんやりすることもできた。彼女は、つややかな木製の賢さでもって、よく通る声ではきはきと、よどみなく本を読んだ。同じトップのグループにいても、ローズ・ブラックはメイ・フラワーズとは何から何まで対照的だった。ぼそぼそと早口で本を読み、地味で、色黒で、男の子っぽく、大きな鼻と、生真面目な真一文字の口をしていた。いつも姉のお下がりとおぼしき茶褐色の裾の長い服を着て、踵のすり減った茶色い靴をはいていた。人嫌いというのではなかったが、独りでいることが多かった。ローズ・ブラックには、肩肘張らない独立独歩の精神のようなものが感じられた。今までもずっと独りでいたし、自分でも独りを楽しんでいる、そんな印象を見る人に与えた。このこと一つを取っても、ローズ・ブラックはかなり有力だった。これまでエドウィンは、いつも一匹狼や、孤独な魔女っ子に魅せられてきたからだ。しかし、もっと怪しいのは彼女の名前だった。この不気味な符合ゆえに、彼女はまるでローズ・ドーンのあの赤い服をまとって現れたかのように、忌まわしい魔力を帯びて見えた。ときどき少し暗いところである角度から見ると、ローズ・ドーンとそっくりに見えることさえあった。ローズ・ブラックは、ローズ・ドーンよりもっと年上で、鈍重で、すすけた、暗いバラだった。色褪せたバラ、黄泉の国からよみがえったバラだった。いま思い出しても身ぶるいが出るのだが、ある朝僕はローズ・ブラックが独りで校舎の壁のところに寄りかかっているのを見かけた。ふと見ると、その左脚に痩せこけた黒猫が体をすりつけていた。僕はエドウィンのほうを振り返ったが、彼は揃いの黒いジャンパーの背中に白いワシをつけた金髪の不良の二人組のほうに気を取られていた。

もちろん、内気で用心深いエドウィンの口を割らせて四人のうち誰が彼の心を射止めたのか聞き出すのは無理な話だった。そこで不本意ながら、僕はこの四人の観察に貴重な時間を費やすことにした。それどころか、たて続けに四人に接近して言葉を交わすことさえした。こんなことは僕の望むところではなかったし、彼女らとの面倒な関わり合いは後々まで尾を引くことになった。すぐに気づいたのは、四人の中でただ一人、メイ・フラワーズだけがエドウィンに対して積極的で、彼が近くに来るたびに、よく通る鋭い声で彼をくすぐり、濃く黒い睫毛をしきりにしばたたいて見せるということだった。

しかし、僕はマーガレット・ライリーが授業中、横に座っているエドウィンのほうを二度ほど盗み見るのも見逃さなかった。そしてアンナ・マリア・デラドンナは、エドウィンのちょっとした、ほとんど面白くも何ともないジョークにも、肩をすぼめ、口いっぱいに輝く歯列矯正をぽっちゃりとした手で覆い隠してくすくすと笑い崩れた。ただ一人、ローズ・ブラックだけは彼に対して何の関心も示さなかった。エドウィンはと言えば、日に日に症状を悪化させながらも、四人に対して――そして、それを言うならば誰に対しても――物憂げな、ウィットに富んだ礼儀正しさで、距離を置いて接していた。

一週間と経たないうちに、僕はマーガレット・ライリー、アンナ・マリア・デラドンナ、メイ・フラワーズと親しくなった。エドウィンに気取られずにこれらの調査を進めていくのには、かなり高度なテクニックを必要とした。マーガレット・ライリーがラポルスキー商店に入っていくのを金網の向こうに見つければ、突然どうしてもリコリスが食べたくなった。メイ・フラワーズが向こうの舗道を歩いていくのをエドウィンの肩越しに発見すれば、彼女に緑色の消しゴムを貸したままになっているのを急に思い出した。遊戯の時間に、クロークルームで、箱庭やつまようじの砦を作るグループ作業の合間に（ツェルニック先生は何かにつけグループ分けするのが好きだった）、僕はエドウィンの目を盗んでは彼女らと会話を交わした。ラポルスキー商店の風船ガムの自動販売機の脇で、僕はアンナ・マリア・デラドンナがエドウィンのことをハンサムだと言っていることをマーガレット・ライリーから聞き出した。柳の木の横の芝の斜面で、マーガレット・ライリーがエドウィンの目を素敵だと言っているのをメイ・フラワーズから聞き出した。砂漠の箱庭に鏡の池を埋め込みながら、アンナ・マリア・デラドンナからは、メイ・フラワーズが一番目に好きなのがエドウィンで、次がケネス・サンターバノ、そして三番目が（ここでくすくす笑いながら）僕であることを聞き出した。キックボールでエドウィンが敵チームにいる時、僕はローズ・ブラックからも情報を得ようとしたが、彼女には下らない世間話をする趣味はないようだった。

マルハウス夫人は、エドウィンがふたたび病気の兆候を見せ始めたことにひどく気を揉んだ。そして、それが恋の病であるとも知らずに、健康すぎるくらい健康なエドウィンに馬鹿でかくて茶色いビタミンのカプセルを飲ませ始めた。同じく何も知らないマルハウス教授は、夫人のそうした慌てぶりをからかって、こんなに健康そうなエドウィンは見たことがないぞ、とまで言った。そうはいうものの、彼も何かおかしいとは感じていたらしく、ある晩エドウィンが食事を残すと、マルハウス教授は彼を見て重々しくこう言った。「もっとモリモリ食べないと、ガリガリになるぞ。君だってビタミン剤はもうコリゴリだろう」実際、身を焦がす恋ゆえに目に見えてやつれてきてはいたが、エドウィンは僕が恐れていたように寝込んだりもせずに何とか持ちこたえていた。その間に僕のほうは全く予期せぬ、面倒な事態に巻き込まれていた。十月初旬のある朝、エドウィンと僕が校庭にいると、ここ二、三年のうちにすっかり下司な態度が身についたビリー・デューダが、白痴めいた顔を精一杯ずる賢そうにとりつくろいながら僕らのほうに近づいてきた。その時の僕の驚きを想像してみてほしい——ビリー・デューダは何か秘密めかしてウィンクし、ニヤニヤしながら肘で僕の脇腹をこづき、腐りかけた知性の悪臭を吐き散らしながら、板についた横目遣いでこう言ったのだ。「よう、秀才、マーガレットとはうまくやってるか?」「何のことだか全然わからないな」僕は冷やかに言った。じっさい、何のことだかさっぱりわからなかった。しかし、この我慢のならない男は黄ばんだ歯を見せて笑うと、手招きして僕らをカドウォルダー先生の教室の窓の下の壁のところに連れていった。そこには白いチョークで、いびつなハートを曲がった矢が貫いている絵が描いてあり、その中にこんな文字が書き記されていた。

J.C.
M.R.

「こんなの嘘だ!」僕は叫んだが、ビリー・デューダは冷やかすような笑い声を上げて走り去った。エドウィンは、いかにも気まずそうに黙って下を向いた。

そんなのはまだ序の口だった。その日の朝、教室に入ると、僕の机の上に何者かが落書きをしていた——〝ジェフリーとマーガレットはアツアツ〟。几帳面な筆跡からして、犯人はメイ・フラワーズにちがいなかった。同じ日、僕はクロークルームの太い窓枠のところに、二つの顔がキスしている下手くそな漫画が描いてあるのを発見した。片方の顔の上にはJ・C、もう片方にはM・Fとあった。そしてその日の午後には、金網のフェンスの角に生えている樫の木の後ろのアスファルトの上に、ピンクとグリーンのどぎついチョークでこう書いてあるのが見つかった。

A.D.
♡
J.C.

これら一連の出来事は、最初のうち僕を大いにとまどわせた。しかしその日の午後、授業中にマーガレット・ライリーの動向を観察しようと振り返って、彼女のぎらぎら光る目が僕をじっと見つめているのに出会ってから、とまどいは、はっきりとした嫌悪に変わった。ほどなく僕は、斜め前に座っているメイ・フラワーズがしきりに僕に向かって長い睫毛をしばたたいている気配に気がついた。トップのリーディング・グループが教室の前から一列目と二列目に集められると、隣り合わせたアンナ・マリア・デラドンナは、体をジェリーのように震わせて、くすくすと押し殺したように笑った。メイ・フラワーズがそれを敵意のこもった目でにらみつけていた。

ついに、エドウィンが床から起き上がれなくなる日がやってきた。幼稚園*に通い始めたカレンと二人で、マルハウス教授の運転する車に乗って学校に向かいながら、突然僕はどうしようもない苛立ちに襲われた。僕がぐずぐずしているうちに、とうとうこんなことになってしまった。こうなったら、どの娘がエドウィンの病の病原菌なのか、すぐにでも突き止めなければ。そして早急に、しかも確実に打つべき手を打つのだ。僕は一つの炎を不本意に煽り立てるよりも、すべての炎を素手でもみ消すほうを選んだ。しかし、エドウィンに魔法をかけたのが四人のうち誰なのか、どうやって突き止めればいいのだろう？　それに、その魔法を解くにはどうすればいいのだろう？

カレンの手を引いて学校に入っていくと、金網のフェンスの角の木のすぐ近くにマーガレット・ライリーとアンナ・マリア・デラドンナとメイ・フラワーズが小さく固まって立っているのが目に入った。僕がその前を通り過ぎると、彼女らの間にさっと興奮の波が広がった。僕が控え目に会釈すると、三種類の違ったくすくす笑いが返ってきた。カレンを連れて校庭に向かいながら、僕はふと、もう一度自分のファンたちを肩越しに振り返った。すると木の後ろで金網のフェンスに寄りかかって、ベルトでウェストを絞ったトレンチコートの衿を男の子のように立て、ポケットに手を突っ込んだ小柄なローズ・ブラックが問いかけるような目で僕を見つめているのに気がついた。その時突然、僕の頭の中にすべての問題を解決する答えがひらめいた。

クロークルームに入ると、僕はマーガレット・ライリーを熱いまなざしでじっと見つめた。彼女は赤くなって下を向いた。席に着くと僕は顎を手で支え、メイ・フラワーズの青味がかった作り物めいた黒髪をうっとりと眺めた。彼女は三度僕のほうを振り返り、最後に作り物めいたメイ・フラワーズ風のやり方で恥じらい、頰を染めた。トップのリーディング・グループでアンナ・マリア・デラドンナに向けてウィンクしてみせると、彼女は銀色の口に手を当て、激しいくすくす笑いに喉をつまらせて窒息死しかけた。おやつの時間、僕はペン習字の枠を凝らして次のような短い詩を書き綴った。

　バラは赤い、
　すみれはブルー。
　僕はバラを愛してる。
　それが誰《フー》だか知っている？

僕はその詩をクロークルームで、うつむきながら、震える手でローズ・ブラックに直接手渡した。

　カレンを連れて昼食に戻ると、エドウィンは眠っていた。もうすぐブルーメンタール先生が来るとのことだった。僕はマルハウス夫人に、エドウィンはじきによくなるだろうと陽気に力強く請け合った。「そうね、そうだといいんだけれど。本当に今度ばかりは心配で心配で。たいした病気じゃないといいんだけれど、ジェフ、あなたどう思う？

＊（403ページ）ここで言う幼稚園とは、一年生に上がる前の小学校の準備学年のこと。

ああ、まったくあの馬鹿みたいなお医者ったら、何やってるのかしら。早く来てくれないと、エドウィンが老衰で死んじゃうわ」

その日の午後、机の蓋を開けると三通の折り畳んだ紙が入っていた。最初の一つには二枚の葉のついた茎の上にハートの形の花が咲いていて、その周りを細かいハートと蔓が囲んでいる絵が描いてあり、M・Fというサインがあった。二通目は、おどおどした小さな字でこう書いてあった。

ジェフリーはあたしのことを

1　きらい

2　好き

3　あいしてる

サインはM・Rとなっていた。僕はすぐさま一番目を大きな×で消し、2と3を思わせぶりにそのままにしておいた。三番目はこんな内容だった。

あぱいぴしぴてぺるぷ

アぱンぷナぱ・マぱリぴアぱ

この馬鹿げた暗号の法則は簡単で、ぱ行の字を抜かして読めばいいのだとすぐに察しはついたが、わざわざ解読するほど僕も暇ではなかった。作戦の成果は、僕が予想したよりはるかに上々だった。ただ、ローズ・ブラックの沈黙だけが気がかりだった。僕はしきりに彼女の気を引こうとした——彼女は僕の二つ前に座っていた——が、綴り方のテストの紙を後ろに回す時も、彼女は頑なに僕の視線を拒み続けた。トップのリーディング・グループでは、僕はローズ・ブラックのことは無視し、マーガレット・ライリーにこっそり返事を渡すことに専念した。しかし、遊戯の時間、たまたま僕がローズ・ブラックと手をつなぐことになった時、彼女は物も言わず下を向いたまま、僕の手の中に手紙を忍び込ませた。

教室に戻ると、僕は『たくさんの国、たくさんの人』の二章を開いて立て、その陰で手紙を開いて見た。そこには、こう書いてあった。

このバラは黒いバラ
暗い暗い《グルーム》色のバラ
けれどわたしも愛してる
それが誰《フーム》だか知っている?

僕は、彼女に自分の文法的誤りを直された自分の間抜けさを呪った。彼女にからかわれているのではあるまいかとも考えた。しかし、いろいろなことを考え合わせると、あの難攻不落に見えたローズ・ブラックからこれだけ確かな反応を引き出せたのは大いに満足すべきことだった。三時十分のベルが鳴り、整列してクロークルームに入る時、僕はマーガレット・ライリーを熱いまなざしでノックアウトし、アンナ・マリア・デラドンナを甘い微笑みで骨抜きにし、情熱的なウィンクでメイ・フラワーズのおしゃべりを一瞬のうちに封じ込めた。しかし、いつ小柄なローズ・ブラックのほうを見ても、見えるのはただ茶色い生真面目な後頭部だけだった。校舎の正面の階段を下りていきながら、僕は隣の列のその頭を見つめ続けた。その列が僕の列と分かれ、薄暗い脇道のほうへ逸れていく時、彼女はふいに振り返り、鋭い、問いかけるような視線を僕に投げつけた。

ブルーメンタール先生は、エドウィンに小さな青いビタミンのカプセルを処方した。そのカプセルとオレンジジュースの入ったコップを持って階段を上がりながら、僕の心は作戦の次なるステップのことを思い、暗く沈んだ。僕が四人の娘を同時に好きになってしまい、四人とも同時に僕のことを好いていると言えば、エドウィンも四人には干渉しないと約束せざるを得ないのは確実だった。そう約束してしまえば、エドウィンも彼女のことを――それが誰かはわからないが――諦めざるを得ないだろう。彼の心をじりじりとあぶる炎も、世間の注目に煽られもせず、プレゼントや密かな視線の油も注がれなければ、たちまちのうちに消えてなくなるのにちがいない。僕が自分の四つ巴の恋をひけらかす時のエドウィンの悲しげな目を思うと胸が痛んだ。しかし、一瞬の痛みと引き換えに、彼を半年もの苦悶の日々から解き放ってやるのだ。これは正しい行いなのだ。

階段を上りきると、塔の上から髪を波打たせて身を乗り出すローズ・ドーンの幻影が、ふいに脳裏によみがえった。ドアを押して薄暗い部屋の中に入ると、思った通りエドウィンは紫のバスローブを着てベッドの上にあぐらをかき、僕の姿にあわてて一枚の紙を後ろ手に隠した。僕は言った。「君のママが、この馬鹿みたいなオレンジジュースを飲みなさいって」

「オレンジジュースは馬鹿じゃないよ」エドウィンはそう言って、暗い目で僕を見上げた。辛い対面になりそうだった。僕は彼にコップと薬を手渡すと、合衆国の地図の下のベッドに腰を下ろした。エドウィンは薬をバスローブのポケットにしまい、ごくごくと音を立ててオレンジジュースを飲み始めた。しばらくして、僕は話し始めた。

「エドウィン、じつは今日、とても重大なことが起こったんだ。すごく重大なことなんだ。今日が僕にとって人生で一番重大な日だったたって言ってもいいくらいだ。聞いてるかい？　ああ、ほんとに何て言ったらいいのかわからないよ」（ここで僕の声は苦しげにかすれ、ためらいがちに途切れた）「その、マーガレットのことなんだけれど――覚えてるだろ、あの日のこと――それからアンナ・マリアと――メイと――ローズなんだけれど――何て言うかその――要するに――四人とも、みんな僕のことが好きだってことがわかったんだ」僕はそこで言葉を切った。エドウィンは黙って下を向いた。僕は勢いこんで先を続けた。「それに――ああ、まだ信じられないよ――僕もじつは四人とも全部好きだったんだ。でもまさか、まさか四人ともが……」僕はその後をうっとりと余韻に託した。「それに、エドウィン、じつを言うと四人からラブレターまでもらってしまったんだ。何て言ったらいいか、わかるだろ、すごく変な気持ちなんだ、熱があるみたいな……。でもエドウィン、たった一つだけ心配なことがあるんだ。ほんとに、これだけが心配なんだ。もしも、もしも他の誰かがマーガレットを――それからアンナ・マリアと――メイと――ローズを――好きになったりしたら」（僕はぐっと身を乗り出して彼の表情を読もうとしたが、彼は顔を伏せたままそれを見せようとしなかった）「それとか、もし、誰かがアンナ・マリアに――それからマーガレットと――ロイと――メーズに――ラブレターを書いたりしたら」（沈黙。ぴくりとも動かない）「そしたらエドウィン、僕はどうしたらいいかわからない。ほんとに、どうしたらいいのかわからないよ。そしたらきっと僕は――きっと――きっと――」（僕の声はかすれて囁き声に変わった）「死んでしまうだろう」僕は、最後の言葉が薄暗く静まり返った部屋全体に響きわたるまで、たっぷりと間を取った。エドウィンはうつむいて座ったまま、じっと目を下に落としていた。閉めきったブラインドの隙間から射し込む薄暗い明かりの中で見るエドウィンは、絵に描いたような、写真に撮ったような、悲哀そのものだった。彼の全身が小刻みに震えているように見えた。僕は人でなしにでもなった気分だった。一瞬、固い決心が崩れ、ひれ伏して許しを乞いたいような衝動にかられた。しかし、すぐにこれもエドウィンのためと思い直し、心を鬼にして、静かに、とどめを刺すように言った。「とにかく、君に打ち明けることができて良かったよ、エドウィン。頼むから、このことは誰にも言わないでほしい。でも、一つだけ僕に約束してほしいことがあるんだ。聞いてるかい、エドウィン？　一つ、とても大事なことを僕に約束してほしい。神聖な友情の名において、僕のアンナ・マリアを──それとマーガレットと──メイと──ローズを──僕から取らないって約束してほしいんだ。約束してくれるかい、エドウィン？　してくれるね？　エドウィン？」彼はうつむいたまま、寒風のように吹きつける僕の言葉に、はたからもそれとわかるほどに震えていた。僕は立ち上がり、彼のベッドのほうに歩いていった。エドウィンよ、泣くがいい。叫ぶがいい。頼むからその手紙を破り捨ててくれ。あの女狐たちの顔など二度と見たくないと言ってくれ。「エドウィン」僕は彼の前に立ち、せき立てるように言った。しかし彼は僕の声が聞こえないのか、じっと頭《こうべ》を垂れて動かなかった。「エドウィン！」僕は声を荒げた。彼の暗く濡れた目がゆっくりと、僕の腹、胸、顎と上がっていった。唇が小刻みにわないている。「僕の目を見ろ！」僕は叫び、彼の目が僕の目と合った。と、彼は額にくしゃくしゃに皺を寄せ、唇を大きく横に開き、ベッドカバーを両手できつく握りしめながら、堰を切ったように激しく、悲鳴のように長々と引きずって、笑い声を上げ始めた。

2

こうして僕は思いもよらぬ形で、エドウィンの傑作が熱病のような産声を上げる瞬間を目撃することとなった。というのも、彼があわてて隠した紙はラブレターなどではなく、数週間にわたって彼のイマジネーションを炎のように焼き尽くしてきた小説の第一ページだったのだ。僕が自分の間違いを長々と披露してみせたことを許してくれる寛大な読者なら、その裏に隠された僕の意図も理解してくれることと思う。つまり僕の言いたいことはこうだ——結果的には、僕は間違っていなかったと言えないだろうか？　確かにエドウィンはマーガレット・ライリーにも、アンナ・マリア・デラドンナにも、メイ・フラワーズにも、そしてローズ・ブラックにも恋をしていなかった。しかし、僕は恋の対象は見誤ったとしても、恋の存在そのものは見誤らなかった。表面に現れた症状だけを見るならば、エドウィンは、かつてローズ・ドーンに恋したのと同じくらいの激しさで自分の小説に恋をしていたと言える。いや、それ以上だ。なぜなら、ローズ・ドーンの魔法の効力は半年ともたなかったが、小説のほうはエドウィンを一年半にもわたって虜にし、情容赦なく翻弄し、彼の手をすり抜けて逃げ続けたのだから——ただしローズ・ドーンとは違い、こちらのほうは最後には彼の手の中に陥落することになるのだが。

僕の策略がエドウィンに大笑いされた後、僕は四人の恋人たちを抱えて、かなりやっかいな立場に立たされるはめになった。さいわい、それがエドウィンの人生のある一面を照らす助けとなる場合を除いては、自分に関する記述は極力省くというのがこの伝記における僕の信条である。したがって、この際細かいことは省力し、ただこう言っておくにとどめよう。マーガレット・ライリー、アンナ・マリア・デラドンナ、及びメイ・フラワーズは、ありがたいことに移り気な性質だった。ただ、貞淑なローズ・ブラックだけは、いつまでもあの鋭い、問いかけるような恐ろしい目で僕にまとわり続けた。結局、僕は彼女にもう一度手紙を書かざるを得なかった。いっぽうエドウィンのほうは、床から起き上がれるようにはなったが、炎のような情熱の方は収まらなかった。マルハウス夫人は相変わらず彼に小さな青いビタミンのカプセルを飲ませ続け、〝用心に越したことはないから〟と言って、ときどき大きな茶色いカプセルも一緒に飲ませた。

さて読者諸君、この輝かしいエドウィンの伝記は、ここからその輝きの最も乏しい時代に入らねばならない。なぜなら、僕はエドウィンが『まんが』を執筆する苦難の数か月間、毎日彼と会い、ある意味では、彼の傑作がゆっくりと生成されていくプロセスの一瞬一瞬に立ち会っていながら、別の意味では――そして真の意味では――まったく彼に会っていなかったからである。それはただ単に、エドウィンが毎日学校から帰るとすぐに自室に閉じ籠もってしまい、一人取り残された友のことをまったく顧みなかったというだけではなかった。それに僕は、おそらくは芸術家の本質について回るエゴイズムについて嫌というほど思い知らされたあの日々の辛さを、ここでことさらに強調するつもりもない。僕が言いたいのは、エドウィンはいながらにして不在だったということだ。それはまるで、かつては彼の全体を住処としていた彼自身が、ふいに外からは見えない奥の小部屋に引き籠もってしまったような感じだった。しかしそのおかげで、僕は彼のことをより容易に観察できるようになった。たとえそれが見捨てられた、空き部屋の観察であるにせよ、だ。じきに、僕はエドウィンのちょっとした血色の悪さも、不機嫌の微妙なニュアンスも敏感に見分けられるようになった。そして、今までに見られなかった数々の変化にもすぐに気がついた――目が赤く充血していること、しきりにまばたきすること、そして本を読む時に、重く垂れ下がってくるまぶたにつっかえ棒をするように、人差し指で眉の下を押しあげる仕草をすること。しかし、それらにはちゃんとした理由があった。ある晩のこと、僕は寝つかれずに、午前二時四十五分にベッドから抜け出し、牛乳とグラハム・クラッカーでもつまもうと足音を忍ばせて冷え冷えとしたキッチンに入っていった。すると、見よ！　キッチンの窓の外、マルハウス家のガレージの上に、エドウィンの窓がまるで人工の太陽のように黄色く、四角く輝いていたのだ。

日中、恋に悩めるわが友は僕をまったく寄せつけようとしなかった。朝、僕はいつものように時間ぴったりに彼の家に行く。カレンとマルハウス夫人とマルハウス教授が僕におはようを言うが、エドウィンだけはむっつりと寝ぼけ眼をこすり、僕には目もくれない。「待っててね、ジェフ。プリンス・オブ・ウェールズは今お出ましになるから」マルハウス夫人が言う。「さあさあ、急いでちょうだい、エドウィン。みんなあなたを待ってるのよ。教科書は全部持ったの？　宿題は？　ほら、シャツが出てる。あらまあ、靴ひももほどけて。まったく、そんなふうでよく学校に入れてもらえること。忘れ物はない？　ねえ、この子忘れ物してないかしらジェフ？　頭だってネジで留めておかなきゃ忘れかねない――まあやだ、もうこんな時間。ちゃんとカレンの手をつないで、ほらそんな顔しないでエドウィン。カレン、ちゃんとお兄ちゃんのお手てをつなぐのよ、ぎゅうっとね。さ、ママにキスして、ウーン、いい娘《こ》ね。ジェフ、むっつり小僧どんを頼むわね。マンホールに落ちたりしないよう見ててやってね。それから気をつけて運転してちょうだいな、あなた。ドアが全部ロックしてあるか、ちゃんと確かめてね。サリヴァン通りのピサレリさんとこのジミーみたいなことがあったら大変よ。お願いね。ほらエドウィン、お願いだからそんな顔しないで。それじゃパパがみんなに、誘拐犯だと思われちゃうじゃないの」

　マルハウス教授は大学に出勤がてら僕らを車に乗せていき、青い警官の立っている場所の一ブロック手前で降ろしてくれた。エドウィンはステュードベーカーの後部座席の隅に小さくうずくまり、手のひらを上に向けて膝の上に置き、教科書は手から滑り落ちて彼の横に山になっていた。「さあ、着いたぞ」車を停め、助手席のほうに体を伸ばしてカレンのためにドアを開けてやりながら、マルハウス教授はそう言った。それから後ろを振り返って、にっこりして僕に行っておいでと言った後、ふいに声を落として、芝居っ気たっぷりにこう囁いた。「あそこの隅に座ってる九十二歳のご老人は、いったいどこのどなたかな？」

　校庭でのエドウィンは物憂げで、心ここにあらずといった感じだった。ときおり誰に言うともなく独り言を言い、僕やカレンが何を言っても頑として耳を傾けなかった。妹にそばに居られるのは特に気に入らないらしく、ときどき癇癪を起こして、チビどものところへ行って遊べとどなった。僕はマルハウス夫人の手前、カレンから目を離すわけにもいかず、大いに困った。僕とカレンを残してエドウィン一人がすっとどこかへ消え、ベルが鳴るまで姿を現さないこともしばしばだった。そしてベルが鳴ってからは、同じ教室にいるにもかかわらず、彼は地球の裏側にいるように遠い存在だった。

エドウィンと僕が本当の意味で一緒にいられたのは、日に三回、昼食の前、昼食の後、そして放課後に学校と家を歩いて往復する時だけだった。カレンは幼稚園が午前中で終わるので、同行するのは最初の一回だけだった。彼女がいるとエドウィンは苛立ち、また僕にカレンの相手をさせておいて、自分は体《てい》よくだんまりを決め込んだ。しかし、まったくの無言かというとそうでもなく、ときどき思い出したように不平を洩らした。

「どうして毎日毎日学校に行かなくちゃなんないんだろう」彼は言い、罪もない落ち葉を足で蹴る。「向こうがこっちに来りゃいいんだ」あるいはこうも言う。「ああいやだいやだ。もう死んじゃいそうだ」通常、僕はカレンや空気と会話を交わし、後は気まぐれな友人を観察するだけで我慢した。エドウィンの健康状態はかなり衰え始めていたが、まだこの時は誰も、一年後に彼を見舞う激しい消耗のことは予想だにしていなかった。要するに、恋はまだまだ初期の段階だったのだ。十月の終わりごろ、僕はエドウィンの左のまぶたがぴくぴくと痙攣しているのに気がついた。十一月に入ると右の手が震え始めた。そしてもちろん、眼球は赤く、目の下はうっすらと青く、頬はかすかに黄色っぽく――彼はさながら歩く虹だった。ただ、それらはまだ病的というほどではなかった。それに、見方を変えれば、エドウィンの顔つきは以前とくらべてずいぶんと引き締まっていた。唇はきっと結ばれ、目に鋭さが加わって、平凡な彼の顔立ちに初めて個性らしきものが現れてきた。僕が人相学に対する懐疑的な態度を改め、ひいては人間の行いと人相の間には何かしら関連があるにちがいないと思うようになったのは、彼のこうした変化を目のあたりにしてからのことだった。

学校から帰宅すると、エドウィンはすぐに自室に閉じ籠もった。ときどき、マルハウス夫人が僕を夕食に招待してくれることもあったが、そんなことでもないかぎり、彼の姿は翌朝まで見られなくなった。寝るまでの一、二時間を、当時はまだ友好的だった友と一緒に過ごすのが物心ついた時からの習慣になっていた僕にとっては、これは手痛い打撃だった。それに加えて今では、週末に彼と会うことさえ、エドワード・ペン並みに難しくなっていた。夜になると、僕は時々エドウィンの姿を求めてキッチンの窓から外を見た。しかし、マルハウス家のガレージの上には、あたかもエドウィンが電気に姿を変えてしまったかのように、明るく輝く四角が見えるだけだった。

その秋、僕は必然的に、ほとんどの時間を五歳半のカレンと共に過ごすことになった。意外にも、彼女は人見知りの激しい、暗い、ややひねたところのある子供に育っていた。要するにこの三年間、僕は彼女のことなどほとんど気にも留めていなかったのだ。僕はカレンにチェッカーや、ドミノや、ジンラミーのやり方を教え、彼女は僕にままごとや、病院ごっこや、着せ替え人形遊びを教えた。なかでも紙の着せ替え人形はけっこう楽しかった。ハロウィンから感謝祭にかけて、僕は白い折り返しのついた紙の衣装を、およそ三百あまりも切り抜いた。僕が居間やカレンの部屋で遊んでいるあいだも、エドウィンは頑固に自分の部屋に閉じ籠もって出てこなかった。僕とカレンの間には何がしかの友情が芽生えたが、それはもしかしたら彼女が好きだったからというよりも、二人の間には友情が芽生えなければならないという意識が僕の中にあったからかもしれない。僕ら二人は、エドウィンの愛にあぶれた孤児だった。僕らの友情は、見捨てられた者同士の友情だった。壮年期に入ってから、エドウィンがどんどんカレンと遊ばなくなっていたことは僕もうすうす気づいていた。僕は今になってやっと理解した。彼女はエドウィンの他の玩具たちと同じ運命をたどったのだ。そして僕も？――そう考えると、苦いものが胸にこみ上げてきた。ある雨降りの午後、何もすることがなくなったカレンと僕は古いアルバムを引っぱり出して眺め始めた。そして、幼年期のあの写真――エドウィンとカレンが手をつないで日の当たる並木道を歩き、その道が揺らめきながら遠くまで延び、向こうに行くにしたがって明るくなり、二人が何か光り輝くものに呑み込まれようとしているかに見える、あの写真――に出会った時、僕は胸を突かれる思いだった。二人の行く手に待っていたものは、光《ダズル》ではなく、冷たい霧雨《ドリズル》だったのだ。さらにページを繰り、エドウィンの壮年期に入るにつれ、カレンの顔に暗く、悲しげで深刻な表情が増えてくるのに気がついた。エドウィンが彼女にした数々の辛い仕打ちの、動かぬ証拠がそこにあった。僕は気の毒になってカレンを見たが、彼女は何も気づかないのか、無邪気に笑いながら写真を見ていた。僕は兄たちに見捨てられたこの世の妹たちの哀れさを思い、悲しみに胸を詰まらせた。それが他ならぬ自分に対する悲しみだと、心のどこかで知りながら。

3

十一月下旬の寒い金曜の午後、学校からの帰り道、エドウィンが突然、明日の朝の九時に家に来ないかと僕を誘った。その時の僕は、さぞやあんぐり口を開けていたにちがいない。彼の部屋には、もうまる二か月足を踏み入れていなかった。待ちに待ったその朝のことを僕は忘れない。空は真っ青に晴れ上がり、すべての物が明るく輝き、空気には冬の気配が忍びこんでいた。マルハウス家の庭の芝生の、日なたの部分と日陰の部分の境界線を歩きながら見上げると、エドウィンの部屋の両開きの窓は、リコリスのように黒く不透明に輝いていた。九時きっかりにキッチンのドアをノックすると、マルハウス夫人が出てきて、眠れる森の美女はまだお目覚めでないのよ、と言った。「あの子最近、朝あんまり不機嫌だから、もう起こす気がしないのよ」僕が中に入ると、彼女はそう言った。「でも、十時過ぎても起きて来ないようなら、ちょっと思い知らせてやらなくちゃね」日の射し込む居間ではマルハウス教授が椅子に座り、体をねじ曲げるようにして、ガラスではさんだスライドをランプテーブルの後ろの窓にかざして見ていた。小さな四角の中に、赤と緑がちらちらと見えた。「おはよう」絨毯の上で紙の着せ替え人形の海の中に座り込んだカレンが言った。「おや、おはよう」マルハウス教授はスライドをかざしたままくるりとこちらを振り向き、突然スライド越しに僕を見て、「ふうむ、こいつはとびきりだ」と言ったが、それがスライドのことなのか僕のことなのかは、今もってわからない。僕は腕時計を横目で見てから、カレンの海に加わった。十時きっかりに、マルハウス夫人が言った。「ジェフリー、あなたジャンパースカートの上に座ってるわよ」十時二十九分、二階の洗面所のドアが閉まる音が聞こえた。十時三十六分、紫色のバスローブをはおり、眠い目をした不機嫌そうなエドウィンが階段の一番上に姿を現した。「これはこれは」マルハウス教授が椅子に座ったまま言った。「今宵は一段とお元気そうで。よくお休みになれましたかな? ちょうど今から夕食の時間ですぞ」エドウィンはむっつりと尊大に、どこか打ちひしがれたような足取りで明るいキッチンに入っていき、黙々と朝食を食べ、ときおり低い声で何やら不満を表明した。十一時四分、彼は立ち上がり、初めて気がついたというように僕のほうを見た。「君が来いって言うから来たんだよ」彼の後について階段を上りながら、僕は言った。十一時六分、エドウィンはのろのろと部屋のドアを開けた。

室内はすでに夕暮れだった。ブラインドはすべて下ろされ、長い、暗いカーテンが窓の縦枠を覆い隠していた。天井から下がった電灯が昼間の月のように弱々しい光を放っていた。乱れたベッドの下の赤い敷物の上には、チェッカーの黒いコマが一つと、彼の父親の大学の青い答案用ノートが二冊、『ジャングルブック　少年モウグリ』と題された光沢のある大判の薄い本、それに長い黄色の鉛筆が一本落ちていた。合衆国の地図の下のベッドの上にはピンポン玉が一つ、ぽつんと転がっていた。僕がちょうどテキサス州の真下に腰を下ろすと、ピンポン玉が転がって僕の腿に当たった。エドウィンは皺だらけのベッドの中央にあぐらをかいて座り、紫色の右膝を陰気に見つめていた。「チェッカーでもやる？」僕は思い切ってそう尋ねた。「ん」エドウィンは言った。「窓から飛び下りる？」僕は陽気に言った。「ん」エドウィンは言った。十分後、彼は突然立ち上がり、部屋を出ていった。僕は洗面所のドアが閉まる音を聞き届けてから足音を忍ばせて彼のベッドに近づき、赤い敷物の前にしゃがみこんだ。震える指先で最初の答案用ノートを開いた。中は白紙だった。二冊目の答案用ノートには最初のページに、意味不明の言葉や語句が羅列してあった。今覚えているものを挙げると——死語、死角、死海、死球、死線、犬死に、死の灰。そして二ページ目には、謎めいた文句が一言だけ書かれていた。

胸当《ビブ》てをしたコウモリ《バット》？

僕は拍子抜けしたような、わけのわからないような気持ちで元のベッドに戻って腰を下ろした。ピンポン玉がまた恨みがましく転がってきて僕の腿に当たった。ドアが開き、エドウィンの陰気な顔が現れると、僕は笑ってこう聞かずにいられなかった。「さっきトイレの水を流したの、君?」しかし、何一つ覚えておらず、決して決して他人のジョークを理解しないエドウィンは、にこりともせずに僕の顔を見てこう答えただけだった――「うん」彼は再びベッドの中央にあぐらをかき、右の腿をリズミカルに指で叩き始めた。僕は口にこぶしを当ててこほんと咳をした。それから手のひらをじっと見つめた。それから天井を調べ、電灯の傘の中に、虫の死骸の影が五、六個あるのを発見した。十一時四十五分、僕はとうとう言った。「じゃ、帰るよ。もう昼だから」するとエドウィンは、あたかも自らエドワード・ペンの相似形を完成させようとでもするかのように急に活気づき、心から残念そうに、何の皮肉もまじえずに、もう帰っちゃうのかい、と言ったのだった。

4

十二月、僕は写真を始めた。シャッタースピードや、f数や、焦点距離を覚えた。距離計や、露出計や、レンズシェードや、黄色いフィルターの使い方もマスターした。三脚を使い、レンズを北極星に向けて固定し、星の軌跡を撮った。鏡の前に立ち、自分と鏡の距離を二倍した距離にピントを合わせ、フラッシュをたいて自分の写真を撮った。

週末にはカメラを下げてマルハウス教授やカレンと一緒に散策に出かけ、消防車や、墓石や、ゴミバケツや、教会の尖塔や、雪景色の並木道をフィルムに収めて帰ってきた。僕はスノースーツを着たカレンの姿を撮り、スノースーツを着たカレンの姿を撮るマルハウス教授の姿を撮り、カレンを乗せた橇を引くマルハウス夫人の姿を撮った。部屋の中で投光照明を使って撮ったマルハウス家の写真も一枚ある。マルハウス教授は椅子に座ってさかさまに持った本を読むふりをし、カレンはそのアームに座ってカメラからわずかにずれたところをにらみ、マルハウス夫人は椅子の反対側から身を乗り出し、大きく歯を見せて笑っている。

その冬、一度だけエドウィンがつかの間活気を取り戻した時期があった。ある朝、彼は教室でポケットから黒く細長いケースを出し、それを宝石箱のように開いた。そして中から透明なフレームの丸い眼鏡を出すと、素早く顔にかけた。僕は別に驚かなかった。前にマルハウス夫人から、彼を目医者のところに連れていったという話を聞かされていたからだ。しかし、エドウィンはひどく当惑していた。最初の何週間か、眼鏡をかけている時には他人の顔をまともに見ることもできなかった。そして、なるべく眼鏡なしで済ませようとして日に二十回もそれを顔からはずし、ばちんと音を立ててケースの中にしまいこんだ。僕自身はその頃まだ眼鏡をかけていなかったせいもあって、エドウィンの眼鏡に激しく興味をかき立てられた。僕の目には、それが危険を顧みない向こう見ずな少年たちがまとう白いギブスや包帯にも似た、ある特別な傷のしるしであるように見えたのだ。しかし、それ以外にもエドウィンの眼鏡は、二つのまったく相反する効果を生み出した。一つには、眼鏡をかけたエドウィンはまるで別人のように見えた。それはあたかも、彼が自作との熱烈な恋に落ちて以来僕が常に感じていた彼との精神的な隔たりが、はっきりと目に見える形を取って現れたかのようだった。しかしそのいっぽうで眼鏡は、彼を僕の知っている昔のエドウィンに引き戻してもくれた。眼鏡にわずらわされ、悩まされ、周囲の目を気にすることで、エドウィンはしばし現実世界に立ち帰り、奥の隠れた小部屋から出てきて、昔のように彼の全体を満たしたのだ。エドウィンは自分の眼鏡のことを口をきわめてののしった。鼻に食い込む、耳が痛くなる、すぐにずり落ちる、すぐに傾く、眼をつぶす、体じゅうをつぶす、頭と眼と胃と背中と、とにかくどこもかしこもが痛くなる、云々。首のリンパ腺が腫れたのまでが眼鏡のせいにされた。口をきわめて、とはまさにこのことだった。それらの言葉が、僕の耳には天上の音楽のように心地よく響いた。僕らはクラスの誰かれについて噂しあった。あれやこれやについておしゃべりした。家に帰ってから、チェッカーをして遊びさえした。僕が小説のことを尋ねると、エドウィンは笑って、ああ、あれね、と答えた。しかし一度だけ、真面目に、とまどいがちに、執筆活動の困難さについて語ったことがあった。「だってほら、どっちを向いても言葉だけだろ。どこまで行っても言葉なんだ。言葉って何だかわかんないよ。でも、とにかく言葉は言葉なんだ。あっちを向いても、こっちを向いても、言葉、言葉、言葉……」「要するに君の言いたいのは」僕は慎重に言った。「一方には君の人生があって、もう一方には言葉があって、その二つを結び付けるのが難しいっていうこと？」「それだよ！」彼は叫んだが、すぐに付け加えた。「いや、どうかな。わかんないや。それと僕の人生がどう関係があるのさ？　君の言ってることわかんないよ、言葉とか人生とか。エイプリル・シャワーズはどうしてる？　メイ・フラワーズのことだけどさ*」

しかし、じきにエドウィンは学校の行き帰り以外はずっと眼鏡をかけるようになり、そのうち行き帰りにもかけたままになった。年が改まり、木の陰やポーチに最後まで残っていた雪も溶けてしまう頃には、彼はふたたび自分の表面から、奥深い隠れ家へ沈んでいってしまったのだった。

5

その年の春、すなわちエドウィンの最後から二番目の春、僕は切手収集と鉱物採集を始めた。僕は郵便で古切手を大量に取り寄せ、四十八の州の首府にある地理院全部に手紙を書いた。一か月間で僕が集めた切手は二千枚を越えたが、そのうちの一八五三枚は複製品だった。アリゾナ、ニューメキシコ、コロラド、ニュージャージーの各州からラベルのついた鉱物見本が届き、ジョージア州からは瓶に入った滑石の切片が送られてき

＊ “April showers bring May flowers”（四月の雨は五月の花を咲かせる）ということわざをもじったジョーク。

た。それから、僕は一人で自転車の遠乗りをした。たまにはカレンを巨大な卵のように前の籠に乗せていくこともあった。マルハウス夫人が荷台では落ちるかもしれないと心配したからだ。僕はカレンをエドウィンとの思い出の場所に連れていき、まるで故人を偲ぶように、昔話を語って聞かせた。僕は、パン屋を過ぎてロビン・ヒル通りの下をくぐる川を、そしてエドウィンがそこから先は決して舟を進ませなかったトンネルを、カレンに見せた。僕は彼女に学校の向こうの急な上り坂を、その両側に並ぶジグザグの外階段のついた灰色の家々を、そして坂を上りきったところにある、かつては暗緑色で今は赤い雑貨店を見せた。パン屋の先の、その昔エドワード・ペンが住んでいたひなびた家を見せた。ある日、僕らはビーチ通りの突端の先でピクニックをした。よく晴れた、悲しいくらいに晴れた日だった。太い木の根元に腰を下ろし、木の影が小川の上で揺れ動き、泡立つのを見ていると、僕の中ではるか昔のエドワード・ペンのころから『家族新聞』の夏までの日々の思い出が、影と一緒になって揺れ動き、泡立った。ふいに僕はカレンに、エドワード・ペンのことを、地下室に住んでいたあの不思議な少年のことを、何もかも話した。しかし、カレンはそれを作り話だと思ったようだった。僕が話し終えると、彼女は言った。「ね、もっと話して」だから僕は、森の中の一軒家に魔女と二人きりで住んでいたローズ・ドーンのことを話した。僕の話が終わるとカレンは、ローズ・ドーンは天国に行ったの、と訊いた。わからない、と僕は答えた。じゃあグレイは天国に行ったの、と彼女は訊いた。僕はまた、わからないと答えた。「あたし、知ってるもん」カレンは、煮え切らない僕を軽蔑するように、きつい調子で言った。「二人とも地獄へ行ったのよ。だって、悪いことをしたんだもん」僕は彼女の厳しい考え方にやや面食らい、もっと明るい話題に転じようとして、おどけたようにこう言った。「じゃ、エドウィンはどっちに行くのかな」するとカレンはふいに僕から目をそらし、膝をぎゅっと抱きかかえて、向こう岸の黄色い草地に目を向けながら、はぐらかすようにつぶやいた。「馬鹿みたい。お兄ちゃんはまだ死んでないのに」

6

僕のこれまでの人生で、一九五三年の明るく暗い春ほど、逆境をプラスに転じるということについて考えた時期はなかった。エドウィンの沈黙と不在は僕にとって痛手だったが、それゆえに、僕はこの重苦しく困難な友情に、ますます強い力で引きつけられていく自分を感じていた。つまらぬ気晴らしにあれこれ手を出してみたものの、結局は、なまじっかには断ち切れぬ絆の固さをかえって思い知らされただけだった。自分がいずれエドウィンの伝記を書くことになるであろうという、これまで漠然としか認識していなかった事柄を、僕がはっきりと意識し始めたのが正確に何月何日のことだったのかは覚えていない。それは突然ひらめいたのではなく、ちょうど砂糖を煮つめたシロップの中に垂らした紐にロックキャンディの結晶がしだいに育っていくように、ゆっくりと、徐々に生成されていった認識だった。ある意味で、僕は生まれ落ちてすぐにエドウィンの観察者たることを選んだその日から、長い年月をかけて、その考えを育んできたとも言える。僕がすぐに仕事に取りかからず、構想を練ったりメモを取ったりもしなかったことを、読者諸君はやや意外に思うかもしれない。その時の僕はただ、わが人生に新たな目標ができた喜びを嚙みしめるだけで、具体的には何もしなかったのだ。むろん、その間にも自分に与えられた特殊な記憶力を駆使し続けて当面の欲求を満たすと共に、きたるべき大仕事の下準備を怠りなく進めてはいた。しかし、伝記を書き始める前に、エドウィンの傑作だけはぜひとも見ておかねばならなかった。僕はそれが傑作であることを、いっときも信じて疑わなかった。すでにその本について、すみずみまで知り尽くしているような気さえした。なぜならその作品は、エドウィンの人生を体系づける一つの法則――彼の無数の経験を秩序立て、中心に集める磁石のようなものではないだろうか？　そして、それはちょうど、今まで行き場のなかった僕の記憶たちが、伝記という新たなプロットを得て、それぞれの収まるべき場所に向かってゆっくりと動きつつあるのと似てはいないだろうか？　その時からすでに、エドウィンがいつまでも生き続けることによって、そのプロットが不完全なものになることを、僕は心のどこかでぼんやりと危惧していたのにちがいなかった。しかしその時の僕は、霞のかかった未来よりも、輝かしい過去のことで頭がいっぱいだった。僕は待ち、夢を見、カレンと二人で古いパズルを組み合わせた。そして何よりも、僕自身の人生が帯び始めた使命と意味の甘い味に心から酔った。針小な伝記作家の棒大な意気込み、とあなたは笑うかもしれない。まあいいではないか。どのみち、僕には他にすることはなかったのだから。

7

十歳の誕生日を少し過ぎたあたりでふたたび昔のエドウィンらしさを取り戻しかけるまでのあいだ、エドウィンは熱に浮かされたように、魔法の糸にたぐり寄せられるように、つれない恋人の後を追って丘を下り、名もない小径を抜け、黒い森に分け入り、石畳の道を踏んで、魔女の家の懐にまっすぐ飛び込んでいった。五月の半ば頃から、エドウィンは永遠に風邪のひき始めが続いているように、しきりに鼻をすするようになった。症状がそれ以上にもそれ以下にもならないことがはっきりすると、ブルーメンタール先生は、マルハウス夫人のアレルギー医であるピッコロ先生に一度診てもらうようにと指示した。検査の結果エドウィンは、埃、羽毛、ペットの毛、それに花粉に対してアレルギーであることがわかった。マルハウス夫人は彼のためにウレタンの枕を買ったが、最初彼はそれを使うのを嫌がり、やがてそれなしでは眠れなくなった。そして週に一回、ピッコロ先生のところに車で連れて行かれて、注射を打たねばならなくなった。しかし、エドウィンはこれに関しては意外なほど従順だった。のちに彼はそれについて、アレルギーが執筆活動に著しい障害となっていたためだと説明した。もちろんその間にも、僕はエドウィンと登下校を共にし、日々の疲労と情緒不安定（それらは五年生に入ると一気に悪化することになる）をつぶさに観察した。家に帰ってから彼の顔を見ることは皆無になった。彼は帰ると夕食まで仮眠を取り、夕食が済むとすぐにまた部屋に引き上げてしまった。僕はよく、眠れぬ夜にキッチンにそっと下りていき、エドウィンの部屋の窓を明かりが消えるまで見守った――一時二十六分、二時三分、二時五十五分。僕はほとんどゲームを楽しむような気分で、彼が記録を更新するたびに心の中で喝采を送った。ある日、それまでの記録である三時二十七分を過ぎても延々と灯がともりつづけた。空が憂いを帯びたブルーに染まり、鳥たちが騒ぎ出してから一時間近くも経った五時六分、ついに僕は疲労困憊してベッドに引き上げたが、それでも灯は消えなかった。しかし意外にも、その朝のエドウィンはいつになく元気そうだった。電気をつけたまま眠りこんでしまっていたのだ。しかし、別の日ふたたび、東の空が灰色に明けるまで明かりがともりつづけ、その翌朝のエドウィンは手が震え、目は真っ赤に充血していた。そして、ある晩十一時十六分に早々と電気が消えた時には、いかなる勝利、あるいは絶望が彼をそんなに早い時間に眠りに就かせたのだろうかと、僕は想像を逞しくせずにはいられなかった。

七月に入って、僕は化学を始めた。学校が休みに入り（若き小説家にとって、四年生は霞に包まれた希薄な日々だった）、もう七時に起きる必要がなくなると、エドウィンの部屋の電気が消える時間はどんどん遅くなっていった。七月四日の独立記念日の朝、彼は起きてこようともせず、昼過ぎになってやっとしぶしぶ現れ、打ちひしがれたように庭の階段に腰を下ろし、カレンやマルハウス教授が爆竹を鳴らすたびにぴくりと身を震わせた。ある晴れた朝の八時きっかりに、僕が母と朝食をとろうとしてキッチンに下りていくと、エドウィンの部屋の窓が日陰になった窓枠の奥で白々とした黄色に輝いているのが見えた。僕がクエーカーのパフド・ライスのおかわりをしようとした時、その明かりが消えた。寝る時間が遅くなるにつれて、当然のことながら、起きる時間のほうはじりじりと後退していった。ときおりマルハウス夫人が僕を昼食によんでくれた時には、僕が牛乳を飲み終えた頃に二階で洗面所のドアが閉まるのが聞こえた。「ファルーク王のお目覚めよ」マルハウス夫人は天井を顎でしゃくって見せてそう言った。最初のうちはマルハウス夫人も、無理やりエドウィンを九時に叩き起こしていた。しかし、彼がのろのろと朝食を食べる様子が、あまりにも痛々しい悲哀と陰にこもった怒りに満ちていたため、まるで息子に対してひどい仕打ちをしているような気分になって、ついに匙を投げた。「もしあの子がフクロウみたいに暮らしたいんなら」とマルハウス夫人は言った。「どうぞご自由に。好きにしたらいいわ。あたしはかまやしないのよ。何をしようと個人の自由ですもの。もちろん体にいいわけないわよね。うちみたいな広い庭で遊びたくても遊べない子供たちが、ニューヨークには百万人もいるっていうのに、エドウィンにとっちゃそんなこと、屁でもないのよ。あら失礼、ジェフリー。あの子のためにそれがいいっていうんなら、いっそ洞穴にでも住むわよ。ニューヨークの東十丁目にだって」

「まったく賛成だね」マルハウス教授が言った。「それなら、ご子息を明日からさっそく九時に起こすようにしたらいいじゃないか、ちゃんと子供らしく」

「でもエイブ、寝ないとあの子死んじゃうわ。それに、ほら何だかいま書いてるでしょう。ほんとに、みんなあなたがいけないのよ、エイブ。あなたがあの子に本ばかり読ませるからこんなことに。ああ、その小説だかを書くのに、あとどれくらいかかるのかしら。ジェフリー、ミルクのおかわりは？」


エドウィンの十回目の誕生日（彼の生涯最後の誕生パーティー）は、かつてなく陰気なものだった。マルハウスおばあちゃんが家にやってきたため、カレンがエドウィンの部屋で寝ることになり、したがってエドウィンはノーマルな――彼にとってはアブノーマルな――時間帯に寝起きしなければならなかった。キッチンのテーブルに、赤い目をぎらぎらさせ、目の下に青い隈を作ったエドウィンが緑色の三角帽子をかぶって座った。彼の前には色とりどりの包装紙に包まれ、赤やブルーのリボンをかけられたプレゼントが山のように積み上げられていた。それを一つ一つ開けるたびに、エドウィンはやつれた顔を弱々しく動かして、驚きや喜びの表情を作った。鋼鉄のボールをレバーで動かす素敵なホッケーゲーム（笑顔）、赤い台座のついた、小ぶりながら美しい地球儀（笑顔）、丁寧な解説書つきの精巧な船のプラモデル（笑顔）、ピンポン玉の飛び出すバズーカ砲

（笑顔）、イラスト入りの大判の図鑑『ロケットとミサイル』（笑顔）。僕のプレゼントは、立派な装丁の『オリバー・ツイスト』（笑顔）で、中を開けると、〝**また、あいすだ！**〟という文字が書いてあった（けげんそうな顔）。エドウィンは何のことかまったく思い出せなかったらしく、ただマルハウス夫人に向かってこう言っただけだった。「ママ、ジェフリーにアイスクリームをあげてよ」プレゼントをすべて開け終わると、彼はがさがさ音を立てる包み紙の上に肘をつき、マルハウスおばあちゃんが、ロウソクの十一本立ったケーキ（一本は、すくすく育つようにという願いをこめたおまけだった）を持ってくるのを物憂げにながめた。「何か願い事をして！」みんなが言った。おそらくエドウィンはその通りにしたのだろうが、幸いなことに五本しか吹き消せなかった。

その三日後、カレンと僕がマルハウス家の居間でホッケーゲームをして遊んでいると、階段の一番上にエドウィンが姿を現した。彼はゆっくりと階段を下り、途中二度ほどハンカチで鼻をこすり、ぶらぶらと僕らのほうへやってくると、隣に座って言った。「僕もまぜてくれない？」エドウィンが僕に笑顔を向けるのは、じつに十一か月ぶりだった。「もちろんさ」僕は言い、さりげなく付け加えた。「小説はもうできたの？」「ショーメツ？　何がショーメツするって？　ああ、小説か。うん、いや、まだできたわけじゃないんだけど。ちょっとひと段落したんだ」ちょっとひと段落、読者よ、ちょっとひと段落、である！　しかし、彼のそのポーカーフェイスが、内心にくすぶる抑えきれぬほどの興奮をあざむくための煙幕であることは、僕にはわかりすぎるくらいわかっていた。

僕が、昔みたいにホワイト・ビーチへ行ってみないかとエドウィンを誘ったのは、この時だった。その次の日、彼は僕と連れ立って、第一部第三章で書いた、あの切なく忘れがたいドライブへ出かけたのだ。エドウィンの内面の緊張は、目に見えてほぐれつつあるようだった。日々の執筆活動は変わらず続けられていたが、ふたたび僕とも会うようになったし、時にはほんの少しおどけて見せさえした。そして小説を〝推敲〟するあいだ、カレンと僕がそばにいることさえ許した。ちなみに、この伝記の最初の部分で、マルハウス教授が新しい二眼レフを持って突然部屋に入ってきて撮った愉快な写真について触れたが、その二枚目のものは、この時期に撮られたものだった。一度か二度、僕は昔のように彼の部屋に泊まった。そして八月の終わり、第二部第四章で書いた通り、僕はエドウィンを引っぱってサウンドビュー・ビーチへ行った。僕は彼の言う〝ひと段落〟の意味について何度も尋ねたが、彼の返事はあやふやでたどたどしく、自分で自分の言っている意味がわかっているのかどうかさえ疑わしかった。じっさい僕はしばしば、エドウィンの自作に対する曖昧で支離滅裂な解説と、明確で理路整然とした彼の作品そのものとの間のあまりにも大きなギャップに愕然とせずにはいられない。それは単に、芸術家の才能というものは、本質的にそれ自身を理解することができない、というだけのことなのかもしれない。あるいは、創造するという神秘の行為はどこか夢に似ていて、脳が覚醒するのと同時に霧のように消えてしまうものなのかもしれない。僕のように緻密な記憶力の持ち主にとってさえ、夢とはそういうものだ。目覚めとともに朝の味気ない現実に引き戻される間際、急速に解体していく色鮮やかな夢の王国にふたたび戻ろうとしても、戻ろうとする努力そのものが、よけいに解体を早める結果になる。そして、主に去られた王国の紺碧と象牙色はみるまに溶解して、枕の縁や壁紙の模様の一つの中に溶け去ってしまう。そしてそれらは塀から落ちたハンプティ・ダンプティのように、王様の馬と王様の家来をすべて集めても、もう元には戻らないのだ。八月が終わり、永遠に続くかに思われた夏の夜の絢爛たる紺碧の夢も終わりを告げた。突然目の前に学校が立ちはだかり、エドウィンはふたたび水面下に沈んでいった。しかし、僕にはそれでよかった。なぜなら、僕の頭の中で、僕自身の作品が鳥のように、何度でも言う、鳥のように、鳥のように、羽ばたきはじめていたのだから。

8

こうして五年生、つまりエドウィンの最後の学年が始まった。そのとたん、あたかもエドウィンが昔ながらの友と親しくしたことに激昂したかのように、嫉妬深い彼の恋人は彼を玩び、苛み、あざわらい、かのローズ・ドーンさえ及ばないほどの暗黒の絶望と紅蓮の痛苦を彼にもたらし始めた。まさに彼女は——彼の小説は——地獄の悪鬼、人を惑わす魔物、毒リンゴの籠を持った邪悪な継母だった。しかしエドウィンの恋はあまりにも激しく、死ぬほどに激しく、僕はいよいよ彼の健康が本気で心配になり始めた。

エドウィンが原因不明の腹痛に悩まされ出したのは九月の下旬のことだった。朝、学校へ行く時、彼はかすかに前かがみになり、胃のあたりを手で押さえて歩いた。突然激しく嘔吐するようになり、そのせいで十日も学校を休んだ。マルハウス夫人のいつもの心配も、今度ばかりは笑い事では済まされなかった。彼女自身ひどい頭痛の発作に襲われるようになり、眉間にしわを寄せ、額にこぶしを当ててじっと座っていることが多くなった。ブルーメンタール先生はエドウィンに食餌療法を試み、それが功を奏してか嘔吐は止まり、腹痛も収まった。しかし何週間ものあいだ、彼の舌は真っ白な苔に覆われ、しつこい下痢に悩まされた。マルハウス夫人は、自分が知らず知らずのうちにエドワード・ペンの母親に似てきていることに気づかずに、エドウィンの症状をこと細かに僕に説明した。下痢と便秘の攻撃が交互に繰り返され、便秘はひどい時には五日間も続いた。消化不良からくる激しい胃痛のために、熱を出して寝込むこともあった。そのうえ、あたかも血液までが他の部分の異変に歩調を合わせるかのように、尿検査の結果、血中糖度が異常に高いことが明らかになった。甘い物は一切禁じられ、砂糖の代わりにサッカリンが使われ、そのせいでまた胃がやられた。月に一度、特殊なワックスの塊を口の中で嚙み、小さな容器の中に何度も唾を吐くという奇妙な儀式が行われ、そうして得られた唾液の標本は、検査のためにどこかへ送られた。夜になるとひどい頭痛で眠れなかった。そしてある日学校で、休み時間のベルが鳴ってみんなが一斉に立ち上がった時、エドウィンはふいに机の端をつかみ、頭を低く下げて目を固くつぶった。めまいの発作の始まりだった。

しかし、これらの激しい断続的な苦痛の発作も、じんわりと途切れ目なく彼を苛み続ける神経過敏に比べれば、まだましだったのかもしれない。明るい光は彼の眼を砂つぶてのように痛め、音という音が彼の耳を錐のように刺した。いちど彼は僕に、一晩じゅう天井がきしみ、トイレの水がごぼごぼ鳴り続けるので眠れなくて死にそうだと洩らしたこともある。不意の音は彼を激しく驚かせた。ある日、教室に入るのに一列に並んでいた時、エドウィンが突然顔を恐怖にひきつらせ、はっとして後ろを振り返った。どこかのぼんやり者が、教科書を何冊もまとめて地面に落としたのだ。皮膚の感触までが異常をきたした。汚れた硬貨に触ったり、埃の積もったものの表面に指で触れたりすることが耐えられなくなった。不潔なものや埃に触ることは、ちょうど皿をフォークでひっかく音を聞かされるような、ぞっとする不快感を彼に与えた。視覚までが、この病の感染を免れなかった。ときどきエドウィンは、通い慣れた道にある何の変哲もない郵便ポストや消火栓に、突然、まるで得体の知れない巨大な獣のうずたかい排泄物の山に出くわしたような激しい嫌悪感を感じた。授業中、教科書の上に背を丸めていた彼が、目の中にちらつく点をページの上に虫が這っているのと見間違えて、ふいに驚いたように顔を上げることもたびたびあった。

だが、こうした神経過敏すら、彼の全身から芳香のように立ち昇る深い絶望に比べれば物の数にも入らなかった。壮年期にエドウィンが好きだと言った漫画のキャラクターがあった。その人物の頭上には常に雨雲がついて回り、世界中が晴れている中で彼の上にだけ雨を降らせ続ける――暗く過酷なこの時期のエドウィンに、まさにぴったりのイメージである。要するに、彼の執筆は完全に行き詰まっていたのだ。そう推測する根拠はいくつもあった。九月にエドウィンの口からぽつぽつと洩れ始めた静かな嘆息や呪咀の声は、十月の終わりには耳をつんざくほどのフォルティッシモに膨れ上がっていた。部屋に閉じ籠もらなくなったこと自体、執筆が進んでいないことの動かぬ証拠だった。学校から戻っても、以前のように階段を上るのももどかしげに自室に引き上げることはなくなり、おずおずと居間にたむろして、母親や僕と会話を交わした。エドウィンは謙虚に、カレンにパズルをしようと持ちかけ、台所仕事の手伝いを母親に申し出、写真を見せてくれないかと僕に尋ねた。毎日父親が帰宅するのを熱心に待ちわび、かいがいしく黒いモカシンを並べたり、金属のパイプ立てからパイプを選んだりした。こうなってみると、エドウィンのかつての傲慢さは、彼の失ってしまった強さであるように思えてきた。今の彼は、弱さゆえに仕方なく他人に愛想よくしているとしか見えなかった。じっさい僕は、ことエドウィンに関しては、強さと弱さという問題について何度となく考えさせられた。なぜなら、仕事から逃避している現在のエドウィンは、確かに強さの対極にはあるかもしれないが、以前の彼の、絶望と不安をにじませた物狂おしい執着も、やはり強さとは対極にあったのではないだろうか？　むしろ彼が見せかけの〝ひと段落〟に達したと思われた後に束の間見せたおだやかさ、あれこそが真の強さではないだろうか？　それともあのおだやかさは、長く辛い苦役のただ中の、束の間のオアシスだったのだろうか？　ひょっとするとあの〝ひと段落〟というのは、エドウィンの内なる力が、その先に待ち受けるさらに過酷な労働を見越して彼を休ませ、力を蓄えさせるために作り出した、手の込んだ幻影だったのだろうか？　それに、血や汗を伴う努力や奮闘は、それ自体弱さの裏返しであったとは言えないだろうか？　芸術とは、強さではなく弱さから――強くなろうとする弱さの意志から、そして弱さが狂おしいエネルギーにまで高められて強さになるその中から生み出されるものだとは考えられないだろうか？――しかし、こうたたみかけるようにクエスチョン・マークばかり並べ立てては、読者諸君に愛想を尽かされかねないので、この辺で、よりおだやかな句読点の世界に戻ることにしよう。

ロマンチックな一部の読者の期待を裏切るようで申し訳ないが、エドウィンは痛ましい肉体的変化に蝕まれるいっぽうで、あまり同情の余地のない精神的変化にも見舞われていた。彼は、しだいにとげとげしい反抗心に支配され始めたのだ。彼はあらゆる物、あらゆる人を辛辣にこき下ろした。子供たちを軽蔑し、犬を罵倒し、風に毒づいた。十月の晴れた朝に車で向かう途中、僕がうっかりカレンに「いい天気だね」などと言おうものなら、エドウィンはとたんに嚙みついた――「いい天気なんか大嫌いだ」あるいは「そいつぁよかったね」あるいは「馬っ鹿みたいな太陽。吐き気がするね」エドウィンがそれほど陰気でなく見えるのは、雨のそぼ降る陰気な朝に限られていた。おそらく、どんよりとした外光が彼の目を休め、寒々しい天気が彼の精神状態にしっくりきたからだろう。ただし、そういう日でも、僕が一言でも何か言えば、必ず辛辣な返事が返ってきた。校庭では独りでいることが多かった。地べたに教科書を置き、校舎の壁に片方の足を踵だけつけて寄りかかり、ポケットに手を突っ込んで、あからさまな侮蔑の色を浮かべて混雑した校庭を睥睨した。そうしているとエドウィンは誇張ではなく、ほとんど不良のように見えることもあった。ある時、僕らが校庭に向かって歩いていると、眼鏡をかけたチビの三年生が彼とぶつかった。するとエドウィンは痩せて青白いアーノルド・ハセルストロームのように、勢いよく振り返り、げんこつを振りかざして言った。「どこに目ぇつけてんだ、このガキ」エドウィンそのもののようなチビの三年生は、目に涙をいっぱいにためて震え上がった。

彼の口から、およそ似つかわしくない野蛮な言葉が聞かれるようになったのも、この頃からだった。〝糞ったれ〟〝畜生〟などは日常茶飯事で、二度ほど、この伝記を汚すことになるので書くことのできない、また書きたくもない下品な言葉も口走った。クラスでは相変わらず満点やＡを取り続けていた――いい成績を取ることは、彼にとっては一種の破りがたい習慣になっていた――が、どう見ても模範的な優等生とは言いがたかった。カプラン先生は一学期の通信簿の〝授業態度〟の欄に、入学以来初めて悪い点をつけた。僕にはエドウィンが青白い不良に見えることがあった。ある時には、彼のことをほとんど怖いとすら思った。

ここでエドウィンの残忍なふるまいの一例を挙げねばならないのは、僕としては非常に辛いことである。しかし僕の伝記作家としての良心が、それを書かずにおくことを許さないのだ。それは十一月初めの、肌寒い晴れた朝のことだった。学校に向かう車の中でのエドウィンは格別に不機嫌で、天気を呪い、はしゃぎ回る一年生の群れを冷笑した。校庭に入っていくと、下級生の仲間と歩いてきたビリー・デューダが、僕らのほうを振り向いて下品な音を立てた。エドウィンは憎しみのこもった目を彼に向けたが、何も言わなかった。校舎の扉が開くのを一列に並んで待っていると、マリオ・アントニオがレン・レスカに向かってビリー・デューダの悪口を言っているのが耳に入った。「ああ」エドウィンが精一杯不良っぽい声ですぐに加わった。「あいつ、ほんとにムカつくぜ。誰かがとっちめてやりゃいいんだよ」レン・レスカはエドウィンになど洟もひっかけていなかったが、マリオ・アントニオとエドウィンとは互いに一目置く仲だった。「あの糞ったれ、何かしやがったのか?」マリオが言った。「おう」エドウィンが答えた。「うるせえったらねえよ。ぶっ殺してやろうぜ」その時、何も知らないビリー・デューダは列の前のほうにいて、妙に女っぽいグロテスクな声で、耳障りな笑い声を立てていた。マリオはその声をじっと無表情に聞いていたが、ふいに横を向き、地面に唾を吐いてから言った。「ハネてからだ」育ちのいい読者諸君の後学のために翻訳しておくと、これは「放課後だ」という意味である。

放課後、エドウィン、マリオ・アントニオ、レン・レスカ、デイヴィッド・ボプコ、チャック・テューシィの一行は、校庭のアスファルトが切れて雑草の生えた土に変わるあたりで、ビリー・デューダが四年生の仲間と一緒に立っているのを発見した。「いたぞ！」エドウィンが叫ぶと、ビリー・デューダは突然走り出し、斜面を駆け上がって舗道のほうへ逃げ出した。マリオ・アントニオ、レン・レスカ、デイヴィッド・ボプコ、チャック・テューシィが後を追い、やや遅れてエドウィン、そしてエドウィンの後を追って僕が続いた。芝の斜面のところでマリオ・アントニオがビリー・デューダにタックルし、レン・レスカがその顔に悪臭を放つ茶色のものをなすりつけた。校長室で、ビリー・デューダはしゃくり上げながら、最初に「いたぞ！」と叫んだのはエドウィンだと言った。校長のメイドストーン先生が恐い顔をエドウィンに向け、今のは本当かと尋ねると、エドウィンは充血した目を床に落とし、黙ってうなずいた。するとチャック・テューシィが大胆にも、何もかもエドウィンの言い出したことだと主張し始めた。メイドストーン先生は僕らの顔を等分に見渡し、最後にエドウィンに視線を戻した。「あなたのしたことは、残酷な、卑怯なことです」彼女は言った。「どうしてこんなことをしましたか？　言いなさい。なぜしたのです？　先生の目を見て言いなさい」しかし、エドウィンはしっかりと歯を食いしばり、むきになったように自分の爪先を見つめていた。彼に言えるはずがなかった、ビリー・デューダが処刑されるところを見たかったのは、言葉のせいだなどと——どっちを向いても言葉、どこまで行っても言葉ばかりで、言葉っていったい何なんだろう、でもとにかく言葉は言葉で、あっちを向いても、こっちを向いても、言葉、言葉、言葉……。

9

エドウィンの情緒不安定は、次第にマルハウス家全体に影響し、伝染し始めた。彼が部屋にいるうちはまだ良かった。しかし十一月になると、彼は部屋に閉じ込もることをやめ、放し飼いにされた猛獣のように家じゅうをうろつき回りながら、唸り、歯をむいた。一番の犠牲者はカレンだった。エドウィンは妹をいたぶり、からかい、罵倒して泣かせた。そのやり方はまったく見境がなく、子供同士のいがみ合いを絶対に許さないマルハウス教授の目の前でさえ手控えなかった。一度そういう時、それは夕食ができるのを僕らが居間で待っている時だったが、マルハウス教授が怒りに震えて椅子から立ち上がり、大股で歩いていき、脅えたような顔つきのエドウィンに「立て！」と怒鳴り、手のひらを上にして突きつけた。エドウィンはかすかに震えながら立ち上がり、父親の手の上に、自分の華奢で小さな手を、甲を上にして置いた。マルハウス教授が頭の上に手をふりかざすとエドウィンは顔を背け、次の瞬間ばちんという、奇妙に拍手に似た音を立ててマルハウス教授の手がエドウィンの手の甲を打った。「まあ、エイブ」エドウィンが泣きながら階段を駆け上がると、マルハウス夫人がつぶやくように言った。「なんという子供だ」マルハウス教授は言った。「この家にはルールというものがあるということを、断固としてあいつは覚えなくちゃならん。もし一度でわからなければ、痛い目に会うまでだ。そこのところは断固として教え込まねばならん。今日はあいつはみんなと一緒に食事するのは禁止だ。わたしが禁止と言えば禁止だ、わかったか？　わたしももう何も欲しくない。まったく、何という恥知らずな。自分の子供があんな真似をしたかと思うと、反吐が出そうだ。あんなことはこの家では二度と許さん。飯など金輪際いらないと言っただろう、畜生。出かける。煙草を買ってくる。わたしのことはいいから三人で食べなさい」

マルハウス夫人もエドウィンの残忍な仕打ちの犠牲者だった。しかし、母親に対する彼のやり方は、もっと手の込んだ、たちの悪いものだった。エドウィンはマルハウス夫人の前でこれ見よがしに、いかにも具合の悪いふうを装ってみせたのだ。父親のいない、平日の昼食時の彼の演技は、とりわけ光っていた。彼はテーブルにつき、どちらかと言えば表情の乏しい顔を器用に歪めて、苦しげな表情を作った。口をへの字に結び、眉根にしわを寄せ、頬の筋肉をぴくぴくと引きつらせ、まるで弱々しい息が深い穴の底から上がってきて唇から出たところで力尽きてしまったかのように、喉に何かひっかかったような呼吸の仕方をした。あるいはもっとドラマチックに、テーブルの上に肘を突いて手の中に顔を埋め、苦しげなうめき声を上げることもあった。そして、血や腸や脳の、いつもの不快な痛みを訴えた。マルハウス夫人がおずおずと近寄り、額に優しく手を当てたりすれば、エドウィンは乱暴に身を引いてこう言う。「放っといてくれよ。いつもベタベタ触るんだから」「まあ、エドウィンたら」マルハウス夫人は悲しそうに言う。「そんなにベタベタしてないじゃないの」「してるさ。してるじゃないか。いっつも僕に触るんだ」彼は〝触る〟という言葉を、唾でも吐き捨てるように、荒々しく発音した。

それがついに暴力にまで発展したのは、こうした息苦しい昼食時のことだった。マルハウス夫人にも確かに落ち度はあったと思う。彼の本のことなど口にするべきではなかったのだ。エドウィンが食事のあいだじゅうずっと目の痛みや頭痛を訴え続けるので、彼女はたまりかねてついこう言ったのだ。「早くあのおかしな本を書いちゃえばいいのに」エドウィンは鋭く、ほとんど待ち受けていたように、顔を上げた。「おかしな本なんかじゃない」彼は言った。「どうしてそんなに長くかかるのか、ママには理解できないわ。前にも知ってる男の子で本を書いた子がいたわ。もちろんあなたよりは大きかったけれど、その子は二か月で書いたわよ」マルハウス夫人が言った。「そいつは馬鹿だったんだ」エドウィンが言った。「馬鹿じゃなかったわ、とっても賢い子だったわよ。だから二か月で書けたんじゃないの」マルハウス夫人が言った。「ムカつくよ、そいつ」エドウィンは言った。「あなたは何にだってムカつくんでしょ」マルハウス夫人が言った。エドウィンはすでにはあはあと肩で息をし始めていた。「そうさ、でもそいつにはほんとにムカつくよ。ムカつきすぎて吐きそうだ。こんなにムカつくぐらいなら、死んだほうがマシだよ」「もうやめなさい、エドウィン」「何をやめるのさ?」「いいからやめなさい」「でも、ほんとにムカつくんだ」「やめなさいって言ってるのに！」マルハウス夫人が叫ぶのと、エドウィンが乱暴に椅子を引いて立ち上がり、牛乳の入っていた空のコップを取って壁に投げつけるのがほぼ同時だった。コップが粉々に砕け散り、彼も激しい怒りの涙に粉々に砕け散った。

10

読者よ！　本とは何だろう？　それは頭蓋を内側からじりじりと圧迫して、ここから出せと叫ぶ力だ。作家にとっては拷問にも等しい苦しみだが、とりわけ執筆に行き詰まった作家は悲劇である。なぜなら、その内なる圧力は出口を求めて、どこか別の、より暗い部分へ向かうからだ。もしエドウィンがあのまま本を完成できずに終わっていたら、彼は間違いなく非行に走るか、もっと悪いことになっていたのにちがいない。じっさい僕は、この世のすべての殺人者と犯罪者は苦しみあぐねた作家であり、言葉では書きようのない彼らの本を血で綴っているだけなのではないかと考えることがあるのだ。この凡庸な伝記作家でさえ、頭の中でずきずきと脈打つおのれの本の疼きのために、奇怪な欲望が湧き上がることがあるのを身をもって体験した。しかし、その話はいい。エドウィンの話をしよう。というのも、彼はまったく唐突に、ふたたび執筆に没頭し始めたのだ。なぜ、どのようにしてかは、神のみぞ知る、だ。周囲も心底ほっとした。もちろん僕はまた彼と会えなくなり、かつて彼に罵られ嘲笑されたことさえ懐かしかったが、それもあとちょっとの辛抱だという確信があった。彼は相変わらず学校の行き帰りに不平や不満を並べ立てたが、それはある種の健康的な苛立ち、激しくさかまく豊穣なエネルギーの横溢であり、以前のように、そのエネルギーが堰き止められて自分に向かって牙をむいている状態とはまったく別種のものだった。彼の内心の恍惚は、推し量るべくもなかった。しかし、かつて眠れぬ夜にキッチンの窓から彼の部屋の黄色い窓を仰ぎ見たように、僕はエドウィンの情事について何度も思いを馳せた。そして、彼が今でも自分の本のことを――あれほど長いあいだ彼の精神を、肉体を、そして傲慢な自尊心を打ち砕いた本のことを――心のどこかでは憎んでいるのにちがいない、と考えた。

11

二月の最後の日曜日（すでに年は一九五四年に移っている）は、どんよりと曇った、冷たい雨の降る日だった。前の晩、窓の外いっぱいに輝いていた白い王国も、今はそこここにわびしく溶け残り、わずかに名残をとどめているだけだった。カレンと僕は、燃えさかる暖炉の前の絨毯に座り、ドミノをしていた。ときおり、空から迷い込んだ雨粒が薪の上に落ちてじゅっと音を立て、煙突が家にぽっかり空いた大きな穴にすぎないことを僕らに思い知らせた。開いたブラインドの奥の濡れた窓の向こうで、緑と灰色が暗くうるんで揺れていた。まだ昼の三時だというのに、テーブルランプには明かりが灯っていた。その明るい傘の下あたりに、香ばしい煙の帯が霞のようにたなびいていた。マルハウス教授はいつもの肘かけ椅子に座り、片方の脚をアームにかけ、黒いスリッパをぶらぶらさせながら難しい顔をして本をにらんでいた。マルハウス夫人はソファに座り、やはり難しい顔をして本を読んでいた。キッチンから漂ってくるラムのローストの匂いが、パイプ煙草の甘い香りと暖炉の薪のいがらっぽい煙と混ざり合っていた。僕が一列をダブルファイブでブロックした時、カレンがソファの肩越しに階段の一番上を見つめているのに気がついた。見ると、手すりの柱と柱の間から、眼鏡をかけたエドウィンの顔がのぞいていた。彼は人差し指を唇に当て、母親のほうを指差すと、腹ばいになり、頭を下にしてゆっくりと階段を滑り下り始めた。その姿は、白く細長い奇怪な虫のようだった。「二人とも何を見てるの?」マルハウス夫人が言った。「いや、別に」僕は言った。「カレンの番だよ」マルハウス夫人はふたたび本に戻った。エドウィンの伸ばした両腕がソファの陰に消え、ついで頭、首、ベルト、ズボンの裾、靴が見えなくなった。ソファの後ろには、空っぽの壁を囲い込んで斜めに連なっている手すりの柱だけが残った。「ジェフの番」カレンが言った。僕は、エドウィンの作戦が最も困難な部分にさしかかったのに気がついていた。彼のいる位置はマルハウス教授からは丸見えで、ちょっとでも音を立てればマルハウス教授が右を向き、階段のふもとに這いつくばっている息子の姿を発見することになる。僕は口笛を吹き始めた。「あら、何の歌?」マルハウス夫人が言った。僕は返事に困った。エドウィンを助けるために、とっさに思いついたメロディを吹いたのだが、よく考えてみるとそれは学校でみんながよく歌うはやし歌で、出だしはこんな文句だった。

　おおフランスのあっち側じゃ
　誰もパンツをはいてない

これは、どんなに慎重で細心な伝記作家でも慎重で細心すぎることはないという、僕が今まで何度も感じた教訓の好例である。僕はさり気なく「ええと、何だったかな」と言ってその場を逃れ、マルハウス夫人もふたたび本に戻ってそれで終わりになるかと思ったその時、マルハウス教授が顔を上げて言った。「わたしが子供の頃は、それに〝フランスのあっち側じゃ誰もパンツをはいてない〟という歌詞をつけて歌っていたな。ちょっとばかり色っぽい歌だ」

「いいわ、わかったからその話はやめにしてちょうだいな。ジェフリーだってきっとあなたの色っぽい子供時代の話なんて聞きたくないでしょう」

「そりゃ残念だ」マルハウス教授は言い、また本を読み出した。

　マルハウス夫人はソファの、壁の本棚に近いほうの隅に座り、脚を尻の下にたくしこんで膝をアームにあずけ、白いセーターを膝かけ代わりにかけていた。本を読んでいるあいだ、頭は脚の方向に向けられていた。彼女の頭の後ろの、顔の向きと反対側にエドウィンの頭がのぞいた。彼の額、眼鏡、鼻、顎、首、そして濃い色のシャツに切り取られたTシャツの白い三角形が順々に現れると、カレンはすっかり喜んで、声を立てずに笑い出した。そしてエドウィンが片方の肘をそろそろとソファの背につき、手の上に顎を載せて母親の後ろから顔を近づけると、カレンがたまりかねてくっくっと笑い声を洩らした。マルハウス夫人は顔を上げてにっこりし、ついでけげんそうな顔になり、すばやく自分の服と脚に目を走らせてから言った。「なあに、二人ともいったい何が」「終わった」エドウィンが小さくささやき、マルハウス夫人は大声で悲鳴を上げ、そして僕の頭の中では、一羽の鳥がぐるぐると輪を描きながら狂ったように羽ばたいた。マルハウス教授は遠近両用眼鏡越しに目を上げ、緊迫した声で言った。「いったい何の騒ぎだ？どこから来たんだ、お前？　何が終わったって？」

12

エドウィンの不朽の名作は、書き出しの瞬間から、読む者を鮮明で不可思議な世界に引きずり込む。

白い三日月が、赤いナイトキャップを長いまつ毛の上までかぶって、ブルーブラックのインク色をした空に浮かんでいびきをかいている。その下では、町の灯がちかちかまたたき、紫色の家たちが大きく息を吸っては吐き、吸っては吐いている。黄色い明かりが音符のはじける音を立て、一つ、また一つと消えていく。半分眠ったような通りでは、ねぼけまなこの街灯たちがあくびをしてはこっくりし、角の郵便ポストが投かん口をぱたんぱたんさせていびきをかき、ゆらゆら揺れる電線の上で紫色の雀たちが肩を寄せあい、羽根にうずもれて眠っている。黒い猫が二匹、肩を組み、しゃっくり混じりに『水車小屋のほとりで』を歌いながら千鳥足で歩き、空では三日月がむにゃむにゃ言いながら寝返りをうつ。街灯に照らされた道ばたの草むらの青いキノコのかさの下では、タキシードを着たコオロギが眠っている。二匹のホタルが光りながら、夜空にGOOD NIGHTの文字を書く。やがて、星たちが音符のはじける音を立て、一つ、また一つと消えていく。世界中が眠っている。

テクニカラーのアニメ映画を下敷きにしたこれらの懐かしいイメージは、僕が先ほど〝鮮明で不可思議な〟と形容した独特の世界を形作るものであり、またエドウィンの作品の中核をなすものである。しかし、エドウィンがエドワード・ペンと同じように、この世の一切のものと無関係に虚空に浮かぶ漫画宇宙を創り出そうとしていると考えるのは誤りである。もし仮にそうなら、二ページ目に出てくる、両側に円錐形の植え込みがあり、上に295という番号のついた、月明かりに照らされた大きなドアのことは、どう説明すればいいのだろう？　あるいは、真っ暗な玄関を抜け、がちゃがちゃと音を立てるドアを開き、月光が縞模様を作る居間を通り、軋んだ音を立てる階段を上り、黒いドアを開けて両開きの窓の下で寝息を立てる人影が登場するまでの一連の描写を、どう説明すればいいのだろう？　この眠れる主人公が息を吸うたびに、藤色の糸の先に垂れ下がった黄色い目の黒クモを赤い口のほうに吸い寄せる場面の巧みな描写は見事である。窓の端から斜めに射し込む明るい月光の帯が〝主人公の喉をまっぷたつにかき切る〟――巧妙な伏線だ。月光はゆっくりと主人公の目まで移動していき、それがちょうど目の上まで来た時に突然まぶたが開き、ラストシーンで彼の目の中に独立記念日の花火のように目まぐるしく現れては消える一連のイメージを暗示するように、ピンク色の駝鳥が二匹、驚いて砂に首を突っ込むのが見える。

エドウィン自身はこの作品を、自分の人生とはまったく無関係であると繰り返し強調したが、にもかかわらず『まんが』は、まぎれもなく入念に歪曲された彼の人生そのものである。この作品全体が、時のない魔法の夜を舞台にして、ひんやりとした夜の銀色と青紫とエメラルドとコバルトに浸され、レモンイエローと緋色の飛沫を点々と散らした、一篇のテクニカラーの長編アニメ映画なのだ。一つ一つのエピソードは目もあやな漫画の一コマであり、燦然ときらめく強烈なイメージの集積が鮮明で不可思議な一幅の絵を形作っている。しかし、それは決して読む者に静的な印象を与えるという意味ではなく、画面をゆっくりとパンするカメラの視線のように、我々をどんどん次なるシーンへ導いていく。そしてもちろん、中心となる三つのエピソードの間には、アニメ映画ではお馴染みの、手の込んだ追跡劇が挿入されている。以下、『まんが』の大まかなストーリーを要約して紹介するが、それは一つには、不幸にしてこの作品をまだ手にしていない読者のためであり（この伝記が世に出る頃には、当然『まんが』も出版されているはずだと僕は確信している）、また一つには、この後に続く僕の論評の炎に油を注ぐためでもある。

主人公は月明かりに目を覚まし、部屋の中や階段で蹴つまずくという一連のコミカルなシーンを演じた後、家を抜け出し、左に曲がり、明らかにビーチ通りをモデルにしたと思われる、エメラルドに輝く道を歩いていく。その後を、黒マントをはおり、つばの広い黒帽子をかぶり、〝パンチから身を守るように〟マントを高く掲げているせいで顔の下半分が隠れ、黄色い目だけを光らせた謎めいた人影がひそかに追っていく。紫色のコウモリたちが空き地の上を飛び回り、黒い巨木のねじ曲がった枝では緑色の目の黒いフクロウがホーホーと鳴き、暗緑色の家々の紫色の鎧戸は風にあおられて突然閉まる。主人公は道の突き当たりまで行くと、その先の、月明かりに照らされた小さな丘を登っていく。黒マントの人影は、草原に身をひそめてそれをじっと見守っている。コバルト色の木影が揺れる黒紫色のせせらぎの前に、半透明にゆらゆらと揺れる幽霊が立っているのは、僕らにとっては不思議でも何でもない。主人公と幽霊はいかだに乗り込み、川を下っていき――そのずっと後ろを、別のいかだが追っていく――やがて高い土手の横にあいた、洞窟か動物の巣穴のような幽霊の住まいに着く（ここでエドウィンは、ペンの地下室と『たのしい川べ』のネズミの家を融合させている)。幽霊の、焦げ茶色とすみれ色に彩られた陰気な住まいを見事に描写した箇所は、この作品の一つのハイライトであると僕は考える。形のない霧の家具、カタカタ骨を鳴らして歩く猫の骸骨とカスミのネズミ、頭蓋骨の皿に盛りつけされた月光スープとクモの巣シチューの陰気な食事、それを給仕する白い胸当てをしたコウモリ《バット》のウェイターたち、骸骨の手のスプーンと稲妻のナイフ、黒い枠の中に何も写っていない家族写真の列、壁に立て掛けた棺桶の戸棚の中にぎっしり詰まった死語や死に化粧、死角、死球、死票、死蔵品に死に金、石と化した薪から炎の亡霊が立ちのぼる暖炉、壁のスイッチを入れると頭上からしとしと雨を降らせる雲の電灯、コウモリの羽根を張ったコウモリ傘——どれもが一度読んだら忘れられない強烈な印象を読む者に与える。そして、陰気な幽霊がじつは想像力豊かな幻想画家であり、彼の最も奇想に富んだ作品が『ニューヨーク・タイムズ』日曜版の三面記事の写真そっくりであるという下りは、実に痛快である。駒が一つまた一つと消滅してしまう不思議なチェス盤で一戦交えたあと、主人公は幽霊に別れを告げ、いかだに乗ってさらに下流へ下っていく。黒マントの謎めいた人影が赤紫色の葦の葉影から現れ、その後を追う。やや唐突に、主人公は丘の中腹の黒い森に着く。丘の上を見あげると、黄色い巨大な満月を背に(月が最初は白く、しかも三日月であったということを、エドウィンは忘れているか、あるいは故意に無視している)お化け屋敷のねじまがったシルエットが黒々と浮かび上がっている。主人公が、黄色や緑の無数の目が古典的に光る黒と紫の森を通り――そして黒い人影にそろそろと後を付けられ――頂上の家に向かっていく長い道のりは、その後に続く、屋敷そのものの素晴らしい描写を盛り立てるための、理想的な前奏曲である。屋敷は、お化け屋敷の持つ様式美を見事に具現化している。窓からバサバサとコウモリが飛び立ち、鎧戸は傾き、雨どいにはフクロウがとまり、クモの巣の張ったポーチではロッキングチェアが誰もいないのにひとりでに揺れ、ポーチの隅では目玉のないアン人形が歯を見せて笑い、古い布の山ががさっと動いて中から緑色のネズミが這い出し、玄関のドアが錆びついた蝶番にぶら下がって揺れ、黒い窓ガラスの向こうに無数の緑色の目が光り、足の下では敷居がキイキイと軋む。そして不気味な居間の登場だ。朽ち果てた紫の家具の山に月明かりが黄色い縞を刻み、ソファの上には首のない人形が座り、椅子の肘には毛むくじゃらの黒いクモが這い、天井からは緑色の目のコウモリがぶら下がっている。ひげを生やした大きな振り子時計《グランドファーザー・クロック》が十三時を打ち鳴らし、その音に驚いて、黄色い藁と赤い布切れを口にくわえた片目のない黒猫が頭をもたげる。そして、傾いて今にも崩れそうな紫色の階段を主人公がそろそろと上っていくと、手すりに彫られたライオンの頭が手に噛みつこうとする。主人公はクモの巣をかき分け、ねばつく月光をはらいのけて階段をどこまでもどこまでも上っていき、ついに紫色の大きなドアの前にたどり着く。鍵穴から中を覗くと、赤いドレスを着た黄色い髪のお姫様がエメラルド色の椅子に座り、黒く輝く紡ぎ車を前にして、さめざめと泣いている。突然ドアが開き、黒くて太い眉の下に黒い目を光らせ、黒く長い髪を垂らし、黒く長い服を着、先の尖った黒い靴をはいた魔女が目の前に立ちはだかる。ここから、家じゅうの部屋から部屋を駆けめぐって、主人公と魔女の長い悪夢のような追跡劇が繰り広げられる（僕が個人的に好きなのは、ねばっこいクモの巣の家具と、足がめりこんで上れないクモの巣の階段、それに体にまとわりつくクモの巣猫のいる〝クモの巣の間〟だ）。やがて、姫の小部屋のドアの下から煙が這い出し、紫色の玉となって傾いた階段を転がり落ち、ついに屋敷は緋色と黄色の巨大な炎に包まれ、暗い夜空を緋色と黄色に染める。空では、恐ろしい顔をした雷雲たちが戦にそなえて天の鍛冶屋にジグザグの黄色い稲妻を打たせ、肌をてらてらに光らせた巨人が大きな銅鑼を打ち鳴らす。天使の消防団が銀のバケツで天の川から水を汲んでは、すみれ色の斜線の雨を地上に降り注ぐ。嵐が去った後の静けさの描写は素晴らしく美しく、それは地上に七色の影を落として空にかかる真夜中の虹の場面でクライマックスに達する。最後にもう一度だけ、〝赤い〟満月を背景に黒く焼け焦げた屋敷を振り返ると、主人公は黒い森の中をとぼとぼと歩いていき、黒い影がその後を追う。森を出ると、主人公は見知らぬ町のはずれに立っている。彼は無言の追跡者に伴われて暗く曲がりくねった道をあてどなくさまよい、一軒の家の地下室の窓から明かりが漏れているのを見つけ、中を覗こうとするのだがよく見えない。窓の横に、地下室に通じる、奇妙にそこだけリアルな傾斜したドア（ベンジャミン通り沿いの家の裏には、よくそういうドアがあった）があるのを見つけた主人公は、ドアをはね上げ、暗い石の階段を下りて、広く薄暗い地下室に出る。そこにはありとあらゆる物が所狭しと置かれている——古い鎧かぶと、錆びた剣、コルト・オートマチック、弧を描いて吊り下げられた鎖、黒いぴかぴかの大砲の玉、紫の杭と緑の歯車をいくつも組み合わせた得体の知れない装置、天井の黒い梁からからみ合いながら垂れ下がっている太い綟り縄、"REMINGTON"というラベルの貼られた灰色の箱の山、獣の顎のような形をした仕掛け罠（そのうちの一つは主人公の踵に飛びついて、ガチンと歯を鳴らす）。主人公は遠くの明かりのほうに向かって進んでいくが、その明かりは電球ではなく、ゆらゆらと揺らめくロウソクの光だ。彼は這いつくばって最後の障害物の下をかいくぐり、テーブルの下に身を隠す。目の前には、大きな黒いオオカミが鎖で壁につながれている。鎖はぴんと張り、足元にはよだれが水溜まりになって光っている。主人公が見ていると、ぴかぴかの黒いブーツをはいた白髪の女が、青いピアノのスツールからゆっくりと立ち上がってオオカミのほうへ歩いていき、ムチを振りかざす。ムチはひゅんと空を切ってオオカミの背中に振り下ろされ、真っ赤な血しぶきがほとばしる。白髪の女は何度も何度もムチを振るい、ついにオオカミは血まみれになり、壁ぎわにうずくまる。女はスツールに戻り、居眠りを始める。主人公はオオカミを逃がそうとするが白髪の女に見つかり、地下室じゅうを追い回され、石の階段を駆け上がって通りに出たところで、初めて黒い人影に気づく。ここから物語は最後のパートに入る。黒い人影に追われた主人公は、霧にけむる街の迷路を（エドウィンは、ここを霧のシーンにしたいというただそれだけの理由で、突然霧を登場させている）駆け抜け、両側に円錐形の植え込みがあり、上に295という番号のついた大きな白いドアの前にたどり着く。物語のラストシーンは、乱雑な家の部屋から部屋への長い追跡劇で、その間に、いびきをかいて眠る漫画の両親と漫画の妹がちらりと登場する。ここでは、アニメ映画における追跡シーンのありとあらゆる常套的表現——すなわち、追われる者が頭を働かせ、常に間抜けな追跡者の裏をかき続けるというパターン——がクライマックスへ向けて次から次へと積み重ねられていく（二連式散弾銃の先に結び目を作る・ハンマーが追跡者の爪先に当たりゴングが鳴って目玉が飛び出す・先の尖った熊手で刺された後で水を飲むと、腹の穴からじょうろのように水が漏れる、などなど）。そして、こうしたやや乱暴なトリックに慣れ、最後はハッピーエンドになるだろうとたかをくくっている我々の予想を裏切るように、満足げな笑みを浮かべた主人公がふたたび黒クモのぶら下がるベッドの中にもぐり込むと、突然黒マントの人影がふたたび現れて主人公の白い喉に短剣を突き立てる。おびただしい量の真紅の血が白いシーツの上に幾何学模様を描き、円が次第に閉じてゆく中で、主人公の最期は、彼の両目の中に目まぐるしく現れては消える一連の映像という形で表現される。二隻の蒸気船がゆっくり沈没し、スロットマシーンがくるくる回って二つの骸骨の絵で止まり、レジスターがチンと鳴って片方の目にNO、もう片方の目にSALEの文字を打ち出し、二つの爆弾がひゅるひゅると音を立てて二つのキノコ雲になり、二匹の黒い子猫がオレンジ色の金魚を二匹飲み込んで喉の奥から白い骨を二つつまみ出し、二人の人間が笑いながら水のない二つのプールに飛び込み、緑色の二つの塚から灰色の墓石が二つ生え、背中に翼の生えた二人の主人公が二つの白い雲に座って二つの金の竪琴をかき鳴らし、二つの小さな円が閉じるなか、〝みんな、これでおしまいだよ〟の文字が左右の目に現れる。この皮肉で、陳腐で、軽薄で、人を食ったような文句と共に、物語は唐突に終わる。

エドウィンの傑作の冷やかに澄んだガラスを批評の息で白く曇らせたい者は、好きにすればいい。彼の芸術の美しい赤レンガに頭をぶつけたければ、それも勝手である。僕とて彼の作品について言いたいことはたくさんあるのだが、ここでは二、三の主な考察を試みるだけにとどめておこうと思う。『まんが』の最も顕著な特徴が、僕の呼ぶところの〝入念な歪曲〟であることは、どんなに鈍感な読者でも気がつくはずである。エドウィンの小説に登場するアイテムは、唯一の興味深い例外である幽霊画家の奇抜な幻想画を除いては、どれ一つとして現実世界のものと一致しない。しかし、読者が、そしてエドウィンさえも決して忘れてならないのは、歪曲には常に元になるものがあるということである。エドウィンの小説は、現実と何の関わりもない異次元の世界を描き出すどころか、逆に写真よりも密接に現実世界と結びついているのだ。そうさ、エドウィン。そうなんだよ。なぜならエドウィンは、入念な歪曲という手法を用いることによって、ふだんあまりにも日常的すぎて我々が見向きもしない事物にスポットライトを当てているからだ。たとえば、朝、洗面所の鏡の中で眠たげにこちらを見つめ、日陰になったショーウィンドウの中で我々に寄り添うように並んで歩く影は、我々にとってはとうに見飽きた風景の一部だ。しかし、びっくりハウスの歪んだ鏡に映った彼の愉快な分身に、我々は新鮮な驚きを抱く。事物は歪曲されることによって、それまで我々が忘れていた未知の一面をさらけ出すのだ。仮に『まんが』の第一印象が、わくわくするような（あるいは場合によっては退屈な）非現実の世界だったとしても、我々はしだいに、自分たちが経験している世界はまぎれもない現実そのもの、日々の習慣と無関心の中で失われてしまったこの世界そのものに他ならないということに気づいていく。そして、我々はエドウィンの言葉に導かれるようにして、その世界をふたたび獲得する旅に出るのだ。ここまでは単純かつ明快である。たいていの読者は、自分がかつて失ってしまったことすら忘れていた世界を取り戻したことに満足して、それ以上先へは進もうとしない。しかし、より大胆な冒険家たちは、この明るい世界のさらに奥の、霧に包まれた暗黒の領域に踏み込んでいくことだろう。そこでは、事物を隔てる明確な境界線は消滅し、〝現実世界〟という概念そのものが入念な歪曲に見え、もやもやとした霧や影に与えられた見せかけの形と手触りにすぎなくなる――あたかも事物を照らす日光それ自体が、一つの仮装ででもあるかのように。そしてこの暗黒の領域では、否、この領域においてだけは、エドウィンの歪曲は歪曲であることをやめ、入念に写実された鮮やかな想念に転じるのである。かくして、この暗黒の領域ではペンはまぎれもなく幽霊であり、ローズ・ドーンはすすり泣く姫君であり、アーノルド・ハセルストロームは鎖につながれて血を流すオオカミとなる。そしてあの黒ずくめの謎の人物については――「だって、知ってるくせに」とエドウィンは言った――これは言わぬが花だろう。

歪曲がエドウィンの小説の精髄であるとすれば、それに至る手段は、もちろんアニメ映画である。前に約束したとおり、アニメ映画がエドウィンに与えた影響について少し論じておこうと思う。エドウィンに、不可思議なものと鮮明なものを結び付ける術を教えたのはアニメ映画だった。彼にコミカルな表現のトリックを大量に授けたのもアニメ映画だった。彼に、事物に潜む暴力を暴露し、彼の穏やかな人生において何度か目撃された暴力について振り返り、分析するよう仕向けたのは、真面目でセンチメンタルな冒険映画ではなく、むしろアニメ映画だった。この作品の核である追跡というテーマを彼に吹き込んだのもアニメ映画であるが、彼はそのテーマを運命のアレゴリーにまで昇華させている。しかし、それよりも何よりも、アニメ映画は彼の作品の精神そのもの、魂そのものに影響を与えたのだ。第二部の最終章で、僕はエドウィンのアニメ映画のタイトルのリストに、ある気がかりな傾向があると述べ、その傾向を〝グロテスクな愛らしさ〟と命名した。エドウィンがこのことに気がついていなかったとは言わない。それどころか、彼はこの傾向を強く意識し、それをこの作品に故意に利用したのだ。普遍的な美を、単にありふれたものの中にでも、単に醜いものの中にでも、単に醜悪で不快なものの中にでもなく、最も低劣なるもの、最も卑しいもの――下らないもの、陳腐なもの、グロテスクに愛らしいもの――の中に見出したのは、エドウィンの偉大な功績である。それに、しばし個人の狭い枠を越えて、広い社会の論点に飛躍することをエドウィンが許してくれるのなら、こう言うことも可能だろう。エドウィンの傑作においては、アメリカの夢を育んできたまやかしのイメージ——アメリカという名の、野蛮で舌足らずの哀れな巨人の魂の発露たるテクニカラーと魔法の金粉のイメージ——が、ある種純粋な形で凝縮され、しかし金メッキの安っぽさはそのままに、真摯な芸術作品に真摯なモチーフとして使われている。その結果、この小説の一語一語は(それらはエドウィンの血で、血で書かれているのだ、諸君)、ただのジョークとして受け止められることを懇願しているような印象を受けるのだ。言い換えると、エドウィンは我々に、行間に隠された漫画のキューピーの愛らしい笑顔を読み取ることを望んでいるのだが、じつはその笑顔もまた仮面であり、その下には笑いのない真摯な表情が隠されている。そしてそれは、自分の真摯さを悟られまいとするエドウィンの奇妙な虚栄心のなせるわざなのだ。

13

その日曜の雨の午後、エドウィンが〝終わった〟と言ったのは、のたくるような文字で覆いつくされた八十一冊の答案用ノートを、多少なりともまともな字で七十四冊の答案用ノートに書き写す作業が終わった、という意味だった。しかし、その八十一冊というのも、もっと壮絶な二冊の青い答案用ノートと、補足や訂正やメモや削除や何やかやで真っ黒に埋められた何枚かの紙片から書き起こされたものだった。僕が彼の傑作に最初に接したのは、この比較的まともな七十四冊のバージョンでだった——といっても、当然マルハウス夫妻のほうに優先権があったため、次の週の金曜日まで歯がみしながら待たなければならなかったのだが。僕はエドウィンのノートのタイプ原稿を正副二通作成しようと強く申し出た。そして、マルハウス家の大きな古い地下室でマルハウス教授の古い大きな机に向かい、がたつく折り畳み式椅子に座り、低く垂れ下がる裸電球の下で古い大きなタイプライターを二本の人差し指でこつこつと叩き続けた。その間、エドウィンは地下室の階段の下に並べてあった、たがのはまった大きな樽の中を覗き込んだり、薄汚れたピンポン玉を何度も何度もラケットの上ではずませて前後に歩きまわったりしていた。僕がこの仕事を引き受けたのは、自分用の写しが欲しかったという以上に、エドウィンの作品を彼の個性的な字の影響なしに読みたいという気持ちが働いたからだった。ノートに書かれた手書きの文章は、一語一語がエドウィンを色濃くにじませ、エドウィンの人格に揺れ、エドウィン独特のカーヴと傾斜によって実にエドウィン的なユニークさを帯びていた。しかし、それは表面的な見せかけのユニークさであって、美しく練り上げられた文章そのものの持つ起伏と陰影を味わうには、かえってじゃまだった。僕には、作家の直筆原稿にあれほどこだわる大人たちの気持ちは理解できない。だから、エドウィンの凄まじい直筆をここに紹介して、貴重なページを浪費するのはやめておこう。

　全文をタイプし終えるのに、合計で百時間あまりかかった。一ページに三十三分かかった計算になる。出来上がりはタイプ用紙にして二〇四ページだったが、これはエドウィンをいささか失望させた。彼は七十四冊のブルーの答案用ノートの量感に未練があるようだった。彼はやや儀礼的に（と僕の目には映った）僕の労をねぎらった。僕はタイプ原稿を後ろから読み直し、打ち間違いをチェックし、間違いの見つかったページはすべて打ち直し、それから改めてエドウィンの小説を最初から読み始めた。無個性で明瞭なタイプ文字によって感動は十倍にも研ぎ澄まされ、めくるめく興奮のうちに一晩で一気に読み終えた。

そうこうするうちに三週間が過ぎたが、僕はまだ自分の重大な決意をエドウィンに打ち明けていなかった。いや、一度か二度、昏までのぼりかけたのだが、そのたびに言いようのない気後れで喉が詰まり、何も言えなくなってしまうのだ。正直に言って、これは自分でもまったく予想外のことだった。僕はどうやら、自分の事業――この際、何と呼んでもかまわないが――をいつくしむあまり、エドウィンの好意的でない返事でそれが傷つけられるのを恐れているらしかった。伝記作家だって、時には繊細な神経が引き起こすささやかな苦悩に悩まされることがあるのだ――天才的な芸術家の場合なら世間の理解と同情も集まるのだろうが。要するに、エドウィンが完成させたばかりの七十四冊の答案用ノートと二〇四枚のタイプ原稿を目のあたりにして、自分という人間の小ささを痛感させられて気持ちがくじけたという、ただそれだけのことだったのだろう。そして最近のエドウィンの、何と自信と生気にあふれ、残酷なまでに上機嫌なことか！

彼の親しげな態度は、凱旋の力強い雄叫び、挫折という名の悪魔の血走った目と延々と睨み合った末についに偉業をなしとげた者の、無慈悲な力の誇示であるように思えた。時には、彼のはつらつとした笑顔が、地にひれ伏した僕の周りで踊られる勝利の舞踏であるようにさえ思えた。

三月の、風の強い金曜日の午後だった。僕は前の晩、まんじりともしなかった。エドウィンと並んで学校から家に向かって歩きながら、僕はついにその時が来たと直感した。しかしエドウィンの顔を見るたびに、例の馬鹿げた恥じらいがめまいのように襲ってくるのだった。一つには体調が悪かったせいもあった。睡眠不足の時にはよくあることだが、その時の僕は疲れているというよりも、神経が異様に研ぎ澄まされ、頭の隅々までが覚醒していた。僕は歩きながら、自分の本についてではなくエドウィンの本について、興奮ぎみにしゃべり続けた。僕の興奮はやや度を越していたらしく、一度か二度、彼が驚いたような顔を僕に向けた。僕は階段を上って彼の部屋に入るあいだしゃべり続け、エドウィンがクローゼットに入って静かに遊び着に着替えているあいだしゃべり続け、彼が白い長いひもの垂れた黒いハイカットのスニーカーをぶら下げて出てくるあいだしゃべり続けた。そしてエドウィンがベッドの縁に腰を下ろし、かがんで左のスニーカーをはこうとした時、僕は突然思い余ったように言った。「エドウィン、君の伝記を書こうと思う」

エドウィンは左のスニーカーのひもを結び続けた。そしてひもを結び終えると、かすかに上気した顔を上げて言った。「バッティングの練習をするんだ」それから、顔をしかめてつけ足した。「でも、バットはどこいっちゃったんだろ」それから、またかがみこんだ。

僕の声が緊張のあまり小さすぎたのかもしれない。かすれた囁き声か、息の漏れる音でしかなかったのかもしれない。あるいは、早口で言いすぎたために言葉が聞き取れなかったのかもしれない。いや、もしかしたら真新しい白いくつひもに集中するあまり、エドウィンにとってまわりの世界は塵と化してしまっていたのかもしれない。理由が何であれ、僕は自分の存在そのものが否定されたような、恐ろしい打撃を受けた。睡眠不足の異様に高ぶった精神状態では、泣き出さないようにするので精一杯だった。しかし、自分を抑えようとする意思の力が再び僕に口を開かせ、苦痛と怒りに震える声で、もう一度こう言わせた。「エドウィン、君の伝記を書こうと思う」

エドウィンは弾かれたように体を起こした。苦痛と怒りのせいで、僕は自分で思った以上に大きな声を出してしまったらしかった。「どならなくたって聞こえるよ」エドウィンは言い、馬鹿にしたように付け加えた。「だいいち、どうやって僕の伝記なんか書くのさ。僕はまだ死んでないのに」

「べつに死ぬ必要はないさ」僕も鼻で笑って言った。それが間違いであることに、その時の僕はまだ気づいていなかった。

14

エドウィンの無関心が熱心な賛同に変わるのに、そう長くはかからなかった。もっとも、彼が僕の熱意にほだされて心変わりしたと考えるほど、僕はおめでたくはない。ありていに言ってしまえば、エドウィンは退屈していたのだ。考えてもみてほしい。一年と五か月を越える歳月、彼は愛しい小説との手に汗握る追いかけっこに明け暮れてきたのだ。小説が完成してしまった今、心にぽっかり穴が空いたように感じるのも無理はなかった。むろん勝利をものにした直後は解放感に有頂天になり、昔愛した遊びに嬉々として戻っていった。エドウィンは寒い庭先でバットの素振りをし、ツェルニーの五指練習曲を繰り返し繰り返し弾き、ホッケーゲームに熱中し、低俗な読み物を貪るように読んだ（彼は打率やら何やらの数字が醜く並んだ光沢のある表紙の野球雑誌や、図書館の少年向けコーナーで借りてきた安っぽい野球小説を好んだ）。しかし、こうした真新しい情熱もみるみるうちに裾のほうからほころび、絶望に変わり始めた。エドウィンは長続きのしない熱中に、次から次へ取りつかれていった。ある日彼は『メンロ・パーク*の魔術師——トーマス・アルヴァ・エジソン伝』という伝記を見つけ、その日午後いっぱいかけて、地下室の一角を発明家の実験室に作り変えた。しかしその発明熱も、僕の化学実験セットにあった乳鉢と乳棒やら、黒っぽい蓋の下に細いガラスの棒がついている

＊ニュージャージー州の中部の村。エジソンの研究室があった。

古いマーキュロの茶色い瓶やらを夢中になって集めているうちに、あらかた冷めてしまった。だいいち、何を発明したらいいのかすら見当もつかなかった。ある日彼は、古い『アイヴァンホー』の漫画版を下敷きにして、三人でできる短い芝居をでっち上げた。カレンがレベッカ、エドウィンがアイヴァンホー、そして僕はブリアン・ド・ボア＝ギルベールだった。エドウィンは両親から入場料を取り、ガラスの広口瓶の中に掃除機のノズルをそっと立て、その吸い口から五セント玉を入れさせた。ある日は大きな茶色の包装紙を使い、単純なすごろくゲームを作った。一番端の緑色の〝天国〟まで、複雑に曲がりくねった〝天国への道〟がくねくねと続いており、それが何百ものコマに区切られていて、〝三つ進む〟とか〝一回休み〟とか、三つあるカードの山から一枚引くこと、といった指示が書き込んである。そのために彼は、わざわざ赤いボール紙で馬鹿でかいサイコロまでこしらえた。ある時は手品の本を読んでマジックショーを開き、あらかじめ用意したコップに水を注ぐと魔法のように赤や青に色が変わる手品とか（僕が化学実験セットを彼に貸した）、マルハウス夫人が頭の中に念じた数字を奇跡のように当てる読心術（マルハウス夫人からその数を聞き出したカレンが、まばたきの回数でエドウィンに知らせる）などを披露した。ある土曜日の午後、マルハウス夫妻が外出した隙に、エドウィンは家全体を〝エドウィン・アイランド〟なる遊園地に作り変えた。それぞれの部屋が乗り物やブースになっていた。バスルームはチケット売場で、そこでトイレットペーパーをちぎったチケットを渡された。エドウィンの部屋はびっくりハウスで、予備のベッドが動かしてあり、ベッドとベッドの間を流れるワニの川を飛び越えたり、折り畳み式椅子を連ねた上に茶色い毛布をかけたトンネルをくぐり抜けたりするようになっていた。階段はジェットコースターになっていて、尻の下に厚い段ボールを敷いて、上から滑りおりた。地下室のお化け屋敷では、エドウィン自らお化けをやった。居間では屋根裏部屋から持ち出した埃まみれの皿を並べてペニー・トス*が行われた（僕はピアノを当てた）が、マルハウス夫妻が帰ってきてそのありさまを発見し、遊園地はただちに閉鎖を命じられた。エドウィンは学校の勉強にがぜん身を入れ出し、ヴァスコ・ダ・ガマやフェルディナンド・マジェランやヘンリー・ハドソンやエドウィン・マルハウスやバーソロミュー・ディアスの航跡を点線で示した世界地図を作成した。そして言葉遊びに熱中し、僕を無理やり付き合わせて、〝幽霊〟**や〝地名しりとり〟や〝死刑執行人〟***を、執念にも似たしつこさで延々と繰り返した。しかし、これらの一時的な熱狂は、どれも内心の満たされぬ思いの噴出にすぎなかった。四月の初めの週、うららかな春のおとずれに不意打ちをくらわすように激しい雪嵐が吹き荒れる頃には、エドウィンの心はふたたび暗く沈んでいった。

だから、ある雪の午後、両手をポケットに突っ込んで、古い漫画本や古い玩具でいっ

＊　遊園地にあるゲームで、並べた皿をめがけてコインを投げ、うまく載ったら賞品がもらえる。
＊＊　前の人が言った言葉に一字付け加えて別の単語を作るゲーム。
＊＊＊　相手が考えた単語を一字ずつ当てていくゲーム。はずれるごとにつるし首の絵を描き加えていく。

ぱいの箱が散らばる部屋を行ったり来たりしていたエドウィンが、ふいに立ち止まってこう言った時も、僕はさして驚かなかった――「そうだ！　ねえ、伝記ごっこをしよう」

「僕には何のことだか」僕は言いかけたが、エドウィンは僕の前に立ち、両手を振り回して早口でまくし立て続けていた。「……で、僕がそれに答える。何でも答えるんだ。それを君が書く。全部用意しよう、写真や、地図や、待って、すぐ戻ってくる」彼は部屋を飛び出し、階段を駆け下りると、下のほうであちこちの戸棚を開け閉めしたり、何かをがちゃがちゃいわせていたが、やがて大判の薄汚れた黄色のメモ帳とマルハウス教授のパイプを抱えて階段を駆け上がってきた。そして鉛筆と汚いメモ帳を僕に押しつけ、自分はパイプを口にくわえてベッドに上り、脚と腕を組むと、閉じた歯の間から言った。

「よろひい、始めはまえ！」

15

雨がエドウィンの最後の冬を洗い流し、空気そのものが花開くような暖かい風が、遠い海の匂いを運んできた。刺のある生け垣とベンジャミン通りの間の細い芝地に立つカエデの木は、最後の赤黒い花をほころばせ始めていた。季節がモノクロームからテクニカラーへ変わるにつれ、エドウィンは彼の愛した子供部屋の暗がりと静寂の中へ退却していった。太陽の光がまぶしすぎるからだ、とエドウィンは言ったが、僕はそうは思わなかった。『まんが』執筆中の長く暗い月日のあいだに、彼は日光が体に合わなくなり、暗闇を好む性質を身につけてしまったのにちがいない。エドウィンは学校から帰宅するとすぐに宿題を済ませ、夕食が終わり、庭の向こうの遠い木々や屋根の連なりの彼方に日が沈んでしまってからやっと外に出るようになった。僕も、彼に会う時間を作るために、窓の外に輝く青空を横目で見ながら、部屋の暗い片隅で仕方なく机に向かった。しかし、夕まぐれから夜にかけての長い散策や、深まりゆく空が弱々しい街灯の光を徐々に輝かせて黒と紺のグラデーションの巨大な東の空がブルーと白が溶け合う小さな西の空をどんどん浸食していくあの昼とも夜ともつかない時間や、そして暖かな春の闇そのものを、僕は次第に心待ちにするようになっていった。夜が暖かさを増すにつれ、僕らの夜の散歩もだんだんと長くなっていった。四月の月の光の中、僕らは馴れ親しんだ通りや馴染みの薄い通りをそぞろ歩いた。ランプの傘と誰かの肘がのぞく黄色い窓の前を過ぎ、ブラウン管の灰青色の光がちかちかとまたたく窓の前を過ぎ、刈り取られた芝が散らばる歩道の街灯の下を過ぎ、カエデのつぼみやハナミズキの花の下を過ぎ、そして時おり甘く強烈な夜の芳香が、香水壜を倒したように唐突に、クリスタルガラスのように鋭利に、オーボエの音色のように暗くたおやかに僕らの鼻を打つと、突然見知らぬ世界に迷い込んだような錯覚に陥った。

それは、僕らの対話がうねうねと不吉に曲がりくねって、エドウィンのクローゼットの一番上の棚に隠された靴箱の中の、銀色のカウボーイ・ピストルや古い革のホルスターの下に横たわるアーノルド・ハセルストロームのピストルに行き着く前の、穏やかで、静かな日々だった。エドウィンとの対話に際して、僕は下手な小細工は弄せず、一問一答形式で、彼に自由に語らせた。そして、彼はじつによく語った。最初のうちは、あたかもゲームでも楽しむように気軽な調子で受け答えしていたが、やがて堰を切ったように、激しく、熱っぽく、まるでこのことをやっと誰かに話すことができて喜んでいるかのように語り始めた。しかしエドウィンが一年と五か月ものあいだ、ほとんど誰とも口をきいていなかったことを考えれば、それも驚くにはあたらない。何を語り合ったのか? 僕らはすべてを語り合い、そしてたぶん、何も語り合わなかった。月の光について。『まんが』の意味について。アレルギーの辛さについて。アーノルド・ハセルストロームについて。なぜそもそもあのピストルを受け取ったのかと僕が質問すると、エドウィンは肩をすくめてこう言った。「さあ、わかんないや」それからふいに振り返り、滑稽なほど真剣にこう付け加えた。「ジェフリー、あれのことは誰にも言うなよ」「もちろん言わないさ」僕は答えたが、秘密を守らない人間だと思われたことが悲しかった。「じゃあ、次の質問。あの片目の猫はグレイを暗示しているんだろうか?」「片目の猫って?」エドウィンは言った。どうやら本気で訊いているようだった。彼はずる賢く質問をはぐらかすのも得意だったが、いっぽうでひどく忘れっぽかった。やがて僕は、これら一連の対話が、楽しくはあったが、何一つ新しい発見のない不毛なものであることに気づかざるを得なかった。僕の記憶のほうがエドウィンの十倍も正確だったうえ、彼が自分の作品をどこまで理解しているのか、いやそもそも何かを理解しているのかさえ、はなはだ疑問だった。それに、エドウィンはしばしば質問をはぐらかして僕を悩ませ、おかげで僕はいっこうに知りたいことの核心にたどり着くことができなかった。それは彼のずるさというよりも、無意識のうちの照れ隠しだったのかもしれない。しかし何であれ、彼は質問をはぐらかし、そうなると僕はまったくのお手上げだった。いくつかの事柄について、エドウィンは頑として語ろうとしなかった。彼はローズ・ドーンについて語ろうとしなかった。カレンについて語ろうとしなかった。両親について語ろうとしなかった。しかし、アーノルド・ハセルストロームについては延々と語り続けた。アーノルド・ハセルストロームの暗い、無言の人生は、まるで生の不条理そのもののように、エドウィンを捉えて離さないようだった。かの〝悪い子〟と自分との関係について、エドウィンがくよくよと考えこむのも、もちろん無理はなかった。「あいつが最後にうちに来た時のこと、覚えてる?」ある晩、ロビン・ヒル通りの街灯の下を歩きながら、エドウィンはそう言った。「なんで僕はあの時出ていかなかったんだろう? いや、でも、ほんとに出ていけなかったんだ。それにあいつは――あいつってほんとに――だってあいつは何でもかんでも持っていって、何一つ返してくれなかったし、そりゃ向こうだって僕にいろいろくれたけど、それは心の底からくれたんじゃなくて、仕方なくって感じだったしそれに、ああ、よくわかんないや」エドウィンほど筆の立つ人間が、どうしてこうも口下手なのか、僕には返す返すも不思議でならなかった。パン屋の脇を流れている川の、低いコンクリートの堤防のところまで来ると、エドウィンは堤防に肘をつき、月明かりに照らし出された暗い原っぱと暗い流れを見つめた。僕は尋ねた。「じゃあ、アーノルド・ハセルストロームが死んだのは自分のせいだと思うかい？」エドウィンは明らかにぴくりと体を震わせたが、すぐには返事をしなかった。しばらくして、彼は静かに言った。「僕が殺したんじゃない」ややあって、彼は付け加えた。「助けもしなかったけどね」ふたたび沈黙があってから、彼はこう言った。「ふう！　伝記作家って、悪魔だな」「そんなことないさ、僕らだって人間だよ」僕は穏やかに笑って言った。エドウィンは続けた。「思い出すよ、あいつが座って、何も言わずにただじっと座ってさ、まるで……まるで……」「木のコブみたいに？」僕が言うと、エドウィンはさっと振り返り、何か言いかけたが、結局は何も言わなかった。

『まんが』についてのエドウィンとの対話は、失望以外の何物でもなかった。最初のうち、僕はエドウィンに自作について執拗に質問を繰り返した。その本質について、意味について、そして彼の人生との関連について。しかし、エドウィンが自作の本質についても、意味についても、人生との関連についても、何一つ考えを持っていないことは、あまりにもあっけなく明らかになってしまった。彼は自作の本質についても意味についても自分の人生との関連についても何も理解していないか、さもなければ、彼の精神がそれらのことをある奇妙な、独特な形でがっちりと抱えこんでいるため、それらをより体系的で一般的な言語という形に翻訳することができなかったかのどちらかだった。たとえば、僕が技巧上のちょっとした質問──「なぜ最初白い三日月だった月が、後のほうでは黄色い満月になるんだろう？」といったようなことを尋ねると、エドウィンはこう答える。「なぜ？　なぜってどういう意味？　その、つまり、なぜかってこと？」「そう。なぜかってこと」「ああ、なぜね。なぜか、と。そう、簡単さ。つまりそれは──いや、やっぱりわからないな、君の質問の意味。ほんとになぜかってことを訊きたいわけ？」最初のうちは、彼が正面切った議論を避けているのかと疑いもしたが、どうやら本当に質問の意味がわかっていないのだということが次第にはっきりしてきた。あるいは、エドウィンの理解の仕方が極端にエキセントリックであるか偏っているかして、僕の質問が途方もなく馬鹿げたことのように思えたのかもしれない。オーケイ、『まんが』の技巧についてはもういいだろう。僕は質問の切り口を変え、「黒ずくめの謎の人物とは誰のことなのか？」といった、ごく簡単な解釈上の問題を尋ねた。するとエドウィンは「さあね」とか、もっとおどけてニヤニヤ笑いながら、「だって、知ってるくせに」などと答えた。僕が時に、『まんが』の本質、意味、彼の人生との関わりについて、思い切って自分なりの解釈を述べると、彼は腹をかかえて笑い出すか、心底感心したというふうに目を丸くして、「へえ、なるほど。そういう意味なのか」と言った。

僕は彼と文学について論じようと試みたが、すぐに匙を投げてしまった。エドウィンの文学の嗜好は信じられないほどお粗末だった。僕が『ハックルベリー・フィンの冒険』や『さらわれたデービッド』や『デイヴィッド・コパーフィールド』の面白さに目覚め始めていた頃、エドウィンはまだ『ウォルト・ディズニー漫画劇場』にどっぷり漬かっていた。相変わらず少年向けの野球小説に読みふけり、一年生と二年生のあいだの夏休みに読み始めた古ぼけた青い表紙の〝偉大なアメリカ人の少年時代〟シリーズをいまだに嬉しそうに読んでいた。以前に要約版と知らずに読まされた子供向けの本（『バンビ』『ピノキオ』『オズの魔法使い』など）の完全版を読みあさり、カレンが図書館で借りてきた本や一年生の教科書を貪るように読んだ。エドウィンが唯一興味を示した大人の本は『ホームクッキング百科』で、そこに書かれているクッキーの作り方は彼の想像力を奇妙に刺激した。

四月も終わり近くなると、エドウィンの当初の伝記熱もすでに衰えを見せ始めていた。彼の言葉の端々に、冗談めかしたような調子が混じり始めた。彼はあらかじめセリフを用意し、それを芝居がかったしかつめらしい調子で演じるようになった。「人生とは」ありもしない口ひげをひねりながら、エドウィンはそう言った。「小説を書く時には役に立つものである。記録しておきたまえ、ジェフリー君」ある日僕は、宛名が〝ジェフリー・カートライト博士〟となった長い手紙を郵便で受け取った。そこには、ひどく手が込んでいるためにかえって作り物とわかる回想が記されていた（彼が僕に宛てたこの唯一の手紙については、すでに第一部第一章で一部分を引用した）。そのいっぽうで、エドウィンは次第に落ち着きを失って気難しくなり、僕と話すことも、僕と一緒にいることにすら耐えられないようだった。それでこの時期、僕はエドウィンの初期の蔵書の目録を作ったり、『ぼくの生い立ち・赤ちゃんの記録』から手形、足形を転写したりといった客観的資料集めに専念することにした。ある晩、フランクリン・ピアス小学校の校舎の階段に腰を下ろし、星空の下に広がる無人の校庭を眺めながら、僕は『まんが』についてエドウィンに何か質問した。しばらくたっても返事がないので振り向くと、彼は以前と同じパイプを口にくわえ、静かに笑いを噛み殺していた。そう、彼は退屈していた。何物も彼の退屈を止めることはできなかった。それに、話すべきこともう何も残っていなかった。僕はふと、本を書き終えてからのエドウィンが、急に興味の薄い存在になってしまったことに気がついた。その夜、部屋に戻ると、僕は机の引き出しから、何か月か前に買っておいた、青い表紙のおろしたての三穴式ルーズリーフノートを出して開いた。そして、完璧に芯を尖らせた、おろしたての黄色い六角形のＨＢの鉛筆を握ると、最初のページの一番上に、何の迷いもなく〝エドウィン・マルハウス――あるアメリカ作家の生〟と書いた。僕はそこで手を止め、眉をひそめてその文字を見つめた。それから三時間、僕は青い罫線と、赤い縦線と、三つの穴と、白く輝くページの空白をじっと見つめ続けた。それからノートを閉じ、ライトを消し、ベッドに横たわって頭まですっぽりふとんをかぶった。誰も知ることはできないだろう――その時の闇がどれほどまぶしく、その時の静寂がどれほどざわめきに息づいていたことか！

16

五月の、暖かく明るい夜だった。エドウィンはビーチ通りの先の、黒く傾いた巨木のごつごつした根元に腰を下ろし、黒い流れの上に湧き立つ月の白い光の点を眺めていた。彼の右脚の横には、広げたパラフィン紙の上に月光に照らされた銀色のキュウリが四本、銀色のラディッシュが三個、半分に切った銀赤と銀緑のピーマンが載っていた。僕は彼の横の銀色の根元に腰を下ろし、惨憺たる結果に終わったその日のエドウィンとの対話について暗く思いをめぐらせていた。フランクリン・ピアス小学校の階段で話した夜以来、彼の苛立ちは日増しにつのり、僕にはもう彼が何をどうしたいのか、まるでわからなくなっていた。僕の質問に答えずにくすくす笑ったり冗談めかしたりという態度は、最初のうちはそれでも単に僕をからかうような調子だったが、やがてもっとエスカレートして、露骨に僕を嘲笑し、侮辱するようになった。そうかと思うと突然、こちらが面食らうほどに生真面目に、真剣に受け答えして僕をとまどわせた。ある晩、エドウィンは数時間にもわたって、信じられないほど辛く僕に当たり続けた後、突然真剣な顔つきになり、憑かれたように熱っぽく語り始めた。その夜、僕は彼の家の前で別れずに家の中までついていき、地下室で語り続け、マルハウス夫妻が寝室に上がってからは、居間に上がって語り続けた。ずっと以前、第一部の最後で紹介したエドウィンの言葉——彼の人生が一つの伝記であること、すなわち始まりがあり、中間があり、終わりがある一つのプロットであることを気づかせたことで、僕は彼の〝魂〟を〝救った〟――が語られたのも、この時だった。しかし次の晩、エドウィンはそれをすべて否定し、まるで〝ゴー・フィッシュ〟やモノポリーのことでも話すように、伝記が〝馬鹿みたい〟で〝退屈な〟ものであるとこき下ろした。そして僕が穏やかに反論しても、鼻でせせら笑うか、無視するかのどちらかだった。そしてこの晩、ビーチ通りへ向かう途中のエドウィンは、ああ、言葉で言い表せないくらい残酷だった。彼はとてもここに書けないようなひどい言葉で僕を罵倒し、まるで僕の存在そのものが不快であると言わんばかりに、僕を無慈悲にあしらい、激しい憎悪をぶちまけた。そして今、彼はごつごつの根元に腰を下ろし、仇の骨でもしゃぶるように、見るもおぞましい生野菜に食らいつきながら、残忍な満足感とともに粉々に砕け散った月を見つめていた――あたかも宇宙が崩壊していくのをほくそ笑んで見守るかのように。

紺色の夜空には、僕らからほんの数メートルのところに、明るい半月が、まるで切り取り線に沿って丁寧に半分に切り離したように不自然なほどくっきりとした姿を見せていた。その横には星が一つ、切れかかったネオンサインのように点々とまたたきながら一心に輝いていた。僕はこれで何度目か、同じことを考え始めていた。夜空というものを、人々は不当に高く評価しすぎている。燃え立つような夏の真昼の永遠の青い広がりに比べれば、この夜空は陳腐で、小ぢんまりとして、何の神秘も感じられないではないか？　流れの向こうの原っぱには一面に月光が降り立ち、巨大なシュガークッキーに振りかけた砂糖のように見えた。その色は僕にアーノルド・ハセルストロームの髪を思い起こさせた。一万年前、ココ先生の教室で、緑色のラジエーターから立ち上る蒸気を揺らして吹き込む十一月の冷たい風がその髪をなぶるさまが、ありありと蘇った。エドウィンはあの〝悪い子〟の何に引きつけられたのだろう——僕がそのことに思いをめぐらせていた時、突然銃声が響きわたった。

しかし、それはエドウィンが丸々と太ったラディッシュにかぶりついた音だった。彼が次から次へと口に運ぶ銀色の生野菜を見つめているうちに、僕は無性に腹が立ってきた。僕が「その胸糞わるい野菜を全部食べるつもりなら、せめて口を閉じろよ」の〝野菜を〟まで言った時、エドウィンは突然僕のほうを向き、むき出しの真剣さでこう言った。「ジェフリー、人が自分の死ぬ時を知っていたらって考えたことあるかい」その時の彼の口に、真っ赤なラディッシュが一杯に詰まっていたことを、僕はことさら鮮明に覚えている。

17

エドウィンの自殺観は徹底した美学に貫かれていた。少なくとも、それから数日間にわたる彼の混乱した言葉を総合するかぎり、そう思えた。彼を魅きつけたのは自殺という行為そのものよりも、むしろその行為によって彼の人生全体が獲得するプロットのほうだった。「小説を書いてる時って、最後がどうなるかちゃんとわかってるだろ」月の光を浴びつつ、エドウィンは考え考え言った。「人生もそんなだったらって思わないか。そうすれば、きっと毎日が――特別になると思うんだ」そう、彼を魅了したのはプロットだった。彼は、常に跳ね回り、予想のつかない動きをする人生というものを、芸術という名のガラスの球に閉じ込めたいと願っていた。とはいえ、彼はそれとはまったく無関係に、六月の終わりまで律儀に毎日の宿題をやっていたのだが。

エドウィンは真剣だったかって？　彼はいつだって真剣だった、遊ぶ時には。死ぬほど真剣だった、そう言ったっていい。この新しい情熱は以後十週間にもわたってエドウィンを虜にし、運命の日まで彼を一気に押し流していった。エドウィンは取り憑かれたように、定められた死というアイデアに熱中した。ビーチ通りの先で過ごしたあの夜、彼は早々と日付まで決めた。八月一日、彼の十一回目の誕生日――実に芸術家らしい選択だ。翌日学校から戻ると、僕らは『ぼくの生い立ち・赤ちゃんの記録』を調べ、エドウィンが生まれたのが午前一時〇六分であることを突き止めた。その日は一晩中、自殺の方法とか（僕は穏健な睡眠薬がいいと言ったが、エドウィンは血のたくさん出るピストルのほうがいいと言った）、遺書をどうするかとか（僕は自殺の理由を論理的に説明した長い遺書がいいと言ったが、エドウィンは一言〝さよなら〟だけでいいと言った）、そんな相談に明け暮れた。この時、僕が冗談めかしてふと口にした文句がふるっていて、エドウィンをにっこりさせた――〝我、自ら小説とならんと志す〟。次の日から、エドウィンは新たな意味を獲得した人生を生きるのに熱中し始め、自殺の行為そのものは念頭から去ってしまったように見えた。彼は自分のどんなささいな行動も、あらかじめ予告された死という名のぎらぎらとした光に裏側から照らされて、輝きを放つはずだと考えているようだった。つまり、それらの一つ一つが、メインとなるプロットにぴったりと組み込まれる、というわけだ。エドウィンは何かにつけ下らないセリフを吐いては、僕にそれを伝記に載せるようにと言った。「記録しておいてくれ、ジェフリー」――ベッドに脚を組んで座り、首の後ろで手を組んで壁によりかかり、彼はよくそう言った。しかし、それは以前ほど冗談めかした調子ではなくなっていた。

僕はと言えば、エドウィンの最新の、そして最後のゲームに協力するのはどうにも気が進まなかった。このゲームにはどこか不健康なものが感じられ、その思いは黒い苔の上を蠢く毒々しい緑の虫の夢となって夜毎僕を苦しめた。一、二度、意見めいたことを言ってはみたが、その度にエドウィンは怒ったように僕を振り返り、〝興ざめ〟なことをしてくれるなと――それは彼の母親がよく使う言葉だった――言った。この言葉は、エドウィンと遊びの関係について端的に物語っているように思う。つまり、この時はじめて、幼年期に彼が愛した無邪気な遊びの数々が、不吉な一面をあらわにして僕に迫ってきたのだ。父親のグラフレックスのピントガラスを覗き込む幼いエドウィン。吸湿紙の長い筒から現像された写真を取り出すエドウィン。ビューマスターの立体画像に見入るエドウィン。色鮮やかな漫画本に読みふけるエドウィン――。やっと僕にもわかった。

幼い頃から形のない世界を四角い枠の中に閉じ込めて眺める習慣に親しんできたエドウィンは、今また自分の人生全体を枠に閉じ込めて眺めようとしているのだと。そう考えてみれば、彼の小説もそうした枠組みの一つだった。エドウィンは今、時の流れから最後の枠組みを切り取ろうとしていたのだ。しかし、とあなたは言うだろう。しかし、そんなのもちろんゲームだったのだろう。もちろんエドウィンは本気なんかじゃなかったのだ。罪のないゲーム、罪深いゲーム——一介の伝記作家に、どうしてその区別をすることができるんだ、と。今の僕に確かに言えることは、不吉な予感にもかかわらず、僕は彼の情熱の濁流に呑み込まれていく自分をどうすることもできなかった、ということだ。ひ弱なエドウィンは、こと遊びのこととなると、凄まじいエネルギーを発散した。周囲の人間は、近寄らないようにするか、さもなければ渦の中に巻き込まれるか、二つに一つしかないのだ。そして僕は、自分の意思とはうらはらに、静かな興奮が自分を満たし始めるのを感じていた——遠い昔、隠れて火遊びをした時のように。

来る冬も来る冬も、僕はマルハウス家の暖炉に燃えさかる火を見て暮らしたが、禁断の魔物を自らの手で呼び寄せたのは、五歳になった年の夏が初めてだった。わが家のキッチンの白い鉄の引き出しの中にマッチが入っていることは何か月も前から知っていたが、手を延ばそうとするたびに、母親の厳しい言いつけが僕を躊躇させた。しかし、それは僕を躊躇させもしたが、あおり立てもした。禁じられたその行為は、僕の想像の中で何度となく繰り返された。やがて静かな興奮が僕を満たし始め、マッチを擦った瞬間の感触を思って指先がうずうずするほどになった。ある晴れた日、母が家を留守にした。僕は頭の芯が痺れたようになりながら、しかし何のためらいもなく白い鉄の引き出しを開け、中からマッチを出した。僕はそれを持って蒸し暑い、薄暗い地下室へ下りていった。高い窓の向こうには、緑色の芝の葉先がまぶしい青空に照り映えていた。まるで今までに何度もしてきた動作を機械的に繰り返すように、僕は古新聞と汚れたガラスの広口瓶を持ってきた。新聞紙を丸めて瓶の中に詰め込んだ時、背後で音がしたような気がして素早く振り返った。僕は窓の下の壁際に移動してしゃがみこんだ。こうすれば外からは僕の姿が見えないはずだった。やすやすと、何の驚きもなく、僕はマッチを擦った。固く丸めた新聞紙は、最初のうち火を受け付けようとしなかった。じりじりと焦げていくマッチ棒を瓶の口の奥のほうまで押し込もうとして、僕はあやうく手を火傷しそうになった。マッチ棒を中に落とし、二本目のマッチを擦る。紙の端に炎が燃え移り、紙の玉が苦痛に身をよじらせ始め、やがて、予想もしなかったほどの激しさで炎が瓶の口から立ち上がると、僕の心も苦痛に身をよじらせた。僕は恐怖とともに炎を見つめた。まるで僕自身の罪がオレンジ色の業火となって僕の体を焼き尽くすのを見る思いだった。それでいてその恐怖の芯の部分には、恐怖それ自身から解放されたような、深い安堵感が潜んでいた。

18

滑稽なことに、自ら夭折の道を選んだわが友の残された短い日々に関して、ここに書くに値するようなことはほとんど何もない。滑稽というのは、エドウィンのほうでは、僕が彼の残された日々をあまさず記録したいと願っているものと勘違いしていたからだ。エドウィンのその考えには大きな誤りが二つあった。まず第一に、彼は伝記作家の仕事の性質への無理解を、ここに来てふたたび露呈してしまっていた。伝記作家は小説家と違い、書くべき題材を限られた時間の中からでなく一人の人間の一生の中から選び取るのであり、したがって、その仕事は自己中心的な小説家に比べて、ずっと選択的なものにならざるを得ない。そして第二に、彼に残された日々は、ちょうど幼年期におけるクリスマスまでの残された日々と同様、それ自体には何の重みもないということに彼は気づいていなかった。僕らは散策し、語り、追憶にふけった。しかし、それらは単なる時間つぶしに過ぎなかった。エドウィンが六月の月の下で浸ってみせる感傷や興奮に、僕はこれっぽっちも興味をそそられなかった。僕の頭の中では、すでに三部からなる彼の人生の構成がすっかりできあがっていた。そして、僕らがすでに三部の半ばを過ぎ、悲劇的な結末まであとほんの数章、数ページというところまで来ていることが、僕にはわかりすぎるほどわかっていた。彼は本を書いた。そしてうやうやしく退場する時が来たのだ。それ以外のことは、ある意味では付け足しのようなものだった。正直に告白すると、ときどき僕はエドウィンのことをすでに死んでしまった人物として考えていることもあった。そのせいかどうか、六月で強く印象に残っているのは、エドウィンのことよりも、むしろいつも寄り添うようにして空に浮かんでいた月——いま思い起こすと、まるで科学映画のようにみるみるうちに満ち欠けしていったように思える、あの月の記憶だ。しかし、学校が夏休みに入ると(読者の好奇心のために付け加えておくと、エドウィンの最後の通信簿は、学科はすべてA、素行の欄はすべてSだった)、あたかもお行儀よくまとまった結尾の和音に芸術家たるエドウィンが物足りなさを感じたかのように、新たな音が一つ加えられることになる。従って、七月、すなわちエドウィンの現世での最後の一か月については、何がしかの記述が必要だろう。

日は一日ごとに長くなり、暗闇をぐいぐいと退けていった。夏の月は、渇いた夏の夜空に浮かんでレモンアイスのように涼しくみずみずしい輝きを放ち始めていた。

ある蒸し暑い夜、僕は奇怪にねじれた白い獣の夢にうなされて、ベッドの上に起きあがった。下ろしたブラインドの外の開け放った窓から、刈り取られた芝のむせかえるような匂いと、芝刈り機のガソリンのかすかな香りがもつれあって流れ込んできた。一筋の月の光がブラインドの脇をすり抜け、部屋の中に切れ切れの破片となって横たわっていた。月光は暗い窓枠に縞を刻み、床に落ち、僕のベッドの右側を這い上がり、僕の足首の上を乱れた筋となって横切り、ふいに途切れ、ベッドの左にある木の椅子の座の部分にふたたび現れ、脱ぎ捨てられたシャツのひだの上に散らかり、最後に三つの異なる棚に明るい破片となって散っていた。木の枝が窓の網戸をこする音がした。その瞬間、夢の中で雪に閉じ込められて凍り付いていた白い犬がゆっくりと頭をもたげて、溶けていった。再び枝が網戸をこすった。重いこめかみをさすっている時、ふいに僕は、窓の外には木の枝などないことに気がついた。一番背の高いひまわりでさえ、僕の窓の一番下の枠にも届かないはずだった。ぼんやりとしたとまどいは、やがてはっきりとした恐怖に変わった。心臓の高鳴りを抑え、息を殺して耳を澄ましていると、網戸の向こうから鋭い囁き声が聞こえてきた。「ジェフリー……ジェフリー……ジェフリー」

僕はシーツをはねのけてベッドから飛び下り、ブラインドを脇へ押しやった。五十センチと離れていないところに、半分月に照らされ、鼻柱から向こうが暗い影になったエドウィンの顔が僕のほうを見上げていた。彼は芝と花壇の境目に、爪先を月に照らされた花壇の土にめりこませて立っていた。焦げ茶のサマージャケットのジッパーを喉元まで上げ、片方の手には真っ白なハンカチを、もう片方の手には黒っぽい紙のランチバッグを下げていた。眼鏡のレンズの中に、月に照らされた僕の窓の白い窓枠が映り込んでいた。「エドウィン、どうして」僕は言いながら、時計に目をやった。二時二十四分。しかしエドウィンは「しーっ！」と言い、僕に出てこいと手で合図した。そして花壇から下がると、ほの白いハンカチを月光に染まった鼻のところに持っていき、秘密めかした、犯罪者めいた興奮に目を輝かせてあたりを見回した。僕は素早く着替え、そっとキッチンを抜け、裏のドアを閉めると、足音を忍ばせて階段を下り、家の横手に回った。

一瞬エドウィンの姿が消えたかと思ったが、彼は家の正面近くに月光を浴びて立つ柳の木の根元の、芝刈り機のタイヤの上に腰を下ろして待っていた。

僕が柳のカーテンを揺らして近づくと、エドウィンは僕の顔の前に、皮をむいて塩を振ったかじりかけのニンジンを差し出した。僕はもどかしげに手を振ってそれを断った。「いったい何を」僕は言いかけたが、エドウィンはそれをさえぎって言った。「眠れないんだよ。何かして遊ぼう。どこかへ行こうよ。しいっ！　何の音？」それは丸めて捨てられたパラフィン紙が、かすかにキュウキュウいいながらほどけていく音だった。「でも、まずいよ」僕は言った。十分後、エドウィンが僕の後ろでがたごとと飛び跳ね、彼のランチバッグが僕の前でがたごとと飛び跳ね、そうして僕ら三人は、とうの昔に死んだような眠りに落ちた黒い家々の前を過ぎ、月明かりと街灯に照らされたベンジャミン通りを走り抜けていった。

エドウィンと僕の一連の真夜中の遠足は、こうして始まった。それはエドウィンの最後の一か月に、月と夜の特別の陰影を添えることになった。もしかしたらエドウィンは最後の跳躍の前に、さらに深く暗闇の中に身を沈めようとしていたのかもしれない。最初の二、三日は、ただ近くの通りを走り回るだけだった。眠りこけた世界を二人きり、まるで幽霊のようにわがもの顔で歩き回るのは、恐ろしくもあり、楽しくもあった。僕らはふわふわと、あてどなく漂った。家々は月の魔法をかけられて静まり返り、シュンシュンと音を立てるスプリンクラーに玄関を守られ、屋根の上にはテレビのアンテナが明るい紺色の夜空を背に黒く鋭く屹立していた。建てかけの家は、骨組みだけの屋根と階段のないドアを見せ、窓の部分にぽっかりあいた穴からは四角い星空がのぞいていた。こんもりと丘になった空き地では、コオロギたちが規則正しい六重奏を奏でていた。街全体が、僕らが忍び込んだ巨大な無人のデパートだった。月のすりガラスの電球に照らされて、素敵な玩具や秘密の宝物が、手を延ばせば届くところに整然と並んでいた。遠くの車がふいに投げかけるヘッドライトは、姿を見せないガードマンの、疑い深いサーチライトだった。自転車の車輪がぱりぱりと砂利を踏むと、キッチンの中や庭のポーチで犬たちが吠えた。けれども、僕らは決して捕まらなかった。三日目の晩からは、エドウィンは最初から眠ろうともせず、両親が寝静まるのを待ってから、僕の待つ窓の下まで忍んできた。僕らはじきに、いろいろな思い出の場所まで足を伸ばすようになった。そしてその一連の遠出こそが、七月という月を特別なものに、その月全体を彼の人生への静かないとまごいにしたのだった。

僕らが最初に出かけたのは、サウンドビュー・ビーチだった。僕は長い、がらんとした駐車場の自転車置き場に自転車を置いた。今まで太陽の明るい光に惑わされて、そんなものがあることさえ気がつかなかった街灯が、遠い隅にぽつんと一つだけ灯っていた。僕らは靴とスニーカーをそれぞれ脱いで裸足になると、ひんやりした黒い道路を横切り、畝やひだの一つ一つまで白々と月光で照らされ、深い藍色の空に向かってせり上がる砂丘を登っていった。頂上に立って見下ろすと、長く静かな波の泡が、ほの白い一連なりの線となって浜辺に打ち寄せていた。波が引くと、後には月に磨かれた細長い砂の帯が残された。監視員の高い椅子が三つ、厳めしく立ちはだかって波のショウを眺めていた。一番近い椅子は僕らの一メートルくらい左にあって、見上げているとまるで赤ん坊になったような気分になった。一番遠くの、黒い屋台の先にあるのは、人形の家の椅子のように小さかった。手前の椅子のふもとには、救命ボートが一隻、大きな貝殻のように腹を見せて置かれていた。エドウィンと僕は波打ち際まで歩いていき、月の光と白い泡を足でかき回した。そして長いあいだ無言でそこにたたずみ、遠くの灯台の細く黄色い光が水平線をずっと遠くまで照らし、黒い海と紺色の空の境界線を浮かび上がらせるのを見つめていた。「ペンはあの灯台の中に住んでるのかもしれないね」だいぶ経ったころ僕はそう言い、エドウィンのほうを振り返った。彼は消えていた。くっきりとした足跡が四列、波打ち際の固く湿った砂から点々と、乾いた砂丘の向こうまで続いていた。僕の背後の浜辺に、一人監視員の椅子に座り、エドウィンが海を見つめていた。眼鏡が月の光を反射して白く光り、表情を読むことはできなかった。彼の姿を見ているうちに僕はふと、エドウィンが自分の影からこんなに離れるのを見るのは初めてだな、と妙なことを思った。彼の影は、ほの白い椅子の長く鋭角な影の先にぽつんとうずくまり、銀色の砂の上で悲しい流刑にさらされているように見えた。

　エドウィンと僕は、これといった順番もなく、しかし一つのシリーズを完結させようとするかのように、毎晩違う場所を訪れていった。僕らは、月明かりを浴びて崖山に立つ給水塔のふもとに腰を下ろし、ローズ・ドーンの森の焼け跡を眺めた。新月の暗い晩にペンの家の庭に忍び込み、地下室の窓から黒い壁を覗き見た。月にくまなく照らされたある晩には、古い石造りの図書館の暗い窓から、棚に並んだ本に月光が縞模様を作るのを見た。町の小さな映画館の無人の駐車場に入り、ドアを一つ一つ引いてみたが開かなかった。しかし、駅に忍び込むのには成功した。ある晩、大胆にも最終列車の到着の人波にまぎれて中に入りこんだのだ。映画の機械はすべて白と銀のぴかぴかのアイスクリーム・マシンに代わっており、あの古い手動式の、上に色褪せた広告のついた機械のあった場所には、メダルに自分の名前を刻む赤い機械が置かれていて、僕らをがっかりさせた。しかし、そうした冒険の中でも、もっともスリリングで忘れがたいのは、フランクリン・ピアス小学校に最後の別れを告げにいった時のことだ。

僕は最初、エドウィンの危険で向こう見ずな思いつきに断固反対したが、彼の表面的には穏やかなしつこさに、ついに根負けした形になった。それはちょうど、死の床にある人が水を求めているのを拒めないようなものだった。校庭の一番奥の、アスファルトが雑草の生えた地面に変わるあたりに、僕はそっと自転車を横倒しにした。僕らは二つの長い影を引きずりながら、月に洗われた無人の校庭を、無言で暗い校舎のほうへ向かった。校舎の扉には二つとも鍵がかかっていた。教室の窓は地上三メートルの高さにあり、地下の窓には鉄格子がはまっていた。「もう行こう」僕はささやいて、あたりをそわそわと見回したが、エドウィンはいつまでも高い窓を見上げていた。僕は近づいてくる車の音にぎょっとして振り返ったが、暗い歩道の向こうの通りにはまだ車の姿は現れていなかった。ヘッドライトが閃き、消火栓と、電信柱の根元と、柳のカーテンの裾を一瞬浮かび上がらせた。学校の横の道から小さなトラックが飛び出し、僕らは壁にぴったり体を寄せた。トラックは光の切れ端を地面に不規則に投げかけながら、がたごとと走り去った。「行こうよ」僕はもう一度そうささやいた。しかしエドウィンは気でも狂ったのか、たったいま僕らの肝を冷やしたばかりの校舎の横手に向かって走り始めた。後を追わなければ、と思う間もなく彼は角を曲がって見えなくなった。こんな夜更けでも、学校の正面の大通りにはときおり車が行き来した。僕が角を曲がり、エドウィンが正面に出る角を曲がった時、黒い木の幹や茂みの間を、月に照らされたパトカーのルビー色のライトがすうっと動いていくのが見えた。僕は叫ぶこともできず、必死にエドウィンの後を追った。もう一度角を曲がると、白く光る正面の階段をエドウィンが登っていくのが見えた。まばゆい月明かりの中で、彼の姿は嫌というほど目立っていた。まばゆい月明かりの中を全速力で走りながら、僕はふいに抑えようのない笑いがこみ上げてくるのを感じた。階段の下にたどり着くと、エドウィンは正面のドアを順々にがちゃがちゃ引っぱっているところだった。僕は濃密な月の光に半分酔っぱらったようになって、月色の風の中に月並みな恐怖心をかなぐり捨て、月明かりでびしょ濡れになった階段を突き進みながら、背後からピストルで撃たれることをうっとりと夢見た。一番上から二番目の段に、プラスチックでできたみたいなこんもりとした茶色の排泄物が、つややかに月の光に輝いていた。「やあ、初めまして」僕は思わずそう言った。そしてにこやかに笑っておじぎをした。「ちょっと、台になってくれないか」エドウィンはそわそわとあたりを見回しながらそうささやいた。僕が手のひらを上にして両手を組み合わせると、彼がその上に足をかけ、僕の肩に片手を置いた。どの扉も壁から奥まったところにあり、その両脇のれんがの壁に暗い窓がついていた。エドウィンが向かって左側の窓の、下の横枠を押している時、ふいに僕の脳裏にある言葉が蘇った――〝この周りは全部窓枠と言うんだよ。この木の部分は、さん。ガラスを支える役割をしているんだ〟。しかし、横の部分は何という名前だっただろう？「反対側だ」エドウィンがささやいた。エドウィンが頑丈な窓のガラスをあちこち押してとっかかりを探すあいだ、僕も記憶をまさぐってその言葉のとっかかりを探した――上の横枠、下の横枠、何とか、何とか。いつの間にか窓が大きく開いていた。僕の頭の上に突き出していたエドウィンのズボンとスニーカーが、ゆっくりと闇の中に吸い込まれていった。上の横枠、下の横枠、サッシ、サッシ？　僕はエドウィンに引っぱり上げられて窓枠によじ登り、気がつくともう建物の中にいた。

僕らは教室の後ろのほうに立っていた。明るい月の光が奥のほうまで射し込み、机の影が斜めに平行線を作っていた。教室の横の長い黒板の上に、月光が歪んだ窓の形に貼りついていた。エドウィンは教室の前の教壇のほうに向かって歩き始めた。彼が窓の列の前を通り過ぎる時、僕ははっとなってささやいた。「かがんで歩け！」エドウィンは窓枠の下を身をかがめてそろそろと進み、机と冷えたラジエーターの列の間を縫い、教室の前まで来ると身を起こして抜き足差し足で教壇まで進み、月光の沸き立つ中に腰を下ろした。「エドウィン！」僕はささやいた。僕が彼の後を追って窓の下を這うように進むと、彼は笑いながら立ち上がり、黒板の方へ向かった。そして、ちびたチョークを手に取るとキシキシ音を立てながら何か書きなぐった。「よせよ、エドウィン！」僕がささやいて走って近寄ると、エドウィンはチョークを下に置き、前のドアに駆け寄ってノブを回し、廊下の暗闇の中に消えてしまった。黒板には、ぞんざいな字でこう書かれていた――〝ジェフリー参上〟。僕は黒板消しを探したが見つからず、仕方なく手のひらでごしごしこすった。黒板の黒い夜空に、一片の白い雲が浮かんだ。それから廊下に出てそっとドアを閉めると、黒い人影が右手にある教室の鍵のかかったドアを引っぱっているのが見えた。「よせよ！」僕はささやき声とも悲鳴ともつかない声を上げた。エドウィンは突然走り出し、廊下の突き当たりの、大昔に彼がローズ・ドーンを追って駆け下りた鉄の階段のほうに向かっていった。右手に並ぶドアの上のほうには小さな四角い窓があいていて、それが月明かりに長く引き伸ばされて左の壁に並んでいた。エドウィンの後を追って廊下を走っていくと、壁に映った月の窓を、自分の影が次々と横切るのが見えた。

鉄の階段は闇に沈んでいて見えなかった。小さな黒い窓の向こうには、黒い木のてっぺんと藍色の空が見えていた。目には見えないが記憶では確かにそこにあるはずの柱に支えられた黒く滑らかな手すりをつたい、僕は一歩一歩探るように階段を下りていった。下まで着くと、そこは真の暗闇だった。じっと凝視すると、闇は記憶の助けを借り、天井と壁と床に姿を変えた。しばらくは何も聞こえなかったが、じっと耳を澄ますと、遠いところでひたひたという柔らかな足音がはっきりと聞こえた。エドウィンのスニーカーの音だ。「エドウィン！」僕はささやいた。しかし、ふざけるのが好きな友は返事をしなかった。僕は壁をつたいながら、闇の中をゆっくり進んだ。ところどころで紙やすりのような手触りの壁が突然切れ、滑らかな木のドアの感触に変わった。すぐ近くでドアノブががちゃがちゃ鳴り、ついでスリラー映画のようにギーッとドアが開く音がして僕を驚かせた。僕は全身神経のようになって、手探りで開いているドアの前まで行き、中に足を踏み入れた。その瞬間、さっきから思い出そうとしていた遠い記憶の中の音が耳に蘇った——上の横枠、下の横枠、框《かまち》、框。

部屋の中は、暗い廊下よりさらに暗かった。すぐに指がひんやりとした木に触れた。僕は、目の前に広がる不透明な闇ではなく、背後にある透明な記憶の中を透かして見て、その部屋を乱雑に積み重ねられた机の山で満たした。机の山と壁の間に、狭い通路が現れた。闇の奥から、家具を動かすような音が響いてきた。僕は見えない細い通路を伝って右へ進んだ。何も見えなかった。エドウィンはいったい何をしているのだろう。机が大きな音を立てて動き、僕の頭の中で重い机の蓋がゆっくりと滑り落ち始めた。一瞬、鋭い角やネジの上をむき出しの膝で這い回っているローズ・ドーンの姿が浮かんだ。ふたたび机が動き、後はあっと言う間の出来事だった。遠いところで机が一つ大音響とともに落ちた。一つ。また一つ。闇の中で、目に見えぬ机の地滑りが起こり始めていた。「エドウィン！」僕は声に出して叫んだ。「こっちだよ！」彼の声に、僕はぎょっとした――その声は、僕の背後のドアの方角から聞こえてきたのだ。耳をつんざくような音を立てて机が次々と崩れ落ちるなか、僕は手探りでドアのほうへ引き返した。そして急におとなしくなったエドウィンと二人並んで暗い廊下を小走りに急ぎ、鉄の階段を上った。二人並んで校庭に通じるドアの金属のバーを押し開け、澄みわたった月明かりの中に出た。そして二人並んで校庭を走り、遠くに巨大なコインのように光っている自転車のほうへ急いだ。

学校が見えなくなってしまってから、やっと僕らは口を開いた。エドウィンは興奮したひそひそ声で、ちょっと面白がって机に登ってみようかと思ったのだが、机が崩れそうになったので通路をぐるりと回り、僕の後ろのドアのところに出た、何も壊れていなければいいのだけれど、と言った。ああ、何も壊れていないといいね、そう僕も言った。しかし、もう安全だということがわかると、月に酔っぱらってしでかした自分たちの冒険が急にたまらなく愉快になってきて、ベンジャミン通りまで出ると、僕らは危険もかえりみず、腹をかかえて大声で笑い出した。

僕らが最後に、すなわちエドウィンの死の前日に行ったのは、ホワイト・ビーチの遊園地だった。木の橋の入口には、夜間車を通さないように、二本の杭の間に鎖が渡されて月明かりを浴びていた。その橋をごとごとと渡ると、潮風とからみ合うように橋桁に打ちつける波の音が聞こえてきた。橋の両側の幅の狭い歩道には人影もなく、きらめく黒い水の中にぽつんと一本だけ突き出した杭の上には、月光を浴びて絵はがきのようにポーズを取るカモメの姿もなかった。「見てよ！」僕はささやいた。「カモメがいないよ」「何のカモメ？」エドウィンが訊き返した。駐車場には、黒っぽいステーションワゴンが一台停まっているきりだった。僕は白い二本の平行線の間に、斜めに自転車を停めた。足早にミニチュアのような森を抜け、視界が開けたとたん、僕はすぐに何かが以前と違うことに気がついた。

遠くのほうに、黒い水がかすかにきらめいていた。メリーゴーランドの建て物は、幽霊のような不思議な白さでぼうっと光っていた。アーケードは前よりもやや大きく見え、ストライプになった影が美しい効果を生み出していた。いくつも並んだ屋根の支柱が鋭い角度で内側に影を投げかけ、明るく輝く正面の壁に垂直に立ち上がっていた。しかし、僕の感じた違和感は、月の光と影がかもし出す芸術的な効果とは別のところにあった。「何か変だと思わないか？」僕はささやいて振り向いたが、いっときもじっとしていないエドウィンは、すでにメリーゴーランドのところまで行き、爪先立ちをして、小さな黒い窓に手で庇を作って熱心に中を覗き込んでいた。「見てよ」僕が追いつくと、エドウィンはささやいた。中を覗くと、馬たちが相変わらずひづめを宙に蹴上げたまま凍り付き、張りつめた顔を月光でまだらに染めていた。「つまりさ」僕は言って振り向いたが、エドウィンはもう僕を置いてアーケードの方へ向かっていた。僕は走って彼に追いつき、二人並んで、影が縞になったアーケードの下を、多角形の夜に向かって歩いていった。「見て！」エドウィンは興奮したように言って、スキップをして先に行ってしまった。多角形の中に踏み出して、狐につままれたような気分であたりを見回した時、僕はやっと、さっきから感じていた違和感の原因が何であるかに気がついた。あのネバダ州のような形をしたモーターボートの池が、そっくり消えてしまっていたのだ。一瞬僕は、前の年の夏にここに来て幽霊のようにさまよい歩いた、あれは夢の中の出来事だったのだろうか、といぶかしんだ。しかし、月に照らされた地面の上を歩き回っていると、土の下にコンクリートがうっすらとのぞいている部分があるのに気がついた。すると、僕の目が地面を透視する能力をにわかに授けられたかのように、銀色の土の下に、コンクリートの池の輪郭が広がっているのが見えた——あるいは感じられた。土で埋め立てられた池は、よく見ると真ん中が墓のようにかすかに盛り上がっていた。中央に、誰が突き刺したのか、短い木の棒が傾いで立っており、自分の二十倍の長さの影を投げかけていた。「もう行こう」僕はそっと促した。しかしエドウィンは夢中になっていて、僕の言うことなど聞いていなかった。僕らが遊園地を後にしたのは、それから一時間も後のことだった。

19

太陽が沈み、最後の光が空から干上がっていくなか、僕は割れるように痛む頭といがらっぽい喉を抱え、暮れかかる庭の芝生を足早に横切っていった。前の晩はあまり眠れなかった。片手に下げた小ぶりのボストンバッグの中には、赤いパジャマ、海老茶のスリッパ、黒のバスローブ、緑の歯ブラシ、そしてピンクの地にブルーのバースデー・ケーキの模様の包装紙に包んだイラスト入り『ハックルベリー・フィンの冒険』が入っていた。最後のものは、エドウィンにというよりもマルハウス夫人のためのものだった。彼女に不審を抱かせないための工作だ。すべては完璧すぎるくらい完璧に運んでいた。明日は特別な日だからという理由で、僕を家に泊めるように取り計らうのは、エドウィンにとって何の造作もないことだった。まったく、すべては完璧すぎるくらい完璧に運んでいたのだ――僕の心臓を締めつけるどす黒い恐れと、割れるような頭の痛みを除いては。うだるように暑い朝のあいだじゅう、そしてうだるように暑い昼のあいだじゅう、僕は真っ赤な痛みの炎を抱えて歩き回った。眠ろうとして何度も横になったが、無駄だった。夕食前に落ちた浅く不健康な眠りの中で、僕はエドウィンに追われて、蔓が首を締めようと絡みついてくる草むらを駆け抜け、登っても登っても崩れてくる貝殻の丘を越え、松明がゆらめく暗い通路をひた走り、突き当たりの黄色い手すりの赤い階段を上り、重いはね上げ戸を押し開けて日の照りつける屋根の上に出た。けばけばしい水着を着てミラーグラスをかけた大人の女たちが、色とりどりのローンチェアに座っていた。白いテーブルの横に、黄色い浮袋があった。僕がその上に座ると、急に空が暗くなり、どこかで子供の泣き声がして、はるか下のほうから波が砕ける音が聞こえてきた。僕の浮袋はゆっくりと滑り始め、しだいに速度を速めていき、ついに屋根が切れて僕は浮袋の縁にしがみつき、それでも下へ下へと落ちていき、黒々とした波がみるみる目の前に迫ってきてもう死ぬと思った瞬間、割れるような頭痛とともに目が覚めた。ブルーの色がすっかり干上がった西の空は、不自然なほど白く明るく輝いていた。マルハウス家の裏の階段を上り、網戸の中を覗くと、奥の暗いほうから居間のなごやかな光が洩れているのが見えた。マルハウス夫人が「まったくハエが多くて、いらっしゃいジェフリー」と言いながら網戸を開けたのが、僕の腕時計で八時三十二分だった。僕は家の中に入りながら、エドウィンの人生はあと五時間も残っていないのだと思った。

キッチンに入ると、僕は唇に指を当て、バッグのジッパーを開け、ピンク色のプレゼントの包みをマルハウス夫人に渡した。マルハウス夫人は、まるで盗品のラジオでも受け取ったようにそれをみぞおちに押しつけ、不安げにきょろきょろ見回し、片手を頬に当ててハアハアと苦しげに息をした。それから背の高い白い食器棚のところに駆け寄り、大きな黄色のボウルと積み重ねた白い皿の間にプレゼントを隠した。そして額の汗を手の甲でぬぐう真似をし、目玉だけくるんと上に向けると、聞こえよがしの大声で「変ねえ、殺虫剤はどこに行っちゃったのかしら?」と言った。そして、返事が返ってくるのを待つように、耳に手を当てた。それから茶目っ気たっぷりに僕にウィンクしてみせ、一緒に居間に入っていった。

彼はカレンと向かい合って床に腹ばいになり、色とりどりのピックアップ・スティック*の山の中からオレンジ色の棒を慎重に抜き取ろうとしていた。カレンは身を乗り出し、どんな小さな動きも見逃すまいと、恐い顔で山をにらんでいた。小説を書き上げて以来、エドウィンはふたたびカレンとよく遊ぶようになっていた。マルハウス教授が肘掛け椅子に座り、片方の脚をアームにかけて黒いモカシンをぶらぶらさせている横でそうして遊んでいる二人の姿を見ているうちに、急に熱いものが胸の内にこみ上げてきて、もう少しで僕らの暗い秘密のことを叫び出しそうになった瞬間、カレンが甲高い声で叫んだ。「動いた！」「動いてないね！」エドウィンが叫び返した。マルハウス教授はさっと顔を上げ、「もうよせ。君たちはわたしのささやかな家庭の安息の夢も奪いたいのかね？やあ、ジェフリー」と言った。「動いてないね」エドウィンがひそひそ声で言った。「動いたもん」カレンもひそひそ声で言った。僕は大きな声で割って入った――「僕もまぜてくれない？」そして、ほほえみの下に割れるような頭痛を隠したこの平和の使者は、絨毯に座って二人に加わった。

エドウィンと僕の間には、かすかな目くばせすら交わされなかった。じっさい、彼のゲームへの表面的な熱中ぶりは僕をぎょっとさせたほどだった。エドウィンが、もっと

＊ いろいろな色の細い棒を積み上げ、動かさないように一本ずつ抜き取っていくゲーム。

もらしい仮面の下に本心を隠す道を選んだことに感謝しつつ、僕は二人して彼の部屋に引き上げる時をじりじりしながら待った。しかしゲームは際限なく繰り返され、やがて空が暗くなり、部屋のランプがあかあかと輝く頃になって、僕はエドウィンがどうやら本当にこの馬鹿げたゲームに熱中しているらしいことに気がついた。僕自身は、勢いよく立ち上がって手を後ろに組んでせかせか歩き回りたいのをこらえるので精一杯なのに比べて、彼のこの完璧な熱中ぶりは、およそ人間ばなれした、グロテスクなものに思えた。さらにグロテスクなのは、話が翌日の誕生日のことになった時の、エドウィンのごく自然なはしゃぎ方だった。ソファに座っていたマルハウス夫人が、ふいにカレンに向かって「十一歳のお兄さんを持つ気分はどう？」と訊いた時、エドウィンは笑って「でもまだ十一歳じゃないよ」と言った。しばらくして、プレゼントはいつ開けるかという議論が持ち上がった。「そりゃあ、お夕食まで待つべきよ」マルハウス夫人は言った。「だってそうでしょ？　おばあちゃんは一時五十七分の電車で来るのよ。おばあちゃんはそれを見るのが一番楽しみなんだし、がっかりさせちゃかわいそうじゃない？」「でも、誰の誕生日なのさ」エドウィンは理詰めで反論した。「おばあちゃん、それとも僕？」「今のはもっともな意見だ」マルハウス教授が言った。結局、プレゼントは朝でもなく夕食の時でもなく、おばあちゃんが着いたらすぐに開けるということに落ち着いた。そのあいだじゅう、マルハウス夫人は笑いをこらえて僕に意味ありげな視線を送ろうとした。

九時十四分、マルハウス夫人が言った。「さあカレン、もうおねんねの時間よ」「あと一回だけ！」三百点以上もの大差をつけてトップに立っているエドウィンがそう言った。九時二十七分、マルハウス教授が言った。「さあ、九時半だぞ」「うん、わかってる」エドウィンはかすれた声で言いながら、僕が二本の赤い棒の間からぐらぐらする棒を引き抜くのを真剣に見つめた。カレンはあくびを噛み殺し、目をこすった。九時三十四分、エドウィンが「僕の勝ち！」と叫び、それを合図にカレンが立ち上がり、みんなにおやすみのキスをして回った。カレンは手垢で汚れた耳の赤い白クマを抱え、階段をとことこと上っていった。九時三十六分、僕は懇願するようにエドウィンを見たが、彼は言った。「さあ、カレンがいなくなったから、これからが真剣勝負だ。千点の大台の記録に挑戦するぞ」それから急に真剣な顔つきになり、僕に殴りかかるようにこぶしを振り上げて、言った。「偶数、奇数？」

十分後、マルハウス夫人がカレンを寝かしつけに二階に上がっていき、『童心詩集』を読む低い声がとぎれとぎれに聞こえてきた。しばらくするとマルハウス夫人は戻ってきて、ソファに伏せた本の横に腰を下ろして右の肘を膝につき、顎を手で支え、身を乗り出してエドウィンをじっと見つめた。「なあに？」エドウィンが言った。九十五対十七で彼が勝っていた。「べつに」マルハウス夫人は溜め息まじりに言った。「ただ、ママのハンサムなバースデー・ボーイのことを考えてただけ」エドウィンは目を伏せ、照れたように顔を赤くした。「思い出すわ」彼女は続けた。「あなたが小っちゃくて、まるまる太った赤ちゃんだった頃のこと」「太った!」エドウィンが言った。「僕って太ってたの?」「そりゃあもうラムチョップみたいに。よく泣いたかって? 一晩に十回は泣きわめいたものよ。朝から晩まで、マミー、マミーってね。あら、ほんとよ。それもパパの作ったミルクじゃだめで、ママのじゃないとお気に召さないの。ほんとに注文の多い赤ちゃんだったわ。あの頃はまだ戦争で、覚えてるエイブ、今にも空襲があるんじゃないかってみんなびくびくしてたっけ。でもこの子ったらそんなことも知らずに、眠ることと眠ること。ママ思ったわ――神様、あたしはなんでこんな時に子供を生んだんでしょうって。タイムズ・スクエアを歩いてたら、みんながタイムズ・ビルの広告塔を見上げてて、日本が真珠湾を攻撃したって出ていたの、今でも忘れられないわ。まだあなたが生まれる前のことよ。あなたがおじいちゃんを知らないなんて、残念だこと。きっと大喜びしたでしょうに。よくおじいちゃんとパパは長いこといろんなお話をして、ねえ覚えてるエイブ? あら、聞いてないのね。それに世話の焼ける赤ん坊だったこと! ときどきママ、これはえらいものを生んじゃったわって思ったものよ。何にでも興味津々で、肝油のスプーンはくわえたら離さないし、一度なんかママの白いボタンを飲み込んじゃってね。あの時は心配で死ぬかと思ったわ。あたしもバカね、間違えて消防車を呼んじゃって。それから夜はパパにお話を二つ読んでもらわないと寝なかった。一つじゃだめ、必ず二つなの。それからカレンが生まれて、初めて病院に来て赤ちゃんを見た時、あなた黙って何も言わなかったのよ。ママも困っちゃったわ。でも優しいお兄さんだったわね。いつもカレンに本を読んであげて、寝かしつけてあげて。もう十一歳だなんて。ねえ見てエイブ、ハンサムなバースデー・ボーイだと思わない？」

「うん？」マルハウス教授は本から目を上げて言った。「わたしに言ってたのかい？」

十時二十一分、マルハウス教授はふたたび顔を上げて言った。「さて、君たちそろそろベッドに入ることを考えてみちゃどうかな？」

「一〇〇〇点になるまで」エドウィンが懇願した。彼のスコアは八〇四点だった。彼はピックアップ・スティックの棒をゆるく束ね、ぱっと手を離して、棒がほぼ完璧な放射線状に倒れるのを眺めた。

十時三十四分、エドウィンの勝ちが決まった。最終的なスコアは一〇一二対九六だった。エドウィンが立ち上がると、マルハウス夫人が言った。「いいこと、二階で騒いじゃだめよ。それからあんまり遅くまで起きてないこと」

「そうだ」マルハウス教授が言った。「ただちに消灯、わかったな？　いつもの寝る時間をとっくに過ぎているんだからね」

「ジェフリー、あなたのタオルは右の棚、いや左、いや右よ」マルハウス夫人が言った。

彼女はエドウィンを抱き締めておやすみなさいを言うと、マルハウス教授に言った。

「ヘイ、あたしのバースデー・ボーイ、ハンサムだと思わない？」

「睡眠不足で死にかけてなけりゃ、もっとハンサムだったと思うがね。はっきり言って、わたしが女だったら結婚したいとは思わないね」彼はそこで言葉を切り、エドウィンをしげしげと眺めた。「しかし、悪くはない。さあ、いいからもう寝なさい」

「それから何度も言うようだけど」階段を上りかけた僕らに、マルハウス夫人が声をかけた。「悪ふざけしないこと」

僕らがエドウィンの部屋に入ったのは十時四十八分だった。僕はドアを閉めると、エドウィンのほうを振り向いてほっと溜め息を洩らした。しかし、彼はそんな僕を完全に無視してクローゼットに入り、左腕に空色のパジャマと紫のバスローブをかけ、爪先の部分に紺色のインディアンの酋長の頭がついた、ベージュの柔らかいモカシンを右手に持って出てきた。「僕はバスルームで着替えるよ」エドウィンは言って、部屋を出ていった。ドアが開き、また閉まる時に、階下のぼそぼそという話し声がちらりと聞こえた。

部屋に一人になると、僕は急いでクローゼットまで行き、がたがたの折り畳み式椅子を出し、柔らかなシートの上に立ち、深く暗い乱雑な棚の中をかき回してカウボーイ・ピストルが入った古い靴箱を探し始めた。クローゼットの中には照明がなく、部屋から洩れてくる光がぼんやりと手元を照らすだけだった。棚の中にはありとあらゆるものが雑然と詰め込まれていた。古い漫画本の山、古いぬいぐるみ、バッティング表とピッチング表のついた電気仕掛けの野球ゲーム、鍋つかみを編むのに使う枠、古いスニーカーの入った靴箱、モノポリーの小さな緑の家や赤いホテルや銀色の犬を入れたビューマスターの空箱、白いシャツの空箱、目玉のとれたシマウマ、『子供のための世界史』第一巻、小さなゴムのフットボール、壊れたミニ射撃場、ぺちゃんこに潰れたインディアンの羽根飾り、ドナ・リッチオからのバレンタイン・カード、埃まみれの古いネガが入った靴箱、削っていない十二色の色鉛筆に、青い番号がふってある不気味な白い風景画が六枚ついている塗り絵セット、ロイ・ロジャースの絵がついたカウボーイブーツの片方、ライフルの弾の入った古いソックスの玉、折り畳んだタイプ用紙に下書きされた、不採用になったローズ・ドーン宛てのバレンタインの詩（〝ブルーはすみれ／赤はバラ／わが優しきバラ《ローズ》よ／頭の先から爪先《トウズ》まで〟）、ホワイト・ビーチの射的場で当てた緑色の灰皿、パーチージの一式と、赤い輪ゴムで留めた〝自由への戦闘〟シリーズのカードの薄い束、ティップ先生のクラスで描いたクレヨン画を入れたシャツの箱、行方不明になっていた僕の化学実験セットのタンニン酸の瓶、少なくとも二種類が混ざったパズルのピースと波形の握りのついた狩猟ナイフの入った靴箱、ドナルドダックの頭部が描かれたトレーシングペーパー、『ゴールデン・ブックス』の山、耳当て、ホイッフル・ボール、*ネズミ捕り、水鉄砲、金星のついた綴り方テストの入った（「何してるんだよ？」エドウィンがささやいた）靴箱。僕は素早く振り返り、彼の白い不機嫌な顔を見下ろしながら言った。「あれを――あれを――」「降りろよ！」彼が鋭くささやいた。僕がおとなしくそれに従うと、がたがたの椅子はほとんど分解しそうにぐらついた。「でも、あれはどこに」僕は言った。「しぃっ」エドウィンは言い、憤慨したように付け加えた。「なんだ、まだ着替えてないじゃないか」

＊ プラスチック製で穴がたくさん開いた野球ボール。

僕はボストンを持ってバスルームに行き、急いで赤いパジャマと、海老茶のスリッパと、黒いバスローブに着替えた。腕時計ははずさなかった。

部屋に戻ると、エドウィンは気難しい顔でベッドに腰を下ろし、紫色の肘を後ろについて寝そべっていた。僕がドアを閉めると、エドウィンは立ち上がり、低いきびきびした声で言った。「よし、いいか。君はドアを見張っててくれ。もし何か物音がしたら、二度咳払いをするんだ。こんなふうに」彼は二度咳払いをしてみせた――そんなふうに。僕はおごそかにうなずき、ドアの前に行って立った。僕がドアに耳をつけ、階下の居間の動静をうかがっているあいだ、エドウィンはてきぱきとクローゼットに向かい、ぎしぎしと音を立てて椅子の上に上がった。と思う間もなく、彼は椅子を下りた。そして蓋が黒い茶色の靴箱を脇にかかえ、柔らかいモカシンをはいた足を忍ばせてベッドに向かった。僕が体を起こすと、彼は鋭くささやいた。「そのまま！」靴箱をベッドに置くと、エドウィンは銀色の玩具のピストル五丁、革のホルスター、そして25口径コルト・オートマチックを素早く出した。そして素早く玩具のピストルを箱に戻し始めた。「挿弾子《クリップ》を！」僕はささやいた。「何をって？」僕は声に出して「もう一つのやつだよ」と言ってから、はっとなって口に手をやった。エドウィンはじろりと僕を見てから挿弾子《クリップ》を箱から出し、とまどいを浮かべてしばらくそれを見つめていた。それから立ち上がり、もう一度僕を横目でにらむと、ピストルと挿弾子《クリップ》を持って簞笥の前まで行き、ふいにしゃがみこんだ。そして一番下の、色々な物が乱雑に詰まった引き出しをそろそろと開け、引き出しが軋んだ音を立てるたびに脅えたようにあたりを見回した。彼は大きな緑色のゴムの蛙の脚の下にピストルと挿弾子《クリップ》を隠すと、その上にカウボーイ柄のパジャマと折り畳んだチェスボードをかぶせた。それから引き出しを閉め、靴箱にピストルをすべてしまい、それをクローゼットの棚に戻し、椅子を畳み、クローゼットのドアを閉めた。そして僕のほうを向くと、低く言った。「これでよし」時刻は十一時〇九分だった。

何となく居心地の悪い沈黙が訪れた。僕はメキシコ湾の下に座り、脚を掻き、指の関節をぽきぽき鳴らし、ベッドカバーを指でいじった。エドウィンは自分のベッドの中央にじっと動かずに座っていた。紫のバスローブの上の彼の顔は真っ白で、頬の血が全部バスローブのほうに流れ込んでしまったかのように見えた。ときおり、派手な音を立てて鼻をすすり上げた。十一時十四分、彼はピックアップ・スティックをもう一番やらないかと持ちかけたが、僕はきっぱりと断った。十一時十六分、今度はハンディキャップを八百点やるからとべらぼうな条件を出してきたが、僕は聞こえないふりをした。刻一刻と時は流れ、僕はこんなことならいっそ電気を消してベッドに入っていた方がいいのではないかと思った。その解決法を提案しようとして口を開いた瞬間、あくびを噛み殺していたエドウィンが突然ささやいた。「そうだ、手紙だ！」そして勢いよくベッドから立ち上がると、狂ったように戸棚をかき回し、ときおり母親そっくりの口調で「まったく、あの馬鹿みたいな鉛筆はどこへ行っちゃったんだろ」とつぶやいた。僕には彼が何をしようとしているのかわからなかった。一瞬、エドウィンは彼一流の遠回しなやり方で僕をからかっているのではないか、という奇妙な思いがよぎった。〝馬鹿みたいな鉛筆〟は簞笥の一番上の引き出しにあった。〝馬鹿みたいな紙〟は〝馬鹿みたいなベッド〟の下から出てきた。エドウィンはベッドの真ん中にあぐらをかいて座り、大きな薄い本の上に紙を置き、一心不乱に何か書き始めた。しばらくして、彼は言った。「こういうのどうかな?」そして声をひそめて読み上げた。「関係者各位。僕これよりから自殺する。敬具　エドウィン・マルハウスは、これよりから自殺する。敬具　エドウィン」彼は顔を上げ、期待に満ちた目で僕を見た。「〝これよりから〟?」僕は言った。「ほんと言うとこんなの全然よくないや」エドウィンは書いたものにぞんざいに×印をすると、ふたたび書き始めた。僕は全部の指の関節を二度ずつ鳴らした。「じゃこれはどう?」彼は言った。「関係者各位。下記の者は、一九五四年八月一日午前一時〇六分、これよりから自らを死刑に処す。さらば、非情なる世界よ。敬具　エドウィン・A・マルハウス『まんが』著者」

「〝これより〟だろ、エドウィン。でなきゃ〝これから〟か」

「待って、待って、わかったぞ。関係者各位。下記の者はこれよりから何とかかんとか『まんが』著者。いいからちょっと聞けって。追伸。さらば、人生よ。我、自ら小説とならんと志す」

正直言って、その一行で救われたようなものだった。僕は〝これよりから〟を何とかやめさせようと全力を尽くしたが、残念ながらエドウィンは聞く耳を持たなかった。これは前にも言ったことだが、エドウィンにはやや見栄っぱりな傾向があり、それは間違いなく彼の輝かしい天才を汚す生まれながらの一点の染みだった。そのために、彼の世界に向けての最後のメッセージが、ありもしない言葉で汚されてしまったことは、返す返すも残念でならない。エドウィンが新しい紙に素早く清書し終えると、今度はそれをどこに置くべきか二人で検討した。僕は、控え目にベッドの下の敷物の上に置くのがいいと言ったが（結果的にはその場所に落ちることになる）、エドウィンは、何らかの方法で死体に留めるべきだと主張した。その時、階段の方で足音が響いた。エドウィンは飛び上がり、腕を振り回して僕にベッドに入るよう合図し、ドアに駆け寄って電気を消し、ベッドに駆け戻ってふとんをかぶると、暗闇の中でいびきの音を立て始めた。

ドアの下の隙間に細い光の帯が現れ、その前で足音が止まった。マルハウス教授の低い声が聞こえた。「しーっ。眠っているようだ」足音はそのまま ぎしぎしと廊下を遠ざかっていった。エドウィンはいびきの音を一段と高め、ごぉっという大きな音を立てて息を吸い込み、口笛のような音と共に吐き出した。二度目の口笛の最後のほうは笑い声になった。神経が異様に高ぶっていた僕まで、彼のムードが伝染して一緒になって笑い出した。ドアが開き、マルハウス夫人が怒った声でささやいた。「ちょっと、あれほど言ったのに」そして突然彼女も吹き出した。マルハウス夫人は部屋に入り、ドアを閉めると、必死に笑いをこらえているエドウィンのほうに向かってそっと歩いていった。マルハウス夫人が暗闇の中をゆっくり、ゆっくり近づいてくると、エドウィンはふとんを波打たせて身悶えし出し、彼女が突然「つかまえた！」とささやくと、ついに耐えきれずに悲鳴のような笑い声を上げた。ドアが開き、マルハウス教授が言った。「しいぃっ！」

マルハウス夫人が部屋を出ていった後、十五分ほどぎしぎしと歩き回る音や、ドアを開け閉めする音や、水道の蛇口をひねる音が続いた。暗がりで緑色にぼうっと光る僕の腕時計が十一時四十七分を指した時、ドアの下の細い光が消え、最後にドアが閉まる音がして静かになった。

部屋は暗かったが、完全な闇というわけではなかった。両開きの窓の黒いブラインドの手前に、エドウィンの膝の黒いシルエットがこぶのように盛り上がっていた。そしてブラインドの端からのぞく、つややかな夜の闇の垂直な帯の下に、白い枕の上に載った彼の黒い頭がぼんやりと見えた。「エドウィン」僕はささやいた。「しーっ」彼はささやき返した。「まだあっちの部屋が寝てない」緑色の時が一分また一分と過ぎるなかで、僕は暗い静寂に身を横たえ、エドウィンの規則的な呼吸を聞いていた。十一時五十四分、僕は彼が本当に眠ってしまったのではないかと思い始めた。秒針がまた一度、小さな命を終えるようにひと巡りした。するとまったく唐突に、エドウィンが静かな声でいろいろなことを語り始めた——「あの時のこと覚えてる？」「あの日のことは？」僕もまた、甘い追憶にふけった。僕ら二人、まるで五歳の頃に戻り、仲良し同士が子供らしい初々しい興奮に浸り、闇の力でさらに親密の度合いを深めているかのようだった。じっさい僕はよく思うのだが、人の絆を希薄にする昼の光とは違い、暗闇には人と人を親密にさせる不思議な力がある。その理由はたぶんこうだ。物の姿が見えなくなると、僕らの中で物が確固たる輪郭を持つことをやめてしまい、あらゆる物が融解し、溶けて流れ始める。心と心が溶け合うように石と石が溶け合い、僕らの体も融解し、溶けて流れ出す。そうしてすべてを溶かし、消去する闇の中で、日中は広大無辺だった宇宙が、居心地のいい、ぬくぬくとした小宇宙に生まれ変わるのだ。二人でひそやかにしゃべりながら、そんな思いが考えるともなく僕の頭に浮かんでまた消えた。緑色の時が無限に流れた。しかし、すべてを打ち壊すように唐突に、エドウィンがこう訊いた。「いま何時？」僕の時計の光る文字盤は、十二時二十九分を告げていた。エドウィンがささやいた。「もう大丈夫だ」

暗い、しめやかな音を立てて彼はふとんをはねのけた。そして黒い影となって立ち上がると、そっと部屋を横切って黒い簞笥の前まで行った。そして僕が闇に目を凝らして見守る二メートルほど先でひざまずくと、一番下の重い引き出しを、かすかに軋んだ音をさせて、ゆっくりと引き出し始めた。エドウィンはしばらくごそごそやっていたが、やがて二つの黒い物体を中から出し、慎重に引き出しを戻すと、ベッドに戻ってそっと腰を下ろした。「ジェフリー」彼はささやいた。「ジェフリー」僕は暗い、しめやかな音を立ててふとんをはねのけた。

僕はエドウィンのベッドに上がり、彼と膝が触れるほど近づいて、インディアンのように向かい合わせにあぐらをかいて座った。不完全な闇の中に、エドウィンの顔がぼんやりと見分けられた。「ねえ」彼がささやいた。「これってどうやるんだろう？」そして僕にピストルと挿弾子《クリップ》をよこした。「気をつけろよ」彼は言った。ピストルを手にするのは初めてだったが、僕はほとんど本能的にピストルの握りの空洞の部分に弾をこめた挿弾子《クリップ》をはめ込んだ。昔映画で観たシーンがぼんやりとよみがえった。僕は苦心して挿弾子《クリップ》を再びはずすと、空洞の部分に指を入れて、ピストルの構造を調べた。指先に安全装置が触れ、すぐにそれが引き金とつながっていることがわかった。安全装置をセットし、エドウィンに仕組みを説明しながら挿弾子《クリップ》を握りに入れかけた時、エドウィンがふいにハンカチを差し出して言った。「指紋を」僕には一瞬何のことかわからなかった。そしてすぐに、彼が馬鹿げた不測の事態を未然に防ごうとしているのだということに気づいた。それは狂おしくも物悲しい、凄惨で、滑稽で、どうしようもなくメランコリックな認識だった。僕は挿弾子《クリップ》とピストルを丁寧にぬぐい、金属の部分に触れないように注意しながら挿弾子《クリップ》を押し込んだ。エドウィンの自殺が他殺と見間違えられるのは、僕にとっても本意ではなかった。それが済むと僕はピストルをハンカチにくるみ、エドウィンに返そうとした。そしてその時になって初めて、読者よ、初めて僕は自分の手に載ったピストルのずっしりとした重みに気づき、耐えがたいほどくっきりと、すべてが恐ろしくリアルなのだという事実を実感し、認識し、理解した。もし今彼を止めなければ、もし僕が何も言わなければ……「エドウィン！」僕はささやいた。「おい」エドウィンは言った。「それをこっちに向けるなよ」そして僕の手から邪険にピストルを奪い返した。

暗闇の中で、エドウィンはその危険な玩具をためつすがめつし、目の前にかざし、裏返し、時計のように耳に当てた。「いま何時？」彼が訊いた。「十五分前」僕がささやいた。「時間になったら教えてくれよ」彼はささやいた。「オーケイ」僕は言った。何日かが過ぎた。「いま何時？」エドウィンがささやいた。「十二分前」僕は答えた。「それっぽっち？」彼がささやいた。「それっぽっちさ」僕がささやいた。彼は自分の右のこめかみにピストルを向け、ささやいた。「こうかな？」それから銃身をぎごちなく額に当て、ささやいた。「こうかな？」それからそろそろと銃口を僕に向けると、ささやいた。「それともこうかな？」「やめろ！」僕はささやいて、彼の手を払いのけた。彼はくつくつと笑い出した。

その笑いをきっかけに、何かが彼の中で堰を切ったようだった。エドウィンは突然気がふれたようになり、まるではじける寸前の浮かれ騒ぎのあぶくのように、白痴めいたくすくす笑いに身悶えし始めた。その時僕が、自分は彼にからかわれているのではないかと漠然と感じたのも、おそらくは僕の極限まで張りつめた神経のせいだったのだろう。エドウィンはひらりとベッドを飛び下りると、闇の中をもう一つのベッドのほうへ走っていき、足から先にシーツの下にもぐり、頭まですっぽりと隠れてしまった。合衆国の黒い地図の下で暗い塊がうごめき、彼がシーツの下でもぞもぞと向きを変え、ベッドの足元の黒い本棚に向かって不器用に進み始めているらしいことがわかった。ベッドの端までたどりつき、床まで垂れるベッドカバーをもそもそ持ち上げようとするさまは、カーテンの向こうで分け目を探すエドワード・ペンにどこか似ていた。やがて、ぷはっという息と共にエドウィンの黒いのっぺらぼうの頭が現れ、床に両手を突いて、首から下の部分をせわしなく動かして脱皮し始めた。ときおりコツンコツンと柔らかな音がするのは、片手にまだピストルを持っているからにちがいなかった。エドウィンの頭が本棚に届き、棚に入っていた箱に軽く当たった。彼は体を一方にねじりながら柔らかな檻からの脱出を続けていたが、ふいに片手をシーツの中に引っ込めたのは、おそらく脱げかかったパジャマのズボンを引き上げようとしたのだろう。やっと自由になると、彼は本棚とベッドの間の黒い空間にしゃがみ、突如として棚にあった箱を次々と出し、自分の前に壁のように積み重ね始めた。僕は廊下のほうで足音がしはしないかと、気が気ではなかった。そして、目の前で繰り広げられている狂騒を信じられないような気持ちで茫然と見守っていると、ふいに暗闇の中から何かが飛んできて僕の肩に当たった。僕がはっと息を呑むと、エドウィンの笑い声がして、次のミサイルが僕の膝に当たった。それは彼のスリッパだった。僕が彼のスリッパを握りしめ、次には弾の入ったピストルが飛んでくるのではないかと恐怖に身を固くしていると、「バン、バン!」エドウィンがささやいて、バリケードの後ろに黒い頭が現れ、また消えた。と、彼は突然ベッドの上にあがり、両腕を上げて、狂ったように無言で飛び跳ね始めた。外を通る車の四角いヘッドライトが、彼の顔の上を光のマスクのように撫でていった。エドウィンは床に下りると、今度はコマのように回り始めた。腕を前に突き出し、どんどんスピードを増して回転し続ける彼の姿は、まるで闇に舞う黒い影のようだった。ピストルが一瞬ぎらりと閃いた。と、彼は突然木のように、僕のいるベッドに倒れ込み、半身を乗り上げるようにしてベッドカバーをつかみ、ぎゅっと目を閉じた。今、彼のまぶたの裏では、黒い部屋がぐるぐると回っているはずだった。そして、あたかもそれが伝染したかのように、僕の周りでも暗い壁が回り始めた。ピストルを握りしめて僕の前に横たわるエドウィンは、すでに息絶えているように見えた。

つかの間の魔法が解けると、エドウィンは荒い息をつきながらベッドに上がり込み、僕と向かい合わせにあぐらをかいた。「いま何時？」彼はささやいた。残り時間はあと三分だった。見ると彼はにやにやと、残酷とも見える笑みを浮かべていた。そして楽しそうに「今のも本に書いてくれよ」とささやき、音もなく笑った。おお、彼は僕をからかっている、彼は僕をからかっている、そして、まるで死ぬのが自分であるかのように、またあの嫌な予感が漠然と胸にこみ上げてきて、僕は奇妙な自己憐憫を感じつつ言った。「エドウィン、君は僕をからかっている」「誰？　僕が？」エドウィンは闇の中で目をしばたたいた。「どうして僕が君をからかわなくちゃならないのさ。時間は？」残り時間は二分だった。彼はふたたび銃口を僕に向けてささやいた。「ずいぶんマジじゃないか、ジェフリー」「ああやめてくれ、やめてくれ」僕は悲痛にささやき、彼の手を払いのけた。彼はまだ笑いながらささやいた。「プレゼントには何をくれるの？」「ハック――」「ストップ！」彼はささやいた。「楽しみが減っちゃうじゃないか。時間は？」残り時間は九十秒だった。エドウィンは急に真剣になり、静かに頭を垂れて瞑想した。しばらくして顔を上げると、ささやいた。「君に会えてよかったよ、ジェフリー」何かが決定的におかしくなりつつあると感じながらも、僕は彼の言葉に激しく心を揺さぶられ、涙さえこぼれそうになった。僕の肩に優しく手を置くと、エドウィンはつぶやいた。「おお、さらばわが友よ」そしてまた笑い出したが、すぐに真顔に戻った。「時間は？」「あと二十秒」僕はささやいた。エドウィンは左胸に手を置き、天井を仰いでささやいた。「おお、さらばわが人生よ」それから僕のほうを見て付け加えた。「記録しておきたまえ、ジェフリー君」彼はピストルの安全装置をはずし、ささやいた。「カウントダウン開始」「十三」僕はぼうっと光る手首を見つめながらささやいた。「十二。十一。十。九。八。七。六。五。四。三。二。一」――僕は目を上げた――「ゼロ」彼はゆっくりと右のこめかみにピストルを当て、ささやいた。「バン！　死んだ」そして静かなピストルを握りしめたまま目を閉じ、仰向けに倒れた。しばらくして彼は目を開け、「どうだった？」と訊いた。次の瞬間、僕は彼の上にのしかかり、ピストルを握る彼の手を握っていた。その刹那、痺れるような無感覚の中で、数秒の誤差なら『僕の生い立ち・赤ちゃんの記録』の「ぼく、生まれたよ」の記録と矛盾するまいと、それだけは奇妙にはっきりと考えたのを覚えている。

20

四月の午後のまぶしい日差しの中、日なたと埃のかぐわしい匂いをかぎながら、僕はエドウィンの家の前を通り、ビーチ通りへ向かってぶらぶらと歩いていった。花の咲き乱れる格子垣の向こうに、僕の母とフーパー夫人が花壇の横で立ち話しているのがちらりと見えた。エドウィンの家の前を通る時、裏の庭の垣根の向こうに、新築中の家の屋根の骨組みがのぞいているのが見えた。青いオーバーオールと赤いシャツを着た男が一人、高い屋根の板の上に座り、陽気な音を立ててハンマーを振るっていた。僕はロビン・ヒル通りを渡り、にぎやかなビーチ通りに入っていった。いたるところに子供の姿があった。銀色のローラースケートをはいた女の子が二人、がらがらと音を響かせて道を走り、別の女の子は真剣な面持ちで、握りの赤い白い縄跳びの縄を跳んでいた。三人の男の子が元気に三角キャッチボールに興じ、そのさらに向こうではヒット・ザ・バット*が繰り広げられていた。道の半ばで古い歩道が切れており、真新しい、黒いアスファルトの歩道が始まっていた。新しい家々の前庭の木は貧弱で葉ぶりも悪く、何軒かの家の庭の芝生は、芝生というよりも、平らな黒い地面をまばらに覆う白っぽい斑点と言っ

＊道端でよく行われる遊び。バッターはボールをできるだけ遠くに打ち、バットを地面に置く。ボールをキャッチした者がバットめがけてそのボールを転がし、もし当たれば次のバッターになれる。

たほうが近かった。新しい白い家々と、もっと新しい、屋根も窓もない家々の間の空き地には、〝売約済〟と大きく書かれた立て札が誇らしげに立っていた。骨組みだけの家の前には、材木や、釘の袋や、セメントブロックや、バケツや、防水シートが置かれ、ある小さな空き地には地面に四角い穴があいたきりで、その中にぽつんと置かれた黄色のトラクターが、埋葬されるのをひっそりと待っているように見えた。道の突き当たりまで来ると、僕は丸くて赤い反射盤のついた二本の茶色い杭の間をすり抜けた。丘を登り、流れのほうに下り、そこにしばらくたたずんで、そこだけは昔のままの対岸の黄色い原っぱを見つめた。それからゆっくり右のほうに向かい、傾いた巨木のごつごつの根元に腰を下ろした。そして木陰になった幹に寄りかかり、足を伸ばして光にさらしながら、僕は伝記の最終章について思いを巡らせた。

エドウィンの葬儀は、ごく身内だけで行われた。僕は残念ながら気分がすぐれなくて出席できなかった。しかし、警察で行われた型通りの取り調べでは、僕は欠くことのできない証人だった。僕の証言に加えて、エドウィンの遺書と『ハックルベリー・フィンの冒険』も証拠として提出され、エドウィンの死は正式に自殺と認められた。僕はそこで白髪の紳士に、あのピストルはエドウィンがアーノルド・ハセルストロームから受け取ったものだと話したように思う。部屋の窓の黄色いシェードが三つ、ばらばらの高さに下ろされていたことだけは、なぜかはっきりと記憶している。しかしそれら一連の出来事は、霞がかかったようにぼんやりとしか覚えていない。なぜなら、この時すでに僕はエドウィンの伝記の執筆に没頭していたからだ。

僕はそれをエドウィンの死の約三時間後、正確には午前四時二十八分から書き始めた。闇を引き裂く僕の悲鳴に続いて起こった悪夢のような騒ぎのせいで、身体が泥のように疲れていた。その数時間のあいだに、僕の頭痛は徐々に下に下がってきてゆっくりと全身に拡がり、真っ赤な充血となって目に噴き出した。僕は、救急車が去っていった後にネッカチーフを頭にかぶって現れた母に付き添われてやっと帰宅した。母は親切な警官を捕まえて、ヒステリックにいつまでもしゃべり続けた。部屋に入ると、僕は机の引き出しを開け、三穴式のルーズリーフノートと黄色い六角形のＨＢの鉛筆を出した。最初のページの一番上にはこう書いてあった――〝エドウィン・マルハウス――あるアメリカ作家の生〟。僕は鉛筆を握り、〝生〟の後ろに〝と死〟の二文字を書き加えた。そして何のためらいもなく、現在の一章、二章、それに四章に当たる部分の草稿を一気に書き上げ、倒れ込むように眠りに落ちた。翌日、喉の痛みはさらにひどくなり、熱も少しあるようだったが、昼も夜も書いて書いて書き続けた。眠れば、ページを埋め尽くす言葉が際限なく変形していく夢を見た――青い石、あお石し、い青しヲ、青イ死……。そして、目を覚ますとまたすぐに机に向かった。その週の終わりには、もう決して途中でやめることはできないということを僕ははっきりと悟っていた。もし今書くのをやめたら、もし立ち止まって考えたりしたら……。その月、マルハウス家の人々の姿を見ることはほとんどなかった。彼らは頻繁にニューヨークに行っていた。それに、彼らの悲しみに立ち入るのは、何となく気が引けた。一、二度、母親に無理やり引っぱられて隣家に行きはしたが、家の中には重苦しい雰囲気がたちこめていて、今にも頭から血を流したエドウィンが物陰から現れそうだった。僕は平和な白いページに逃げ帰ると、ほっと安堵の息を洩らした。そして九月に入ると、彼らは行ってしまった。エドウィンが死んだ三日後、マルハウス家の前庭に〝売家〟の立札が立った。八月の最後の日、引っ越しのトラックがやってきた。僕の母によると、一家はとりあえずニューヨークに行き、それから外国に行くとのことだった。はっきりしたことはまだ決まっていなかった。三人が古い黒のステュードベーカーに乗って走り去るのを、僕は手を振って見送った。マルハウス夫人は手紙を書くと言ったが、二か月も経ってから、サンマリノの消印で、儀礼的な内容の絵はがきが一枚届いたきり、何の音沙汰もなくなった。僕は、『まんが』の写しを取っておくことを自分に思いつかせた伝記の守護神に、何度も何度も感謝の祈りをささげた。彼らはもちろん何もかも持っていってしまった。この伝記を書き終えたら、エドウィンの作品をもう一度タイプし、僕の伝記にそれを添えて、ニューフィールド大学の教授の一人に送るつもりだ。おそらくその教授がエドウィンと僕のために出版社を見つけてくれるだろう。学校が始まる直前に、フーパー家が越してきた。ジェイニィは一年、ポールは四年に編入された。ジェイニィはテレビばかり観ているつまらない子供だが、ポールのほうは、青白い、孤独を愛する少年で、片方の足が少し悪く、暇さえあれば、恐竜やその他の中生代の生物に関する分厚い本に読みふけっている。

九月に入り、僕の過酷な執筆は学校によって中断されるようになった。しかし、一日じゅう書き続ける耐えがたい苦痛から解放されるのは、正直言ってありがたかった。自分の人生と何の関わりもない学科に没頭することは、むしろ楽しくすらあった。時事や、社会科や、理科や、算数ののどかさは、僕の心をなごませた。僕は中南米のすべての国の主な輸出入品を暗記した。細かく解体され、一つ一つの部品にラベルが貼られた懐中電灯用電池を、いつまでも飽かず眺めた。新聞に毎日目を通すようになり、財政赤字や、核軍縮や、世界平和の展望について思いをめぐらせた。それでも伝記の執筆は着々と進み、十月の終わりには、すでにローズ・ドーンの死にまでさしかかっていた。その時、僕はふとこれでいいのかと不安になった。そこであえてペースを緩め、より深く思考し、よりじっくり書くことを心掛け、それまで書いた部分についてもすべて細かく手を入れた。アーノルド・ハセルストロームの部分にはまる二か月を費やした。そして『まんが』が生まれる過程にはまる三か月かけた。これにはずいぶんと骨が折れ、三月の終わりにやっと書き終えたばかりだ。しかし、ゆっくり書くことを心掛けたにもかかわらず、最後にいくにしたがって筆が走り、周りじゅうで春がめりめりと音を立てて炸裂している中で、エドウィンの早すぎた死によってクライマックスを迎える最後の数章を、怒濤のような一週間のうちに一気に書き上げた。

　黄色い原っぱの上の空は青く、もはや青という言葉が当てはまらないくらいに青かった。名づけようのない衝動に突き動かされて、僕は光の中に歩み出て、地面に仰向けに寝転がった。空は、果てしなく重なる青い透明なガラスでできているように見えた――いやむしろ、硬質であると同時に形のない、大きなひとかたまりの青い透明な物質でできているように思えた。なぜなら、それはこの地面を圧迫し、草の葉を押しつぶし、僕の体を仰向けに押しつぶしながら、いっぽうでは僕の心を上へ上へと果てしなく誘い、くらくらするような明るい青に向かって、形のない不吉な青に向かって、らせん形に吸い上げていくように感じられたからだ。そう、青空は不吉だ。誰しも一度は、空虚であるが故に心安く、絶望のようにいっそすがすがしい夜空の黒よりも、昼の青空のほうがずっと恐ろしい何かをその裏に隠しているにちがいないと感じたことがあるはずだ。そんなふうに僕の体を押しつぶし、魂を吸い上げ、青い染料が真綿に染み込むように魂に染み込む恐ろしい青空をなすすべもなく見上げていると、広大で威圧的で空虚な青、青、青の中に、ああ、僕の運命が透けて見えてくるようだった。そして、エドウィンの運命を思った時――もうすぐ完成するはずの僕の本の表紙の間にぬくぬくとくるまれた我がエドウィンの運命を思った時――僕はふいに激しい嫉妬と怒りを感じた。結局彼は最後まで僕をからかい続けたのではないか。いや、今もまだからかい続けていて、僕の書いているそのページの中から僕を笑っているのではあるまいか。僕はエドウィンの死を悲しまない。こうして考えてみると、彼の運命はまんざら悪くもなかった。少なくとも彼の魂はいま安らかな場所にある。それにエドウィンは最後まで手を汚さず、無垢のまま、輝かしい勝利者としてその一生を終えたのだ。それに比べてこの僕は、汚れきった悪魔となってむち打たれ、恐ろしい地獄へ追い立てられていく。巨大な青い岩の下に押さえつけられながら、僕はこう思わずにいられなかった――エドウィンの奴、またしてもうまくやりおおせたな、と。

ふいに近くで音がして、僕の夢想を打ち砕き、空を打ち砕いた。僕は素早く立ち上がった。三メートルほど離れたところにポール・フーパーが立っていて、分厚い眼鏡の向こうから僕を見つめていた。「君のお母さんが戻ってこいって」彼はいつものように無駄のない言葉でそう言った。僕は服の泥を払い、空の巨大な青の怪物を無言で呪うと、かすかに足をひきずるポールと並んで家に向かって歩き始めた。歩きながら、ポールは自分の立てた仮説を僕に語ってくれた。彼によれば、恐竜が体が大きくなりすぎて生存に適さなくなったように、人類もいずれは脳が発達しすぎて生存に適さなくなるのだそうだ。そして彼は、自分の描いた、宇宙の創世や、冷えていく溶岩や、海の形成の油絵をぜひ見に来てくれと僕に言った。おそらく彼にとっての現実世界は、七千五百万年前に角竜亜目が絶滅した時点で終わってしまっているのだろう。実に興味深い少年であり、これからもじっくり付き合っていきたいと思っている。

訳者あとがき

本書はSteven Millhauserの長編小説*Edwin Mullhouse : The Life and Death of an American Writer 1943-1954 by Jeffrey Cartwright*の全訳である。

著者ミルハウザーは一九四三年八月三日ニューヨーク市生まれで、コネチカット州に育つ。現在はニューヨーク州サラトガ・スプリングのスキッドモア・カレッジで創作を教えながら、作品を発表し続けている。今までに長編、中・短編集あわせて十三の作品が世に出ており、九六年の*Martin Dressler : The Tale of an American Dreamer*（『マーティン・ドレスラーの夢』柴田元幸訳、白水Uブックス）はピュリツァー賞を受賞した。一九七二年に出版された本書は彼の処女作にあたり、発表と同時に多くの批評家から高い評価を受け、フランスではメディシス賞（外国文学部門）を受賞している。

さて、お読みいただければわかるように、これは伝記の形式を借りた小説である。しかも〝子供によって書かれた子供の伝記〟という、いっぷう変わった設定だ。主人公エドウィン・マルハウスは十歳でアメリカ文学史上に残る傑作『まんが』を書いて十一歳で死んだ作家、そして伝記を書いたのは、エドウィンの隣家に住むやはり十一歳のジェフリー・カートライトである。二人の最初の出会いは、エドウィン生後八日、ジェフリー生後六か月と三日の時にまで遡る。ジェフリーは、ほとんどその出会いの瞬間からエドウィンの観察者となることを決意し、以後十一年間、エドウィンに影のように寄り添い、彼の一挙一動を細大漏らさず観察し続ける。未来の天才作家が絵本や言葉遊びを通して言葉に親しんでいく過程、さまざまな玩具や遊びとの出会い、小学校生活、初めての恋、命を削るような激しい執筆活動、そして血塗られた凄惨な死――。ジェフリーは、とても小学生とは思えない緻密で流麗な文体と、人間離れした抜群の記憶力を駆使して、エドウィンの十一年間の短い生涯を、どこまでも克明に再現していく。

本書『エドウィン・マルハウス』の最大の魅力は、何と言っても子供の世界の描写の圧倒的なリアリティにある。子供が未知の世界に接した時の新鮮な驚きや興奮が、この小説には満ちあふれている。学校の裏にある薄暗い駄菓子屋の秘密めいた雰囲気、融けながら輝くつららの美しさ、熱を出して寝込んだ時の不思議な浮遊感、見知らぬ通りに足を踏み入れる時のわくわくするような感じ、一晩で世界を白一色に変えてしまう雪の驚異、親に隠れて夜更しするスリル……。誰もが一度は通り抜けてきた、そして誰もが忘れてしまっている〝子供時代〟という名の別世界が、ここには息をのむほどのリアルさで再現されている。この作品を読んだ人が、これは自分の伝記ではないかという錯覚を一瞬覚えたとしても、不思議ではない。

とはいえ、ミルハウザーの描き出す子供時代は、きらきらと美しく輝く一面を持っているだけに、暗い部分がよりいっそう際立っている。驚きや喜びと同じくらい、苦痛や恐怖や不安にも彩られている。たとえばエドウィンのローズ・ドーンへの初恋は〝淡い〟とか〝甘酸っぱい〟などという形容詞からはおよそほど遠い、生々しい修羅場であるし、エドウィンの執筆活動は、その身を細らせるほどの激しさゆえに、ほとんど淫蕩な情事のようですらある。また、彼に大きな影響を与えた三人の同世代人――自らの創り上げた漫画宇宙の中でのみ生き続けるエドワード・ペン、白い瞳と燃えるような金髪を持ち、黒猫だけを友とするローズ・ドーン、そして暴力と沈黙の世界に生きる孤独な不良アーノルド・ハセルストローム――は、みな暗い宿命に取り憑かれたような子供たちだ。それに、エドウィンと同様ジェフリーもまた、伝記という名の熱病のような情熱に呑み込まれていく。そう、彼らの生きる子供時代は、まさに熱く暗く息苦しい〝熱病〟という言葉がぴったりなのだ。

〈子供〉そして〈芸術家〉は、ミルハウザーが繰り返し取り上げるテーマである。『エドウィン・マルハウス』は最初二十五歳ぐらいの作家の伝記にするつもりだったと、彼はあるインタビューで語っている。ところが幼年期から書き始めるうちに、当初の構想に物足りなさを感じると同時に、子供時代という未知の領域の奥の深さに魅了されていった。そしてついにある日、この本全体が子供時代だけで構成されるべきだということに気がついたのだという。

ミルハウザーは本書の他にも、「イン・ザ・ペニー・アーケード」「雪人間」などの作品で、何かに憑かれたような子供たちを主人公に据えている（どちらも柴田元幸氏の端正な名訳による短編集『イン・ザ・ペニー・アーケード』（白水Uブックス）に収められている）。

おそらく、彼の中では、ちょうど春になっても日陰の地面に一筋の雪が溶け残っているように、子供時代の驚きの感覚《センス・オブ・ワンダー》が奇跡のように保存されていて、それが創作の原動力になっているのにちがいない。そしてその奇跡的な感受性にこそ、読む者は感動するのだ。

いっぽう、『エドウィン・マルハウス』にはもう一つの魅力、すなわち伝記文学のパロディとしての面白さがある。書き手であるジェフリーは、エドウィンの生涯を〝幼年期〟〝壮年期〟〝晩年期〟の三部に分け、時にエドウィンの赤ん坊時代の手形や、彼の持っていた本のリストなどの具体的な資料を織り混ぜながら、大真面目に天才作家の足跡を追いかけていく。しかしジェフリーの筆致が精緻になればなるほど、饒舌になればばなるほど、読者はだんだん混乱してくる。ジェフリーの言葉は、エドウィンを賞賛しているように見えて、そのじつ伝記作者としての自分の優位性を、事あるごとに強調しているようにも読めるからだ。果たしてジェフリーの言葉をそのまま信用していいのだろうか？　エドウィンは本当にジェフリーが言う通りの天才なのだろうか？　もしかして彼は故意に事実を曲げて、ありきたりの少年を天才であると言いくるめているのではあるまいか？——そんな読者の疑念を見透かすかのように、ジェフリーは大胆にもこんなことを言ってみせる。

僕はこの機会にエドウィンに——彼が今どこにいるのであれ——こう問いたい。伝記作家の果たす役割は、芸術家のそれとほとんど同じくらい、あるいはまったく同じくらい、ことによると比べ物にならないくらい大きいのではないだろうか？　なぜなら、芸術家は芸術を生み出すが、伝記作家は、言ってみれば、芸術家そのものを生み出すのだから。つまり、こういうことだ——僕がいなければ、エドウィン、君は果たして存在していただろうか？

事実、この克明な伝記を読み進めていくにつれて、息苦しいまでにその存在感が伝わってくるのは、エドウィンよりもむしろ書き手であるジェフリーのほうだ。常にエドウィンにつきまとい、鷲が獲物を狙うようにじっと目を光らせているジェフリーの不気味さが、次第にじわじわと行間から滲み出してくるのだ。そもそも、伝記を書くということ――他人の人生に執着するということ――じたい、何か得体の知れない、暗い情熱に裏打ちされた行為ではあるまいか。考えようによっては、伝記作者は他人の人生に執着すると見せかけて、実はその人間をだしにして屈折した自己表現を行っていると見えなくもない。そう考えると、ボズウェルの『サミュエル・ジョンソン伝』を始めとする伝記文学というジャンルそのものが、にわかに怪しい色彩を帯びてくる。そしてもちろん、そんな考えを起こさせるところが、この小説の企みであり、醍醐味でもあるのだ。

最後になったが、この本を訳すにあたっては、おおぜいの方々にお世話になった。作者ミルハウザー氏は、わざわざ十六ページにも及ぶ詳細な注釈を作って送ってくださったうえに、私のこまごまとした質問にも丁寧に答えてくださった。また、柴田元幸さんには、ミルハウザー氏の注釈作成に際して便宜を図っていただき、翻訳の上でも数々の貴重な助言をいただいた。ジュリー・ロングさんは、訳出上の数々の疑問点に根気よく答えて下さった。そして福武書店の城所健さんには絶え間ない励ましをいただいた。また、白水社での復刊に際しては平田紀之さんにひとかたならぬお世話になった。

みなさん、本当にありがとうございました。

二〇〇三年八月

岸本佐知子

文庫版訳者あとがき

本書はまず福武書店（現ベネッセコーポレーション）から刊行され、その後白水社で復刊され、今回こうして河出書房新社より文庫の形で三たび世に出ることとなった。私が訳した本の中で入手難となったものは他にもあるが、『エドウィン・マルハウス』は「これが復刊されるまでは死ねない」とずっと思いつづけてきたものの一つであるし、私の他の本を読んだ読者の方々が、いつかこの本にたどりついてくれるといいなとひそかに願っていた作品でもあるので、本当にしみじみと嬉しい。

どうかこの暗く美しく熱狂的な物語が、一人でも多くの、もとは子供だった、そして今もどこかが子供のままのみなさんの心を揺さぶってくれますように。

今回の文庫化に際しては、河出書房新社の島田和俊さんにひとかたならぬお世話になった。心より感謝申し上げます。

二〇一六年四月　　岸本佐知子

本書は、一九九〇年十一月に福武書店から刊行され、二〇〇三年八月に白水社から復刊された『エドウィン・マルハウス　あるアメリカ作家の生と死』を文庫化したものです。

エドウィン・マルハウス

二〇一六年　六月二〇日　初版発行
二〇二一年一〇月三〇日　3刷発行

著　者　S・ミルハウザー
訳　者　岸本《きしもと》佐《さ》知子《ちこ》
発行者　小野寺優
発行所　株式会社河出書房新社
〒一五一－〇〇五一
東京都渋谷区千駄ヶ谷二－三二－二
電話〇三－三四〇四－八六一一（編集）
〇三－三四〇四－一二〇一（営業）
https://www.kawade.co.jp/

ロゴ・表紙デザイン　粟津潔
本文フォーマット　佐々木暁
本文組版　株式会社キャップス
印刷・製本　凸版印刷株式会社

Printed in Japan　ISBN978-4-309-46430-5

銀河ヒッチハイク・ガイド

ダグラス・アダムス　安原和見〔訳〕　46255-4

銀河バイパス建設のため、ある日突然地球が消滅。地球最後の生き残りであるアーサーは、宇宙人フォードと銀河でヒッチハイクするはめに。抱腹絶倒ＳＦコメディ「銀河ヒッチハイク・ガイド」シリーズ第一弾！

ある島の可能性

ミシェル・ウエルベック　中村佳子〔訳〕　46417-6

辛口コメディアンのダニエルはカルト教団に遺伝子を託す。2000年後ユーモアや性愛の失われた世界で生き続けるネオ・ヒューマンたち。現代と未来が交互に語られるSF的長篇。

オン・ザ・ロード

ジャック・ケルアック　青山南〔訳〕　46334-6

安住に否を突きつけ、自由を夢見て、終わらない旅に向かう若者たち。ビート・ジェネレーションの誕生を告げ、その後のあらゆる文化に決定的な影響を与えつづけた不滅の青春の書が半世紀ぶりの新訳で甦る。

ハローサマー、グッドバイ

マイクル・コーニイ　山岸真〔訳〕　46308-7

戦争の影が次第に深まるなか、港町の少女ブラウンアイズと再会を果たす。ぼくはこの少女を一生忘れない。惑星をゆるがす時が来ようとも……少年のひと夏を描いた、ＳＦ恋愛小説の最高峰。待望の完全新訳版。

輝く断片

シオドア・スタージョン　大森望〔編〕　46344-5

雨降る夜に瀕死の女をひろった男。友達もいない孤独な男は決意する——切ない感動に満ちた名作八篇を収録した、異色ミステリ傑作選。第三十六回星雲賞海外短編部門受賞「ニュースの時間です」収録。

太陽がいっぱい

パトリシア・ハイスミス　佐宗鈴夫〔訳〕　46427-5

息子ディッキーを米国に呼び戻してほしいという富豪の頼みを受け、トム・リプリーはイタリアに旅立つ。ディッキーに羨望と友情を抱くトムの心に、やがて殺意が生まれる……ハイスミスの代表作。

著訳者名の後の数字はISBNコードです。頭に「978-4-309」を付け、お近くの書店にてご注文下さい。